PARTI PLU

Parti Plu

Myfanwy Alexander

Carreg
Gwalch

Argraffiad cyntaf: 2026

ISBN clawr meddal: 978-1-84527-997-4

CYNGOR LLYFRAU CYMRU

Cyhoeddwyd gyda chymorth Cyngor Llyfrau Cymru

Cynllun y clawr: Olwen Fowler / Cyngor Llyfrau Cymru

Cyhoeddwyd gan Wasg Carreg Gwalch,
12 Iard yr Orsaf, Llanrwst, Dyffryn Conwy, Cymru LL26 0EH.
Ffôn: 01492 642031
e-bost: llyfrau@carreg-gwalch.cymru
lle ar y we: www.carreg-gwalch.cymru

I'm ffrindiau,

sy'n gweithio bob dydd i roi bwyd ar ein platiau.

Ffrwyth dychymyg yr awdur yw pob cymeriad,

sefyllfa a iâr yn y nofel hon.

Cymeriadau

Y Teulu

Daf Dafis – ditectif cydwybodol

Gaenor – ei ddyweddi a chyn-wraig John Neuadd

Mali Haf – eu merch wyth oed

Rhodri a Carys – plant Daf a Falmai

Falmai – cyn-wraig Daf a chwaer John Neuadd

Gloria – cariad Rhodri

Garmon – cariad Carys

John Neuadd – cyn-ŵr Gaenor a brawd Falmai

Doris – gwraig John

Netta – merch Doris

Siôn – mab John a Gaenor

Belle – dyweddi Siôn

Roger ac Amanda Pashley – rhieni Belle

Eithnog

Heather Billings ac Alun Hughes – brawd a chwaer

Rhiain Hughes – merch Heather

Rose Minton – ffrind Rhiain a thenant i Alun

Bronwylfa

Lona a George Gethin

Owain– eu mab

Lissa – gweithiwr fferm

Gorsaf yr Heddlu
Sarjant Sheila Francis
DC Padraig Toscano
Nev
Gareth
Laura

Imogen Mallon – Patholegydd
Susie – Swyddog Lleoliad Trosedd
Y Parchedig Julian Moore Williams – y ficer lleol
Nala – mam sengl leol
Chrissie Berllan – ffrind deniadol Daf
Rob Berllan – mab Chrissie a ffrind Siôn
Gruff Tanyrallt – bridiwr ceffylau lleol

1

'All rhywun roi pwysau mlaen dan ei geseiliau, ti'n meddwl?' gofynnodd Daf wrth geisio gwthio'i fraich i mewn i lawes ei siaced newydd.

'Ti 'di pesgi ym mhobman, os wyt ti am i mi fod yn onest,' atebodd Gaenor, yn syllu arno fel petai'n prynu da byw yn y farchnad.

'Cyn i ti ddechre,' protestiodd, 'does gen i ddim amser i wneud ymarfer corff. Mae gan rai ohonon ni rôl bwysig i'w chyflawni yn y gymdeithas tra mae pobol eraill yn mynd i ioga ac acwa-aerobics.'

'Ta waeth am hynny, mi wyt ti'n fwnci chydig bach mwy tshynci nag oeddet ti, Daf, felly paid â mentro stwffio dy hun i mewn i'r gôt 'na. Mae Belle yn picio draw i drafod y gypsophila yn nes ymlaen, a fydd hi ddim yn hapus os fyddi di wedi'i rhwygo hi.'

'O'n i'n meddwl mai term am rywun sy'n or-hoff o blant Abraham Wood oedd gypsophila. Beth bynnag, mi fydd Belle yn rhy brysur i drafod fy llewys tyn i.'

'Rhaid i bob dim fod yn berffaith iddi.'

'Dwi'n meddwl y byd o Belle, a dwi'n gwybod ei bod hi ar fin priodi dy fab, ond mae hi wedi troi yn Bridezilla llwyr.'

'Ac mae ganddon ni wythnos tan y briodas.'

Ochneidiodd Daf o dan ei wynt. Fel aelod o'r 'parti priodasol' roedd o wedi cael gorchymyn i wisgo'r hyn roedd Belle wedi'i ddewis ar ei gyfer: siwt frethyn efo gwasgod o'r un defnydd, a chrys gwyn oedd yn debycach i flows na chrys. Ond roedd o'n gwybod yn well na chwyno. Drwy'r ffenest agored daeth sŵn cyfarwydd car Belle, a gafaelodd

Gaenor yn llaw Daf fel roedden nhw'n cerdded i lawr y grisiau.

Roedd Daf yn ei chael yn anodd cofio'r Belle roedd o wedi dod i'w hadnabod rai blynyddoedd yn ôl – y lodes egnïol, llawn hiwmor a hollol ddiffwdan ddaeth i'r ardal i helpu efo ymchwiliad i dân amheus. Gan ei bod hi'n hyfforddi a thrin cŵn oedd yn arbenigo ar ddod o hyd i dystiolaeth ar ôl tân, daeth Belle i Sir Drefaldwyn i'w helpu i ddatrys achos, a dewisodd ddod i'r ardal i fyw, yn rhannol oherwydd ei pherthynas efo Siôn, mab Gaenor. Wnaeth Daf ddim dychmygu y byddai Belle yn edrych ddwywaith ar fachgen fferm tawel, swil, fel Siôn, er ei fod yn olygus, ond er gwaetha'r gwahaniaethau amlwg rhyngddynt roedd yn amlwg i bawb eu bod yn caru'i gilydd. Wnaeth neb synnu gweld modrwy ddiemwnt fawr ar fys Belle yn fuan wedyn – y fodrwy werthfawr oedd yn ddarn o etifeddiaeth teulu Siôn. Roedd Gaenor wedi rhoi'r fodrwy yn ôl i John, tad Siôn, pan wnaeth hi ei adael i gyd-fyw efo Daf, ac roedd hi'n falch o'i gweld ar fys Belle yn hytrach nag yn hel llwch yn sêff swyddfa fferm Neuadd.

Ond wrth i drefniadau'r briodas fynd rhagddynt, dechreuodd Belle ddangos ochr newydd o'i natur. Roedd hi wastad wedi bod yn benstiff ac yn heriol, ond bellach roedd hi'n obsesiynol hefyd, yn ffocysu ar fanylion dibwys fel gorchuddion cadeiriau a chanapés nes bod Daf, roedd yn rhaid iddo gyfaddef, yn ceisio'i hosgoi hi.

'Mae'r crys yn wych, Daf,' datganodd Belle wrth frasgamu i'r gegin â ffeil yn ei llaw.

'Mae 'na ormod o ddefnydd, a...'

'Daf?' Torrodd Belle ar ei draws wrth bwyntio'i bys at y silff uwchben yr Aga. 'Sbia be sy yn fanna: jar lawn o "cau dy geg". Tynna'r jar i lawr a helpa dy hun i faint bynnag ti angen i dy gadw di'n dawel am awr.'

'Mae o'n fwy fel blows...'

'Sgin i ddim amser i'r lol yma. Mi fyddwch chi i gyd yn debygol o dynnu'ch siacedi yr eiliad mae'r lluniau wedi cael eu tynnu, ond cyn hynny, dwi angen i chi eu gwisgo nhw, i wneud datganiad.'

'Y datganiad mae'n rhaid i mi ei wneud ydi "Belle, dwi'n sori ond alla i ddim gwisgo'r siaced a'r wasgod ar yr un pryd".'

'Be? Ydi dy geseiliau di wedi tewychu? O, dwi ddim isio gwybod. Tynna'r crys 'na a dos i wneud rwbath call tra dwi'n trafod efo Gae.'

Yn ei llaw chwith roedd tusw o flodau bach gwyn, ac yn ei llaw dde roedd darn mawr o bapur. Gosododd Belle y papur ar y bwrdd a gwelodd Daf y teitl 'Bas Data 14: Blodau' arno. Plygodd yn nes i weld yn well, ond cododd Belle lwy bren oddi ar y bwrdd a tharo trwyn Daf efo hi, yn chwareus ond yn ddigon caled i'w frifo.

'Dyna be dwi'n neud i'r cŵn pan maen nhw'n busnesu gormod. Dos i ddatrys achos cymhleth neu rwbath... ond tynna'r crys 'na cyn mynd!'

'Mae'r cryse 'ma'n reit Boldarcaidd,' meddai Gaenor gyda gwên, 'ac mae hynny'n go ddeniadol.'

'Be ydi rhinweddau gorau dynion y teulu 'ma, Gae?' gofynnodd Belle.

'Anodd dweud. Mae gan Daf lygaid neis, mae lliw gwallt Rhodri'n hyfryd ac mae gan John...' Tawelodd Gaenor, yn methu meddwl am rinwedd corfforol yn perthyn i'w chyn-ŵr y gallai hi ei ddisgrifio fel un deniadol.

Chwarddodd Belle, gan ysgwyd ei phen.

'Eu hysgwyddau, wrth gwrs,' atebodd. 'Dwi wedi dod o hyd i steil sy'n eu siwtio nhw i gyd – mi fydd John, hyd yn oed, yn edrych yn *drop dead gorgeous*.'

'Hmm,' ymatebodd Gaenor.

'Daf,' rhybuddiodd Belle eto, y llwy bren yn dal yn ei llaw, 'tynna'r crys 'na cyn i mi ei rwygo fo oddi ar dy *dad-bod*. Ti'n sefyll yn y gegin mewn crys perffaith wyn, fodfeddi yn unig oddi wrth y paced coco a'r stwff lliwio cacennau. Dim ond wythnos sydd i fynd...'

Roedd Daf yn dod i lawr y grisiau ar ôl newid ei grys pan welodd o Rhodri, yn gwisgo dillad fyddai'n cael eu disgrifio'n lleol fel 'Clwb Ffermwyr Ifanc smart'. Roedd sglein ar ei sgidiau brown, a chôt wen dros ei fraich.

'Ble ti'n mynd, còg?' gofynnodd.

'I'r eglwys. Dwi ar y shifft picels eto bore 'ma.'

Fel aelod brwd o'r Clwb Ffermwyr Ifanc lleol roedd yn rhaid i Rhodri fod yn rhan o'r tîm fyddai'n creu bwa o bicffyrch y tu allan i gyntedd yr eglwys pan fyddai priodas aelod neu gyn-aelod, er mwyn creu gosgordd er anrhydedd uwchben y cwpwl hapus.

'Gwranda, Rhods,' meddai Daf, 'os fyddi di awydd peint picel, jyst rho ring ac mi ro i lifft adre i ti. 'Den ni ddim yn mynd i nunlle heddiw, dwi'm yn meddwl.'

'Diolch.' Oedodd, cyn gofyn mewn llais tawel ac amneidio tuag at y gegin, 'Ydi Belle wedi rhoi sêl ei bendith ar dy siwt di?'

Gwnaeth Daf wyneb. 'Sut mae dy grys di'n ffitio?'

'Yn berffaith. Ond mae f'un i wedi cael ei altro mewn ffordd mor glyfar, mae'n amhosib dweud bod neb wedi cyffwrdd ynddo fo.'

'Pwy wnaeth y gwaith i ti?'

'Glo. Mae hi'n ferch wych, a dwi'n sicr y galle hi sortio d'un di.'

Sylwodd Daf ar ryw wên anarferol ar wyneb Rhodri, a chododd ei chwilfrydedd.

'Pwy ydi Glo, dwêd?'

'Lodes o Lanbrynmair.'

'Yn Ysgol Bro Hyddgen oedd hi?'

'Na. Homeschooled. Ond er gwaetha hynny mae hi'n normal.'

'Siawns iddi ddod i weld y crys?'

'Mi ffonia i hi.'

Roedd Daf yn falch iawn o gael treulio amser adre gan iddo fod ar ddyletswydd am bum penwythnos yn olynol, ac roedd o wedi bod yn breuddwydio am gael gorwedd yn yr haul i ddarllen nofel. Yn yr ardd oedd o pan ddaeth Gaenor i chwilio amdano wedi i Belle adael.

''Den ni wedi dy golli di'n ddiweddar, ti'n gwybod hynny,' datganodd Gaenor wrth roi cusan ar ei ben.

'Mae gorsaf yr heddlu'n gallu bod yn hafan y dyddie yma, efo Belle yn stelcian o gwmpas,' atebodd Daf yn chwareus.

Daeth golwg dyner dros wyneb Gaenor.

'Mae hi'n lodes mor hyfryd, fel arfer, ac alla i ddim dychmygu gwraig well i fy mab. Mae hi'n haeddu cyfnod bach gwallgo cyn ei phriodas.'

'Wn i ddim be wnaeth fy nychryn i fwya – y *spreadsheet* neu'r llwy bren.'

'Mae wastad yn arwydd da os ydi Belle yn dy drin di fel un o'i chŵn.'

Cododd Daf ei aeliau, ond rhewodd ei wên pan ganodd ei ffôn.

'Paid â dweud mai'r orsaf sy 'na?' gofynnodd Gae yn siomedig.

'Na, dim ond Sheila.'

'Ydi hi ar ddyletswydd?'

'Ydi, ond...'

'Oes raid i ti ateb?'

Syllodd Gaenor yn syth i lygaid Daf am eiliad, ond trodd yn sydyn a chamu'n ôl. Er bod DS Sheila Francis yn ffrind da, roedd hi hefyd yn ddirprwy i Daf yn yr heddlu, a gwyddai Gaenor na allai anwybyddu'r alwad.

'Dwi'n dy nabod di'n dda bellach, a dwi'n dy garu di fel rwyt ti, Dafis. Ateb y blydi peth.'

Roedd tôn llais Sheila'n ddwys, a gwyddai Daf yn syth ei fod o wedi gwneud y peth iawn drwy ateb y ffôn.

'Mae 'na gorff wedi dod i'r golwg. Yn y sied ieir.'

'Pa sied ieir?'

'Bronwylfa. Yng Nghwm Elain, rhwng Meifod a Llanfyllin.'

'Y Gethins? Siŵr bod y mab yn priodi bythefnos i heddiw... mae Siôn yn un o'r parti priodas.'

'Ta waeth am hynny, bòs. Mae 'na gorff yn y sied ieir.'

'Damwain?'

'Anodd dweud. Mae'r ieir... dydi'r ieir ddim wedi rhoi llonydd iddi hi.'

'Ach, na!'

Roedd eiliad o saib.

'Mae ganddon ni dipyn o sefyllfa fan hyn. Jyst i ddiogelu'r safle, i ddechre.'

'Rhaid i'r trilliw ar ddeg aros, felly.'

'Tri lliw a be?'

'Dyna'r gair Cymraeg am Hydrangea. O'n i i fod i helpu Gae i'w tacluso nhw.'

'Iaith hynod sy gen ti, dwi'n dweud hynny'n go aml.'

'Well na iaith sy heb air am Hydrangea. Lladin pur ydi hwnnw, wedi'i lyncu gan yr Iaith Fain.'

Ers iddi briodi Cymro Cymraeg, roedd Sheila wedi gwneud pob ymdrech i ddysgu'r iaith, ac roedd Daf yn dal i deimlo dyletswydd i ehangu ei geirfa bob cyfle gâi.

'Be ydi'r gair Cymraeg am Burford Browns, bòs, achos mae 'na fwy ohonyn nhw nag ohonon ni yma, seriws.'

'Ar fy ffordd.'

Roedd Gaenor yn y gegin, a phan eglurodd Daf fod yn rhaid iddo fynd, rhoddodd hi gusan ysgafn ar ei foch a bag Ziploc yn ei law.

'Be 'di hwn?'

'Bisgedi corn fflêcs. Pwy a ŵyr pryd gei di bryd call.'

'Dwi'm yn haeddu ti, Gae.'

'Pawb yn gwybod hynny, Dafis. Cer di.'

2

Gan ei bod yn haf poeth a sych roedd Dyffryn Meifod yn edrych braidd yn flinedig: ei ddolydd yn llwydfelyn a'r fframwaith o sietinau esgyrnog yn taflu dim ond mymryn o gysgod arnynt. Ond i'r gogledd roedd y ddrysfa o wtregydd yn dal yn wyrdd, efo llysiau'r milwyr, bysedd y cŵn a brenhines y ddôl yn cadw'r haf i fynd.

Wrth deithio drwy ei filltir sgwâr, doedd Daf ddim yn edrych ymlaen at weld beth oedd yn aros amdano fo ym Mronwylfa, ac nid oherwydd y corff yn y sied ieir yn unig. Am flynyddoedd, roedd Daf a'i gyn-wraig, Falmai, yn gwneud dipyn efo teulu Bronwylfa, a phan chwalodd priodas Daf, doedd Lona ddim wedi bod yn fodlon jyst ei osgoi o, ac ambell dro, mewn digwyddiadau cymunedol, rhoddai bryd o dafod i Daf. Yn ôl Lona, bai Daf oedd ysgariad ei ffrind – allai Daf ei hun ddim gwadu bod gwirionedd yn hynny – felly doedd o ddim yn edrych ymlaen o gwbl i gwrdd â hi ar ei thir ei hun.

Wrth oedi y tu ôl i dractor tynnu gwellt, bwytaodd un o'r bisgedi roddodd Gaenor iddo. Roedd y blas mor gartrefol, ac yn ei atgoffa o'r holl bethau braf yn ei fywyd. Wfft i Lona. Penderfynodd ganolbwyntio ar y corff yn y sied, ac ar les ei dîm.

Gan ddilyn y pìn roedd Sheila wedi'i yrru i'w ffôn, gyrrodd Daf heibio i wtra gyfarwydd Bronwylfa, ac ar ôl troi o gwmpas sawl cornel dynn, agorodd y tirlun o'i flaen gyda'r nant yn troelli'n hamddenol drwy ddolydd gwastad. Ar y cae o'i flaen, a'r nant yn ei chofleidio fel ffos o gwmpas castell, safai sied enfawr gyda waliau dur a dwsin o baneli solar ar ei tho. O'i chwmpas roedd erw o goncrit heb hyd yn oed un dant y llew yn torri drwy'r arwyneb rhychlyd. Welodd Daf erioed le mwy dinodwedd, ond eto roedd rhyw odidogrwydd yn y noethni. Sied ieir oedd hi, adeilad addas i'w bwrpas, a fyddai'r rhai a gwynai ei bod yn hyll ddim yn debygol o gwyno am brisiau isel wyau. Ond eto, roedd y cyferbyniad rhwng yr olygfa ysblennydd – glannau'r nant wedi'u brodio â glas y gors, a'r grug a'r eithin yn fflamio ar y topie – a'r sied yn sylweddol. Doedd Daf ddim yn synnu bod rhai o drigolion yr ardal yn ystyried y ffasiwn ddatblygiad yn sarhad esthetig.

Doedd dim mynedfa i'w gweld, felly gyrrodd Daf rownd cornel yr adeilad, a gweld car sgwad Sheila, Suzuki 4x4 Toscano a Jaguar coch teulu Bronwylfa, oedd wedi'i barcio'n strategol yng nghysgod yr adeilad uchel. Ger y drws hardbord bychan roedd hen Fiat Panda. Greddf gyntaf Daf oedd gwirio oedd tystysgrif MOT ddilys ganddo, ond roedd o hefyd yn dyfalu beth roedd car mor flêr yn ei wneud ar dir Bronwylfa.

Roedd Lona Gethin yn gwisgo siwt fflamgoch efo botymau mawr arian arni, ac esgidiau uchel lliw arian. Ar ei phen roedd rhywbeth roedd Daf wedi dysgu'i enw'n ddiweddar: *hatinator*. Roedd hi bron mor dal â'i gŵr, oedd yn edrych yn union fel petai mochyn wedi llogi siwt ffurfiol. O ganlyniad i'w gorff hir a'i goesau byr, roedd cynffonnau côt lwyd ffurfiol George Gethin yn fflapio y tu ôl i'w bengliniau. Roedden nhw'n sefyll wrth ymyl ei gilydd heb ddweud gair, oedd ddim yn beth anghyffredin – petai Musical Statues yn rhan o'r gemau Olympaidd, ystyriodd Daf, byddai George Gethin ar y podiwm bob tro. Efo nhw roedd eu mab, yn smocio sigarét, ac er nad oedd ei siwt o mor ffurfiol, roedd rhosyn mawr ar ei labed. Roedd o'n ddyn ifanc tal a llydan, ond doedd dim llawer o siâp i'w gorff, na llawer o ôl gwaith caled chwaith – ei fochau'n rhy goch, ei fol yn rhy grwn a'i wallt yn rhy denau. Cofiodd Daf mai newydd ddathlu ei ben-blwydd yn ddeg ar hugain oed oedd o. Doedd o'n fawr o gatsh i neb, ond eto, i atgyfnerthu'r ddihareb fod brân i bob brân, roedd merch mewn boilars yn sefyll wrth ei ochr, yn edrych arno fo fel petai o'r dyn harddaf ar wyneb y ddaear. Doedd o ddim yn rhoi smic o sylw iddi wrth anadlu mwg ei sigarét drosti, ond sylwodd Daf arni hi'n ymestyn ei thafod i lyfu ei gwefus isaf, fel petai'n ceisio blasu'r mwg. Edrychai'r ferch aflonydd mor denau â milgi, a symudai ei phen fel petai hi'n disgwyl am rywbeth, neu rywun. Roedd ei bysedd fel brigau bychan prysur, yn cau ac agor ei choler a chwarae â darn bach o gortyn o'i phoced. Roedd Daf wedi gweld digon dros y blynyddoedd i fod yn eitha sicr nad cyffuriau oedd yn achosi ei hymddygiad, felly roedd rhywbeth yn amlwg yn ei chnoi.

Caeodd ddrws ei gar â chlep, a cherdded ar draws y concrit.

'Dwi'n hoff iawn o dy *hatinator*, Lona,' meddai.

'Wel, mae'r diwrnod wedi'i sbwylio rŵan,' brathodd hithau, gan wrthod y llaw roedd Daf yn ei chynnig iddi. 'Mae fy nith, Elen Sian, yn priodi heddiw, fel ti'n gwybod. Priodas fawr. A rŵan, *unwaith eto*, mae lol Dafydd Dafis wedi sbwylio bob dim i bawb.'

Roedd George a'i fab, ar ôl eiliad o amheuaeth, yn amlwg wedi penderfynu nad oedd yn beth call bod yn anghwrtais â heddwas o ystyried bod corff yn eu sied, felly gan anwybyddu geiriau cas Lona, ysgydwodd y ddau law Daf. Un lletchwith, galed, oedd llaw George ond nid oedd llawer o nerth ym mysedd y dyn ifanc.

Agorodd drws y sied a daeth Toscano allan i olau dydd, ei wyneb yn drwch o lwch a'i lygaid yn ceisio dod i arfer â'r heulwen lachar. Roedd ambell bluen yn ei wallt cyrliog du.

'Be sy, còg?' gofynnodd Daf.

Llanwodd Toscano ei ysgyfaint gwpwl o weithiau cyn ateb, ac atgoffwyd Daf o'r hyn roedd Gaenor wedi'i ailadrodd yn y ward esgor tra oedd Mali Haf yn cael ei geni: 'teimlo'r ofn, anadl ddofn'.

'Wel, bòs, mae 'na gorff, a lot o ieir.'

'Wyth mil ar bob ochr i'r sied,' datganodd George, yn methu rhwystro'i hun rhag brolio. 'Burford Browns i'r chwith, Dekab gwynion yr ochr arall.'

'Mae'r corff ar ochr y rhai brown, bòs,' ategodd Toscano. 'Bastards pluog yden nhw.'

'Digon gwir,' cytunodd mab y fferm, 'ond mae pobol Llundain yn hoff iawn o'u hwyau brown.'

'Dim nhw sy'n delio efo nhw bob dydd,' mwmialodd y ferch.

'Be ddwedest ti, Lissa?' brathodd Lona.

'Dim byd. Sori,' atebodd y ferch, ei llais yn diflannu.

'Helô, lodes,' meddai Daf, gan wenu ac estyn ei law ati. 'Daf Dafis ydw i, còg o Lanfair sy'n digwydd bod yn heddwas.'

'Dwi wedi dy weld di ar YouTube, dwi'n meddwl.'

'Mae Lis wrth ei bodd efo pethe *true crime*,' ategodd y dyn ifanc. 'Methu cael digon o droseddu.'

Nodiodd y ferch ei phen, ac roedd golwg fodlon ar ei hwyneb, fel petai hi'n croesawu unrhyw sylw ganddo. Roedd ei hangerdd am y dyn ifanc yn dechrau poeni Daf.

'Wel, mi fyset ti'n sicr o ddiflasu efo ymchwiliad go iawn, lodes,' atebodd.

'Lissa ddaeth o hyd i'r corff,' esboniodd Toscano.

'A pha bryd oedd hynny?' gofynnodd Daf.

Nid atebodd y ferch.

'Paid â bod yn ddigywilydd,' brathodd Lona. 'Mae Mr Dafis yn ddyn pwysig... yn ei ffordd ei hun... a does ganddo ddim amser i chwarae gemau efo creadures fel tithe.'

'Arolygydd Dafis, os gweli di'n dda,' ymatebodd Daf, gan wingo'n fewnol dros y sylw sbeitlyd. Penderfynodd roi Lona yn ei lle. 'A fi sy'n arwain yr ymchwiliad hwn, felly, plis cadwa'n dawel nes y bydda i'n gofyn am dy fewnbwn.'

'Tua saith y bore oedd hi,' meddai'r dyn ifanc, gan dynnu ar ei sigarét cyn lluchio'r bonyn ar y llawr a'i wasgu efo sawdl ei esgid. Plygodd y ferch i godi'r bonyn a gwenodd yntau fel petai'n mwynhau'r ffaith ei bod hi'n tacluso'i lanast.

'Owain ydw i, gyda llaw, yr *original* OG. A dyma i ti Lissa, sy'n gweithio i ni.'

Wrth i Daf ystyried nad oedd o erioed wedi gweld unrhyw

un llai tebyg i gangstyr, sylweddolodd nad oedd y còg, mwy na thebyg, yn gwybod ystyr yr ymadrodd roedd o newydd ei ddefnyddio, Original Gangster. Roedd iddo alw'i hun yn 'OG' yn drist, ond roedd 'OOG' yn drychinebus. Digon o waith ei fod yn cyfeirio at Owain Glyndŵr.

'Mae Mr... Arolygydd Dafis wedi gofyn i ni i beidio ymyrryd,' rhybuddiodd ei fam.

'Na, Mam, mae o wedi gofyn i *ti* gau dy ben, sy'n fater gwahanol.'

Doedd Daf ddim ar frys i symud ymlaen at yr achos gan ei fod yn dysgu mwy am deulu Bronwylfa efo pob gair oedd yn dod o'u genau, ond roedd Toscano'n dechrau shifflo'i draed fel petai ar binnau.

'Mae Sheila i mewn yna, bòs,' meddai'n dawel, gan chwifio'i law i gyfeiriad y sied. 'Well i ti fynd i mewn i weld.'

'Ocê. Fydd raid i ni gael rhywle i ofyn cwpwl o gwestiynau sylfaenol...'

Disgwyliodd Daf am gynnig gan un o'r teulu, a chafodd dri.

'Mae 'na swyddfa yn y sied.' George Gethin.

'Mi allwch chi ddod i fyny at y tŷ, os oes rhaid.' Lona Gethin.

'Mae carafán Lissa jyst rownd y gornel.' OG.

Wedyn, dechreuodd ffrae.

'Dwi ddim yn mynd i mewn i'r twlc ti'n ei alw'n swyddfa yn y dillad yma.' Lona.

'Fydd y garafán fel ffwrn.' George.

'Dwi'm yn hoffi'r syniad o gael heddweision yn sneifio dros y lle 'cw.' Owain.

'Felly, DC Toscano, os wnei di jyst aros yn y fan hyn, mi ddo' i'n ôl yn fuan er mwyn mynd â phawb i lawr i'r orsaf yn y Trallwng.'

Ciledrychodd Lona ar ei watsh a synnodd Daf mai Fitbit oedd hi. Rywsut, wnaeth o erioed feddwl y byddai'n gweld *hatinator* a dyfais iechyd yn cael eu gwisgo efo'i gilydd.

'Mae'r gwasanaeth yn dechrau mewn awr. 'Den ni'n perthyn

yn reit agos i'r briodferch, felly bydd pawb yn sylwi, a... Wel, mi all rwbeth fel hyn sbwylio'i diwrnod mawr hi.'

'Lona ydi hoff fodryb Elen Sian,' ategodd George.

'Ti ddim wedi cwrdd â'r lleill,' sibrydodd Owain allan o glyw ei rieni, ond yn ddigon uchel i Lissa a Daf glywed. Chwarddodd Lissa'n uchel ond rhoddodd Owain ei fys selsigaidd ar ei gwefusau main. Camodd Daf at ddrws y sied, ond cyn iddo ei agor, clip-clopiodd Lona draw.

'Mi gei di fynd,' atebodd, cyn iddi ofyn.

'Diolch. Mi alla i ddod â George yn ôl ar ôl y llunie – mae o wastad yn ffasiwn ddisgrâs mewn brecwastau priodas beth bynnag. Ond cyn i mi fynd, paid â chamddeall: does dim byd rhwng ein Owain ni a'r slwt ddydd Sadwrn fan'cw. Mae hi 'di rhoi ei bryd arno fo ers tro, ond...'

'Mae o'n priodi y penwythnos ar ôl nesaf, yn tydi?'

'Ydi. Mae o a Rhiain Eithnog wedi gwneud... wedi gwneud i'r peth weithio.'

Am ffordd anghynnes i ddisgrifio priodas ei mab, ystyriodd Daf wrth i Lona frysio at y Jaguar. Haliodd George ei hun i fyny i sedd y teithiwr ond ni symudodd Owain.

'Alla i gael lifft yno efo criw Eithnog. Neu Lissa,' galwodd draw.

'Mae Al wedi mynd â Rhiain i'r eglwys ers dipyn,' galwodd ei fam yn ôl. 'A rhaid i'r greadures acw aros i helpu'r heddlu.'

Yn anfodlon, cerddodd Owain at y car, ei esgidiau mor swnllyd â rhai ei fam.

Cyn estyn am ddwrn drws y sied, llanwodd Daf ei ysgyfaint. Ar ôl gweld cefn y Jaguar yn diflannu, camodd Lissa draw ato.

'Wna i ddod i mewn efo ti, syr,' meddai, 'i ddangos i ti be 'di be.'

Daliodd Daf lygaid Toscano a gwelodd fymryn o ryddhad ynddynt, fel petai rhywbeth erchyll yn y sied.

'Mi dria i gael gafael ar y SOCOs eto, bòs,' dywedodd, fel

petai'n chwilio am rywbeth i'w wneud, neu'n osgoi mynd yn ôl i'r sied. Nodiodd Daf ac agorodd y drws.

Ers ei arddegau, roedd Daf wedi hen arfer â phob math o adeiladau amaethyddol, o barlwr godro robotaidd enfawr ei gyn-frawd yng nghyfraith i'r twlc mochyn yng nghornel buarth Glantanat, lle'r oedd Sheila'n cadw dwy hwch Gloucester Old Spot, ond doedd o erioed wedi bod mewn unrhyw le tebyg i sied ieir Bronwylfa. Y tu mewn i'r drws roedd yr hyn a edrychai fel stafell heb do arni, gyda thrawstiau dur y strwythur i'w gweld fry uwchben. Roedd y stafell yn llai na deg y cant o ôl troed yr adeilad, a safai peiriant mawr o'i flaen oedd â chludfelt yn arwain i fan casglu lle'r oedd pentyrrau o fframiau plastig lliwgar, pob un â lle i dri deg o wyau ynddo. Roedd braich fetel uwch eu pennau – gallai Daf ddychmygu bod hwn yn codi'r wyau oddi ar y cludfelt a'u hychwanegu at y pentyrrau. Mewn cornel, yn sefyll ar baled pren, roedd sawl pentwr arall o fframiau llawn. Doedd Daf erioed wedi gweld cymaint o wyau. Roedd sinc ddur a bwrdd sychu yn llawn wyau ger y cludfelt, a llond bwced o wyau budron ar lawr, yn aros i gael eu golchi. Roedd yn deimlad afreal bod yno, fel petai ar set ffilm, ond pan ddechreuodd disian o ganlyniad i'r llwch yn yr aer, daeth yn ôl i'r byd go iawn.

'Dwi'n tynnu'r rhai budr i un ochr,' esboniodd Lissa, yn dilyn llygaid Daf. 'Dyna un o ddarnau pwysicaf y job, ti'n gweld, *quality control.*'

'Oes llawer yn torri?' gofynnodd Daf, yn methu cael gwared o'r syniad bod y cyfan yn debyg i ffatri Willy Wonka, a'r ffaith fod cynhyrchu wyau yn fusnes mor wahanol i weddill y diwydiant ffermio, fel magu da byw neu odro.

Anwybyddodd Lissa'r cwestiwn, a phwyntio'i bys at un o ddau ddrws yn y wal gyferbyn â'r drws allanol. Yno, gwelodd Daf bedwar pâr o fŵts rwber gwyn byr, budr.

'Maint naw?' gofynnodd hi.

'Agosach at ddeg.'

'Paid poeni,' atebodd Lissa gyda gwên a ddiflannodd cyn cyrraedd ei llygaid, 'dydi o ddim yn wir, be maen nhw'n ddweud am faint traed dynion.'

'Falch o glywed.' Ceisiodd Daf gadw ei lais mor fflat â phosib – roedd o'n amau ei bod hi wedi dod i arfer fflyrtio mewn ymateb i ddisgwyliadau dynion. Edrychodd arni'n gwthio'i thraed, oedd mewn sanau treinyrs bychan, i mewn i'r bŵts agosaf. Hyd yn oed yn y boilars gallai Daf weld pa mor fain oedd ei choesau, fel petai crëyr glas yn gweithio yn y sied ieir.

'Bioddiogelwch,' esboniodd. 'Rhaid i ni fod yn hynod o ofalus, oherwydd y system rydd sy ganddon ni. Gan eu bod nhw'n mynd allan, maen nhw'n agored i bob math o haint.'

'Dim probs, lodes. Ers faint ti 'di bod yn gweithio fan hyn?'

Cafodd Lissa ei synnu gan y cwestiwn syml.

'O, *fuck knows*. Ers oes pys. Falle fydd Ows yn cofio.' Er mwyn newid y pwnc, agorodd ddrws ar y dde iddi. 'Sori am y Burfords, syr. Ma' nhw'n fastards. Gwylia dy lygaid.'

Am eiliad, ystyriodd Daf fynd i nôl ei sbectol haul o'r car, ond wrth iddo gamu i mewn i ardal yr ieir sylweddolodd nad oedd yn gallu gweld yn iawn yn y gwyll fel roedd hi, heb sôn am drwy sbectol dywyll. Roedd goleuni'r sawl bylb noeth oedd yn hongian o'r nenfwd, a'r pelydrau o haul a ddeuai drwy dyllau yn y muriau, yn goleuo'r llwch a'r plu mân oedd yn hedfan yn yr awyr. Wrth sefyll yn y cyntedd rhwng y drws a wal y caets, daliodd Daf ei wynt.

'O'n i'm yn ymwybodol fod cymaint â hyn o ieir yn bodoli yn y byd mawr crwn!' rhyfeddodd.

'Paid â sôn. Dim ond wyth mil sy ganddon ni fan hyn, ac wyth ar yr ochr arall.' Chwifiodd ei llaw i gyfeiriad y ffens oedd yn rhedeg ar hyd y sied. Drwy'r ffrâm weiars roedd mwy o ieir i'w gweld: rhai gwyn, yn gori neu'n bwyta'n dawel o'r cafnau di-ri ac yn gwneud sŵn suo ysgafn, fel petaen nhw mewn parti coctel parchus. Ond wrth draed Daf, ar y llaw arall, roedd ciwed frown aflafar, erchyll, oedd yn symud fel corwynt ar y llawr ac yn yr awyr. Yn gyferbyniad i'r rhai gwyn digyffro, roedd yr ieir brown i gyd fel morgrug gwyllt.

Ger y drws roedd pwced blastig a brwsh, a gafaelodd Lissa yn y ddau beth ar unwaith. Efo'r bwced yn ei llaw dde a'r brwsh yn ei llaw chwith, camodd yn bwrpasol yn ei blaen gan wthio'r llanw byw o'r ffordd er mwyn iddyn nhw gael mynd i mewn i'r caets. Curodd Lissa ffrâm y caets yn galed efo coes y brwsh, fel petai'n gwneud *glissando* ar y delyn, gan greu sŵn uffernol. Siglodd Daf yn ei ôl, ei glustiau'n brifo, a gosododd Lissa y brwsh i sefyll ar wal y caets er mwyn gafael yn llaw Daf ac agor y drws mewn un symudiad llyfn. Wnaeth Daf ddim sylwi bod stepen wrth y drws, oedd droedfedd yn uwch na llawr y caets, a baglodd. Ond cyn iddo suddo o dan y llanw pluog tynhaodd Lissa ei gafael arno a'i godi – yn amlwg, er gwaethaf ei chorff bychan, tenau, roedd hi'n gryf.

'Arhosa di ar dy draed, rhag ofn,' gorchmynnodd.

'Rhag ofn be?' llwyddodd Daf i ofyn.

Chwarddodd Lissa. 'Rhag ofn i ti gael cach a llwch ar dy chinos! Paid â bod ofn – dydyn nhw ddim yn bwyta cig. Wel, dim fel arfer.'

Ciliodd y llanw o flaen traed Daf a Lissa gan ddatgelu'r llwch llif ar lawr. Tawelodd y sgrechian a'r clwcian am eiliad, a chlywodd Daf sŵn annisgwyl, sef llais Bonnie Tyler.

'Every now and then I get a little bit nervous that the best of all the years have gone by...'

''Den ni'n chwarae Radio Severn Sound iddyn nhw,' esboniodd Lissa. 'Gweithgaredd cyfoethogi.'

'Be?'

'Mae 'na sawl gweithgaredd cyfoethogi ar waith yma. Pethe braf i'r ieir, i'w diddanu nhw. Sbia, mae siglen fan hyn. Ac mae 'na sawl drych draw fan acw.'

Trodd Daf i edrych ar y drych ar y wal allanol, oedd mewn ffrâm blastig las, ond doedd yr ieir ddim yn talu unrhyw sylw i'r peth.

‘Ydyn nhw’n mwynhau pethe felly?’ gofynnodd Daf.

‘I fod. Mae ieir normal yn. Ond y bastards yma... dwi’n meddwl mai’r unig degan allai eu bodloni nhw fyse *assault rifle*.’

Fel petaen nhw wedi deall y sarhad, rhuthrodd yr ieir ymlaen tuag at Lissa ond chwifiodd hi ei phwced yn ymosodol arnyn nhw, fel dewin yn ysgwyd ei ffon hud.

‘Ti ’di gweld *Lord of the Rings*?’ gofynnodd, gan annog Daf i gerdded heibio iddi. ‘You shall not pass!’ gwaeddodd ar yr adar. Disgynnodd cwmwl o ieir o’r clwydi uchel, eu crafangau’n ymestyn am wyneb Daf. ‘Plyga dy ben a bwrw mlaen!’ gwaeddodd Lissa uwchben y sŵn. ‘Sbia, dyma’r drws.’

Rhedodd Daf drwy’r ieir gan ffocysu ar y drws yn y ffens weiren o’i flaen. Llwyddodd i agor y bollt ond anghofiodd am y trothwy uchel a baglodd ar ei hyd i mewn i adran bella’r sied. Doedd dim ieir yno ond, yn gorwedd yn y llwch llif lai na llathen oddi wrtho, roedd corff celain... neu beth oedd ar ôl ohono.

3

Wnaeth Daf ddim brifo wrth faglu ond aeth y godwm â'i wynt. Roedd o wedi cau ei lygaid wrth gwympo, a phan agorodd nhw gwelodd wyneb dynes gyferbyn â fo, fel petai'n syllu'n syth arno. Ond wrth i'w lygaid ffocysu gallai weld nad wyneb cyflawn oedd o ond mwgwd o gnawd, gyda dim ond un llygad ac un soced wag. Roedd sawl stribedyn o groen wedi'i rwygo oddi ar y talcen a'r bochau, ac roedd y tafod, oedd yn ymestyn o wefusau chwyddedig, budr, wedi'i hollti fel tafod sarff.

Y tu ôl i'r olygfa erchyll, gwelodd Daf bâr o esgidiau cyfforddus cyfarwydd iawn. Roedd Daf wedi tynnu coes Sheila sawl tro am ddewis gwisgo esgidiau hen leidi, ond doedd o erioed wedi bod mor falch o'u gweld nhw.

'Sheila?'

'Wel, dyna un ffordd o wneud *big entrance*, bòs. Ti isie help llaw?'

'Na, na, dwi'n iawn.'

Sgrialodd Daf ar ei draed, gan edrych o'i gwmpas. Roedd yr ardal hon o'r caets yn debyg iawn i'r ardal ar yr ochr arall i'r drws, ond heb yr ieir. Gwelodd ddrych a siglen, clwydi gori, llwch llif a chafnau bwyd, ac roedd cân gyfarwydd yn dod o'r seinydd yn y gornel. Roedd popeth yno ond ieir.

'Dwi wedi ceisio rhoi roced o dan din y SOCOs, bòs. Dwi 'di bod yma ers dros awr rŵan a dwi 'di cael hen ddigon.'

'Chwarae teg i ti am aros – yn wahanol i Toscano. Ofn adar oedd o?'

'Na, fi wnaeth ei yrru o 'ma. Mae miloedd o ieir seicopathig, corff a llif di-baid o fiwsig crap yn ddigon, ond roedd ei sŵn o'n tisian bob munud...'

‘Oes ’na fodd i ni o leia droi’r radio i ffwrdd?’ gofynnodd Daf, gan drio’i orau i beidio dechrau hymian ‘Horse With No Name’.

‘Na, sori,’ atebodd Lissa o’r drws, ‘mae bob dim yn cael ei reoli’n ganolog. A beth bynnag, mae’r ieir wedi styrbio digon yn barod. Maen nhw’n arfer cael tipyn mwy o le ond roedd yn rhaid i ni eu gyrru nhw i gyd i’r ardal ganolog, yn ôl Bossy Boots fan hyn.’ Yn amlwg, doedd Lissa ddim wedi cymryd at Sheila.

‘Safle trosedd ydi hon,’ brathodd Sheila, gan ategu, wrth iddi weld llaw Lissa ar follt y drws, ‘felly ti ddim yn cael dod i mewn.’

‘Dwi ddim isie. Hen bryd i’r rhain fynd allan am chydig o awyr iach.’

‘Ble maen nhw’n mynd?’ gofynnodd Daf, wrth feddwl am effaith un mil ar bymtheg o draed ar unrhyw dystiolaeth fforensig o gwmpas y sied.

‘I’r llwyn.’

Erbyn hyn roedd Lissa wedi camu draw at y wal allanol, lle’r oedd drws maint drws garej.

‘Ydi hi’n cael rhyddhau’r ieir?’ gofynnodd Sheila yn isel. ‘Be am olion traed ac ati?’

‘Sut mae’r Swyddogion Lleoliad Trosedd yn mynd i allu cyrraedd y corff os oes rhaid iddyn nhw fynd drwy’r holl ieir?’

‘Yn union fel tithe a finne.’ Oedodd Sheila am eiliad. ‘Ti’n ofnus?’

‘Na, paid â gwamalu. Mae’r pridd mor galed â bisged, beth bynnag. Dim llawer o obaith o gael olion, ddweden i.’

‘Does dim cywilydd mewn bod ofn, bòs,’ mynnodd Sheila gan fwytho’i law yn nawddoglyd. ‘Dydi Tom ddim yn gallu dod yn agos i’r moch acw chwaith.’

‘Dwi ddim ofn blydi ieir! Ond rhaid i ni fod yn ofalus i beidio amharu ar y systemau fan hyn – os na fyddwn ni’n ofalus bydd achos yn ein herbyn ni am beidio ystyried lles yr ieir, beth bynnag fydd gan y SOCOs i’w ddweud.’

'Mae'n hynod ein bod ni'n trafod lles ieir tra mae 'na ddynes farw wrth ein traed.'

Agorodd Lissa y drws allanol a llifodd haul cryf i mewn i'r adeilad. Yn ara deg, dechreuodd yr ieir adael, efo Lissa'n chwifio'i breichiau ac yn hwtian yn wirion i'w hannog. Yn raddol tawelodd y sied, a chyn hir dim ond murmur yr ieir gwyn, hanes y 'Wichita Lineman' a sŵn y nant yn y pellter oedd i'w glywed.

'Ydi'r... ai'r ieir sydd wedi...?' gofynnodd Daf.

'Na. Er nad ydi'r Burford Browns yn adar dymunol, dydyn nhw ddim yn ddigon cryf i ladd person.'

'Ond maen nhw wedi... bwyta digon o'i chnawd.' Roedd y corff benywaidd wrth eu traed yn noeth a'r croen wedi'i rwygo o'i chorun i'w sodlau.

'Chwilfrydedd oedd hynny dwi'n meddwl,' meddai Sheila, 'nid ysfa i'w bwyta. A phetai iâr yn pigo cefn dy law, heb sôn am bigo dy lygad allan, fyset ti ddim yn gorwedd yn llonydd.'

'Petai hi wedi gallu amddiffyn ei hun...'

'Yn hollol.'

Penliniodd Daf wrth ochr y corff. Dynes fer oedd hi, o dan bum troedfedd, ac er gwaetha'r cleisiau roedd digon o'i chnawd yn gyfan i Daf ddod i'r casgliad nad dynes ifanc oedd hi. Ar ei hysgwydd roedd gweddillion tatŵ, ac roedd ei gwallt wedi'i liwio'n las llachar.

'Ti 'di sylwi ar ei *suntan*, bòs?'

'Does ganddi ddim *lliw haul* o gwbl,' atebodd Daf. Er bod Sheila erbyn hyn bron yn rhugl yn y Gymraeg roedd o'n manteisio ar bob cyfle i gyflwyno geiriau newydd iddi. 'Mae hi'r un lliw dros ei chorff i gyd.'

'Na, dim cweit. Sbia o dan ei chesail – mae'r croen yn y fan honno'n wyn.'

'Be ti'n ceisio'i ddweud?'

'Mae'r tywydd wedi bod yn grasboeth. Mae'r ddynes yma wedi dal yr haul ond does dim marciau i ddangos bod ganddi ficini.'

'Treiglad da, Sheila.'

'Roedd hi'n cerdded o gwmpas yn noeth yn yr haul. Nudist.'

'Noethlymunwraig.'

'Dwi am sticio efo *nudist*, os ydi hynny'n iawn.'

'Ta waeth, mi allwn ni roi cwpwl o bethau at ei gilydd rŵan. Gwallt lliwgar, tatŵ a thuedd i dorheulo'n noeth. Efallai ei bod yn ddynes braidd yn... amgen.'

'Amgen? Mae gan Rhys Mwyn Siart Amgen ond dwi'n siŵr bod yr un sydd gen ti yn dy ben yn wahanol: dyn mewn het ledr yn bwyta ffa myng mewn caffi ym Mach ar un pen, a fy mam yng nghyfraith ar y pen arall.'

'Ti'n gwybod be dwi'n feddwl. 'Den ni'n sôn am rywun sy'n nes i chwe deg nag ugain oed, ond mae ganddi datŵs, ac yn dal i liwio'i gwallt yn las...'

'Ti'n iawn ynglŷn â'r gwallt, ond mae'n ddigon posib fod y tatŵs wedi goroesi o'i glasoed.'

'Digon posib. Ond pwy yn union oedd hi? A sut mae ei chorff hi ar lawr sied ieir?'

Pan gafodd Daf gyfle i fynd allan i'r heulwen roedd o'n llawer mwy awyddus i fynd na'r ieir. Doedd y tîm SOCO ddim angen unrhyw beth ganddo fo, yn ôl Susie, y prif swyddog.

'Jyst cer o 'ma,' meddai wrtho, 'tithe a dy fŵts picsi. Y peth gorau alli di ei wneud ydi peidio trampio dros y dystiolaeth.'

Felly, gan gofio camu'n ddigon uchel i beidio baglu, dychwelodd i'r buarth concrit at Toscano. Ymunodd Sheila â nhw y tu allan, gan lenwi ei hysgyfaint ac anadlu allan yn araf, fel ochenaid.

'Ble mae'r ferch?' gofynnodd Toscano.

'Wedi mynd allan efo'r ieir. Ti 'di chwilio drwy'r bas data am bobol sydd ar goll?'

'Do – does 'run proffil sy'n debyg iddi hi.'

'Ocê. Allwn ni ddim cyhoeddi llun ohoni, efo'i hwyneb yn y ffasiwn gyflwr, ond falle y byddwn ni'n lwcus efo'i dannedd.'

'Dwi'm yn meddwl y bu hi farw yn y sied,' meddai'r plismon ifanc.

'Cytuno. Pam wyt ti mor sicr?'

Cochodd Toscano. 'Wel, pan mae rhywun yn marw, mae'r corff yn... gollwng. Doedd dim tystiolaeth o, ym, wastraff dynol, o'i chwmpas.'

'Pwynt dilys. Er, does gen i ddim syniad pa effaith mae miloedd o ieir wedi'i gael ar ein tystiolaeth ni...'

'Roedd hi'n... wel, roedd ieir o'i chwmpas hi pan wnes i gyrraedd. Roedd rhai ohonyn nhw'n dal yn... gwledda.' Clywodd Daf nodyn o ansicrwydd yn llais y swyddog ifanc.

'Paid poeni, còg. Mi fyse be welest ti'n ddigon i ddychryn unrhyw un.'

'Ond ddylen i ddim rhoi rhech am y peth – dim ond cig ydi corff ar ôl i'r enaid adael. Ond eto, bòs, y diffyg parch gan y blydi ieir sy'n fy nghael i. Mae ganddyn nhw siglenni a miwsig a bob dim, ond eto...'

Crwydrodd Daf rownd cornel y sied a gwelodd olygfa annisgwyl. Gyferbyn â wal hir y sied roedd paradwys o wyrddni: yr ardal roedd Lissa wedi'i disgrifio fel 'llwyn'. Ymestynnai'r borfa eang i lawr i'r nant, ac roedd rhai o'r ieir wedi dewis mentro dros y cerrig oedd fel arfer dan ddŵr tra oedd y mwyafrif wedi mynd i gyfeiriad y bompren. Mewn cyferbyniad i'r tir ger drws mawr y sied, lle'r oedd miloedd o grafangau wedi erydu'r glaswellt, roedd y llwyn yn llawn blodau gwyllt llachar oedd fel petaen nhw wedi'u brodio dros y gwyrdd: pesychlys, gludlys codrwth, clefryn, geuberlys a fioled o dan y sietin, yn ogystal â gwyddfid, hen ŵr a'r ladi wen. Roedd sietin ffres i'w weld o amgylch y llwyn, yn ymestyn yn ôl ac ymlaen ar hyd y tir. Eisteddai Lissa'n hamddenol ar risiau'r bompren, ei phen yn ei ffôn. Cerddodd Daf draw ati.

'Mae grant i'w gael am bob llath o sietin,' meddai, wrth weld Daf yn astudio'r olygfa, 'felly sietinau dibwrpas ydi'r rhain.' Chwarddodd. 'Wel, na, y taliad ydi'r pwrpas, yn union fel y coed.'

Roedd pedair coeden fawr wedi goroesi'r broses o adeiladu'r sied, ac roedd llwyth o goed iau o'u hamgylch, rhai yn dal yn eu tiwbiau plastig ac eraill yn cael eu hamddiffyn â fframiau coed a ffens weiren.

'Ti'n gwybod be 'di'r diawled gwaetha am gnoi coed?'

'Ceirw?'

''Den ni ddim yn gweld llawer o'r rheiny fan hyn. Ŵyn bech Melangell sy'n euog, coelia neu beidio. A fyset ti'n synnu pa mor dal yden nhw, pan maen nhw'n mestyn eu coesau.'

Roedd Daf wedi clywed yr enw o'r blaen, ond wastad gan y genhedlaeth hŷn. Peth braf tu hwnt oedd clywed merch yn ei hugeiniau yn galw sgwarnogod wrth eu henw hynafol. Oedodd yn rhy hir cyn ateb, a chamddeallodd Lissa.

'Am sgwarnogod dwi'n sôn. Bwnis mawr y mynydd. Maen nhw'n dod lawr o'r topie fel petai'r lle 'ma'n McDonalds, ac yn llowcio rhisgl coed fel McNuggets.'

'Dwi wedi clywed hynna o'r blaen – yr enw ŵyn bach Melangell, hynny ydi, dim y McNuggets.'

'Sori. Dwi'n gwybod 'mod i'n wirion. Ond dwi'n gweld pethe'n debyg i bethe eraill weithie, ti'n gwybod. A falle nad ydyn nhw'n debyg o gwbl.'

Syllodd Daf i mewn i'w llygaid. Gonestrwydd oedd ynddyn nhw, a deallodd Daf fod y ferch o'i flaen wedi hen arfer derbyn beirniadaeth lem. Dros y blynyddoedd roedd Daf wedi dysgu sut i adnabod pobol oedd wedi cael eu hesgeuluso neu eu camdrin: weithiau roedden nhw'n teimlo rheidrwydd i dalu pwyth yn ôl, neu yn torri o dan straen y pwysau di-baid. Roedd o wedi gweld yr olwg wyliadwrus yn llygaid menywod yn rhy aml, yn anffodus, ond fel arfer roedden nhw dipyn yn hŷn na Lissa. Daeth Daf i'r casgliad fod y ferch o'i flaen wedi diodde dipyn yn ei bywyd byr.

'Does dim byd o'i le efo dy ffordd o siarad, lodes,' atebodd, efo mwy o bwyslais nag yr oedd o'n bwriadu ei roi. 'Ti'n iawn.'

'Ond... dwi'n mynd ar nerfau pobol, yn sobor.'

'Ti'm yn mynd ar fy nerfau i, dim o gwbl. Ond rhaid i mi ffocysu ar yr achos.'

'W, ie, yr achos. Ti'n meddwl y bydd rhywun yn creu podlediad o'r achos 'ma?'

'Pwy a ŵyr.'

'Fyse hynny'n grêt. Bydd rhyw ddyn o'r teledu yn dod i ofyn am y manylion gen i, a...'

'Ti'n rhoi'r cert o flaen y ceffyl, Lissa. Cyn y podlediad, mae'n rhaid i ni ymchwilio i'r achos. Ti wnaeth ddarganfod y corff, ie?'

'Ie.'

'A faint o'r gloch oedd hynny?'

'O, tua saith.' Wrth iddi siarad roedd hi'n symud ei dwylo fel petai hi'n eu sychu o dan beiriant gwynt mewn tŷ bach, wedyn syllodd ar gefn ei llaw chwith. Allai hi ddim rhoi arwydd mwy amlwg i Daf ei bod hi'n rhaffu celwyddau.

'Saith? Ti'n siŵr?'

Pan gochodd ei bochau â chywilydd roedd hi'n llawer mwy deniadol, a gwnaeth hynny iddo feddwl am natur ei pherthynas ag Owain. Creodd Owain argraff eitha anffafriol ar Daf o ddyn ifanc hunanol, slebogaidd. Faint o ddynion allai anwybyddu merch ifanc dlos ar stepen ei ddrws, yn enwedig os nad oedd y ferch honno'n cuddio'i hedmygedd ohono?

'Wel, ocê, nid saith o'r gloch oedd hi, ond be ydi'r ots? O'n i'n gwybod y byddai pawb yn paratoi ar gyfer y briodas, felly mi benderfynes i gael hoe fech ecstra.' Ochneidiodd, fel petai ei phrofiad o fod ynghlwm ag achos troseddol wedi amharu ar ei chynlluniau. 'Ar foreau Sadwrn, weithie, dwi'n cael mynd i'r tŷ am gawod. Mae'r garafán yn iawn, ti'n gwybod, ond... Beth bynnag, o'n i'n meddwl na fydde neb yn dod i lawr i jecio 'mod i'n gweithio tra oedden nhw i gyd yn ymbincio, ac y bydde siawns i mi gael cawod ar ôl iddyn nhw fynd i'r eglwys.' Oedodd, a syllu ar wyneb Daf. Sylweddolodd nad oedd o'n deall. 'Dydi Mrs Gethin... wel, leidi drefnus ydi hi. Angen bob dim yn y lle iawn. Mae'r tŷ fel pìn mewn papur.'

'Dwi'n gwybod. Dwi wedi bod yno sawl gwaith.'

'O, ie, dwi'n cofio Mrs Gethin yn dweud rwbeth am ffrind oedd yn arfer bod yn briod â heddwas. Beth bynnag, mi wnaethon nhw gynnig y garafán i mi, chwarae teg, a ddylen i ddim gofyn am fwy, ond mae'n braf sobor cael cawod bob hyn a hyn. Dweud y gwir, dwi ddim i fod i fynd i mewn i'r tŷ, ond mae OG mor glên. Os ydi ei rieni wedi mynd i rywle, mae o'n ffonio a dwi'n gallu mynd i fyny am gawod.'

'A dydi Mrs Gethin ddim yn gwybod am hynny?'

'Na. Ein cyfrinach ni.'

Chwarddodd Lissa, ac roedd yn rhaid i Daf ofyn mwy.

'Be ydi'r sefyllfa rhwng Owain a tithe? Oes unrhyw gyfrinachau eraill rhyngddoch chi?'

Disgynnodd ei phen. Ni allai edrych i lygaid Daf ond doedd o ddim yn deall pam: swildod, neu euogrwydd?

'Mae o ar fin priodi, wyddost ti. Mae'n rhaid iddo feddwl am y dyfodol, am y fferm. Ac mae Rhi mor dalentog, ac yn aeres hefyd. Mae hi'n gallu actio, dawnsio a chanu yn well na neb.'

'Dim cweit yn well na neb,' mynnodd Daf.

'Na, ti'n iawn. Roedd merch o ochre Llanfair wastad yn ei churo yn yr Urdd, yn doedd, er ei bod hi'n iau na Rhiain. Fydda i'n meddwl weithie be ddigwyddodd iddi hi, achos mae Rhiain yn dal i'w chofio hi. Dydi hi ddim yn arfer colli.'

'Mi aeth hi i astudio yn y Guildhall yn Llundain, a rŵan mae hi wedi ymuno â Chwmni Opera Glyndebourne. Fy merch i oedd y ferch o ochre Llanfair,' atebodd Daf gyda gwên fawr. Cododd Lissa ei phen fel petai rhyw bry wedi'i phigo. Daliodd ei phen yn ei dwylo am eiliad, wedyn rhoddodd ei llaw dros ei cheg fel petai'n ceisio gwasgu'r geiriau yn ôl i'w gwddf.

'O'n i ddim... sori am fod yn ddigywilydd.'

'Wnest ti ddim dweud unrhyw beth o'i le, lodes. Roedd Rhiain a Carys yn cystadlu yn erbyn ei gilydd yn go aml, ac mi gafodd Carys fwy o lwc.'

‘Dwi’n falch,’ sibrydodd Lissa. ‘Mae’n llesol i Dywysoges Eithnog golli bob hyn a hyn.’

Rhoddodd Daf ei law ar ei braich am eiliad, a gallai deimlo’i hesgyrn drwy’r croen.

‘Gwranda, lodes, ti’n deall y drefn, a tithe’n gystal ffan o raglenni trosedd. Mae bob dim ti’n ddweud wrtha i yn hollol gyfrinachol. Ti’n hoffi Owain, yn dwyt?’

Nodiodd Lissa ei phen.

‘Ac mae ’na rwbeth rhyngddoch chi?’

Nodiodd eto. ‘Ond dwi’n deall yn iawn, syr. Dwi’m yn disgwyl glanio wrth yr Aga yn Bronwylfa – dwi ddim hyd yn oed yn breuddwydio am hynny. A dweud y gwir, dwi’m yn hoffi’r syniad o fod yn Misus Bronwylfa, a finne wedi dod o lle dwi ’di dod. Fysen i’n gwneud llanast o’r job. Dwi’m yn gwybod sut i goginio, na gwisgo’n smart. Dim ond sglods oedden ni’n fwyta, Nain a finne. A sut all lodes o dŷ Cyngor ofalu am ffermdy mawr, dwêd? Mae’n addas iddo briodi Rhiain...’

‘Ond? Mae ’na “ond” mawr yn dy lais di, Lissa.’

‘Ond mae’n siom nad ydi hi’n ei hoffi fo rhyw fymryn. Mae o mor annwyl, mor ddrygionus, ac mae hi’n ei ddiystyru o, fel petai o’n faw dan ei sodlau. All Ows ddim cystadlu efo’i gyrfa hi ar lwyfan y West End.’

‘Mi weles i rwbeth yn y papur bro. *The Lion King*, os dwi’n cofio’n iawn?’

Chwarddodd Lissa’n uchel.

‘Dim ond udfil oedd hi. Second Hyena. Wedyn ddaeth popeth i stop oherwydd Covid, a dyma hi rŵan, yn bwriadu uno dwy fferm fawr er mwyn sicrhau na fydd raid iddi godi bys drwy gydol ei bywyd. Owain fydd yn gweithio, a hithe, fel brenhines mewn cwch gwenyn, yn bwyta ac yn bridio.’

Roedd min newydd yn llais Lissa wrth iddi drafod Rhiain Eithnog.

‘Pan weles i’r corff o dan yr ieir, am eiliad, o’n i’n gobeithio mai hi oedd hi.’

4

Symudodd Lissa ei phen fel petai'n falch o gael datgelu rhywfaint o'i sefyllfa, ond eiliad yn ddiweddarach, newidiodd ei safiad yn gyfan gwbl. Gostyngodd ei hysgwyddau a'i phen fel petai'n ceisio gwneud ei hun yn fach, fach, fel anifail wedi'i gornelu. Ystyriodd Daf mor ifanc oedd hi – yr un oed â'i ferch – ac allai o ddim peidio â'u cymharu. Roedd Carys yn ceisio penderfynu oedd hi am aros yng Nghwmni Opera Glyndebourne neu ymuno ag Opera Cenedlaethol Cymru, ond roedd Lissa druan yn byw mewn carafán, yn treulio'i dyddiau'n gofalu am ieir milain ac yn rhoi ei chorff i ddyn ifanc arwynebol er mwyn cael cawod bob hyn a hyn.

Torrodd sŵn ei ffôn personol ar draws ei fyfyrdod am anghyfiawnder, a phan atebodd yr alwad roedd y llais ar y pen arall yn syndod iddo.

'Sut gest ti'r rhif yma?' gofynnodd i Owain, yn swta. Roedd Daf yn rhoi pwysigrwydd mawr ar gadw ei ffonau gwaith a phersonol ar wahân.

'Mam roddodd o i mi. Pam? Beth bynnag, rhaid i ti ddod yma rŵan – mae Rhi 'di colli'r plot go iawn. Mae Mam yn gandryll a bydd Elen Sian yn mynd yn *mental* pan fydd hi'n cyrraedd.'

'Ble ydech chi?'

'Ym mynwent Eglwys Llanfair. Mae Mam a Dad wedi mynd i mewn, ond mae Rhi yn cael sterics, felly well i ni aros y tu allan.'

'Pa fath o sterics, dwêd?'

Anadlodd y dyn ifanc yn ddigon dwfn i Daf ei glywed.

'Fel fydd hi... ti'n gwybod.'

'Dwi'm yn ei nabod hi o gwbl, còg.'

'Na? O'n i'n meddwl bod pawb yn nabod Rhi. Sterics noeth, dyna be.'

'Wyt ti'n gallu disgrifio'r sterics?'

'Na, dim rîli. Dwi'm yn dda am bethe felly.'

Roedd sŵn siarad y pen arall, a'r llais nesaf glywodd Daf oedd un Rhodri.

'Dad, rhaid i ti ddod yma. Mae'r greadures yn gorwedd ar un o'r beddrode mawr wrth lidiart yr eglwys, yn cnocio'i phen yn y mwsog ac yn udo fel gast. Does dim llawer o siâp ar ei *hatinator* ddim mwy.'

'Ond Rhods, dwi 'di cael fy ngalw i achos difrifol, a...'

'Fetia i fod hyn yn gysylltiedig â dy achos di, Dad. Mae corff wedi cael ei ddarganfod yn sied Bronwylfa, a chydig wedyn mae darpar wraig Ows Bronwylfa yn sgrechian yn y fynwent. Ty'd 'laen, Sherlock.'

'Ocê. Iawn. Ar fy ffordd.' Gwthiodd Daf y ffôn yn ôl i'w boced a throdd at Lissa – roedd yn amlwg iddi fod yn clustfeinio.

'Dim siâp ar ei hatinator, hei? Falch o glywed. Un hyll oedd hi.'

'Ddylet ti ddim gwrando ar sgyrsiau pobol eraill, yn enwedig sgwrs aelod o'r heddlu.'

'O, mae 'na restr hir o bethe ddylen i ddim eu gwneud.' Ynganodd y geiriau mewn modd ffwrdd-â-hi, ond roedd tinc anfad yn ei llais.

'Debyg iawn, lodes. Rhaid i ni gael sgwrs go iawn.'

'Rhaid i mi ofalu am y rhain i gyd.'

'Gwranda, ti'n dyst pwysig mewn achos difrifol, a dydi'r ieir ddim angen dy sylw di ar hyn o bryd.'

'Ond dwi angen delio efo'r rhai gwyn – ddylen nhw ddim aros yn y sied drwy'r dydd.'

'Fydda i'n ôl yn nes ymlaen am sgwrs, felly.'

Penderfynodd Daf fynd â Toscano efo fo tra oedd Sheila'n

helpu'r SOCOs efo'u gwaith. Newydd danio injan ei gar oedd o pan welodd gerbyd glas yn dod yn ara deg i lawr yr wtra, fel petai'r gyrrwr yn anghyfarwydd â lonydd anwastad cefn gwlad. Parciodd y car glas a chamodd dyn main o sedd y gyrrwr, wedi'i wisgo braidd yn ffurfiol, o ystyried y tywydd crasboeth, mewn siaced liain, crys oedd wedi'i smwddio'n berffaith, a thei. Wrth ei weld o, neidiodd Toscano i'w gyfarch.

'Ninan, sut hwyl?'

'Iawn, Paddy, a tithe?'

'Wel, dwi wedi colli'r Sadwrn...'

Weithiau roedd Daf yn gorfod cydnabod pa mor hen ffasiwn oedd o. I ddechrau, doedd o ddim yn disgwyl i Toscano nabod neb – am ryw reswm roedd o'n dychmygu nad oedd y swyddog ifanc hynod yn gwneud dim byd ond gweithio, helpu ym musnes hufen iâ ei deulu, a chysgu. Yn ail, oherwydd natur yr ardal, roedd Daf yn credu ei fod o'i hun yn nabod, o ran eu gweld, o leia, pob siaradwr Cymraeg yn ei filltir sgwâr. Ac, wrth gwrs, roedd o'n disgwyl i bob siaradwr Cymraeg fod yn wyn. Cafodd ei brofi'n hollol anghywir ar y ddau bwynt.

'Arolygydd Dafis, dyma fy ffrind Ninan Kollamparambil, meddyg teulu o Lantwymyn.'

Chwarddodd Ninan wrth ymestyn ei law at Daf.

'Pleser pur, Arolygydd Dafis. Dwi wedi clywed cryn dipyn am eich *adventures*.'

'Anturiaethau,' cywirodd Daf, heb feddwl.

'Anturiaethau, mae'n ddrwg gen i. Dim ond dysgwr Canolradd ydw i, cofia!'

'Mae dy Gymraeg yn gwella bob dydd, Ninan,' meddai Toscano, cyn troi at Daf. 'Dim ond am gwpwl o flynyddoedd mae o wedi bod wrthi,' ategodd.

'Dwi ddim yn ieithydd naturiol o gwbl, Mr Dafis,' esboniodd Ninan, 'ond dwi wedi llwyddo i ddysgu Saesneg, ac mae pob iaith arall yn hawdd ar ôl hynny.'

'Digon gwir. Wyt ti wedi dod i wneud y ROLE?'

'Ydw. Ond, o be glywais i, does dim amheuaeth fod y person yn farw.'

'I'r dim. Reit, os ydi hi'n iawn efo ti, Doctor... Doctor...' Roedd Daf yn boenus o ymwybodol nad oedd gobaith ganddo o ynganu cyfenw'r meddyg yn gywir.

'Kollamparambil,' gorffennodd Toscano'r frawddeg yn hunanfoddhaus.

'Wnaiff Ninan y tro,' atebodd y meddyg gyda gwên. 'Rydyn ni'n hoffi ein henwau hir yn Kerala.'

'Wel, os wyt ti'n hapus i fwrw mlaen, mae'n rhaid i Toscano a finne fynd rŵan. Mae DS Francis o gwmpas i dy helpu di.'

'Ydi'r Swyddogion Lleoliad Trosedd yma?' gofynnodd y meddyg.

'Y SOCOs? Ydyn, yn y sied.'

'A'r ieir?'

'Mae'r rhai o'r ochr yma i'r sied wedi mynd allan, ond mae'r lle yn llawn llwch.'

Tynnodd y meddyg fwgwd o'i boced a'i glymu dros ei glustiau heb ei dynnu dros ei geg.

'Hwyl am y tro, felly, Mr Dafis. Wela i di fory, Paddy.'

'Hwyl, Ninan.'

Tynnodd y meddyg ei fwgwd i fyny dros ei drwyn a chamu i mewn i'r sied.

Wrth iddyn nhw ddringo'r wtra, trodd Daf at Toscano.

'Sut wyt ti'n ei nabod o? Andros o foi clên.'

'Yma ac acw, ti'n gwybod.'

'Dwi ddim, dweud y gwir.'

'Ti'n gwybod sut mae'r ardal 'ma. Mae rhywun wastad yn baglu dros bobol.'

'Dim yn aml mae rhywun sy'n byw yn y Drenewydd yn cwrdd â rhywun sy'n byw yng Nglantwymyn.'

'Carno. Mae o'n byw yng Ngharno. Wel, jyst tu allan.'

Doedd Daf ddim yn deall pam roedd Toscano mor gyndyn o egluro mwy, ond roedd yn rhaid iddo ofyn.

'Felly ble yn union wnest ti faglu ar ei draws o?'

''Den ni nabod ein gilydd o'r eglwys.'

'Mae o'n Gatholig, felly?'

'Wel, ydi a nac'di. Mae o'n aelod o Eglwys Syro-Malabar, sy'n mynd yn ôl i'r cyfnod Apostolig. Ond 'den ni mewn cymundeb caeth.'

'Be mae hynny'n ei olygu?'

''Den ni Gatholigion yn ddigon agos yn ein ffydd at bobol fel Ninan, fel y gall o ddod i'r eglwys efo fi heb deimlo fel dieithryn.'

'Am ddifyr! Pwy fyse'n meddwl fod pobol Syro-Malabar yn Sir Drefaldwyn?'

'Mae 'na lwyth o bobol o'r un cefndir yn yr ardal.'

'Wel, wel. Eto, do'n i ddim yn ymwybodol.'

'Achos, bòs, heddweision yden ni, a dim ond y bobol sy'n creu helynt 'den ni'n sylwi arnyn nhw, beth bynnag eu cefndiroedd.'

Doedd dim lle i barcio yn agos at Eglwys Llanfair Caereinion oherwydd y briodas: roedd rhes o geir mawr 4x4 wedi bachu pob modfedd, yn gyfreithlon ac anghyfreithlon. Ar ôl gyrru'n ofer o gwmpas maes parcio'r Afr a'r maes parcio swyddogol, parciodd Daf yng ngheg wtra capel Ebeneser. Wrth borth y fynwent, gwelodd ei fab a saith aelod arall o Glwb Ffermwyr Ifanc Llanfair, i gyd â golwg ddryslyd arnyn nhw, yn cuddio. O'r fynwent y tu ôl iddyn nhw deuai sŵn udo.

'Diolch byth dy fod ti yma, Dad,' ebychodd Rhodri. 'Does neb yn gwybod be i'w wneud. Lwcus bod y parti priodas yn rhedeg braidd yn hwyr.'

Roedd Daf yn gyfarwydd iawn â'r eglwys a'i libart. Cofiai eistedd ar ei ben ei hun wrth y ffynnon gysegredig ar brynhawn ei ben-blwydd yn chwech oed, jyst cyn y parti yn Neuadd yr Eglwys, a thaflu darn hanner can ceiniog i mewn i'r dŵr tywyll. Gwyddai y dylai wneud dymuniad, a dywedodd yn uchel, 'All

Wncwl Mal fod yn iawn, plis? Yn debyg i bawb arall?' Awr yn ddiweddarach, yng nghornel y neuadd, roedd Mal yn claddu darn o gacen gydag eisin a siwgr dros ei ên i gyd, a wnaeth Daf ddim dymuno am ddim byd arall eto, byth. Ym Mlwyddyn Chwech cofiodd iddo wneud prosiect ar yr enwau ar y cofebau a'r cerrig beddi, gan geisio'u gosod mewn patrymau teuluol a'u cymharu â chanlyniadau'r Cyfrifiad. Enillodd Daf wobr am ei waith, ac enw fel bachgen ecsentrig. Cofiodd ofyn i Gaenor un tro am ei hoff leoliad yn y fynwent – roedd hi wedi edrych arno fel petai'n wallgof. Ond roedd gan Daf hoff le yno – hoff fedd, hyd yn oed – felly teimlodd rywfaint o ddicter o weld bod y ferch wedi penderfynu llwyfannu ei thantrym heddiw ar yr union feddrod hwnnw.

Bocs mawr ithfaen oedd y bedd, wedi'i godi gan y teulu Howells yn ôl yn y ddeunawfed ganrif, felly roedd o'n hŷn na'r eglwys. Dros amser roedd ecosystem wedi datblygu arno: sawl math o fwsog a chen, ac yn y gongl isaf, allan o gyrraedd y *strimmer*, roedd coch mynawyd y bugail. Fel arfer byddai Daf yn teimlo llonyddwch braf yno, ond heddiw roedd Rhiain Eithnog yn gorwedd ar y bedd, ei hwyneb yn y mwsog. Yn anffodus, nid oedd digon o fwsog yno i ddistewi sŵn ei hoernadu.

Cyn dweud gair, oedodd Daf i weld a oedd ei darpar ŵr, Owain, yn fodlon dweud rhywbeth wrthi, ond roedd o'n sefyll o dan borth y fynwent, yn smygu. Roedd sawl bonyn wrth ei draed ac embaras amlwg ar ei wyneb, ond dim digon i sbarduno unrhyw ymateb, na hyd yn oed cyfarchiad. Yn ymwybodol fod llygaid pawb arno, symudodd Daf i ben pellaf y bedd, lle'r oedd pluen yr *hatinator* yn pendrymu'n drist.

'Hei, Rhiain, be sy'n bod?'

Roedd ei chorff, mewn ffrog *body-con* lliw mafon, yn hollol lonydd, ond trodd Rhiain ei phen. Gallai Daf weld bod rhywun wedi gwneud ei cholur yn gelfydd y bore hwnnw ond roedd y dagrau, y mwsog a'r llysnafedd wedi creu llanast llwyr o'i hwyneb. Roedd ei minlliw, oedd yn union yr un lliw â'i ffrog, wedi lledaenu dros ei gên ac un o'i hamrannau ffug yn sownd yn y gymysgedd o bowdwr a dagrau ar ei boch, fel tatŵ pyncaidd. Roedd cylchoedd coch o gwmpas ei llygaid a sylwodd Daf fod siâp hynod o dan iris ei llygad dde, fel petai rhywbeth wedi diferu ohono. Roedd lliw irisau ei llygaid yn hynod hefyd, yn wyrddlas llachar. Yr argraff gyntaf gafodd Daf oedd ei bod yn ferch ifanc oedd wedi cael ei sbwylio, ym mhob ystyr y gair.

'Pwy wyt ti?' hisiodd, drwy wefusau chwyddedig.

'Arolygydd Daf Dafis, Heddlu Dyfed Powys. Wyt ti'n iawn?'

'Na. Fydda i byth yn iawn eto.'

'Be sy?'

'Mae fy mywyd i ar ben.'

'Awn ni i drafod hyn yn rhywle tawel? Mae'n ddiwrnod mawr i Elen Sian, wedi'r cwbwl.'

'Dwi'm yn rhoi rhech am Elen Sian.'

'Wel, *dwi*'n rhoi rhech am heddwch fy milltir sgwâr, lodes, felly mae gen ti dri opsiwn. Y cyntaf ydi'r gorau: ty'd efo fi yn deidi ac mi awn ni i drafod beth bynnag sy'n bod. Yr ail opsiwn: mi alla i dy arestio di am dorri'r heddwch. Neu, os oes rhaid, mi wna i dy yrru di i ysbyty o dan Ddeddf Iechyd Meddwl 1983. Dwi erioed wedi gweld achos mwy addas.'

Gwgodd Rhiain, ond ddwedodd hi ddim byd.

'Ty'd,' galwodd Daf ar Owain, oedd ar fin tanio sigarét arall. 'Rhaid iddi hi symud,' eglurodd Daf wrtho. 'Ydi hi'n diodde o unrhyw broblemau iechyd meddwl?'

'Wn i ddim.'

'Ti i fod i'w phriodi hi'n go fuan.'

'Debyg iawn.'

Syllodd Daf ar lygaid Owain, wedyn ar lygaid Rhiain, ond welodd o ddim mymryn o hoffter, heb sôn am gariad. Casineb lenwai lygaid Rhiain, a difaterwch pur oedd yn rhai Owain.

'O dan Adran 135 o Ddeddf Iechyd Meddwl 1983, mae gen i hawl i arestio person mewn lleoliad cyhoeddus a mynd â nhw i ysbyty am asesiad.'

'Dwi'm isie mynd,' datganodd Rhiain.

'Ti'n mynd i adael y fynwent 'ma rŵan, un ffordd neu'r llall. DC Toscano, coda di ei choesau.'

Eisteddodd Rhiain i fyny'n sydyn, ei choesau'n hongian dros ochr y bedd a'i *hatinator*, rywsut, yn dal yn ei le.

'Dwi ddim isie mynd i'r seilam. Dwêd wrthyn nhw, Owain: dwi ddim yn wallgof.'

'Ond Rhi, ti newydd fihafio'n union fel rhywun lloerig, dweud y gwir,' oedd ymateb cyfeillgar ei darpar ŵr.

'Dwi'n dy gasáu di, Owain Gethin,' poerodd hi, gan gydio yn llaw Toscano i'w helpu i neidio i lawr. Dechreuodd frwsio'r mwsog oddi ar ei ffrog, ond, yn sydyn, rhewodd, fel petai hi newydd sylwi pwy oedd Daf.

'Hei, plismon, paid â dweud mai tad Carys wyt ti?' Roedd yn amlwg nad oedd hi'n gallu gweld yn iawn.

'Ie.'

'A sut mae hi, hithe a'i thalentau di-ri? Na, paid â'u rhestru nhw – dwi wedi gweld gormod yn *Plu'r Gweunydd* yn barod.'

'Dim bwys am hynny. Awn ni i lawr i'r Trallwng i gael sgwrs. Wedyn, os wyt ti'n teimlo'n well, awn ni â ti'n ôl i'r brecwast priodas.'

'Dwi'm isie mynd i'r ffycin brecwast priodas, efo'r holl berthnasau hyll a diflas. Cer â fi adre.'

Roedd Rhiain yn hollol dawel ar y ffordd i'r car, hyd yn oed tra oedd rhai o aelodau ieuengaf y Ffermwyr Ifanc yn piffian chwerthin yn isel wrth weld yr olwg oedd arni. Ond pan gyrhaeddodd hi'r car, cuddiodd ei phen yn ei dwylo ac wylo.

'Be sy wedi ypsetio cymaint arnat ti, lodes?' gofynnodd Daf, yn llawer mwy addfwyn erbyn hyn, ar ôl ei chael yn ddigon pell o'r eglwys a'r briodas.

'Dwi wedi colli fy ffrind gorau yn y byd. A dwi'n methu byw hebddi.'

'Colli, lodes?'

'Ti'n gwybod.'

'Dwi ddim.'

'Ti wedi'i gweld hi... fy ffrind gorau, fy nghraig, fy newines, fy therapydd... a bob dim.'

'Dwi wedi'i gweld hi ymhle, dwêd?'

'O dan y ffycin ieir. Ei henw hi ydi Rose Minton.'

5

Setlodd Rhiain yn y sedd flaen ac, er bod tystion fel arfer yn teithio yn y sedd gefn, eisteddodd Toscano y tu ôl iddi hi heb ddweud gair.

'Gyrra di decst i Sheila, còg,' meddai Daf dros ei ysgwydd. 'Dweda ein bod ni'n mynd draw i Eithnog.'

Sniffiodd Rhiain.

'Dim ond un Sheila dwi'n nabod,' sylwodd hi, 'yr hen ddynes wnaeth fachu Glantanat. Dim ond *single suckler* sy ganddyn nhw, ac maen nhw'n lwcus i'w gael o, o be dwi'n glywed. Roedd yn rhaid i'r boi Genus fynd â'i wasanaeth i'r ffermdy yn ogystal â'r beudy, yn ôl y sôn.'

'Well i ti beidio trafod pethe ti ddim yn eu deall, lodes,' meddai Daf, gan geisio'i rhybuddio hi heb fod yn flin. Er gwaethaf ei geiriau chwerw roedd yn amhosib peidio cydymdeimlo â hi: roedd dŵr yn llifo o'i llygad dde, a'i hanadl yn anwastad. Gallai Daf weld bod ei thraed, yn eu hesgidiau uchel, yn crynu, ac roedd hi'n tynnu petalau o'r blodyn gwyn oedd wedi'i glymu i'r freichled o gwmpas ei harddwrn. Roedd rhywbeth anobeithiol yn y ffordd isel roedd hi'n eistedd, fel petai'r gwregys diogelwch yn ei chrogi. Ar ôl blynyddoedd o brofiad efo pobol mewn creisis, gobeithiodd Daf ei bod hi wedi gwagio'i phledren cyn dod allan, achos roedd siawns dda y byddai'n cael damwain.

'Be sy'n od ydi'r ffaith mai ti sy'n gyfrifol am yr ymchwiliad. Tad Carys Cariadus.'

Nid atebodd Daf.

'Dyna be oedd pobol wastad yn ddweud ar ôl bob steddfod... ar ôl iddi hi 'nghuro fi bob tro. "Mae gen ti lais neis, Rhi, ond mae ganddi hi rwbeth cynnes, tinc annwyl," bla bla bla. Ges i gam, Mr Dadi Carys, ges i ffycin gam. Am flynyddoedd.'

'Ond ti 'di gwneud yn hynod o dda, Rhiain. Nid pawb sy'n cael eu dewis ar gyfer y *Lion King*.'

'Dim ond yr ail ffycin udfil. Dyna be maen nhw'n mynd i'w roi ar fy ngharreg fedd: "Chosen as Second Hyena in *The Lion King* but never did a single show".'

'Mi wnaeth Covid dorri ar draws lot o bethe.'

'Yr ail blydi udfil.'

'Fydd dy garreg fedd yn dweud 'Gwraig annwyl i Owain Gethin Bronwylfa, Cwm Elain, mam i'r plant ti'n mynd i'w cael, nain i...'

Roedd ei sgrech yn ddigon i hollti pen rhywun hanner milltir i ffwrdd. Datglymodd Rhiain ei gwregys a dechrau curo'i thalcen ar y dashbord. Gan fod fan Evri yn gyrru trwyn wrth din y tu ôl iddo allai Daf ddim brecio'n sydyn, ond arafodd a llwyddo i dynnu i mewn i encil ar ochr y ffordd. Erbyn hyn roedd Toscano wedi cydio yn ei hysgwyddau a'i dal yn ôl.

'Lwcus bod yr *airbag* ddim wedi byrstio,' sylwodd Toscano, yn sgwrsiol. 'Roedd fy Wncwl Gio yn rhoi lifft adre i griw ifanc ryw noson, ffrindiau fy nghyfnither Mari, o ddawns sgubor, ac mi hitiodd o dwll yn y ffordd. Trawodd y ferch yn y sedd flaen ei phen ar y dash, a wwwsh! Roedd y car yn reit-off wedyn – Toyota tair oed, wedi gwneud llai nag ugain mil. Am wastraff. Wwwsh. Jyst fel'na.'

Roedd marc coch ar dalcen Rhiain, ond o leia roedd hi wedi tawelu. Dechreuodd Daf amau mai perfformiad oedd y tantrym blaenorol, yn hytrach na salwch meddwl. Roedd o'n bendant ei bod hi'n hoffi'r sylw, achos tra oedd Toscano'n parablu am Toyota ei wncwl, mi wnaeth hi droi ei phen i giledrych arno. Er hynny, oherwydd cyflwr ei llygaid, roedd yn anodd deall beth oedd yn mynd ymlaen y tu ôl iddyn nhw. Perfformwraig oedd hi, wedi'r cyfan.

'Reit 'te, lodes, well i ti fynd i'r sedd gefn dwi'n meddwl. Ac os dwi'n cael smic mwy o drafferth efo ti, bydd DC Toscano yn rhoi cỳffs arnat ti. Iawn? Dwi'n deall dy fod ti wedi ypsetio'n lân, ond mae ganddon ni waith i'w wneud.'

'Toscano?' gofynnodd, fel petai'n ei weld am y tro cyntaf. 'Fel y busnes hufen iâ yn y Drenewydd?'

Nodiodd Toscano. Fel arfer roedd o'n falch o bob cyfle i drafod busnes ei deulu am oriau, ond roedd o'n anfodlon siarad efo Rhiain. Gollyngodd y ferch ei phen i un ochr a gwenu arno – ystum fflyrtiog a fethodd gyrraedd ei darged. Caeodd Toscano ddrws cefn y car efo chwap a setlo yn y sedd flaen heb droi ei ben i edrych yn ôl.

Un o rinweddau tirlun Sir Drefaldwyn ydi'r ddrysfa o wtregydd cul nad ydyn nhw wastad yn arwain teithwyr i gyfeiriad amlwg. Yn aml iawn, er mwyn cael mynediad i ffermydd sy'n go agos i'w gilydd mae'n rhaid teithio mewn cyfeiriadau hollol wahanol... a dyna oedd y sefyllfa yn achos Eithnog, cartref Rhiain, a Bronwylfa, cartref Owain. Er bod porfeydd Eithnog yn agos iawn i rai Bronwylfa, roedd yn rhaid i Daf fynd mor bell â Llanfyllin cyn troi i fyny am y ffermdy. Pan oedd Rhiain wedi bod yn sgrechian roedd Daf wedi cau ffenest y car, ond wrth iddyn nhw deithio'n araf ar hyd y lonydd cul, a hithau bellach yn dawel yn y cefn, agorodd y ffenest drachefn. Daeth gwynt persawrus gwair i lenwi'r car, oedd yn ddigon i ddihuno Rhiain.

'Trydydd *cut*,' datganodd, ei balchder yn amlwg.

'Mor gynnar â hyn?' atebodd Daf, yn gyfarwydd â chwrteisi sgyrsiau amaethyddol. 'Does ganddoch chi ddim problem dŵr, mae'n amlwg?'

'Mae'r topie fel y Sahara, wyddost ti, ond 'den ni'n ffodus efo'r dolydd. Mae 'na haen o glai yno sy'n cadw pob diferyn o ddŵr yn reit agos i'r wyneb. Bastard o beth tra mae hi'n glawio'n drwm, wrth gwrs.'

Efo pob brawddeg roedd ei llais wedi newid, gan golli'i ddyfnder ffug. Ymestynnodd ei llafariaid fel lodes Sir

Drefaldwyn go iawn, nes ei bod hi'n swnio fel petai'n haeddu'r enw Rhiain Eithnog.

Wrth gyrraedd copa'r bryn, roedd golygfa yn ymestyn o'u blaenau a achosodd i Daf gymryd anadl ddofn. Mewn plygiad yn y bryniau, rhedai nant, yn ymdroelli drwy ddolydd mor wyrdd ag emrallt. Yn y gwaelod safai ffermdy du a gwyn efo rhes o adeiladau – rhai yn hen a rhai'n gyfoes – gerllaw. Y tu ôl i'r buarth roedd craith frown yn y gwyrddni: pentwr o bridd a cherrig. Doedd dim rhaid i Daf weld y JCB i wybod mai safle adeiladu oedd o, ac oherwydd siâp y tirlun roedd yn amlwg bod cryn dipyn o waith wedi'i wneud i lefelu ardal ddigon gwastad ar gyfer adeilad mawr.

'Sied ieir?' gofynnodd Daf.

'Ie. Ar y cyd efo... nhw.'

I'r dde, ar ochr arall y nant, gwelodd Daf gornel sied enfawr arall, a sylweddolodd ei fod o'n edrych draw at dir Bronwylfa. Roedd o'n ddyffryn hardd tu hwnt, ond roedd rhywbeth go glawstroffobaidd am y lle.

'Maen nhw'n dweud,' sylwodd Toscano, 'bod un ym mhob deg o goed derw Prydain yma yn Sir Drefaldwyn. Hawdd credu hynny o'r fan hyn.'

Fel arfer, byddai Daf wedi ymateb i'r ffasiwn sylw drwy ofyn am ryw fath o dystiolaeth, ond heddiw, doedd ganddo ddim amser nac amynedd. Ac roedd gan y còg bwynt – roedd coedwigoedd yn lapio'r ardal fel tonnau'n llifo i lawr y llethrau. Ac nid planced dywyll planhigfeydd pinwydd oedd i'w weld, ond carthen frith o wahanol liwiau gwyrdd coed cynhenid. Roedd Daf wedi bod yno unwaith o'r blaen, ond wnaeth o ddim oedi i sylwi pa mor odidog oedd yr olygfa bryd hynny. Ond gallai weld bod y coed fel waliau castell hefyd, yn gwarchod y dyffryn, a deallodd Daf ysfa'r ferch yng nghefn y car i ddianc. Ac os mai dianc oedd ei breuddwyd, nid priodi còg o'r ochr arall i'r nant oedd yr ateb.

Wrth iddyn nhw barcio ar y buarth, y peth cyntaf y sylwodd

Daf arno oedd yr ystafell haul hyllaf a welodd erioed. Doedd o ddim yn or-hoff o gyrff swyddogol busneslyd, ond roedd o'n ysu i rywun o CADW ddod yno i weld sut roedd y tŷ hynafol, urddasol, oedd yn ddarn o dreftadaeth yr ardal, wedi cael ei ddifetha gan lanast plastig di-chwaeth. Byddai ganddyn nhw rywbeth i'w ddweud am y peth, roedd Daf yn sicr.

Roedd drysau dwbl y strwythur gwarthus ar agor, ac roedd dynes yn ei phumdegau yn eistedd y tu mewn i'r stafell haul ar gadair wiail wen. Neidiodd ar ei thraed pan welodd Rhiain yn dod allan o'r car.

'Be sy, Rhi?' gwaeddodd. 'Be wyt ti'n wneud fan hyn?' Yna, sylwodd ar Daf. 'O, a tithe. 'Den ni ddim yn cael llonydd gen ti na dy ferch ar ein buarth ein hunain.'

'Does gan hyn ddim i'w wneud â fy merch i,' atebodd Daf gan frasgamu i fyny'r llwybr tuag ati. 'Mi ffeindies i dy ferch mewn cyflwr gwael ym mynwent Eglwys Llanfair.'

'Cyflwr gwael? Roedd hi'n un o westeion pwysica'r briodas... a drycha ar ei ffrog! Mae honna o Gaer... a'i sgidiau Louboutin!'

Tawelodd ei llith wrth iddi edrych ar ei merch, a tra oedd hi'n sylwi ar y mwsog, y colur oedd wedi'i sbwylio a'r ewinedd jel toredig, cafodd Daf gyfle i gymharu'r fam a'r ferch. Y peth cyntaf sylwodd o oedd pa mor agos oedden nhw o ran oedran. O bell edrychai'r ddynes yn ei phumdegau ond ar ôl i Daf fynd yn nes ati gallai weld ei bod hi'n iau – roedd ei chroen yn esmwyth heb golur, a'i symudiadau'n sydyn a llyfn. Roedden nhw'n debyg o ran siâp eu hwynebau a'u taldra, ond roedd siâp eu cyrff yn wahanol. Canol tenau a phen ôl go fawr oedd gan Rhiain, a'i mam yn llawer meinach. Gwisgai'r fam ddillad plaen, bron fel cuddliw, tra oedd gwisg ei merch yn gwneud datganiad. Ond y gwahaniaeth mwyaf rhyngddyn nhw oedd eu llygaid. Rhai glas golau oedd gan y fam, rhai digon cyffredin a dwl, yn wahanol i lygaid gwyrddlas llachar Rhiain. Ond er mor drawiadol oedd y lliw, roedd yn amlwg o'r cochni poenus yr olwg, a'r siâp annaturiol o dan iris ei llygad dde, fod rhywbeth mawr o'i le arnyn nhw.

'Rhaid i ti fynd yn ôl, Rhi,' brathodd y fam. 'Bydd pobol yn siarad.'

'Efo pob parch,' torrodd Daf ar ei thraws, 'dydi hynny ddim yn syniad da. Mae Rhiain wedi ypsetio'n lân, Mrs...'

'Heather,' cyfarthodd y ddynes. 'Does gen i ddim syniad be wyt ti'n wneud fan hyn. Mae Rhi ei hun yn priodi mewn pythefnos a dwi ddim yn mynd i ganiatáu i'r diwrnod mawr gael ei sbwylio efo sïon dros y siop.'

'Dwi'n mynd i dynnu'r ffrog 'ma, Mami,' meddai Rhiain.

'Ti ddim. Mi alla i ail-wneud dy golur di, a dydi'r mwsog ddim yn mynd i adael llawer o staen.'

'Mae gen i dwll yn fy nheits hefyd.'

'Mi brynes i bâr sbâr.'

'Alla i ddim...'

'Sori, Mrs Hughes, ond dwi ddim yn meddwl dy fod ti'n deall yn union be ddigwyddodd. Mi ges i sawl galwad ffôn yn dweud ei bod hi'n cael rhyw fath o... o bwl, neu ffrwydrad o sterics. Doedd penderfynu ble i fynd â hi ddim yn hawdd: adre yma, neu i gael asesiad a thriniaeth yn yr uned salwch meddwl. Fel heddwas, weithiau mae'n rhaid i mi helpu pobol fregus os ydi eu hymddygiad nhw'n creu problemau i aelodau eraill y gymuned.'

'Bregus? Problemau? Am bwy wyt ti'n sôn, Mistar Heddwas?'

Cyn i Daf gael cyfle i lunio ateb digon cwrtais, camodd Toscano ymlaen.

'Am eich merch, ma'am,' meddai. 'Roedd yn amlwg nad oedd hi cweit yn hi ei hun, ar ôl derbyn newyddion drwg.' Fel atalnod i gloi ei frawddeg, agorodd Toscano ei lygaid brown yn llydan.

'A pwy ydi'r boi pryd tywyll 'ma, Dafis? Ti'n recriwtio o westai ymfudwyr rŵan, wyt?'

'Dwi wedi fy ngeni a'm magu yn y Drenewydd, ma'am, sydd

ddim cystal â Chwm Elain ond mae o'n go agos – yn ddaearyddol, beth bynnag.'

'Mae o'n aelod o'r teulu hufen iâ,' eglurodd y ferch.

'Hmm. Mae fy mrawd yn ffan mawr o'ch Raspberry Ripple,' mwmialodd Heather, fel petai hi'n difaru bod yn hilicl ond dim cweit yn difaru digon i ymddiheuro.

'Dwi'n mynd i newid,' datganodd Rhiain, a diflannodd i'r tŷ.

''Den ni'n angen gair, Mrs Hughes, os ydi hynny'n iawn?' gofynnodd Daf.

'Does gen i ddim amser i'w roi i ti, sori. Mae pob eiliad yn llawn efo tasgau ar gyfer y briodas.'

Roedd Heather yn sefyll yn nrws yr ystafell wydr yn chwifio'i llaw i gyfeiriad rhes o ddim llai na phedwar bwrdd simsan, fel byrddau papur wal. Ar y bwrdd cyntaf roedd rhes o elyrch wedi'u creu o napcyns gwyn, ac ar y pedwerydd, roedd pentwr uchel o napcyns heb eu plygu.

'Mae'r rhain yn wych!' ebychodd Toscano. 'Sut dech chi'n eu gwneud nhw?'

Cochodd bochau Heather, a gwenodd am y tro cyntaf.

'Maen nhw'n syml iawn,' mwmialodd.

Rhannodd Toscano giledrychiad efo Daf i gadarnhau bod ei drywydd yn dderbyniol, cyn bwrw mlaen.

'Dech chi'n gallu dangos i mi sut i'w gwneud nhw? Neu, yn well byth, ga i eich ffilmio chi'n gwneud? Dwi'n priodi fy hun yn yr hydref, a byddai Bianca wrth ei bodd efo rhwbeth fel hyn.'

'Mae 'na fideos ar YouTube,' atebodd Heather, gan ddangos am y tro cyntaf y gallai fod yn ddiffuant.

'Wfft i YouTube! Fetia i na fydd alarch cystal ar y we i gyd!'

Roedd brwdfrydedd diniwed Toscano yn niwsans weithiau, ond roedd o'n gweithio i'w mantais y tro hwn. Cytunodd hi'n llawen, ac wrth iddi symud ei bysedd dros y lliain llyfn, dechreuodd y sgwrs.

'Yn lle dech chi, tithe a... Bianca, yn cael y brecwast priodas?' gofynnodd.

'Wel, mae ei theulu hi'n byw yn yr Eidal ond yma fydd ein cartref ni, felly 'den ni'n cael parti yn y caffi, efo gasebo tu allan.'

'Gasebo?' ffroenodd Heather. 'Dim ond unwaith yn dy fywyd ti'n priodi: alli di ddim torri corneli. Marcî ti angen. Mae'n un ni'n cyrraedd ganol yr wythnos yma.'

''Den ni'n reit swil, y ddau ohonon ni. 'Den ni ddim awydd parti mawr.'

'Hmm.' Roedd hi'n troi gwddf yr alarch mewn modd bygythiol. 'Ac ydi Bianca yn cytuno?'

Nodiodd Toscano'i ben wrth blygu i lawr i dynnu llun agos o'r aderyn gwyn.

'Mae gan bob merch hawl i fod yn frenhines am ddiwrnod, cofia. Mae 'na lot o ganmol ar hen le'r Davieses, draw yn Llandinam, os nad ydech chi isie teithio'n bell. Neu mae sawl sgubor briodas o gwmpas y dyddie yma.'

'Dwi'n mawr obeithio y bydd Bianca'n teimlo fel brenhines bob dydd,' atebodd Toscano, gan gamu'n ôl a gwirio fod pob llun wedi'i safio'n iawn. 'Ac – mae hyn yn hollol gyfrinachol – 'den ni'n creu hufen iâ newydd iddi hi, Bombe Bianca, efo cnau cyll a siocled gwyn.'

'Am gariad!' ebychodd Heather.

'Bydd Rhiain fel brenhines ar ei diwrnod mawr hefyd, dwi'n sicr,' mentrodd Daf.

'Dwi wir yn gobeithio hynny. Roedd... ches i ddim cyfle i gael y ffasiwn ddigwyddiad.'

Symudodd ei llygaid oddi wrth Toscano, oedd yn dal i dynnu lluniau'r elyrch o bob ongl bosib, at Daf, ac yn ôl at Toscano eto.

'Mae'n dymor priodasau,' meddai, mewn llais mwy sgwrsiol, heb y chwerwder blaenorol.

'Paid â sôn. Mae fy llysfab yn priodi wythnos i heddiw,' meddai Daf.

'Wrth gwrs. Siôn Neuadd. Dyna i ti gyfle da, fysen i'n dweud, ond mae o wedi dod o hyd i ferch o bell.'

'Oes siawns am ddiod?' gofynnodd Daf, er mwyn newid y pwnc. 'Dwi bron â marw o syched.'

'Un sydyn, 'te,' cytunodd Heather.

'Rhaid i ni gael sgwrs, ond mae'n iawn i ti fwrw mlaen efo'r gwaith wrth i ni siarad.'

Tra oedd Heather yn nôl y diodydd, sibrydodd Daf yng nghlust Toscano.

'Gwaith da, còg. Mae hi wedi meddalu.'

'Mae pethe od yn digwydd yma, bòs. Pan o'n i'n rhoi Rhiain yn y sedd gefn, ar ôl iddi fod yn nadu fel roedd hi, mi welais beth hynod ar ei boch: deigryn melyn. Nid dŵr oedd yn dod o'i llygaid, ond crawn.'

'Mae 'na rwbeth mawr o'i le efo'i llygaid, bendant.'

'Be ti'n feddwl, bòs: oes siawns fod ganddi sepsis? Achos mae pobol yn drysu'n lân os oes ganddyn nhw sepsis, ti'n gwybod...'

Daeth Heather yn ôl i mewn i'r stafell haul yn cario hambwrdd ac arno ddau wydraid o sgwash.

'Diolch yn fawr iawn, Mrs Hughes,' meddai Daf, oedd wedi gobeithio am baned. ''Den ni'n poeni am Rhiain: mae'n bosib ei bod hi'n sâl iawn.'

'Sâl?'

'Yn amlwg, mae ganddi haint difrifol yn ei llygad.'

'O, dyna'r cyfan? Mae hi'n cael yr haint bob hyn a hyn, ond mae ganddi stwff da i'w drin o.'

'Gan y meddyg teulu?'

''Den ni'n mynd yn breifat.'

'Pan mae gan rywun haint ac yn bihafio fel tasen nhw wedi drysu, rhaid i ni feddwl am y posibilrwydd o sepsis.'

'Dydi hi ddim yn mynd i nunlle. Rhaid iddi hi geisio ymlacio, ar ôl yr ypset yna.'

'Pa ypset, dwêd?'

'Roedd hi'n poeni am y ddynes 'na, dynes Pencoed. Mi ddiflannodd hi ar ôl parti plu Rhi neithiwr – aethon nhw ar

Valley Run. Doedd gyrrwr y bws ddim yn fodlon mynd fyny ei hwtra oherwydd yr holl dyllau, felly aeth hi allan o'r bws yr ochr arall i safle'r sied newydd. Welodd neb hi ar ôl hynny, ond wedyn ddaeth Al i mewn heddiw bore efo'r newyddion fod slwten y sied wedi dod o hyd i gorff ymysg yr ieir yn sied Bronwylfa.'

'Lissa ti'n feddwl?'

'O, dyna be ydi ei henw hi, hei? Ast fech slei, yn fodlon gwneud popeth mae Owain wedi'i weld ar y porn, y math o bethe na fyse dyn yn gofyn i ferch go iawn eu gwneud. Mae Rhi yn bwriadu ei chadw hi mlaen, i leihau ei... dyletswyddau hithe.'

'A sut wyt ti'n gwybod hyn i gyd?'

'*Hi* ddwedodd wrtha i – dynes Pencoed. Roedd hi'n... yn falch, rywsut, fel petai'n hoffi casglu a rhannu ein cyfrinachau i gyd.'

'Rose Minton oedd ei henw hi, yn ôl Rhiain, ie? Ac ym Mhencoed roedd hi'n byw, felly?' gofynnodd Daf.

'Ie. Y bwthyn yn ein coedwig ni.'

'Ffasiwn ddynes oedd hi?'

'Hipi. Hŷn nag oedd pobol yn feddwl, ond eto yn go ystwyth. Roedd hi'n dysgu ioga am flynyddoedd maith. Gwallt glas, tatŵs ym mhobman, yn cynnwys ei... ei mannau preifat. Wastad yn cerdded o gwmpas yn noeth lymun, neu'n "gwisgo'r nen", fel roedd hi'n ei alw.'

'Dyna hi!' ebychodd Toscano.

'Mae hynna'n swnio'n debyg i'r corff oedd yn y sied,' cytunodd Daf. 'Oes gen ti fanylion cysywllt ar gyfer ei theulu agosaf, i ni gael trefnu i adnabod y corff yn ffurfiol?'

'Does ganddi hi ddim teulu. A phan benderfynodd hi greu ewyllys fyw, enwodd Rhi fel ei chyswllt mewn argyfwng. Ro'n i yn erbyn hynny, ac Al hefyd, ond mae hi'n lodes go benstiff.'

'Al?'

'Alun, fy mrawd.'

'Os oes rhaid i Rhiain adnabod y corff, mae'n rhaid iddi hi

fod yn ddigon iach i wneud hynny. Dwi'n mynd i alw am feddyg.'

'Pob lwc – dim ond Shropdoc sydd ar gael dros y penwythnos.'

'Be am i mi alw Ninan draw?' cynigiodd Toscano. 'Ti isie i mi ei ffonio fo?'

'Pwy ydi o?' gofynnodd Heather yn bryderus.

'Ffrind i mi sy'n feddyg. Ddaeth o i'n helpu ni heddiw – falle'i fod o'n dal i fod ar ochr arall y nant.'

'Ydi o'n... *discreet*?'

'Proffesiynol o'i gorun i'w sawdl,' cysurodd Daf hi. 'Ffonia fo, DC Toscano.'

'Achos... achos 'den ni ddim isie unrhyw... fân siarad yn yr ardal.'

'Mrs Hughes,' meddai Daf wrth i Toscano adael yr ystafell haul i chwilio am signal ffôn, 'mi wnaeth dy ferch greu dipyn o helynt yn Llanfair heddiw, ond fydd Dr Ninan ddim yn cyfrannu at unrhyw glecs.'

'Nid Mrs Hughes ydw i, gyda llaw. Mrs Billings. Lee Billings ydi enw fy ngŵr.'

'Alla i siarad efo fo yn nes ymlaen?'

''Den ni byth yn ei drafod o.'

'Ocê.'

Rhoddodd blwc milain i adain yr alarch agosaf ati.

'Mae'n bwysig iawn i ti ddeall, Dafis, nad oes cyswllt rhyngddon ni fel teulu a'r greadures yna. Tydi hi ddim wedi gwneud dim byd ond ceisio tynnu sylw ers iddi gyrraedd. A denu pobol od yma hefyd. Dwi'm yn synnu bod rhywun wedi'i lladd hi, ond dwi *yn* synnu nad oedd neb wedi gwneud cyn hyn.'

6

Roedd llygaid Heather Billings yn gul a bygythiol, a synnodd Daf at y cyferbyniad rhwng caledwch ei hwyneb a'r dasg ddiniwed o blygu elyrch.

'Pa mor bell ydi cartref y ddynes Rose Minton 'ma?'

'Pencoed? Rhyw dri chwarter milltir.'

Brysiodd Toscano i mewn.

'Roedd Ninan ar fin gadael. O'n i jyst yn meddwl – pa mor hawdd ydi cyrraedd sied Bronwylfa o'r fan hyn? Achos mae'n daith o dros hanner awr ar ffordd y Cyngor.'

'Deng munud, ond rhaid croesi'r nant.' Wrth orffen yr alarch yn ei dwylo a'i gosod yn y rhes, safodd Heather yn stond, ei dwylo wedi'u plygu dros ei brest.

Agorodd y drws a daeth Rhiain yn ôl i'r stafell haul mewn jîns drud yr olwg a chrys gwyn oedd wedi'i smwddio'n berffaith. Roedd ei thraed noeth yn atgoffa Daf o'i bregusrwydd ond ni allai gael gwared o'r syniad mai perfformio oedd hi, a'i dillad yn wisg llwyfan.

'DC Toscano, cer di yn fy nghar i draw i nôl y meddyg. Oes siawns i ti gynnig lifft i mi i fyny i Bencoed, Mrs Billings?'

'Pam mae *o*'n mynd i dŷ Rose, Mami?' gofynnodd Rhiain.

'Achos mae hi wedi marw, a *fo* sy'n ymchwilio.'

Taflodd Rhiain ei hun ar gadair, ei llygaid ynghau, fel petai'n anfodlon wynebu creulondeb y byd.

'Ac mae DC Toscano yn mynd i nôl meddyg i edrych arnat ti, ocê? Mae'r llygad 'na'n brifo'n ddifrifol, dwi'n siŵr,' ychwanegodd Daf.

'Dwi 'di hen arfer. A dwi'm yn coelio mewn meddyginiaeth fasnachol.'

'Lodes,' meddai Daf yn addfwyn, 'mae'n bosib dy fod ti'n sâl iawn, ac os fydd rhaid i ti adael fan hyn mewn ambiwlans...'

'Rhaid i ti fod yn iawn cyn dy ddiwrnod mawr,' ategodd ei mam.

'Torfagl 'den ni'n ei ddefnyddio,' mwmialodd y ferch. 'Mae 'na gryn dipyn o gwmpas, ac mae gan Rose beth wedi'i sychu.'

'Falle fod torfagl yn iawn ar gyfer dy lygaid, lodes, ond os oes haint yn lledaenu drwy dy gorff, ti angen meddyg.'

'Mae... mae hyn wedi digwydd o'r blaen. Ers...'

'Ond ti'n priodi'r dydd Sadwrn ar ôl y nesa!' torrodd ei mam ar draws. 'Rhaid i ti edrych fel priodferch, nid fel claf o ysbyty'r deillion.'

Daeth golwg o sioc dros wyneb Rhiain.

'Dwi'n gwybod dy fod ti'n arfer cael dy ffordd dy hun, lodes,' ychwanegodd ei mam, 'ond rhaid i ti fod yn rhesymol y tro yma. A chofia, dydi Rose ddim yma i dy helpu di rhagor. Rhaid i ni fynd yn ôl i sut oedd pethe. Gei di ddod at dy fam am gefnogaeth a chyngor, yn lle'r hipi 'na.'

Cododd Rhiain mor gyflym â sarff a dyrnu ei mam yn ei hwyneb. Dechreuodd gwaed lifo o drwyn Heather ac estynnodd Toscano napcyn iddi hi, ond gwrthododd ei gymryd, gan ddewis sychu'r llif efo'i llawes.

'Digon!' datganodd Daf mewn llais oedd yn ddigon pwerus i gyrraedd y buarth. Daeth dyn i'r golwg, yn brasgamu'n gyflym i fyny drwy'r wiced: dyn tal, llydan oedd â rhyw drymder anarferol i bob cam fel petai'n arfer cario pwysau mawr ar ei gefn. Roedd o braidd yn gloff, a chafodd Daf yr argraff mai gwaith caled oedd yn gyfrifol yn hytrach nag anaf. Roedd Daf yn cofio John Neuadd yn sôn am Alun Eithnog, a'r awgrym oedd ei fod o'n weithgar a hen ffasiwn, ond wyddai Daf ddim mwy amdano na hynny.

'Be sy'n digwydd?' gofynnodd Al, yn fyr ei wynt. 'O. Tithe,' ategodd, wrth adnabod Daf.

'Roedd yn rhaid i ni ddod â dy nith o'r briodas yn Llanfair,

Mr Hughes,' esboniodd Daf. ''Den ni'n amau ei bod hi'n sâl, a dwi'n meddwl bod yn rhaid iddi weld meddyg yn reit handi.'

'Ac yn digwydd bod, mae 'na feddyg draw ar ochr arall y nant,' ategodd Toscano.

'Cer di i'w nôl o rŵan,' gorchmynnodd Daf. 'Mr Hughes, fyset ti'n fodlon rhoi lifft i fyny i Bencoed i mi, os gweli di'n dda?'

'Rhosa di efo Rhi, Alun,' dywedodd Heather, yn aneglur. 'A' i efo Dafis i fyny'r lôn, ie?'

'Be am i ni'n dau gael paned, tithe a dy hen Wncwl Al, hei lodes?' gofynnodd Hughes i'r ferch, gan gydio yn ei llaw efo'i bawen fawr fudr. Tywysodd hi at y drws mewnol, ac roedd yn amlwg fod ei bresenoldeb yn tawelu Rhiain. Roedd rhywbeth rhwydd a chyfarwydd yn y modd roedden nhw'n symud ar y cyd, ac ar ôl i'r drws gau ar eu holau, trodd Daf at Heather.

'Sut mae golwg dy ferch?'

'Mynd a dod.'

'Welest ti ei thraed hi?' gofynnodd Toscano i Daf yn dawel ar ôl i Heather fynd i nôl ei char. 'Roedden nhw'n binc. Os ydi hi'n diodde o sepsis, tydi'r peth ddim wedi cael gafael arni hi.'

'Cytuno. Ond dwi'n siŵr ei bod hi'n dal angen gwrthfiotigau.'

'Gall Ninan gadarnhau hynny. Dydi hi'n sicr ddim yn ei hiawn bwyll.'

'Cytuno eto. Ond ti'n gwybod be oedd y peth gwaetha? Mi wnaeth hi ymosod ar ei mam a wnaeth neb ddychryn o gwbl.'

'Ti'n meddwl ei bod hi wedi'i churo hi o'r blaen?'

'Digon posib.'

Wrth ddringo i sedd teithiwr y Range Rover wrth ymyl Heather, sylweddolodd Daf ei fod o'n cydymdeimlo efo Lona Gethin: doedd y Gethins ddim yn deulu perffaith, o bell ffordd, ond doedden nhw ddim yn haeddu bod yn rhan o wallgofrwydd Eithnog.

'Tydi pethe ddim wedi bod yn hawdd, ti'n gwybod,'

cyfaddefodd Heather wrth droi i fyny'r wtra oedd yn ymdroelli i'r goedwig. 'Heb Al, fy mrawd, pwy a ŵyr be fyse wedi digwydd i ni.'

'Ydi dy frawd a Rhiain yn agos, Mrs Billings? Roedd hi i weld yn tawelu yn ei gwmni.'

'Ydyn, wastad wedi bod, er ei fod o wedi'i sbwylio hi'n rhacs. Fi sy'n gorfod delio efo canlyniadau hynny. A galwa fi'n Heather.'

'Ydi hi wedi dy daro di cyn heddiw?'

'Bob hyn a hyn. Mae hi'n lodes fregus, ti'n gwybod. Does neb yn deall sut mae pethe wedi bod iddi, ond yn ddiweddar, rhaid i mi gyfadde, mae hi wedi... setlo.'

'Oherwydd ei pherthynas efo Owain?'

'Owain? Na, dim o gwbl. Er nad o'n i'n hoffi'r ddynes o gwbl, Rose sydd wedi bod yn gefn iddi.'

Drwy'r ffenest deuai aroglau cymysg coedwig yn yr haf, a gallai Daf glywed sŵn adar a'r awel ysgafn yn symud y dail.

'Car trydan ydi hwn?' gofynnodd.

'Ie. Mae ganddon ni baneli solar ar y sied felly mae o'n ddelfrydol: dwi ddim yn gwneud siwrneiau hir, a 'den ni'n cael y trydan am ddim.'

Wrth iddyn nhw fentro'n ddyfnach i mewn i gysgod y coed, dechreuodd pelydrau'r haul fflachio drwy'r dail uwchben.

'Dech chi wedi bod yn ffodus efo'r onnen hyd yn hyn,' sylwodd Daf. 'Dydi'r hen *die-back* ddim wedi'ch cyrraedd chi eto.'

'Mae'r mwyafrif o'n coed ni'n gallu ei wrthsefyll, ond 'den ni wedi colli rhai i lawr yn y stingoedd.'

Roedd y lôn yn serth ac yn gul, a'r ceinciau gwyrdd uwchben yn creu twnnel. Roedd cen yn hongian o rai ohonynt fel llenni llwyd, a gallai Daf arogli pydredd yn yr aer. Cyn gallu rhwystro'i hun, crynodd Daf wrth i ias redeg i lawr ei gefn.

'Mae'n dipyn oerach fyny fan hyn,' meddai'n sgwrsiol.

‘Byth yn gweld yr haul. Pan oedden ni’n chwilio am denant, doedd hi ddim yn broses hawdd, ac yn y pen draw, roedd yn rhaid i ni gynnig prydles hir iddi.’

‘I Ms Minton?’

‘Ie. Dydi’r lle ddim... wel, fel y gweli di, mae o’n anghysbell. Chwaer Taid oedd yn byw yno, ac ar ôl iddi farw doedd ganddon ni ddim syniad be i’w wneud efo’r lle.’

‘Wnaethoch chi ystyried ei werthu?’

‘O na, na. ’Den ni ddim isie... wel, pobol prynu yden ni, nid pobol gwerthu. Mae Al wedi ychwanegu rhyw gan erw, a dyblodd Dad faint y lle yn ei gyfnod.’

‘Chwarae teg.’

‘Isie cadw’r hen le yn gyfan yden ni, rhag ofn.’

‘Rhag ofn be?’

‘Wel, dweda di fod Rhi yn cael pedwar o blant.’

‘Ti’n meddwl y bydd un ohonyn nhw awydd byw i fyny yng nghanol y coed?’

‘Pwy a ŵyr.’

Erbyn hyn roedden nhw wedi cyrraedd silff ar ysgwydd y bryn. Roedd yr wtra’n dod i ben mewn buarth bychan o flaen tŷ a oedd yn edrych fel petai’n ddarn o’r tirlun. Efo’i ddrws pren a’r mwsog trwchus a orchuddiai’r to, roedd rhywbeth Tolkenaidd amdano ar yr olwg gyntaf, ond wrth agosáu sylwodd Daf ar sawl arwydd o esgeulustod.

Parciodd Heather y tu allan i’r drws ffrynt.

‘Fel arfer roedd hi’n gadael y goriad o dan y Bwdha draw fan’cw,’ meddai, gan bwyntio’i bys at gerflun bach yng nghanol dryswch o ddeiliach, chwain a pherlysiau. Disgynnodd eiliad o dawelwch lletchwith pan sylwodd Daf ei bod hi’n awyddus i fynd. Neidiodd o’r car.

‘Mi fydda i angen sgwrs bellach yn nes ymlaen, ie?’

‘Iawn.’

Fel gwlithen ddrud, llithrodd y car i ffwrdd heb sŵn gan adael Daf ar ei ben ei hun yng nghanol coedwig oedd mor ddistaw â'r bedd. Tynnodd ei ffôn o'i boced: dim signal. Meddyliodd sut deimlad fyddai byw yn rhywle heb fodd o gysylltu efo'r byd mawr y tu allan – byddai'n braf cael llonydd am sbel, ond byddai'n brofiad ynysig, ac iasol, iawn, dychmygodd.

Roedd arogl y gwyddfid a guddiai dalcen y tŷ a darn sylweddol o'r wal ffrynt yn or-felys ac yn drwm, ac er nad oedd Daf yn ddyn ofergoelus roedd yn ei chael yn anodd peidio meddwl fod y tŷ yn anfad, mewn rhyw ffordd: lle nad oedd rheolau arferol yn cael eu dilyn.

Cododd Daf y Bwdha, ond doedd dim byd oddi tano heblaw mwydyn enfawr gwelw – y math o greadur y gallai ei ddychmygu'n gwledda ar gorff dyn marw. Camodd at y drws ffrynt, ond wrth i'w fysedd gyffwrdd y glicied, drylliwyd y tawelwch llethol gan sgrech annaearol o'r goedwig y tu ôl i'r tŷ. Rhedodd Daf nerth ei draed i'r cyfeiriad hwnnw.

Os oedd hi'n fwll yn y llannerch ger y tŷ, roedd hi'n waeth o lawer ymysg y coed. Baglodd sawl tro dros foncyffion mwsoglyd, a chwympo un waith. Roedd pelydrau prin yr haul yn llawn brychau llwch, ac roedd gwybed bach yn ei gnoi. Hedfanodd gwyfyn di-liw heibio'i wyneb, a baglodd Daf eto gan lanio ar ei liniau mewn dail marw a mwsog gwlyb. Daeth y sŵn sgrechian eto, a bwriodd ymlaen er gwaetha'r boen yng nghroth ei goes dde. Roedd o'n agos i gopa'r bryn erbyn hyn – roedd y goedwig yn oleuach, a gallai deimlo awel. Ymhlith y coed gwelodd lwyni eithin, y melyn yn llosgi yn erbyn y gwyrddni, ac anadlodd yn ddwfn.

Ar ben y bryn roedd pant, ac o'r fan honno y daeth y drydedd sgrech. Cyrhaeddodd Daf fin y pant ac edrych i lawr iddo. Yn y gwaelod roedd dynes noeth lymun yn gorwedd, ei breichiau a'i choesau ar led a'i cheg ar agor, yn barod i sgrechian eto. Roedd ei llygaid ar gau.

'Heddlu Dyfed Powys,' galwodd Daf. 'Dech chi'n iawn?'

Sgrechiodd y ddynes eto, ond sŵn gwahanol iawn oedd o y

tro hwn. Yn amlwg doedd hi ddim yn disgwyl gweld neb, ac roedd elfen o gyhuddiad yn y sŵn.

'Who the hell are you and what are you doing here?' gofynnodd, ei llais diacen yn dyst i gefndir Seisnig breintiedig. Agorodd ei llygaid ac eisteddodd i fyny yn ara deg.

'I could ask you the same thing. Are you OK?'

'I was until you started perving on me!'

'Is anyone else here?'

'I hope not. Though She may be in the house.'

'Ms Minton?'

'I call her Demeter.'

'She's not in the house. I'm a police officer investigating a very serious incident, so I will require you to tell me who you are and what you're doing here.'

Yn sydyn, sylweddolodd pa mor beryglus oedd ei sefyllfa: petai'r ddynes yn penderfynu ei gyhuddo o wneud unrhyw beth, pa dystiolaeth fyddai i'w amddiffyn, mewn lle mor anghysbell? Doedd hi ddim yn estyn am ei dillad, ac wrth edrych o gwmpas allai Daf ddim gweld 'run dilledyn chwaith. Syllodd y ddynes yn syth i wyneb Daf am eiliadau hir.

'OK. My name is Elspeth and I came up here to scream.'

Doedd y sgwrs ddim yn un hawdd hyd yn oed ar ôl i Elspeth wisgo amdani: roedd Daf wedi bod yn falch iawn o ddarganfod iddi fod yn gorwedd ar ei ffrog hafaidd. Roedd hi'n flin iawn efo Daf am dorri ar draws ei 'therapi', fel roedd hi'n disgrifio'r gweithgaredd o orwedd yn noeth a sgrechian. Roedd hi wedi mynychu digwyddiad yno o'r blaen, medde hi – rhywbeth roedd hi'n ei alw'n Shieldmaidens' Muster – fu'n fuddiol iawn iddi. Felly, ar ôl wythnos go heriol yn ei swydd, ac mewn ymateb i sawl problem yn ei bywyd personol, penderfynodd ei bod angen sgrechian. Wnaeth hi ddim cysylltu â Rose, neu Demeter fel roedd hi'n ei galw, oherwydd y gost. Petai hi wedi dod i'r ardal ar ôl siarad â Rose byddai hi, mwy na thebyg, wedi codi anfoneb, a doedd Elspeth ddim yn fodlon talu. Roedd hi'n mynd i gryn drafferth i ganmol Rose, ond yn amlwg, roedd hi wedi dod i'r casgliad bod y 'therapydd' yn gofyn am bres fymryn yn rhy aml.

'I found the place on the OS map, parked over the other side of the hill and walked up,' esboniodd, yn falch iawn ohoni'i hun. Roedd hi'n anfodlon rhoi ei manylion cyswllt i Daf i ddechrau, ond pan awgrymodd Daf eu bod nhw'n mynd at ei char fel y gallai gadarnhau ei manylion â chwiliad PNC, gwgodd a rhoi ei chyfeiriad a'i rhif ffôn iddo.

'And please don't scream in these woods again,' ategodd Daf, yn gwrtais ond yn gadarn. 'I've had previous complaints about groups trespassing here and Mr Hughes is rightfully worried about his liability, as well as biosecurity.'

'Makes no sense, one person owning a place like this,' mwmialodd y ddynes. 'She used to ask us to set ourselves free from concepts like ownership.'

Roedd Daf yn ysu i ofyn sut fyddai hi'n teimlo petai hi'n dychwelyd at ei char a darganfod cilfan wag, ond penderfynodd beidio. Gadawodd hi yno a throi'n ôl am fwthyn Pencoed.

Roedd y chwys oedd wedi gwlychu ei grys wedi oeri erbyn hynny, ac er gwaetha'r boen yn ei goes cafodd daith bleserus yn ôl i'r llannerch. Gwelodd sawl glöyn byw, ac roedd siff-saff efo fo bron yr holl ffordd i lawr, ond pan gyrhaeddodd yr ardal o gwmpas y tŷ, tawelodd popeth.

Er y myllni roedd Daf yn teimlo'n falch iawn o gyrraedd y bwthyn. Eisteddodd ar fainc ger y drws ffrynt, gyferbyn â'r Bwdha, a chodi coes ei drowsus i fyny i archwilio'i anaf. Roedd gelen hir, drwchus, yn mwynhau ei waed. Trodd ei stumog. Allai o ddim gweld dau ben y creadur ar yr un pryd, felly doedd o ddim yn sicr sut i gael gwared o'r peth. Roedd o'n dal i syllu arni pan glywodd sŵn injan gyfarwydd: injan car Toscano, a'r gerddoriaeth roedd o'n gwrando arni ar ei ffôn. Dan ddylanwad Bianca roedd o wedi ehangu ei orwelion cerddorol, ac yn ogystal ag alawon Disney, roedd Toscano bellach yn gwrando dipyn ar ganeuon y tenor Andrea Bocelli. Un o'r rheiny oedd yn chwalu tawelwch y llannerch wrth iddo neidio o'i 4x4. Gwenodd Daf wrth glywed yr alaw, un roedd Carys wedi'i chanu sawl tro. Efo 'Panis Angelicus' yn bloeddio dros y lle, a'r ffaith nad oedd o ar ei ben ei hun yno mwyach, doedd y bwthyn ddim yn edrych cymaint fel cartref gwrach mewn chwedl.

'Sut wyt ti efo gelod, còg?' gofynnodd, gan geisio gwneud yn siŵr nad oedd ei lais yn datgelu ei argraff gyntaf o gartref Rose Minton.

Mewn llai na hanner eiliad roedd Toscano wedi croesi'r buarth at Daf, wedi tynnu cerdyn banc o'i boced a'i wthio rhwng croen Daf a'r creadur du sychedig. Ar ôl tro crefftus o'i arddwrn, hedfanodd y creadur drwy'r awyr a glanio yn y deiliach. Heb ddweud gair, tynnodd Toscano becyn bach metelaidd o'i boced – am hanner eiliad roedd Daf yn ofni mai condom oedd o, ac ochneidiodd mewn rhyddhad pan dynnodd y plismon ifanc weip antiseptig ohono a'i rwbio'n ofalus dros y clais bach ar ei goes.

'Dyna ti, bòs,' meddai'n hunanfodlon.

'Ti 'di gwneud hyn o'r blaen.'

'Mae'n digwydd yn reit aml pan mae rhywun yn caiacio. Ac mae gen i rwbeth arall i ti fan hyn.'

O'i boced arall tynnodd allwedd hen ffasiwn, heb fod yn hynafol. Doedd dim angen gradd i ddyfalu ei fod yn perthyn i ddrws y bwthyn.

'Sut gest ti hyd i hwnna, còg?'

'Gan Rhiain. Ar ôl yr holl ffwdan, pan welodd hi Ninan, roedd hi'n reit ddymunol. Dwi'n gwybod nad oes gen i lawer o brofiad efo salwch meddwl ond dwi erioed wedi gweld rhywun sy'n gallu troi'r peth ymlaen ac i ffwrdd fel tap.'

'Cytuno.'

'A... wel, dwi'm isie bod yn rhagfarnllyd oherwydd ei hyfforddiant fel actores, ond... ydi hi'n perfformio ar ein cyfer ni, ti'n meddwl, bòs?'

'Gawn ni weld. Ond rŵan, i mewn i'r tŷ â ni.'

'Mi fyse'n hawdd dychmygu bod y waliau i gyd wedi'u gwneud o fara sinsir, neu bod y lle yn gallu codi ar goesau ieir a throi, fel yn stori Baba Yaga. Ges i'r stori honno o'r llyfrgell ers talwm ac mi wnaeth hi fy nychryn i'n sobor.'

Trodd Daf yr allwedd yn y twll ac agorodd y drws. Doedd dim cyntedd na choridor o unrhyw fath – roedden nhw'n sefyll yn y brif ystafell, ac un hynod oedd hi. Doedd dim plastr ar dair o'r pedair wal, na llenni dros y ffenest. Roedd golau gwyrdd yn llifo drwy'r gwydr budr, a phan bwysodd Toscano'r switsh, goleuodd dau fylb glas oedd yn hongian o'r nenfwd heb gysgodlenni. Roedd awyrgylch danforol yno, ac roedd Daf yn hanner disgwyl i Toscano ddechrau chwibanu cân o'r ffilm *Little Mermaid*, ond roedd sylw'r swyddog ifanc wedi'i gipio gan boster mawr mewn ffrâm yn dangos cardiau Tarot. O dan y teitl 'Major Arcana' roedd dros ugain o ddelweddau gwahanol – lluniau lliwgar roedd Daf wedi'u gweld sawl tro ond a oedd, yn amlwg, yn newydd i Toscano. Safai'n stond, yn syllu ar yr unfed llun ar bymtheg: llun o ddyn noeth â phen hwrdd, yn eistedd mewn cadair grand.

'Do'n i ddim yn y Pafiliwn pan enillodd o'i gadair,' jociodd Daf, ond doedd Toscano ddim yn gwrando. Caeodd ei lygaid yn dynn a chodi'i law dde, a chyffwrdd ei dalcen, ei frest a'i ddwy ysgwydd â'i fysedd, gan fwmial o dan ei wynt, 'Yn enw'r Tad, y Mab a'r Ysbryd Glân.'

Gyferbyn â'r ffenest roedd rhes o gasys gwydr o wahanol feintiau, i gyd wedi'u gosod yn gelfydd i orchuddio'r wal gyfan. Ym mhob cas roedd tylluan. Hyd yn oed mewn amgueddfa, doedd Daf erioed wedi gweld y ffasiwn arddangosfa o dacsidermi. Roedd o'n cael yr argraff mai llwyfan i berfformio oedd y stafell yn hytrach na lle i rywun ymlacio, neu adlewyrchiad o natur y sawl oedd wedi'i greu.

'Fetia i ei bod hi'n hiwj ar WitchTok,' sylwodd Toscano. 'Neu, mi *oedd* hi'n hiwj ar WitchTok.'

Roedd bwrdd crwn ger y ffenest, dwy gadair bren yn wynebu'i gilydd, a darn o ddodrefn oedd yn hanner gwely, hanner soffa ac arno glustogau melfed mewn lliwiau cyfoethog. Roedd y llechi ar lawr yn sgleinio, ond doedden nhw ddim yn llithrig. Peth arall hynod oedd bod y stafell yn ogleuo'n union yr un fath â'r goedwig y tu allan – roedd fas enfawr yn sefyll yn y gornel ger y drws mewnol, yn llawn brigau, ac ar yr aelwyd roedd pentwr o fwsog.

'Ti'n gwybod be? Mae'r lle 'ma'n debyg i stafell ymgynghori, neu swyddfa meddyg. Roedd pobol yn dod yma i'w gweld hi, a dyma'r union awyrgylch roedden nhw'n ei ddisgwyl.'

'Ond pam, bòs? Pa reswm fyddai gan unrhyw un i ddod i'r ffasiwn le?'

'Wel, mae'n rhaid i ni ddysgu dipyn am ei busnes hi, wrth gwrs, ond fetia i fod llwyth o bobol wedi dod yma i dderbyn darlleniad. Tynna di luniau, ac wedyn awn ni i weld be arall allwn ni ei ddysgu am Rose Minton.'

'Ga i ddefnyddio dy ffôn di, plis?'

'Pam?'

'Dwi'm isie cadw lluniau tebyg yn fy mhoced, hyd yn oed ar fy ffôn gwaith.'

Rhoddodd Daf ei ffôn iddo heb betruso, ac aeth i agor drws y gegin. Ystafell lai oedd hon, wedi'i dodrefnu'n fwy naturiol â chasgliad o ddodrefn cyffredin iawn: bwrdd mawr pinwydd melyn efo darn o bapur wedi'i blygu o dan un goes oherwydd anwastadrwydd teils chwarel coch a du y llawr, hen fainc o gapel wedi'i pheintio'n las llachar, stof Rayburn o'r pedwardegau, ac un arall nwy Calor, oedd bron mor hen. Wedi'u gosod ar ben ei gilydd roedd pedair cadair blastig â choesau metel oedd yn atgoffa Daf o'i ddyddiau ysgol. Roedd yno hefyd gwpwrdd *drop-down*, sinc o IKEA a phedair silff simsan oedd, yn ôl eu golwg, yn ffrwyth gwaith DIY rhywun heb lawer o sgiliau na diddordeb. Un peth synnodd Daf: doedd dim bocsys ailgylchu. Welai o ddim larwm tân na larwm carbon monocsid chwaith.

Pan ddaeth Toscano i mewn ar ei ôl, crychodd ei drwyn.

'Surdoes,' datganodd. 'Mae 'na stwff surdoes yn rhywle.'

Cododd Toscano jar Kilner oddi ar dop y Rayburn, gan agor y caead a syllu ar y cynnwys. Ynddi gwelodd Daf gymysgedd brown golau efo arwyneb o swigod arno. Rhoddodd Toscano'i fys ynddo, a churo'r bys yn erbyn ei fawd er mwyn profi trwch y gymysgedd. Wedyn, golchodd ei law o dan y tap.

'Mae un peth yn bendant – doedd hi ddim yn bwriadu lladd ei hun,' datganodd.

'Sut hynny?'

'Achos mae hwn yn *starter* go newydd. Does neb yn dechrau *starter* surdoes newydd os nad ydyn nhw'n bwriadu byw i weld y dorth gyntaf.' Sniffiodd y jar unwaith cyn cau'r caead. 'O arogl y burum, mae'n ddigon posib fod hwn wedi'i greu ddoe.'

Chwarddodd Daf, gan daro Toscano'n gyfeillgar ar ei gefn.

'Wel, 'den ni wedi darganfod dynes oedd yn pobi, mae'n amlwg. Be oeddet ti'n ddisgwyl? Crochan llawn llyffantod?'

'Rwbeth tebyg,' mwmialodd Toscano.

Roedd y staer i'w weld y tu ôl i ddrws tebyg i ddrws cwpwrdd. Gan ddringo rownd y gornel, ystyriodd Daf nad oedd o wedi gweld grisiau tebyg ers blynyddoedd maith, ond roedden nhw'n go gyffredin yn ystod ei blentyndod. Yn dilyn y drefn hen ffasiwn, stafell wely oedd y landin, ac roedd dau ddrws gyferbyn â phen y grisiau. Safai gwely mawr pres yng nghanol y landin, efo cwilt Fictoraidd arno. Roedd y distiau derw ar lawr wedi'u caboli, a rŷg croen dafad yn barod i groesawu bysedd traed pwy bynnag fyddai'n dringo i lawr o'r gwely uchel. Ar fwrdd bach o dan y ffenest gromen roedd fas llawn rhosod, rhai ohonynt wedi colli cwpwl o betalau. Fel y surdoes, roedd y blodau'n dyst i'r ffaith fod Rose yn disgwyl dod yn ôl i'w thŷ pan adawodd hi.

Daeth Toscano i fyny'n betrusgar, ei ben yn dod i'r golwg fel twrch yn codi pridd ar ddôl. Tynnodd bedwar llun. Aeth Daf at un o'r drysau gyferbyn â'r grisiau a'i agor, gan chwifio'i law ar Toscano i agor y drws arall. Tu ôl i'r drws gwelodd Daf stafell molchi lliw afocado o'r saithdegau – yr unig eitem bersonol yno oedd ffrâm bren oedd yn estyn o un ochr y bàth i'r llall a thyllau ynddi i ddal canhwyllau bychan.

'Sbia ar hyn,' galwodd Daf. 'Fyse Gaenor wrth ei bodd efo teclyn fel hwn.'

Dechreuodd Toscano chwerthin.

'Na, ty'd di yma gynta... dwi'n mawr obeithio na fyddi di'n dweud yr un peth am hyn...'

Yn yr ystafell arall, dros ysgwydd Toscano, gwelodd Daf y ddaeargell ryw fwyaf cynhwysfawr a welodd erioed.

7

Roedd wyneb Toscano mor goch, roedd Daf yn disgwyl gweld ei wallt yn newid lliw hefyd. Cododd y dyn ifanc chwip hela oddi ar rac ar y wal.

'Dwi'n synnu fod rhywun angen peth fel'ma fan hyn. Anodd cael ceffyl i fyny grisiau mor gul.'

Cochodd Daf yntau wrth geisio meddwl sut i'w ateb.

'Dim ar gyfer marchogaeth mae o, dwi'n amau. Mae rhai pobol yn...' Tawelodd ei lais wrth weld gwên goeglyd Toscano.

'Jôc, bòs! Dwi ddim mor naïf â hynny, ti'n gwybod.'

'Hmm. Wna i dynnu llunie yn y fan hyn tra ti'n chwilio am unrhyw fath o waith papur, neu liniadur, er mwyn i ni ddod i ddeall materion ariannol Rose. Ga i fy ffôn yn ôl, os gweli di'n dda?'

Wrth dynnu lluniau'r holl gyffiau, teganau rhyw a strapiau lledr, cofiodd Daf eiriau Gaenor pan oedd pawb yn trafod y llyfr *Fifty Shades of Grey*. 'Os ydi rhywun angen cymaint â hynna o sbeis, falle'u bod nhw wedi dewis y stecen anghywir.' Roedd awyrgylch glinigol, amhersonol yn y stafell, awyrgylch oedd bron yn drist. Nid stafell chwarae i bobol fwynhau oedd hi, ond lle i rywun droi petaen nhw wedi methu dod o hyd i ryddhad yn unrhyw le arall. Roedd canhwyllau a system sain i ychwanegu at yr awyrgylch ramantus, ond er gwaethaf popeth roedd *boudoir* Rose Minton yr un mor erotig â chownter caws Tesco.

Ar y landin, tu ôl i len drwchus, roedd Toscano wedi dod o hyd i alcof oedd yn cael ei ddefnyddio fel stydi neu swyddfa. Yno roedd silff ac arni res o ffeiliau, a bwrdd bach oedd yn dal gliniadur. Roedd dwy o'r ffeiliau yn llawn datganiadau banc, ac roedd sawl bil trydan a chopi o brydles bwthyn Pencoed yno hefyd, ond fel arall, manylion ei 'chleientiaid' oedd yn llenwi'r ffeiliau.

'Bingo, còg!' ebychodd Daf. 'Lwythwn ni bob dim o'r fan hyn i'r car, ac mi all y SOCOs gael cip wedyn.'

Penderfynodd Daf nad oedd yn syniad da taclo'r grisiau anwastad â'i freichiau'n llawn bocsys, felly piciodd i'r car i nôl dau Bag for Life. Ar ôl eu llenwi aeth hanner ffordd i lawr y grisiau a'u pasio nhw i lawr i Toscano. Ddeng munud yn ddiweddarach roedd y ffeiliau a'r gliniadur yn saff yng nghefn y car, ac roedd Daf yn falch o gael cloi'r drws ar eu holau.

''Den ni'n debycach na ti'n feddwl, wyddost ti, bòs,' meddai Toscano pan oedd y ddau yn y car, gyda gwên lydan. 'Ti'n ystyried dy hun yn ddyn rhesymegol, ond roeddet ti'n ffeindio'r lle 'na yr un mor sbŵci â fi. Yn unig wahaniaeth rhyngddon ni ydi'r ffaith fod gen i ateb i'r peth, a does gen ti ddim. Gallai'r lle 'na fod yn fwthyn bach braf ar ôl sesiwn go dda efo *pressure washer* ac ymweliad gan ysbrydegydd.'

Roedd Daf yn barod am yr her nesaf ar ôl dianc o Bencoed, a phan welodd Rhiain yn eistedd ar gadair yng nghysgod y tŷ yn siarad yn dawel efo Dr Ninan, ei llygad drwg wedi'i guddio o dan gadach lliw hufen, roedd o'n siŵr y byddai'n cael atebion gan y ferch. Yn yr ystafell haul, roedd ei mam yn dal i blygu elyrch. Ond wrth iddo nesáu, sylwodd fod golwg bwdlyd ar wyneb y ferch.

'Sut mae *o*'n gallu siarad Cymraeg?' gofynnodd Rhiain i Daf yn anghwrtais.

'Achos dwi wedi dysgu, er mwyn gwneud fy ngwaith,' atebodd y meddyg yn amyneddgar, 'ac i gefnogi fy mhlant yn ysgol Carno.'

'Hmm.' Roedd sarhad yn y sŵn ac roedd Daf yn awyddus i ryddhau'r meddyg cyn gynted â phosib.

'All DC Toscano fynd â ti'n ôl i dy gar,' awgrymodd Daf, a

chytunodd Ninan yn awyddus. Wrth y wiced, meddai wrth Daf, mewn llais isel,

'Mae 'na rwbeth mawr o'i le fan hyn, fysen i'n dweud. Does ganddi hi ddim symtomau clir o salwch meddwl ond tydi hi ddim yn meddwl yn glir, chwaith. Troedia'n ofalus.'

'Mi wna i,' atebodd Daf, wrth i'w stumog ei atgoffa fod amser cinio wedi mynd a dod ers meitin. 'A diolch am bob dim ti wedi'i wneud i'n helpu ni heddiw.'

'Pleser. Dwi 'di bod yn ysu i gwrdd â ti ers amser – mae Padraig yn siarad amdanat ti'n aml.'

Piciodd Daf i mewn i'r ystafell haul i nôl cadair iddo'i hun, ac er iddo ofyn caniatâd yn gwrtais i Heather, gwgu'n swta wnaeth hi, heb smic o groeso.

Roedd Rhiain yn syllu i'r pellter, a dewisodd anwybyddu Daf wrth iddo osod ei gadair wrth ei hymyl. Roedd ei hwyneb yn llawer harddach pan oedd yn llonydd, a phetai hi'n dalach, gallai fod wedi modelu i unrhyw dŷ ffasiwn.

'Ti'n teimlo chydig yn well?' gofynnodd iddi.

'Ydw. Roedd o'n dweud y bydd raid i mi gael antibiotics.'

'Swnio'n gall.'

'O'n i ar fin dweud wrtho fod angen i mi drafod efo Rose cyn cymryd unrhyw foddion, ond wedyn mi gofiais i.'

'Roeddech chi'n agos?'

'Dwi'm yn sicr. O'n i... wel, 'sen i'n hoffi dweud ein bod ni'n ffrindie pennaf, ond dim felly oedd pethe, dim go iawn. O'n i'n dibynnu arni hi, ond dim y ffordd arall rownd.'

'Dwi'n gweld.'

'Yn wahanol i mi!' chwarddodd yn chwerw. 'Dwi 'di... wel, dwi'n cael cymaint o drafferth efo fy llygaid, alla i ddim gyrru bellach.'

'Rwbeth dros dro ydi hyn, siŵr?'

'Dwi'm yn sicr. Mi wnaeth y meddyg 'na awgrymu 'mod i'n mynd i weld arbenigwr, ond dwi wedi gweld cymaint yn barod.'

'Fydd posib sortio'r broblem, bendant.'

Trodd ei phen, ac am y tro cyntaf edrychodd ar Daf. Roedd ei llygad yn wlyb ond allai Daf ddim bod yn siŵr ai dagrau neu sgileffaith haint oedd yn gyfrifol.

'Dwi ddim mor ffyddiog. Dwi'n... dwi wedi dechre ar lwybr gwirion ac mae 'na siawns go iawn y bydda i'n colli 'ngolwg cyn hir.'

'Be oedd y llwybr gwirion?'

'Pam wyt ti'n gofyn?'

'Achos ti'n dyst pwysig.'

Ochneidiodd Rhiain yn isel.

'Ocê, ocê. Es i draw i Dwrci i gael yr hyn maen nhw'n ei alw'n Tatŵ Cornea.'

Gwingodd Daf, a theimlodd binnau bach yn ei lygaid ei hun.

'Swnio'n boenus.'

'Roedd o. Ofnadwy.'

Estynnodd Rhiain ei llaw i afael yn llaw Daf a rhwbiodd ei ewinedd fesul un.

'Yn amlwg, dwyt ti ddim yn ffermio,' meddai. 'Mae gen ti fysedd fel merch, bron.'

'Mae gan bob swydd ei manteision a'i hanfanteision, lodes. Mae gen i lawer o greithie o'm corun i'm sawdl, ond dim llawer ar fy nwylo. Heblaw...'

Trodd ei law i ddangos llinell wen yn y cnawd o dan ei fawd.

'Noson go arw yn y Drenewydd,' esboniodd.

'Ond sbia di, rhaid i mi gael jels ar fy ewinedd i. Mae merch o Lanfihangel yn dod yma bob dydd Iau yn ei fan. Awr i mi, hanner awr i Mam.'

'Maen nhw'n edrych yn braf iawn – yn matshio dy ffrog.'

Gollyngodd Rhiain law Daf mor sydyn, roedd yn teimlo fel petai wedi'i thaflu'n ôl iddo.

'Ond dwi ddim isie ffycin matshio. Dwi ddim isie gwisgo ffycin hatinator byth eto. Gas gen i sodlau uchel, a gwneud penderfyniadau twp fel dewis rhwng *balayage* ac *ombre*. Mae dynion yn disgwyl cymaint ganddon ni ferched.'

'Dwi'm yn nabod unrhyw ddyn dan haul sy'n rhoi rhech am *ombre* na *balayage*.'

'Dydi hynny ddim yn wir. Dech chi'n disgwyl i ni ymbincio ac ymprydio, i ni fod yn smart ar eich breichiau.'

'Fetia i fod Owain yn gwerthfawrogi dy gwmni yn fwy na dy olwg, lodes, er mor smart wyt ti.'

'Dydi o bron byth yn siarad efo fi. Ond mae'n disgwyl i mi fod yn smart o hyd. Un briodas ar ôl y llall, ac mae fy llygaid yn brifo cymaint, dwi jyst isie eistedd mewn stafell dywyll yn gwylio bocs-set yn hytrach na'r holl ffycin lol.'

'Wyt ti 'di dweud hyn wrtho fo?'

'Na. Be 'di'r pwynt?'

'Wel, bythefnos i heddiw mi fyddi di'n wraig iddo fo.'

'Na. Dwi 'di dweud wrth Mami 'mod i isie canslo'r briodas.'

'Wel, ti wedi cael sioc, wrth gwrs.'

'Dim sioc ydi'r broblem. Efo cefnogaeth Rose, ro'n i'n gallu wynebu'r briodas, ond dim hebddi hi.'

'Wynebu dy briodas, lodes? Ti ddim yn edrych ymlaen?'

'Ti 'di cwrdd â fo?'

'Còg digon clên, 'sen i'n dweud.'

'Fyset ti'n hoffi ei briodi o?'

'Na, achos dwi'n heterorywiol.'

'Ocê, be fyset ti'n ddweud petai dy ferch yn priodi rhywun tebyg?'

'Dwi byth yn ymyrryd ym mherthnasau fy mhant.'

'Be tase Carys yn dweud ei bod hi'n gadael Glyndebourne i dreulio'i bywyd yn golchi boilars Owain Bronwylfa?'

'Wel... mae gan bawb ei chwaeth ei hun.'

'A ti'n meddwl ei fod o'n ddigon chwaethus i ddenu fy niddordeb i?'

'Brân i bob brân, cofia.'

Am y tro cyntaf clywodd Daf chwerthiniad Rhiain, ac roedd o'n arwynebol, sbeitlyd, a rhywsut, yn ddi-hiwmor.

'Petai o'n frân, fyse Wncwl Al wedi'i saethu o erbyn hyn a'i hongian ar y crocbren efo'r gwencïod.'

'Sori, lodes, dwi'n hen ddyn ac mae'r tywydd poeth yn rhostio fy mrên. Ti ar fin priodi dyn ti ddim yn ei hoffi?'

'Rhaid i mi wneud rhwbeth.'

'Be ti'n feddwl?'

'Wel, alla i ddim mynd yn ôl i'r llwyfan achos does neb isie castio merch ddall mewn sioe gerdd.'

'Mae 'na sawl opsiwn i rywun efo cymaint o dalentau â tithe.'

'Dyna beth neis i'w ddweud wrth rywun sy wedi achosi cymaint o drafferthion heddiw.'

'Be mae hynny'n ei olygu?'

'Y stranc ges i yn y fynwent. Pan ddwedodd Owain wrtha i am y corff, roedd o'n gwybod i'r dim be oedd o'n wneud, a'i fwriad oedd fy ypsetio fi. Mae o'n gwybod faint mae Rose yn ei olygu i mi.'

Cododd ig ynddi, a daeth sŵn tagu o'i cheg fel petai'n mygu dan ei galar. Roedd hi'n dawel am dipyn, yn anadlu'n fas, wedyn dywedodd, mewn llais bach fel plentyn swil,

'Efo Rose, efo'i chyfeillgarwch a'i doethineb, o'n i'n gallu wynebu'r peth. Ond dim hebddi hi.'

'Pam wnest ti gytuno i briodi Owain felly?'

'O'n i'n hoffi'r syniad o briodas, ac fel ti'n gweld, mae Mami wrth ei bodd. Mae Ows a finne wedi bod yn ffrindie ers tro byd... pwy arall sy 'ne? Ond dwi ddim yn ei ffansïo fo. Dim o gwbl. Ond fel ddwedes i, does neb arall.'

'Ty'd 'laen, lodes. Ti'n ifanc. Ti'n dalentog, ti'n dlws dros ben...'

'Wyt ti'n fflyrtio efo fi, Mr Heddwas?'

'Dim o gwbl. Dweud y gwir ydw i. Fysen i'n dweud bod gen ti lwyth o opsiynau.'

'Wel, ti'n anghywir. Sgen i ddim. Mae gen i ddewis rhwng aros yn y tŷ yma i bydru neu fynd dros y nant i bydru yn fan honno. Mae Owain yn... go ddymunol, mae'r tŷ'n iawn ac mae'r busnes yn hollol sownd.'

'Mae'n rhy gynnar i ti deimlo nad oes gen ti ddewis,' mynnodd Daf, gan feddwl am Lissa, oedd yn addoli Owain. 'Ti'n gallu byw yn rhywle arall.'

'Nes i geisio gwneud hynny, a drycha be ddigwyddodd.'

'Be?'

'Covid. Atalnod llawn i 'ngyrfa.'

'Ond be am yr udfil?'

'Cafodd y cynhyrchiad ei ganslo.'

'Ond mae popeth yn ôl i normal erbyn hyn, bownd o fod.'

'Does dim byd wedi mynd yn ôl i sut roedd o cynt. A fydd dim byd byth – dim i mi a fy llygaid fel maen nhw.'

'Ocê. Dwi'n deall bod Rose yn dy helpu di, ond ym mha ffordd?'

'Sawl ffordd. Roedd hi'n fy helpu fi i ddod o hyd i ffordd ymlaen efo'r cardie...'

'Cardie?'

'Ie, y Tarot.'

'A ti'n coelio'r ffasiwn bethe?'

Ochneidiodd Rhiain yn ddwfn. Plygodd ei breichiau a chuddio'i hwyneb am hanner munud.

'Dwi 'di blino, Mistar Heddwas. Dwi wedi colli fy ffrind gorau a dwi'n swp sâl.'

'Rhaid i ni siarad, lodes. Mae gen i ddyletswydd i ddysgu be ddigwyddodd i Rose.'

'Oes 'na frys? Dwi... wel, dwi'n gwybod yn iawn nad wyt ti wedi cael llawer o synnwyr gen i, a fy mhen i yn y cymylau. Fydda i'n well yn y bore.'

Roedd ei gwefus isaf yn crynu, ac er bod Daf yn gwybod mai actores oedd hi, penderfynodd ei bod yn ddidwyll, y tro hwn. Cododd ar ei draed ac, wrth godi o'r gadair, gwelodd ryddhad pur yn ei llygad.

'Rhaid i ti ddod i mewn i siarad efo ni yn go fuan, i orsaf yr heddlu,' esboniodd, a nodiodd Rhiain ei phen. 'Ac yn y cyfamser, paid â gwneud dim byd... gwirion.'

Chwarddodd y ferch eto.

'Mi wna i ofyn i dy fam gadw llygad arnat ti.'

'Dim newid, felly. Dwi 'di treulio fy mywyd cyfan o dan ei llygad barcud.'

'Ddylet ti ystyried dy hun yn lodes ffodus, yn cael pobol i ofalu amdanat ti.' Unwaith eto, roedd Daf yn meddwl am Lissa.

'Ha! Ie, ffodus. Tywysoges y dyffryn ydw i, yntê? Biti fod bob dim yn troi'n lludw ar flaenau fy mysedd...' Cododd yn urddasol a stelcio rownd cornel y tŷ fel petai hi'n frenhines yn un o ddramâu Shakespeare.

Brysiodd Daf i siarad efo Heather. Dim ond hanner dwsin o napcyns oedd ar ôl, ac roedd gyr o elyrch dros y lle. Efo'u pigau miniog a'u pennau di-lygad, roedden nhw'n anfad, rywsut.

'Wel?' brathodd Heather, gan syllu ar Daf fel petai'n rywbeth drewllyd ar sawdl ei hesgid. 'Ti'n mynd i roi llonydd i ni rŵan, Dafis?'

'Yn anffodus, tydi'r ymchwiliad prin wedi dechrau. Dwi'n bwriadu gwneud pob ymdrech i beidio gofyn i Rhiain ddod i adnabod y corff, ond os na allwn ni ddod o hyd i aelod o'i theulu...'

'Teulu Rhiain? Dyma ni fan hyn, y lembo. Does dim rhaid i ti ddod o hyd i neb.'

'Nage, nage: teulu Rose Minton.'

'Dwi wedi dweud, does ganddi hi ddim teulu. Mae pobol fel hithe'n ymddangos dros nos. Fel madarch.'

'Mae gen i restr hir o gwestiynau i'w gofyn, felly bydd rhaid i Rhiain ddod i lawr i'r orsaf yn y Trallwng i siarad efo ni eto.'

''Den ni ddim y math o bobol sy'n mynychu llefydd tebyg.'

'Bydd rhaid iddi hi ddod, mae gen i ofn. Ac yn y cyfamser, gwna'n siŵr nad ydi hi'n mynd i unrhyw le, iawn?'

Lledodd Heather ei ffroenau'n ddiamynedd. 'Cofia efo pwy wyt ti'n siarad,' atebodd yn swta.

'Iawn. Mi alla i eich arestio chi i gyd am rwystro swyddog ar ddyletswydd, os mai fel hyn ti awydd chwarae'r gêm.'

Daeth golwg ddryslyd dros ei hwyneb, fel anifail yn methu gwybod ble i droi, a dechreuodd droelli un o'r napcyns olaf o gwmpas ei bysedd.

'Tan fory,' ychwanegodd Daf, gan baratoi i adael. Cyn iddo gyrraedd y wiced clywodd sŵn defnydd yn rhwygo. Roedd Heather yn gryfach nag yr oedd o wedi'i ddychmygu.

Gyrrodd neges destun i Toscano i ddweud ei fod o'n barod i fynd i nôl ei gar i Bronwylfa, lle gadawodd y plismon ifanc o, a chamodd dros y buarth sych, glân. Roedd drws un o'r adeiladau mawr ar agor a daeth sŵn o'r tu mewn: metel yn erbyn carreg. Wedi llwyddo i ffocysu yn y tywyllwch ar ôl bod yn yr heulwen danbaid, camodd Daf yn nes. Yn y sied, roedd Alun yn troi carreg hogi enfawr. Roedd o'n gweithio'n dawel ac yn bwrpasol, ac ar fêl gwair wrth ei ochr roedd rhes o lafnau gwahanol: cryman, sawl cyllell a hyd yn oed gwellaif hen ffasiwn. Roedd y sŵn yn mynd drwy ben Daf fel nodwydd, yn ei atgoffa o'i dad yn hogi ar ddydd Sul tra oedd y siop ar gau. Roedd Daf bron yn sicr fod y ffermwr wedi'i weld, ond dewisodd fwrw ymlaen â'i dasg. Pesychodd Daf ond ni chododd Alun ei ben cyn rhoi cyllell boced i lawr ar y gwair, ei min newydd yn disgleirio yn yr awyr lychlyd.

'Ti'n mynd rŵan?' gofynnodd, braidd yn anghwrtais.

Roedd Daf wedi hen arfer efo sgwrs bytiog ffermwyr, ac yn gwybod bod sawl un yn swnio'n llawer mwy swta nag yr oedden nhw'n ei fwriadu, felly wnaeth o ddim dal dig.

'Do, ond nes i ni gael gwybod yn union be ddigwyddodd i Ms Minton, bydd raid i mi ddod yn ôl yn go fuan, neu un o 'nghydweithwyr. A bydd angen i ti roi dy olion bysedd a ballu i ni.'

'Ddwedes i wrth Misus Tom Glantanat gynne – heblaw am y ffaith ei bod hi'n denant i ni, doedd 'na ddim cysylltiad rhyngddon ni a hithe.'

'Heblaw am y ffaith ei bod hi'n ffrindie efo dy nith, wrth gwrs.'

'Wel, ie, hynny, wrth gwrs. Ffrindie, ie.'

Suddodd Alun yn ôl i'w dawelwch arferol, ac roedd Daf yn falch o gael gadael Eithnog, efo'i gyfrinachau hen a newydd.

8

Ar y ffordd yn ôl i Fronwylfa roedd Daf yn falch o dawelwch anarferol Toscano. Roedd pen tost yn datblygu y tu ôl i'w lygaid ac roedd ei syched bron yn boenus, a'i gorn gwddf fel papur llyfnu.

'Be nesa, bòs?' gofynnodd Toscano, o'r diwedd.

'Dyna i ti gwestiwn. Dim byd arall heddiw, debyg.'

'Be? Dim ond hanner awr wedi pedwar ydi hi.' Tapiodd Toscano y cloc o'i flaen y tu ôl i'r llyw.

'O. Ie. Ocê.'

'Ti'n sâl, bòs? Dwyt ti ddim fel ti dy hun – mae Bianca wastad yn dy alw di'n "Farone".'

'A be mae hynny'n ei olygu?'

'Pharo... achos ti'n gweithio dy gaethweision mor galed.'

Fel arfer roedd Daf yn hoffi tynnu coes â'i gyd-weithwyr, ond doedd o ddim yn gallu ymateb heddiw, rywsut. Eisteddodd yn fud.

'Ti'n crawcian braidd, bòs. Mae 'na ddiod yn fan yna.' Amneidiodd Toscano at y bocs menig, ac estynnodd Daf botel ddŵr Moana oddi yno. Llyncodd gegaid fawr – dŵr roedd o'n ei ddisgwyl, ond roedd y ddiod yn felys.

'Stwff da 'di hwnna, bòs, yn union be ti angen. Llawn adaptogens a madarch.'

'Ydi o'n gyfreithlon?'

'Hollol. Mae o'n fy helpu fi i ffocysu.'

'Ti 'di bod yn cael trafferth ffocysu?'

'Wel, do, braidd. Rhywsut, dwi'n teimlo'n fwy fel fi fy hun ar ôl yfed hwn.'

Doedd Daf ddim yn sicr o rinweddau'r peth, ond llyncodd dipyn mwy ohono. Roedd yn haws siarad wedyn.

'Be 'den ni wedi'i glywed gan Sheila?' gofynnodd.

'Dim llawer. Mae'r prosesau swyddogol wedi dechrau, ond 'den ni'n cael trafferth dod o hyd i aelod o'r teulu i adnabod y corff.'

'Hmm. Dyna ddwedodd Heather, ond wnes i ddim ei choelio hi.'

'Mae Sheila wedi cysylltu efo'r gwasanaeth deintyddiaeth fforensig, rhag ofn.'

'Syniad da, ond does dim llawer o amheuaeth pwy ydi'r corff. Well i ni roi'r gwasanaeth gwybodaeth dechnolegol ar waith hefyd. Does neb wedi dod o hyd i'w ffôn, dwi'n cymryd?'

Ysgydwodd Toscano ei ben.

'Ocê. O gofio ei bod hi'n benwythnos, well i ni ganolbwyntio ar y cyfweliadau i ddechrau. Dilyna fi at y ffermdy.'

Erbyn iddyn nhw gyrraedd sied ieir Bronwylfa, roedd popeth yn llonydd. Wrth gerdded at ei gar, edrychodd Daf draw i gyfeiriad y nant. O dan y llethrau, ar dân efo'r blodau aur roddodd eu henw i'r lle, roedd tŷ a buarth Eithnog yn sefyll yn dawel, yn urddasol, rywsut, ond câi Daf yr argraff fod y lle yn troi ei gefn ar y goedwig, a'r gwyrddni tywyll yn ymestyn ei fysedd fel petai'n ysu i fygu'r fferm.

Doedd 'run cerbyd i'w weld o flaen Bronwylfa, tŷ mawr brics, ond eto, ystyriodd Daf, roedd sawl adeilad y gallen nhw'u defnyddio fel garej, felly doedd dim rhaid i'r teulu Gethin adael eu ceir yn yr awyr agored. Ymunodd Toscano â fo, ac efo'i gilydd, camodd y ddau at y drws mawr llydan.

Ers blynyddoedd maith, roedd Daf wedi atal ei hun rhag meddwl pa mor annheg oedd y ffaith fod pobol gyfoethog, yn aml iawn, â chyn lleied o chwaeth, ond atgyfododd y teimlad hwnnw wrth iddo sefyll ger y drws llydan, derw. Rhwng y staen a'r farnais roedd y Gethins wedi llwyddo i roi sglein fel plastig ar goed o safon. Roedd dodrefn pres y drws wedi'i orchuddio â'r un farnais, ac effaith y tywydd wedi torri'r arwyneb nes bod yr haen blastigaidd yn briwsioni oddi ar y cnocar wrth i Daf afael ynddo i guro'r drws.

O'r tu mewn, deuai sŵn annisgwyl: cerddoriaeth uchel.

'Cân gyfarwydd,' datganodd Toscano. 'Mae Bianca yn dipyn o Swiftie.'

Ddaeth neb at y drws, felly curodd eto. Y tro hwn, agorwyd y drws yn ofalus gan rywun oedd yn cuddio, bron, y tu ôl iddo.

'O, Mr Dafis,' meddai Lissa'n dawel.

'Prynhawn da, lodes. Allwn ni ddod i mewn?'

'O, na. Na, sori.'

Ceisiodd gau'r drws ond camodd Toscano ymlaen yn sydyn i'w hatal. Gwthiodd Lissa y drws yn ei erbyn.

'Paid poeni, lodes,' meddai Daf. ''Den ni angen siarad â Mr a Mrs Gethin.'

'Dydi... does neb yma, sori.'

Roedd hi'n dal i guddio y tu ôl i'r drws, a sylwodd Daf ar res o olion traed gwlyb yn ymestyn dros lawr y cyntedd ac i fyny'r grisiau.

'O'n i... o'n i yn y gawod. Ddylen i ddim, ond mi wnes i.'

'Gawn ni sgwrs, tra 'den ni yma?'

'Ocê, ond does gen i fawr o ddim i'w ddweud.'

Camodd Lissa o gysgod y drws yn gwisgo dim ond tywel bach, a chamodd y ddau i'r tŷ. Gostyngodd Toscano ei lygaid. Rywsut, roedd hi'n edrych yn gryfach heb ei dillad, yn fain yn hytrach nag yn denau, ei chyhyrau wedi'u caledu gan waith caled. Roedd sawl clais ar ei breichiau a'i choesau – anafiadau cyffredin i rywun oedd yn ennill ei phres drwy waith corfforol yn hytrach na'i phen.

'Cer i nôl dy ddillad, lodes: hyd yn oed yng nghanol haf, siawns i ti gael annwyd.'

'Dwi ddim yn nesh.'

'Ac mae DC Toscano'n gòg swil.'

'Yn fy mhrofiad i, dydi dynion ddim yn poeni am weld

merch heb ei dillad,' atebodd Lissa, ac roedd rhywbeth yn drist am ei hymgais i fflyrtio.

'Dwi'n... dwi'n priodi cyn hir,' datganodd Toscano, 'felly...'

Chwarddodd Lissa, ac roedd y sŵn yn oer ac yn fregus, fel gwydr yn torri.

'Dydi pawb ddim fel ti,' atebodd.

'Ti'n sôn am Ows?' gofynnodd Daf.

'Ddim yn benodol. Jyst fel'na mae bywyd, ti'n gwybod.'

Gyferbyn â drws y gegin roedd soffa fawr ledr efo carthen ar ei chefn. Cododd Daf y garthen, ac mewn un symudiad, lapiodd Lissa ynddi.

'Paid, mae'n cosi!' ebychodd.

'Cer i nôl dy ddillad, felly, tra dwi'n gwneud paned.'

'O na, plis paid â mynd i'r gegin. Does neb yn cael.'

'Dwi 'di bod yn y gegin 'ma sawl tro, lodes.'

Gwelodd Daf ofn go iawn yn ei llygaid.

'Dydi Mrs Gethin ddim yn gwybod 'mod i'n dod i gael cawod yn *en-suite* Ows. Dwi'm yn cael dod i mewn i'r tŷ pan maen nhw i ffwrdd, byth. Rhag ofn i mi ddwyn, dwi'n tybio.'

'Dwi'n ysu am baned, a dydi'r Misus ddim yn fy mhoeni fi o gwbl. Rho di'r bai arna i.'

'Na, no wê. Ddylen i ddim bod wedi gadael i chi ddod i mewn achos ddylen i ddim bod yma fy hun.'

'Sut ddest ti i mewn?'

'Gen i oriad. Gan Ows. Dydyn nhw ddim yn gwybod.'

'Oes gen ti degell yn y garafán?' gofynnodd Toscano. 'Awn ni yno am sgwrs?'

'Does nunlle i eistedd yno...'

'Dim bwys, y baned sy'n bwysig,' atebodd Daf.

'Ocê. Iawn. Wrth y sied mae hi.' Camodd Lissa fel cath dros y llawr derw ond oedodd cyn cyrraedd y grisiau. 'Deg munud, iawn? Gen i gwpwl o bethe i'w gwneud fan hyn.'

'Wrth gwrs.'

Wrth adael y tŷ roedd Toscano yn ceisio ymddwyn yn hollol normal.

'Siawns dy fod ti wedi gweld sawl merch heb lawer o ddillad yn y gêm yma, còg: well i ti ddod i arfer.'

'Mae hyn yn wahanol. 'Den ni... Bianca a finne, yn gwneud ein gore glas i gadw at... Wel, dwi ddim isie gweld croen neb arall cyn i mi ei gweld hi ar noson ein priodas. Ocê?'

Curodd Daf y dyn ifanc ar ei gefn, fel petai'n haeddu clod.

'Dy fusnes di ydi hynny,' atebodd Daf, gan feddwl unwaith eto pa mor hynod oedd ei gyd-weithiwr. Gan na wyddai beth arall i'w ddweud, ffoniodd Gaenor. Doedd hi ddim yn hapus.

'Dwi'n gwybod dy fod ti'n gweithio ar achos newydd, ond dwi newydd gael tri ymwelydd o Neuadd, pob un yn mynd off eu pennau yn eu ffordd eu hunain. Mae John yn ceisio mynd at yr Ynadon er mwyn creu rhyw fath o *exclusion zone* o ddwy filltir o gwmpas Neuadd i atal y cogie lleol rhag gwneud drygioni y noson cyn y briodas, mae Belle yn mwydro am rwbeth i'w wneud â'r blodau a'r ffaith fod Rhodri'n sneifio o gwmpas ei chŵn mewn modd amheus, ac mae Doris, sydd i fod yn ymbincio cyn mynd i barti nos Elen Sian, yn cael y ffasiwn *head turn* ynglŷn â'r canapés, o'n i bron yn methu ei deall hi'n siarad. Plis ty'd adre. Dwi'n teimlo fod Hengwrt dan warchae.'

'Cyn gynted ag y galla i.'

'Dwi dy angen di fymryn cyn hynny,' atebodd Gaenor, ac er ei bod hi'n chwerthin, gallai Daf glywed y straen yn ei llais.

Gyrrodd Daf a Toscano i lawr i'r garafán ar wahân, er mwyn cael gadael cyn gynted â phosib ar ôl siarad efo Lissa. Wrth iddyn nhw barcio, roedd cartref y ferch yn edrych hyd yn oed yn llai nag o'r blaen.

'Dwi am gael cip tu mewn, ocê?' gofynnodd Daf i Toscano. 'Wnei di sbrwtio o gwmpas tu allan?'

'Iawn. Ond does dim llawer i'w weld – un peth da am y teulu 'ma, mae ganddyn nhw drefn.'

Roedd Toscano yn llygad ei le. Safai carafán Lissa yng nghornel bellaf yr ardal enfawr o goncrit oedd o gwmpas y sied ieir. Petai hi wedi cael ei gosod yn y gornel gyferbyn byddai'r olygfa o ffenestri bychan y garafán yn cwmpasu harddwch y goedwig a'r nant, ond, yn amlwg, doedd pwy bynnag a'i gosododd ddim wedi ystyried mwynhad y preswylydd. Sylwodd Daf wrth sefyll ar y bloc concrit y tu allan iddi fod y rwber o gwmpas ffrâm y drws wedi caledu yn yr haul – doedd dim math o gysgod yno rhag y gwres oedd yn cael ei adlewyrchu gan lwydni llachar y concrit.

Teimlodd Daf y gwres hwnnw'n ei daro wrth roi ei ben drwy ddrws y garafán, ac oedodd i lenwi ei ysgyfaint cyn camu i mewn. Roedd y lle yn daclus heb fod yn hollol lân, gydag ôl traed llychlyd ar y llawr a llestri yn y sinc fechan. Fel tad i ferch tua'r un oed â Lissa, sylwodd Daf cyn lleied o le oedd yno i storio stwff – roedd Carys wedi bod angen fan Transit i symud o un fflat i'r llall tra oedd hi yn y coleg, a bellach roedd ganddi hyd yn oed mwy o wisgoedd perfformio ac esgidiau, heb sôn am ei thelyn a bocs ar ôl bocs o lyfrau. Roedd Garmon, ei chariad, yn sôn yn aml ei fod am brynu fforc-lifft iddi. Un ffrog smart oedd i'w gweld yng ngharafán Lissa – un fer, ddu yn y steil roedd Daf wedi dysgu oedd yn cael ei alw yn *body-con*, felly doedd fawr ohoni. Roedd wedi disgwyl gweld bagiau llawn dillad o gwmpas y lle, ond doedd 'na 'run. Ar waelod y gwely roedd dau bentwr, un o jîns a'r llall o grysau T a hwdis, ac roedd bag plastig yn llawn dillad isaf yn hongian o fachyn bach plastig. Ar y gobennydd eisteddai casgliad o deganau meddal: buwch, mochyn, eliffant a morlo. Roedd craith fawr dros wyneb y morlo fel petai rhywun, neu rywbeth, wedi'i falu a rhywun arall wedi gwneud ymdrech i'w drwsio. Go wag oedd y cypyrddau bwyd – tri Pot Noodle a bocs bach o fagiau te – ac ar y silff uchel roedd pedwar banc pŵer. Yn y gornel ger y gwely safai stof nwy Calor, ac er nad oedd rheswm i'w thanio yng nghanol yr haf roedd yr arogl metelaidd yn dal i hongian yn yr awyr, fel petai wedi cael ei sugno'n ddwfn i ddefnydd y llenni a'r dillad gwely.

Er gwaethaf diod madarch Toscano roedd syched mawr ar Daf, ac roedd y gwres a'r diffyg awyr iach yn y garafán yn llethol. Baglodd allan fel roedd Toscano'n dychwelyd o gyfeiriad y nant, yn troi ei drwyn.

'Mae rhywun wedi gwagu Elsan yn y cae draw fan'cw. Mae'r lle fel carthffos. Be fyse NRW yn ddweud, bòs?'

'Gyda phob parch, mae ganddon ni bethau pwysicach i'w trafod. O'r garafán mae'r cach wedi dod, yn amlwg, ond be arall all y lodes wneud?'

Camodd Lissa i lawr yr wtra, ei choesau hir yn frown a'i gwallt yn dal yn wlyb.

'Does nunlle i eistedd tu mewn,' datganodd, gan dynnu sawl cadair wedi'u plygu o'r gwagle o dan y garafán. 'Dwi byth yn gallu cael gwesteion yn y glaw.'

Wrth i Daf a Toscano setlo ar y cadeiriau, diflannodd Lissa i'r garafán. Clywsant sŵn tanio matsien, wedyn nwy yn hisian, a cheisiodd Daf ddychmygu pa mor boeth oedd hi yno efo'r stof ymlaen. Ond roedd wyneb Lissa'n siriol pan ddaeth hi allan i godi bwrdd bach rhyngddyn nhw a gosod pecyn o fisgedi Garibaldi arno.

'Alla i ddim cael bisgedi siocled yn y gwres,' eglurodd, ond doedd dim nodyn o ymddiheuriad yn ei llais. 'Bisgedi pry oedden ni'n galw'r rhain yn yr ysgol.'

'A pha ysgol oedd honno, Lissa?' gofynnodd Daf.

'Llanfyllin. Dwi ddim wedi teithio'n bell.'

'Na finne: còg o Lanfair ydw i.'

Oedodd hi am eiliad ar ei ffordd i nôl y te, ac am y tro cyntaf, gadawodd i'w llygaid gwrdd â rhai Daf.

'A tithe?' gofynnodd i Toscano.

'Drenewydd. Boi'r dre ydw i. Ond well gen i gefn gwlad, wrth gwrs.'

'Does dim "wrth gwrs" am y peth,' atebodd Lissa. 'Dydi pawb ddim yn hoffi byw yng nghanol nunlle.'

'Ond mae'n lle braf i fagu plant.'

'Oes gen ti blant?' gofynnodd, fel petai'n gweld Toscano fel dyn yn hytrach na heddwas am y tro cyntaf.

'Na, ond dwi'n priodi yn yr hydref, felly...'

'O, llongyfs,' meddai, ac roedd rhywbeth ffals am y wên roddodd hi iddo fo.

Bum munud yn ddiweddarach roedden nhw i gyd yn ymlacio wrth aros i'r te oeri.

'Pam mae hi mor hyfryd yfed diod boeth ar ddiwrnod fel hyn?' gofynnodd Lissa.

'I brofi nad yden ni mor boeth â hynny wedi'r cwbwl?' mentrodd Daf, a chwarddodd y ferch. Roedd yn rhaid i Daf aros am ei gegaid gyntaf cyn siarad mwy, rhag iddo grawcian.

'Felly, be alli di ddweud wrthon ni am y teulu Gethin, Lissa?'

'Pobol glên.'

'Er eu bod nhw'n peri gofid i ti?'

'Dydyn nhw ddim. Maen nhw mor glên efo fi. Wnaethon nhw brynu'r garafán i mi, rhoi gwaith i mi er nad oes gen i ddim cymwysterau... bob dim.'

'Ocê, be am i ni eu trafod nhw fesul un? Pa fath o foi 'di'r bòs, dwêd?'

'Mistar Gethin? Does neb yn ei alw fo'n "bòs". Hi sy'n gwisgo'r trowsus.'

'Ie, George Gethin.'

'Boi iawn.'

'A'r Misus?'

'Mae hi'n iawn yn ei ffordd ei hun.'

'A pa ffordd ydi honno, yn union?'

'Wel... iawn. Mae hi'n iawn.'

'Iawn, iawn, iawn, ti'n swnio fel cath, Lissa.'

'Pam ti'n gofyn cymaint o gwestiynau, dwêd?'

'Achos y corff 'den ni wedi'i ddarganfod yn y sied acw.'

'Tydi'r busnes yna'n ddim byd i'w wneud efo ni. Rhwbeth ddaeth o Eithnog ydi hwnnw.'

'Pam ti'n dweud hynny?'

'Achos yr hipi o Bencoed oedd hi, yntê? Ac roedd hi wedi mynd i lawes Eithnog, sobor. A mwy na'r llawes, o be dwi'n ddeall.'

'Be mae hynny'n feddwl?'

'Wel, mi oedd hi wedi swyno'r West End Wannabe yn llwyr. Dwi'n meddwl eu bod nhw'n gariadon, ond roedd Ows yn dweud mai fo fyse'r olaf i glywed tasen nhw'n ffidlan efo'i gilydd.'

'Ond pam fyse Rhiain yn cytuno i briodi Ows os ydi hi'n hoyw?'

'Doedd ganddyn nhw, Ows a hithe, ddim dewis ynglŷn â'r peth. Y mamau oedd wedi setlo'r cyfan.'

'Ond be am eu teimladau nhw?'

'Mae Ows yn rhy ddiog i baffio pwdin reis, heb sôn am ei fam pan mae hi *on a mission*. A dim ond hanner call ydi Rhi ers Covid. Os oedd hi'n gall cynt, a dwi'n amau hynny. Roedd hi'n arfer chwarae darts efo llun rhyw lodes o Lanfair ar y bwrdd. Carys rwbeth.'

'Fy merch. Carys Dafis.'

'O mam bach, ti'n iawn. Hi oedd hi. Lodes ddel. Ysgol Llanfair.' I geisio atal ei hun rhag chwerthin, rhoddodd Lissa ei llaw dros ei cheg. 'Ti'm yn hoffi Rhi, felly?' gofynnodd.

'Dwi'm yn ei nabod hi. Roedd hi'n cystadlu yn erbyn Carys yn go aml.'

'A Carys oedd yn ennill bob tro, os ydi Rhi yn dweud y gwir am unwaith. Roedd hi'n dweud bob math o bethe cas amdani.'

'Sy ddim yn berthnasol i'r achos, Lissa.'

'Ond rhaid dy fod ti wedi sylwi faint o ast wallgo ydi hi. Does neb yn mynd i'w chymryd hi heb swm sylweddol o bres, a dyna sy wedi digwydd.'

'Ym mha ganrif 'den ni'n byw?'

'Yn y ganrif lle mae ffermydd dan y lach. Pwy a ŵyr sut maen nhw'n gallu goroesi, ac i oroesi rhaid newid.

Penderfynodd Mr a Mrs Gethin godi sied ieir a gwerthu eu mab.'

'Ei werthu fo?'

'Ie, am Eithnog. Mae Misus Eithnog, Heather, wedi mynd yn rhy hen i fridio, er nad ydi hi'n osgoi sylw dynion y fro, o bell ffordd, ac mae'r hen foi... wel, alli di ddychmygu unrhyw un yn dewis ei ffwcio fo? Felly Rhiain ydi'r aeres, waeth pa mor wallgo ydi hi, a waeth be mae hi wedi'i wneud i'w llygaid.'

'Ie, be yn union mae hi wedi'i wneud efo'i llygaid?'

'Mynd i Dwrci, y twmffat, i gael triniaeth i newid eu lliw nhw. Ac wrth gwrs mi aeth y peth yn rong, ac mi ddaeth hi adre bron yn ddall. Mae hi'n dal i yrru'r cwad yn reit lleol ond mae hi'n methu mynd yn bellach na'r dyffryn, nac ar y ffyrdd.'

'Y dyffryn yma?' ebychodd Toscano. 'Dim ond dau dŷ sy 'ma.'

'Tri. Y ffermydd a Pencoed,' cywirodd Lissa. 'Rhyw hen ddynes, modryb neu rwbeth tebyg, oedd yn byw yno, a pan farwodd hi, etifeddodd Alun Hughes y lle. Pobol cadw a phobol prynu yden nhw, byth yn gwerthu.'

'Ac mae ganddo fo ddigon o arian wrth gefn i brynu unrhyw dir sy'n dod ar y farchnad?'

Cododd Lissa ei gwar. 'Unrhyw hances o dir, mae Hughes yn ei fachu.'

'Ac eto, mae o'n teimlo fel bod rhaid iddo godi sied ieir?'

'Mae o wedi ffermio Eithnog fflat owt ers deugain mlynedd heb wario ceiniog arno'i hun na'r fferm. Hyd yn oed ar ôl i Rhi biso miloedd i lawr gwteri Llundain, mae 'na domen o bres dros y nant. A dyna be mae Mrs Gethin wedi'i weld, ac awydd ei fachu.'

'Ond be ydi barn Owain am hyn i gyd?'

'Dydi Owain byth yn rhoi rhech am bethe tebyg.'

'Pethe tebyg? Be sy'n debyg i sefyllfa lle mae dy rieni yn dy orfodi di i briodi merch dwyt ti ddim yn ei charu?' Roedd natur ramantus Toscano yn amlwg.

'Yn enwedig os ydi o'n caru rhywun arall?' ategodd Daf, gan syllu arni hi.

'Dydi Owain ddim yn caru neb,' brathodd Lissa yn ôl.

'Tithe?'

'Byth ar y ddaear. Dwi'n... wel, dech chi wedi clywed am ffrindie efo manteision, dwi'n siŵr?'

'Ond mae Owain yn fwy na ffrind i ti, Lissa?'

Siglodd ei phen. 'Rhwbeth bob dydd ydi o. Merch sy'n gweithio yn cael dipyn o hwyl efo mab y bòs.'

'Eto, lodes, dim yn y ddeunawfed ganrif yden ni.'

'Mae Owain angen cadw'r lle'n stedi. Mae Bronwylfa angen pres. Mae 'na bres dros y nant.' Llyncodd Lissa gegaid olaf ei the a rhoi'r mŵg i lawr ar y bwrdd gan wneud i'w goesau tenau siglo. 'Hen lol ydi cariad, i'r rhai sy'n gallu ei fforddio fo. Penderfyniad ymarferol mae pawb wedi'i wneud – uno'r ddwy fferm a'u cadw nhw'n saff.'

'Ocê, lodes, ond be amdanat ti?'

Cododd Lissa ar ei thraed yn sydyn.

'Dwi'm yn cyfri am ddim. Ond mi alla i ddweud hyn wrthat ti: tase corff Rhi wedi cael ei ffeindio yn y sied, fydde'n rhaid i ti fy arestio fi'n syth.'

9

Doedd Daf ddim wedi dysgu llawer am Lissa ar ôl awr o sgwrs a thair bisged Garibaldi. Roedd hi'n anfodlon trafod ei chefndir, heblaw dweud ei bod hi wedi cael ei geni, yn llythrennol, mewn fflat mewn hen dŷ brics yn Llanfyllin. Ar ôl i'w mam adael, cafodd ei magu gan ei nain ac, os oedd ei fersiwn o'r hanes yn wir, hi benderfynodd ymuno â ffrwd Gymraeg ei hysgol gynradd. 'Dwi'm yn hipi na ffermwr, felly cadw fy mhen i lawr oedd fy mwriad.'

Ar ôl gweithio am gyfnodau yn y Spar a'r Old New Inn, ymgeisiodd am y swydd ym Mronwylfa, ac roedd hi wedi bod yno ers i'r sied ieir agor bedair blynedd ynghynt.

'Does dim llawer wedi newid, heblaw bod y bastard Burford Browns wedi cyrraedd ddwy flynedd yn ôl.'

'Yr ieir?' gofynnodd Daf.

'Ie, y rhai seicopathig. Ond mae'r archfarchnadoedd swanc yn hoff iawn o'r plisgyn brown ar eu hwyau, felly dim ots faint o greithiau maen nhw'n eu gadael.'

Tynnodd Lissa lawes ei chrys T i fyny i dangos crachen denau, fodfedd o hyd.

'Ac mi wyt ti'n hapus fan hyn?'

Cododd y ferch ei gwar eto. 'Dwi'n iawn. Mae gen i rywle i fyw, gwaith i'w wneud, digon o bres i gadw'r Fiat ar y ffordd ac i dalu'r cytundeb ar fy ffôn.'

'Ac yn y dyfodol?'

Daeth cwmwl dros ei hwyneb am eiliad cyn ateb.

'Os wyt ti'n meddwl am y peth, dydi'r dyfodol ddim yn beth go iawn. Ti ddim yn gallu cyffwrdd y dyfodol, na'i flasu fo. Syniad ydi'r dyfodol, dyna'r cyfan.'

Allai Daf ddim cael gafael arni – roedd hi'n rhedeg drwy ei fysedd fel tywod – ac roedd o'n falch o gael yr un argraff gan Toscano wrth iddyn nhw ei dilyn hi yn ôl i'r sied ieir.

'Rhaid eu tawelu nhw am y nos, dech chi'n gweld,' eglurodd Lissa, 'ac er na fydd hi'n dywyll am oriau, mae'n hen bryd iddyn nhw fynd i mewn. 'Den ni wastad yn cael trafferth efo llwynogod a dwi wedi gweld dyfrgi yn snapio pen iâr i ffwrdd.'

Gwyliodd y dynion hi'n cerdded o gwmpas y sied, yn ffigwr bychan cnawdol mewn tirlun o ddur a choncrit.

'Yden ni erioed wedi siarad efo rhywun a dysgu llai amdanyn nhw, bòs?' gofynnodd Toscano.

'Ac eto, dydi hi ddim yn cuddio dim byd chwaith,' myfyriodd Daf.

Gwgodd Toscano fel plentyn yn ceisio datrys sỳm anodd.

'Fel arfer, dwi'n meddwl mai peth braf ydi synnwyr cyffredin ond dwi'n poeni braidd efo hithe: ydi ei synnwyr cyffredin yn cuddio, neu'n boddi, bob dim arall?'

'Sylw craff iawn, còg. Mae hi'n amlwg yn gwneud y gorau glas o bob dim, ac mae hynny'n beth da.'

'Mae hi'n caru'r mab, dwi'n meddwl.'

'Cytuno. A tydi hi ddim yn ffan o'i gynlluniau priodasol.'

Ysgydwodd Toscano ei ben fymryn.

'Ti'n gwybod faint dwi'n gwerthfawrogi fy nheulu, bòs, ond tasen nhw'n ceisio 'nghael i i briodi rhyw Miss Solero neu Miss Cornetto er lles y busnes... wel, fysen i ddim, dim am yr holl hufen iâ yn y byd mawr crwn.'

'Pobol hynod ydi ffermwyr, cofia,' sylwodd Daf, wrth danio injan ei gar. 'A dwi wir yn teimlo y bydd rhaid i mi fynd adre i feddwl. Hyd yn hyn, dwi'n gweld yr achos 'ma fel darnau o jig-so sydd wedi'u lluchio ar lawr.'

'Ac mae'n chwech o'r gloch yn barod.'

'Mae 'ngheg i'n sych fel nyth cathod,' oedd y peth cyntaf

ddwedodd Daf wrth Gaenor wrth gyrraedd y tŷ. Rhoddodd Gaenor wydraid o ddŵr iddo.

'Dwi erioed wedi bod mor falch o dy weld di,' sibrydodd hithau. 'Ty'd drwodd – mae Glo yma.'

Yn y lolfa, yn eistedd yn llonydd ar y soffa, roedd dynes ifanc mewn ffrog hafaidd â phatrwm o fioledau arni, oedd yn gyferbyniad perffaith i'w gwallt sgleiniog, tywyll. Cododd ar ei thraed pan welodd Daf, ac er gwaethaf ei sodlau uchel doedd hi ddim talach na phum troedfedd. Ceisiodd Daf gofio oedd o i fod i wybod pwy oedd hi.

'Mr Dafis?' meddai. 'Sori am alw heibio mor hwyr, ond mi glywes i fod argyfwng.'

'Dwi 'di bod yn gweithio tan rŵan, sori lodes. Gobeithio nad wyt ti wedi bod yn aros yn hir?'

'Dim o gwbl. Ddwedodd Rhods eich bod chi wedi dechrau ar achos pwysig arall.'

'Ti'n nabod Rhodri, felly?'

Chwarddodd y ferch – roedd o'n sŵn cyfoethog ond ar yr un pryd, rhywsut, yn gall.

'Mae pawb yn nabod Rhodri.'

Sylwodd Daf fod y ferch tua'r un oed â'i fab – roedd ei dillad ffurfiol wedi gwneud iddo feddwl ei bod hi'n hŷn.

'A dwi'n sicr eich bod chi'n clemio ar ôl diwrnod caled. Be am i ni sortio'r crys 'ma yn reit handi?'

Wrth gwrs, meddyliodd Daf. Hon oedd wedi gwneud job mor dda o addasu crys Rhodri ar gyfer y briodas. Rhoddodd ochenaid o ryddhad wrth i Gaenor ddod â'r crys gwyn blowsiog draw a'i annog i'w roi amdano. Doedd o ddim, yn ei oed o, yn teimlo'n gyfforddus yn tynnu ei grys o flaen pobol ddieithr, ond roedd agwedd Glo yn broffesiynol.

'Ie,' meddai Glo wrth syllu arno o bob ongl. 'Mae o'r un fath â chrys Rhods. Cyt go wahanol... steil hynafol.'

'Mi wnaeth Poldark dipyn o argraff ar y briodferch,' esboniodd Daf, gan gofio geiriau Gaenor.

'Mae o'n eich siwtio chi.'

'Ti'n un gwrtais,' meddai Gaenor. 'Be ti'n ei olygu ydi bod angen sawl llathen o ddefnydd i guddio'r braster.'

'O bell ffordd,' meddai'r ferch yn bendant, ei llygaid yn pefrio â hiwmor. 'Mae rhywun angen ysgwyddau fel dresel i gario crys fel hwn. Mae Belle yn eich nabod chi i gyd.'

'Ond y wasgod...' mwmialodd Daf.

'Codwch eich breichiau, os gwelwch yn dda.'

Roedd yn rhaid iddi ymestyn ei breichiau'n llydan i fesur brest Daf a dyfnder y llewys.

'Job go syml,' datganodd ar ôl gorffen. 'Os dwi'n agor y pwythau yma, o dan y fraich, mi alla i gael gwared o gryn dipyn o ddefnydd heb newid llawer ar y siâp, ac mae'n bosib agor twll braich y wasgod hefyd, os oes rhaid. Be am i mi fynd â'r crys efo fi rŵan a dod â fo'n ôl fory? Os fydd o'n iawn, fydd dim rhaid i ni botsian efo'r wasgod. Iawn?'

'Mae'n rhaid i bob dim fod yn berffaith cyn yr ymarfer nos Iau.'

'Wrth gwrs.'

'A rhaid i'r crysau i gyd edrych yn union yr un fath...'

'Dwi wedi altro un Rhodri'n barod.'

Wrth iddo dynnu'r crys mawr dros ei ben, agorodd y drws a cherddodd Rhodri i mewn, yn troi allwedd ei gar o gwmpas ei fys. Ystum newydd oedd hwn – roedd o wedi prynu hen BMW fis ynghynt ac roedd o'n hynod o falch o'i gar newydd.

'Mae'n dywydd gardd gwrw, Glo,' datganodd. 'Barod?'

'Mi wna i yrru,' cynigiodd hi.

'Na, well gen i osgoi'r cwrw na mynd yn y car crap 'na sgen ti.'

'Snob!' meddai Glo, a'i llygaid wedi'u hoelio ar wyneb Rhodri. Tynnodd fag plastig glas o'i bag, ac ar ôl plygu crys Daf â symudiadau medrus, rhoddodd y dilledyn ynddo a chau sêl y bag.

'Mynd i rywle neis?' gofynnodd Daf, yn hollol ymwybodol

nad oedd neb, o'i wirfodd, yn cynllunio i fynd i rywle nad oedd yn neis.

'Mae'r giang yn mynd i'r Kings ym Meifod – y rhai sy ddim ym mharti nos Pantyfedwen – ond 'den ni awydd gwynt y môr, felly George IV, Penmaenpŵl, amdani.'

'Wastad yn braf yn fan honno,' ategodd y ferch.

'W, neis... dydi'r bwyd dim yn rhad yno,' rhybuddiodd Gaenor, ond atebodd Rhodri efo gwg.

'Dim bwys am hynny. Ond dwi wedi bwcio bwrdd am wyth, felly...'

'Wel, dim ond taith hanner awr fydd hi yn y BM, ffordd ti'n gyrru,' atebodd Glo gyda gwên, gan fwytho'r allwedd.

'Cofia, alla i ddim dy helpu di os gei di dy ddal, còg,' datganodd Daf, a gwgodd Rhodri eto cyn tywys y ferch trwy'r drws cefn.

'Wel, dyma ni, y rhieni mwya *embarrassing* yn y byd mawr crwn,' meddai Gaenor ar ôl iddyn nhw fynd. 'Mae 'na lager yn yr oergell ac mae'r Sancerre yn y seler. 'Den ni'n haeddu diod, ac mi aiff o i lawr yn dda efo'r salad Niçoise.'

'Diolch byth nad salad Caesar ydi o: dwi ddim isie meddwl am ieir am dipyn,' meddai Daf, cyn oedi am ennyd. 'Wel, mae hi'n ymddangos yn lodes neis.'

Chwarddodd Gaenor yn uwch.

'Mae hynna'n golygu ei bod hi'n lodes secsi, a ti'n falch fod dy fab wedi bachu cystal merch.'

'Wel, ie... ond hefyd, roedd hi'n gwrtais ac yn gwybod ei stwff ynglŷn â'r crys, a...'

'A' i i nôl y lager rŵan. Ti angen un, cyn i John alw heibio.'

'Paid â dweud eu bod nhw ddim yn mynd i barti priodas Elen Sian Pantyfedwen?'

'Wrth gwrs eu bod nhw, ond mae John isie galw fan hyn ar y ffordd yno.'

Fel dyn traddodiadol, doedd John Neuadd ddim yn cymeradwyo unrhyw fath o wisg a oedd, yn ei farn o, yn tynnu sylw. Ond ar y llaw arall roedd o wrth ei fodd yn annog Doris i wario ar ei dillad hi, felly roedd dipyn o gyferbyniad rhwng ei siwt las tywyll o a'r ffrog liwgar roedd Doris yn ei gwisgo. Aeth Gaenor â Doris i'r lolfa i drafod canapés, gan adael John yn eistedd yn anesmwyth wrth fwrdd y gegin.

'Ddrwg gen i dorri ar draws,' mentrodd John, gan wrthod y cwrw gynigiwyd iddo. Gallai Daf ddweud o'i wyneb pa mor lletchwith roedd John yn teimlo ynglŷn â galw heibio ar y ffordd i barti doedd Daf a Gaenor ddim wedi cael eu gwahodd iddo. 'Ond mae 'na dipyn o frys, ti'n gweld. Wyddost ti pan mae rhywun yn cael ei fygwth neu ei stelcio? O be dwi'n ddeall, maen nhw'n gallu mynd i'r llys, a dwi ddim yn sicr ai at y Fainc neu at farnwr maen nhw'n mynd... ond, beth bynnag, maen nhw'n gallu cael rhyw fath o orchymyn, i gadw pobol draw. Ydw i'n iawn?'

Nodiodd Daf ei ben yn araf, yn ceisio dyfalu i ba gyfeiriad roedd John yn mynd â'r sgwrs.

'Wel, un o'r rheiny dwi angen.'

'I be? Ac yn erbyn pwy?'

'I sicrhau nad oes neb yn creu helynt ar y noson cyn y briodas. Ac yn erbyn pawb. Mae Doris a finne wedi bod yn trafod...'

Ochneidiodd Daf. Roedd perthynas John a Doris yn un gadarn iawn, ac weithiau roedd Daf yn meddwl eu bod nhw wedi tyfu'n rhy agos. Erbyn hyn, bob tro roedd John yn dod i ryw gasgliad, roedd o'n siŵr o dderbyn cefnogaeth ac anogaeth gan Doris, waeth pa mor wirion oedd y syniad.

'... O ystyried yr holl waith a'r holl ymdrech – a hynny sy'n bwysig, nid y gwariant – fyse fo'n greulon petai rhyw nonsens gan gogie gwirion yn sbwylio bob dim.'

'Ond, John...'

'Ti 'di gweld yr hancesi mae Mali Haf wedi'u creu iddyn nhw: un i Siôn a'r llall i Belle?'

'Wel, dwi ddim wedi'u gweld nhw, ond...'

'Mae'r lodes fech 'na'n twymo fy nghalon i o hyd. Pwy allai feddwl am rwbeth sy'n siwtio teulu Neuadd gystal â brodio hancesi ar gyfer priodas? Ac mi gafodd hi help i ddewis y defnydd iawn gan gariad Rhodri... wel, dychmyga'r tor calon petai'r hancesi'n cael eu dinistrio yng nghanol rhyw giamocs gwirion.'

'Gyda phob parch, John, mae'r grids gwartheg yn fwy o darged i'r cogie sy'n creu miri cyn y briodas na hancesi. A beth bynnag, direidi diniwed ydi o.'

'Wel, dwi'm yn fodlon eistedd yn ôl a gadael i benbyliaid gwirion chwalu diwrnod mawr Belle. A dwi'n fodlon mynd i fyny i Dŷ'r Arglwyddi i sicrhau hynny, os oes rhaid.'

'Mi fydd Siôn a Belle yn dathlu eu pen-blwydd priodas arian cyn i ti gyrraedd y lefel yna.'

'Ond mae gen i hawliau dros fy eiddo fy hun! Ac ro'n i'n disgwyl mwy o gefnogaeth gen tithe, wrth feddwl am y profiad sy gen ti.'

'Ocê, ocê. Dweda di be ti isie, ac mi drafodwn ni be sy'n bosib a be sy ddim,' cytunodd Daf, yn ymwybodol nad oedd ganddo smic o brofiad yn y maes o weithredu gwaharddebau, yn enwedig rhai hollol ddi-sail. Penderfynodd hefyd beidio â meddwl gormod am y ffaith fod John yn gwybod am Glo cyn iddo fo hyd yn oed glywed ei henw hi.

'Ar y noson cyn y briodas, mi fysen i'n licio gorchymyn sy'n dweud nad ydi tafarndai Llanfair yn gallu agor, a bod rhaid i bawb sy'n byw o fewn dwy filltir i leoliad y marcî aros yn eu tai rhwng machlud haul a thoriad gwawr. I wneud pethe'n haws, be am ddweud wrth bawb am aros i mewn rhwng saith y nos a saith y bore?' Gwnaeth John y gofyniad afresymol mewn llais tawel ac addfwyn, fel petai'n gwneud cyfaddawd aruthrol.

'Dwi'm yn siŵr os...'

Cododd John ar ei draed, gan osod cledrau ei ddwylo enfawr mor drwm ar y bwrdd, dechreuodd Daf boeni na fyddai'r pren yn dal ei bwysau.

'Rhaid i ni gyrraedd Pantyfedwen cyn y ddawns gynta, ond 'den ni ddim wedi trafod y No Fly Zone eto: falle gawn ni sgwrs yfory ynglŷn â hynny?'

Pan gaeodd Gaenor y drws ffrynt ar eu holau, clywodd ochenaid uchel o'r gegin a'r geiriau, 'Iesgob Dafydd, No Fly Zone?'

Dewisodd Daf beidio cau llenni eu llofft. Roedd y ffenest ar agor ac roedden nhw'n mwynhau golau'r lleuad a synau'r nos: yr awel yn symud y dail, tylluanod yn hela, Tinciwinci, y ferlen, yn gweryru yn ei chwsg ac, yn bell ond yn dal yn glir, rhyw dderyn yn canu fel petai hi'n ganol y prynhawn. Gan symud yn ofalus er mwyn peidio deffro Gaenor, oedd yn cysgu ar ei ysgwydd, estynnodd Daf am ei ffôn. Ers y gwanwyn roedd o a Gaenor wedi lawrlwytho ap ar eu ffonau oedd yn adnabod cân yr adar di-ri oedd yn tincial yn eu gardd. Pwysodd y botwm i'w agor, ac oedodd nes i'r sŵn melys ailddechrau. Doedd y gân ddim yn ddigon clir i'r ap ei hadnabod, felly cododd a chamu draw at y ffenest. Daeth y sŵn eto, fel rhaeadr o nodau, pob un ar wahân ond eto'n ddarn o'r alaw. Y tro hwn roedd y recordiad yn glir, ond tra oedd Daf yn aros am ddadansoddiad yr ap, gwelodd symudiad yn y cysgodion rhwng talcen y tŷ a'r hen feudy lle'r oedd Rhodri'n cynnal ei fusnes gwarchod plant. Tynnodd bâr o shorts amdano a chropian o'r llofft. Roedd y tŷ'n hollol dawel. Anadlodd yn ddwfn. Sylwodd nad oedd neb wedi cloi'r drysau gwydr felly penderfynodd adael y tŷ y ffordd honno. Doedd o ddim angen tortsh ond penderfynodd bicio'n ôl i'r portsh cefn i nôl un: roedd hi'n fawr a thrwm, ac yn addas i'w defnyddio fel arf petai rhaid. Oedodd am eiliad cyn troi cornel y tŷ, i wrando. Chlywodd o ddim byd – roedd yr aderyn hefyd wedi tawelu bellach. Wrth gamu ymlaen gallai weld y buarth cyfan, a doedd neb yno.

Yn sydyn, taniodd injan, un fawr, hen, ac aroglodd Daf fwg disel. Rhedodd ar draws y buarth nerth ei draed, ond erbyn iddo gyrraedd y ffordd, roedd y cerbyd wedi diflannu. Trodd y dortsh ymlaen i weld a oedd ôl teiars ar ochr y ffordd, ond gan fod y pridd mor galed ar ôl wythnosau o dywydd crasboeth, doedd dim i'w weld. Â'i galon yn curo'n gyflymach nag arfer, dychwelodd Daf i'r tŷ. Aeth o ddrws i ddrws i sicrhau eu bod nhw i gyd wedi'u cloi.

Cododd ei ffôn oddi ar silff y ffenest – roedd o wedi dyfalu'n gywir. Eos oedd yn canu yn y dderwen gerllaw. Cyn iddo sylwi fod rhywun wedi dod i'w gartref yng nghanol y nos, posibilrwydd difyr a braidd yn rhamantus oedd presenoldeb adar prin yn ei ardd. Bellach roedd hynny'n ychwanegu haen o gymhlethdod i'w sefyllfa. Y peth olaf roedd o ei angen oedd llwyth o Twitchers yn hongian o gwmpas ei gartref efo binocwlars.

Aeth yn ôl i'w wely, ac ar ôl llwyddo i fynd yn ôl i gysgu cafodd ei ddeffro gan leisiau ar y grisiau. Am eiliad, llifodd ei holl bryderon yn ôl, ond wedyn clywodd sŵn chwerthiniad isel Rhodri. Oedodd am ddeng munud cyn mentro i lawr: oedd, roedd Rhodri wedi cloi'r drws yn iawn ar ei ôl, ac erbyn i Daf gyrraedd ei wely roedd yr eos wedi ailddechrau canu. Am eiliad, ystyriodd Daf gŵglo oedd tylluanod yn bwyta eosiaid, ond penderfynodd fod ganddo ddigon ar ei feddwl heb ddechrau poeni am fyd natur.

Dros frecwast, cododd Gaenor yr un pryder.

'Mae'r goedwig 'na'n sneifio efo tylluanod. Gen i ofn y bydd yr eos 'na'n fyrbryd bach iddyn nhw cyn hir.'

Ond cyn i Daf gael cyfle i'w hateb, agorodd Rhodri'r drws i Gloria, oedd yn edrych yn hynod o ffres ar ôl noson hwyr, mewn ffrog felen ac esgidiau coch. Yn amlwg, roedd hi wedi trefnu i dreulio'r noson yn Hengwrt. Wnaeth hi na Rhodri ddangos unrhyw fath o embaras, ac roedd Daf yn falch o hynny.

'Rŵan 'te, Miss,' meddai Daf, 'wnes i ddim cyflwyno fy hun yn iawn i ti neithiwr. Daf ydw i, a dyma i ti Gaenor.'

'Gloria ydw i, ond mae Rhods wedi penderfynu fy ngalw fi'n Glo, a dwi'n eitha hoffi hynny.'

'Mae'r ddau enw'n dy siwtio di,' atebodd Daf.

'Dwi ddim mor siŵr o hynny, ond dyna ni. Roedd Mam am fy ngalw fi'n "Grasya" sy'n golygu "gras", ond roedd yr enw'n atgoffa Dad o'r gair "disgrâs". Ond roedd o'n hoff iawn o'r gân "Midnight Train to Georgia", ac yn meddwl mai Gloria Gaynor oedd yn canu efo'r Pips.'

'Gladys Knight oedd honno – canu ar ei phen ei hun oedd Gloria,' datganodd Gaenor.

'Yn hollol. "I will survive"...' Canodd Glo y geiriau olaf mewn llais dwfn a soniarus, er nad oedd y nodau'n hollol gywir.

'A pha iaith oedd dy fam yn ei siarad?' gofynnodd Daf.

'Sawl iaith. Sbaeneg, Saesneg, cryn dipyn o Gymraeg, ond Tagalog oedd ei mamiaith.'

'O Ynysoedd y Philipinau, felly?'

'Ie.' Brathodd Glo ei thost, a dal llygaid Daf. Ar ôl iddi lyncu'r gegaid, dywedodd, 'Ie, dech chi'n iawn. Wnaeth Dad ei phrynu hi, neu sut bynnag dech chi am ei ddisgrifio fo.'

'O'n i ddim yn awgrymu dim byd, lodes. A galwa fi'n "ti", wir.'

'Mae Dad yn obsesiynol am ieithoedd,' esboniodd Rhodri.

'O, paid poeni,' atebodd Glo yn siriol. 'Dwi'm yn cuddio dim byd. Doedd fy nhad ddim yn ddigon deniadol i ddenu gwraig yn fan hyn felly mi brynodd o Mam. Roedd hithe'n ferch desbret. Fydda i ddim yn ceisio darlunio rhyw hanes rhamantus iddyn nhw – ffrwyth puteindra ydw i, ond roedd yn rhaid iddo fo roi modrwy ar ei bys hi er mwyn iddi hi gael dod yma.'

'Sori... dim ond gofyn cwestiwn am...'

'Well gen i drafod y peth na gadael i bobol ddyfalu pwy ydw i. Dydi hanes fy nheulu ddim yn dylanwadu ar bwy ydw i heddiw.'

'Wrth gwrs,' cytunodd Daf, er nad oedd o'n cytuno o gwbl. Roedd o wedi dechrau hoffi Glo cyn clywed ei hanes ond bellach roedd o'n ei hedmygu hi hefyd.

'Be ydi'r cynllunie heddiw?' gofynnodd Gaenor, i newid y pwnc.

''Den ni'n mynd fyny i Neuadd, i drafod crys Siôn,' atebodd Rhodri. 'I wneud yn siŵr fod pob un yn debyg.'

'Pob lwc!' ebychodd Gaenor. 'Mae Belle wedi troi yn Bridezilla go iawn y penwythnos yma – yn ôl y sôn, mae boi y ffoto-bŵth wedi canslo ar y funud ola ac mae hi'n gandryll.'

Gwenodd Glo. 'Dwi'n nabod dynes ochre Presteigne sy'n sgetshio llunie pobol mewn priodasau. Mae hi'n wych, a dwi'n digwydd gwybod ei bod hi'n rhydd y penwythnos nesa oherwydd mae priodas fawr yn Knucklas wedi'i gohirio ar ôl i fuwch dorri coes y priodfab.'

'Ewch i fyny i Neuadd rŵan, felly!' gorchmynnodd Gaenor.

Yfodd Rhodri yr hylif gwyrdd roedd o'n ei yfed bob bore, ac estyn ei law i gyfeiriad Glo. Gafaelodd hithau ynddi cyn codi, ac aeth y ddau drwy'r drws law yn llaw.

'Dyna i ti glên,' meddai Daf.

'Dad, paid â thrafod Glo, plis. Ti mor *embarrassing*.'

Rhannodd Daf a Gaenor gipolwg a gwên: roedd Mali Haf bellach yn wyth oed, ac roedd pob gair o enau ei rhieni'n gwneud iddi wingo mewn embaras.

Parodd y wên ar wyneb Daf drwy gydol ei daith i'r orsaf, er ei fod o'n mynd trwy restr hir o bobol yn ei ben, yn chwilio am y person iawn i ddweud wrth John nad oedd ganddo obaith caneri o gau'r plwy cyfan i lawr cyn priodas ei fab. Wedyn cofiodd faint o straeon roedd o wedi'u clywed gan John wrth iddo frolio'i hanes fel un o ddrygionwyr mwya'r ardal yn ei ddydd.

'Rhaid i ti gymryd be ti'n ei roi, yr hen ffrind,' meddai'n uchel.

10

Gan ei fod mewn hwyliau da roedd Daf yn chwibanu wrth adael ei gar, ond pan gyrhaeddodd gyntedd gorsaf yr heddlu, doedd Sheila ddim yn gwerthfawrogi hynny.

'Mae sŵn dy draed yn ddigon uchel fel mae hi, yn fflapian ar y llawr fel traed hwyaden, heb sôn am y chwibanu.'

'O diar,' atebodd Daf. 'Noson fawr neithiwr yn y parti?'

'Dwi ddim yn eu nabod nhw ond mae Tom wedi prynu cryn dipyn o wellt ganddyn nhw dros y blynyddoedd.'

'Diar mi, Mrs Francis. Faint wnest ti yfed?'

'Ti'n meddwl bod coctels fel sgwash, ond lwc owt wedyn.'

Toscano oedd y nesaf i gyrraedd, yn canu'n fflat. Gwingodd Sheila ac aeth i wneud paned iddyn nhw.

Eisteddodd Daf wrth ei ddesg â darn mawr o bapur gwyn o'i flaen, a Toscano a Sheila gyferbyn iddo.

'Oes raid i ti grensian fel'na?' cwynodd Sheila. 'Does gen ti ddim bisgedi tawelach i'w cynnig?'

Doedd Sheila erioed wedi dod i'w gwaith efo pen mawr o'r blaen, a rhannodd Daf a Toscano sawl edrychiad.

'Unrhyw beth gan y marwdy, Sheila?'

'Maen nhw'n anfodlon bwrw ymlaen efo'r PM nes i'r corff gael ei adnabod. Os mai Rose Minton ydi hi, rhaid i ni ddod o hyd i rywun sy'n perthyn iddi hi.' Edrychodd Sheila drwy ei nodiadau. 'I ddechrau, chafodd hi ddim ei geni ym Mhrydain. Roedd hi'n byw am dros ugain mlynedd ar fferm yn Zimbabwe. Mae boi y PNC yn dweud ei bod hi'n werth cysylltu efo'r Swyddfa Dramor rhag ofn fod ganddyn nhw unrhyw wybodaeth, ond mi ddwedodd o hefyd nad ydi Swyddfa

Llysgennad Zimbabwe yn cymryd lot o ddiddordeb yn ffermwyr gwyn y wlad.'

'Dwi'm yn eu beio nhw, ar ôl sut gafodd y brodorion eu trin yn oes Rhodesia,' ychwanegodd Daf.

'Mae 'na friwsion amdani fan hyn a fan draw: mi wnaeth hi ddysgu gyrru yn y wlad hon, a chael ei thrwydded tra oedd hi'n byw yn Nyfnaint. Cofrestrodd ym Mhrifysgol Exeter ond wnaeth hi ddim graddio. Does dim cofnod iddi erioed dorri'r gyfraith, ond mi gafodd hi ddirwy bymtheng mlynedd yn ôl am ddiffyg glendid caffi roedd hi'n ei redeg yn Llanfyllin.'

'A-ha! Mae hynny'n nes na Zimbabwe.'

'Alla i ddim darganfod mwy am ei chofnodion treth na 'Swiriant Gwladol tan fory, a dyna pryd gawn ni fanylion ei chyfrif banc hefyd.'

'Does dim cadarnhad o achos ei marwolaeth eto?'

'Na. Yr unig sylw 'den ni wedi'i gael gan yr Adran Batholeg ydi'r ffaith fod llawer o'r creithiau ar ei chorff wedi cael eu hachosi ar ôl ei marwolaeth. Ond roedd hynny'n amlwg.'

'Felly, ein blaenoriaeth ydi sicrhau fod y corff yn cael ei adnabod. Wnaiff un o deulu Eithnog hynny, falle?'

'Well i mi ddod efo ti dwi'n meddwl, bòs,' awgrymodd Sheila. 'Ddwedodd Tom neithiwr fod angen cymryd gofal efo menywod Eithnog.'

'Diddorol. Unrhyw fanylion?'

'Na, ond mi alla i ofyn.'

Cododd Daf ar ei draed. 'Toscano – tra 'den ni yno, wnei di ddechrau mynd drwy'r gwaith papur wnaethon ni ei ddarganfod ddoe ym Mhencoed?'

'O, ie, cofnodion y wrach,' meddai Toscano efo gwên. Cododd y bagiau plastig a mynd â nhw i'r Ystafell Ymgynnull.

'Ffonia di Eithnog, Sheila, i ddweud ein bod ni ar ein ffordd... ond paid â dweud pam, jyst ein bod ni angen sgwrs.'

Dim ond hanner y sgwrs glywodd Daf, ond pan ddaeth yr

alwad i ben, rhoddodd Sheila ei ffôn yn ôl yn ei bag fel petai wedi cael sioc drydanol ganddo.

'Mae Tom wastad yn iawn,' meddai â gwên gam. 'Mae ganddi hi fin ar ei thafod, wir.'

Daeth delwedd i gof Daf: Alun Hughes yn hogi sawl llafn, yn dawel ac yn gryf. A pheryglus?

'Sôn am Tom a'i wybodaeth, Sheila, tybed wnei di ofyn iddo pa fath o ddrygioni roedd John Neuadd yn ei wneud ers talwm, cyn priodase lleol, plis?'

'Wrth gwrs. Ond er mwyn i ti gael deall, mae hon yn ffafr fawr – dwi ddim fel arfer yn gadael iddo fo drafod ei ieuenctid.'

Yn heulwen glir y bore, roedd Daf yn gallu asesu Eithnog yn well. Petai modd i rywun anghofio am y ferch hanner gwallgof a hanner dall, y dyn tawel oedd â min ar bob llafn, a'r bwthyn hunllefus yn y goedwig, dim ond fferm gyfoes, gyffredin oedd hi. Er nad oedd Daf o deulu amaethyddol roedd o wedi eistedd drwy ormod o sgyrsiau am ffermio dros y blynyddoedd, felly erbyn hyn gallai weld mewn eiliadau pa fath o fusnes oedd yn cael ei gynnal ar unrhyw fuarth. Doedd dim llawer o beiriannau mawr o gwmpas – roedd Alun Hughes yn dewis defnyddio contractwyr yn hytrach na buddsoddi mewn offer. Ym mhrofiad Daf, roedd hyn yn arwydd o ddyn heb ddigon o ddwylo i helpu: beth oedd pwrpas prynu teclynnau mawr heb neb i'w gyrru? Roedd y buarth ei hun yn daclus – gallai Daf ddweud o gyflwr glân y concrit nad oedd y ffosydd yn gorlifo yn y gaeaf.

'Be mae Tom yn feddwl am Eithnog fel fferm?' gofynnodd i Sheila.

'Iawn. Dim digon o ddolydd, felly rhaid iddyn nhw brynu porthiant bob gaeaf, ond mae Hughes yn cadw lefelau stoc sy'n adlewyrchu hynny. Ac, wrth gwrs, mae o wedi derbyn pob grant posib ar gyfer y topie a'r coedwigoedd.'

'Cynaliadwy?'

'Yn ariannol ac yn y tymor hir, pwy a ŵyr. Mae Hughes yn

gweithio ddydd a nos a byth yn cael help, a tydi ei chwaer ddim yn iselhau ei hun i wneud ei siâr ar y buarth. Mae ganddo fo enw da am dalu, felly mae'r contractwyr i gyd yn dod yn brydlon. Ond os oes rhaid talu rhywun i weithio iddo fo, bydd yr esgid fach yn gwasgu wedyn.'

'A does ganddo fo ddim etifedd...?'

'Dim ond Rhiain, a tydi hi ddim yn ferch ffermio.'

'Reit, awn ni amdani, lodes.'

Cnociodd Daf y drws ffrynt, a phan gafodd ei agor gan Alun roedd menywod y teulu yn sefyll gyferbyn â nhw, fel petaen nhw'n aros am rywbeth, neu rywun. Cafodd Daf ei atgoffa o'r paentiad 'American Gothic' o'r 1930au, sy'n dangos ffermwr a'i wraig yn sefyll y tu allan i ffermdy, ond yma, yn lle picfforch, roedd Rhiain.

'Dydi'r ferch ddim yn ddigon cryf i weld corff neb, yn enwedig corff ei ffrind gorau,' grymialodd Hughes. 'Heb sôn am y gwendid yn ei llygaid.'

'Wyt ti'n fodlon dod i'n helpu ni, felly, Mr Hughes?' gofynnodd Daf. 'Er dy fod ti wedi dweud nad oedd fawr o gysylltiad rhwng y teulu 'ma a Rose Minton, chi oedd â'r cysylltiad ariannol cryfaf efo hi.'

'Na. Alla i ddim. Byth.'

Plygodd Heather heibio ysgwydd ei brawd i syllu ar Sheila. 'Misus Glantanat? Wel, pam na ddwedoch chi pan oedden ni'n siarad ar y ffôn? Rhaid i chi ddod drwodd i'r parlwr. Rhi: tegell. A cer i nôl darn o Rocky Road i Misus Francis.'

'Dim byd melys i mi, diolch,' atebodd Sheila. 'Dwi'n dal i geisio cael gwared o'r pwysau babi ac mae Tomi yn yr ysgol Feithrin erbyn hyn!'

'Nonsens, dech chi fel milgi, wir. Tyrd â'r Rocky Road beth bynnag – all Misus Francis ddim gwneud penderfyniad heb weld be mae hi'n ei wrthod.'

Roedd yn amlwg i Daf fod Sheila'n ofni y byddai'n chwydu petai hi'n rhoi unrhyw beth melys yn ei stumog fregus, ond chafodd o ddim cyfle i ddilyn drama'r Rocky Road oherwydd bachodd Al Hughes ei benelin yn dynn.

'Yden ni angen cyfreithiwr i fynd efo Rhi, i adnabod y corff? Achos, o be dwi wedi'i weld ar y teli, dech chi fois yr heddlu'n hynod anodd i'ch trin. 'Den ni wastad wedi bod efo Cuthbert Carter yn Soswallt, ond yn anffodus dim ond symud papure maen nhw. Allwch chi argymell rhywun i ni, rhywun sy'n delio efo pethe dwys fel hyn?'

Yn sydyn, teimlodd Daf biti drosto. Pa mor unig oedd bywyd Al Hughes, tybed, yn llafurio ddydd a nos ar gyfer dwy ddynes mor anodd eu trin â Rhiain a Heather, heb ddim i edrych ymlaen ato ond noson o flaen y bocs? Dyddiau tawel, diddiwedd, ei gyhyrau'n gwanhau bob mis, y rhestr o dasgau'n ei gadw'n gaeth... ac i beth?

'Mi alla i roi cwpwl o rifau i ti, ond fydd dim angen cyfreithiwr arnat ti ar hyn o bryd.'

Mwmialodd Hughes ei ddiolch a brasgamu ymaith, fel petai'n falch o gael dianc.

Yn y parlwr, roedd Sheila'n sipian te o gwpan liwgar ac yn ceisio gwenu wrth wrando ar don ar ôl ton o weniaith a mân siarad o gyfeiriad Heather.

'Dwi'n gwybod na fyse'r hen Fisus Francis, mam eich gŵr, yn defnyddio'r ffasiwn gwpan i fwydo'i chathod, achos yr holl aur hyll arni, ond doedd fy nain ddim yn gwybod be oedd Gaudyware da. Dewis y darnau roedd hi'n eu hoffi oedd hi, wyddoch chi. Lodes y werin oedd hi, heb deithio'n bellach na Chaer gydol ei hoes, ond bob tro roedd hi'n gweld darn o grochenwaith oedd yn dal ei llygad, roedd hi'n ei fachu fel pioden...'

Pan gododd Sheila ei llygaid i gyfarch Daf, gwelodd anobaith ynddyn nhw. Roedd y Rocky Road ar blât wrth ei phenelin, heb ei gyffwrdd.

'Ydi Sheila wedi dweud wrthat ti am y broblem ynglŷn â dod o hyd i aelodau teulu Rose?' meddai Daf, i dorri ar y llifeiriant oedd yn dod o geg Heather.

'Sheila? Ai Sheila ydi'ch enw chi, Misus Francis?' torrodd Heather ar ei draws. 'Ga i eich galw chi'n Sheila? Heather ydw i.'

'Wrth gwrs.'

'Diolch, Sheila!'

Tra oedd ei mam yn parablu, eisteddai Rhiain fel cerflun ar stôl ledr, eitem roedd Daf wedi dysgu peidio'i alw'n 'pouffe'. Cododd Daf y Rocky Road a'i fwyta mewn dau frathiad.

'Un barus ydi eich bòs, Sheila!' sylwodd Heather. 'Dech chi'n gogyddes dda, wrth gwrs, ac er na alla i gystadlu, mae pawb yn canmol fy Rocky Roads, a fy *traybakes* yn gyffredinol. Dech chi 'di trio'r un sinsir a thriog sydd gan Mary Berry? Haws i'w cadw, *traybakes*, o'u cymharu efo cacen draddodiadol.'

'Dydi cacennau ddim yn para'n ddigon hir yng Nglantanat i mi boeni am eu cadw nhw,' atebodd Sheila, efo gwên wan.

'Wrth gwrs, wrth gwrs, mi anghofies i fod ganddoch chi gymaint o gegau i'w bwydo, efo'r holl gogie sy'n helpu...'

'Felly,' bwriodd Daf ymlaen, 'bydd raid i ni ofyn i un ohonoch chi ddod i adnabod y corff.'

'O'n i prin yn ei nabod hi,' atebodd Heather yn sydyn. 'Yn fyw na marw.'

'Roedd Rose yn ffrind i mi,' mentrodd Rhiain, 'ond alla i ddim gwneud. Be am i ni ofyn i Wncwl Al?'

'Cer 'nôl i'r car, bòs,' awgrymodd Sheila. 'Fydda i efo ti toc, ond dwi ddim isie gwastraffu tropyn o'r te hyfryd 'ma.'

Caeodd Daf y drws wrth i Heather esbonio nad oedd hi'n cymeradwyo bagiau te, a'i bod hi'n siŵr nad oedd neb yng Nglantanat yn defnyddio'r ffasiwn bethau chwaith. Arhosodd am sawl eiliad ar drothwy'r drws, ac unwaith eto, sylwodd pa mor daclus oedd pob dim. Roedd y gwartheg ar y dolydd yn symud yn hamddenol a'r awyr yn llawn adar. Bachodd ar y cyfle i ffonio Gaenor wrth gerdded i'r car, a phan atebodd hi, ar ôl sawl caniad, roedd hi'n fyr ei gwynt.

'Sori Daf, nes i adael fy ffôn yn y gegin. Sut hwyl?'

'Ocê. Ches i ddim cyfle i ofyn neithiwr – sut oedd Doris?'

'Wel, doedd helyntion Doris ddim yn cymharu efo John a'i No Fly Zone ond mae hi'n poeni'n arw am y canapés. Dwi wedi ceisio dweud wrthi hi nad oes angen canapés cyn y mochyn rhost yn y parti nos, ond mae hi'n dweud bod yn rhaid cynnig rhai. Ac mae hi wedi cael y *barquettes* anghywir oddi ar y we – wnaeth hi archebu rhai efo gwaelod rhydd, medde hi.'

'Be ydi *barquette*, os ga i ofyn?'

'Math o dun i wneud casys pêstri mewn siâp cwch.'

'A tydi pobol ddim yn gallu priodi hebddyn nhw?'

'Dim yn ôl Doris.' Roedd chwerthiniad yn llais Gaenor ond tawelodd wrth ddweud, 'alla i faddau iddyn nhw am fod yn wirion, Daf, achos pan ti'n meddwl am y peth, wnaethon ni droi byd John wyneb i waered er mwyn bod efo'n gilydd, a pwy a ŵyr be mae Doris wedi'i oroesi yn ei bywyd. Felly am yr wythnos nesa, rhaid i ni wneud ein gore i'w cefnogi nhw, hei?'

'Wrth gwrs. Ond dwi angen trafodaeth onest efo John, am be sy'n bosib a be sy ddim.'

'A'r eironi mwya ydi,' rhyfeddodd Gaenor, 'pwy oedd brenin y drygionwyr yn ei ddydd?'

'Dwi isie clywed pob un o'r straeon yn nes ymlaen. Be 'di hanes Mals heddiw?'

'Helpu Doris efo'r canapés. Chwarae teg, maen nhw'n talu *minimum wage* iddi hi am chwarae efo toes.'

Chwarddodd Daf wrth ffarwelio â hi, ond roedd o'n anesmwyth wrth feddwl am yr her o gadw cydbwysedd rhwng yr ymchwiliad a'r briodas yn ystod yr wythnos oedd o'i flaen.

Wrth bwyso ar y car, teimlodd broc yn ei gefn. Sheila.

'Mae'n iawn, bòs, mae'r leidis yn fodlon dod draw i Amwythig efo ni.'

'Diolch byth am hynny.'

'Roedd yn rhaid i mi gytuno i rannu archeb Lakeland Plastics efo hi cyn iddi gytuno,' meddai mewn llais isel, gan fod Heather a'i merch yn cerdded tuag atynt. 'Mae hi'n bendant ein bod ni'n mynd i fod yn ffrindie gore am byth bythoedd.'

'Mae fy nyled yn fawr i ti, Sheila.'

'Os fydd raid i mi gael *restraining order* yn ei herbyn hi bòs, ti sy'n talu.'

Cafodd y ddau eu synnu pan agorodd Heather ddrws cefn y car.

'Mae coese Rhi yn hirach o lawer na fy rhai fi. Fydd Sheila a finne'n iawn efo'n gilydd yn y cefn fan hyn.'

Fel arfer roedd Daf yn ystyried y daith i Amwythig yn un fer, ond roedd hi'n dipyn hirach o Eithnog. Deuai parablu di-ri o'r sedd gefn, ac roedd Sheila'n haeddu medal, ym marn Daf, am lwyddo i ymateb i fonolog ddiflas Heather. Ceisiodd Daf daro sgwrs efo Rhiain gwpwl o weithiau, ond mewn cyferbyniad llwyr i'w mam, roedd hi'n fodlon eistedd yn hollol fud.

'Sut mae dy lygaid di heddiw, lodes?'

'Dipyn bach yn well.'

'Newyddion da.'

'Paid poeni, mi fydda i'n gallu gweld ai corff Rose ydi o.'

'O'n i ddim yn poeni am hynny. Jyst isie tsiecio sut oeddet ti, dyna'r cwbwl.'

'Pam hynny? Mae pawb yn gwybod mai fi sydd ar fai. Mi es i draw i Dwrci o 'ngwirfodd i gael y driniaeth.'

'Dim bwys pwy sydd ar fai. Be sy'n bwysig ydi'r dyfodol, nid y gorffennol.'

'I'r rhai sydd efo dyfodol.'

'Ond mae gen i gwestiwn. Pam est ti draw i Dwrci?'

'Dyyy, i newid lliw fy llygaid.'

'Ond pam hynny?'

'Achos... achos doeddwn i ddim yn ddigon... ddim yn ddigon da i dynnu sylw'r rhai oedd yn castio. Ti'n gwybod be 'di *headshot*, dwi'n cymryd?'

'Yn anffodus, ydw. Cafodd Carys rai yn anrheg pen-blwydd un ar hugain, ac andros o ddrud oedden nhw hefyd.'

'Ie, ie, *Carys*,' atebodd Rhiain yn watwarus. 'Wel, ar ôl

Covid, pan oedd jobsys mor brin, ddwedodd fy asiant nad oedd fy llunie i'n ddigon trawiadol. Ac ar ôl rhai o'r pethe dwi 'di gorfod eu gwneud i gael gwaith, doedd newid lliw fy llygaid ddim i'w weld yn beth mor ddrwg â hynny.'

'Mae pethe gwaeth na chael triniaeth arbrofol ar dy lygaid?'

Crynodd ei chorff cyfan am eiliad fel petai cerrynt trydan wedi llifo trwyddi.

'Gwaeth o lawer.'

Plygodd Rhiain ei phen fel aderyn blinedig a chau ei llygaid. Doedd hi ddim yn cysgu ond ddwedodd hi 'run gair arall nes iddyn nhw barcio tu allan i'r ysbyty yn Amwythig.

Cerddodd y pedwar draw i'r adeilad mawr a drwy'r ddrysfa o ddrysau a choridorau, oedd yn dal yn brysur ar ddydd Sul. Pan oedd yn heddwas ifanc, un o ddyletswyddau Daf oedd mynd efo aelodau teulu i adnabod cyrff, ond doedd o ddim wedi gorfod gwneud hynny ers blynyddoedd maith. Ers ei ymweliad diwethaf, roedd awyrgylch adran y marwdy wedi newid – roedd yn llai clinigol, fel petai'r lle wedi'i ailgynllunio ar gyfer pobol oedd yn galaru. Cydiodd Rhiain ym mraich Daf wrth iddo agor y drysau – roedd ei mam yn dal i siarad yn ddi-stop efo Sheila y tu ôl iddyn nhw.

'Dyna'r broblem efo triog. Mae'n anodd pwyso'r stwff yn iawn, a...'

'O, cau hi, Mami!' gwaeddodd Rhiain. 'Mae Rose yma, yn gelain, a ti'n siarad am ffycin triog!'

Agorodd Heather ei cheg i ateb yn ôl, ond cyn iddi ddweud gair, daeth nyrs i'w tywys nhw i stafell a oedd yn ceisio cuddio'i phwrpas efo lluniau ar y waliau a llenni lliwgar. Ond er yr holl ymdrechion i normaleiddio'r lleoliad, roedd golygfa arswydus yn eu hwynebu nhw ar y gwely.

Roedd yn rhaid i Daf edmygu gwaith tîm y marwdy, ond roedd nifer o'r briwiau ar gorff Rose druan wedi eu trechu. Roedd y twll lle bu ei llygad wedi'i guddio y tu ôl i gadach a'i gwallt wedi'i dacluso, ond roedd olion ymosodiad yr ieir yn dal yn amlwg. Plygodd Rhiain ymlaen a syllu am amser hir ar y llanast oedd yn arfer bod yn wyneb. Chwiliodd am law i gydio ynddi: cynigiodd ei mam un iddi ond estynnodd am law Daf yn lle hynny.

'Mae'n anodd dweud,' sibrydodd ar ôl tawelwch hir. 'Nid fel hyn oedd hi.'

''Den ni wedi sylwi bod ganddi hi sawl tatŵ,' mentrodd Sheila. 'Wyt ti'n cofio rhai penodol?'

Oedodd Rhiain am bron i funud i feddwl.

'Roedd y rhan fwya ohonyn nhw'n bethe go gyffredin – yin a yang ac ati – ond roedd Astarte yn *custom job*.'

'Astarte?' ailadroddodd Sheila.

'Duwies gwlad Canaan,' eglurodd Daf. 'Gwraig Baal.'

'Ble yn union oedd Astarte... ar ei chorff?' gofynnodd Sheila.

'Ar ei phen ôl. Roedd Rose yn ei chadw'n gyfrinach nes roedd hi'n *skyclad*.'

'Be mae *skyclad* yn ei olygu?' gofynnodd Daf.

'Yn noeth. Fel petai'n gwisgo dim byd ond y nen.'

Poenodd Daf pa effaith fyddai gweld corff noeth ei ffrind, yn frith o greithiau, yn ei gael ar Rhiain, ond roedd yn rhaid iddyn nhw gael cadarnhad pendant mai Rose oedd o'u blaenau. Daeth y nyrs i'r adwy: roedd y ffotograffydd fforensig wedi tynnu lluniau o bob un o'r tatŵs, felly cafodd Rhiain eistedd wrth ddesg i edrych ar ddelwedd o'r tatŵ yn hytrach na gorfod edrych arno yn y cnawd. Llun o ddynes oedd o, yn gwisgo coron siâp lleuad cilgant a mantell hir las. Am eiliad, atgoffwyd Daf o'r Forwyn Fair yn nrama'r geni mewn ysgol gynradd, ond wnaeth y gymhariaeth ddim aros yn ei ben yn hir. Roedd mantell Astarte ar agor er mwyn dangos clwstwr o bump o fronnau llawn; roedd hi'n cyffwrdd ei hun rhwng ei choesau efo un llaw, ac yn y llaw arall roedd cyllell â min fel tonnau môr arni, a gwaed coch yn disgyn o'i llafn.

'Ie, Astarte ydi hi,' meddai Rhiain, yn dawel. 'Felly, Rose...' Torrodd ei llais. 'Rose, Rose, Rose!' gwaeddodd, gan godi a chamu'n sydyn yn ôl i'r ystafell lle'r oedd ei ffrind yn gorwedd. Roedd y nyrs, yn amlwg, wedi profi ymddygiad tebyg o'r blaen.

'Just tell this nice policeman that you're certain this is your friend,' meddai, gan gamu'n bendant rhwng Rhiain a'r drws.

'Bendant. Rose Minton ydi hi,' wylodd Rhiain, a bu'n rhaid i'w mam a Sheila ei dal hi rhag disgyn i'r llawr.

11

Un o'r pethau a wnaethpwyd wrth adnewyddu adran y marwdy oedd creu lolfa lle gallai galarwyr eistedd mewn tawelwch, ac roedden nhw yn yr ystafell honno nawr er mwyn rhoi cyfle i Rhiain dawelu rhywfaint. Tair cadair oedd yno felly dewisodd Daf sefyll. Wrth i Heather dynnu ei chadair yn nes at Rhiain, gwaeddodd ei merch arni.

'Gad lonydd i mi, yr ast! Roedd Rose yn fwy o fam i mi na tithe, o lawer.'

'Paid siarad lol,' brathodd Heather. 'Doedd hi'n ddim ond hen hipi oedd yn denant i ni, a dyna'r cwbwl.'

Er mai ymateb i Rhiain oedd hi, gwyddai Daf fod ei geiriau olaf er ei fwyn o, i gadw naratif y teulu'n gyson.

'Plis, Mr Dafis,' ymbiliodd Rhiain, ei hanadl yn fas ac yn gyflym, 'ga i bum munud hebddi hi?'

'Ocê. Sheila, cer â Mrs Billings am baned, wnei di?'

'Na, sori bòs. Well i ti fynd.'

Er nad oedd Daf yn deall y rhesymeg, roedd golwg o bendantrwydd yn llygaid Sheila felly ufuddhaodd, a thywys Heather i'r caffi. Cyn iddyn nhw gyrraedd, cafodd esboniad gan Sheila ar ffurf neges destun hir:

'Alli di ddim bod ar ben dy hun efo'r ferch 'na, byth. Mae hi'n llai na hanner call ac wedi cymryd ffansi atat ti. Rhaid bod ei golwg hi'n waeth na wnes i feddwl. Pwy a ŵyr beth allai hi ddweud petaet ti ddim yn rhoi digon o sylw iddi.'

Roedd Sheila yn llygad ei lle, wrth gwrs, ond roedd hi hefyd yn cael osgoi sgwrs ddi-baid Heather. Er mawr syndod i Daf, fodd bynnag, roedd Heather yn dawel, yn brysur ar ei ffôn, gan roi cyfle i Daf yfed ei de mewn heddwch.

‘Wyt ti wir yn meddwl y bydd rhaid i ni ganslo’r briodas?’ gofynnodd Heather ymhen sbel.

‘Mae Rhiain yn gwrthod bwrw mlaen.’

‘O, twt lol am hynny – mae hi wedi gwrthod o’r blaen. Oes siawns y byddi di’n datrys yr achos cyn y diwrnod mawr? Achos doedd Rose ddim yn aelod swyddogol o’r parti priodas, wyddost ti... sy’n beth da oherwydd fydd ’na ddim ffrog yn mynd yn wastraff... ond dydi’r siwrans ddim yn talu allan am unrhyw farwolaeth heblaw teulu agos. Wyt ti’n fodlon sgwennu atyn nhw, i esbonio pa mor anfad ydi’r amgylchiadau?’

‘Mi all Heddlu Dyfed Powys baratoi datganiad, ond dwi’m yn addo unrhyw beth yn bersonol.’

Gwnaeth Heather sŵn dirmygus yn ei gwddw.

‘Mi ddwedais wrth Sheila dy fod ti’n dda i ddim, ond chwarae teg iddi hi, roedd hi’n go ffyddlon i ti – er mai efo dynion hollol wahanol i *ti* mae hi’n cymysgu fel arfer. A dim dy fai di ydi hyn, ond sut all dyn o siop gornel ddeall pobol fferm, dwêd?’

‘Rhaid i ni geisio deall pob math o bobol yn y swydd yma,’ atebodd Daf efo gwên. Doedd ei sarhad yn golygu dim iddo, ac roedd hynny wedi drysu Heather yn lân. Trodd yn ôl at ei ffôn ac roedd Daf yn falch o gael eistedd mewn distawrwydd eto nes i Sheila ffonio i ddweud bod Rhiain yn barod i adael.

Ar ôl agor drws y marwdy i Heather, daliodd Daf o ar agor i ddynes ifanc oedd yn cerdded y tu ôl iddyn nhw ar hyd y coridor.

‘Diolch yn fawr, Arolygydd Dafis,’ meddai, er nad oedd Daf erioed wedi’i gweld hi o’r blaen.

‘Sori..?’ dechreuodd, â chwestiwn yn ei lais.

‘Imogen Mallon. Fi sy’n mynd i fod yn delio efo’r corff ’na. Ti ’di gweld y ffilm *Chicken Run*? “Them hens is getting nasty, Mrs Tweedy!”.’

Roedd hi’n chwerthin yn uchel, fel petai ei jôc greulon ei hun wedi’i phlesio hi’n arw.

‘Delio?’ atebodd Daf. ‘Delio ym mha ystyr?’

‘Gwneud y PM.’ Oedodd Imogen am eiliad. ‘O, dwi’n deall. Dwi’m yn edrych fel patholegydd, hei? Chest ti ddim gwahoddiad i barti ymddeol yr hen Jarman? Roedd o’n dy drafod di’n go aml.’

‘Wel, mae’r corff newydd gael ei adnabod yn swyddogol, felly dwi’n mynd â’r tystion adre.’

‘Ddwedodd Jarman na wnei di byth gyrraedd yr uchelfannau yn yr heddlu, ond o’n i ddim yn disgwyl i ti fod yn gyrru Uber dros y penwythnos, wir.’

Synnwyd Daf gan yr oerni yn ei llais, ac yn reddfol, teimlodd fod angen iddo amddiffyn Rhiain rhag ei sylwadau.

‘Oes gen ti amser i ddod efo fi i gael cip sydyn ar y corff, tra ’den ni yma?’ awgrymodd, a phan nodiodd y patholegydd, taflodd Daf allweddi ei gar at Sheila.

‘Setla’r leidis yn y car, wnei di, lodes? Fydda i efo chi toc.’

Yn y marwdy, safodd y patholegydd wrth y gwely â golwg o ddiflastod ar ei hwyneb.

‘Faint o waed oedd o’i chwmpas?’ gofynnodd.

‘Fawr ddim.’

‘Mae’n debyg ei bod hi wedi marw cyn cwrdd â’r ieir, felly. Be ’den ni’n wybod am ei ffordd o fyw?’

‘Dim llawer,’ atebodd Daf. ‘Roedd hi’n berson eitha amgen... yn ymddiddori mewn pethe goruwchnaturiol.’

‘Mae hynny’n amlwg o’i thatŵs. Tydi aelodau selog o Ferched y Wawr ddim yn tueddu i roi delwedd o dduwies baganaidd ar eu tin. Gorddos, felly.’

‘Dyden ni ddim yn gwybod eto oedd ganddi hanes o gymryd cyffuriau.’

‘Sbia arni hi!’ ebychodd y patholegydd. ‘Hen hipi. Dau opsiwn sydd: gorddos echdoe neu sgileffeithiau’r stwff roedd hi’n ei gymryd yn y nawdegau. Tasen i’n cael fy ffordd, fyse pobol fel’na ddim yn cael mynediad i’r gwasanaeth iechyd.’

‘Mae ganddon ni dipyn i’w ddysgu amdani hi eto. Pryd ti’n bwriadu dechre’r PM, lodes?’

Chwarddodd Imogen eto.

'Mi wnaeth Jarman fy rhybuddio dy fod ti'n galw pawb yn "lodes" neu "còg", a ti ddim wedi fy siomi i. Ydi o'n waith caled bod mor ystrydebol o hyd?'

'Na, dim o gwbl.'

'Ti'n un anodd i dy bryfocio.'

''Den ni'n mynd i fod yn gweithio efo'n gilydd. Does dim pwrpas gwylltio.'

'Wyt ti'n hiraethu am Jarman eto?'

'Does gen i ddim barn y naill ffordd neu'r llall. Oes gen ti amserlen ar gyfer yr archwiliad?'

'Wel, mae'n ddydd Sul heddiw, ond mae'r achos yma ar dop fy rhestr ar gyfer fory.'

''Sen i'n falch iawn o unrhyw wybodaeth cyn gynted â phosib. Hyd yn hyn, 'den ni ddim yn gwybod be yn union ydi natur yr achos.'

'Dydi pobol ddim yn disgyn yn farw mewn siediau ieir yn aml iawn.'

'Wel, roedden nhw'n chwarae Severn FM drwy'r system sain...' meddai Daf, ac yn sydyn, cydiodd y patholegydd yn ei law, a'i hysgwyd.

'Ac mae hynny'n ddigon i ladd unrhyw un. Falch o weithio efo ti, Dafis.'

'Er gwaetha bob dim, roedd Dr Jarman a finne'n gweithio'n reit dda efo'n gilydd. Mi fysen i'n falch os all y sefyllfa honno barhau.'

'Gawn ni weld. Rhaid i mi ddweud, dwi'n methu aros i roi fy llafn ynddi hi...'

Nid oerni'r marwdy achosodd y croen gŵydd ar freichiau Daf, ac roedd o'n falch o gael dianc, gyda chydymdeimlad hollol annisgwyl â Rose Minton.

Yn ystod y daith yn ôl i Eithnog, cytunwyd nad oedd Rhiain yn ddigon cryf i wynebu mwy o gwestiynau, ac wrth iddyn nhw gyrraedd y buarth crasboeth, roedd Daf yn hynod o falch o hynny. Roedd gwres canol y prynhawn yn awgrymu siesta, ond os na fyddai hynny'n bosib, fyddai cwpwl o oriau tawel wrth ei ddesg efo'r ffenest ar agor ddim yn rhy ffôl. Ar ôl gollwng Heather a Rhiain, trodd Daf y car rownd ar y buarth. Yn y drych, gwelodd Alun Hughes yn tocio'r sietin ar ochr y tŷ. Doedd dim smic o gysgod, ac roedd ei wyneb yn biws.

'Dydi o ddim yn bell o gael strôc,' sylwodd Sheila. 'Ti'n cofio Tom a finne'n mynd i Tenerife ddim yn hir cyn i Tomos bach gael ei eni? Wel, wnaethon ni logi car i fynd am sbin i fyny i'r mynyddoedd, ac mewn lle reit anghysbell, mi welson ni hen asyn a'i gefn bron â thorri efo llwyth o goed. Roedd rhyw fastard yn ei guro fo efo chwip. Stopiodd Tom y car a rhoi pryd o dafod go iawn i'r boi, gan na allen ni wneud mwy na hynny i helpu'r anifail druan. Mae Alun Eithnog yn union fel yr asyn hwnnw – un diwrnod mi fydd yr Heather 'na'n dod yn ôl o'r siop trin gwallt i'w weld o'n gorff celain ar y buarth, fetia i di.'

'Digon posib.'

'Gyda llaw, bòs, heddiw ydi'r diwrnod anoddaf dwi wedi'i gael yn fy ngyrfa hyd yma. Roedd hi, yr Heather 'na, yn llyfu tin mor galed, o'n i bron â chwydu.'

'Ti 'di gwneud job hynod. Roedd hi'n hollol wahanol heddiw, o gymharu efo'i hymddygiad ddoe.'

'Mae hi'n dal i ystyried cynnal y blydi briodas, wyddost ti.'

'Dwi'n gwybod, os na chaiff hi ei phres yn ôl gan y siwrans.'

'Dwi'n eitha newydd i'r gêm o fod yn rhiant, Daf, ond dwi, hyd yn oed, yn gwybod bod 'na rwbeth mawr o'i le yn fanna. Mae gan y ferch broblemau dwfn, ac ymateb Heather ydi ei gwisgo hi i fyny mewn ffrog wen a'i chynnig fel parsel i'r cymdogion dros y nant.'

'Ddwedodd Rhiain unrhyw beth perthnasol tra o'n i'n cael paned efo'i mam?'

'Dim llawer, ond mae'n amlwg ei bod hi'n dibynnu ar Rose am gyngor... yn enwedig materion yn ymwneud â rhyw.'

'Rhyw? Dydi Rhiain ddim yn fabi – mae hi wedi byw yn Llundain!'

Gwenodd Sheila fel giât. 'Mae Llundain yn cynrychioli pethe mawr i ti, bòs, fel Babylon. Falle 'mod i'n anghywir, ond ges i'r argraff nad oedd Rhiain yn "anifail parti" tra oedd hi'n byw yno. Aeth hi i'r ddinas fawr ar gyfer ei gyrfa, nid am sbri.'

Tu ôl i orsaf yr heddlu yn y Trallwng, roedd lawnt fach lle'r oedd yr ysmygwyr yn mynd am fwgyn sydyn. Ers tair blynedd bellach doedd neb o'r staff yn ysmygu ac roedd Daf wedi gofyn sawl tro i'r bosys yng Nghaerfyrddin darmacio'r llecyn er mwyn creu cwpwl o lefydd parcio ychwanegol. Doedd hynny ddim yn flaenoriaeth i neb, felly roedd Sheila wedi cymryd cyfrifoldeb am y lle. Hi oedd yn dod â'i *strimmer* i mewn i dorri'r glaswellt, ac roedd hi wedi rhoi sawl twb a basged llawn blodau ar hyd y lle. Erbyn hyn roedd o'n llecyn del, ond roedd Daf yn dal i hiraethu am y gwelliant parcio posib. Heddiw, fodd bynnag, wrth sefyll yn ffenest ei swyddfa, edrychodd i lawr ar olygfa hyfryd yno: Toscano a Bianca yn rhannu picnic efo basged wiail, blanced liwgar a phob dim. Roedd yn rhaid iddo alw ar Sheila.

'O, mae hynna'n hyfryd,' ebychodd.

'Maen nhw'n edrych fel golygfa o lyfr i blant. Neu, yn nes ati, ffilm Disney. Yr unig beth ar goll ydi cwningen gyfeillgar i ganu efo nhw.'

'Peth cas ydi cenfigen. Pryd oedd y tro diwetha i ti rannu picnic rhamantus efo Gaenor?'

'Wel... be amdanat tithe, Mrs Francis?'

'Dwi'n pacio picnics i Tom ar gyfer y sied wyna bob blwyddyn.'

'Dydi hynny ddim yn rhamantus.'

'Dyna *ti*'n feddwl.'

Roedd Bianca'n hollol wahanol i ddisgwyliadau Daf ohoni. Roedd o wedi dychmygu cariad Toscano fel lodes Eidalaidd swil, yn gwisgo ffrogiau smart ond hen ffasiwn, ond roedd y ferch a eisteddai glun wrth glun efo Toscano yn edrych yn ferch fyrlymus, llawn hiwmor, a'r unig beth traddodiadol amdani oedd cadwyn arian syml o amgylch ei gwddw ac arni dlws o'r Forwyn Fair. Yn llawn chwilfrydedd, aeth Daf allan atyn nhw. Sgrialodd Bianca ar ei thraed i gyfarch Daf, â gwên braidd yn gam ond hynod ddeniadol yn goleuo ei hwyneb.

'Mistar Dafis, *come stai*? Bianca ydw i, cariad Padraig.'

Roedd ei hacen a'r gymysgedd o'r Eidaleg a'r Gymraeg yn hudolus a diffuant.

'*Scusi per favore*, ond dydi Cymraeg i ddim yn da iawn. Athro sâl ydi Padraig ond alla i dysgu... *frequentare regolamente le lezione*, falle?'

Tra oedd hi'n chwilio am y gair iawn, rhychodd ei thrwyn a chulhaodd ei llygaid. A llygaid tlws oedden nhw hefyd: lliw cnau cyll efo fflachiadau golau fel aur ynddyn nhw. Allai Daf ddim peidio â meddwl am Rhiain druan, oedd mor awchus i gael llygaid trawiadol, tra oedd ffawd, geneteg neu natur wedi rhoi hynny i lodes hollol ddiffwdan. Doedd Bianca ddim yn gwisgo colur, ond ar ei boch dde roedd smwtsh bach o rywbeth gwyn.

'*Ti piace biscotti*, Mistar Dafis? Ti'n hoffi?'

Cynigiodd focs plastig iddo yn hanner llawn bisgedi hirgrwn sych, llawn cnau. Cymerodd Daf un, ac er ei bod hi'n galed, roedd hi'n flasus tu hwnt.

'Maen nhw'n well efo coffi,' esboniodd Toscano.

'Neu gwin,' ategodd Bianca. 'Dwi'n gwneud nhw ar gyfer Zio Francesco, y *ristorante*.'

'Ond yn y dyfodol, mae Bianca'n bwriadu ehangu i'w gwerthu nhw i siopau a bwytai eraill.'

'Rhwng y busnes gwneud biscotti, dysgu Cymraeg, a chadw trefn ar y boi 'ma, mi fyddi di'n ddynes brysur, lodes.'

'A, *si Deus vult*, bydd ganddi bobol fach i'w chadw hi'n brysur hefyd,' ategodd Toscano, gan godi'i law fawr letchwith i fwytho'i boch. 'Bydd raid i mi feddwl am sefyll yr arholiad sarjant, bòs.'

'Gad i ni ddatrys yr achos yma gynta, còg.'

'Dwi'n gwneud fy ngore glas, bòs. Dwi wedi darganfod bod Rose yn enfawr ar WitchTok.' Pan welodd Toscano yr olwg ddryslyd ar wyneb Daf, ymhelaethodd. 'Ti'n cofio, bòs, y rhan o TikTok ar gyfer gwrachod?'

'Dwi'n synnu bod y ffasiwn bethe'n bodoli. 'Den ni yn yr unfed ganrif ar hugain, wedi'r cwbwl.'

'When men choose not to believe in God, they do not thereafter believe in nothing, they then become capable of believing in anything,' meddai Bianca, 'yn ôl Chesterton.'

'Ti'n ffan o Chesterton, lodes?' atebodd Daf, wedi synnu braidd.

'Hoff iawn o bob stori dditectif. Dyna pam dwi wedi bachu ditectif go iawn.' Gwenodd eto. '*Ma, mi dispiace*, mae o'n gweithio o hyd.'

'Roedden ni wedi bwriadu mynd am bicnic heddiw, ond am 'mod i'n gorfod gweithio mae Bianca wedi dod â chinio hwyr i mi,' esboniodd Toscano.

'Paid poeni, còg, dwi'n ddiolchgar i ti am ddod i mewn o gwbl ar y Sul. A be ddysgest ti ar WitchTok?'

'Fod gan Rose sawl busnes llewyrchus, yn ôl ei gwaith papur. Wel, doedd hi ddim yn gwneud ffortiwn, ond mi oedd o'n ddigon i dalu'r rhent a rhoi bwyd ar y bwrdd. Roedd hi'n cynnal cyrsiau, ond dwi'm yn deall yn union beth oedd pobol yn ei ddysgu ganddi.'

'Alla i daro chydig o oleuni ar hynny. Mi ddes i ar draws dynes yn sgrechian yn y goedwig uwchben Pencoed, a soniodd hi am ddod yno am therapi o ryw fath.'

'Roedd hi'n... *nuda*, Mistar Dafis?' gofynnodd Bianca â'i llygaid yn fawr. 'Fel y ferch yn y tywel yn y ffermdy?'

'Wel, oedd, lodes. Rhan o'r therapi oedd y noethni.'

Roedd Bianca'n chwerthin cymaint, roedd hi'n cael trafferth ynganu ei geiriau'n glir.

'Dech chi... dynion... yn bobol... *impertinente*.'

'Mae hyn yn beth go gyffredin i'r bobol yna – y bobol sy'n ymddiddori mewn hud a lledrith. Tydi llawer ar WitchTok ddim yn trafferthu gwisgo cyn gwneud fideos,' eglurodd Toscano.

'A ti'n dweud bod gan Rose broffil ar y llwyfan hwnnw?'

'Ffenest siop i'w busnes hi oedd o, ac mae'r gwaith papur oedd ym Mhencoed yn dangos pwy oedd wedi gofyn am ei gwasanaethau.'

'A pha wasanaethau oedd y rheiny, dwêd?'

'Wel, hud a lledrith, wrth gwrs. Swynion cyffredin gan fwyaf, ond os oedd rhywun am iddi greu swyn mwy penodol, roedd y pris yn cynyddu.'

Tra oedden nhw'n siarad, roedd Bianca wedi clirio'r picnic yn ôl i'r fasged. Cododd ar flaenau ei thraed i roi cusan ysgafn ar foch Toscano.

'*Devo andare, tessoro*,' dywedodd wrtho. 'Pleser i gyfarfod ti, Mistar Dafis.' Cerddodd yn sionc rownd cornel yr adeilad gyda Toscano'n syllu ar ei hôl.

'Lodes glên iawn.'

Nodiodd Toscano ei ben. 'Dim ond tri chwarter awr gymrais i i ginio,' eglurodd.

'Fel ddwedes i, dwi'n ddiolchgar dy fod ti wedi cytuno i ddod i mewn o gwbl.'

'Mae gen i rwbeth i'w ddangos i ti, bòs, os oes gen ti funud?'

Ar y bwrdd mawr yn Ystafell Gyfweld Dau, roedd Toscano wedi gosod ei liniadur, sawl ffeil, a phad papur efo dwy restr o enwau arno.

'Be sy gen ti fan hyn, còg?' gofynnodd Daf.

'Rhestr o gleientiaid Rose.'

'A'r rhestr arall?'

'Gwrthrychau'r swynion.'

'Be mae hynny'n olygu?'

'Weithiau, roedd pobol yn gofyn am swynion syml, fel lwc dda mewn tŷ newydd, neu fendith uniongyrchol arnyn nhw'u hunain, ond roedd rhai eraill yn gofyn am swyn cariad neu felltith, wedi'i gyfeirio at un person yn benodol. I sicrhau ei bod hi'n cadw'i henw da yn y maes, roedd Rose yn sicrhau nad oedd hi'n rhoi melltith ar rywun oedd wedi talu iddi am fendith. Dim ond unwaith neu ddwy mae enwau i'w gweld ar yr ail restr, ond mae un enw yn ymddangos yn gyson ers i Rose ddechrau cadw'r cofnodion. Mae'r person yma wedi derbyn dros gant o felltithion.'

Dilynodd Daf fys Toscano â'i lygaid. Roedd o'n iawn: dro ar ôl tro, roedd rhywun wedi talu Rose Minton i roi melltith ar un person. Enw'r person hwnnw oedd Carys Dafis: merch Daf.

12

Gafaelodd tawelwch yn y ddau, a sychodd corn gwddw Daf. Cododd y pad papur a syllu ar yr enwau arno.

'Mae'r enw'n un go gyffredin, cofia,' crawciodd, ei wefusau'n sych fel dail crin yr hydref.

'Carys, dy ferch di, oedd y targed, bòs. Yng nghofnodion Rose Minton, mae hi'n nodi'r cod post hefyd. Faint o bobol yn ardal Sussex sydd efo'r un enw, dwêd?'

'Dwi'm yn gwybod, ond...'

'Ym mhentre Ringmer? Dair milltir o Glyndebourne?'

Pesychodd Daf. 'Wel, lol ydi o i gyd.'

'Wrth gwrs, ond mae o'n lol maleisus. Dwi'n cymryd mai yn Ringmer mae Carys yn byw?'

'Bwthyn jyst tu allan i'r pentre. Lle clên tu hwnt.'

Sylwodd Daf fod ei law yn crynu, a bod Toscano wedi sylwi hynny hefyd.

'Fel hyn dwi'n gweld y peth,' dechreuodd Toscano, 'er mai lol ofergoelus ydi hyn i gyd, mae'r rhesymau tu ôl i'r peth yn gallu bod yn hynod bwysig. Os ydi rhywun yn mynd mor bell â thalu am felltith, rhaid eu bod nhw'n teimlo go gryf ynglŷn â'r peth.'

'Ti'n iawn.'

'Hefyd, mae'n werth ystyried yr ochr ariannol.'

'Pa mor glir oedd hynny?'

'Digon amlwg. Roedd gan Rose Minton gardiau busnes, yn debyg i'r rhai ti'n weld mewn siopau trin gwallt, yn rhestru'r holl wasanaethau roedd hi'n eu cynnig. Mae 'na un yn fan hyn.'

Cododd Toscano gerdyn maint A5 oedd â chefndir glas tywyll a smotiau lliw arian arno, oedd wedi'u gosod i gynrychioli'r cytserau cyfarwydd yn cynnwys Jac a'i Wagen a Llathen Fair. Synnodd Daf o weld bod y testun arno'n hollol ddwyieithog, ac yn cynnig bendithion, swynion caru a gwahanol fathau o felltithion. Y peth rhataf ar y rhestr oedd bendith rithiol, a'r gwasanaeth mwyaf costus oedd melltith ar y cyd ar fwy nag un gwrthrych – pris hynny oedd pum cant o bunnau neu chwe chant yn cynnwys llun.

'Be ydi'r llun?' gofynnodd Daf.

'O be dwi wedi'i ddysgu hyd yn hyn – a chofia, does gen i ddim mynediad i'w gliniadur hi eto – roedd yr hud yn fwy pwerus os oedd delwedd ar gael o'r gwrthrych.'

'Dwi'n gweld. Welest ti.. welest ti lun o Carys yng nghanol y papurau?'

'Dwi ddim wedi gweld 'run o'r lluniau melltith. Yn unig ddelweddau oedd yn ei ffeiliau oedd llun syml o bob cleient.'

'A'r cleientiaid ar y rhestr... oedd manylion am y gwrthrychau gyferbyn â nhw?'

'Oedd, yn nodi pwy oedd yn gofyn am ba swyn.'

A bod yn onest, doedd dim angen i Daf edrych ar y rhestr o gwbl, ond cafodd ei amheuon eu cadarnhau: Rhiain Hughes oedd wedi talu Rose Minton i felltithio Carys, ei ferch. Gollyngodd Daf y pad papur fel petai ar dân.

'Mae un peth dwi ddim yn ei ddeall. Os oedd hi'n gwneud y rhan fwya o'i gwaith dros y we, drwy'r WitchTok 'ma, pam wnaeth hi botsian efo cardiau tebyg i hyn? Achos tydyn nhw ddim yn bethe rhad i'w cynhyrchu...'

'O, mae'r bobol 'ma'n ymgynnull yn y cnawd yn ogystal â chwrdd ar-lein. Witchfest ydi'r digwyddiad mawr, fel dwi'n deall – fel y Sioe neu'r Steddfod i wrachod, debyg. Ac roedd gan Rose stondin mewn cwpwl o'r marchnadoedd lleol: Machynlleth a Llanfyllin.'

'Be oedd ganddi hi i'w werthu ar stondin?'

'Swynbethau. Diodydd meddyginiaethol, pethe tebyg. Hefyd, roedd hi'n gallu cwrdd â'i chwsmeriaid lleol yno.'

'Cwsmeriaid lleol? Pwy fyse'n meddwl fod pobol leol yn ymddiddori yn y ffasiwn lol?'

'Fyset ti'n synnu, bòs. Dwi'n gobeithio y bydda i wedi gorffen rhoi trefn ar y rhestr yn nes ymlaen heno.'

'Does dim rhaid i ti weithio'n hwyr, còg.'

'Mae Bianca'n gwneud shifft yn y bwyty heno, felly dim bwys gen i aros.'

'Dwi wir yn gwerthfawrogi hynny.'

Agorodd drws y stafell a daeth Sheila i mewn. Roedd llwydni'r bore wedi ailgydio yn ei hwyneb.

'Iawn i mi fynd, bòs?' gofynnodd. 'Dwi 'di sgwennu nodiadau am yr hyn 'den ni wedi'i ddysgu heddiw, yn Eithnog ac yn yr ysbyty, a bydd Tomi bech angen ei swper cyn hir.'

'Wrth gwrs. Dwi'n teimlo na allwn ni gyflawni llawer cyn i ni gael yr adroddiad fforensig beth bynnag, heblaw'r gwaith arbennig mae Toscano yn ei wneud i ymchwilio i faterion busnes Rose. I wneud mwy, bydd raid i ni gael mynediad i'w gliniadur.'

'Astarte777 ydi'r cyfrinair,' datganodd Sheila.

'Sut wyt ti'n gwybod hynny, lodes?'

'Tra o'n i'n trafod Rose efo hi yn yr ysbyty, ddwedodd Rhiain pa mor bwysig oedd Astarte iddi – yn ddigon pwysig iddi ddefnyddio'r enw fel cyfrinair ar gyfer bob dim.'

Tynnodd Toscano y gliniadur o'r bag, a'i agor. Eiliad yn ddiweddarach, roedd ei fysedd yn symud yn gyflym dros y bysellfwrdd.

''Den ni mewn!' ebychodd. 'Dwi'n bendant yn mynd i aros yn hwyr rŵan, bòs.'

'Diolch, ond cofia fod gen ti ddiwrnod llawn o dy flaen fory.'

Y tu allan, cyn tanio injan ei gar, gwelodd Daf fod neges ar ei ffôn. Gaenor.

'Paid bod yn hwyr: falle fod rhieni Belle yn galw heno, cofio?'

Roedd Daf wedi anghofio, a doedd o ddim yn sicr oedd hynny ar ddamwain ai peidio. Oherwydd bod John Neuadd a Gaenor, rhieni Siôn, wedi gwahanu, roedd yn rhaid i'r chwech ohonyn nhw ddod at ei gilydd pan oedd angen trafod unhryw beth efo'r pâr ifanc. Ffoniodd Daf hi'n ôl.

'Ar fy ffordd rŵan. Ti isie rwbeth o Tesco?'

'Oes ganddyn nhw leithion penfras wedi'u mygu?'

'Ti be?'

'Smoked cod's roe? Mae Doris yn mynd yn benwan – mae rhyw gwmni mawr wedi'i gadael hi i lawr, ac mae hi angen gwneud taramasalata ar gyfer y canapés.'

Gorffennodd Daf yr alwad a gyrru emoji o gledr llaw ar wyneb iddi. Gwthiodd y cortyn gwefru i mewn i'w ffôn a thanio'r car, ond cyn iddo ddechrau gyrru ymaith, sylwodd ar ddyn yn sefyll ger drws gorsaf yr heddlu. Dyn yn ei bedwardegau oedd o, yn gwisgo crys a throwsus du ffurfiol, braidd yn anaddas ar gyfer diwrnod mor braf. Doedd ei wallt byr ddim wedi cael ei gribo, ac roedd golwg ddryslyd arno. Clywodd y dyn sŵn injan car Daf, a chamodd draw ato.

'Is this the police station?' gofynnodd drwy'r ffenest agored.

Chwifiodd Daf ei law i gyfeiriad yr arwydd.

'Is there anyone there on a Sunday?'

'Not usually, but I'm a policeman. Can I help?'

'Is there anyone there who speaks Welsh?'

'Ydw, tad.'

'Paid â 'ngalw fi'n "Tad",' meddai'r dieithryn, a sylwodd Daf fod rhywbeth anarferol ynglŷn â choler ei grys. 'Dwi ddim ar ddyletswydd.'

'Na finne,' atebodd Daf. 'Offeiriad wyt ti?'

'Wel... ie, a na. Tydi pobol Llanrhaeadr ddim yn hynod uchel, wyddost ti.'

'Sori, dwi ddim yn ddyn crefyddol. Mae gen i ffrind all helpu – y Tad Joseph Hogan, i fyny'r stryd wrth yr eglwys newydd frics...'

'Na, na, dwi'm yn... un o'r *rheiny*.' Roedd y rhagfarn ar ei wyneb yn synnu Daf: iddo fo, lol oedd y cyfan felly doedd o ddim yn gallu gwahaniaethu rhwng un brand a'r llall, fel petai. 'Dwi'n aelod o Dîm Ardal Cenhadaeth Dyffryn Tanat. Yr Eglwys yng Nghymru.'

Nodiodd Daf ei ben, yn mawr obeithio nad oedd problem y dyn o'i flaen yn un ddifrifol.

'Fel ddwedes i, dwi ddim ar ddyletswydd, felly...'

'Oes modd i ni gael sgwrs tu mewn yn rhywle? Dwi ddim yn un da yn yr haul.'

Yn anfodlon, caeodd Daf ffenest ei gar a diffodd yr injan. Wrth agor y drws, cafodd neges arall gan Gaenor:

'Brysia – 'den ni'n chwarae croquet ac mae Mali a finne'n colli.'

Atebodd yn sydyn.

'Sori, rhaid i mi aros yma am chydig. Wela i chi nes ymlaen. Dweda wrth Mali ei bod hi'n dal yr ordd yn anghywir – does ganddi ddim syniad i ba gyfeiriad fydd y bêl yn mynd.'

Penderfynodd Daf siarad â'r ficer yn Ystafell Gyfweld Un.

'Gawn ni gadw pethe'n anffurfiol?' awgrymodd, gan gyfeirio at gadair gyfforddus a soffa. 'Sut alla i helpu?'

'Wn i ddim all unrhyw un helpu, achos dwi wedi lladd Rose Minton.'

Am eiliad, syllodd Daf ar wyneb main y dyn i weld oedd o mewn byd ffantasi, neu a oedd o'n chwarae cast, ond roedd ei lygaid glas yn onest.

'Rŵan 'te. Nid sgwrs bum munud fydd hon, felly dwi'n meddwl fod yn well i ni gael paned. Dwi am bicio draw i ofyn i DC Toscano wneud un bob un i ni, ac mi fydd o'n ymuno yn y sgwrs, ocê?'

'Ydw i'n mynd i gael fy arestio?'

'Rhy gynnar i ddweud. Arhosa di fan hyn, os gweli di'n dda.'

Gan adael y dyn yn eistedd yn llonydd, piciodd Daf i mewn

i'r stafell drws nesaf lle'r oedd Toscano'n brysur yn cofnodi ffigyrau o'r neges e-bost oedd yn agored ar y sgrin o'i flaen.

'O'n i'n meddwl dy fod ti wedi mynd, bòs,' sylwodd.

'Mi o'n i, ond mae 'na ficer drws nesa sy'n dweud ei fod o wedi lladd Rose Minton. Felly rho'r tegell ymlaen, ac ar ôl i ti wneud paned i bawb, ty'd i mewn i eistedd efo ni.'

'Ond mae gen i dipyn ar fy mhlât fan hyn...'

'Mae siawns y gwnawn ni ddatrys yr achos yn go sydyn. Dwi'n meddwl y byddwn ni'n clywed stori hynod, a dwi angen tyst.'

Llenwodd Daf wydr â dŵr cyn dychwelyd i'r stafell gyfweld, ond pan agorodd y drws, doedd neb yno.

'Anghofia am y baned,' galwodd ar Toscano, ''den ni'n chwilio am ddyn mewn dillad du. Cer di i gyfeiriad yr orsaf reilffordd, a' inne i ganol y dre.'

Gan fod y stryd oedd yn arwain i fyny o'r orsaf i gyfeiriad canol y dref yn un syth, a chan fod pob siop a swyddfa yn y Trallwng ar gau ar bnawn Sul, doedd dim lle i neb guddio. Gwelodd Daf y dyn yn rhedeg heibio i'r hen swyddfa dreth.

'Sbia, dyna fo,' gwaeddodd ar Toscano, oedd wedi croesi'r ffordd, a rhedodd y ddau heddwas ar ei ôl. Toscano oedd gyflymaf ond roedd Daf wedi cychwyn yn gynt na fo, felly cyrhaeddodd y ddau y bont dros y gamlas efo'i gilydd. Wrth edrych o'u cwmpas, doedd dim golwg o'r dyn mewn du.

'Falle'i fod o wedi troi i gyfeiriad Morrisons,' awgrymodd Toscano, ond yn sydyn clywodd y ddau sŵn sblash o dan eu traed.

'Ffonia am ambiwlans!' galwodd Daf yn ôl dros ei ysgwydd wrth iddo redeg ar draws y ffordd ac i lawr y grisiau at ochr y gamlas. Wrth fynd o dan y bont roedd yn rhaid i'w lygaid ddod i arfer efo'r tywyllwch, ond cyn hir gwelodd Daf siâp yn y dŵr. Eisteddodd ar ochr y gamlas a llithro i mewn. Doedd y gamlas ddim yn ddwfn felly cerddodd yn ei flaen, gan ddarganfod bod y gwaelod llithrig o dan ei draed yn achosi mwy o drafferth iddo na'r dŵr. Roedd y dyn yn gorwedd yn y dŵr, a'i wyneb i lawr. Gafaelodd Daf yn ei wregys a thynnu, ond gyda'i freichiau'n chwyrlïo, ceisiodd y dyn wthio Daf i ffwrdd. Erbyn hyn roedd Toscano wedi cyrraedd efo gwregys achub bywyd, a rhywsut, llwyddodd Daf i orfodi'r dyn i afael ynddo. Efo Toscano'n tynnu a Daf yn gwthio, glaniodd y dyn ger llwybr y gamlas, yn pesychu ac yn poeri. Plygodd Toscano drosto a dechrau pwnio'i frest, gan gyfrif.

'Stopia, dwi'n iawn,' meddai'r dyn yn aneglur. 'Beryg i ti dorri asen!'

Nid oedd dringo allan o'r gamlas yn dasg mor hawdd. Roedd yr ochrau'n slic iawn, ond yn y diwedd llwyddodd Daf i lawnsio'i hun ar y glaswellt a rowlio yn ei flaen. Roedd ei esgidiau'n llawn dŵr felly tynnodd nhw, ac ar ôl gwagio'r hylif budr ohonynt llwyddodd, efo cryn ymdrech, i'w rhoi nhw'n ôl dros ei sanau gwlyb.

'Am beth gwirion i'w wneud,' dwrdiodd uwchben y dyn, oedd yn gorwedd ar ei gefn yn syllu i'r awyr ddigwmwl.

'Dwi 'di... dwi wedi creu llanast llwyr.'

'Waeth be ydi dy sefyllfa di, dydi nonsens fel hyn ddim yn helpu,' meddai Daf. 'Dwi'n mynd yn ôl i orsaf yr heddlu i newid o'r dillad gwlyb 'ma. Mae DC Toscano wedi galw am ambiwlans, ac ar ôl iddyn nhw jecio dy fod ti'n iawn, dwi am i ti ddod efo fo yno, i ni gael sgwrs. Mae 'na ddillad sych i ti yno. A paid â meiddio chwarae'r ffasiwn dric eto, neu mi fyddi di'n gwisgo gefynnau wrth aros am yr ambiwlans. Deall?'

Ar ôl taith anghyfforddus iawn o'r gamlas yn ôl i orsaf yr heddlu, y peth cyntaf wnaeth Daf ar ôl agor y drws oedd tynnu ei sgidiau a'i sanau. Aeth i'r tŷ bach i chwilio am dywel, gan adael olion traed gwlyb ar ei ôl. Doedd tyweli defnydd ddim wedi cael eu defnyddio yno ers Covid – ac roedd angen rhywun llawer mwy ystwyth na Daf i sychu'i draed o dan y peiriant chwythu awyr poeth – felly rhaid oedd iddo fodloni ar y tyweli papur glas. Tynnodd ei ddillad gwlyb a sychu'r llawr efo mop o'r cwpwrdd yn y gornel.

Roedd dau fag o ddillad argyfwng o dan y ddesg yn y dderbynfa ond cafodd Daf, nad oedd erioed o'r blaen wedi bod angen eu cyffwrdd, ei siomi yn eu cynnwys. Doedd dim yn ei ffitio heblaw pâr o shorts denim, oedd braidd yn fyr, a chrys T band metal trwm. Gwthiodd ei ddillad gwlyb a'i sgidiau i fag plastig a'u rhoi yng nghefn y car.

Tra oedd o'n aros am Toscano, chwiliodd ar y we am Ardal Cenhadaeth Dyffryn Tanat er mwyn dysgu mwy am y dyn oedd wedi cyffesu i ladd Rose Minton. Y Parchedig Julian Moore Williams oedd o, ac roedd o'n edrych yn hŷn yn y llun ar wefan yr eglwys nag yr oedd o yn y cnawd. Mae'n rhaid ei fod yn ddyn diffuant, ond cofiodd Daf am yr olwg golledig yn ei lygaid, bron yn ddryslyd, fel petai o ddim yn deall y byd o'i gwmpas. Doedd ei statws, oedd yn cael ei ddisgrifio ar y wefan fel 'NSM', yn golygu fawr ddim i Daf, ac roedd o newydd ddysgu mai gweinidog nad oedd yn cael ei dalu oedd o, pan ddychwelodd Toscano, yn boeth a braidd yn flin.

'Mae'r ambiwlans wedi mynd â fo i'r sbyty dros nos, coelia neu beidio. Mi ddwedais fod 'na siawns go lew iddo ddengid, ond nid eu problem nhw oedd hynny, medden nhw – roedden nhw'n poeni mwy am gynnwys ei ysgyfaint.'

'Ffonia di West Mercia i ofyn allan nhw gadw llygad arno fo dros nos. Dwi ddim isie gyrru neb yno heb fod rhaid.'

'Er ei fod o wedi cyffesu i ladd Rose Minton?'

'Dwi'm yn credu am eiliad ei fod o wedi cyffwrdd bys ynddi. Mae o off ei ben. Wyt ti wedi gofyn am asesiad iechyd meddwl?'

'Na, ond fydd neb ar gael ar y Sul beth bynnag, heblaw'r tîm argyfwng.'

'Mae hyn *yn* argyfwng: ers hanner awr wedi tri mae o wedi cyffesu i lofruddiaeth ac wedi ceisio lladd ei hun.'

'Oedd hi'n ymgais go iawn, ti'n meddwl, bòs? Dydi'r gamlas ddim yn andros o ddwfn...'

'Pwy a ŵyr. Ond mae o'n ddyn ar ben ei dennyn – gwna'n siŵr fod yr ysbyty'n deall hynny. Falle y bydd o'n gwerthfawrogi siarad efo caplan yr ysbyty tra mae o yno.'

'Debyg iawn. Wyt ti'n mynd adre'n syth, bòs?'

'Dyna ydi'r bwriad. Pam?'

'O'n i'n... wel, dydi'r shorts 'na ddim yn edrych yn hynod o gyfforddus. Mae Siop yr Hosbis ar agor tan hanner awr wedi pump: ti isie i mi fynd i nôl rhwbeth arall i ti ei wisgo?'

'Na, dwi'n mynd yn syth adre. Ond diolch am y cynnig.'

Er mai caredigrwydd pur oedd y tu ôl i gynnig Toscano, roedd o wedi gwneud i Daf deimlo'n fwy hunanymwybodol byth, yn enwedig gan fod ei goesau'n frown dwfn o'i bengliniau i lawr, ac yn hollol wyn uwch eu pennau. Un o hoff bethau Mali Haf oedd banana wedi'i throchi mewn Nutella, a gallai Daf weld y tebygrwydd rhwng y byrbryd melys a'i goesau ei hun. Ei fwriad oedd dianc am adref cyn i neb ei weld, felly suddodd ei galon pan ddaeth wyneb yn wyneb â chlamp o ddynes yn y drws, oedd yn gwisgo dillad clerigol a'i hwyneb chwyslyd yn goch uwchben ei choler wen.

'I need to speak to the senior detective here without delay,' gorchmynnodd, ac roedd Daf yn sicr ei bod yn arfer cael pobol yn ufuddhau iddi.

'Detective Inspector Daf Dafis.' Ymestynnodd ei law iddi ei hysgwyd.

'I'm Cheryl Carter, Rural Dean. I've just had a call from Shrewsbury Hospital regarding one of my clergy.'

'I have to observe strict rules of confidentiality at all times, you will appreciate.'

'Reverend Julian is experiencing some... he's rather troubled at the moment. I'm sure he'll get through this, but in the meantime, I would be obliged if we could keep this as quiet as possible.'

'As I said, confidentiality is a...'

'Yes, but this is a special case, isn't it? Julian's difficulties must not reflect on the image of the Church, you see,' mynnodd y ddynes.

'I treat everyone the same in terms of confidentiality, be they a vicar or an astronaut.'

'Please make sure that you do.'

Agorodd y drws mewnol a daeth Toscano i'r cyntedd i nôl papur o'r storfa o dan y ddesg. Cyn iddo ddiflannu eto, rhoddodd y Deon gerdyn i Daf.

'Keep me in the loop, please. Reverend Julian is a rather isolated man who, as I say, has been through some challenges lately. Now, I'm very busy, as you can imagine, so shall we bow our heads and pray for God's blessing on all our labours?'

'Well i mi beidio,' gwichiodd Toscano, gan ollwng y pecyn o bapur ar y llawr. Roedd o wedi mynegi yn union beth roedd Daf yn ei feddwl.

'We do try to keep a strictly faith neutral space here,' datganodd Daf, a chododd Cheryl ei haeliau, fel petai hynny ddim yn annisgwyl.

'And yet, if we lock the door against God, he creeps in through the cracks. Good afternoon to you, Mr Davies.'

Bu'n rhaid i Daf ddewis rhwng gyrru adre'n droednoeth neu yn ei sgidiau gwlyb. Felly, tra oedd o'n gyrru, roedd dŵr yn byrlymu o'i sgidiau i fyny at ei fferau, ac erbyn iddo droi i mewn i'r buarth roedd o'n flin ac yn flinedig. Ond yr eiliad yr agorodd ddrws y car, llifodd synau hyfryd o'r ardd: lleisiau'r bobol roedd o'n eu caru yn cael hwyl efo'i gilydd.

'Dyna ti, Sions, gwers i ti!' galwodd Rhodri.

'O druan!' Llais Belle.

'Paid â dathlu'n rhy gynnar, Rhods – mae gan Mami shot arall,' rhybuddiodd Mali.

Tynnodd Daf ei sgidiau a cherdded o gwmpas y tŷ. Ar y lawnt, roedd y gêm croquet yn dod i ben. Cododd Gaenor ei gordd, a gyda golwg go ddwys ar ei hwyneb, gyrrodd ei phêl heibio'r postyn, i daro pêl Rhodri'n bell o'i safle. Neidiodd Glo i'r awyr, gan weiddi.

'Collwr, collwr, collwr!'

Ymunodd Mali, gan greu siâp y llythyren 'C' ar ei thalcen efo'i bawd a'i mynegfys. Gwgodd Rhodri arnyn nhw ond roedd o'n chwerthin o dan ei wynt. Siôn sylwodd ar Daf gyntaf.

'O'n i ddim yn gwybod dy fod ti'n gystal ffan o Slipknot, Daf,' meddai.

'O mam bach, ydi'r shorts 'na'n gyfreithlon?' heriodd Belle. 'Mae dy goesau di'n edrych fel rhai sebra gordew, Daf.'

'Dillad o'r bag argyfwng ydi'r rheina, fetia i di,' torrodd Gaenor ar eu traws. 'Sy'n golygu bod y dyn arbennig yma wedi cael diwrnod heriol tra 'den ni wedi cael hwyl yn yr haul. Stedda di i lawr, cariad – dydi hi ddim rhy gynnar am lager sydyn.'

'Rho eli haul ar ei goesau o, Gae,' awgrymodd Belle, 'neu mi fydd yn llosgi fel cyw iâr ar farbeciw.'

'Paid poeni, lodes, dwi'n mynd am gawod a newid cyn ymuno efo chi – does neb isie gwynto arogl y gamlas. Ond mewn hanner awr, mi ddysga i chi'n union sut i chwarae'r gêm 'na.'

'A dwi angen trafod rwbath difrifol ddigwyddodd i 'nghŵn i ddoe, Daf,' galwodd Belle ar ei ôl.

Felly, ar ôl ei gawod, roedd yn rhaid i Daf wrando ar yr hanes.

'Gen i ddigon ar fy meddwl fel mae hi, Daf, ond dwi'n dal i gadw llygad barcud ar y trŵps. Ddoe, ar ôl bod am *dermopolish*, mi biciais draw i'r cwt atyn nhw, ond doedden nhw ddim yno.'

'Siôn wedi mynd â nhw am dro, siŵr.'

'Dydi Siôn byth yn ymyrryd efo'r cŵn. A beth bynnag, roedd o'n cael triniaeth ar ei ddwylo ar y pryd.'

'Dwi ddim yn arbenigwr ar *manicures*...'

'Mae hynny'n amlwg.'

'Ond ydi o'n syniad da i ffermwr llaeth gael trin ei ddwylo wythnos cyn ei briodas? Mi fydd o wedi godro dros ddwy fil o Holsteins cyn y diwrnod mawr.'

‘Fydd raid iddo wisgo menig.’

‘Ond cer ’nôl at dy stori...’

‘Wel, mi chwiliais ym mhobman, a doedd neb wedi gweld y cŵn. Ro’n i ar fin dy ffonio di, i riportio bod rhywun wedi’u dwyn nhw, ond pan es i â John draw roedden nhw i gyd yn ôl yn y cwt, yn hapus braf!’

‘Rhaid bod rhywun wedi mynd â nhw am dro, felly.’

‘Ond, Daf, pwy? A sut? A pham? Fi ydi’r unig un sydd â goriad i’r cwt, a rŵan mae John yn meddwl ’mod i wedi cael rhyw fath o bwl rhyfedd ac mae o’n mynnu fod Siôn yn gofalu amdana i, sy’n fy ngyrru fi’n boncyrs. Ond nid drysu o’n i – mi aeth rhywun â’r cŵn. Rhaid i ti ffeindio pwy, a pham.’

‘Dwi’n addo gwneud fy ngorau glas, ond...’

‘Dim “ond” o gwbl, Daf. Sortia’r peth.’

Pasiodd gweddill y diwrnod yn gyflym, ac wrth orwedd yng ngolau’r lleuad yn nes ymlaen, roedd digwyddiadau’r dydd yn lobsgóws o ddelweddau a brawddegau ym mhen Daf. Ers iddo gyrraedd adre deallodd fod Belle wedi cytuno i adael i Gloria altro crysau’r dynion yn y parti priodas, a bod Mrs Pashley wedi ffonio, yn hytrach na galw draw, efo awgrym addawol ynglŷn â’r taramasalata. Roedd Belle wrth ei bodd efo’r syniad o gael artist i sgetshio’r gwesteion ac, yn ôl y sôn, roedd Carys wedi penderfynu canu’n ddigyfeiliant yn ystod y seremoni yn hytrach na dibynnu ar organ yr eglwys.

Carys oedd yn llenwi meddyliau Daf cyn iddo gysgu: roedd y syniad bod rhywun wedi talu i felltithio’i blentyn o’i hun yn un anodd ei brosesu. Yn sydyn, dechreuodd yr eos ganu eto, a meddyliodd am ofyn i Carys ganu deuawd efo’r aderyn. Y syniad gwirion ond hudolus hwn oedd yn llenwi ei ben wrth iddo syrthio i gysgu.

13

Yn ystod gwyliau'r ysgol roedd trefn foreol teulu Daf yn newid, ond doedd cyflymder bywyd ddim yn llacio. Ers i Rhodri agor ei fusnes a dechrau cyflogi Gaenor, amserlen y feithrinfa oedd yn cymryd blaenoriaeth, ac roedd hynny'n cynnwys Clwb Hwyl y gwyliau i blant hŷn. Agorai'r Clwb Brecwast am hanner awr wedi saith, ac er bod llwyth o athrawon oedd yn gyrru eu plant at Rhodri yn ystod y tymor yn dewis eu cadw adre yn ystod y gwyliau, roedd galw mawr am ofal i blant hŷn. O ganlyniad, doedd Mali Haf ddim yn colli cwmni ei ffrindiau gan fod sawl un yn dod i ymuno â hi yn yr Ystafell Fawr. I gyfiawnhau'r ffi uchel, roedd Rhodri wedi trefnu wythnosau llawn gweithgareddau, ac ar ddyddiau Llun, Byd Natur oedd y thema. Rhain oedd hoff sesiynau Gaenor: roedd hi'n arwain y plant am dro i'r goedwig, eu dysgu sut i blannu hadau, ac yn astudio pob math o bryfetach yn eu cynefin.

Felly roedd y tŷ yn dawel. Roedd Daf wedi disgwyl y byddai'n bwyta'i frecwast ar ei ben ei hun, ond roedd Glo yn eistedd wrth y bwrdd pan ddaeth i lawr y grisiau, â darn o bapur wrth ei phlât. Roedd hi'n edrych ar ei ffôn ac yn gwneud nodiadau.

'Ti'n gweithio'n barod, lodes?'

'Wel, ydw a na. Rhods sydd wedi gofyn i mi wneud sesiwn crefft efo'r plant hŷn, a dwi'n ymchwilio i'r costau cyn rhoi cwôt iddo fo.'

'Wnest ti oroesi'r croquet ddoe felly?'

Gwenodd Glo. 'Andros o lot o hwyl. Unig blentyn ydw i, felly mae pnawn fel ddoe yn beth newydd i mi.'

'Maddeua i mi am fod yn ddigywilydd, ond sut wnest ti ddod ar draws Rhods?'

'Wnes i wisgoedd i Glwb Ffermwyr Ifanc Carno yn y gwanwyn. Roedd adloniant Llanfair ymlaen ar yr un noson.'

'Roedd gwisgoedd Carno'n syfrdanol! Gen ti dalent, lodes – alli di drafod gwisgoedd llwyfan efo Carys.'

Braf oedd mwynhau coffi da efo'r ferch, ond difarodd Daf iddo grybwyll enw Carys gan iddo gael ei atgoffa am yr achos. Doedd o ddim yn ddyn ofergoelus, ac roedd yn bendant nad oedd y melltithion wedi gweithio, ond eto roedd rhywbeth anfad am y syniad o elwa'n ariannol o gasineb pobol naïf. A sôn am bobol naïf, roedd yn rhaid iddo fynd i siarad efo'r Parchedig Julian.

'Sut mae'r achos?' gofynnodd Glo iddo, fel petai'n gallu darllen ei feddwl. 'Mae Rhodri wedi dweud wrtha i am beidio gofyn, ond ar ôl y stranc gafodd Rhiain Hughes echdoe, a'r corff yn y sied ieir, alla i ddim peidio!'

'Wyt ti'n nabod Rhiain?'

'Ddim yn dda. Dwi wedi gweithio iddyn nhw gwpwl o weithiau, yn altro ffrogie iddi. Mae hi 'di pesgi, yn enwedig ar ôl y busnes gwirion efo'i llygaid.'

'Ti sy wedi gwneud ei ffrog briodas, lodes?'

Chwarddodd Glo, a syllodd yn syth i lygaid Daf.

'Dwi ddim yn ddigon da ar gyfer y ffasiwn gyfrifoldeb, Mr Dafis. Merch frown o nunlle dwi, yn byw mewn fflat yn Mach. Does gen i ddim siop swanc yn Llwydlo.'

'Ond fetia i dy fod ti'n gystal crefftwr â phob un o'r snobs.'

'Gwell na llawer ohonyn nhw. Ond gawn ni weld. Dwi 'di addo gwneud ffrog briodas i Mali ryw dro.'

Roedd Daf wedi arfer gwrando'n astud ar leisiau ac roedd o bron yn sicr fod nodyn chwerw yn ei llais.

'Does dim rhaid i ti aros mor hir â hynny, dwi'n sicr, lodes.'

'Wel, dwi'n ddigon da i sortio cryse cogie Belle Neuadd, ac mae hynny'n gam mawr ymlaen.'

Daf oedd y cyntaf i gyrraedd gorsaf yr heddlu a dechreuodd drwy godi sawl ffeil frown roedd Toscano wedi'u gadael ar y bwrdd lle'r oedd o'n gweithio'r noson cynt. Roedd label ar bob ffeil, yn cynnwys Gweithgareddau, Arian a Swynion. Eisteddodd Daf wrth ei ddesg, a dechrau efo'r ffeil Arian. Roedd Toscano wedi gweithio'n galed – ar ôl lawrlwytho datganiadau banc Rose, roedd o wedi rhoi enwau gyferbyn â'r rhifau er mwyn creu darlun clir o'i sefyllfa ariannol hi. Cododd Daf ei aeliau bob hyn a hyn wrth ddysgu faint roedd Rose yn ei ennill am ei gwaith – neu ei galwedigaeth – fel gwrach. Ond eto, doedd hi ddim mewn sefyllfa ariannol sefydlog, chwaith. Doedd ganddi ddim llawer wrth gefn ac roedd gwariant anarferol, megis bil garej, yn achosi problem iddi. Ar un cyfnod roedd hi wedi llwyddo i roi dipyn o arian i un ochr: yn ystod y gwanwyn hwyr a dechrau'r haf, cynilodd ddwy fil o bunnau. Roedd y rheswm yn amlwg. Fel arfer roedd Rose yn talu saith can punt y mis o rent i Alun Hughes, ond yn ystod Ebrill, Mai a Mehefin, doedd y taliad hwnnw ddim wedi cael ei wneud. Sgwennodd Daf nodyn i'w atgoffa y byddai'n rhaid iddo ddarganfod yn union beth ddigwyddodd bryd hynny. O'r hyn roedd Daf wedi'i ddysgu eisoes doedd Alun Hughes ddim yn ddyn arbennig o hael, yn enwedig ym myd busnes. Rhaid bod rheswm penodol iddo roi 'gwyliau rhent' i'w denant.

O safbwynt yr incwm, sylweddolodd Daf pam roedd Toscano wedi rhannu'r ffeiliau. Yn ystod y flwyddyn flaenorol cynhaliodd Rose sawl digwyddiad i fyny ym Mhencoed, ac roedd ffioedd y rheiny'n ffynhonnell sylweddol o bres. Bu i chwech o bobol dalu wyth gan punt yr un yn Chwefror, er enghraifft, ac roedd Toscano wedi rhoi cromfachau o gwmpas y swm hwnnw a'r gair 'Beltane'. Roedd o wedi disgrifio grŵp arall o daliadau fel 'Sgrechian', a grŵp arall yn 'Hirddydd Haf'. Doedd yr arian hwn ddim yn elw pur, wrth gwrs, ond cafodd incwm o dros bymtheng mil – digon i dalu'r rhent. Bu'n rhaid iddi dalu am logi iwrt, ac yn amlwg, roedd tywydd braf yn bwysig i lwyddiant rhai o'r gweithgareddau. Yma ac acw dros y flwyddyn roedd mân-daliadau iddi efo'r llythyren 'H' wrth eu hymyl, y rhan fwyaf yn llai na chanpunt, ond roedd un o bum cant, gan Rhiain Hughes. Roedd yr 'H' wrth y taliad hwnnw wedi codi chwilfrydedd Daf: ai taliad am felltithio ei ferch oedd hwn?

Yn ogystal â mynd drwy'r ffeiliau ariannol, roedd Toscano wedi darganfod gwefan o'r enw SpellCheck ac wedi lawrlwytho proffil Rose oddi arni. Roedd disgrifiad ohoni ar y wefan: 'One of Britain's most rooted practitioners, Rose is known for her empowering ancient Celtic wisdom. With over four hundred ratings on SpellCheck, Rose is justly acclaimed for her cursework, where clients report 4.9, the highest satisfaction rating on the site.'

'Am abswrd!' meddai Daf yn uchel, ei lais yn swnio'n denau yn yr adeilad gwag. Ond wrth fynd drwy'r tudalennau eraill, rhewodd. O'i flaen roedd llun yn dangos dynes ifanc sâl iawn yn gorwedd mewn gwely ysbyty. Doedd dim smic o liw yn ei chroen, a gorweddai ei dwylo esgyrnog ar y flanced. Roedd ei phen wedi'i eillio a chraith fawr yn ymestyn dros ei thalcen i fyny i'w chorun. Ond wyneb y ferch wnaeth i ias oer dreiddio drwy gorff Daf. Carys oedd hi.

Bodiodd y darn papur. Nid papur sgleiniog ffotograff oedd o ond papur cyffredin, ond roedd y ddelwedd yn hollol glir. Llun o gorff marw Carys oedd o. Ei ferch. Cododd y llun i wirio un peth: oedd, roedd craith fechan o dan ei thrwyn.

Ffoniodd hi. Dim ateb. Ffoniodd eto: dim lwc. Oherwydd ei swydd, roedd Daf wedi byw drwy sawl pwl o ofn, ond dim byd fel hyn. Fel arfer, heriau corfforol fyddai'n ei wynebu, ac adrenalin cyffro fyddai'n llifo drwy ei wythiennau. Roedd effaith y llun hwn yn wahanol iawn. Arswyd pur.

Ceisiodd ddefnyddio'i resymeg. Doedd Carys ddim yn sâl, heb sôn am fod ar ei gwely angau. Roedd Gaenor wedi siarad efo hi y pnawn blaenorol er mwyn trafod diffygion organ yr eglwys – fel warden, roedd John yn tueddu i gymryd unrhyw feirniadaeth am safon yr organ fel sarhad personol.

'Roedd hi'n iawn ddoe,' datganodd Daf, yn uwch.

Trodd y llun wyneb i waered a'i wthio'n ôl i'r ffeil, a bryd hynny sylwodd fod sawl llun tebyg yno, i gyd yn dangos pobol doedd Daf ddim yn eu nabod, i gyd yn edrych fel tasen nhw'n diodde. Yn eu mysg roedd delweddau o sawl damwain car, pob un heb fagiau aer. Roedd dyn yn ei bedwardegau mewn cadair olwyn, ei gyhyrau wedi gwywo. Golygfa arall mewn ysbyty oedd yr un olaf, ar ward esgor. Roedd dynes, ei chroen yn llwydlas, yn gorwedd yn ôl ar y gwely wedi'i gorchuddio â gwaed, ac wrth ei hochr roedd dyn dipyn yn hŷn na hi, yn dal corff difywyd babi yn ei ddwylo. Llifai dagrau i lawr bochau'r tad wrth iddo edrych ar ei deulu marw.

Roedd y lluniau erchyll yn ymgorffori cymaint o gasineb, ac roedden nhw mor afiach, teimlai Daf yn fudr ar ôl edrych arnyn nhw. Gwthiodd nhw'n ôl i'r ffeil. Am ddim rheswm, golchodd ei ddwylo ar y ffordd yn ôl i'w swyddfa.

Ffoniodd Carys eto, a'r tro hwn, atebodd. Drwy gyfrwng yr alwad fideo gallai Daf weld nad oedd hi'n edrych yn sâl o gwbl. Ochneidiodd ei ryddhad. Roedd Carys yn siarad wrth gerdded tuag at adeilad gwyn yng nghanol maes parcio.

'Bore da, Dad. Be sy?'

'O, dim byd.'

'Ti wedi ffonio ddwywaith yn barod a dydi hi ddim yn hanner awr wedi wyth eto.'

'Jyst isie gwneud yn siŵr fod bob dim yn iawn ar gyfer y penwythnos.'

'Mi fydda i'n falch o weld y briodas 'ma drosodd, dweud y gwir. Ffoniodd Doris ddoe i ofyn i mi bicio draw i ryw siop bysgod yn Newhaven fore Iau i nôl rhwbeth i'w wneud â phenfras.'

'Paid poeni, mae'r lleithion wedi'u sortio.'

'Diolch byth – mae gen i amserlen go dynn ddydd Iau.'

Yn y cefndir, gwelodd Daf yr arwydd 'Foundry Healthcare' ar un o'r adeiladau.

'Lle wyt ti rŵan?'

'Ar fy ffordd i'r stiwdio. Ydw i wedi dweud wrthat ti be ddigwyddodd nos Wener? Roedd yn rhaid i Cherubino fynd i'r sbyty – pendics – felly does dim siawns y bydd hi'n well erbyn y noson agoriadol, nag wythnos gynta'r sioe chwaith, felly drycha ar y wefan swyddogol...'

'Ti sy'n camu mewn?'

'Ie!' Gallai Daf weld y cyffro ar ei hwyneb.

'Mae hynna'n anhygoel, lodes.'

'Croesi bysedd.'

'Oes tocynnau ar gael?'

'Wedi bwcio chwech.'

Agorodd Carys ddrws a chamu i mewn i dderbynfa.

'Wyt ti'n mynd i weld meddyg?'

'Sori Dad, does dim signal. Hwyl am y tro.'

Y peth cyntaf wnaeth Daf oedd llwytho gwefan Glyndebourne: 'Sparkling Welsh mezzo Carys Dafis brings charm and immaculate comic timing to the role of Cherubino.' Yn ei llodrau a'i chrys dynol, roedd golwg egnïol, bron yn bwerus arni... a hollol iach. Roedd bywyd Carys yn symud yn ei flaen i gyfeiriad hynod bositif, a doedd y llun yn y ffeil yn ddim ond sbeit afiach. Erbyn i aelodau eraill y tîm gyrraedd roedd o'n go siriol.

'Nev, dwi angen popeth ti'n gallu ei ddysgu am sefyllfa ariannol yr ymadawedig – mae Toscano wedi gwneud dechreuad da. O'i datganiadau banc, 'den ni angen gwybod pwy mae hi'n gwneud taliadau cyson iddyn nhw. Ffonia bob un, er mwyn darganfod oedd ganddi ddyledion yn unrhyw le. Toscano, dwi isie i ti gysylltu â'r bobol sydd wedi mynychu digwyddiadau Rose – be yn union oedd yn mynd ymlaen yno? Sheila, dwi isie i ti gadw mewn cysylltiad efo'r patholegydd newydd. Hefyd, be ydi cyflwr y ficer neidiodd i'r gamlas ddoe? Yr eiliad mae o'n ddigon dda i siarad efo ni, cer i'w nôl o.'

Crafodd Nev ei ên yn fyfyrgar.

'Sori os ydi hwn yn gwestiwn twp, ond yden ni gant y cant yn sicr fod y ddynes 'ma wedi cael ei lladd? Mai llofruddiaeth ydi'r achos?'

'Na. Fydd dim byd yn sicr nes i ni dderbyn adroddiad y patholegydd, ond dwi ddim yn meddwl mai damwain oedd hi.'

'Doedd dim siawns ei bod hi wedi mynd i mewn i'r sied ieir am ryw reswm a jyst marw yno?'

'Cwestiwn da, ond doedd y sied ddim ar ei ffordd i unrhyw le. Mae angen i ni siarad efo pawb oedd efo hi y noson honno ar y Valley Run. Sheila, cer i weld oes rhai o'r PCSOs ar gael i wneud hynny. 'Den ni angen help, ond heb fod yn sicr pa drosedd yn union sydd wedi'i chyflawni, does dim rheswm i ofyn am unrhyw beth gan y Pencadlys.'

Sylwodd, wrth fynd yn ôl at ei ddesg, nad oedd o wedi rhoi unrhyw dasgau penodol iddo'i hun, ond doedd o ddim yn teimlo'n euog o gwbl am hynny. Roedd rhestr hir o bobol roedd o angen eu cyfweld, yn un peth. Cnociodd Toscano ar y drws: roedd y ffeil 'Swynion' o dan ei fraich.

'Alla i gael gair, bòs?' gofynnodd.

'Wrth gwrs.'

Caeodd y drws ar ei ôl.

'Dwi mor sori dy fod ti wedi gweld y lluniau yma heb esboniad, bòs. Ddylen i fod wedi mynd â nhw adre efo fi.'

'Sydd yn erbyn y rheolau'n llwyr.'

'Ond, mi welest ti'r llun o Carys. A dwi 'di dysgu hanes y lluniau... falle na fyse fo mor... annymunol... petai'r cyd-destun yn gliriach.'

'Ges i sioc o weld y ddelwedd, rhaid i mi gyfadde.'

'Mae 'na syniad – techneg, falle – sy'n boblogaidd yn y byd therapi amgen. Er mwyn i rywun allu cyrraedd ei nod neu gyflawni ei uchelgais, rhaid iddyn nhw greu delwedd glir o'r peth yn eu pen... dychmygu'u hunain mewn sefyllfa arbennig. *Visualization* maen nhw'n ei alw fo. Be wnaeth Rose oedd defnyddio'r dull poblogaidd yma yn y maes melltithion. Roedd cleient yn anfon llun o'r gwrthrych iddi, a'u syniad nhw o'r peth gwaethaf allai ddigwydd iddyn nhw. Wedyn, roedd hi'n creu delweddau AI, rhai o safon uchel iawn, i'w gyrru i'w chleientiaid.'

'Mae'r holl syniad yn ffiaidd. Os ydi rhywun yn mynd at therapydd ac yn dweud eu bod nhw'n casáu rhywun arall, dylai'r therapydd eu helpu nhw i ddod dros y casineb, nid eu hannog.'

'Does dim rhaid i ti 'mherswadio fi, bòs, ond mi gafodd hi gryn dipyn o glod am yr hyn roedd hi'n wneud – mae sawl adolygiad ar SpellCheck yn dweud pa mor ddefnyddiol oedd y delweddau i'w helpu nhw i ffocysu ac, yn arbennig, i atal y syniad o faddeuant o'u pennau.' Oedodd, cyn ategu, 'I mi, mae 'na awgrym cryf o salwch meddwl yn hyn i gyd, ac roedd Rose yn elwa... yn manteisio.'

'Bendant, os ydi Rhiain Eithnog yn esiampl nodweddiadol o'r cleientiaid. Oes siawns i ti wirio faint o'r melltithion oedd yn dal i fod ar ei llyfrau, fel petai, còg?'

'Iawn.' Oedodd yn y drws. 'Gyda llaw, ti 'di gwneud argraff dda iawn ar Bianca. Ddwedodd hi ei bod hi'n deall rŵan pam fod gen i gystal ffydd yn dy arweinyddiaeth. Hefyd, ges i bryd o dafod am beidio dweud pa mor olygus wyt ti... ond y gwir ydi, dwi'm yn meddwl dy fod ti'n unrhyw beth sbesial.'

Roedd yn rhaid i Daf chwerthin, ac ymunodd Toscano, yn falch nad oedd o wedi sarhau ei fòs.

Ar ôl iddo fynd, dechreuodd Daf chwilota ar y we am Foundry Healthcare, a chafodd ei amheuon eu cadarnhau: dyna oedd enw'r feddygfa yn Ringmer, lle'r oedd Carys yn byw. Gyrrodd neges iddi.

'Pam fuest ti yn y feddygfa, lodes?'

Ond ni ddaeth ateb. Doedd o ddim yn disgwyl un, a bod yn onest, gan fod y sesiynau ymarfer yn tueddu i fod yn ddwys iawn, heb gyfle i gymryd gwynt, heb sôn am godi ffôn, ond eto...

Brysiodd Sheila i mewn i'r swyddfa.

'Mae'r Parchedig Camlas ar ei ffordd. Mae'r ysbyty wedi'i

ryddhau o efo'r awgrym ei fod o'n gweld rhywun o'r tîm iechyd meddwl cymunedol yn syth, sy'n dipyn o jôc achos mae'r rhestr aros yn ddwy flynedd. Dwi'n nabod Della, un o'r nyrsys oedd ar y ward neithiwr, a ddwedodd hi fod staff y shifft neithiwr i gyd yn cwyno am ryw ddynes, Mrs Carter, ddaeth i ymweld â'r boi. Mi wnaeth hi godi ofn arno, yn ôl y sôn.'

'Dwi'm yn synnu.'

'Dwi'n gwybod mai stori ail-law ydi hon, ond roedd y ddynes yn ei rybuddio fo rhag siarad efo ti. Yn ôl Della mi ddwedodd hi, "Just keep clear of that policeman. He may look like a friend but he can't be trusted." Wedyn, gofynnodd y claf pa heddwas, ac mi wnaeth hi dy ddisgrifio di fel "yr un o'r Trallwng sy'n meddwl ei fod o'n Ladies' Delight." Ai dyna sut ti'n meddwl amdanat dy hun, Daf?'

'O bell ffordd. Ond os ydi hi, ei fòs o, wedi dweud wrtho am gadw draw, pam ddwedest ti ei fod o ar ei ffordd?'

'Mi wnaeth o ffonio oddi ar y trên, i ofyn wyt ti'n rhydd am sgwrs.'

'Mae o wedi penderfynu ei hanwybyddu hi, felly?'

'Edrych yn debyg.'

Cerddodd y dyn ei hun i mewn i swyddfa Daf ddeng munud yn ddiweddarach. Yn amlwg, doedd o ddim wedi cysgu'n dda, ond doedd o ddim yn edrych fel dyn mewn creisis chwaith, ar y cyfan. Roedd yr ysbyty wedi golchi a sychu ei ddillad ac roedd o wedi gosod ei goler wen yn ôl yn ei lle, ond gwisgai dreinyrs oedd yn debygol o fod wedi dod o'r bocs argyfwng am ei draed. Roedd ei wyneb yn gymharol lyfn, a chan mai ond chydig bach o lwyd oedd yn ei wallt brown, roedd yn anodd dyfalu oedd o'n nes at ddeugain ynteu hanner cant. Er bod ei wyneb yn edrych yn wan, ym marn Daf, roedd golwg gall yn ei lygaid.

'Mae'n rhaid i mi ymddiheuro,' meddai, yn ddiffuant. 'Mi achosais i gymaint o helynt ddoe.'

'Roedd o'n beth gwirion i'w wneud, ond nid ti ydi'r cyntaf, na'r olaf, i mi ei lusgo o'r gamlas,' atebodd Daf.

‘O’n i’n eistedd yn y stafell ’na ac yn meddwl… wnes i benderfynu dweud y gwir wrthat ti, ond mae’r stori’n un hurt.’

‘Dwi ’di clywed sawl hanes hurt yn y swydd yma. Y gwir dwi angen.’

‘Y gwir yn erbyn y byd,’ dyfynnodd y dyn yn dawel.

‘Gawn ni ddechre efo chydig o fanylion personol, hei?’

Ymhen dim, roedd Daf wedi dysgu bod y Parchedig Julian wedi cael ei eni yn Llundain, yn unig blentyn i ddyn busnes llewyrchus a nyrs oedd â’i gwreiddiau yn Nyffryn Tanat. O ganlyniad i gyfaddawd rhwng ei rieni, dechreuodd ei addysg yn Ysgol Gymraeg Llundain, wedyn aeth i Dulwich College, ac i Goleg Crist Aberhonddu i wneud ei Lefel A. Penderfynodd beidio mynd i brifysgol – roedd ei ganlyniadau Lefel A wedi’i helpu i wneud y dewis hwnnw, ategodd gyda gwên gam.

‘Helpodd Dad fi i gael swydd yn y Ddinas wedyn, yn prynu a gwerthu.’

‘Gwaith difyr?’

‘Hollol ddiflas. Roedd miliynau o bunnau yn mynd drwy fy nwylo bob dydd, ond doedd dim ystyr i’r gwaith. Digon hawdd oedd ennill y pres, a digon hawdd oedd ei wario, a throdd yr wythnosau’n fisoedd, heb ystyr i ddim byd.’

‘Mae cyflog da yn beth braf i gynnal teulu…’ mentrodd Daf, yn y gobaith o gael gwybod mwy cyn gofyn cwestiynau mwy penodol.

‘Ydi, a dyna beth oedd yn gyrru llawer o’m cyd-weithwyr ymlaen o ddydd i ddydd, i brynu tŷ neis, talu am briodas grand, wedyn ffioedd ysgol a chadw merlod ac ati.’

‘Oedd y bywyd hwnnw’n apelio?’

‘Yn fawr iawn, ond fethais i â dod o hyd i bartner. Wyddwn i ddim ble i chwilio, a dweud y gwir. Dwi ddim y math o ddyn sy’n llwyddo i fachu merch mewn bar neu glwb nos, ac mae’n anodd cwrdd â chariad mewn gweithle mor *macho*. Dynion oedd mwyafrif y tîm… ac ar ôl derbyn triniaeth gas gan sawl un o’r bois bresys coch, doedd dim llawer o fân-siarad i’w gael gan y chydig ferched oedd yno. Petawn i wedi gwahodd un am ddiod, byddai siawns i mi golli'n swydd.'

'Welest ti 'run ferch neis yn yr eglwys?' gofynnodd Daf, gan feddwl am Toscano a Bianca.

'O'n i ddim yn mynychu'r eglwys y dyddiau hynny. Beth bynnag, un o unig fanteision fy swydd oedd fy mod i wedi llwyddo i ddringo'r ysgol eiddo, a phrynu tŷ hyfryd o Oes Fictoria yn Richmond.'

'Dwi'm yn gyfarwydd â Llundain o gwbl – be mae hynny'n olygu?'

'Wel, mi werthais fy nghartref olaf yn Llundain am dri pwynt saith.'

'Miliwn?'

'Ie. A'r tŷ rhataf yn y stryd oedd o. Petawn i wedi gwneud mwy o waith arno, mi allai o fod wedi cyrraedd oddeutu pump, ond wnes i benderfynu gwerthu, a newid fy mywyd yn gyfan gwbl.'

'Pam hynny?'

'Wel, diflastod oedd y rheswm mwyaf. Hefyd, ar ôl marwolaeth fy nhad, roedd Mam wedi dychwelyd i fyw yn Llangynog. Roedd hen gartref y teulu yn digwydd bod ar y farchnad, a phrynodd hi'r lle heb feddwl ddwywaith. Doedd o ddim yn benderfyniad hynod ymarferol – dynes yn ei saithdegau yn prynu ffermdy yng nghanol nunlle – ond dilyn ei chalon wnaeth hi. Felly, gan fy mod i'n poeni amdani, mi wnes innau'r un peth.'

'Ond roedd dy fam wedi ymddeol, dwi'n cymryd... be am waith i ti?'

Chwarddodd Julian yn uchel.

'Does dim rhaid i mi weithio. Wnes i fuddsoddi cryn dipyn o arian pan oeddwn i'n gweithio, sy'n ddigon i roi incwm i mi, wedyn mae 'na fwlch mawr rhwng pris tŷ braf yn Llanrhaeadr a thŷ yn Richmond. Ond mi wnes i ystyried y dyfodol hefyd, felly prynais le efo Airbnb ar y safle, i sicrhau fy mod i'n sefydlog.'

I Daf, oedd wedi goroesi sawl storm ariannol, yn rhannol o ganlyniad i gostau gofal ei rieni, roedd bywyd y dyn o'i flaen fel chwedl. Dyn canol oed yn gallu byw heb weithio a heb boeni am bres! Un o rinweddau Daf oedd ei allu i gydymdeimlo efo pwy bynnag roedd o'n ei holi, ond roedd yn rhaid iddo gyfaddef ei fod yn cael trafferth uniaethu â sefyllfa'r dyn cyfoethog yr ochr arall i'w ddesg.

'Ydi dy fam yn dal efo ni?' gofynnodd.

'Yn anffodus, nac'di. Roedd yn braf cael byw mor agos ati yn y diwedd, tra oedd hi'n sâl, ac wrth gwrs mae'n anodd cael gofalwyr mewn ardal mor anghysbell, felly am gwpwl o flynyddoedd, ches i ddim llawer o seibiant.'

'Wastad yn anodd i unig blentyn.'

'Ydi, ond eto, alla i ddim cwyno. Cafodd Mam gryn dipyn o gefnogaeth gan ei chymdogion a gan y rheithor, a dreuliodd oriau di-ri efo hi – yn trafod Duw, wrth gwrs, ond yn fwy na dim, yn gwrando ar ei straeon am ei phlentyndod.'

'A dyna sut gest ti dy dröedigaeth?'

'Doedd o ddim yn rhywbeth sydyn nac ysbrydol. Mi ddechreuais helpu efo'r eglwys, a mynd ar sawl cwrs. Ar ôl colli Mam, awgrymodd y rheithor fod gen i alwedigaeth. Roedd y broses o astudio'n un go ddifyr, wedyn ges i fy urddo. Bellach, dwi'n fath o ficer yn Llanrhaeadr.'

'Math o ficer?'

'Wel, dwi ddim yn derbyn cyflog nac yn gweithio'n llawn amser. Non-Stipendiary Minister ydi teitl fy swydd. Fel arfer mae hi'n swydd braf: cynnal gwasanaethau, rhoi cysur i bobol sy'n galaru...'

Am eiliad, plygodd ei ben a chau ei lygaid, a dechreuodd Daf boeni ei fod o ar fin dechrau gweddïo, ond cododd ei ben. Pan ddechreuodd siarad eto, roedd tôn mwy penderfynol i'w lais.

'Mae Cheryl, fy mhennaeth i, wedi dweud wrtha i am beidio â siarad efo ti, ond dwi wedi meddwl a meddwl, a hyd yn oed os bydd sgandal...' Oedodd. 'Dwi wedi cadw'r gyfrinach yn rhy hir, ac alla i ddim byw efo'r peth am ddiwrnod arall. Mae'n fy nghnoi i, tu mewn.'

'Alli di ddim mynd i wneud cyffes?' holodd Daf.

'Fel soniais i, dwi ddim yn Gatholig nac yn Eingl-Gatholig chwaith. Arferiad ydi hanfod fy nghrefydd i, nid cryfder mewnol.'

'Dwi'n un da am wrando, a wna i ddim datgelu unrhyw beth nad ydi o'n berthnasol i'r achos.'

'Diolch am ddweud hynny, ond mae'r hyn sydd gen i i'w ddweud yn debygol o fod yn hynod berthnasol i'r achos. Dwi'n deall nad wyt ti'n ddyn crefyddol, Mr Dafis, ond wyt ti'n credu bod Satan yn bodoli?'

'Mae gen i ffrind sy'n dweud bod unrhyw un sy ddim yn credu yn Satan erioed wedi defnyddio peiriant argraffu.'

Syllodd Julian ar Daf fel petai'n methu deall ystyr y geiriau.

'Achos, ti'n gwybod, mae argraffwyr wastad yn drafferthus ac mae'n rhaid bod ysbryd maleisus y tu ôl hynny...?' Esboniad cloff am jôc wael, ond roedd yn rhaid i Daf ddweud rhywbeth.

'Doeddwn i ddim yn credu o gwbl,' parhaodd Julian. 'Ro'n i'n meddwl mai lol Canoloesol oedd y cwbwl. Ffydd resymegol sydd gen i, wedi'i seilio ar athroniaeth gall, nid chwedlau i fygwth plant. Ond un noson, ddwy flynedd yn ôl, cnociodd dynes ar fy nrws i ofyn am gymorth gen i, achos nerth Satan.'

'Ydi pethe felly'n digwydd yn aml?'

'Byth. Dydyn ni ddim yn cymeradwyo arferion ofergoelus, felly tydi pobol sy'n ysu am y fath bethau ddim yn dod aton ni, fel rheol. Ond roedd yn amlwg bod y ferch mewn creisis – roedd hi'n wlyb at ei chroen ac wedi cerdded drwy storm yr holl ffordd o Ben-y-bont-fawr. Yno roedd hi'n byw, mewn cymuned Wicca.'

'Be 'di wicker, dwêd? Fel gwiail, i wneud basgedi?'

'Na, crefydd baganaidd. Roedd yn rhaid i mi ei gwahodd hi i mewn o'r gwynt a'r glaw, ac mi wrandawais ar ei stori erchyll. I ddechrau, grŵp o bobol amgen ddiniwed oedden nhw, yn tyfu llysiau ac yn cyfansoddi caneuon i'r Dduwies Dda. Wedyn, ymunodd dyn newydd â'r grŵp, dyn llawn carisma...'

'Alla i ddychmygu i ba gyfeiriad mae hyn am fynd rŵan.'

'Roedd o'n... wel, dwi'n siŵr ei fod o'n dal i ddisgrifio'i hun fel "shaman". Cynigiodd ei wasanaethau i'r gymuned fel arweinydd allai greu cyfleoedd buddiol iawn iddyn nhw, gan ddefnyddio pethau *psychotropic* megis madarch i'w gwella nhw o bob trawma neu broblem feddyliol. Cyn hir, roedd o'n deyrn arnyn nhw i gyd, a dyna pryd y gwnaeth o ddatgelu iddyn nhw mai gan Satan roedd o'n cael ei nerth.'

'Ac ar ôl hynny roedd elfen rywiol i bob defod,' meddai Daf.

'Sut wyt ti'n gwybod hynny?'

'Mae dynion sy'n hoffi rheoli pobol fel arfer yn cymryd mantais o bob cyfle i fwynhau eu hunain wrth wneud hynny.'

'Trodd y defodau yn loddestau, efo pobol yn dod o bell i'w mynychu, gan gynnwys teuluoedd efo plant yn eu harddegau. Doedd Nala, y ddynes ddaeth ata i yn y storm, ddim yn hoffi hyn o gwbl. Wedyn, yn fwy anfad byth, dywedodd y "shaman" fod anffrwythlondeb y gymuned yn digio'r Arglwydd Tywyll, felly roedd yn rhaid i bob merch gael gwared o'i... stwff atal cenhedlu. Mi wnaeth Nala wrthwynebu, ond roedd y gymuned wedi pleidleisio i dderbyn y syniad. Ar ôl hynny, cafodd ei threisio gan ddynion y gymuned, fel defod gosb, a chafodd ei churo dro ar ôl tro. Un noson, llwyddodd i ddringo drwy ffenest ei llofft a dianc.'

'Hon oedd y noson y cnociodd hi dy ddrws di?'

'Ie. Roedd hi'n bell ar ôl hanner nos erbyn iddi gael paned a sychu rhywfaint wrth y Rayburn, a dweud ei hanes wrtha i, ac erbyn hynny roedd hi bron â llewygu o flinder ac ofn. Doedd neb yn aros yn yr Airbnb acw, felly cynigiais lety iddi. Dyna lle bu hi am dros flwyddyn wedyn.'

'Wnest ti adroddiad i'r Gwasanaethau Cymdeithasol, neu i'r heddlu? Hyd yn oed i'r Eglwys?'

Datblygodd cochni ar ei fochau gwelw.

'Naddo. Dwi'n difaru hynny'n fawr iawn erbyn hyn. Dwi wedi gwneud llanast o'r cyfan.'

'Dydi cael dynes fregus yn dy gartref ddim yn beth doeth i'w wneud, yn enwedig i ddyn sengl.'

'Dwi ddim yn meddwl amdanaf fy hun fel dyn sengl. Dwi ddim yn meddwl amdanaf fy hun o gwbl, o safbwynt perthnasau. Ac nid yn y tŷ roedd hi'n aros, ond yn y Stablau, yr Airbnb ar draws y buarth. Ar y noson gyntaf honno mi rois i fenthyg hen gôt Burberry Mam iddi i groesi heb wlychu.'

'Be am y gymuned roedd hi wedi dianc ohoni? Wnest ti ddim byd am honno?'

'Do, wrth gwrs. Doedd Nala ddim eisiau i mi fynd, ond mi es i yno i nôl ei heiddo. Ond pan es i i'r cyfeiriad roedd hi wedi'i roi i mi, roedd y lle'n wag a rhywun wedi tanio coelcerth fawr.'

'Ffoniest ti'r heddlu?'

'Na.'

'Pam? Roedd Nala wedi disgrifio sawl math o droseddu a chamdriniaeth.'

'Doedd hi ddim mewn stad feddyliol gref, cofia, o ganlyniad i'r iselder a'r madarch roedd hi wedi bod yn eu cymryd. Nid cosbi neb oedd ei bwriad, dim ond dianc.'

'Doedd hi ddim yn poeni am ei ffrindiau, y bobol roedd hi wedi'u gadael ar ôl yno?'

'Roedd hi newydd gael ei churo, a wnaeth neb godi llaw na llais i'w helpu hi.'

'Ac er mor fregus oeddet ti, roeddet ti'n ei choelio hi?'

'Roedd olion y grasfa'n dal arni.'

'Iawn,' atebodd Daf, oedd yn cael trafferth credu pa mor ddiniwed oedd y dyn gyferbyn iddo. 'Pa fath o ddynes ydi hi, y Nala 'ma?'

'Merch yn hytrach na dynes. Dydi hi ddim yn bump ar hugain eto.'

'Sut natur sy ganddi hi?'

Ochneidiodd Julian yn ddwfn. 'Wn i ddim. Ro'n i'n meddwl

mai merch wan oedd hi, ond mae hi'n gallu bod yn styfnig, ac yn dwyllodrus hefyd.'

'Ac mae hi wedi bod yn aros acw ers blwyddyn?'

'Do, tan bythefnos yn ôl. Mi wnaethon nhw symud o'r Stablau, oedd mor dwt a chyfforddus, i fyw mewn fflat yn Llanfyllin.'

'Nhw?'

'Nala a'i mab bach.'

'O. Dwi'n gweld.'

'Na, dwyt ti ddim. Y diwrnod ar ôl iddi ddod i Lanrhaeadr, aeth hi at y meddyg i ofyn am yr hyn maen nhw'n ei alw'n atal cenhedlu argyfwng. Nid yn ystod y defodau y gwnaeth hi feichiogi.'

'O ble ddaeth y babi, felly? Oes ganddi hi gariad?'

'Na. Camgymeriad oedd y cyfan. I ddechrau, roedd hi'n dod ata i bob bore, am fendith. Wedyn datblygodd ei diddordeb yn yr eglwys, a dechreuodd helpu efo'r blodau a hyd yn oed cynnal sesiynau Messy Church. Roedd ei bywyd hi'n eitha sefydlog: doedd dim rhaid iddi dalu rhent i mi, ac i ddangos ei diolchgarwch roedd hi'n pobi i mi'n aml, neu'n coginio prydau megis caserol ffacbys. Mi ofynnais iddi oedd hi awydd cael ei bedyddio, ond gwrthod wnaeth hi. Dechreuodd weithio shifftiau yn yr Hand ac roedd hi'n creu gwaith crefft, yn peintio lluniau ar gerrig y nant, ffeltio, gwneud jin mwyar duon ac ati. Roedd hi wastad yn brysur.'

'A doeddet ti ddim yn poeni nad oeddet ti'n gwneud arian o'r Airbnb?'

'Dim o gwbl. Dim ond un penwythnos oedd wedi'i fwcio ymlaen llaw, felly doedd dim trafferth. Awgrymodd Nala y byddai hi'n gallu mynd i ffwrdd am y penwythnos hwnnw ond doedd hi ddim yn medru cael amser i ffwrdd o'r Hand. Mi wnes i ei gwahodd i aros efo fi yn y tŷ... erbyn hynny roedden ni'n ffrindiau da.' Heb rybudd, llanwodd llygaid Julian â dagrau. 'Am y tro cyntaf yn fy mywyd, ro'n i'n teimlo'n agos at rywun.'

'Wnest ti syrthio dros dy ben a dy glustiau amdani?'

'Wn i ddim. Ond doedden ni ddim yn gyfartal iawn, o ran diwylliant, addysg a phrofiadau.'

'Ac o ran oedran?' gofynnodd Daf, gan lwyddo i guddio'i farn am eiriau nawddoglyd Julian.

'Wel, ie, hynny hefyd. Ddaeth hi'n ôl ar y nos Wener honno, ar ôl ei shifft y tu ôl i'r bar yn yr Hand, wedi meddwi braidd. Eistedd wrth y tân o'n i, yn darllen. Roedd hi mewn hwyliau hynod. Tynnodd y llyfr o'm llaw ac eistedd gyferbyn â fi. Meddai hi wrtha i, "mae pawb yn yr Hand yn coelio nad yden ni wedi shagio ond dydyn nhw ddim yn deall pam." Wedyn aeth hi i'r gegin i nôl potel fawr o jin mwyar duon.'

'Does dim rhaid i ti roi'r manylion i mi.'

'Diolch, achos alla i ddim. Dwi ddim eisiau rhoi'r argraff 'mod i'n anfodlon, ond doeddwn i ddim yn hyderus yn y maes hwnnw o gwbl.'

'Ac roedd angen ystyried dy statws yn y gymuned...'

'Doedd hynny ddim yn poeni rhyw lawer arna i. Roedd yn sgandal yn lleol pan ddaeth Nala acw, ond roedd hi'n agored iawn, yn dweud wrth bawb 'mod i'n ŵr bonheddig bob amser.'

'Felly mi fuoch chi'n gwpwl am sbel?'

'O ryw fath. Doedd y busnes yn y gwely ddim yn gweithio'n iawn – roedd o'n heriol i mi yn hytrach nag yn gysur. Symudodd Nala o'r Stablau ond roedd ganddi ei hystafell ei hun yn y tŷ. Roedd hi'n dweud bod hynny'n syniad da gan ei bod yn gweithio'n hwyr yn yr Hand, yn enwedig ar nosweithiau Sadwrn, a finnau'n brysur yn y boreau, ond wn i ddim. Dwi ddim yn sicr o ddim byd bellach.'

'Ac yn y cyfnod hwn y gwnaeth hi feichiogi?'

'Ie. I ddechrau, roedd hi'n llawn cyffro am y peth, ac mi wnes i lanast o hynny hefyd.'

'Sut?'

'Wel, mi gynigiais i hen fodrwy fy mam iddi, a gofyn oedd hi awydd fy mhriodi. Rywsut, cymerodd hynny fel sarhad, fel petai hi ddim yn ddigon da i fod yn wraig i mi cynt ond bod y babi wedi newid pob dim.'

'Oedd hynny'n wir?'

'Na, dim o bell ffordd. Doeddwn i ddim eisiau ei gwneud hi'n gaeth... gwraig ifanc efo hen ddyn.'

'Mae sawl dyn cefnog wedi dod o hyd i lodes ifanc sy'n fwy na bodlon.'

'Mi geisiais ei pherswadio ond mi wnaeth hi droi'n sur. Doeddwn i ddim yn gwybod hynny tan wedyn, ond roedd marijuana yn dylanwadu arni ar y pryd. Bu'n rhaid iddi roi'r gorau i'r stwff oherwydd y babi ac roedd hi'n anodd ei thrin bryd hynny, anodd iawn.'

'Alla i gredu,' meddai Daf.

'Roedd hi'n aros efo fi, ac wedi rhoi'r sac i'r ferch oedd yn glanhau'r Stablau. Cymerodd Nala gyfrifoldeb llwyr am redeg y Stablau, felly roeddwn i'n rhannu'r arian rhent efo hi.'

'Hael iawn.'

'A dweud y gwir, ro'n i'n dal i feddwl bod dyfodol i ni fel teulu: fi, Nala a'r babi. Ond ro'n i'n hollol anghywir.'

'Be ddigwyddodd?'

'Roedd hi'n arfer bod mor hapus yn y tŷ, a wnes i erioed ddisgwyl iddi goginio na glanhau. Yr unig beth ro'n i'n gobeithio amdano oedd y bydden ni'n byw yno'n ddedwydd. Ond allai hi ddim setlo. Dechreuodd fynd i farchnad Llanfyllin i werthu ei chrefftau pan oedd hi'n feichiog, a dyna lle wnaeth hi gyfarfod Rose Minton.'

'A.'

'Nid dweud ydw i mai bai Rose oedd bob dim, ond roedd hi'n codi hen fwganod. Cafodd Nala gyfres o hunllefau ar ôl ei chyfarfod, ac ar ôl hynny gofynnodd i mi gysgu efo hi bob nos. Roedd hi'n gweddïo o hyd er mwyn cadw Satan oddi wrth y babi, ac yn tynnu lluniau erchyll, yn dangos babi newydd-anedig efo pen gafr neu gyrn hwrdd.'

'Ar ôl y profiadau erchyll roedd hi wedi'u goroesi, mae'n

siom fawr na chafodd hi unrhyw therapi i helpu efo'i thrawma.'

'Dwi'n cytuno, ond hi wnaeth wrthod.'

'Be ddigwyddodd wedyn?'

'Doedd hi ddim yn fodlon mynd i ysbyty, felly cafodd Teilo ei eni yn y tŷ.'

'Oedd o'n iach?'

'Oedd, ac roedd popeth yn iawn am gyfnod. Dechreuodd Nala ymlacio ar ôl y mis cyntaf – mae o'n fachgen bach dymunol tu hwnt. Wedyn, sylwais pam ei bod hi'n hapus. Doedd hi ddim yn smygu canabis o gwmpas y babi ond roedd hi'n cymryd yr hyn roedd hi'n eu galw'n "edibles". Awgrymodd y gallen ni eu cymryd efo'n gilydd ond mi wrthodais. Pwy fyddai'n gofalu am Teilo petaen ni'n dau yn wirion bost?'

'Oedd hi'n ei fwydo o'r fron?'

'Oedd. Mi wnes i ychydig o ymchwil – tydi canabis ddim yn beth da i blentyn. Ro'n i'n flin efo hi.'

'Pa mor flin?'

'Sobor. Ro'n i'n reit sarcastig efo hi.'

'Wnest ti ddim ei churo hi?'

'Ei churo hi? Allwn i byth wneud peth felly. Wedyn, aeth hi'n ôl i'r Stablau am y noson. Y bore wedyn, roedden nhw wedi mynd.'

'Mynd i ble?'

'Rhyw dwll o fflat uwchben y Chinese yn Llanfyllin.'

'Oes ganddi hi gar?'

'Na. Rose oedd wedi dod i'w nôl hi. Byth ers hynny dwi wedi ceisio'u gweld nhw, ceisio siarad efo Nala, ymddiheuro, unrhyw beth. Dwi'n fodlon iddyn nhw fyw ar wahân i mi – wnes i erioed ddisgwyl bywyd teuluol – ond ro'n i wedi gobeithio y bydden nhw'n aros yn agos, yn y Stablau. Dwi'n... wel, dwi'n hiraethu amdanyn nhw'n ddifrifol a dwi jyst eisiau iddyn nhw ddod yn ôl.'

Cuddiodd Julian ei wyneb yn ei ddwylo, ac ochneidio. Ond fel cawod mewn gwynt cryf, pasiodd y storm. Chwythodd ei drwyn a dweud, drwy ei fysedd,

'Hi, Rose, wnaeth sbarduno'r cyfan. Mae Nala yn dod ar ôl fy arian i erbyn hyn – roedd Rose yn cynnig partneriaeth iddi, yn ôl Nala, yn ei busnes llewyrchus. Cyn buddsoddi yn unrhyw beth dwi wastad yn gwneud *due diligence*, a phan ddysgais am natur busnes Rose, gwrthodais roi'r arian iddi, wrth reswm. Hefyd, atgoffais Nala o'r hyn ddigwyddodd iddi hi ym Mhen-y-bont-fawr – ar ôl popeth, oedd hi wir eisiau mynd yn ôl i'r maes hwnnw, a bod yn brentis i wrach? Wedyn, siaradais efo Rose, ac roedd hi'n chwerthin ar fy mhen. Roedd Nala wedi rhannu... wedi rhannu gormod efo hi. Rhoddodd Rose ddewis i mi: buddsoddi can mil yn ei busnes neu mi fyddai hi'n helpu Nala i werthu ei stori i'r wasg. Roedd hi'n dweud y byddai'r hanes yn fêl ar fysedd y wasg, a chwarddodd wrth ddychmygu'r pennawd: "From Devil's Sex Slave to Plaything of Impotent Vicar". Ddylet ti fod wedi gweld y casineb yn ei gwyneb, y surni...'

'Pryd welest ti Rose am y tro olaf?'

'Dau o'r gloch, fore Sadwrn. Mi welais i hi ynghynt, nos Wener, yn y Wynnstay yn Llanrhaeadr efo grŵp o ferched chwil. "Evening vicar," meddai, "are my friends a bit old for your taste?" Roedd yn rhaid i mi adael, gan fod pawb yn chwerthin.'

'Be mae pobol y pentre'n feddwl am yr hyn digwyddodd rhyngddat ti a Nala?'

'Mae pobol yr un oed â fi yn meddwl 'mod i'n dipyn o lembo, a does neb yn credu bod Teilo yn blentyn i mi.'

'A ti'n sicr ei fod o?'

'Ydw. Yn y cyfnod hwnnw, roedden ni'n dau yn ceisio rhoi rhyw fath o fywyd at ei gilydd...'

'Yn ôl i nos Wener...?'

'Es i adre o'r dafarn, ac yn nes ymlaen, clywais fws mini y criw parti plu yn mynd heibio, i fyny i'r Railway ym Mhen-y-bont-fawr. Penderfynais wneud rhywbeth ffôl, sef eu dilyn nhw. Arhosais y tu allan i'r Railway, y Stumble, a'r King's Head ym Meifod, wedyn yn ôl i'r Cain yn Llanfyllin. Mi allwn i weld bod ffenest fflat Nala ar agor ac roedd sŵn cerddoriaeth yn dod allan ohoni. Yn ogystal, roedd arogl canabis yn dod allan o'r adeilad lle mae fy mab yn byw.'

'Dydi ganol nos ddim yr amser gorau i drafod materion pwysig.'

'Mi wn i, ond ro'n i mor flin. A tra o'n i'n cerdded i fyny ac i lawr y stryd yn Llanfyllin, es i ar WitchTok, i edrych pa fath o bethau roedd Rose yn eu cynnig. Ges i agoriad llygad. Ond nid Rose oedd yr unig un i gynnig melltithio pobol. Mae dynes o'r Alban yn brolio'i bod yn hynod gryf yn erbyn gwrachod eraill, felly mi yrrais ganpunt iddi – dyna oedd y blaendal am sicrhau na fyddai Rose yn gweld gwawr arall. Roedd yn rhaid i mi dalu gweddill y ffi iddi ddoe gan fod y felltith wedi gweithio.'

'Paid â bod yn wirion. Does gen i ddim diddordeb yn y lol yna. Lle welest ti Rose am ddau o'r gloch y bore?'

'Ar waelod yr wtra sy'n arwain at ei thŷ. Doedd dyn y bws mini ddim yn fodlon mentro i fyny'r wtra – mi glywais eu sgwrs.'

'A sut na wnaethon nhw weld dy gar di?'

'Wnes i adael fy nghar er mwyn nesáu'n dawel.'

'Er mwyn gwneud be, yn union?'

'I... i fygwth Rose.'

'Oeddet ti'n bwriadu ymosod arni?'

'Na. Ei gorfodi i wrando, dyna oedd y bwriad, wedyn cynnig y buddsoddiad iddi ar yr amod ei bod hi'n perswadio Nala i ddod yn ôl i Lanrhaeadr.'

'Pam na allet ti gael y sgwrs honno yn ystod y dydd?'

'Wn i ddim.'

'Ti'n sôn fod Rose wedi meddwi. Be amdanat ti?'

'O, na, ro'n i'n gyrru. Pa fath o berson wyt ti'n feddwl ydw i?'

'Wel, wnes i ddim meddwl y byset ti'n melltithio neb, na dilyn merched meddw o gwmpas y sir. Jyst dwêd be ddigwyddodd nesa.'

'Ar ôl i'r bws adael, mi welais i hi'n cychwyn cerdded i fyny'r llwybr. Roedd yn rhaid iddi gerdded o gwmpas safle'r sied ieir newydd sy'n cael ei hadeiladu yno ar hyn o bryd.'

'Ti'n gyfarwydd ag ardal Eithnog?'

'Roedd rhai yn protestio yn erbyn y sied, a gofynnwyd i mi lofnodi deiseb. Penderfynais fynd i weld y safle cyn ymuno â'r grŵp protest, a ges i sgwrs gall iawn efo Alun Hughes. Dyn sy'n deall materion economaidd, yn hytrach na choleddu syniadau sentimentalaidd...'

Roedd ei lais yn bradychu ei agwedd nawddoglyd, ac roedd yn rhaid i Daf wneud ymdrech i gadw ei geg ar gau.

'Yn ôl i nos Wener. Be ddigwyddodd rhwng Rose a tithe?'

'Mi geisiais siarad efo hi ond roedd hi'n chwerthin ar fy mhen, felly penderfynais sefyll yn stond yn ei llwybr, i'w rhwystro hi rhag cerdded yn ei blaen. Ond yn hytrach nag aros i siarad, dringodd Rose dros y giât i'r safle adeiladu. Roedd hi'r ochr bellaf i'r giât, a throdd i bwyso arni fel mae rhai hen ddynion yn ei wneud wrth sgwrsio, felly es i at yr ochr arall. "I'm a bit too pissed for your nonsense tonight, vicar," meddai, "And I've had a gutsful of it all. If I call a friend who lives nearby, he'll come straight out and shoot you." Dwi ddim yn cofio'n union beth ddwedais i, ond dechreuodd chwilio yn ei bag am ei ffôn. Wnes i ddim aros iddi dynnu'r ffôn o'i bag – mi galliais wrth feddwl am ddod wyneb yn wyneb â dyn efo gwn yng nghanol y nos. Felly, fel cachgi, mi sleifiais i ffwrdd.'

'Wedyn?'

'Yn ôl i'r tŷ. Tywalltais bob diferyn o'r jin mwyar duon i lawr y sinc, wedyn es i i'r gwely. Diwrnod go normal oedd hi wedyn, ond fore ddoe, dydd Sul, yn ystod y Gwasanaeth Cymun, derbyniais neges destun gan Mother Reekie, y wrach, yn gofyn oedd Rose wedi marw eto. Doedd gen i ddim syniad, felly ffoniais sawl un yn yr ardal a chlywed y si fod corff wedi'i ddarganfod yn sied ieir y Gethins, a bod pawb yn amau mai Rose Minton oedd hi. Roedd fy melltith wedi llwyddo.'

'Ti'n mynd o flaen gofid, dwi'n amau. Os fydd y patholegydd

yn cadarnhau fod Rose wedi cael ei lladd gan bwerau goruwchnaturiol, ti mewn trafferth dwfn, ond tan hynny, cyd-ddigwyddiad oedd y cyfan. Cer yn ôl i Lanrhaeadr, a chymer dy wynt.'

Cododd y Parchedig Julian ar ei draed fel paffiwr oedd wedi goroesi deg rownd. Ar ôl iddo gau'r drws ar ei ôl, cododd Daf y ffôn.

'Arolygydd Daf Dafis sy 'ma. Neges i Marian Jones, Gwasanaethau Plant. Gen i adroddiad i'w wneud.'

14

Pleser pur oedd gweld cymaint o PCSOs yn yr Ystafell Ymgynnull.

'Diolch o galon i chi ymlaen llaw am eich dealltwriaeth, ffrindie. Mae shifftiau pawb yn mynd i newid yn llwyr yr wythnos hon, gan ein bod ni mewn sefyllfa braidd yn lletchwith. Allwn ni ddim bod yn siŵr mai ymchwiliad i lofruddiaeth ydi hwn, ond ar y llaw arall, anaml iawn mae rhywun yn crwydro i mewn i sied ieir yn noeth a disgyn yn farw yno. Felly, dim ond ni sy'n gweithio ar y pos ar hyn o bryd, heb adnoddau ychwanegol, a heb ganlyniadau'r SOCOs. Sheila, ffonia di Rhiain Hughes: 'den ni angen gwybod yn union pwy oedd y criw wnaeth y Valley Run nos Wener – ei pharti plu hi oedd o. Yr eiliad gawn ni'r manylion cyswllt, rhaid i bob un gael eu cyfweld. 'Den ni angen amserlen fanwl, a chymaint o wybodaeth â phosib am symudiadau Rose Minton a Rhiain. Hefyd, pob smic o wybodaeth gyffredinol ynglŷn â Rose a theulu Eithnog. Ocê?'

'Hughes Eithnog?' gofynnodd Gareth Williams, cyn-filwr ac un o'r PCSOs mwyaf effeithiol, ym marn Daf. Ond roedd ei sgiliau cyfathrebu yn deillio o'i gyfnod yn y fyddin, oedd ddim wastad yn fantais.

'Ti'n eu nabod nhw, Gar?'

'Dwi'n ei nabod o, Hughes ei hun, ran ei weld. Am gyfnod roedd y ferch ym mhobman: bob tro ro'n i'n agor *Yr Ysgub* roedd llun ohoni i ddathlu rhyw lwyddiant neu'i gilydd. West End Wannabe oedd pobol yn ei galw hi. Wedyn, diflannodd hi, a does neb wedi ei gweld hi na'i mam ers dipyn. Mae Hughes yn cadw iddo'i hun hefyd. Llynedd oedd y tro dwetha i mi ei weld o – roedd o'n eistedd ar yr un bwrdd â ni yn noson Bingo Fox Destruction Dyffryn Cain.'

Tra oedd pawb yn edrych ar y lluniau o Rose a'r 'bobol o ddiddordeb' roedd Toscano wedi'u rhoi ar fwrdd corcyn ar y wal, camodd Williams draw at Daf.

'O'n i ddim isie dweud o flaen pawb, ond mae 'na rwbeth o'i le efo Al Hughes. Amser egwyl yn y Bingo, ddaeth o ata i a gofyn oedd fy chwaer yn dal yn sengl. Digwydd bod, mi oedd hi, ond o'n i ddim yn hoffi'r cwestiwn, felly wnes i ddim ateb yn syth. Ofynnodd o wedyn o'n i'n meddwl bod siawns iddi gytuno i fynd am swper efo fo ryw dro, a pan ddwedais fod gen i ddim syniad, ochneidiodd, gan ddweud bod 'na rwbeth reit siriol yn y ffordd roedd hi'n defnyddio'i *dabber*. Peth hynod i sylwi arno, o'n i'n meddwl, yn enwedig gan nad ydi Katy, fy chwaer, yn un am ymlacio yn y Bingo. *In it to win it*, fel petai. Ac wn i ddim am siriol – mae hi'n defnyddio'i *dabber* fel llafn. Lwcus nad oes 'na fin arno.'

'Mae brân i bob brân, cofia.'

'Wel, dyna i ti'r peth. Hen lanc ydi Hughes, wastad wedi bod. Hyd yn oed yn yr ysgol, doedd ganddo ddim diddordeb yn y merched. Ffermio oedd bob dim, ffermio a'i chwaer.'

'A ffasiwn lodes oedd hi yn ei glasoed?'

'Dipyn o hen snob, dweud y gwir, felly wnaeth pawb synnu pan ddechreuodd hi ganlyn boi o bell, *flyboy* gwrddodd hi â fo ar y trên.'

'*Flyboy*?'

'Aelod o'r RAF. Ond doedd y *quarters* yn Cosford ddim yn ddigon da i Miss Eithnog. Wn i ddim be ddigwyddodd wedyn, ond ddaeth hi'n ôl yn go sydyn, yn gleisiau i gyd ac efo babi. Er, wedi meddwl, dwi ddim gant y cant yn sicr oedd Rhi wedi cael ei geni pan ddaeth Heather yn ôl, neu oedd hi'n dal yn feichiog... ro'n i dramor fy hun ar y pryd.'

'Diolch yn fawr, Gar.' Trodd Daf at Toscano. 'Sut hwyl ti'n gael efo mynychwyr y digwyddiadau roedd Rose yn eu trefnu, còg?'

'Dwi wedi cysylltu efo rhai, ond mae'r mwyafrif ohonyn nhw'n anfodlon siarad. A dwi'm yn eu beio nhw chwaith.'

'Pam hynny?'

'Natur y digwyddiadau. Mae lot o sôn am "therapi", ond fysen i ddim yn fodlon cyfadde 'mod i angen y ffasiwn gymorth. Mae "Full Moon Skyclad" yn swnio'n hollol doji i mi. "Cyfle i fenywod o bob oedran ddarganfod a meddiannu eu rôl hynafol, fel morwyn, mam neu wrach, yn y goedwig. Darganfydda dy gorff a chyrff eraill mewn awyrgylch o fendith gan y Dduwies Wen." Petai fy mam yn mynd i beth tebyg, mi fydden i'n pryderu, dwi'n dweud wrthat ti, bòs.'

'O ble mae'r bobol 'ma'n dod?'

'O bob man. Gormod o Gymry – ro'n i'n meddwl bod ganddon ni fwy o synnwyr cyffredin.'

'Oedd modd i'r bobol oedd yn mynychu'r digwyddiadau roi adborth i Rose?'

'Oedd – mae tudalennau ganddi o eirda yn brolio mor llesol oedd y cyrsiau.'

'Bwra mlaen i geisio siarad efo nhw felly, ie?'

Yn ôl wrth ei ddesg, roedd Daf yn pori drwy wefan Adran Gynllunio Cyngor Sir Powys am fanylion y sied ieir oedd yn cael ei hadeiladu ar dir Eithnog. Doedd o'n ddim syndod ei fod yn ddatblygiad dadleuol, ond ddysgodd Daf ddim llawer nad oedd o'n ei wybod cynt o'r wefan, heblaw enw'r ymgeisydd: Cwm Elain Farms. Gŵglodd yr enw. Cwmni go newydd oedd o, yn ôl gwefan Tŷ'r Cwmnïau, a'i fwrdd yn llawn enwau oedd bellach yn gyfarwydd i Daf, sef y teulu Gethin a'r teulu Hughes i gyd. Gwnaeth gofnod o'r rhifau perthnasol er mwyn eu rhoi i Toscano neu Nev yn nes ymlaen, cyn mynd yn ôl i wefan yr Adran Gynllunio. Roedd yr adran wedi derbyn dros gant o wrthwynebiadau i'r datblygiad, y mwyafrif yn defnyddio'r un eirfa, ac yn debygol o fod yn ffrwyth ymgyrch wedi'i threfnu. Roedd pob un yn yr iaith fain a'r mwyafrif yn trafod, mewn termau negyddol, grŵp roedden nhw'n eu galw'n 'the farmers'. Yn ogystal, roedd hanner dwsin o lythyrau gan gymdogion yn dweud pa mor bwysig oedd datblygiadau tebyg i economi'r ardal. Dim ond un e-bost oedd yn ceisio gweld dwy ochr y ddadl, a gyrrwyd hwnnw gan y Parchedig Julian. Roedd o wedi dod i'r casgliad terfynol fod bwydo'r genedl, yn enwedig pobol dlawd, yn bwysicach nag unrhyw bryderon amgylcheddol. Neges glir a chall oedd, ar yr un pryd, braidd yn nawddoglyd tuag at y datblygwyr a'r gwrthwynebwyr.

Penderfynodd Daf fynd i weld Nala cyn gynted â phosib. Ar ôl ei sgwrs â'r Parch Julian doedd ganddo ddim dewis ond cysylltu â'r Gwasanaethau Plant – waeth beth oedd problemau ei rieni, roedd Teilo bach yn haeddu gofal priodol. Felly, cyn iddi gael cnoc ar ei drws gan y gweithwyr cymdeithasol, roedd yn rhaid i Daf siarad efo hi.

Cododd ar ei draed i adael, ond cyn iddo lwyddo i wneud hynny daeth cnoc ar ei ddrws o'i hun. Heb wahoddiad, cerddodd Elaine Thomas i mewn i'w swyddfa â mat ioga o dan ei braich.

Roedd Elaine flwyddyn yn hŷn na Daf yn yr ysgol uwchradd, a hi oedd crysh cyntaf Daf. Prin eu bod nhw wedi siarad gair â'i gilydd, ond roedd y Daf deuddeg oed wedi treulio sawl amser chwarae yn smalio darllen y copi o'r *Times* oedd ar hysbysfwrdd wrth waelod grisiau'r ysgol er mwyn gweld Elaine a'i ffrindiau'n prancio i fyny i gofrestru yn yr ystafell Hanes. Roedden nhw fel gyr o ebolesau swnllyd, eu sgerti ysgol bron â thorri'r rheolau a'u llygaid wedi'u hoelio ar y bechgyn hŷn. Unwaith, dim ond unwaith, oedodd Elaine i siarad efo Daf ac roedd ei geiriau'n dal yn ei gof:

'Hei, Deifi Siop, paid â darllen cymaint neu mi fyddi di'n glyfrach na ni i gyd!' Wedyn i ffwrdd â hi, gan adael Daf â'i ffroenau'n llawn White Musk o'r Body Shop.

Doedd Daf ddim wedi clywed llawer o hanes Elaine ers blynyddoedd maith – roedd hi wedi priodi dyn cyfoethog, wrth gwrs, ond doedd Daf ddim wedi'i gweld hi ers degawd, na meddwl amdani chwaith.

'Deifi Siop!' ebychodd, ei gwên lydan yn dangos dannedd perffaith. 'Ro'n i'n iawn – ti wedi tyfu i fod yn glyfrach na ni i gyd, yn datrys pob achos mawr. Ti ar y teledu o hyd!'

'Dwi'm yn gwybod am hynny, ond mae gen i dîm arbennig fan hyn.'

Eisteddodd Elaine i lawr heb wahoddiad, gan blygu ei choesau hir i un ochr er mwyn eu dangos ar eu gorau. Roedd tôn ei llais yn fflyrtlyd, ond doedd Daf ddim yn siŵr oedd hynny wedi'i dargedu ato fo yn benodol, neu a oedd hi wastad yn siarad felly.

'A'r helynt yn Neuadd... am sgandal! Beth oedd y gân 'na gan Miley Cyrus... "Wrecking Ball", dyna fo!'

Er gwaetha'i holl ymdrechion, cochodd Daf.

'Hen hanes ydi hynny,' mwmialodd.

Tynnodd Elaine ddrych o'i bag i wirio'i minlliw, oedd yn berffaith. Rhaid ei bod ar ei ffordd i'w dosbarth ioga, meddyliodd Daf, achos roedd hi'n hollol ffres, fel petai hi erioed wedi chwysu yn ei bywyd. Ac roedd hi'n dal i ddefnyddio persawr tebyg iawn i White Musk. Cafodd yr arogl effaith ryfeddol ar Daf, a dechreuodd deimlo'n benysgafn.

'Fel arfer, y rhai sy'n hŷn na ti yn yr ysgol ti'n eu cofio,' meddai Elaine. 'Y bonheddwyr mawr fel John Neuadd a Tom Francis Glantanat a Morris Lawnt oedd yn bachu diddordeb ein criw ni, ond ro'n i'n gweld rhwbeth yn un o'r cogie bach... a ti ddim wedi altro rhyw lawer, Dafydd.'

'Na tithe.' Celwydd noeth. Roedd y ddynes soffistigedig oedd yn eistedd gyferbyn â fo wedi newid cymaint, doedd dim olion o'r lodes oedd yn carlamu drwy goridorau Ysgol Caereinion. 'Er ei bod yn braf dy weld di, mae'n rhaid i mi fynd,' eglurodd. 'Mae gen i dystion i gyfweld â nhw...'

'Nid galwad gymdeithasol ydi hon, Dafydd, yn anffodus.' Gosododd Elaine ei llaw ar ei fraich, a sylwodd Daf nad oedd unrhyw fodrwy ar ei bysedd llyfn. 'Tystion ynglŷn â marwolaeth Rose Minton, dwi'n cymryd?'

'Ie, ond alla i ddim trafod yr achos...'

'Dafydd, Dafydd, Dafydd... paid â phoeni, yr hen ffrind. Dwi ddim wedi dod yma i chwilio am glecs. Ond dwi wedi gwylio llawer o raglenni teledu sy'n dangos achosion fel hwn, ac mae siarad efo pobol oedd yn nabod y person gafodd ei ladd yn rhan bwysig o'r ymchwiliad, ydi?'

'Tyden ni ddim yn sicr sut bu Rose farw, ond fel arfer, ti'n iawn, mae hynny'n rhan hollbwysig o bob ymchwiliad.'

'A dyna pam dwi wedi dod i dy weld di. Ddoe glywes i am y peth, yn y cinio Sul ar ôl priodas Elen Sian Pantyfedwen. O'n i'n synnu nad oeddet tithe a Gail yno – roedd bron pawb sy'n byw yn Llanfair yno. Beth bynnag, roedd absenoldeb Gethins Bronwylfa yn destun trafod, ac ar ôl tua deg peint mi ddwedodd John Neuadd wrth bawb fod ei frawd yng nghyfraith wedi darganfod corff celain rhyw wrach yn sied ieir y Gethins. Dim ond un wrach dwi'n ei nabod sy'n byw yn ochre Cwm Elain, a Rose Minton oedd honno.'

'Fel ddwedes i...'

'Ie, ie, ond mae gen i wybodaeth, am Rose a sut yn union roedd hi'n rhedeg ei busnes.'

'Aa! Diolch yn fawr. Sori os oeddwn i'n... wel, yn anghroesawgar. Tra 'den ni yng nghanol y math yma o ymchwiliad, gall pob smic o wybodaeth fod yn hanfodol.'

'Dwi ddim yn gwybod y drefn. Ydw i angen cyfreithiwr?'

'Wyt ti ar ffin cyffesu dy fod ti wedi lladd Rose?'

'Nac'dw, er bod gen i ddigon o resymau i wneud hynny.'

'Felly sgwrs anffurfiol fydd hon.'

Rhychodd Elaine ei thrwyn. 'Mae hi braidd yn dwym fan hyn. Oes posib i ni fynd allan i'r awyr iach?'

'Awn ni am dro wrth y gamlas, ie?'

Tyst oedd hi a dim byd mwy, wrth gwrs, felly doedd Daf ddim yn poeni o gwbl am gerdded yn hamddenol i fyny'r stryd efo Elaine wrth ei ochr. Canodd sawl Land Rover a phic-yp eu cyrn wrth eu pasio ar y ffordd adref o'r farchnad, eu trelars gwag yn cloncian ar eu holau.

'Fyddwn ni'n destun clebran ar hyd y fro, Dafydd.'

'Na fyddwn. Rhyw ddegawd yn ôl roedd pawb yn trafod fy hanes, ond maen nhw wedi diflasu arna i erbyn hyn.'

'A dydi Gail ddim yn poeni? Mae dyn sydd wedi crwydro yn gallu crwydro eto, medden nhw.'

'Gaenor ydi enw fy mhartner, a does ganddi ddim rheswm i boeni. Unwaith yn dy fywyd ti'n cwrdd â dy enaid hoff cytûn, a dydi hynny ddim wastad yn digwydd pan ti'n ifanc.'

Erbyn hyn roedden nhw'n camu i lawr y grisiau rhwng y palmant a'r llwybr tynnu. Roedd alarch yn symud yn esmwyth dros arwyneb y gamlas a chafodd Daf ei atgoffa o'r hyn ddigwyddodd yno'r diwrnod cynt.

'Lodes ffodus ydi Gaenor,' meddai Elaine yn dawel. 'Oes siawns i mi ddod o hyd i rywun sy'n golygu cymaint i mi, ti'n meddwl?'

'Pwy a ŵyr.'

'Dydi o ddim allan o'r cwestiwn? A finne mor hen?'

'Ti ddim yn edrych yn hen o gwbl.'

'Dwi'n gwneud fy ngorau.'

Doedd Daf ddim yn hoffi sgwrsio fel hyn efo dynes oedd newydd gyfaddef ei bod hi'n unig ac yn chwilio am gariad. Roedd natur y sgwrs yn anghyfforddus, ac fel petai'n darllen ei feddwl, dywedodd Elaine,

'Mae hyn yn berthnasol i'r ymchwil, dwi'n addo i ti, Dafydd.'

Roedd tôn bersain ei llais wedi'i greu yn ofalus, yn ddarn o'i delwedd fel y legins Lululemon, y crys T Alo Yoga oedd yn dangos siâp ei chorff, a'i cholur gofalus. Fel tad i ferch, roedd Daf yn deall faint o ymdrech oedd yn mynd i greu delwedd ddiffwdan fel yr un a gyflwynai Elaine i'r byd, ac roedd o'n teimlo'n flinedig wrth feddwl am y peth.

'Faint wyt ti'n ei wybod am fy hanes i?'

'Dim llawer,' cyfaddefodd Daf. 'Ti ddim wedi bod yn destun cystal sgandal â finne, mae'n amlwg.'

'Does neb yn cystadlu efo teulu Neuadd. Dech chi fel yr *House of Guinness* heb y cwrw.' Chwarddodd Elaine – chwerthiniad naturiol y tro hwn. 'Doedd gen i ddim mynedd mynd i'r Chweched, felly ges i waith yn swyddfa un o'r ffatrïoedd ar y stad ddiwydiannol. Roedden nhw'n creu byffrau, sy'n bethe pwysig, fel ddes i i ddeall. Mae pob dril sy'n cael ei ddefnyddio i drwsio ffyrdd angen byffer. Mi wnaeth y dyn oedd biau'r lle ei ffortiwn. Roedd o bymtheng mlynedd yn hŷn na fi, ac yn briod... bla bla bla. Ond mi wnaeth Alec gadw at ei air a gadael ei wraig. Dyna fi wedyn, yn hapus fel cwcw, yn byw bywyd cyfforddus gwraig dyn cyfoethog. Ond mi wnaeth un peth fy siomi – roedd ganddo dri o blant efo'i wraig gyntaf felly mi wnaeth o fy mhriodi i ar yr amod nad oedden ni'n cael plant.'

'Ac roeddet ti awydd rhai?'

'Mae bron pob dynes yn meddwl y bydd hi'n fam rhyw ddydd. Ond eto, mi gerddais i mewn i'r briodas gan wybod beth oedd y sefyllfa, felly mae'n amlwg bod y Lambo yn bwysicach i mi na phlant.'

Roedd ei gonestrwydd yn apelgar, rywsut... neu yn fwy at ddant Daf na'i pherffeithrwydd, o leia.

'Heb blant ac efo digon o bres i'w rannu, mi fyse rhywun yn meddwl ein bod ni wedi gwahanu heb chwerwder, ond nid felly oedd hi. Ges i sioc pan ddysges i fod Alec wedi gadael Jenny, ei wraig gyntaf, oherwydd ei hoedran. "I can't see myself with an old lady on my arm, and that's a fact. You were young once, sweetie, but now you're older than Jenny was when I moved on, and we had the children to keep us together. You've had a good innings." Dyna be ddwedodd o.'

Eisteddodd Daf ar fainc ger y pwll troi, ac ar ôl sicrhau nad oedd llwch ar y fainc allai faeddu ei legins gwyn, ymunodd Elaine ag o.

'Swnio fel bod ganddo fo broblem,' atebodd Daf. 'Falle fod merched yr un oed â fo yn codi ofn arno.'

'Codi cyfog, yn debycach. Gyda llaw, dwi'n dweud hyn er mwyn esbonio sut ddes i i nabod Rose, dim jyst i fwrw fy mol.'

'Dwi'n deall hynny. Fyset ti ddim yn trafod pethe mor sensitif efo dieithryn petai dim rhaid.'

'Ti ddim yn ddieithryn. Hen ffrind ysgol wyt ti... ond ta waeth am hynny. Dwi ddim isie ailadrodd yr holl eiriau cas fu rhyngddon ni, ond – a maddeua i mi am drafod y ffasiwn beth – ddwedodd Alec hefyd, "I think I could have taken the flab and lines, but the truth is, you're so vanilla. A man could die of boredom in bed with you. Sometimes, or so I'm told, a woman grows more uninhibited with age, but you're just an older version of the stare-at-the-ceiling girl from Llanfair Caereinion who didn't live up to her promise." Roedd hynny'n beth anodd ei glywed.'

'Wel, am gas!'

'Ond be os oedd o'n wir? Ro'n i'n go ifanc yn dechre mynd efo fo, ac yn gymharol ddibrofiad heblaw am sawl noson chwyslyd yng nghefn car efo dyn ifanc awchus. Mi wnes i fwynhau yr ochr honno o 'mhriodas, ond ddim yn sobor. Pan oedd o'n mynd i ffwrdd ar fusnes, ei gwmni o'n i'n ei golli yn fwy na'r... ochr gorfforol.'

'Mae'n anodd gwahanu elfennau perthynas, 'sen ni'n dweud. Pan ti'n ifanc ti'n daer i garu ond wedyn, wrth i ti ddod i nabod dy bartner, dech chi'n dysgu sut i fwynhau'ch hunain mewn modd gwahanol... mwy o gyfathrebu, falle.'

'Mmm. Nid felly roedd Alec yn meddwl. Ond ar ôl iddo fynd, o'n i'n methu anghofio be ddwedodd o. Pwy sy isie bod yn fanila, dwêd?'

'Swnio i mi fel dy fod ti 'di bod yn anlwcus i ddod o hyd i ddyn hunanol, lodes, a dyna'r cyfan.'

'Ond dwi'n rhy ifanc i roi'r ffidil yn y to, i lenwi 'nyddie efo ioga a chiniawa efo'r merched, sy ddim yn digwydd, gyda llaw.

Be wyt ti'n ei ragweld i mi? Ymuno â phwyllgorau i gefnogi achosion da?'

'Wel, pam lai?'

'Achos... wel, achos dwi ddim isie. Dwi isie dod o hyd i gariad sy'n gwneud i fy asgwrn cefn doddi, sy'n rhoi fy nghnawd ar dân, ond be os ydw i'n cwrdd â fo, a'i fod o'n penderfynu, ar ôl y noson gyntaf, 'mod i'n rhy ddiflas yn y gwely?'

'Ddylet ti ddim cymryd sylw o be ddwedodd dy gyn-ŵr. Ceisio cyfiawnhau ei benderfyniad i dy adael drwy dy fychanu di oedd o, dim mwy.'

'Ddylen i fod wedi siarad efo ti fisoedd yn ôl. Fyse clywed hyn bryd hynny wedi arbed cryn dipyn o amser i mi, heb sôn am bres.'

'Pres? Ar be wnest ti wario?'

'Dim jigolo, paid poeni! Dwi'n aelod o'r Clwb Iechyd draw yn Rowton Castle. Un diwrnod glywes i sgwrs yno rhwng y masseuse ac un o'r aelodau ynglŷn â... wel, materion rhywiol i ferched hŷn. Roedd y masseuse wedi clywed am therapi amgen lle'r oedd merched o bob oedran yn rhedeg o gwmpas mewn coedwig, yn siarad yn onest ac yn aildanio'u hunain rywsut, os ydi hynny'n gwneud synnwyr.'

'Wel...' Roedd y darn am y goedwig yn dechrau swnio'n gyfarwydd i Daf.

'Beth bynnag,' parhaodd Elaine, 'ar ôl clywed y sgwrs honno ro'n i'n chwilfrydig, felly mi ofynnes i am y manylion gan y masseuse. Ddwedodd hi mai rhwbeth ar gyfer pobol â meddwl agored oedd o, ond dwi wastad wedi meddwl am fy hunan fel'na, felly mi gysylltais â Rose. Rhaid i mi ddweud, roedd hi'n broffesiynol, sobor. Esboniodd i mi be i'w ddisgwyl ac awgrymodd gwpwl o bethe ymarferol fel dod â sgidie ysgafn ac eli rhag pryfed, a pheidio mynychu os o'n i ar fy misglwyf. Wel, wnes i gyrraedd Pencoed tua thri o'r gloch un pnawn, ar ôl ymprydio ers y noson cynt. Wrth gwrs, ro'n i'n clemio, fel pawb arall yno, ond gawson ni fara yn syth o'r ffwrn efo salad a dŵr ffynnon i greu rhyw fath o wledd, ac roedd pob elfen yn ddefod. Roedden ni'n yfed gwin hefyd, ac yn curo drymiau a thrafod ein bywydau. Arweiniodd Rose ni drwy lwyth o ddefodau, fel creu urdd o chwiorydd, ac ar ôl iddi dywyllu mi gerddon ni drwy'r goedwig. Roedd y llwybr wedi'i oleuo gan gannoedd o lusernau mawr a bach, a phob tro roedden ni'n cyrraedd llannerch, roedden ni'n tynnu dilledyn. Cyn hir roedd pawb yn noeth lymun, a rywsut, roedd o'n iawn. Doedd dim embaras. Wedyn mi ddwedodd Rose wrthon ni am syllu ar y lleuad lawn a dechre cyffwrdd ein gilydd, neu ein hunain, neu'r ddau. Roedd coelcerth yn y llannerch olaf un a blancedi ar y llawr i ni eistedd neu orwedd arnyn nhw, efo'n gilydd neu ar ben ein hunain.'

'Rhaid i mi ofyn, lodes, oedd elfen rywiol i hyn i gyd?'

'Wel, oedd a nagoedd. Roedd y peth fel gêm, fel chwarae plant. Roedden ni'n cysgu efo'n gilydd mewn iwrt mawr ger y tŷ, a sawl tro yn ystod y nos mi deimlais fysedd ar fy nghroen... ac mi wnes i ymateb. Yn y bore, o ystyried faint wnaethon ni yfed, roedden ni i gyd yn teimlo'n tsiampion ac yn ffrindie mawr. O'n i'n disgwyl y byse rhai ohonon ni'n cadw mewn cysylltiad, ond mae un o reolau Pencoed yn gwahardd hynny. Does neb sy wedi bod yno yn cael cyfathrebu y tu allan i'r broses.'

'Ac oedd o'n llesol i ti?'

'Debyg iawn. Wnes i syrthio mewn cariad efo fy nghorff fy hunan, a dechre teimlo'n fwy nwydus o lawer. Ac yn hyderus, o gofio 'mod i ar fin ailddechre chwilio am gariad am y tro cyntaf ers ugain mlynedd. Y diwrnod ar ôl gadael Pencoed wnes i ymuno â sawl ap, ac er 'mod i wedi sylwi erbyn hyn nad ydi hynny'n fy siwtio fi, ro'n i angen yr hyder i ddechre.'

'Wel, ti 'di fy synnu fi, wir. Ro'n i'n meddwl mai twyllo pobol fregus oedd Rose.'

'Ti ddim wedi clywed diwedd y stori eto, Dafydd. Ges i neges yr wythnos wedyn o rif ffôn dierth yn dweud bod ganddyn nhw lunie anweddus ohona i yn dangos... wel, alli di ddychmygu. Yn amlwg, Rose oedd y tu ôl i'r peth achos roedd y camerâu wedi'u cuddio'n ofalus dros y lle. Ond wnes i ddim bod yn hollol onest efo hithe chwaith. Wrth ddisgrifio Alec wnes i ddatgelu ein bod ni'n cael trafferthion yn ein priodas, ond wnes i ddim dweud ein bod ni wedi gwahanu. Hefyd, ddwedes i – oedd yn hollol wir – nad oedd ganddo fo syniad 'mod i wedi mynychu'r ffasiwn ddigwyddiad. Wn i ddim yn union pam wnes i deilwra'r gwir fel'na, ond mi wnes i.'

'Aha – blacmel!' ebychodd Daf. Erbyn hyn roedd o wedi ymgolli yn stori Elaine, a bron ag anghofio am yr achos.

'O'n i'n flin iawn, achos roedd Rose wedi siarad mor... wel, tyner ydi'r gair gorau, efo ni, gan sicrhau lles pawb. Roedd hi... falle y byddi di'n meddwl fod hwn yn air hynod i'w ddefnyddio yn y cyd-destun yma, ond roedd Rose yn famol, yn ofalus. Ond eto, wnaeth hi ddim meddwl ddwywaith cyn ceisio fy mlacmelio i. Er hynny, yn rhyfedd, ar ôl i mi anwybyddu'r neges, chlywes i ddim gair arall ganddi, a'r unig gysylltiad ges i efo Rose wedyn oedd ei chylchlythyr arferol, a dim byd mwy.'

Roedd y gair 'blacmel' wedi troi meddwl Daf yn syth yn ôl at yr achos. Cofiodd am ddatganiadau banc Rose: nid oedd unrhyw dystiolaeth o flacmel ynddyn nhw. Oedd ganddi gyfrif cudd yn rhywle?

Wrth weld bod meddwl Daf yn bell, cododd Elaine ar ei thraed. Doedd hi ddim yn arfer cael ei hanwybyddu.

'Rhaid i mi fynd, Dafydd. Dwi ddim isie colli ioga, er mor bleserus ydi siarad efo ti.'

'Diolch yn fawr am yr holl wybodaeth, Elaine, a diolch hefyd am siarad mor onest.'

'O, dwi'n saethu'n syth o'r glun y dyddie yma, Dafydd. Plesio fy hunan. Ond ar y llaw arall, os wyt ti'n digwydd nabod dyn sengl, go ddymunol, o dan saith deg – efo dannedd a gwallt yn ddelfrydol, ond ddim yn angenrheidiol – gyrra fo draw. Dwi'n byw yn Nhrefaldwyn, uwchben y dre yn Castle Terrace. Ty'd am goffi ryw dro.'

Cerddodd i ffwrdd yn dalsyth, gan adael Daf efo llwyth o wybodaeth newydd a llond ei drwyn o White Musk.

15

Wrth gerdded yn ôl i mewn i orsaf yr heddlu atgoffwyd Daf pam roedd Elaine wedi gofyn am awyr iach. Yn y tywydd crasboeth roedd ei swyddfa'n fwll, yn rhannol oherwydd nad oedd modd agor y ffenestri ers dwy flynedd. Piciodd draw i Tesco i brynu ffan a Lynx, gan ei fod o'n poeni ei fod o'i hun wedi cyfrannu i'r awyrgylch wnaeth i Elaine rychu'i thrwyn. Doedd 'run ffan ar ôl, felly prynodd gwpwl o'r teclynnau bach oglau da i'w plygio i mewn i'r wal. Oedodd wrth y cylchgronau ar ei ffordd i'r til, a rhoddodd gopi o *Vogue* yn ei fasged i'w roi i Glo, a *Gardeners' World* i Gaenor. Gwgodd o weld faint o gylchgronau priodas oedd ar gael – roedd Belle wedi prynu'r rhan fwya ohonyn nhw dros y misoedd diwethaf er ei bod hi'n ddirmygus o'u cynnwys. Wrth ochr *Modern Bride* roedd cylchgrawn nad oedd o wedi sylwi arno o'r blaen: *Wicca Today*. Roedd y clawr yn dangos bwthyn a'r drws ar agor... bwthyn cyfarwydd. Pencoed oedd o. Gafaelodd Daf mewn copi a'i agor – y tu mewn, yn y rhestr gynnwys ac o dan y pennawd 'Cover Story', roedd brawddeg a dynnodd ei sylw: 'Combining Celtic mysticism with the powerful, elemental forces of her African childhood, Rose Minton shares her sacred spaces with us.' Ymunodd *Wicca Today* â *Vogue* a *Gardeners' World* yn ei fasged.

Doedd Daf byth yn defnyddio'r tiliau hunanwasanaeth, er mwyn ceisio diogelu swyddi gweithwyr yr archfarchnad. Un o'r gweithwyr a sbardunodd hynny oedd Jackie, dynes fywiog o Ddolanog oedd yn ei flwyddyn o yn yr ysgol. Yn digwydd bod, roedd Jackie ar y til.

'Paid â poeni, Daf, ti ddim yn drewi,' meddai'n gysurlon wrth sganio'r Lynx a'r bocsys Glade.

‘Falle ddim, ond mae’r swyddfa yn, yn bendant.’

‘Debyg iawn.’ Sganiodd y cylchgronau. ‘Ti’n rhy hwyr i newid dy feddwl ynglŷn â dy wisg ar gyfer y briodas, ti’n gwybod hynny, yn dwyt?’ sylwodd, wrth gydio yn *Vogue*. ‘Dwi wastad wedi meddwl dy fod ti’n rêl cynjer, a rŵan dwi’n gweld ’mod i’n iawn,’ ategodd, wrth weld *Wicca Today*.

‘Paid poeni, Jackie, dwi’m yn mynd lawr y lôn yma o gwbl.’

‘O, ie, y corff yn y sied ieir. Hi ddaeth i dŷ Mia ni, i smwtshio’r lle jyst cyn iddyn nhw symud i mewn.’

‘Smwtshio?’

‘Ie, ie, efo saets.’

‘Ac... wel, oedd o’n effeithiol?’

Cododd Jackie ei hysgwyddau. ‘Mae’r broses i fod i wneud yn siŵr mai dim ond egni positif sy’n dod i mewn i’r tŷ, ond wn i ddim oes gan Jake unrhyw egni, positif neu beidio. Mae o’n eistedd ar y *settee* o fore tan nos tra mae Mia’n gweithio tair swydd. Mi fyse’n cymryd tunelli o saets i wneud unrhyw beth positif ynglŷn â Jake, dwi’n dweud wrthat ti.’

Myfyriodd Daf ar ei ffordd yn ôl i’r orsaf – doedd dim byd ‘amgen’ o gwbl am Mia, merch Jackie. Lodes siriol oedd hi, yn gweithio yng Nghylch Meithrin Pont, yn gwneud sawl shifft yn y Londis ac yn casglu wyau hefyd. Os oedd rhywun fel Mia yn defnyddio gwasanaethau Rose ar ôl prynu tŷ newydd, efallai fod Rose yn llawer mwy *mainstream* nag yr oedd Daf wedi’i feddwl.

Cyn picio i fyny i Lanfyllin i chwilio am Nala, penderfynodd orffen ei ymchwil i hanes sied ieir Eithnog. Roedd un neu ddau o’r sylwadau ar wefan yr Adran Gynllunio yn cyfeirio at ymgyrch Stop the Shed, a wnaeth Daf ddim synnu pan welodd, yng nghanol llun o’r protestwyr, wyneb Rose. Ond mi wnaeth o synnu at ddatganiad oedd ar wefan Stop the Shed – gwefan gynhwysfawr a phroffesiynol yr olwg. ‘As a grassroots group, we don’t have a hierarchy but we do have a focus and that focus is held by Rose Minton so she should be everybody’s first point of contact. Rose is a highly skilled therapist, so bring her your anxiety, your disappointment and your grief as well: she will hold it all.'

Doedd Daf ddim yn deall tactegau Rose o gwbl. Roedd hi'n denant i'r dyn oedd yn codi'r sied, felly pam roedd hi mor uchel ei chloch? Ond wrth bori drwy'r lluniau ar y wefan, sylwodd pa fath o bobol oedd yr ymgyrchwyr. Pobol oedd wedi symud i'r ardal ar ôl ymddeol yn gynnar, pobol oedd â digon o bres i'w wario, oedd y mwyafrif sylweddol ohonyn nhw, ac o astudio'u hwynebau, gallai Daf ddychmygu eu bod nhw wedi dod â'u gorbryder, eu siom a'u galar efo nhw i'r Canolbarth. Beth roedden nhw ei angen oedd therapydd, ac roedd Daf yn sicr nad cyd-ddigwyddiad oedd y ffaith fod Rose wedi serennu yn y frwydr yn erbyn cynlluniau Eithnog. Cafodd ei amheuon eu cadarnhau gan y neges olaf ar y wefan. 'No, we have not lost. Our voices have not been heard in the halls of power but those voices are strong and clear nonetheless. We have formed new bonds in this fight and will be here for one another from now on. And who knows, perhaps if we all concentrate all our spiritual energies, we can win on another plane.'

O dan y datganiad roedd manylion cyswllt Rose. Edrychodd Daf ar ei datganiadau banc: yn ystod cyfnod yr ymgyrch roedd Rose wedi dechrau derbyn taliadau cyson o gyfrifon nad oedd wedi ei thalu cyn hynny: cleientiaid newydd. Ond roedd yn dal i fod yn rhyfedd fod Rose wedi codi'i llais yn erbyn cynlluniau'r teulu Hughes a'r teulu Gethin, ei chymdogion agosaf. Sut wnaeth yr ymgyrch yn erbyn y datblygiad newid y berthynas rhwng Pencoed ac Eithnog, tybed?

Braf oedd gweld cymaint o waith yn cael ei wneud ar yr ymgyrch, meddyliodd, wrth gerdded i mewn i'r Ystafell Ymgynnull. Roedd sawl llun newydd wedi'u hychwanegu i'r bwrdd corc, yn cynnwys hanner dwsin o fenywod ifanc: teithwyr y bws mini ar y Valley Run nos Wener.

'Dim byd gan y patholegydd?' gofynnodd Daf i Sheila, oedd yn brysur yn diweddaru rhestr o fanylion cyswllt tystion.

‘Dim eto. Er ein bod ni i gyd yn casáu’r hen Jarman, o leia roedd o’n fodlon bwydo gwybodaeth i ni fesul dipyn.’

‘Ocê. Dwi isie i ti ddod i fyny i Lanfyllin efo fi i weld tyst, wedyn, ’den ni’n dau angen cael rhyw fath o sens allan o Rhiain Hughes. Mae hi’n gwybod mwy na neb am symudiadau Rose ar ei diwrnod olaf, felly mae’n hen bryd i ni gael gwybodaeth glir ganddi hi. Ty’d, Sheila, awn ni rŵan.’

Cyn gadael, aeth Daf i weld sut roedd Nev yn gyrru mlaen efo cyfrifon Rose.

‘Dwi newydd siarad efo tyst sy’n dweud bod rhywun wedi ceisio’i blacmelio hi, ac mae hi’n sicr mai Rose oedd y tu ôl i’r cynllwyn. Oes ’na unrhyw arwyddion o flacmel yn y cyfrifon, neu unrhyw beth arall amheus?’

‘Na, dim o be dwi wedi’i weld hyd yma. A dweud y gwir, roedd sefyllfa ariannol Rose yn go debyg i sefyllfa llwyth o bobol eraill yr ardal ’ma ar hyn o bryd.’

‘Sut?’

‘Yn gwneud sawl job, ond ’run ohonyn nhw’n talu’n dda. Gweithio’n galed i ennill mwy, ond bob tro roedd hi’n crafu cwpwl o geiniogau at ei gilydd, roedd ei biliau’n cynyddu.’

‘Mi siarades i efo pobol yr iwrts,’ torrodd Toscano ar draws. ‘Roedd Rose yn gwsmer reit dda iddyn nhw dros y blynyddoedd, ond yn araf yn talu. Pan ofynnodd hi am iwrt ar gyfer Hirddydd Haf eleni, roedd termau’r cytundeb wedi newid ac roedd yn rhaid iddi dalu’n llawn cyn iddyn nhw godi’r peth.’

‘Diddorol tu hwnt,’ sylwodd Daf. ‘Ond eto, roedd hi’n cadw’i phen uwchben y dŵr?’

‘Oedd,’ cadarnhaodd Nev.

‘Mi biciais draw i Morris Marshall tra oeddet ti’n siarad efo’r leidi efo’r mat ioga, bòs,’ ychwanegodd Toscano. ‘Gen i hen ffrind ysgol sy’n gweithio yno, ar yr ochr Residential, a phan o’n i’n disgrifio Pencoed iddo fo, roedd o’n meddwl fod y rhent yn go isel. Petai’r lle yn mynd ar y farchnad, ar ôl tacluso dipyn arno fo, ’den ni’n sôn am rent o bedwar ffigwr bob mis.’

'Sy'n dipyn mŵy nag oedd Rose yn ei dalu?' gofynnodd Daf.

'Yn union. A be mae hynny'n ei olygu?'

'Dwi'm cweit yn sicr ble ti'n mynd efo hyn, còg.'

'Roedd dros hanner incwm Rose yn dod o'r digwyddiadau roedd hi'n eu cynnal yn y goedwig, ac er nad oedd ganddi brydles ar gyfer yr ardal o gwmpas Pencoed, wnaeth teulu Eithnog erioed ei rhwystro hi rhag defnyddio'r tir.'

'Falle fod yr hen foi ddim yn poeni bod llwyth o ferched noeth yn prancio o gwmpas,' cyfrannodd Nev.

'Digon posib,' bwriodd Toscano ymlaen. 'Ond ar ôl busnes y brotest yn erbyn y sied ieir, dwi'n sicr nad oedd pethe'n fêl i gyd rhwng Eithnog a Phencoed.'

'Debyg iawn.'

'Ond allai Rose ddim fforddio symud. Petai hi'n chwilio am dŷ arall yng nghanol nunlle efo pum erw o goedwig, 'den ni'n sôn am yn agos i bymtheg cant o rent bob mis, a doedd ganddi hi mo'r incwm i gynnal hynny.'

'Roedd hi'n gaeth ym Mhencoed, felly?' ystyriodd Daf.

'Yn gwmws. A falle mai dyna pam aeth hi mor bell â sidro blacmel.'

'Mae 'na rwbeth am y cwm 'na,' sylwodd Daf. 'Mae pawb yn daer i ddianc ond rywsut, maen nhw'n methu.'

'Nid pawb,' nododd Toscano. 'Lissa, merch yr ieir – mae hi wrth ei bodd yno.'

Ar y ffordd i Lanfyllin, esboniodd Daf hanes y Parchedig Julian i Sheila, a chafodd ei synnu â'i hymateb.

'Ych â fi, a hithe'n ferch mor fregus! Mae mam Tom yn awyddus iawn i ni fedyddio Tomi bach, ond ar ôl clywed hyn...'

'Ond gofalu am Lanrhaeadr mae o. Dech chi'n dod o dan ofalaeth Meifod, siŵr?'

'Ond dim ond fo sy'n gallu'r iaith. Fo sy'n cynnal pob gwasanaeth Cymraeg i'r Eglwys yng Nghymru drwy'r ardal gyfan, o'r ffin i fyny i ochre'r Bala.'

‘O, mam bach! Sheila, ti’n gwybod be mae hynny’n ei olygu?’

‘Be?’

Ond yn hytrach nag ateb, meddai Daf, yn uchel:

‘Phone John Jones.’

Canodd y ffôn am gyfnod hir, ond roedd hynny’n arferol.

‘Gwranda, John, be ydi enw’r ficer sy’n gwneud y job ddydd Sadwrn? Nid y ddynes leol, ond yr un sy’n cynnal y seremoni?’

‘Y Parchedig Julian Moore Williams,’ atebodd John yn bendant. ‘Wedi’i eni yn Llundain ond, yn ôl y sôn, mi aeth o i ysgol Gymraeg yno. Ti ’di clywed am y ffasiwn beth? Ysgol Gymraeg, yng nghanol Llundain?’

‘Ro’n i’n gwybod amdani.’

‘Ti wastad yn gyfarwydd efo pethe hynod, yn dwyt? Fodd bynnag, Williams Hendre Eirian oedd ei fam, topie Llangynog, a phan oedd ei fam yn colli’r dydd mi ddaeth o’n ôl o Lundain, rhoi fyny ryw swydd fawr yn y Ddinas, swyddfa yn y Shard, mae’n debyg, i ofalu amdani, chwarae teg iddo. Prynodd glamp o dŷ yn Llanrhaeadr, efo Airbnb, ac ers iddo golli’i fam, Airbnb ydi Hendre Eirian hefyd. Mae o’n codi dwy fil bob wythnos yng nghanol yr haf, ond mae o’n lle clên. I’r pant y rhed y dŵr, hei, Dafydd?’ Oedodd John am eiliad. ‘Pam wyt ti’n gofyn?’

‘Dim byd, jyst hoffi gwybod pob manylyn cyn y diwrnod mawr, ti’n gwybod.’

‘Ti wedi clywed am y drafferth gafodd o efo Satan, Dafydd? Achos allen i ddim disgwyl i bagan fel tithe ddeall y ffasiwn bethe, ond arwydd da ydi gornest rhwng ficer a Satan. Rhan o’r swydd.’

‘A ti’n credu bod Satan yn bodoli, wyt ti, John?’

‘Wrth gwrs ’mod i. Duw a Satan, dwy ochr o’r un geiniog. Erioed wedi cael unrhyw *dealings* efo fo fy hunan, wrth gwrs, achos mae o’n deall yn iawn na fydd croeso i’w lol o yn Neuadd, ond pwy a ŵyr, gall pethe fod yn hollol wahanol i fyny yng Nghefn Coch, ochre Adfa, Tregynon, hyd yn oed.’

Roedd llais John yn dod drwy’r seinydd a chafodd Sheila drafferth fawr i beidio chwerthin yn uchel.

‘Dwi’m yn siŵr am Dregynon, wir i ti, John. Cofia di’r leidis, y Misses Davies, oedd yn arfer byw yno. Pobol grefyddol iawn oedden nhw.’ Allai Daf ddim gwrthsefyll y demtasiwn i blagio John.

‘Ie, ond mae’r lle wedi newid yn gyfan gwbl ers hynny – tai newydd, *eco-homes*, bob dim. Fetia i di fod Satan yn cael ei ffordd ei hunan yn yr *eco-homes*.’

‘Debyg iawn,’ llwyddodd Daf i ateb, gan rowlio’i lygaid ar Sheila.

‘Wel, mae gan rai o ohonon ni waith i’w wneud tra mae eraill yn malu awyr. Rhaid i mi drimio cynffonau’r Holsteins iddyn nhw gael bod yn smart cyn dydd Sadwrn.’

Ar ôl ffarwelio â John, dywedodd Daf, ‘Phone Sheila Francis.’

Canodd ffôn Sheila.

‘Pam ti’n fy ffonio i, y lembo?’ gofynnodd Sheila, gan ddiffodd y teclyn.

‘I wneud yn siŵr nad ydi John ddim yn dal i wrando, rywsut, achos...’ Ffrwydrodd chwerthiniad allan o geg Daf. Ymunodd Sheila, ac allai ’run ohonyn nhw siarad nes oedden nhw ar gyrion Bwlchycibau.

‘Wel, dydi’r sefyllfa ddim mor lletchwith ag y gallai hi fod,’ meddai Daf o’r diwedd. ‘Dydi sgandal Satanaidd ddim i’w weld yn poeni John os ydi’r ficer yn digwydd bod yn foi cefnog.’

‘Wel, dwi’n dal i feddwl ei fod o’n hen slebog, a bydd raid i Tomi aros i gael ei fedyddio.’

‘Gawn ni weld be sy gan Nala i’w ddweud cyn dod i unrhyw gasgliadau.’

Roedd Daf wedi bod mewn sawl fflat tebyg dros y blynyddoedd – y perchnogion ddim yn rhoi rhech am safon y dodrefn ac ati a’r tenantiaid yn aml yn bobol annibynadwy. Cnociodd ar y drws. Sniffiodd Sheila, ond doedd dim rhaid iddi wneud unrhyw ymdrech i wynto’r mwg drwg.

'Oh, fuck off and leave me alone, can't you?' galwodd llais blinedig o'r fflat.

'Rhaid i ti agor y drws, Nala, Arolygydd Daf Dafis ydw i, Heddlu Dyfed Powys.'

'Ydi hi'n siarad Cymraeg?' gofynnodd Sheila, yn isel.

'Gawn ni weld.'

Agorodd y drws. Roedd y ferch yn edrych yn iau na'i hoedran, yn gwisgo ffrog siabi fudr a'i gwallt wedi'i blethu fel merch ysgol gynradd.

'Sori,' meddai. 'Dwi 'di cael dipyn o drafferth efo... wel, dim bwys am hynny. Dewch i mewn.'

Un ystafell oedd i'r fflat, efo stof mewn un cornel a chawod y tu ôl i'r gwely. Roedd y sinc yn llawn bocsys têc-awê, ond wrth y sinc roedd twbyn mawr plastig â phedair potel bwydo babi ynddo – rhain oedd yr unig bethau hollol lân yn y lle. Na, doedd hynny ddim yn hollol wir, ystyriodd Daf, achos mewn basged Moses ar y bwrdd ger y ffenest roedd babi, yn cysgu'n braf mewn siwt oedd yn wyn fel yr eira.

'Mae *o* wedi ffonio i ddweud eich bod chi'n debygol o alw heibio, i ofyn am Rose.'

'Julian, ti'n feddwl?'

'Mistar Moore Williams. Dwi erioed wedi'i alw fo'n Julian. Byth.'

'Eto, mae o'n dad i dy fab di.'

'Ydi.'

'Oeddet ti mewn perthynas efo fo ar unrhyw adeg?'

'Na, byth. O'n i'n hoffi'r tŷ, ac roedd o'n garedig iawn efo fi, ond dim am ei fod o'n ddyn da. Na, dim ond isie plesio Iesu Tirion oedd o, dyna'r cyfan.'

'Ond mae o wedi... mi wnaethoch chi gysgu efo'ch gilydd?'

'Fy mai fi oedd hynny. Roedd pethe'n mynd yn dda, rywsut, efo fo yn brysur efo'i bethe a finne'n cadw'r tŷ, yn sortio'r Airbnb a gwneud sawl shifft yn yr Hand, ond nes i chwilio am rwbeth mwy sefydlog rhyngddon ni. Fi wnaeth, fy mai fi.'

'Ond eto, ti ddaeth ato fo am gymorth, wedyn...'

'O'n i'n meddwl mai isie trafod Rose oeddech chi? Roedd Rose yn glên iawn efo fi. Mi weles i hi ddwywaith nos Wener – yn reit gynnar, yn mynd i mewn i'r Cain efo Rhiain Eithnog a'r criw, wedyn yn llawer hwyrach. Y drwg efo'r lle yma ydi ei fod o'n gallu bod yn hynod swnllyd yn hwyr y nos. Tua un, neu ar ôl hynny, mi glywes i nhw'n dod allan o'r Cain, pawb wedi meddwi'n gaib.'

'Welest ti Rose yn benodol?'

'Do. Doedd hi ddim yn arfer gwisgo sodlau uchel, ac roedd hi bron yn methu cerdded ynddyn nhw. Mi weles i hi'n baglu, ac roedd y lleill i gyd yn chwerthin. Roedd hi'n noson mor dwym, roedd yn rhaid i mi agor y ffenest – o'n i'n poeni y bydden nhw'n deffro'r còg ond mae o wedi arfer efo chydig o stŵr.'

'Welest ti unrhyw un arall?'

'Roedd *o*'n hongian o gwmpas. Roedd o'n eistedd yn ei gar, gyferbyn â'r Cain. O'n i'm yn gallu'i weld o'n glir o'r fan hyn, ond pan symudodd y bws mini o'r tu allan i'r Cain, mi glywes i sŵn ei gar yn tanio. Injan fawr, car neis. Audi.'

'Felly, ti'n cymryd bod Mr Moore Williams wedi'u dilyn nhw?'

'Ddim gant y cant, ond mae'n debygol.'

'Pam fyse fo'n gwneud y ffasiwn beth?'

Eto, fel plentyn, trodd Nala ei gwallt o gwmpas ei bysedd.

'Un dda am fusnes oedd Rose. Dwi ddim. Wnaeth hi gynnig... gwasgu dipyn o bres allan ohono fo, tasen i'n fodlon rhannu'r cyfan.'

'Mae 'na ffasiwn beth ag Asiantaeth Cynnal Plant, ti'n gwybod hynny?'

'Paid â chymryd pethe'n rong – mae o wastad wedi bod yn hael iawn. Mae o'n rhoi dau gant bob wythnos ar gyfer Teilo, ac yn talu hanner y rhent.'

'Ond eto... sori am ddweud hyn, lodes, ond mae'n edrych fel bod pres yn dal yn brin?'

'Sobor. Wastad wedi llithro drwy fy mysedd fel dŵr.'

'A gafodd Rose unrhyw lwyddiant? Gyda llaw, ers faint oeddet ti'n ei nabod hi?'

'O, dros flwyddyn, siŵr. A chafodd hi ddim ceiniog ganddo fo, hyd y gwn i. Ond roedd y broses wedi dechre.'

'Wyt ti'n gwybod beth oedd y broses, yn union?'

'Na, a wnes i ddim gofyn, chwaith. Do'n i ddim isie gwybod gormod.'

'Be am flacmel?'

'Be?'

'O'r hyn ddwedodd y Parchedig Moore Williams wrtha i, roedd Rose yn ei fygwth, yn sôn am sgandal a'r papurau newydd a bob dim.'

Cododd Nala ei hysgwyddau.

'Ydi o'n haeddu hynny, ti'n meddwl, lodes? Be yn union mae o wedi'i wneud i haeddu'r ffasiwn ddicter gen ti?'

'Dicter? Dwi'm yn flin efo neb. Jyst angen dipyn o bres, dyna'r cyfan.'

'A ble fydd y pres hwnnw'n mynd, dwêd? Dwi'n gwybod dy fod ti 'di cael amser caled, ond mae 'na ffyrdd gwell o ymdopi na threulio dy ddyddie off dy wyneb.'

'Wel, dyna i ti'r peth. Does neb yn rhoi rhech amdana i felly mi alla i blesio fy hunan.'

'Be am y còg bach?'

'Dwi erioed wedi'i esgeuluso fo, erioed. Sbia di arno fo – mae o'n iawn. A dyna be ddwedes i wrth y *busybody* wnest ti anfon draw gynne.'

'Ro'n i wedi gobeithio cael gair efo ti cyn i'r Gwasanaethe yrru rhywun draw. Ddrwg gen i am hynny. Ond mae'n amlwg i mi dy fod ti'n gofalu am yr un bach, lodes, ond wyt ti'n gofalu amdanat ti dy hun?'

'Wel, fel ddwedes i, does neb arall yn rhoi rhech. Be sy'n dy wneud di'n wahanol?'

'Hanner fy swydd i ydi ceisio osgoi trafferthion yn y dyfodol. Dwi'm yn meddwl y galli di fwrw mlaen fel hyn.'

'Ti isie bet?'

'Beth bynnag, fydd y tîm Cymorth Cynnar yn gallu helpu, bendant.'

'Ie, ie. Ti'n gwybod pwy oedd yn helpu fi? Rose. A be sy wedi digwydd iddi hi?'

''Den ni ddim yn sicr eto.'

'Hi oedd fy ffrind. Hi wnaeth fy helpu fi i dorri allan o'r caets yn Llanrhaeadr.'

'Ond eto, ar un adeg, roeddet ti'n ceisio sicrhau y byset ti'n cael aros yn y "caets" hwnnw am byth.'

'O, jyst gad lonydd i mi. Dwi'm isie ti, na *fo*. Dwi isie Rose.'

Dechreuodd Nala lefain fel plentyn. Yn dilyn arwydd gan Sheila, camodd Daf allan drwy'r drws, gan wynto'r awyr llawn aroglau'r bwyty Tsieineaidd. Ochneidiodd wrth gerdded i lawr y grisiau cul.

16

Roedd yn amlwg i Daf fod Sheila'n daer eisiau dweud rhywbeth wrth iddyn nhw adael fflat Nala, ond arhosodd yn dawel nes iddyn nhw gyrraedd y car.

'Roedd Mam wastad yn dweud bod magu plant yn debyg i arddio: rhaid i ti gadw ati'n barhaus neu, cyn i ti droi rownd, ti'n byw yng nghanol jyngl. A dyna be weles i yn y fflat yna.'

'Ti ddim yn meddwl ei bod hi'n gallu magu'r babi?'

'Na, sôn am ei magwraeth hi ydw i,' eglurodd Sheila. 'A dwi wedi newid fy marn ynglŷn â'r Parchedig Julian: mae Nala'n lodes anodd ei thrin, ac mi wnaeth o ddangos lot mwy o amynedd efo hi nag y bysen i wedi gallu'i wneud. Dwi'm yn coelio'r hanes roddodd hi iddo fo, dim o gwbl.'

'Dwi'm yn sicr,' atebodd Daf. 'Ar ôl gwylio dipyn o'r WitchTok, dwi wedi darganfod bod 'na arferion rhyfedd o gwmpas, wir. Ond dwi'n falch o glywed nad wyt ti'n meddwl bod y ficer yn slebog llwyr. Mae'r bedyddio'n ôl ar yr agenda, felly?'

'Debyg iawn.'

Roedd Rhiain yn aros amdanyn nhw yng nghyntedd gorsaf yr heddlu, ei mam wrth ei hochr.

'Mae hyn yn hollol anghyfleus,' dwrdiodd Heather. 'Gen i gymaint i'w wneud. Mae'r lodes wirion 'ma'n mynnu bod rhaid i mi ganslo holl drefniadau'r briodas, felly mae'n rhaid i ni fynd draw i Fronwylfa i dorri'r newyddion drwg. Hefyd, dwi wedi bod i fyny ym Mhencoed – bydd angen sgip yno yn reit handi.'

'Chei di ddim lluchio eiddo Rose, Mami,' ebychodd Rhiain.

'Plis paid â symud dim byd o Bencoed heb fy nghaniatâd i,'

ychwanegodd Daf. 'Mi fyddwn ni angen chwilio drwy'r lle eto i gasglu tystiolaeth.'

'Does ganddi hi ddim teulu a does dim byd o werth yno. Beth bynnag, pam na wnest ti bicio draw i'n gweld ni, fel wnest ti dros y penwythnos?' gorffennodd, yn finiog.

'Achos ein bod ni wedi cael cyn lleied o atebion o bwys draw yn Eithnog bryd hynny, mae'n ddrwg gen i ddweud. Mae'n rhaid i ni geisio siarad mewn awyrgylch fwy ffurfiol.'

'Felly, fydd Rhi angen cyfreithiwr?'

'Na, dim ond sgwrsio yden ni. Does neb yn gwneud cyhuddiadau o unrhyw fath, iawn?'

'Dwi isie aros efo hi.'

'Gyda phob parch, Heather,' torrodd Sheila ar draws, 'dwi'm yn meddwl bod hynny'n syniad da.'

'Ond rhaid i mi hongian o gwmpas fan hyn beth bynnag, i roi lifft adre iddi.'

'Paid poeni. Dwi'n deall pa mor brysur wyt ti, felly mi alla i ddod â hi adre.'

'Ydech chi'n siŵr, Sheila? Mae o allan o'ch ffordd...'

'Dim problem. Be sy'n bwysig rŵan ydi'r sgwrs rhwng Rhiain a'r Arolygydd Dafis.'

'Wrth gwrs, wrth gwrs.' Gafaelodd Heather yn llaw Sheila am eiliad. 'Sut allwn i ymdopi hebddoch chi, Sheila, wir? Mae'ch cyfeillgarwch yn golygu'r byd i mi.'

Yr eiliad roedd Heather wedi mynd, pesychodd Rhiain yn ddirmygus.

'O, ie? Y ffrind gorau wnaeth hi ond ei chyfarfod ddoe?'

'Nid y berthynas rhwng dy fam a Sarjant Francis sy'n bwysig. Ty'd i mewn ac eistedda lawr. 'Den ni'n mynd i drafod dy berthynas efo Rose.'

Fel arfer, roedd Daf yn dechrau pob sgwrs drwy geisio llonyddu meddwl y person roedd o'n siarad â nhw, ond nid y tro hwn. Yr eiliad roedd Rhiain wedi setlo yn y gadair gyferbyn â fo, gosododd Sheila hambwrdd â thair paned arno ar y bwrdd, a thynnodd Daf y llun erchyll o 'Carys' o ffeil a'i wthio draw at Rhiain.

'Be 'di hwn?' grymialodd.

Cochodd y ferch. 'AI ydi o.'

'Mi wn i'n iawn sut gafodd y peth ei greu. Nid dyna oedd y cwestiwn. Be ydi o?'

'Llun wnaeth Rose ei greu: *visualisation*.'

'O ferch ddiniwed yn diodde?'

Nodiodd Rhiain ei phen yn araf, fel petai'n drwm.

'Pam?'

'Mae hi... wel, mi gafodd hi bob dim mor rhwydd. Roedd popeth yn disgyn i'w chôl, fel petai, tra oedd pob cam yn ymdrech fawr i mi.'

'Dydi llwyddiant Carys ddim yn dy frifo di, lodes, dim o gwbl.'

'Ond dim ond hyn a hyn o lwyddiant sydd yn y byd. Pob llwyddiant mae hi...' Tawelodd ei llais fel petai wedi sylwi nad oedd Daf yn gynulleidfa addas at gyfer ei chwynion.

'Defnyddiol iawn, dwi wedi dysgu cryn dipyn,' meddai Daf yn sych. 'Yn ôl at Rose. Pam greodd hi'r llun atgas yma?'

Tawelwch.

'Os ddweda i wrthat ti ein bod ni fan hyn wedi bod yn pori drwy waith papur Rose – datganiadau banc, sawl ffeil – fyse hynny'n sbarduno ymateb gen ti?'

Tawelwch.

'Ddown ni at y peth o gyfeiriad gwahanol, felly. Dwi'n gwybod dy fod ti wedi gofyn i Rose roi melltith ar Carys, felly does dim pwrpas trafod hynny. Ond sut yn union oeddet ti'n gobeithio elwa o'r peth? Wnest ti dalu chwe chan punt i Rose – hyd yn oed i lodes gefnog fel tithe, mae hynny'n swm sylweddol.'

'Roedd Rose... doedd ganddi hi ddim llawer o bres.'

''Den ni'n ymwybodol o hynny. Dwi'n cymryd nad rhodd oedd y pres, neu fyse'r llun yma ddim wedi cael ei greu, na fyse?'

Ochneidiodd Rhiain.

'Dwi'n meddwl bod angen i mi geisio esbonio sut fath o berson oedd Rose, a'r dylanwad gafodd hi arna i.'

'Fyse hynny'n help mawr.'

'Alli di droi'r llun 'na wyneb i waered, os gweli di'n dda?'

'Gallaf, ond dwi isie i ti syllu arno fo cyn i mi wneud hynny.'

Estynnodd Rhiain am y llun a'i ddal o flaen ei llygaid gwan, dair modfedd yn unig oddi wrth ei thrwyn. Pan roddodd hi'r llun yn ôl ar y ddesg, a'i ben i lawr, roedd ei bysedd yn crynu.

'Dwi... dwi *yn* sori, Mr Dafis,' llwyddodd i ddweud, mewn llais isel. 'Roedd hi fel gêm gas.'

'Yn lwcus i ti, lodes, dwi ddim yn ddyn ofergoelus, felly tydi lol fel hyn ddim yn effeithio arna i. Ond mae'n bwysig i mi allu dysgu be ydi ystyr y busnes. Ti wedi dweud dy fod ti'n agos at Rose. Ers faint?'

'I ddechre, wnes i ddim cymryd sylw o Rose. Dim ond ein tenant oedd hi, un oedd yn talu'n brydlon. Er nad oedd Wncwl Al yn hapus ei bod hi'n gwahodd pobol ddierth i'r goedwig, doedd dim ots gen i am hynny. Yn y cyfnod hwnnw, ro'n i'n mynd a dod, yn chwilio am waith yng Nghaerdydd yn ogystal â Llundain.'

'A gest ti ran yn *The Lion King*, yn do? Ti oedd yr udfil.'

'Dim ond yr ail udfil. A gafodd hynny ei chwalu gan Covid.'

'Ac ar ôl hynny?'

'Cymerodd oesoedd i'r diwydiant ddod yn ôl i drefn yn dilyn y pandemig. A dweud y gwir, tydi o ddim wedi dod yn ôl yn iawn. Ges i ddarn bach ym mhantomeim Theatr Clwyd, a chyrraedd y rhestr fer i fod yn un o'r cantorion cefndir i Elin Fflur ar *Noson Lawen*, ond aethon nhw efo rhywun arall yn y pen draw. Es i'n ôl i Lundain, i wneud yn siŵr fod fy wyneb yn cael ei weld, ond doedd fy asiant ddim yn obeithiol o gwbl.'

'A wnest ti ddim meddwl am newid gyrfa, mynd i gyfeiriad hollol wahanol?'

'Na. Ac er mwyn deall pam, mae'n bwysig i ti wybod bod hyn yn fwy na breuddwyd bersonol i mi. Mae Mam ac Wncwl

Alun wedi buddsoddi cymaint yn y prosiect, yn ariannol ac mewn sawl ffordd arall. Fyse fy llwyddiant i wedi bod yn iawndal o fath i Mam: magu merch enwog i wneud iawn am y ffaith ei bod hi wedi priodi dyn doedd neb yn ei nabod.'

'Mae hynny'n glir.'

'Felly, tasen i'n dweud 'mod i awydd, er enghraifft, mynd i Harper Adams a hyfforddi i helpu ar y fferm, fydden nhw'n torri'u calonne.' Oedodd Rhiain am eiliad. 'Fyse'n iawn i mi ffeirio seddi efo Mrs Francis, i fod yn nes at y ffenest? Dwi'n gweld yn llawer gwell mewn golau naturiol.'

'Faint wyt ti'n gallu'i weld, lodes?'

'Dwi 'di bod yn anffodus, braidd. Ges i driniaeth ar y ddwy lygad ond mae un wedi gwella'n well na'r llall. Ond yn eironig, dwi'n gweld mwy drwy'r llygad sy'n edrych waethaf – dwi'n cael haint yn yr un dda, dro ar ôl tro, felly mae nifer o greithiau arni erbyn hyn.'

'Wyt ti'n gweld fy wyneb yn glir?'

'Na. Dwi'n gallu gweld siâp dy ben ac ro'n i'n ddigon agos atat ti yn yr haul cryf ddydd Sadwrn i mi allu gweld dy wyneb di, ond dyna'r cwbwl. A plis paid â gofyn i mi faint o fysedd ti'n ddal fyny – dwi wedi clywed hynny'n rhy aml.'

'Wyt ti wedi gweld arbenigwr?'

'Pob un. Hyd yn oed dyn yn Austin, Texas, sy'n arfer trin llygaid milwyr sydd wedi cael eu taro gan shrapnel.'

'A be maen nhw'n ddweud?'

'Os dwi'n hynod lwcus, bydd fy ngolwg yn gwaethygu'n ara deg. Aros fel maen nhw ydi'r ddelfryd. Hynny ydi, dwi'n ysu i aros yn hanner dall. Mi fyse hynny'n ddyfodol disglair.'

'Ond ti wnaeth benderfynu mynd am y driniaeth i newid lliw dy lygaid, ie?'

'Ie. O'r holl bethe ffôl dwi wedi'u gwneud, dyna oedd y penderfyniad gwaethaf. Ond ddwedodd Rose bod rhaid i ni gofleidio ein camgymeriadau achos nhw ydi'r athrawon gorau oll.'

'Dwi'n cymryd dy fod wedi'i chael yn hawdd siarad efo Rose?'

'Roedd o'r peth rhwyddaf yn y byd. Roedd ein sgyrsiau'n tyfu fel chwain, neu fel mieri, oherwydd fel yn achos mieri roedden nhw'n dwyn ffrwyth ond hefyd yn gallu rhwygo dy gnawd oddi ar dy esgyrn.'

'Oedd Rose yn codi ofn arnat ti, Rhiain?'

'Wrth gwrs ei bod hi. Roedd ei chryfder yn ddychrynllyd.'

'Ond eto, roeddech chi'ch dwy'n ffrindie mawr?'

'Na. Roedd hi'n dda efo fi, yn amyneddgar, caredig a llawer mwy, ond doedd hi ddim angen unrhyw beth oedd gen i i'w gynnig iddi.'

'Pres?'

'Wel, ro'n i'n talu rhywfaint iddi am ei hamser fel therapydd.'

'Ac fel gwrach?'

'Wel... ie. Yn tydi hynny'n swnio'n hynod?'

'Mae rhwydd hynt i bobol goelio mewn unrhyw beth.'

'Ti'n gwneud iddo swnio fel... crefydd. Nid fel'na oedd o. Roedd o'n fwy fel therapi.'

'Felly therapi oedd melltithio pobol?'

'Ie. Rhaid i ti balu reit i lawr i'r dyfnderoedd, ti'n gweld, gwagio dy holl ofnau, pryderon, casineb ac amheuon, er mwyn dod i nabod dy hunan.'

'A lwyddest ti?'

'I ryw raddau. Roedden ni'n cytuno, Rose a finne, fod unrhyw syniad o annibyniaeth y tu hwnt i mi. Ganddi hi ges i'r cryfder i siarad yn onest efo Mam am hynny, ac wedyn roedd yn rhaid i ni esbonio i Wncwl Al na fydde siawns i mi gamu ar lwyfan byth eto. Dwi erioed wedi esbonio iddo fo... wel, nad y driniaeth yn Nhwrci ydi'r peth gwaetha dwi wedi'i wneud i wella 'nghyfleoedd.'

'Ti 'di awgrymu hynny o'r blaen, lodes. Be mae o'n ei olygu?'

'Dwi.. dwi'n methu trafod hyn o flaen Mrs Francis.'

'Nid Mrs Francis ydw i fan hyn, Rhi, ond Sarjant Francis. Plismones efo cryn dipyn o brofiad. Caria mlaen.'

'Dwi'm yn beio neb am y penderfyniadau dwi wedi'u gwneud,' meddai Rhiain yn dawel. 'Wnaeth Mam ddim rhoi cyngor i mi o gwbl, wedyn falle 'mod i'n rhy agored i syniade... Wel, y gwir ydi bod Mam yn ystyried ei hun yn fethiant llwyr, oherwydd be ddigwyddodd yn ei phriodas.'

'A be oedd hynny?' gofynnodd Daf.

'Gawn ni drafod hanes Mam yn nes ymlaen? Dwi bron yn barod i...' Diflannodd ei llais, ac ochneidiodd.

'Wrth gwrs, lodes, mae ganddon ni ddigon o amser.'

'Dwi *yn* deall cyn lleied o dalent sy gen i. Mi glywes i gwpwl o hen leidis yn trafod ffeministiaeth ar bodlediad ryw dro, pan o'n i tua phymtheg oed, ac roedden nhw'n siarad am gyfalaf rhywiol. Wyt ti'n gwybod be mae hynny'n ei olygu, Mr Dafis?'

'Wel, ddim gant y cant, ond o'r hyn dwi'n ddeall, mae'n ddisgrifiad o sut y gall merched fod yn ymwybodol o'r effaith maen nhw'n ei gael ar ddynion drwy fod yn ddeniadol, a sut i droi hynny i'w mantais.'

'I'r dim. Mi benderfynes i wedyn geisio defnyddio... wel, mi benderfynes i geisio tynnu sylw dynion pwerus i fy helpu efo 'ngyrfa.' Chwarddodd, ac roedd y sŵn yn iasol, fel rhew ar wyneb pwll yng nghanol gaeaf. 'Mae'r theori'n iawn. Ond ar ôl... boddhau un ohonyn nhw, roedd disgwyliadau'r lleill yn cynyddu. Dwi'm yn ferch swil, dim o gwbl, ond y dynion canol oed sy'n rheoli pob un sioe yn Llundain... mae 'na bethe maen nhw'n eu hoffi, pethe nad ydyn nhw'n meiddio gofyn i'w gwragedd eu gwneud. Y broblem efo'r syniad o gyfalaf rhywiol ydi ei fod o'n go hawdd i'w ddibrisio. Mae gormod o ddynion slebogaidd a gormod o ferched yn fodlon gwneud unrhyw beth i gael eu cyfle mawr.'

'Dwi'n gweld, lodes.'

'Ac yn y cyd-destun yna, doedd mynd i Dwrci ddim yn

syniad mor wirion â hynny. Petai'r driniaeth wedi llwyddo, byddai fy llygaid trawiadol wedi fy helpu fi i gyrraedd y gwrandawiadau. Agor y drysau.'

'Dwi'n deall. Mae'n faes cystadleuol, ond dyna oedd dy uchelgais ers dy blentyndod.'

'Wel, uchelgais y teulu oedd o, a dweud y gwir. Maen nhw – Mami ac Wncwl Al – wedi buddsoddi cymaint yn fy llwyddiant dros y blynyddoedd, doedd gen i ddim dewis ond mabwysiadu eu breuddwyd nhw.'

'Pam hynny? Dwi'n deall eu bod nhw isie i ti lwyddo, fel pob teulu arall, ond mae'n swnio fel bod dy sefyllfa di'n mynd yn bellach na hynny?'

'Ydi, yn bellach o lawer. Dyna rwbeth arall wnaeth Rose fy helpu fi i'w wneud: deall pam eu bod nhw mor obsesiynol.'

'Gest ti ateb?'

'Mae o'n gwestiwn iddyn nhw yn hytrach nag i mi. Ond roedd gan Rose theori, os dech chi awydd ei chlywed.'

Nodiodd Daf a Sheila.

'Ar ôl marwolaeth eu mam, chawson nhw ddim llawer o ofal, na hwyl chwaith. Ar ôl dysgu pa fath o ddyn wnaeth hi ei briodi, ddaeth Mami adre. Bywyd cul a diflas oedd ganddi, nes i fabi ddod i'r pictiwr, sef finne. Wedyn, yn ôl Rose, mi wnaeth Mami ac Wncwl Al drosglwyddo pob uchelgais, a'r holl bethe wnaethon nhw ddim llwyddo i'w cyflawni, arna i. Bywyd cyffrous, glam; bywyd ymhell o'r dyffryn. Dyna'n union roedden nhw'n gobeithio amdano i mi. Dwi ddim erioed yn cofio dweud wrthyn nhw 'mod i'n ysu i berfformio – roedd o'n fwy tebyg i etifeddu hen gôt, rhwbeth wnest ti ddim ei ddewis ond ti'n dal i'w wisgo.'

'Ond hyd yn oed pan oeddet ti'n wynebu trafferthion yn y maes anodd hwnnw, wnest ti ddim meddwl am roi'r ffidil yn y to?'

'Na, byth. Dau beth sy'n bwysig i ti ei gofio. Yn gyntaf, does gen i ddim uchelgais wahanol – do'n i ddim yn desbret i fod yn filfeddyg neu rwbeth – a dwi'n hoff iawn o sylw. Ond yr ail beth, y peth pwysicaf, ydi Wncwl Al. Mi wnaeth o roi ei fryd ar hyn i gyd ar fy nghyfer i, a phan oedd o'n trafod y cyfleoedd ges i yn Llundain, neu hyd yn oed efo Cwmni Theatr Maldwyn, roedd balchder lond ei wyneb. Roedd o bron fel dyn gwahanol. Meddyliwch am yr oriau mae o'n eu gweithio bob dydd, o doriad gwawr tan hanner nos, ac i be? Ar fy nghyfer i.'

'Wnaeth o erioed feddwl am briodi?' gofynnodd Sheila.

Chwarddodd Rhiain eto, ac roedd elfen o ddirmyg yn y sŵn.

'Does 'na ddim ciw o ferched yn y buarth yn aros amdano fo, nac yn y Smithfield chwaith, Mrs Francis,' atebodd efo gwên fach sur.

'Ond mae'r dyn mwyaf gweithgar yn y byd, hyd yn oed, angen cwmni,' datganodd Daf.

'Mami a finne – 'den ni yma iddo fo. Ac allai neb garu merch yn fwy nag y mae o'n fy ngharu fi. Cyn fy mhen-blwydd yn chwech oed, mi guddiodd o sawl crysalis yn fy llofft, ac roedd o wedi amseru'r peth yn berffaith achos ar fore'r diwrnod mawr roedd y lle'n llawn ieir bach yr haf. Llygaid paun roedd o'n eu galw nhw.'

'Oedd Wncwl Alun yn dod i dy lofft yn aml?'

'Go aml. Doedd o ddim yn un am ddarllen stori i mi amser gwely, ond mi fydde'n canu i mi os oedd Mami wedi mynd i rywle.'

'Rhaid i mi ofyn, lodes, ydi o erioed wedi bihafio mewn modd anaddas? Gwneud i ti deimlo'n anghyfforddus?'

'Wyt ti wedi ffwcio dy ferch, Mr Plismon? Am gwestiwn cas i'w ofyn!'

'Ond nid Alun ydi dy dad, cofia. O'n i ddim isie dy ypsetio di, ond roedd rhaid i mi ofyn.'

'Mae Wncwl Al wedi bod yn union fel tad i mi, y tad gorau oll.'

'Ocê, iawn. Dwi'n deall. Felly, sut wnaeth o ymateb i'r ffaith dy fod ti'n gadael goleuadau Llundain i ddod i fyw adre?'

'Ddwedodd o pa mor falch oedd o. Roedd o wastad wedi cefnogi fy ngyrfa ar y llwyfan, ond mi ddwedodd o ei fod o wrth ei fodd fy nghael i adre, yn lle ro'n i i fod.'

'A be oedd o'n feddwl am dy benderfyniad i briodi Owain?'

'Mae Owain wedi tyfu i fyny o dan drwyn Wncwl Al. Mae o'n ei nabod o'n iawn.'

'Sy ddim yn ateb y cwestiwn.'

'Dydi Owain ddim cweit yn ddigon gweithgar i blesio Wncwl Al, ond maen nhw'n gyrru mlaen yn iawn.'

'Tra 'den ni'n sôn am dy ewythr, lodes, sut oedd o'n gyrru mlaen efo Rose?'

'Dwi'm yn sicr iawn. Roedd Rose wedi bod yn osgoi Wncwl Al ers chydig fisoedd gan nad oedd o'n hoffi'r gweithgareddau roedd hi'n eu cynnal yn y goedwig. Ond yn gynnar yr haf yma, dechreuodd o ofyn cwestiynau amdani hi.'

'Pa fath o gwestiynau?'

'Bob math. Am ei theulu a'i hanes, ond hefyd pa fath o bethe roedd hi'n eu hoffi.'

'Ond erbyn hynny roedd hi wedi bod yn denant iddo fo ers blynyddoedd.'

'Oedd. Wnes i ddechre meddwl ar y pryd ei fod o'n sâl, achos roedd o'n gwneud cymaint o bethe hynod. Roedd o'n reit gas efo Mami pan ddwedodd hi wrtho ei bod yn hen bryd iddi dorri'i wallt o, wedyn ddaeth o'n ôl o'r Trallwng ymhen chydig ddyddie efo'i wallt yn fyr. Doedd o erioed wedi bod at y barbwr o'r blaen. Mi brynodd o siwmper newydd hefyd, ond wnaeth o ddim ei gwisgo hi. Gan nad oedd o wedi tynnu'r label oddi arni, cafodd Mami'r pres yn ôl.'

'Oedd Al yn ffansïo Rose?'

'Roedd pawb yn ffansïo Rose. Roedd ganddi gymaint o egni rhywiol.'

'Oeddet ti'n ei ffansïo hi?'

'Wel, dwi ddim yn hoyw, ond... wel, wnaeth hi ddysgu pethe

i mi, i fy helpu fi i ymdopi efo ochr gorfforol fy mherthynas efo Owain.'

'Ymdopi?'

'Er bod fy ngolwg i'n wan, dwi'n gallu gweld y gwahaniaeth rhwng Owain a Timothée Chalamet. Ond dysgodd Rose sawl techneg i mi, a rŵan mae Ows yn meddwl 'mod i'n dwli arno fo. Mae o hefyd wrth ei fodd yn cael fy nghaniatâd i fwrw mlaen efo'r greadures yn y garafán. Dwi'n gwybod ei bod hi'n hapus i dderbyn rhai o'i syniadau butraf – mae croeso iddi eu derbyn nhw i gyd. Be dwi angen ydi digon o sylw Owain i genhedlu aer, a falle un wrth gefn. Gall Lissa fod yn nani iddyn nhw, os fydd hi awydd.'

'Paid â meddwl 'mod i'n ddyn sentimental, ond mae hynna'n swnio'n debycach i gynllun busnes na pherthynas.'

'Da byw yden ni, Ows a finne, i fridio ar gyfer Eithnog a Bronwylfa. Dyna'r cyfan.'

'Ac eto, er dy fod ti wedi cael cip ar fywyd y tu hwnt i'r dyffryn, rwyt ti wedi cytuno i'r cynllun?'

'Oherwydd y profiadau dwi wedi'u cael, dwi'n deall y pethe mae'n rhaid i ferched eu gwneud i oroesi.'

'Ocê, dwi'n deall hynny, ond ydi o'n deg i Owain?'

'Dydi o ddim yn fy ngharu inne chwaith, dim un smic.'

'A rôl Rose yn hyn i gyd?'

'Fel efo popeth arall, fy nghefnogi fi oedd hi, yn fwy na dim. Roedd fy mywyd i'n ddrysfa ac roedd hi'n fy helpu fi i ddod o hyd i lwybr... nid y llwybr gorau, o anghenraid, ond un oedd yn arwain i rywle.'

'Fyset ti wedi hoffi bod yn bartner i Rose?' gofynnodd Sheila.

'Doedd hi ddim yn un am bartneriaid. Roedd rhywun mor benwan â fi, hyd yn oed, yn gallu deall hynny.'

Erbyn hyn roedd ysgwyddau Rhiain yn llac, a sylwodd Daf fod golwg flinedig arni.

'Cwpwl o bethe bach sydyn, wedyn all Sarjant Francis dy yrru di adre. Dwêd wrtha i am dy barti plu.'

Gollyngodd Rhiain ei phen i lawr am eiliad, a phan gododd roedd ei bochau'n fflamgoch.

'Dwi'n gwybod bod pawb yn hoffi Carys, bod pawb isie bod yn ffrind iddi, ond nid fel'na mae pethe i fi, reit? Pan o'n i'n ifanc, ro'n i wastad mewn ymarferion, neu'n cystadlu.'

'Am be ti'n sôn, lodes?'

'Roedd yn rhaid i mi gael parti plu – roedd Mami'n mynnu. Ond sut all rhywun gael parti plu heb giang i'w gwahodd?'

'Ond mi gest ti barti?'

'Do. Crafu o gwmpas wnes i am ferched ro'n i yn yr ysgol efo nhw, cwpwl o gariadon ffrindie Ows, jyst unrhyw un.'

'A Rose?'

'Wrth gwrs. Er nad oedd hi'n cymdeithasu'n aml, roedd hi wastad yn mwynhau.'

'Pryd wnest ti drefnu'r Valley Run?' gofynnodd Daf, wrth feddwl am y penwythnos yn Llundain roedd Belle wedi'i drefnu bron i flwyddyn ymlaen llaw.

'Bythefnos yn ôl.'

'Mae hynny'n fyr rybudd braidd, yn tydi? Be am yr holl stwff sy angen ei archebu – y sash sidan â "Bride to Be" arno, y balŵns, y crysau T "Team Bride", y...'

''Den ni'n cael y jist, bòs,' torrodd Sheila ar ei draws. 'Ond fel arfer mae merched yn mwynhau trefnu pethe fel hyn...'

'Fel ddwedes i, does gen i ddim ffrindie, ond ddwedodd Mam fod pobol yn dechre siarad am y ffaith nad o'n i wedi cael parti plu. Roedd hi'n gwrthod cau ei cheg, felly i'w chadw hi'n hapus, mi ffonies i o gwmpas am fŵs mini. Roedd y boi o Lanfyllin yn digwydd bod yn rhydd, felly mi benderfynes i gael Valley Run, fyny i Langynog, lawr i'r Kings Head ym Meifod, wedyn yn ôl i'r Cain i orffen.'

Doedd Daf erioed wedi clywed neb yn rhestru tafarndai efo cyn lleied o frwdfrydedd.

'A pwy wnest ti eu gwahodd?'

'Dwi'm yn cofio.'

‘Ty’d ’laen, lodes – ti’m yn cofio pwy ddaeth i dy barti plu?’

‘Just *randomers*, a Rose.’

‘Fyddwn ni angen rhestr o’r *randomers*, Rhiain.’

‘Methu cofio. Gofynna i Owain: fo wnaeth grybwyll hanner yr enwau.’

Symudodd Sheila ei phen fymryn ond bwriodd Daf ymlaen. ‘A sut hwyl gawsoch chi?’

‘Pawb wedi meddwi. Roedden ni’n chwarae gemau, roedd sawl un efo jôc neu stori am briodasau, fel pan aeth Deio Gwernbwlch i *do* mawr pobol y Gwartheg Duon yn Sir Benfro efo sgidie gwahanol, un frown ac un ddu. Roedd Gwenno’n sâl, ac roedd yn rhaid i Marc ddod i’w nôl hi. Be arall ti isie gen i?’

‘Faint o’r gloch wnaethoch chi gychwyn?’

‘Chwech.’

‘A pryd ddaethoch chi’n ôl?’

‘Yn ôl i’r Cain? Tua hanner nos, ond roedden nhw’n serfio’n hwyr.’

‘Tan pryd?’

‘O, wn i ddim? O’n i ’di meddwi’n rhacs.’

‘Ocê. Un peth arall, lodes. Beth ydi hanes dy dad?’

‘Does neb yn siarad am y peth, ond hyd y gwn i, diflannodd fy nhad bron yn syth ar ôl i Mami ddychwelyd i Eithnog.’

‘Be ti’n awgrymu?’

‘Roedd Wncwl Al yn flin ofnadwy. Ffyrnig, yn ôl y sôn. Petai unrhyw un yn gas efo Mami neu finne, fyse Wncwl Alun ddim yn meddwl ddwywaith cyn ei gosbi, mi wn i hynny. Mae’n debyg mai dyna pam y gwnaeth fy nhad gadw’n glir, a pham nad oes neb wedi’i weld o ers hynny.’

17

Ar ôl i Sheila fynd â Rhiain adre, gwelodd Daf neges gan Gaenor: 'Paid rhuthro adre os nad oes gen ti rwbeth i'w gyfrannu i sgwrs am gerberas *hypoallergenic*. Mae chwaer Belle yn dweud bod rhai o'r blode'n gwneud i'w merch disian.' O ganlyniad, penderfynodd aros yn yr orsaf i ddarllen yr erthygl am Rose yn y cylchgrawn *Wicca Today*.

Edrychodd ar y prif lun oedd yn cyd-fynd â'r erthygl – roedd yn anodd credu mai Pencoed oedd y lle. Pan gerddodd Daf yno dros y llannerch ddeuddydd ynghynt roedd cysgod y dail yn drwm dros y bwthyn gan greu naws oedd yn frawychus ac arallfydol. Yn y llun hwn roedd y golau'n hudolus, a blodau gwyllt yma ac acw – roedd yn amlwg fod y ffotograffydd wedi ymweld yn hwyr yn y gwanwyn tra oedd y dail yn wyrdd a ffres. Roedd blaen y tŷ'n torheulo mewn golau melyn, ac yn sefyll yn y drws roedd Rose, ei gwisg liwgar yn drawiadol. Syllodd yn hir ar y ddelwedd, gan astudio'r wyneb nad oedd o wedi'i weld cyn i'r ieir wledda ar ei chnawd.

Rhwng ei argraff o Bencoed a'r llun erchyll roedd hi wedi'i greu i gyd-fynd â melltith Rhiain, roedd Daf wedi disgwyl y byddai golwg dywyll – anfad, hyd yn oed – ar Rose Minton, ond ym mhob un o'r lluniau yn y cylchgrawn roedd hi'n gwenu neu'n chwerthin. Y peth olaf roedd Daf yn ei ddisgwyl oedd gwrach lawen ond roedd ei hasbri'n amlwg, yn fwy na gwên arwynebol, a hynny'n cael ei adlewyrchu yn ei chorff egnïol, ei gwallt blêr a'i hystumiau pwrpasol. Ac roedd hi'n ddeniadol – gallai Daf weld pam y dwedodd Rhiain fod pawb yn ffansïo ei ffrind. Roedd y rhychau ar ei thalcen wedi'u ffurfio i adlewyrchu ei gwên, hyd yn oed, fel petai ei bywyd cyfan yn jôc.

Ar ddechrau'r darn roedd cyflwyniad byr a disgrifiad o Rose a'i chartref. 'I've been searching all my life for a "thin place" to call my home, a place where the limits of this world are weak and the call of other worlds are strong.' Yn amlwg, roedd pwy bynnag sgwennodd y stori wedi dwli ar y frawddeg honno, er ei bod yn swnio fel rwtsh llwyr i Daf, achos roedd hi wedi cael ei gosod mewn bocs, mewn ffont fwy. Ar y tudalennau nesaf roedd hanner dwsin o luniau yn dathlu'r tu mewn i'r tŷ, ond sylwodd Daf nad oedd lluniau o'r stafell ryw na'r stafell molchi lliw afocado. Roedd lluniau o ddwy ongl wahanol yn dangos pob cornel o'i hystafell fyw, ond roedd gwahaniaethau rhwng y lluniau a'r hyn welodd Daf ddydd Sadwrn. Yn fwyaf penodol, roedd dau fwgwd hir, brown, yn hongian ar y wal. Efo'u llygaid du fel rhai cath a'r wynebau oedd wedi'u cysgodi gan dalcennau anferthol, roedden nhw'n atgoffa Daf o'r delweddau poblogaidd o bobol wyrdd o'r gofod. Cododd ar ei draed er mwyn mynd â'r cylchgrawn i Toscano, er mwyn cadarnhau nad oedd o, chwaith, wedi gweld unrhyw beth tebyg ym Mhencoed, ond roedd yr orsaf yn hollol dawel. Yn ôl wrth ei ddesg ystyriodd y mygydau unwaith eto – doedd dim posib iddo fod yn yr un ystafell â gwrthrychau mor hynod heb sylwi arnyn nhw, felly ble oedden nhw? Efallai nad Rose oedd yn berchen arnyn nhw a'i bod wedi cael eu benthyg i'w gosod yn ei lolfa i gyd-fynd â'i hanes – roedd hi'n crybwyll sawl gwaith yn yr erthygl bod ei diddordeb mewn swyn a hud wedi'i sbarduno gan ei phlentyndod yn rhywle roedd hi'n ei alw'n 'Zim'.

'I grew up conscious of the reality of the spirits around us, and living where I did not belong, I knew I was vulnerable to the *mashavi* so I went to the *n'anga* to learn how to keep them at bay. But he told me to court them for their blessings and even today, I recognize *mashavi* gifts in all the qualities people have observed in me.'

I Daf, roedd tinc nawddoglyd yn ei geiriau a dyfalodd tybed beth oedd ei hagwedd tuag at Gymru a'i phobol. Cafodd ei ateb yn syth.

'Most of modern Britain has been spiritually scoured by a combination of science, social instability and the remnants of the White Jesus cult. But here in Wales, where place and people blend and the little chapels are rotting back into the damp soil where they were never welcome, old powers are still at work.'

Yn y llun o dan y datganiad hwn, roedd Rose yn codi llechen o flaen yr aelwyd yn ei hystafell fyw. Oddi tani roedd bocs bach wedi'i leinio â cherrig gwynion, bocs dipyn bach yn llai na bocs esgidiau arferol. Ynddo roedd esgid fechan – esgid plentyn, yn ddu o henaint. Roedd Daf wedi gweld pethau tebyg o'r blaen, swynbeth i gadw drwg o'r tŷ. Cododd ei ffôn a threfnu i'r SOCOs ymweld â Phencoed y pnawn canlynol, gan feddwl y byddai'n syniad da iddo fynd yno ei hun, cyn iddyn nhw gyrraedd. Ystyriodd ffonio Jarman, ond wedyn cofiodd nad oedd yr hen foi yn batholegydd rhagor, a rhywsut, doedd Daf ddim yn meddwl y byddai'r ddynes newydd yn croesawu galwad ffôn toc cyn chwech o'r gloch y nos. Roedd rhywbeth cwynfanllyd amdani, y math o gymeriad na fyddai'n meddwl ddwywaith cyn galw adran Adnoddau Dynol yr heddlu i gwyno amdano, felly penderfynodd Daf mai ei thrin â chyllell a fforc fyddai orau, am dipyn.

Tynnodd Daf luniau o dudalennau *Wicca Today*, a ffonio Gaenor.

'Blodau wedi'u sortio?' gofynnodd.

'I ryw radde. Dydi Belle ddim yn fodlon cytuno heb farn ei mam felly maen nhw'n picio heibio yn nes ymlaen ar eu ffordd yn ôl o le'r hetwraig yn Llwydlo.'

'Wrth gwrs bod 'na hetwraig,' rhyfeddodd Daf. 'Does dim rhaid i ni eu bwydo nhw, gobeithio?'

'Na. Sieri bach sydyn a ffwrdd â nhw.' Oedodd Gaenor am eiliad cyn ategu, 'Gwna dipyn o ymdrech efo nhw, wnei di, Daf?'

'Ocê, ond mae 'na rwbeth go slebogaidd amdano fo ac mae hi'n snob bur. Dwi'n synnu bod Belle, sy wastad mor hyfryd – heblaw am y busnes Bridezilla – yn dod o'r ffasiwn stoc.'

'Paid â disgrifio pobol fel stoc. Nid yn Neuadd 'den ni'n byw, cofia. A dwi ddim wedi cael cyfle i wneud swper. Wnei di nôl rhwbeth?'

'I faint?'

'Pump. Ni a Glo.'

'Dipyn o *fixture* ydi Glo, erbyn hyn.'

'Wel, mae hi'n gweithio bron yn llawn amser ar gyfer y briodas ar hyn o bryd, felly dydi hi ddim yn ymarferol iddi hi deithio'n ôl ac ymlaen i Mach bob dydd.'

'Ti'n iawn. Ydi hi'n bwyta bob dim?'

'Dwi'n meddwl.' Oedodd am ennyd. 'Dwi'n mawr obeithio nad ydi'r busnes Bridezilla 'ma'n heintus, achos dwi ddim isie unrhyw fath o ffwdan pan 'den ni'n priodi. Jyst sleifio i ffwrdd i rywle a dod adre fel gŵr a gwraig.'

'Ond y plant...'

'A'u partneriaid nhw, a fy mrawd a'i deulu a'n ffrindie pennaf, ac ati ac ati. Dyna sut mae pethe'n dechre, a chyn hir, mi fysen ni'n priodi yn y Neuadd Fawr yn Glyndebourne efo mil o westeion.'

'Allwn ni ddim fforddio'r ffasiwn lol, a diolch byth am hynny. Wela i di toc.'

Doedd y dref ddim yn brysur, ond gan fod rhan y rhan fwyaf o'r cwsmeriaid yn gyrru cerbydau 4x4 ac yn tynnu trelars Ifor Williams, roedd yn rhaid i Daf barcio gyferbyn â Neuadd y Dref, yr ochr arall i'r stryd i'r siop jips. Cerddodd heibio'r siop gerdd a'r siop hen bethe. Oedodd am eiliad i edrych yn y ffenest, gan ystyried tybed oedd modrwyau priodas yno, ond nid y gemwaith dynnodd sylw Daf ond pedwar llygad du o dan ddau dalcen enfawr, yn syllu drwy'r gwydr. Camodd yn syth at y drws a rhoi ei law ar y dwrn – agorodd y drws ar unwaith.

'Go away, we're closed,' galwodd llais cyfoethog o'r cysgodion yng nghefn y siop.

'Mr Watkin, Daf Dafis sy 'ma.'

Camodd y dyn ymlaen i gyfarch Daf. Dyn bychan oedd o,

yn gwisgo siaced frethyn a chinos er gwaetha'r gwres mawr. Efo'i fochau coch a'i fop o wallt gwyn roedd golwg Nadoligaidd arno. Gallai fod yn addurn perffaith i'r ardd petai rhywun yn lluchio cortyn o oleuadau drosto.

'Iawn, iawn, iawn,' chwibanodd yn flin. 'Ti 'di 'nghael i. Oes raid i mi wisgo'r cỳffs?'

'Be ti 'di wneud, Mr Watkin?'

'Does gen i ddim chwarter miliwn i dalu'r ddirwy felly pum mlynedd o uwd amdani.'

'Dwi ar chydig o frys ond os oes gen ti rwbeth i'w gyffesu go iawn, dwi'n gwrando.'

Syllodd Watkin ar Daf am eiliad, yn troi cadach o gwmpas ei fysedd tew.

'O, paid gwrando arna i! Be alla i wneud i ti?'

'Y mygydau yn y ffenest.'

'Dwi ddim yn arbenigwr yn y maes felly mae 'na siawns y bydda i'n colli ffortiwn arnyn nhw, ond dyna ni. All un dyn ddim gwybod y cwbwl lot.'

Cerddodd Daf draw atyn nhw. Wrth iddo nesáu, roedd gwacter y llygaid yn fwy syfrdanol byth, a sylwodd Daf fod tocyn bach wedi'i glymu i gefn yr un agosaf ato. Darllenodd y geiriau arno.

'Genuine Shona Spirit Masks in Ironwood. Rare chance to acquire these highly collectible objects, benefiting from full provenance. £10,000 the pair, no offers.' Cododd Daf ei ben. 'O ble ddaeth y rhain, Mr Watkin?'

'O Affrica, wrth gwrs. Mae'r bobol Shona yn byw mewn sawl gwlad ond o Rhodesia ddaethon nhw'n wreiddiol. Neu Zimbabwe fel mae'n rhaid i ni alw'r lle rŵan.'

'Ie, ie, ond sut yn union y gwnaethon nhw gyrraedd dy siop di yn y Trallwng?'

'Wel, mi wyddost ti, Mr Dafis, 'mod i'n dipyn o *institution* erbyn hyn. Be ydi'r Trallwng heblaw Castell Powys, y Smithfield a finne? Ddaeth dynes i mewn bythefnos yn ôl. Creadures go hipîaidd, ond beth mae hynny'n ei olygu'r dyddie yma? Mae gen i rai cefndryd ar ochr fy mam, yr Orlsbys, a does ganddyn nhw 'run *short back and sides* rhyngddyn nhw. Rhy Extinction Rebellion i mi, o lawer.'

'Y ddynes ddaeth â'r mygydau i mewn: hon oedd hi?'

Dangosodd Daf y llun roedd o wedi'i dynnu o dudalennau'r cylchgrawn *Wicca Today*.

'Bendant, dyna hi. Mae hi'n byw yng nghoedwig Eithnog, yn ôl y sôn. Darn clên o dir: roedd fy hen daid yn anfodlon gwerthu'r lle ond roedd o'n falch iawn o golli'r cyfrifoldeb am yr Hugheses 'na. Mae'r rheina'n fwy boncyrs na fy nghefndryd, ac mae hynna'n ddweud mawr.'

'Ond nid un o'r teulu Hughes oedd y ddynes?'

'Na, Enw Saesneg. Violet, falle?'

'Rose?'

'Ie, Rose oedd hi, ac roedd ei syrnâm fel enw crochenwaith: Spode? Gaudy? Wedgewood? Na, nid Willow Pattern...'

'Minton?'

'Ie, dyna hi, Rose Minton. Wel, ges i stori hir ganddi ynglŷn â hanes y darnau, a pha mor hynafol oedden nhw, ond doedd hi ddim yn gallu rhoi derbynneb nac unrhyw waith papur arall i mi ar eu cyfer nhw. All rhywun fel fi ddim bod yn rhy ofalus. Doedd ganddi hi ddim trwydded allforio chwaith. Ddwedodd hi fod pethe tebyg yn gwerthu am gannoedd o filoedd, ond do'n i ddim yn cytuno. Felly, doedd taro bargen ddim yn broses hawdd.'

'Faint dalest ti?'

'Mr Dafis, cyfrinach fasnachol ydi hynny.'

Oedodd Daf am eiliad i feddwl. 'Ble mae'r peli biliards, dwêd?' gofynnodd.

'Am be ti'n sôn?'

'Am be oeddet *ti*'n sôn pan ddes i mewn? Roeddet ti'n chwysu fel mochyn yn siop y cigydd, ac mi wnest ti grybwyll cosb reit drom. Felly, dwi'n tybio mai torri'r Ddeddf Ifori ydi'r drosedd ar dy gydwybod. Ti'n rhy gall i stocio pethe felly fel arfer, ond dwi'n cofio clywed o gwmpas Llanfair fod y bobol newydd sydd yn yr Hen Ficerdy wedi prynu bwrdd biliards yn deillio o'r cyfnod Sioraidd. Roedd y boi yn cwyno am y peli cyfoes sy'n edrych mor hyll, ac yn sôn am brynu rhai hŷn. Tasen i wedi bod yn rhan o'r sgwrs honno mi fysen i wedi esbonio'r gyfraith iddo fo, ond erbyn hyn, dwi'n cymryd ei fod o wedi siarad efo ti, a dy fod ti wedi dod o hyd i rai.'

'Www, ti *yn* dditectif go iawn wedi'r cwbwl. Ocê, mae gen i focs bach i'w roi i Mr Burrows, ond mae'r eliffant hwnnw wedi marw ers cyn oes Napoleon.'

'Y drafferth ydi ei bod yn anodd dweud hynny i sicrwydd, felly yr unig ffordd o atal y busnes creulon ydi cau'r farchnad gyfan. Ond dwi ddim wedi gweld unrhyw beli amheus yn y siop yma, a dwi wedi dod i drafod Rose Minton, a neb arall.'

'Mi dales i bum cant iddi hi am y ddau.'

'A ti'n eu gwerthu nhw am ddeng mil? Mae hynny'n dipyn o elw, Mr Watkin.'

'Fi sy'n cymryd y risg. Mae rhai'n disgrifio pethe fel hyn yn "hynafolion brodorol", wedyn lwc owt. Mae hi'n dweud mai rhyw hen ddyn roedd hi'n ei nabod yno roddodd y masgie iddi hi'n anrheg, ond does gen i ddim tystiolaeth o hynny. Mae 'na siawns 'mod i wedi torri'r rheolau drwy ddangos y pethe 'ma yn y ffenest.'

'Mae'r canllawiau Dealing in Cultural Objects yn go glir, a phaid ag anghofio'r Cultural Property (Armed Conflicts) Act chwaith.'

'Paid â sôn! Pwy a ŵyr beth oedd yn digwydd yn Zim pan oedd hi'n gadael.'

'Wel, gawn ni symud ymlaen o dy foesau busnes amheus di? Doedd Rose Minton ddim yn ffŵl, o bell ffordd, ond eto mi wnaeth hi werthu eitemau i ti oedd yn golygu dipyn iddi hi, a hynny am bris isel. Pam?'

'Does gen i ddim syniad. Dwi'm yn ei nabod hi o gwbl, ond mae gen i theori.'

'Sef?'

'Mae pawb yn mynd yn wallgo o gwmpas Eithnog. Fis yn ôl, daeth Hughes ei hun i mewn yma – dyn mawr araf efo pen fel asyn – a cheisio gwerthu mwclis rhad i mi, rwtsh Pandora. Cadwyn o aur gwyn efo siâp lleuad yn hongian arni. Weles i ericed rwbeth mor hyll. A ti'n gwybod be wnaeth o wedyn, ar ôl i mi ei gwrthod? Eistedd i lawr ar y palmant ger grât y draen a bwydo'r mwclis i lawr rhwng y bariau i'r draen. Peth gwirion i'w wneud.'

'Gwirion iawn.'

'Pam wyt ti'n gofyn hyn i gyd?'

'Mae Rose Minton wedi marw, a dwi'n ymchwilio i'w chefndir hi.'

'Wedi marw? Sut? Roedd hi'n edrych yn reit sionc i mi.'

''Den ni ddim yn gwybod eto.'

'O, paid â dweud bod rhywun wedi'i lladd hi? Falle fod 'na felltith ar y mygydau...'

'Fel ddwedes i, 'den ni ddim yn gwybod eto.'

Wrth iddo adael y siop a chroesi'r lôn at y siop jips, dewisodd Daf beidio taro cip dros ei ysgwydd – teimlai fod llygaid y mygydau yn ei ddilyn bob cam.

Gwelodd Daf olygfa i godi ei galon pan gerddodd drwy ddrws ei gartref. Wrth y bwrdd yn y stafell fyw roedd Glo, Rhodri a Mali yn chwarae gêm o Catan ac yn chwerthin a ffraeo bob yn ail. Ar fwrdd y gegin roedd tusw o flodau mewn pot jam.

'Fyddan nhw'n bownd o farw cyn y briodas,' rhybuddiodd Daf.

'Dim ond sampl ydi'r rhain,' esboniodd Gaenor. 'Ble mae'r sglods? Awn ni allan i fwyta?'

'Syniad da, rhag ofn i'r blodau fynd i ddrewi o selsig jymbo.'

'Plis gwasga bob jôc am selsig jymbo allan o dy frên rŵan, achos dwi'm yn sicr sut fyse hynny'n plesio'r Pashleys.'

'Hen bryd i ni eu galw nhw'n Amanda a Roger.'

'Well i ni beidio.'

Allai Gaenor ddim ymlacio nes i Amanda roi sêl ei bendith ar y blodau. Tra oedd hi ac Amanda yn cyfamodi dros y lili Mai, cynigiodd Daf gwrw i Roger. Derbyniodd tad Belle yn syth, gan ddilyn Daf o'r gegin i'r ystafell fyw. Syllodd ar y botel o Peroni fel petai o erioed wedi gweld y ffasiwn beth, a dechreuodd adrodd stori yn egluro sut y gwnaeth ei fuddsoddiad amserol o drawsnewid hanes bragdy crefft yn Ninbych. Roedd Rhodri a Mali'n dal i eistedd ar y llawr ger y bwrdd – yn amlwg, roedd y gêm yn dal i fynd, neu roedden nhw wedi penderfynu dechrau un arall.

'Ble mae Glo?' gofynnodd Daf.

'Galwad ffôn gwaith,' atebodd Rhodri dros ei ysgwydd, ei lygaid yn dal ar y bwrdd. 'Mals, ti a fi angen cardiau Coed ac mae gan Glo lwyth ohonyn nhw. Be am i ni ddwyn rhai? Wnaiff hi byth sylwi...'

'Glywes i hynna, Rhodri Dafis!' ebychodd Glo, gan gerddded i mewn drwy'r drws allanol. 'Mae twyllo'n ddigon drwg, ond am geisio perswadio Mali i ymuno yn y cynllwyn, wel!'

'Dwi byth yn twyllo!' ebychodd Mali. 'Ar fy llw!'

Â dicter ffug yn fflamio yn ei llygaid mawr, roedd Glo yn fwy deniadol byth, ac roedd Rhodri'n syllu arni'n gegagored. Wrth benlinio i lawr wrth ei ochr, ymestynnodd ei bysedd at wyneb Rhodri, ac efo un ewin jel perffaith, caeodd ei geg.

'Be sy'n bod arnat ti, y llo?' cwynodd, a thôn ei lais yn gyferbyniad llwyr i'w geiriau.

'Rhods a Glo in a tree, K-I-S-S-I-N-G...' canodd Mali.

'Well i ni gael ein diod yn yr ardd, Roger,' awgrymodd Daf, ac wrth iddo droi ei ben i gyfeiriad tad Belle, sylwodd ar newid mawr yn ei wyneb. Roedd ei hyder hunangyfiawn arferol wedi diflannu a'i wyneb yn wyn, fel petai wedi gweld ysbryd, a'r bysedd a ddaliai'r botel Peroni wedi dechrau crynu. Wrth ddilyn cyfarwyddiadau Daf roedd o bron â baglu dros ei draed ei hun yn ei frys i adael yr ystafell. Eisteddodd ar y fainc yn yr ardd gefn â rhyddhad amlwg.

'Ti'n ocê, Roger?'

'Ydw... diwrnod hir. Diwrnod hir.'

'Sut oedd yr het?'

'Wedi plesio'n arw. Dwi'n falch i ni benderfynu dod draw yn y Cayenne achos er ei fod o mor *sporty* o ran ei siâp, mae bŵt enfawr ynddo fo. Petai Manda wedi mentro yn y Mini, pwy a ŵyr sut siâp fyddai ar yr het druan!' Sugnodd ei Peroni fel oen swci yn llyncu llaeth, ac fel petai wedi cael maeth o'r botel, trodd ei ben i wynebu Daf. 'Pwy ydi'r ferch 'na? Yr un dramor?'

'Gloria? Cariad Rhodri ydi hi, a tydi hi ddim yn estron. Cafodd ei magu yn Llanbrynmair.'

'Dydi hi ddim yn dod o'r... o rywle yn y Dwyrain Pell, felly?'

'Mor bell ag ochre Staylittle. Pam ti'n gofyn?'

'O'n i'n meddwl 'mod i wedi'i gweld hi yn rhywle o'r blaen.' Oedodd, a gorffen ei gwrw cyn ategu, 'Ydi hi'n dod i'r briodas?'

'Wn i ddim. Belle sy'n gyfrifol am y rhestr.'

'Dwi ddim... ar ôl yr holl ymdrech... dwi ddim am i unrhyw beth lletchwith ddigwydd ar y diwrnod mawr.'

'Pa fath o beth?'

'Wel, lol... ti'n gwybod.'

'Dwi ddim yn gwybod o gwbl. Fel pawb arall, bron, mae Rhods wedi cael gwahoddiad iddo fo a phartner. Falle y bydd o'n meddwl ei bod yn rhy gynnar yn eu perthynas i wahodd Glo, falle ddim. Ond does dim rheswm o gwbl i ti boeni am hynny.'

'Sori i ofyn, ond ga i Peroni arall?'

'Â chroeso, ond ro'n i'n meddwl bod Amanda ar frys.'

'Na, mae'n iawn.'

Yn y gegin, cipglywodd y sgwrs rhwng Gaenor ac Amanda, oedd yn fwy fel monolog.

'Dwi wir ddim yn gwybod sut wyt ti'n gallu byw heb Thermomix. Oes gan Doris un alli di ei fenthyg bob hyn a hyn, jyst i ti gael blas o sut fwyd allet ti ei wneud? Mae o'n gwneud bob dim i ti: torri, cymysgu, stemio, tylino toes... dwi'n gwybod dy fod ti'n gwneud toes pitsa dy hun. Jyst meddwl – fyddai dim rhaid i ti botsian...'

'Dwi'n eitha hoff o dylino toes. Mae o'n therapiwtig iawn.'

Chwarddodd Amanda'n nawddoglyd. 'Dwi mor falch fod Belle yn priodi i mewn i'r fath deulu. Rydach chi i gyd yn ecsentrig ac mae hynny mor ciwt! A nes y galli di fforddio Thermomix, ella'i bod hi'n well i ti beidio meddwl gormod am y peth, rhag ofn ti dorri dy galon.'

Gwnaeth Gaenor ymdrech fawr i beidio cwrdd â llygaid Daf, ond methodd.

Pan ddychwelodd Daf i'r ardd, roedd Roger yn plygu ymlaen ar y fainc, fel petai rhywun wedi rhoi dwrn yn ei fol.

'Ti'n ocê?' gofynnodd iddo.

'Na, dydw i ddim. Gwranda, Dafydd, dwi'n dy edmygu di'n fawr iawn.'

'Paid siarad lol.'

'Na, mae'n wir. Ti'n arwr yn dy waith – yn enwog dros Gymru gyfan – ond yn fwy na hynny, dros y misoedd diwetha dwi wedi dod i'ch nabod chi fel teulu... be ti wedi llwyddo i'w greu efo Gaenor.'

''Den ni i gyd yn bwrw mlaen yn iawn fan hyn, ond lwc ydi hynny.'

'Dydi hynny ddim yn wir. Wnest ti syrthio mewn cariad efo Gaenor a throi'r byd wyneb i waered er mwyn cael bod yn hapus. Mae hon yn wers y dylwn i ei dysgu. Ti wedi clywed yr hanes gan Gaenor, dwi'n siŵr.'

'Pa hanes?'

'Hanes Lucy a fi. Roedd hi – mae hi – yn ddynes wych, yn gweithio efo fi fel QS ar sawl prosiect.'

'O. QS?' gofynnodd, er nad oedd o wir eisiau gwybod mwy.

'Quantity Surveyor. Cyn hir, roedden ni'n... wel, yn hapus efo'n gilydd, a do'n i erioed wedi teimlo felly o'r blaen, erioed. Doedd hi ddim yn gofyn am ddim byd gen i, ac yn deall fy sefyllfa'n iawn... fy mod i'n ddyn priod ac ati.'

'Pam na wnest ti adael Amanda?'

'Ro'n i'n rhy wan. Ond mi ddaeth Amanda i wybod am Lucy, drwy ryw gymhlethdod efo costau gwesty.'

'Be ddigwyddodd wedyn?'

'Roedd yn rhaid i mi ddweud wrth Lucy nad o'n i'n gallu ei gweld hi eto, ac mi wnaeth hi dorri'i chalon,' eglurodd Roger efo gwên oedd yn dangos fflach o'i hunanfodlonrwydd arferol. 'Ac ers hynny mae Amanda wedi troi'r tap i ffwrdd, am byth.'

'Pa dap?'

'Ochr gorfforol ein priodas.'

'Ddrwg gen i glywed hyn i gyd, ond pam ti'n dweud wrtha i?'

'Achos... achos ers hynny dwi wedi troi at y we, i gael... y rhyddhad dwi angen.'

'Gwylio porn ti'n feddwl?'

'Wel, ia. Dim byd drwg. Jyst genod noeth. Wedyn, wnes i ddarganfod OnlyFans, sy'n fy siwtio fi'n llawer gwell, achos ti'n medru cyfathrebu efo merched, gyrru negeseuon ac ati.'

'Negeseuon sy'n dweud be, yn union?'

'Ti'n gwybod.'

'Dwi ddim, sori.'

'Ti'n trafod dy ffantasïau efo nhw, ac os wyt ti'n lwcus, maen nhw'n rhannu eu ffantasïau efo ti.'

'Neu maen nhw'n dilyn sgript maen nhw wedi'i pharatoi ar gyfer dynion trist sy'n fodlon talu.'

'Mae hynny'n bosib, ond mae 'na rai ohonyn nhw'n lyfli.' Rhedodd gwefr drwy gorff Roger wrth iddo gofio rhyw bleser, a theimlodd Daf gyfog yn ei wddf.

'Eto, pam ti'n dweud hyn i gyd wrtha i?' gofynnodd yn swta.

'Achos dyna lle dwi wedi gweld yr hogan 'na o'r blaen – cariad dy fab. Dwi ddim isio gweld *cam-girl* fel honna ym mhriodas fy merch, yn enwedig a finna'n aelod selog o'i chyfrif OnlyFans hi. Well i ti rybuddio dy fab, Dafydd.'

18

Gosododd Daf ei botel hanner gwag ar y llawr ger y fainc, gan deimlo'n falch ei fod o wedi llwyddo i wneud hynny yn hytrach na'i thorri dros ben Roger. Llanwodd ei ysgyfaint yn araf.

'Merch arall debyg iddi, mae'n siŵr,' meddai.

'Na. Hi ydi hi, yr hogan ar y we. Ddangosa i'r peth i ti rŵan.'

Tynnodd Roger ei ffôn o'i boced a dangos y sgrin i Daf wrth iddo bwyso logo crwn i agor un o'r aps. Yn ystod ei yrfa roedd Daf wedi ymweld â sawl puteindy ac roedden nhw i gyd wedi edrych yn normal o'r tu allan – dim goleuadau coch na merched noeth yn y ffenestri – ac roedd y logo glas hwn yn ei atgoffa o hynny. Hollol ddi-nod, ond yn cuddio pethau mawr. Ar ôl teipio dim llai na thri chyfrinair, roedd sgrin groeso Roger yn dangos y geiriau 'Dirty Little Girl' a dau fotwm: un i greu cyfrif a'r llall i fewngofnodi. Pwysodd Roger yr ail fotwm a llanwodd y sgrin â llun merch noeth yn cysgu ar wely ac arno gynfasau pinc. Roedd hi'n cofleidio tedi mawr. Fflachiodd neges ar draws y ddelwedd: 'Sorry darling, Peaches can't play just now, way past my bedtime, but I'll stay up late for you very soon if you're sweet and kind.' Wrth y geiriau roedd botwm PayPal. Cliciodd Roger yn ôl i'r sgrin groeso a sgrolio i lawr at fideo o'r ferch. Roedd ei hwyneb yn amlwg. Synnodd Daf ei bod hi'n gwisgo ffrog, yn hytrach na dillad isaf, ond wedyn sylweddolodd mai bachyn oedd hynny, i sicrhau tanysgrifiadau gan ddynion oedd yn ysu i weld mwy. Gloria oedd hi, yn bendant, ond roedd hi'n defnyddio llais hollol wahanol, llais uchel ac ysgafn fel plentyn, ond â thinc estron iddo, fel petai hi wedi cael ei magu dramor. Ac roedd ei geiriau wedi'u dewis yn ofalus er mwyn creu argraff ar ddynion fel Roger:

‘I’m Peaches, a lonely little girl looking for kind friends. I’ve been brought up to be respectful and very obedient, and it is in my culture to make my friends happy but sometimes I can be a bit naughty, especially when I let my imagination run away with me. If you can put up with my naughty ways, and the fact that I’ve got a lot to learn, perhaps we can play together?’

Roedd hi’n eistedd ar ochr gwely, ac wrth ei phenelin roedd bwrdd bach efo tri eitem arno: tegan bwni efo dannedd erchyll yn gwneud ymarfer corff, llun o Gloria mewn gwisg ysgol, a brwsh gwallt pinc.

‘Faint ydi’i hoed hi, Roger?’ hisiodd Daf drwy ei ddannedd.

‘Digon hen. Mae hi’n edrych yn iau nag ydi hi.’

‘Ac mae hyn yn apelgar i ti, dyn sy’n dad i ferched?’

‘Ffantasi ydi hi, dim byd mwy.’

Cnociodd Daf y ffôn o law Roger.

‘Gwranda arna i, a gwranda’n iawn. Wn i ddim ydi Rhodri’n bwriadu gwahodd Glo i’r briodas, ond os ydi hi yno, dwi ddim isie clywed na siw na miw gen ti. O be ti wedi’i ddangos i mi rŵan, mae gen ti ddiddordebau rhywiol amheus iawn, ac mae gen i bob cyfiawnhad i dy gadw di mewn cell tra ’den ni’n edrych ar gynnwys dy gyfrifiadur a dy ffôn di.’

‘Ond, o’n i’n meddwl... wel, ti’n ddyn gwybodus, yn dallt sut mae’r byd yn gweithio, a...’

‘Dwi’n ddyn sy’n delio’n ddyddiol â sgileffeithiau camdriniaeth, a dwi ddim yn hoffi dynion sy’n ffocysu ar ferched dan oed.’

‘Ond nid merch dan oed ydi Peaches. Mae hi bron yn ugain oed.’

‘A sut wyt ti’n gwybod hyn?’

‘Mi... mi ofynnais iddi.’

‘A pham oedd raid i ti ofyn y cwestiwn?’

‘Achos... y math o gêm roedden ni’n ei chwarae efo’n gilydd. Do’n i ddim isie cael fy nal.’

‘Ond ti *wedi* cael dy ddal, Roger. Wrth geisio gwahardd Glo o briodas dy ferch, ti 'di dangos i mi gystal slebog wyt ti. Dwi ddim yn bwriadu ffonio Heddlu Gogledd Cymru ar hyn o bryd, achos y briodas, ond dwi isie i ti ddod i lawr i orsaf heddlu'r Trallwng ben bore fory a gadael dy liniadur a dy ffôn yno, efo dy gyfrineiriau i gyd.'

'Dwi'n gweithio bore fory.'

'Ffonia i mewn yn sâl, achos mi fyddi di'n go sâl ar ôl i mi orffen efo ti. Picia draw i rywle yn Wrecsam i brynu ffôn a gliniadur newydd os oes angen, a phaid â meiddio ceisio cael gwared ar unrhyw wybodaeth na delweddau anaddas oddi ar y teclynnau achos mi fydd hynny'n ddigon amlwg i'n technegwyr ni, ac mi fydda i'n ychwanegu sawl cyhuddiad arall i dy *rap sheet* di. A dwi am i ti ddeall hyn – cyn heno, ro'n i'n meddwl dy fod ti'n snob ac yn amau dy fod yn byrfyrt, ond erbyn hyn dwi wedi dysgu dy fod ti'n ffansïo dy hun fel dyn mawr hefyd, dipyn o fwli. Dwi ddim yn gwybod hanes Glo i gyd, ond dwi'n gwybod ei bod hi'n ferch ifanc ddifreintiedig. Ac mi wyt tithe, sy'n ddigon hen i fod yn dad, bron yn daid, iddi, wedi ymuno yn y busnes budr o gymryd mantais arni.'

'Ond hi benderfynodd greu'r cyfrif, a thynnu'r holl luniau ac ati. Trap oedd o, i ddenu pobol fel fi.'

'Dwi ddim am wastraffu mwy o amser efo ti, ond mae'n bwysig i ti gael gwybod bod gen i gryn dipyn o ddylanwad, a hyd yn oed os na fydd gen i ddigon o dystiolaeth i dy erlyn di am fod yn *paedo*, mi alla i wneud dy fywyd di'n anghyfforddus tu hwnt. Falle mai merched ifanc yn hytrach na phlant dan oed sy'n cymryd dy ffansi, ond mae hynna'n dal yn ffiaidd.' Gwgodd Daf ar Roger. 'Reit. 'Den ni am fynd i mewn i'r tŷ rŵan fel petai dim byd wedi digwydd, yn trafod pêl-droed. A hyd at y briodas, ac yn ystod y diwrnod mawr, dwi'n disgwyl i ti fod yn hollol siriol. Ac os ti'n digwydd cwrdd â Glo, yna mae'n rhaid i ti smalio dy fod ti erioed wedi cwrdd â hi. Ti ddim wedi cwrdd â hi yn y cnawd, dwi'n cymryd?'

'Na,' mwmialodd Roger.

'Iawn 'te. Mewn â ni.'

'Be am Peaches? Mi allai fod yn reit lletchwith iddi, i 'nghyfarfod i.'

'Ydi hi'n gallu gweld dy wyneb yn y system 'na?'

'Dwi'n meddwl ei fod o'n bosib, ond dwi'n defnyddio gosodiadau preifatrwydd.'

'O, fetia i dy fod ti.'

'Ond ella bydd hi'n nabod fy llais i.'

'Paid â chymryd dy dwyllo. Jyst un o'r pyntyrs wyt ti, dim byd sbesial.'

'Ond... wel, roedden ni'n sgwrsio'n reit aml. Bron yn ddyddiol.'

'Tan pryd?'

'Mae hi 'di bod yn brysur efo petha eraill ers y gwanwyn.'

Cofiodd Daf mai yn y gwanwyn roedd Glo wedi dod i nabod Rhodri.

'Rŵan, anghofia am godi embaras ar Gloria. Yr unig beth ddylet ti feddwl amdano ydi bihafio'n normal, os alli di.'

Stelciodd Daf tuag at y tŷ â Roger yn sgrialu wrth ei sodlau. Pan gyrhaeddodd y gegin roedd Amanda'n eistedd wrth y bwrdd a Gaenor yn rhoi mwy o ddŵr yn y pot jam oedd yn dal y blodau.

'... na, dydi o'n ddim byd tebyg i *slow cooker* na *soup maker*, na Magimix chwaith. Peth hollol newydd ydi o – ond mae o'n creu un broblem: be i'w wneud efo'r holl amser ti'n ei arbed!'

Yn amlwg, roedd Amanda yn dal i barablu am daclau cegin, a Gaenor yn gwneud ymdrech arwrol i guddio'i diflastod. Ffurfiodd Daf frawddeg i guddio natur y sgwrs roedd o wedi'i chael efo Roger.

'... os oes gan Ryan Reynolds ffrind sy isie trawsnewid tîm pêl-droed arall, be am Lanfair Caereinion?'

'Syniad da,' atebodd Roger, efo chwerthiniad ffug, a throi at ei wraig. 'Barod i fynd adre, cariad?'

Sylwodd Daf ar yr oerni yn ymateb Amanda, ond cododd

heb yngan gair a cherdded at y drws, gan godi llaw i ffarwelio â Gaenor.

Ar ôl i sŵn eu car ddiflannu i'r nos, ochneidiodd Gae.

'Tydyn nhw mo'r cwpwl hapusaf yn y byd, mae hynny'n amlwg.'

'Paid â sôn.'

Cofleidiodd Daf ei gariad, a chuddio'i wyneb yn ei gwallt. Mwythodd hithau ei gefn.

'Gawn ni drafod beth bynnag sy wedi dy ypsetio di'n nes ymlaen, Daf?' gofynnodd Gaenor. 'Ar ôl i Mals fynd i'w gwely?'

Ar ôl cytuno, tywalltodd Daf wydraid o ddŵr iddo'i hun a mynd i'r ystafell fyw lle'r oedd Rhodri'n pacio'r gêm yn ôl yn ei bocs.

'Lle mae'r leidis?' gofynnodd.

'Mae Glo yn darllen stori i Mali. Mae hi'n wych – ganddi ddawn go iawn i wneud lleisiau gwahanol.'

Cofiodd Daf lais plentynnaidd, estron Peaches a dechreuodd dicter wasgu ei fol fel petai rhywun yn cau dwrn o gwmpas ei berfeddion.

Awr yn ddiweddarach, yn glyd ym mreichiau Gaenor, gofynnodd iddi a ddylai godi'r peth efo Glo.

'Hmm, mae'n un anodd. Be am i ti gael gair bech sydyn efo hi? Ond cofia, ei chyfrinach hi ydi hi, felly hi sy'n penderfynu efo pwy mae hi awydd ei rhannu... ac mae hynny'n cynnwys Rhodri, ie?'

'Ti'n gall iawn, fel arfer.'

Roedd cyngor doeth Gaenor, a'i phresenoldeb cynnes, wedi tawelu digon ar Daf i'w alluogi i gysgu, ond yng nghanol y nos, deffrodd i glywed sŵn yr eos yn llifo'n felys drwy'r ffenest agored. Cododd a sefyll wrth y ffenest i fyfyrio am chwant, cariad a chelwyddau, ac yn fwy na dim, y cyferbyniad rhwng delweddau rhamantaidd a bywyd go iawn. Meddyliodd am Glo, wedyn am Rhiain a Lissa, a sylweddoli cyn lleied roedd o wedi'i ddysgu am deulu Bronwylfa. A beth oedd hanes y mygydau werthodd Rose i'r siop greiriau? A pham wnaeth Alun Hughes luchio mwclis i lawr y draen yn y Trallwng? Ac yn fwy na dim arall, pwy yn union oedd Rose Minton?

'Mi fyse noson fel hon wedi dy siwtio di, Rose,' sibrydodd. 'Digonedd o hud yng nghân yr eos.'

'Os wyt ti'n siarad efo'r meirw yng nghanol y nos, Daf, mae'n hen bryd i ti gael gwyliau go iawn,' mwmialodd Gaenor o'r gwely. 'Mi fyddwn ni i gyd yn haeddu mis mêl ar ôl yr ymchwiliad a Phriodas y Ganrif. Pedwar diwrnod i fynd...'

Gwenodd Daf.

'Dwi'n methu cael gafael ar y ddynes 'na, Rose.'

'Wel, mae 'na ddynes fan hyn o fewn hyd braich, felly ceisia gael gafael arni hi.'

Gan gydnabod ei fod yn gachgi llwyr, cododd Daf yn gynnar er mwyn osgoi cwmni'r teulu dros frecwast. Ffoniodd Sheila i ofyn iddi ddod i fyny i Bencoed efo fo, ac wrth iddyn nhw siarad, gallai glywed synau bywyd ei gyd-weithiwr yn y cefndir: adar yn canu, gwartheg yn brefu, Tom yn chwerthin yn uchel a llais bach aneglur eu mab yn diddanu ei dad. Bywyd normal, bore arferol mewn cartref oedd yn nodweddiadol o filltir sgwâr Daf.

Piciodd i mewn i'r Spar yn Llanfyllin i nôl brecwast afiach tu hwnt, sef dau loli Solero a phecyn o bopadoms bach, a tra oedd o'n crensian yr un olaf, ffoniodd Carys.

'Hei Dad, be sy? Dwi 'di cael sawl *missed call* gen ti ac mae Mam wedi gyrru chwe e-bost, pymtheg WhatsApp a saith Voicemail, ac mae hi hyd yn oed wedi ymuno ag Instagram er mwyn gyrru neges ar hwnnw.'

'Mae dy fam mor prowd, mi wyddost ti hynny. A finne hefyd. Ond un cwestiwn sydyn sydd gen i.'

'Be?'

'Pam est ti at y meddyg ddoe? Wyt ti'n siŵr nad wyt ti'n sâl?'

Dechreuodd Carys biffian chwerthin. 'Bob hyn a hyn dwi'n

cael profion gwaed, i sicrhau fod bob dim yn iawn... lefelau haearn a ballu.'

'O, dwi mor falch, mor falch,' parablodd Daf. 'Ti ddim yn sâl o gwbl, felly?'

'Erioed wedi teimlo'n iachach. Pam ti'n gofyn?'

'Wel, ti byth yn mynd at y meddyg.'

'Dydi hynny ddim yn wir. Dwi 'di bod yn mynd bob chwe mis ers i mi raddio. Mae Siôn yn gwneud yr un peth. Ac Wncwl John, wrth gwrs. 'Den ni bobol Neuadd yn gwarchod y pethe sy ganddon ni, ac mae hynny'n cynnwys ein hiechyd.' Roedd hon yn hen jôc – Carys yn priodoli pob elfen sefydlog o'i natur i'w hetifeddiaeth ar ochr ei mam, a phopeth arall i ochr Daf. 'A sôn am iechyd, mae WhatsApp yr hen giang wedi bod ar dân ers dydd Sadwrn – y merched yn sôn bod y West End Wannabe wedi cael headturn llwyr yn y fynwent jyst cyn priodas Elen Sian. A dy fod ti wedi mynd â hi i'r seilam.'

'Roedd hi'n teimlo... wel, mi gafodd hi newyddion drwg ac ypsetio'n lân, felly mi rois i lifft adre iddi hi.'

'Seilam, Eithnog, oes 'na wahaniaeth?'

'Be ti'n feddwl?'

'Wel, mae mam Rhiain wedi bod mor gas efo ni dros y blynyddoedd, bob tro roedd Rhi yn ennill yn y Cylch a cholli i mi yn y Sir. Mam Steddfod o uffern ydi hi; a'r hen foi... wel, mae o sawl brechdan yn brin o bicnic.'

'Wyt ti'n digwydd bod yn gwybod hanes tad Rhiain?'

'Neb yn gwybod. Roedd tair theori. Un, mai boi normal oedd y tad a'i fod o'n methu ymdopi efo arferion boncyrs Eithnog. Wyt ti 'di clywed am y busnes ieir bach yr haf?'

'Do.'

'Wel, er bod hynny'n eitha neis, dydi o ddim yn normal, o bell ffordd. Theori Dau: dyn normal oedd ei thad ond mae Wncwl Ffester wedi'i ladd o a'i gladdu o yn y goedwig. Theori Tri: doedd 'na ddim tad o gwbl, achos bod y fam a'r wncwl yn annaturiol o agos. Mae rhai yn meddwl mai dyna pam mae hi ond yn hanner call. Dim digon o ganghennau ar y goeden deulu, fel petai.'

'Hels bels, lodes!'

'Ti ofynnodd. Beth bynnag, mae'n amser brecwast, ond cyn i ti fynd, be ydi'r rheithfarn am ffansi newydd Rhodri?'

'Glo? Hyfryd.'

'Sy'n golygu ei bod hi'n dlws. Ti mor arwynebol, Dadi annwyl. Dwi'n edrych ymlaen i gwrdd â hi dros y penwythnos.'

'Dwi'm yn siŵr ydi hi'n dod i'r briodas – mae gwahodd merch i briodas teulu yn gam mawr.'

'Mae hi'n dod i'r parti nos, beth bynnag. Ond o be dwi'n glywed gan Mals, mae hi bron yn byw yn Hengwrt fel mae hi. Fydda i adre nos Iau, gyda llaw.'

'Alli di ddim dod yn gynt? Mae 'na ymarfer mawr i fod i ddigwydd am chwech o'r gloch, a...'

'Dwi 'di clywed hyn i gyd gan Belle, ond rhaid i mi ymarfer drwy'r dydd ar gyfer fy rôl newydd, felly alla i ddim gadael yr Hwb Cynhyrchu cyn amser cinio. Does dim rhaid i mi gael *run-through*, yn enw rheswm, dwi'n gantores broffesiynol.'

'Iawn, os wyt ti'n deall y sgôr.'

'Twt lol, dwi newydd oroesi Rhyfel yr Organ Sâl. Dwi'n iawn.'

Roedden nhw'n chwerthin wrth i'r alwad ddod i ben, a chan ystyried geiriau Carys, penderfynodd Daf ffonio Eithnog i rybuddio'r teulu y byddai dipyn o fynd a dod ym Mhencoed yn ystod y dydd. Heather atebodd y ffôn.

'Eithnog Farm.'

Sylwodd Daf ar ddau beth: ei bod hi wedi ateb yn Saesneg, a'i bod wedi dewis defnyddio enw'r lle yn hytrach na'r bobol oedd yn byw yno.

'Bore da, Heather. Jyst isie dweud...'

'O, tithe. Wnest ti ypsetio Rhiain yn lân ddoe. Tydi hi prin wedi dweud gair wrtha i ers neithiwr.'

'Fel y gwyddost ti, 'den ni'n cynnal ymchwiliad cymhleth,

ac ar ôl i ni gadarnhau mai Rose Minton oedd y corff yn y sied ieir, does ganddon ni ddim dewis ond dysgu bob dim...'

'Bla, bla, Dafis. 'Den ni wedi clywed hyn o'r blaen. Jyst gad lonydd i ni, wnei di?'

'Mi fydda i'n cyflawni fy nyletswyddau, Heather. Gyda llaw, un cwestiwn bach sydyn i ti: ble mae dy ŵr erbyn hyn?'

Anaml roedd Daf yn defnyddio ffôn go iawn y dyddiau yma, gan ddibynnu ar ffonau symudol, ond roedd yn rhaid iddo gyfaddef nad oedd yn bosib creu sŵn efo'i Samsung fyddai'n dod yn agos at yr hyn glywodd o wrth i Heather daro derbynnydd ffôn y tŷ i lawr yn ei grud. Chwibanodd yn dawel, a gyrru neges destun i Toscano: 'Hanes tad Rhiain yn flaenoriaeth. Ceisia gael gafael ar gofnodion yr Awyrlu.'

Canodd y ffôn yn ei law, a gwingodd Daf, fel petai rhywun wedi gwthio pìn i gefn ei law, wrth weld yr enw ar y sgrin.

'Rhaid i ti helpu, Daf, dwi'n methu gadael y lle.'

'Pam ti'n dweud hynny, Belle?'

'Achos es i lawr i Henffordd ddoe am sesiwn *dermaplaning*, a phan ddes i'n ôl doedd dim problem. Roedd y cŵn yn iawn. Ond bore 'ma, wrth i mi fynd â nhw am dro, mi welais i edau yn ffwr Gwyndaf, fel... wel, sut allai edefyn wneud ei ffordd i mewn i gwt y cŵn?'

'Falle'i fod o yn y gwellt? Darn o'r rhaffen sy'n cael ei ddefnyddio i glymu bêls?'

'Hmm. Ydi, mae hynny'n bosib, am wn i. Ond roedd o'n lliw arian, mor debyg i liw ffrogiau'r morwynion priodas.'

'Mae hynny'n egluro pethe. Yn ystod y *fittings*, mae'n debyg bod darnau o edau wedi sticio i sgidiau rhywun, a bod hwnnw wedi dod i'r buarth, wedyn i gwt y cŵn.'

'Theori gredadwy, heblaw am y ffaith mai yn Amwythig roedd y *fittings*. Rhaid i ti ddod draw i edrych o gwmpas.'

'Dwi'n gweithio rŵan, lodes, ond mi bicia i heibio os alla i.'

Wrth dacluso'i gar cyn cwrdd â Sheila, ystyriodd Daf brynu

pecyn arall o bopadoms i'w cadw wrth gefn, ond penderfynodd beidio achos roedd o'n nabod ei hun yn rhy dda. Byddai'n llawer mwy tebygol o'u llowcio'n syth na'u cadw rhag ofn. Cofiodd eiriau Carys am warchod ei hiechyd, ac fel petai hi wedi cael ei rhoi yno gan asiantaeth gastio, cerddodd nyrs o flaen ei gar o'r Spar i gyfeiriad y Ganolfan Iechyd. Penderfynodd Daf y byddai'n trefnu MOT iddo'i hun cyn hir.

Trodd y nyrs yn ôl a chnocio ar ddrws car Daf gan fod y ffenest yn agored.

'Sori i dy styrbio di,' meddai.

'Dim problem, lodes.'

'Ti roddodd y sgwrs drygs i ni yn yr ysgol – wnest ti argraff fawr arnon ni lodesi Blwyddyn Deg! Mel ydw i, Mel Roberts. Ges i fy nghyfweld ddoe, gan gòg efo llygaid mawr brown fel sbaengi. Dwi erioed wedi cael fy nghyfweld gan yr heddlu o'r blaen.'

'Mi wyt ti'n ffrind i Rhiain, felly?'

'Wel, dim ffrind *as such*. 'Sen i'n ein disgrifio ni fel cyfoedion – wedi nabod ein gilydd ers Ti a Fi. 'Den ni'n baglu ar draws ein gilydd yn y Cain weithie, a sgwrsio. Felly ges i sioc o dderbyn gwahoddiad i'r briodas, gynta, wedyn i'r parti plu.'

'Ty'd i eistedd fan hyn,' gwahoddodd Daf hi, gan roi ei law ar sedd y teithiwr.

'Dim ond deng munud sy gen i,' esboniodd Mel, a setlo wrth ei ochr. 'Ond neithiwr, roedd gymaint o bethe'n mynd drwy fy mhen, pethe nes i anghofio'u dweud wrth PC Sbaengi. Dweud y gwir, ro'n i'n methu canolbwyntio ar y cyfweliad fel dylen i. Rhwng y ffaith nad o'n i wedi bod mewn gorsaf heddlu o'r blaen, a'i lygaid melfedaidd o, wn i ddim faint o synnwyr gafodd o gen i.'

'Paid poeni, lodes,' atebodd Daf. 'Be oeddet ti'n feddwl pan glywest ti fod Rhiain yn priodi?'

'Wel, mae sawl un wedi dweud bod y lodes wedi gorfod colli cryn dipyn o'i golwg cyn gallu ffansïo Ows Bronwylfa, ond y peth hynod oedd y ffaith nad oedden nhw'n canlyn cyn dyweddïo. Mae fy mrawd, Jac, yn yr un giang ag Owain, ac yn dweud bod Ows yn gwneud dipyn i'r ferch sy'n gweithio yn y sied, ond does dim siw na miw ganddo am Rhi.'

'Diddorol.'

'Mae Mam yn meddwl mai trefniant rhwng y teuluoedd ydi'r cwbwl. Nos Wener, ges i gyfle i drafod y briodas efo Rhi, a doedd hi ddim yn edrych ymlaen o gwbl. Ddim yn difaru chwaith... ro'n i'n cael yr argraff nad oedd hi'n rhoi rhech un ffordd neu'r llall. Ond pwy oedd yn ei hannog, gan restru manteision priodi o hyd? Y wrach, yr hen Saesnes.'

'Oedd hi wir?'

'Oedd, yn sôn pa mor braf fyse bywyd Rhi ar ôl cael tŷ ei hun, a chael bod allan o reolaeth ei mam, a pha mor hawdd fyse bob dim efo pres Bronwylfa a phres Eithnog yn llifo i'r un cyfeiriad. O'n i ddim yn ei thrystio hi o gwbl, y Rose 'na.'

'Ym mha ffordd?'

'Dwi'm yn gallu disgrifio yn union. Gwranda, syr, dwi ddim isie smalio bod Rhi a finne'n BFFs. Ond mi oedd hi'n un ohonon ni, a do'n i ddim isie eistedd yn ôl heb ddweud gair tra oedd hi'n cael ei phluo gan ryw Jil Sais.'

'Pa mor dda oeddet ti'n nabod Rose?'

'Erioed wedi siarad efo hi cyn nos Wener. Ro'n i wedi'i gweld hi a'i stondin hipi yn y farchnad, wrth gwrs, ond dyna'r cyfan. Ac yn sydyn reit, hi oedd ffrind gore Rhi. Mi oedd hi'n ddigon hen i fod yn fam i Rhi, ond roedd hi wedi gwisgo fel slwten nos Wener – blows mor dene allet ti ddarllen *Yr Ysgub* drwyddi, sgert fyny at ei thin a belt mawr hyll efo bwcwl pres siâp sarff yn cnoi ei gynffon. O, a blode gwirion yn ei gwallt. Hollol anaddas i ddynes yn ei chwedege. Wrth reswm, roedd hi'n tynnu dipyn o sylw ym mhob tafarn ar y daith ond roddodd hi ddim smic o sylw i'r hen ddynion oedd yn glafoerio drosti, dim ond chwerthin ar eu penne nhw. Dweud y gwir, roedd hi'n chwerthin ar ein penne ni i gyd. Mae hyn yn beth cas i'w ddweud ar ôl i rywun farw, ond dwi'n falch ei bod hi 'di mynd.

Melin drafferth oedd hi i bawb o fewn hyd braich. Dwi'm yn coelio'r lol hud a lledrith 'na, ond dwi'n medru nabod rhywun maleisus pan dwi'n cwrdd â nhw. A rŵan, sori, rhaid i mi fynd. Gen i glinig.'

'Diolch yn fawr, lodes.'

'Dwi wedi gadael fy rhif ffôn efo PC Sbaengi, os oes 'na rwbeth arall. Oes siawns i PC Sbaengi roi caniad i mi... yn gymdeithasol, ti'n meddwl? Mi chwilies i neithiwr a dydi o ddim i'w weld ar Tinder.'

'Mae o'n priodi yn yr hydref. Sori.'

'Siom. Oes ganddo fo frawd?'

'Tri, a llond bws o gefndryd.'

'Mae 'na obaith i mi, felly,' meddai Mel, gan chwerthin.

Cyn iddi gyrraedd drws y Ganolfan Iechyd, roedd Sheila wedi agor drws car Daf.

'Methu aros i weld y bwthyn 'ma, bòs,' datganodd. 'Ei do yn fotymau siocled, ei waliau yn fara sinsir a mwg candi fflòs yn dod o'r simne daffi...'

'Cau dy geg.'

'Ww, mae rhywun yn flin ar ôl ei frecwast o ddau Solero.'

Wrth iddyn nhw ddringo i fyny'r ddrysfa o wtregydd rhwng Llanfyllin a Chwm Elain, syllodd Sheila drwy'r ffenest yn chwilfrydig.

'Mi ddwedodd Tom pa mor anghysbell ydi'r lle 'ma, ond wnes i ddim ei goelio fo tan rŵan. Dweud y gwir, tasen i'n chwilio am le i fynd am chydig o therapi sgrechian, allen i ddim meddwl am unlle gwell.'

Wrth iddyn nhw adael golau ffres y bore a mynd i mewn i'r goedwig, rhedodd ias i lawr cefn Sheila. Wrth iddyn nhw gyrraedd y llannerch, trodd at Daf.

'Wyt ti'n teimlo fel bod rhywun yn ein gwylio ni?'

'O rywun oedd mor bendant bod Toscano a finne'n gwneud môr a mynydd o'r awyrgylch hynod fan hyn, ti wedi newid dy gân rŵan, hei?'

'Hmm.'

Roedd yr allwedd o dan y cerflun, ac agorodd Daf y drws tra oedd Sheila'n crwydro o gwmpas, yn ceisio dod i arfer â'r lle. Cerddodd Daf ar draws yr ystafell fyw, ac ar ôl tynnu maneg blastig o'i boced a'i gwisgo, tynnodd y darlun o gardiau Tarot oddi ar y wal. Tu ôl iddo roedd dau fachyn, ac oddi tanynt roedd siapiau hir o baent tywyllach na gweddill y wal, fel petai rhywbeth wedi bod yn hongian yno am hir. Roedd y siapiau'n gyfarwydd i Daf felly doedd dim rhaid iddo edrych ar y llun roedd o wedi'i dynnu yn y siop hen bethau i wybod mai'r mygydau Shona fu yno.

Wedyn, aeth at yr aelwyd, a cheisio codi'r llechen. Doedd honno ddim yn broses hawdd, a rhwygodd un o'i ewinedd. Rhegodd, a brysiodd Sheila i mewn jyst mewn pryd i weld cynnwys y bocs o dan y llechen. Roedd yr hen esgid wedi mynd, ond roedd y bocs yn llawn dop o arian parod: papurau hanner canpunt.

'Wel, mae lwc Rose wedi mynd efo'r esgid, mae'n amlwg,' sylwodd Sheila.

19

'Be 'di hyn, dwêd?' gofynnodd Daf, yn fwy iddo'i hun nag i Sheila.

'Pres, bòs, ac eitha lot ohono fo. Dweda di fod hanner cant o bapurau ym mhob bwndel, dyna ddwy fil a hanner, ac mae 'na ymhell dros ugain o fwndeli...'

'Pam ei fod o yma, dyna i ti'r cwestiwn.'

'Be ydi dy theori di?'

'Yn amlwg, doedd Rose ddim yn rhoi pob ffynhonnell o incwm drwy ei llyfrau. Falle'i bod hi isie osgoi talu'r dreth, mor syml â hynny.'

'Dwi ddim wedi astudio'i datganiadau banc hi, ond o'r hyn roedd Toscano yn ei ddweud am y *sex dungeon* welsoch chi yma, 'sen i'n disgwyl gweld dipyn o arian parod o gwmpas y lle. O be dwi'n ddeall, dydi llawer iawn o gwsmeriaid puteindai ddim yn hoffi talu efo cerdyn na siec, rhag ofn iddyn nhw gael eu hadnabod.'

'Daeargell ryw, nid *sex dungeon* ond ie, dwi'n cytuno. A phwy fyse'n fodlon talu efo BACS am felltith? Fetia i di fod arian parod yn teyrnasu ym myd y gwrachod.'

'Heblaw'r ochr ar-lein.'

'Wel, ie.'

Trodd Daf at y wal, a thynnu llun o'r siapiau oedd o dan y llun o gardiau Tarot.

'Roedd Rose newydd werthu dau fwgwd – creiriau roedd hi wedi dod â nhw efo hi o Affrica. Siawns eu bod nhw'n werthfawr iawn, ond mi wnaeth hi ddewis eu gwerthu nhw i rywun nad oedd byth yn mynd i gynnig pris teg iddi amdanyn nhw. Pam hynny? Hefyd, roedd Rose yn rhoi pwysau ar Rhiain i briodi Owain Bronwylfa. Eto, pam?'

‘Yden ni wedi gofyn i’r patholegwyr gymryd olion bysedd Rose?’

‘Dim eto. Rho alwad iddyn nhw, wnei di? A ’den ni ar binne isie clywed achos ei marwolaeth, os ti’n siarad efo rhywun sy’n fodlon gwrando.’

‘Paid â dweud dy fod ti’n colli’r hen Jarman yn barod, bòs?’

‘Sobor. Ro’n i’n cael pryd o dafod ganddo’n reit aml, ond roedd o’n rhannu gwybodaeth yn brydlon. A Sheila, ffonia’r orsaf hefyd a gofyn i rywun ddod i fyny yma ar frys, achos allwn ni ddim gadael yr holl bres yma – mae angen PCSO i warchod y lle nes i’r SOCOs gyrraedd.’

Camodd Sheila allan drwy’r drws ffrynt i chwilio am signal gwell i’w ffôn, a rhoddodd Daf yr arian yn ôl yn y gwagle o dan y llechen. Penderfynodd beidio â rhoi’r llechen yn ôl yn ei lle, er mwyn gwneud pethau’n haws i’r swyddogion lleoliad trosedd. Eisteddodd ar ei sodlau, yn syllu ar y llawr anwastad. Oedd mwy o guddfannau o dan lechi eraill? Ar ei bedwar, dechreuodd gropian ar draws yr ystafell, gan geisio symud pob llechen wrth fynd. Chafodd o ddim lwc nes iddo gyrraedd y trothwy rhwng y gegin a’r ystafell fyw, lle’r oedd un yn rhydd. Cododd y slabyn yn ofalus: nid cuddfan oedd yno ond nyth o lygod mawr. Ynddo roedd pedair llygoden swmpus, eu cotiau’n sgleinio, a dros ddwsin o bethau bach pinc, yn ddall ac yn hollol foel, yn gwichian yn aflafar. Gosododd Daf y llechen yn ôl wrth i’r creaduriaid ddiflannu o’r nyth i ddrysfa o dwneli oedd yn ymestyn i bob cyfeiriad. Sgrialodd ar ei draed a phwyso ar fwrdd bach i’w sadio’i hun. Sylwodd fod y bwrdd yn sigledig – roedd y darn bach o bapur oedd wedi’i blygu o dan un goes wedi symud. Roedd Daf ar fin gwthio’r papur yn ôl i’w le, ond penderfynodd ei agor cyn gwneud hynny. Slip cyfarch oedd o, gan gwmni CashHelp o’r Amwythig. Roedd Daf yn gyfarwydd iawn â’r busnes: siop wystlo oedd hi, ac ers dros ganrif roedd tlodion y dref wedi gadael eu heiddo yno tan y diwrnod cyflog nesaf. Bob hyn a hyn roedd lladron dibrofiad yn picio i mewn i gynnig y pethau gwerthfawr roedden nhw wedi'u dwyn o rywle, ac yn aml byddai'r hen Mr Jehu yn ffonio Daf efo disgrifiad o'r eitemau a lluniau o CCTV y siop. Gan ddilyn Sheila drwy'r drws, ceisiodd Daf ffonio Jehu, ond doedd dim ateb.

'Daf Dafis from Welshpool here, Mr Jehu. I know you're a busy man, but I would appreciate a call when you have a moment.'

Camodd Sheila rownd cornel y tŷ. 'Pa Jehu? Jehu CashHelp?'

'Ie. Mae'n amlwg fod Rose yng nghanol rhyw greisis ariannol. O'r hyn 'den ni wedi'i ddysgu roedd hi wastad yn byw ar y dibyn, yn jyglo pres, ond mae'n ymddangos ei bod yn poeni mwy am y peth yn ddiweddar. Rhaid bod rhyw bwysau newydd arni hi.'

'Roedd ganddi ddigon o benbyliaid yn coelio yn ei rwtsh, beth bynnag. A be am yr holl ffortiwn dan y llawr?'

'Mae 'na wastad broblem os ydi busnes sy'n cael ei redeg gan un person angen mwy o bres. Mae'r cleientiaid yn galw am wasanaethau gan y perchennog ond dim ond pedair awr ar hugain sydd mewn diwrnod. Falle mai dyna pam roedd hi'n sôn am gymryd Nala fel prentis.'

'Ond pam roedd hi angen y pres ychwanegol, dwêd?'

'Dyna i ti'r cwestiwn. Falle gawn ni atebion draw ym Mronwylfa.'

Roedd mwy nag un rheswm pam fod Daf a Sheila wedi mynd i Fronwylfa dros y nant: i arbed amser teithio, wrth gwrs, ac roedd hefyd yn esgus i yrru heibio Eithnog. Pasiodd Daf y safle lle'r oedd sied ieir newydd Eithnog yn cael ei chodi: doedd neb yn gweithio yno. Roedd car Heather ar y buarth ond doedd dim golwg o'r Land Rover. Am ryw reswm, meddyliodd Daf am yr elyrch roedd Heather wedi bod yn eu plygu. Roedd rhywbeth annaturiol am ei ffocws y diwrnod hwnnw.

'Lodes, wyt ti erioed wedi plygu napcyn i mewn i siâp alarch?'

'Na, ond roedd ein tywelion wedi'u plygu'n siâp calonnau

yn y gwesty lle wnaethon ni aros ar ein mis mêl. Roedd Tom yn hoffi'r peth, ond roedd o braidd yn tacky i mi.'

'Dweda am eiliad dy fod ti'n cynnal parti ffansi acw, a dy fod ti wedi penderfynu plygu napcyns ar ei gyfer. Pryd fyset ti'n gwneud hynny?'

'O, ar fore'r parti neu wrth wylio'r teledu y noson cynt.'

'Nid bythefnos cyn y dathliad?'

'Na. Dwi ddim yn meddwl y bysen nhw'n cadw'u siâp mor hir â hynny.'

'Felly, petai dynes yn brysur efo cant a mil o bethe eraill ynglŷn â'r briodas, pam fyse hi'n treulio oriau yn plygu napcyns i mewn i siapiau sydd byth yn mynd i bara tan y diwrnod mawr?'

'Wel, falle fod ganddi ormod o bethe i feddwl amdanyn nhw, ac yn dewis llenwi'i phen efo tasg heriol. Neu – ac ar ôl treulio llawer gormod o amser efo hi ddydd Sul, dyma'r theori dwi'n ei gefnogi...'

'Sef?'

'Mae hi'n hurt fel postyn.'

'Eto, mae hi'n rheoli'r teulu cyfan...'

'Mi all rhywun fod yn ddigon penstiff heb fod yn glyfar, cofia. Dwi'n siŵr dy fod ti wedi cwrdd ag un neu ddau felly yn ystod dy fywyd.'

Gan ystyried y doethineb hwnnw, gyrrodd Daf i lawr at y nant. Yng nghysgod sietin oedd yn ymestyn dros y dolydd ar ongl sgwâr i'r nant, safai Land Rover Eithnog. Wrth ei ochr, â rhaw fawr yn ei law, roedd Alun Hughes yn tyllu. Gan adael yr wtra lychlyd, gyrrodd Daf draw tuag ato. Wrth iddyn nhw agosáu, sythodd Hughes ei gefn a chamu ymlaen, rhwng cerbyd Daf a'r twll.

'Be ti'n wneud?' heriodd, yn ei lais dwfn, sych. 'Tir preifat ydi hwn.'

''Den ni wedi bod i fyny ym Mhencoed, a rŵan 'den ni angen mynd i Fronwylfa. Does dim pwrpas treulio awr yn teithio'r holl ffordd.'

Yn lle ateb, creodd Hughes sŵn yn ei gorn gwddw.

'Be wyt ti'n wneud fan hyn, Mr Hughes?'

'Claddu.'

'Claddu be?'

'Ci. Hen ast wedi marw dros y penwythnos.'

'Ocê. Fydd raid i mi gael sgwrs efo ti cyn hir ond, yn y cyfamser, oedd Rose Minton yn talu ei rhent yn brydlon?'

'Oedd.'

'Eto, eleni, am gyfnod o ryw dri mis, thalodd hi ddim ceiniog i ti.'

Cochodd Al Hughes, a disgynnodd diferyn o chwys o'i dalcen i'w lygaid. Rhwbiodd ei lygad chwith efo'i lawes fudr.

'Cash,' atebodd, ar ôl saib byr. 'Ddaeth hi ata i a chynnig talu efo arian parod o hynny ymlaen, ac roedd hynny'n fy siwtio, ond ddechreuodd hi dalu'n hwyrach ac yn hwyrach bob mis, ac yn y diwedd roedd yn rhaid i ni fynd yn ôl i'r trefniant blaenorol, sef *direct debit* ar y cyntaf o bob mis.'

'Wyt ti'n gwybod pam wnaeth hi ofyn am newid y drefn?'

Ysgydwodd Hughes ei ben trwm.

'Wnes i ddim gofyn, ond osgoi treth, 'sen i'n tybio. Mae ganddi wastad dipyn o arian parod.'

Am eiliad roedd sglein yn llygaid Hughes, fel petai dagrau'n hel ynddyn nhw, ond trodd ei ben yn ôl at ei waith.

'Cer di draw i...' dechreuodd, ond oedodd. 'Be ti'n wneud efo gwraig Glantanat eto?'

'Mae Mrs Francis yn gweithio efo fi.'

'Pwy sy'n gofalu am y còg tra mae hi'n jolihoetian o gwmpas efo tithe?'

'Gyda phob parch, Mr Hughes,' atebodd Sheila mewn llais llawn awdurdod, ''den ni wedi dod yma i drafod yr achos, nid fy nghynllunie domestig i. Hwyl am y tro.'

Wrth yrru'n ôl dros y dolydd sych, gofynnodd Daf,

'Ydi'r busnes "gwraig Glantanat" yn mynd ar dy nerfau di, Sheila? Fel petaet ti ddim yn bodoli cyn cwrdd â Tom?'

‘I ryw radde, ond rhaid i mi gyfadde, doeddwn i ddim yn bodoli cyn caru Tom. Ddim yn bodoli go iawn.’

‘Wel, am ramantus, Mrs F. Ti wedi fy synnu fi.’

Ugain munud yn ddiweddarach roedd Daf a Sheila yn eistedd wrth y bwrdd mawr yng nghanol cegin Bronwylfa. Roedd y lle fel pìn mewn papur ond ddim yn gyfforddus, ac roedd pob eitem yn cwmpasu brand y teulu. Tu ôl i’r Aga roedd teils â lluniau gwartheg arnyn nhw, a chrogai llun priodas ger y teledu enfawr, yn dangos George a Lona yn eu hugeiniau cynnar, eu llygaid wedi’u cau yn erbyn yr haul. Wrth ymyl yr oergell Americanaidd roedd ffrâm fawr arian ac ynddo lun o fabi tew, noeth, yn rowlio’n hapus ar rỳg croen dafad. Doedd Owain ddim wedi newid llawer ers hynny, ystyriodd Daf. Y tu ôl i’r sinc roedd llun hynod wedi’i argraffu ar ddarn o wydr: gallai pwy bynnag oedd yn golchi’r llestri fwynhau edrych ar ddelwedd o’r sied ieir, wedi’i dynnu o’r awyr.

Roedd Lona’n brysur wrth yr Aga, uwchben sosban yn llawn rhywbeth sbeislyd, ac roedd golwg anfodlon arni wrth dynnu’r tegell i flaen y stof i ferwi.

‘Be ti’n goginio, Lona?’ gofynnodd Daf yn gwrtais. ‘Mae’n gwynto’n hyfryd.’

‘Does dim digon i chi,’ brathodd Lona’n ôl.

‘Nid gofyn am ginio o’n i, dim ond isie gwybod be ydi’r arogl hyfryd ’na.’

‘Rhywbeth o Wlad Thai?’ dyfalodd Sheila.

‘Dech chi’n llygad eich lle, Misus Francis. Cyrri gwyrdd.’

‘O’n i’n bendant ’mod i’n gallu gwynto llaeth coco,’ ychwanegodd Daf. ‘Lysh.’

Dewisodd Lona ei anwybyddu. Diflannodd drwy ddrws mewnol am eiliad, a daeth yn ôl efo un gwpan ac un soser tsieni, efo rhosynnau mawr pinc arnyn nhw, a llinell aur o gwmpas eu hochrau.

‘Am hyfryd!’ ebychodd Sheila. ‘Royal Worcester?’

‘Ie. O’m *bottom drawer.*’

'Dwi'n synnu eu bod nhw wedi goroesi – mae'r bois acw'n llawdrwm ofnadwy.'

'Dydi'r dynion yma byth yn cael dod yn agos i'r llestri gore.'

Defnyddiodd Lona debot mawr brown i wneud y te, ac ar ôl cyflwyno'r Royal Worcester i Sheila, rhoddodd baned i Daf mewn mẁg mawr oedd yn hysbysebu Romenco.

'Gobeithio nad ydech chi'n bwriadu bod yma'n hir,' meddai Lona'n ddifynedd. 'Mae George wedi mynd i weld y cyfrifydd a bydd Owain yn ôl am ei ginio toc.'

'Bydd raid i ni siarad efo pob un ohonoch chi, yn anffodus, Mrs Gethin. Mae hwn yn ymchwiliad cymhleth,' eglurodd Sheila er mwyn troi'r sgwrs at fusnes.

'Hi oedd hi, dwi'n clywed. Hipi Pencoed?'

'Ie, ond ar hyn o bryd tydi amgylchiadau ei marwolaeth ddim yn hollol glir. Ond mae un peth yn sicr – mi fu Rose farw mewn amgylchiadau amheus iawn.' Dewisodd Daf ei eiriau'n ofalus.

'Debyg iawn. Roedd bob dim am y greadures yn amheus.'

'Fel be, yn union, Mrs Gethin?' gofynnodd Sheila.

'Ei ffordd o fyw. Ei natur ddigywilydd. Ei dillad. Y ffordd roedd hi'n siarad, a'r pynciau roedd hi'n dewis eu trafod. Y ffaith ei bod hi'n cerdded o gwmpas yn noeth lymun. Fel ro'n i'n dweud wrth Alun, fydd bywyd yn y dyffryn 'ma'n well o lawer hebddi.'

'A sut ymatebodd Mr Hughes i'r sylw hwnnw?'

Cododd Lona ei hysgwyddau. Doedd hi ddim wedi eistedd i lawr i ymuno â nhw, gan ddewis aros wrth y stof, yn troi'r cyrri.

'Un anfodlon i dderbyn newid ydi Alun. Roedd yn rhaid i George ac Owain weithio'n galed iawn arno iddo gytuno i godi'r sied newydd. Mae'r safle'n berffaith, a does ganddon ni nunlle addas ar gyfer ail sied, felly codi ar y cyd yden ni.'

'Pam hynny?'

'Wn i ddim faint wyt ti'n ddeall am sut mae ffermydd yn gweithio'r dyddie yma, Dafydd, ar ôl gadael byngalo Neuadd fel gwnest ti, ond mae'r rhwystrau'n cynyddu ac incwm mor fregus, rhaid i bawb newid, a datblygu eu busnesau. Dyna be 'den ni wedi llwyddo i'w wneud fan hyn.'

'Ond, o'r hyn dwi wedi'i glywed, tydi Mr Hughes ddim y math o ddyn fyse'n hapus efo tenant oedd yn achosi cymaint o drafferthion i bawb.' Roedd llais Sheila yn llawn dealltwriaeth.

'Dech chi'n iawn, Misus Francis, ond cofiwch, mae'r rheolau ynglŷn â rhentu tai wedi newid yn gyfan gwbl. Petai Alun yn gorfod chwilio am denant arall, mi fyse'n rhaid iddo wario llwyth ar y lle, i gydymffurfio â'r holl reolau newydd.'

'Mae'r rheolau newydd yn amddiffyn pob tenant,' datganodd Daf, 'rhai hen yn ogystal â rhai newydd.'

'Ti'n gwybod hynny, dwi'n gwybod hynny, ac mae Misus Francis yn gwybod hynny. Mae Alun dros y nant yn gwybod hynny hefyd, ond y cwestiwn mawr ydi a oedd Rose Minton yn gwybod hynny? Un am ei hawlie oedd hi – mae pobol fel'na wastad yn gwybod bob dim am eu hawlie, a chyn lleied am eu dyletswydde. Ond roedd hi'n ddigon call i wybod y byse Alun yn codi'r rhent yn sylweddol petai o wedi gorfod gwario ar Bencoed. Mae Heather a finne wedi trafod potensial y lle fel Airbnb, ond gan fod Alun mor anfodlon newid, a Rhi wedi mopio efo'r ast 'na, doedd dim siawns o wneud hynny.'

'Ers faint oedd Rhiain a Rose yn agos?'

'Helpwch eich hun i fwy o de, Misus Francis,' meddai Lona, cyn ateb Daf. 'Wel, yn ystod y cyfnod clo, roedd y teulu Hughes a ninne isie bod mewn swigen, am resyme ymarferol, ond aeth George ar y we a dysgu bod rhaid i ti fyw ar dy ben dy hun neu fod â phlant neu rywun anabl yn y teulu i greu swigen. Felly, yr unig berson yn y dyffryn yma oedd yn gallu creu swigen heb dorri rheole oedd hithe, Rose. Felly, creodd swigen swyddogol rhwng Eithnog a Phencoed. I geisio torri ar y diflastod, treuliodd Rhi lawer o'i hamser i fyny ym Mhencoed. Wedyn aeth hi'n ôl i Lundain am sbel, wedyn ddaeth hi adre â'i phen yn ei phlu am ryw reswm, wedyn draw i Dwrci am y driniaeth wirion, ac yn ôl i Eithnog. Erbyn hynny, efo'i golwg yn gwaethygu, doedd hi ddim yn gallu gyrru. Ddwedodd Rhi wrth Ows un tro nad oedd y pandemig wedi dod i ben iddi hi, gan fod ei bywyd mor rhwystredig.'

'Pryd wnaeth Rhi ac Owain ddechrau canlyn?' gofynnodd Sheila.

'Canlyn?' Trodd Lona, a symud y cyrri i gefn yr Aga cyn eistedd wrth ymyl Sheila. 'Rhaid i chi ddeall, nid rhyw gòg o'r siop sy'n gallu caru yn ôl ei ffansi ydi Ows. Mae o'n aer i'r fferm 'ma, a gan fod ei dad, ei daid a'i gyndeidie wedi gweithio'n galed i ddatblygu Bronwylfa, mae'n rhaid iddo fo gadw'r lle i fynd, a symud ymlaen. Dwi wedi etifeddu byngalo bach yn Llanfyllin, cartref fy nain, ac mae George a finne'n bwriadu ymddeol yno.'

'Ymddeol?' ebychodd Daf. 'Dech chi'ch dau'n rhy ifanc i roi'r ffidil yn y to, Lona.'

'Wel, all Rhiain ddim ymdopi'n annibynnol, felly dwi ddim yn rhag-weld y bydda i'n eistedd yn fy nghadair wrth y tân am weddill fy mywyd.'

'Sori, Mrs Gethin,' ymyrrodd Sheila, 'ond dwi ddim wedi cael ateb i 'nghwestiwn. Ers faint mae Rhiain ac Owain wedi bod efo'i gilydd?'

Cododd Lona ar ei thraed, ac ar ôl symud y sosban gyrri oddi ar yr Aga, cerddodd draw at y ffenest oedd yn edrych dros y buarth, fel petai'n gwneud yn siŵr nad oedd neb yno. Wedyn, daeth yn ôl at y bwrdd. Eisteddodd wrth ymyl Sheila eto, gan roi ei dwylo ar y bwrdd a syllu arnyn nhw.

'Dech chi wedi cwrdd â Lissa?' gofynnodd o'r diwedd. 'Boi clên ydi Owain, falle'n rhy hawdd i'w drin, fel ei dad. Mae o'n gallu gwneud diwrnod teidi o waith, ond mae o'n ddiog yn gymdeithasol. Hapus i aros yn ei lofft, yn gwylio stwff ar ei ffôn. Rhoddodd Lissa ei bryd ar Owain y tro cynta iddi'i weld o, a dwi ddim yn synnu chwaith. Mi fyse cael Ows yn gaffaeliad i rywun fel hithe.'

Doedd Daf ddim angen llawer o ddychymyg i ddyfalu beth yn union roedd Owain yn ei wylio.

'Fel'na maen nhw, yn aml iawn, dyddie yma,' meddai.

'Mae o wedi gwaethygu ers iddo fynd dros oed y Clwb Ffermwyr Ifanc. Dydi o ddim yn mynd allan gymaint ag y dyle fo, felly roedd yn ddigon hawdd i Lissa roi ei chrafangau ynddo fo. "Cawod am ryw" oedd y cytundeb gwreiddiol rhyngddyn nhw, ac er nad o'n i'n hapus am y peth, wnes i gau 'ngheg. Ond daeth Lissa yn rhy gyfleus. Rhaid i mi gyfadde fod y greadures yn weithgar a byth yn cwyno am ei llety – petaen ni'n cael gwared ohoni, bydde'i sgidiau'n anodd eu llenwi. Ond mae o'n mynd yn fwy ffond ohoni...' Ochneidiodd Lona'n ddwfn. 'Tydi George a finne ddim yn fodlon gweld ein gwaith caled i gyd yn mynd i nunlle. Mi siaradais efo Heather i ddechre, a phan gytunodd hi i'r cynllun, cafodd George air efo Owain. Wedyn, wnaeth Rhi a fynte drafod, a daeth Owain adre'n hollol fodlon. Còg calonfeddal ydi o, ac roedd o'n hoffi'r syniad o helpu rhywun anabl. Ac roedd Rhi yn fodlon hefyd. Does neb yn disgwyl iddi lanhau'r tŷ, na gwneud shifft ar y buarth. Ei hunig ddyletswydd fydd cael plant.'

'A sut wnaeth Lissa ymateb i'r trefniant?' gofynnodd Daf.

'Lissa?' Roedd syndod Lona yn hollol ddidwyll. 'Be sy ganddi hi i'w wneud efo'r peth?'

'Ei pherthynas efo Owain?'

Chwarddodd Lona'n uchel. 'Dydi menywod fel fi ddim yn hollol naïf, wyddost ti. Mae pob mam yn gwybod be sy'n cadw'u meibion yn sownd yn y sgrin, ac i Owain, datblygiad o'r cnawd mae o'n ei weld ar ei ffôn ydi Lissa. Putain leol yn hytrach na phutain o dramor. A gan nad ydi Lissa'n gadael Bronwylfa yn aml, 'den ni'n gallu bod yn sicr nad oes ganddi haint.'

Ciledrychodd Sheila ar Daf – roedd o, yn amlwg, yn gandryll ag agwedd Lona.

'Pryd welest ti Rose Minton am y tro olaf, Lona?' gofynnodd Daf, mewn llais gwastad.

'Ar ddechre'r Valley Run, yn y Cain. Roedd hi wedi'i gwisgo fel... does dim ffordd o'i disgrifio hi, wir, ond fel hen butain. Mi brynais rownd o goctels iddyn nhw i gyd, a dwedodd Rose wrth Rhi, "Sex on the Beach ti'n gael heno, Sex on the Farm o hyn ymlaen." Mi wnaeth pawb chwerthin. Rhaid i mi gyfadde, roedd Rose yn ddylanwad da ar Rhi.'

'Ym mha ffordd?' gofynnodd Daf.

'Hi, o bawb, welodd pa mor ymarferol oedd y cynllun. Wnaeth hi ein cefnogi ni drwy egluro'r manteision i Rhi.'

'Felly doedd ganddoch chi, fel teulu, ddim drwgdeimlad tuag at Rose?'

'Fel y gwnes i esbonio, gas gen i bobol fel hithe, ond mi wnaeth hi ein helpu ni'n sylweddol.'

'A rŵan, hebddi hi, mae Rhiain wedi penderfynu peidio bwrw mlaen efo'r briodas?'

'Efo chi yn ymchwilio ym mhob twll a chornel, fydd raid i ni ohirio'r seremoni.'

'Nid am ohirio roedd Rhiain yn siarad ddydd Sul,' cywirodd Sheila hi, yn ofalus.

'Mewn sioc mae hi. Peth gwirion, wrth feddwl yn ôl, oedd gadael iddi fynd i briodas Elen Sian. Roedd hynny'n bownd o'i hypsetio hi'n lân.'

Daeth sŵn injan drwy'r ffenest agored, a neidiodd Lona ar ei thraed. Brysiodd o'r Aga i'r cwpwrdd ac o'r cwpwrdd i'r meicrodon, ac erbyn i Owain agor drws y gegin roedd pryd o fwyd blasus iawn yr olwg yn aros amdano ar ben arall y bwrdd mawr.

'Sut hwyl, Owain? Siawns i ni gael sgwrs yn nes ymlaen?' gofynnodd Daf.

Rhannodd Owain edrychiad â'i fam.

'Wel, mae gen i'r cyrri 'ma i...'

'Ar ôl hynny,' meddai Sheila.

'Allwch chi aros i'w wylio fo'n bwyta os liciwch chi,' cynigiodd Lona, fel petai hynny'n fraint. Gosododd blât bach wrth benelin ei mab: arno roedd chwe darn o fara naan, wedi'u torri yn chwe siâp seren.

Ceisiodd Daf feddwl pa ddyn arall deg ar hugain oed oedd yn bwyta bara naan wedi'i dorri yn siapiau gan ei fam.

'Mae Sarjant Francis a finne wedi cael bore go hir felly mi bicwn ni draw i'r Kings Head ym Meifod am ginio. Fyddwn ni'n ôl ymhen yr awr.'

'Gwna hi'n awr a chwarter,' atebodd Lona. 'Mae Ows wastad yn cael saib bech ar ôl cinio.'

'Paid byth â gadael i mi fagu Tomi ni fel'na,' mwmialodd Sheila wrth ddringo i mewn i'r car.

'Wel, fel ei dad bedydd mae gen i hawl i ymyrryd, ond mae Tom a tithe'n rhy gall i hynny.'

Daeth sŵn o ffôn Daf: neges gan Toscano.

'Ffonia pan fydd gen ti eiliad, bòs. Dwi'n gwybod hanes tad Rhiain... a sut y bu o farw.'

20

Wrth i Daf yrru i Feifod, roedd Sheila'n anarferol o dawel. O'r diwedd, trodd ei phen ato.

'Dwi isie mynd yn ôl i Fronwylfa a rhoi pen Lona yn ei KitchenAid. Roedd hi'n trafod Lissa fel tase hi'n faw ar ei sawdl.'

Gwenodd Daf. 'Be os ydi geiriau cas Lona yn dweud wrthon ni pwy ydi hi?'

'Ast lwyr, dyna pwy ydi hi.'

'Debyg iawn, ond pam? I mi, mae'n amlwg ei bod hi'n teimlo fel methiant: heb yrfa, heb statws, heb gariad.'

'Be wyt ti, therapydd? Ond mae ganddi hi George.'

'Mae George yn debycach i anifail anwes na gŵr. Synnen i ddim ei bod hi'n rhoi ei swper mewn bowlen yn y cut cŵn weithie.'

Gwenodd Sheila, ond gwên wan oedd hi.

'Felly, mae Lona wedi creu pwrpas i'w bywyd gwag drwy drin fferm Bronwylfa fel crefydd, ac os oes rhaid iddi wneud aberth ar allor y fferm, mae hynny'n dderbyniol.'

'A Lissa ydi'r aberth?' gofynnodd Sheila.

'Ie.'

'Ocê, ond eto mae hi'n dwli ar ei mab, ac mae o'n llawer mwy tebygol o fod yn hapus efo merch sy'n ei addoli fel Lissa nag efo Rhiain, sy ddim yn ei hiawn bwyll.'

'Mae Lona am i Owain fod yn hapus, ond ddim yn rhy hapus, rhag ofn i hynny ei gorfodi hi i feddwl am y pethe chafodd hi ddim eu mwynhau yn ei bywyd ei hun.'

'Waw, mae hynna'n ddwfn, bòs. Ddylet ti fod yn seicolegydd.'

'Wel, tra dwi'n dal i allu dibynnu ar fy mhengliniau, mi fydda i'n aros yn yr heddlu. Wedyn, pwy a ŵyr?'

Tra oedd Sheila'n archebu paninis a choffi iddyn nhw yn y dafarn, cymerodd Daf y cyfle i ffonio Toscano.

'Dyma ni, bòs. Craig Anthony Billings oedd gŵr Heather, ac mi wnaethon nhw briodi yn Swyddfa Gofrestru Wellington, bum mis cyn i Rhiain gael ei geni.'

'Aha!'

'Mi fuon nhw'n byw yn llety'r Awyrlu am dipyn, wedyn mi gafodd Craig ei ryddhau o'r Awyrlu dan gwmwl.'

'Pam?'

'Trais yn y cartref.'

'Mae hyn yn cyd-fynd â'r hyn 'den ni eisoes wedi'i glywed.'

'Dechreuodd weithio fel labrwr wedyn ar safleoedd adeiladu o gwmpas Oakengates, ond lai na blwyddyn ar ôl gadael yr Awyrlu, bu farw mewn damwain ar y safle.'

'A ble oedd Heather a Rhiain bryd hynny?'

'Roedd y tri yn byw mewn fflat Cyngor – roedd cyn-filwyr yn cael blaenoriaeth am lety, yn enwedig rhai efo plant. Alla i ddim bod yn hollol siŵr, ond mae'n bosib bod Heather wedi ei adael o jyst cyn iddo farw.'

'Oedd o'n dal i guro'i wraig?'

'Dim syniad. Dwi wedi cael rhai o'r ffeithiau gan yr Awyrlu, a rhai gan ei chwaer.'

'Pa fath o ddamwain gafodd o?'

'Un ryfedd. Cafodd y contractwr ei erlyn gan yr Awdurdod Iechyd a Diogelwch.'

'Am be, yn union?'

'Gweithio i greu sylfaen ffos oedd Craig, ac yn hytrach na rhoi seiliau caled go iawn i lawr, roedd y cwmni wedi prynu hen gerrig ffordd ar gyfer y job.'

'Pam oedd hynny'n broblem?' Roedd Daf wedi hen arfer efo Toscano yn siarad fel arbenigwr ar ôl dysgu chydig o ffeithiau am unrhyw faes. Heddiw, dyn Iechyd a Diogelwch oedd o.

'Achos petai 'na garreg galch ymysg y cerrig eraill, gallai honno adweithio efo dŵr i greu nwy peryglus. Petai hynny'n digwydd mewn lle cyfyng, fel ffos, byddai'n ddigon i fygu rhywun. A dyna be ddigwyddodd i Craig Billings.'

'Be oedd canlyniad yr erlyniad?'

'Cafwyd y cwmni'n euog o esgeulustod troseddol, ond i gwmni mawr, doedd dirwy sylweddol yn ddim problem.'

'Gafodd y teulu iawndal?'

'Do, ond doedd chwaer Craig ddim yn hapus. Roedd hi'n dweud bod priodas Heather a Craig wedi chwalu erbyn y ddamwain, a bod Heather wedi symud yn ôl i Gymru i fyw.'

'Faint oedd yr iawndal?'

'£60,000.'

'Waw! A ble mae'r pres yna rŵan, dwêd?'

'Mi fydd yn rhaid i ni ofyn i Heather, ond dwi'n meddwl bod y ferch wedi gwario'r rhan fwya ohono tra oedd hi'n ceisio gwneud bywoliaeth yn Llundain. Dwi'n cofio i ti ddweud pa mor ddrud oedd bob dim yno tra oedd Carys yn y Guildhall.'

'Digon gwir. Unrhyw beth arall?'

'Wel, roedd chwaer Craig yn negyddol iawn am deulu Eithnog. Roedd hi o'r farn nad oedd Heather wedi gwneud unrhyw ymdrech i greu bywyd efo'i gŵr newydd, a phan glywodd hi'r newyddion drwg ynglŷn â damwain ei brawd, roedd hi'n sicr mai Alun Hughes oedd wedi'i ladd o.'

'Pam hynny?'

'Roedd Hughes wedi bygwth Craig sawl tro, yn ôl y sôn. Er bod penderfyniad y crwner yn glir ynglŷn â'i farwolaeth, mi edryches i ar ganlyniadau'r adroddiad post-mortem hefyd.'

'Gwaith da, còg. Fuest ti'n lwcus i gael adroddiad mor hen mor sydyn.'

'Ges i'r cwbwl gan yr HSE – mi wnaethon nhw atodi'r PM i'r adroddiad o'r achos.'

'A be mae'r PM yn ei ddweud?'

'Yn ystod y dyddiau cyn ei farwolaeth, roedd Craig wedi cael cweir go iawn. Roedd un o'i asennau wedi cracio, cleisiau dros ei gorff i gyd a llygaid duon. Roedd y cwmni wedi ceisio perswadio'r llys mai'r anafiadau oedd wedi'i ladd o, ac mai cyd-ddigwyddiad oedd y nwy yn ei ysgyfaint, ond wnaethon nhw ddim llwyddo. Wrth gael ei groesholi, roedd y patholegydd wedi disgrifio anafiadau Craig fel 'serious but not life-threatening, arising from a beating involving fists and several serious kicks. The blows were given by a strong man of above average height, between one and three days before the death of the subject.' Yden ni'n nabod dyn sy'n ffitio'r disgrifiad yna?'

'Sawl un,' meddai Daf, 'ond mae 'na un yn benodol. Sôn am adroddiadau post-mortem, unrhyw air gan ein patholegydd newydd?'

'Mi yrrais e-bost iddi ben bore, a ges i rwbeth rhyfedd yn ôl, sef cyfeiriad at ryw hen ddeddf.'

'Pa hen ddeddf?'

'Arhosa di eiliad, bòs, mi agora i'r e-bost... jyst y cyfeiriad sydd yma: "3 & 4 Will. 4 c73" – mi wna i ei gŵglo fo rŵan.'

'Does dim rhaid i ti. Dwi'n ei gofio fo ers fy Lefel A Hanes. Honna oedd y ddeddf wnaeth ddileu caethwasiaeth ym Mhrydain. Jôc gan y patholegydd newydd ydi hi, i ddweud na allwn ni ofyn iddi wneud gormod o waith yn rhy gyflym.'

Gwnaeth Toscano sŵn bach siomedig fel petai'n haeddu gwell na jôc ar ôl ei holl lwyddiant efo hanes tad Rhiain. 'Pryd fyddwch chi'n ôl yn yr orsaf?'

'Ganol y pnawn, neu'n hwyrach. Mae ganddon ni gryn dipyn o gwestiynau i'w gofyn o hyd ym Mronwylfa.'

Pan gyrhaeddon nhw Fronwylfa, roedd y drws ffrynt ar agor. Canodd Daf y gloch ond nid atebodd neb. Camodd i mewn a galw enw Lona – eto, dim ymateb. Gan rannu edrychiad efo Sheila, camodd i mewn a mynd yn syth i'r gegin, lle'r oedd

Owain yn gorwedd ar y soffa, yn rhochian er nad oedd o'n cysgu. Wrth weld Daf, pesychodd ac eistedd i fyny, gan wneud i rimôt y teledu ddisgyn i'r llawr.

'Sori,' mwmialodd. 'Dwi wastad yn cael ryw hoe fech ar ôl cinio.'

'Ydi dy fam o gwmpas?'

'Wedi picio lawr i'r Trallwng.'

'Wnaeth hi sôn ein bod ni angen gair efo ti?'

'Ddwedodd hi rwbeth. O'n i'm yn gwrando'n iawn ond roedd hi'n swnio'n go flin.'

'Pam hynny, dwêd?'

'Achos y briodas, dwi'n tybio.'

'Ti isie eistedd wrth y bwrdd efo ni?'

'Na, dwi'n champion ar y *settee*, diolch.'

'Owain,' meddai Sheila, ei llais yn oer, 'dydi Arolygydd Dafis a finne ddim yn fodlon sefyll fan hyn fel penbyliaid tra ti'n lolian ar y soffa. Ty'd at y bwrdd rŵan.'

Fel petai'n arfer ufuddhau i orchmynion menywod heb ddadlau, safodd Owain ar ei draed a baglu draw at y bwrdd. Agorodd ddrôr yn ochr y bwrdd a thynnu Crunchie ohoni. Wrth eistedd i lawr, agorodd y papur a dechrau crensian y bar siocled, gan atgoffa Daf o'r llygod mawr o dan y llawr ym Mhencoed.

'Fel ti'n gwybod, 'den ni'n ymchwilio i farwolaeth Rose Minton,' meddai Daf.

'Ie, wrth gwrs.'

'Oherwydd bod Rhiain mor agos ati, a dy fod ti a hithe ar fin priodi, rhaid i ni ofyn sawl cwestiwn i ti.'

'Chwarae teg,' atebodd, heb ddiddordeb. Agorodd becyn y Crunchie roedd o newydd ei orffen er mwyn llyfu'r siocled oddi ar y tu mewn iddo. Gwgodd Sheila.

'Wyt ti'n caru Rhiain?' gofynnodd Daf, gan geisio anwybyddu ei anfoesgarwch.

Oedodd Owain i ystyried yr ateb. 'Dwi'n caru ffwcio hi.'

‘Ond ti’n bwriadu treulio gweddill dy fywyd efo hi.’

‘Mae hi’n *hot*. Hollol wallgo, ond dal yn *smokin*’, fel petai.’

‘Be am yr hyn ddigwyddodd yn y fynwent ddydd Sadwrn?’

Cododd Owain ei ysgwyddau. ‘Mae ’na fanteision ac anfanteision i bob dim.’

‘Ocê, ocê,’ torrodd Sheila ar draws, gan frathu ei gwefus isaf. ‘Be am i ti ddweud wrthon ni be yn union ydi’r rheiny.’

Edrychodd Owain yn syn ar Sheila, fel petai’n ei gweld am y tro cyntaf.

‘Ga i edrych oes Crunchie arall yn y drôr ’na? Jyst tra dwi’n meddwl.’

Pan na symudodd Sheila ei llaw, cododd Owain ac ymestyn ei law bron i gôl Sheila er mwyn agor y drôr.

‘Roeddet ti’n hynod smart yn y Sioe Fawr llynedd. Clên iawn,’ meddai wrth Sheila.

‘Dwi’n deall mai dy rieni drefnodd y briodas, còg. Sut oeddet ti’n teimlo am y peth?’ bwriodd Daf ymlaen, gan anwybyddu’r sylw.

‘Wel, dim eu syniad nhw oedd y cyfan. Yn ystod y cyfnod clo, ro’n i’n gwahodd Rhi draw weithie, am ffwc fech slei. Cyn hynny doedd hi ddim yn edrych arna i, ond roedd hi’n mynd off ’i phen efo’r diflastod. Un o fanteision y pandemig, neu’r Poondemic fel ro’n i’n ei alw fo.’

Penderfynodd Daf beidio â holi beth roedd hynny’n ei olygu, gan ei fod yn sicr na fyddai’n hoffi’r ateb.

‘Ond wedyn?’

‘Ffwciodd hi off, yn ôl i Lundain.’

‘Ac oeddet ti’n gweld ei hisie hi?’

‘O’n i’n gweld isie’i ffwcio hi.’

‘Ond wedyn, gest ti ddiddordeb arall.’

‘Be?’

‘Lissa.’

Am y tro cyntaf ers dechrau’r sgwrs, rhoddodd Owain y siocled i lawr ac edrych i lygaid Daf a Sheila bob yn ail.

'Gawn ni ei chadw hi allan o hyn i gyd?'

'Mae DC Toscano a finne wedi cael sgwrs efo hi. Ti'n gwybod hynny.'

'Wrth gwrs. Ond doedd Lissa... yn ddim byd i'w wneud efo'r busnes Rose.'

'A sut wyt ti'n gwybod hynny?'

'Wel, benderfynodd Mam fynd i weld criw y parti plu yn y Cain, er nad oedd neb wedi'i gwahodd hi, felly es i draw i weld Lissa. Gawson ni dipyn o farbeciw wrth y nant, efo un o'r pethe 'na ti'n gallu eu lluchio i'r bin wedyn.'

'Tan faint?'

Syllodd Owain drwy'r ffenest am eiliad cyn ateb, 'Tan roedd yn rhaid iddi fynd i'r sied y bore wedyn.'

'Roeddech chi efo'ch gilydd drwy'r nos, felly?'

'Oedden. Mae hi braidd yn fwll yn y garafán ond roedd o'n well efo'r drws ar agor.'

'Ydi hynny'n digwydd yn aml?'

'Be? Y secs neu'r aros dros nos?'

'Y ddau.'

'Wel, rhaid i ni fod yn ofalus. Dydi Mam a Dad ddim yn cymeradwyo, a nhw sy'n cyflogi Lissa, nid fi. Fydd hynny'n newid, ar ôl y briodas.' Heb rybudd, curodd ei ddwrn ar y bwrdd. 'Blydi hel! Blydi hel, os nad ydi'r briodas yn digwydd, fydd y trefniade ddim yn newid chwaith.'

'Be mae hynny'n olygu, còg?'

'Ocê, so mae Rhi a finne'n mynd i briodi, ac fel rhan o'r ddêl 'den ni'n mynd i greu cwmni newydd, i uno'r ddwy fferm. Bydd chwe aelod o'r bwrdd, efo fi fel Cadeirydd. Gall Rhi berswadio AH i wneud unrhyw beth, a dydi Heather byth yn busnesa yn y pethe, felly petai Mam yn penderfynu rhoi'r sac i Lissa, allwn ni ei hatal hi. Roedd Rhi yn mynd i roi cynnig i Lissa symud i fyny i'r tŷ ar ôl i Mam a Dad fynd.'

'Ydi Rhiain yn gwybod am dy berthynas di efo Lissa?' gofynnodd Sheila.

'*Duh*, ydi!'

'A sut hynny?'

'Fi ddwedodd wrthi.'

'Pam?'

'Achos wnaeth hi ofyn.'

Roedd rhywbeth mor agored am lais y dyn ifanc, roedd yn rhaid i Sheila wenu.

'A doedd hi ddim yn poeni?' gofynnodd hi.

'Na, dim o gwbl. Rhaid i ti ddeall – hen ffrindie yden ni, Rhi a finne. Pan oedden ni'n blant, roedden ni'n chwarae efo'n gilydd reit aml, ond mae hi 'di tyfu i fod yn lodes mae pob dyn yn ei ffansïo. Ydi, mae hi'n hynod, ond mae'r teulu i gyd yn hynod. Tydi hi ddim wedi dweud y cyfan wrtha i, ond dwi'n gwybod nad oedd Llundain yn fêl i gyd. Wnaeth hi beth gwirion efo'i llygaid, a rŵan mae hi'n hollol styc. Pan oedden ni'n ifanc roedd y ddau ohonon ni'n chwarae tŷ bach yn aml, gan greu cuddfan yn y goedwig. Dyna'n bwriad ni rŵan: chwarae tŷ bach yn y fan hyn, a gyrru Mam a Dad o 'ma. Mi fyddwn ni angen help o gwmpas y buarth ac yn y tŷ, felly mae'n gwneud synnwyr i gadw Lissa.' Oedodd, fel petai'n ceisio meddwl am rywbeth. 'Beth bynnag, dwi ddim yn mynd i golli Lis, ac mae Rhi yn gwybod hynny'n iawn. Dwi ddim yn ddyn am ddrama, dwi jyst awydd setlo.'

'Efo dwy ddynes?' Roedd yn rhaid i Daf ofyn.

'Mae pobol yn gwneud hynny o hyd mewn gwledydd eraill. A fetia i di fod 'na sawl sefyllfa debyg wedi bod fan hyn dros y canrifoedd: dyn priod yn gwneud dipyn i'r forwyn hefyd.'

'Ond anaml iawn mae'r wraig yn gwybod am y peth,' awgrymodd Sheila.

'Roedd Rose wastad yn dweud bod gonestrwydd yn torri drwy bob dim.'

'Be oeddet ti'n feddwl am Rose, còg?' gofynnodd Daf.

'Wel, doedd hi ddim yn normal... yn bell yn fod yn normal... ond roedd hi'n helpu cymaint ar Rhi. Hefyd, wel, roedd hi'n eitha *hot* am ei hoed. Roedd hi'n helpu Rhi a finne i ddeall ein gilydd yn well. Dweud wrthon ni am drafod y pethe pwysig.'

'Be oedd Lissa'n feddwl am y cynlluniau 'ma?'

Trodd Owain gledrau ei ddwylo i fyny mewn ystum annisgwyl o Ladinaidd.

'Mae hi'n go amheus, ond am reswm mor lyfli. Dydi hi... dwi'n gwybod yn iawn nad ydw i'n unrhyw beth sbesial, ddim o gwbl, ond doedd Lis ddim yn deall sut oedd Rhi yn hapus i fy rhannu fi. Petai Lis yn wraig i mi, medde hi, fyse hi'n lladd pob dynes arall o fewn milltir i mi.'

'Ti wir yn hoffi Lissa, yn dwyt, còg?'

'Wrth gwrs 'mod i. Ond rhaid i mi guddio hynny achos bod Mam yn meddwl... pob math o bethe cas. Ro'n i'n meddwl, tasen ni ond yn gallu cadw pethe ar trac, tan ar ôl y briodas, fyse bob dim yn saff.'

'Ond os wyt ti'n caru Lissa, pam ti'n fodlon priodi Rhi?' gofynnodd Sheila'n daer.

'Be arall alla i wneud? Os wna i sticio efo Lis, fysen ni ddim yn gallu aros fan hyn, felly fyse'r ddau ohonon ni heb waith na chartre. Hefyd, pwy sy'n mynd i ofalu am Rhi? Ocê, mae hi un tenor yn brin o gôr, ond hi ydi fy ffrind hynaf i.'

'Wyt ti'n disgwyl cael plant?' gofynnodd Daf.

'Wrth reswm.'

'Efo Rhi?'

'Wna i ddim rhwystro Lis os ydi hi awydd, ond plant Rhi a finne fydd yn etifeddu'r busnes.'

'Yn ôl at nos Wener,' meddai Daf. 'Os oeddet ti a Lissa yn cysgu efo drws y garafán ar agor, glywsoch chi unrhyw beth yn ystod y nos?'

'Wel do, rhyfedd dy fod ti'n gofyn.'

'Còg, dwi'n gofyn oherwydd 'mod i angen ateb.'

'Ie, sori, dwi ddim yn un da am ganolbwyntio. O'n i'n meddwl 'mod i wedi clywed sŵn cwad, yn reit hwyr... tri o'r gloch? Falle ar ôl hynny. Es i lawr i'r garafán ar y cwad, er mwyn cario'r stwff barbeciw, a wnes i feddwl falle fod Mam wedi dod yn ôl o'r Cain, gweld bod y cwad wedi mynd, a dod i chwilio amdana i efo'r goriad sbâr. Felly mi godais, heb ddeffro Lis, ond roedd y cwad yn dal yna. Wnes i wrando am ryw ddeg munud wedyn, mwy falle, ond chlywes i ddim byd ond y gwdihŵs yn y blanhigfa. Es i'n ôl i'r gwely wedyn.'

'Os wnaeth rhywun symud corff Rose i'r sied, mwy na thebyg y bydden nhw wedi gorfod defnyddio rhyw fath o gerbyd. Mae'n bosib dy fod ti wedi clywed y person hwnnw.'

'Ond doedd Rose ddim yn drwm. Fyse'n ddigon hawdd ei chodi hi, yn fyw neu'n farw,' meddai Owain. 'Falle'i bod hi wedi cerdded i mewn i'r sied ar ei liwt ei hun.'

'Oedd hi'n debygol o fod wedi mynd i mewn i'r sied ieir yng nghanol y nos?'

'Doeddech chi ddim yn ei nabod hi. Fyse hi wedi gallu gwneud unrhyw beth.'

21

Penderfynodd Daf beidio â mynd i Lanfyllin, lle'r oedd Sheila wedi gadael ei char, dros dir Eithnog, ond doedd o ddim yn gwybod pam.

'Rhaid i mi siarad efo Alun Hughes fory,' meddai, yn fwy wrtho'i hun nag wrth Sheila.

'A 'den ni ddim wedi gweld penteulu Bronwylfa, chwaith.'

'Penteulu?'

'Tad Owain. Be ydi'i enw fo?'

'George. Ond dydi George ddim yn ben ar bwdin reis, heb sôn am deulu – Lona ydi'r bòs.'

'Mae Tom yn dweud mai dyna'r patrwm arferol efo pobol ffermio. Mae wastad rhyw hen leidi yn rhywle sy'n cadw'r dynion i gyd dan ei bawd. Gyda llaw, wnest ti sylwi nad ydi teulu Bronwylfa byth yn ei galw hi'n "Rhiain", dim ond "Rhi". Pam hynny, ti'n meddwl?'

'Achos maen nhw wedi'i nabod hi ers pan oedd hi'n lodes ifanc?'

Gwgodd Sheila, a rhychodd ei thrwyn. 'Wyt ti'n meddwl ei bod yn werth gofyn? Alla i ffonio rŵan.'

'Gwna di hynny, ond siŵr mai fi sy'n iawn.'

'Gawn ni weld.'

Tynnodd Daf i mewn i gilfan am eiliad i yrru rhif ffôn Owain iddi, wedyn canolbwyntiodd ar adolygu'r wybodaeth roedden nhw wedi'i gasglu hyd yma wrth yrru drwy Fwlchyciba. Ar hap, stopiodd y tu allan i'r Stumble Inn tra oedd Sheila'n dal i siarad ar y ffôn.

Roedd y dafarn yn dawel. Pwysodd Daf ar y drws ond roedd o ar glo. Cnociodd, a phan na chafodd ateb, aeth draw i ochr yr adeilad du a gwyn lle'r oedd estyniad to fflat wedi'i godi rywdro yn yr wythdegau. Drwy'r drysau gwydr agored gwelodd Daf ddynes yn gwthio hwfyr mawr trwm dros garped o'r un cyfnod â'r estyniad.

'Good afternoon,' gwaeddodd Daf uwchben sŵn y peiriant. Chwifiodd ei gerdyn gwarant mewn ystum aneglur. 'I can see that you're busy, but I'd be grateful if you could answer a couple of questions?'

Roedd yn rhaid iddo fod yn gwrtais tu hwnt i'w pherswadio i ateb ei gwestiwn am y penwythnos blaenorol.

'We only had the one Valley Run on Friday – a gang of women on a hen do.'

'How were they?'

Gwgodd y ddynes. 'Drunk, as they all are. They played a couple of drinking games and went. They left a fair few bits and bobs behind: a couple of sashes, some deely boppers, four or five straws in the shape of men's bits, that type of thing. So if you have a contact number or something...?'

Cynigiodd Daf fynd â'r pethau'n ôl i Rhiain ac roedd y dafarnwraig yn amlwg yn falch.

'There was a phone too, handed in after they left. On the floor in the Ladies'. I was a bit surprised that no-one came back to fetch it... it's been, what, over three days. I couldn't survive that long without my phone.'

Diflannodd y ddynes am eiliad, a thra oedd hi'n nôl y ffôn, rhoddodd Daf faneg blastig am ei law chwith. Pan welodd hi hyn, roedd y dafarnwraig yn amlwg wedi dychryn.

'What's with the glove?' gofynnodd mewn llais isel.

'Fingerprints.'

'But I didn't... I mean, I just grabbed it now.'

'That's ok. I'll get a member of my team to call by to do your prints for elimination, but this could be very useful for us. Phones often are.'

'It may not be the same phone or the same person or

anything, but they were sitting near the front of the bar, where the signal's strongest. I was bringing a round of drinks over to them when I heard a phone beep twice, then they upped and moved down to the back.'

'Whose phone was it that beeped?'

'I'm sorry, I couldn't tell. My priority was putting a tray with seven Espresso Martinis on it down between all the handbags.'

Yn ofalus, trodd Daf y ffôn yn ei law wyneb i waered. Ar y cefn roedd llun unigryw o frenhines noeth efo pum bron, a lleuad yn goron ar ei phen. Y dduwies Astarte oedd hi, yn union yr un ddelwedd â'r tatŵ a welodd Daf yn y marwdy ar gorff Rose Minton.

Ar ôl i'r tîm ymgynnull yng ngorsaf yr heddlu, roedd gan bob aelod wybodaeth newydd i'w rannu. Dechreuodd Sheila drwy ddatgelu ffaith roedd hi newydd ei dysgu gan Owain ar y ffôn.

'Dydi teulu Bronwylfa ddim yn galw Rhiain wrth ei henw llawn achos nid ei henw gwreiddiol hi ydi o. Wnaeth hi ychwanegu'r ail "i" pan oedd hi'n ymgeisio am lefydd ar gyrsiau coleg ac mae'r Gethins wastad yn stryglo i gofio hynny, felly maen nhw'n sticio at "Rhi".'

'Ti'n cofio pan gafodd hi'r pwl 'na yn y fynwent ddydd Sadwrn, bòs?' gofynnodd Toscano. 'Os ydi hi wedi bihafio fel'na o'r blaen, oes siawns bod cofnod o hynny ar y PNC?'

'Digon posib,' cytunodd Daf. 'Ar ôl dy waith rhagorol efo hanes ei thad, còg, oes siawns i ti ymchwilio i gofnodion swyddogol Rhiain? Heddlu, a gwasanaethau iechyd meddwl, hefyd, ie?'

'Iawn i mi ddechre ben bore fory, bòs? Mae hi wedi pedwar rŵan.'

'Digon teg. Un peth bach: wnei di siarad efo rhywun yn y pencadlys, a gofyn oes ganddyn nhw rywun ar gael i'n helpu ni efo'r ffôn 'ma os oes rhaid?'

'Dim probs. Ydi o wedi'i gloi?'

'Dyden ni ddim yn gwybod eto. Batri'n fflat.'

'Arhosa di am eiliad, Daf,' meddai Sheila, ac aeth allan o'r swyddfa gan ddod yn ôl ddau funud yn ddiweddarach efo bocs cardfwrdd. Agorodd o, a thynnu cortyn gwefru ohono. 'Samsung Galaxy, ie?'

'Ie, dwi'n meddwl. Be sy gen ti yn fanna?'

'Fyset ti'n synnu faint o bobol sy'n dod â'r rhain i mewn fel eiddo coll. Dwi'n eu cadw nhw am chwe mis, wedyn dwi'n eu rhoi nhw yn y bocs.'

'Ydi'r rhain i gyd wedi cael prawf PAT?' gofynnodd Toscano, yn amlwg braidd yn genfigennus fod Sheila wedi meddwl am rywbeth mor ymarferol.

'O, cer i grafu, Padraig,' brathodd Sheila wrth roi'r plwg yn y wal. Yn ofalus, heb gyffwrdd y ffôn heblaw drwy'r bag tystiolaeth, llwyddodd Daf i'w gysylltu, ac ymddangosodd logo ar y sgrin ddu a neges: Charging 1%.

'Dwi awydd gadael hwn dros nos,' datganodd Daf. 'Ac yn y bore, mi allwn ni geisio gweld be sydd arno fo. Dwi'n meddwl ein bod ni i gyd yn haeddu noson gynnar heno.'

'A does dim byd wedi dod gan y patholegydd chwaith,' ategodd Toscano.

'Dwi'n awgrymu i ni ddechre eto bore fory drwy fynd drwy bopeth, hel pob tamaid o wybodaeth, a gweld lle mae'r bylchau, ie?'

'Mae 'na gymaint ohonyn nhw,' mwmialodd Toscano.

'Fydd ein pennau ni'n gweithio'n well ar ôl noson gynnar.'

Cyrhaeddodd Daf Lanfair Caereinion toc ar ôl chwarter i bump, a phenderfynu picio i fyny i Neuadd i chwilio am Belle. Doedd buarth Neuadd byth yn dawel, ond pan yrrodd i fyny'r wtra roedd hi fel ffair yno, efo dwsin o faniau lliwgar wedi'u parcio'n un rhes, fel haig o bysgod trofannol. Ar y stepen wrth y wiced rhwng y buarth a'r ardd safai Doris, yn dwrdio rhywun ar ei ffôn.

‘I do not care if they are your usual suppliers, we will not tolerate macarons of that standard at this event... Artificial colours and gluey mouth feel. If necessary, I will make them all myself but if you can replace them with more suitable products in the next twenty-four hours... Of course we’ll need a sample, if you thought these bits of day-glo shoeleather were up to the required standard. Very well – just sort it out, please.’

Roedd golwg anarferol yn ei llygaid, rhyw ddicter oer, ond pan welodd Daf, dychwelodd ei gwên arferol.

‘Y macarons, Dafydd. Does gen ti ddim syniad am yr helynt ’den ni’n ei gael efo’r macarons. Mae angen un tŵr ar bob bwrdd yn ystod y dydd, a hanner cant o dyrau ar gyfer y bwffe nos. A does neb yn gwrando ar gyfarwyddiau syml.’ Camodd i’r ochr i adael i Daf ddod i’r ardd, ond y tu ôl iddo roedd dyn ifanc yn gwthio bocs plastig enfawr ar dryc. Cododd Doris ei llais. ‘What are you playing at? All napery to the dairy annexe, please. It’s clearly indicated on the site plan.’ Gwingodd y bachgen fel petai ofn i Doris roi pelten iddo.

Ochneidiodd Doris. ‘Fyse’n gyflymach o lawer hyfforddi mwnci, wir i ti, Dafydd,’ meddai’n dawel. ‘Sut alla i dy helpu di?’

‘Belle sydd wedyn gofyn i mi alw heibio.’

‘Dydi hi ddim o gwmpas.’

‘Dim bwys – ro’n i hefyd isie gweld sut mae pethe, a chynnig help os oes angen.’

‘Sut un wyt ti am wneud macarons?’

‘Gweddol.’

‘Does dim byd yn weddol am y briodas yma!’ chwarddodd Doris. ‘Cer i ddweud helô wrth John – yn y marcî mae o.’ Tynnodd Doris beiriant walkie-talkie o’i phoced, pwyso dau fotwm arno a dweud, yn araf ac yn glir, ‘Buarth i’r marcî, buarth i’r marcî, *do you copy*?’

O’r walkie-talkie daeth sŵn aneglur.

‘Mae Dafydd ar ei ffordd. *Copy*?’

Y sŵn eto.

'Buarth *over and out*.'

Roedd rhywbeth abswrd, annwyl a dychrynllyd ynglŷn â phriodas oedd angen walkie-talkies, ond roedd Daf wedi dysgu fisoedd yn ôl i beidio â gofyn dim os nad oedd yn hollol angenrheidiol. Canodd ffôn Doris eto, ac wrth i Daf fynd yn ôl i'w gar, clywodd hi'n ateb yr alwad.

'... because we will need to power the air-conditioning units from the generators as well, as detailed in my e-mail... No, rolling up the sides of the marquee is not going to be sufficient...'

Yn camu dros y concrit, â golwg 'mae pob dim fan hyn yn hollol normal' ar ei wyneb golygus, roedd Siôn.

'Sut hwyl, Daf?' meddai. 'Fel lladd nadroedd fan hyn.'

'Ti'n edrych yn eitha cŵl am ddyn sy reit yng nghanol y ffasiwn storm.'

'Mae 'na wastad lecyn llonydd yng nghanol stormydd, Daf.'

'Wyt ti wedi trefnu i rywun fynd â chŵn Belle am dro tra mae hi'n brysur?'

Chwarddodd Siôn yn uchel, gan fflachio'r dannedd oedd wedi costio pum mil o bunnau i'w sortio ar gyfer y diwrnod mawr.

'Ti'n nabod fi'n well na hynny, Daf. Dwi byth yn ymyrryd yn y berthynas rhwng Belle a'i chŵn, byth.' Camodd draw i gyfeiriad y tŷ ond wnaeth o ddim llwyddo i gerdded heibio Doris – gafaelodd hi yn ei benelin ac agor ei cheg, ei phensil yn barod uwchben un o'i rhestrau di-ri.

Pan oedd o'n gyrru allan o'r buarth roedd yn rhaid i Daf dynnu i'r ochr i adael i fan arall basio – un felen efo 'Cardington Candles' ar ei hochr. Agorodd y ferch oedd yn ei gyrru y ffenest.

'Is this Ned Farm? I've got the citronella candles.'

'It's pronounced Neuadd,' cywirodd Daf hi, 'and you are in the right place.'

'Oh, thank you so much. I don't want to get things wrong.' Oedodd, ac ychwanegu mewn llais isel, 'I've been in business four years and this is my largest ever order, so I don't want to muck it up.'

'Good luck!'

Dewiswyd safle'r marcî er mwyn dangos y fferm yn ei holl ogoniant, ar gopa'r bryn, efo golygfeydd i bob cyfeiriad. Roedd Daf wedi sefyll ar Boncyn Neuadd sawl gwaith, ond heddiw roedd yn gweld y llecyn drwy lygaid gwahanol, fel llwyfan ar gyfer drama efo Aran Fawddwy, y Berwyn a Mynydd Hir yn gefnlen heb ei ail. Ar silff o dir gwastad safai marcî enfawr ac wrth ei ymyl, yn edrych fel tegan, roedd beic cwad. Roedd y rhaffau oedd yn agor a chau'r fynedfa wedi'u datod, felly cerddodd Daf i mewn.

Tawelwch y gwagle wnaeth ei daro gyntaf – o ystyried mai lle i bobol gymdeithasu oedd o roedd unigedd yno. Roedd y gofod fel cadeirlan heb allor, heb ffocws, rywsut, ond roedd un dyn yno, yn gweithio. Camai John yn araf a phwrpasol o un wal gynfas i'r llall yn cario sach blastig, ei lygaid wedi'u hoelio ar y borfa.

'Sut hwyl?' galwodd Daf, a llamodd John yn ei ôl. Bu bron iddo ollwng y rhaw oedd yn ei law.

'O, helô, Dafydd. Dwi bron â gorffen fan hyn, ond wnei di ffafr i mi? Jyst tra dwi'n gorffen, tshecia nad ydw i wedi methu unrhyw ddarnau o gach, os gweli di'n dda?'

Roedd rhywbeth annwyl ynglŷn â pharodrwydd John i gyflawni tasg mor wasaidd i sicrhau llwyddiant y briodas. Un peth oedd gwario'n rhydd er mwyn dangos ei statws fel dyn cyfoethog i'r byd a'r betws, peth arall oedd llafurio yn ei gwman mewn pabell fwll ar bnawn crasboeth.

'Ti 'di gwneud job rhy dda, John,' meddai Daf ymhen sbel. 'Wela i ddim byd.'

'Falch o glywed,' piffiodd John, gan blygu i lawr unwaith eto. 'Mi oedd y *mules* yma tan echdoe – roedd yn rhaid i mi, efo bob dim mor sych. Tydi hyd yn oed y meillion yn ddim byd sbesial eleni.'

Gweithiodd y ddau ddyn yn dawel efo'i gilydd am tua chwarter awr, ac ar ôl i Daf lwyddo i ddarganfod cwpwl o ddarnau o gach roedd John wedi'u methu, roedden nhw'n fodlon gadael y dasg.

'Mae'r byrddau'n mynd i lawr fory, wedyn y carpedi a'r llawr dawnsio, wrth gwrs, ond o leia mae ganddyn nhw safle glân i ddechre.' Cerddodd John allan o'r marcî a rhoi'r sach blastig a'r rhaw ar gefn y cwad. Caeodd denynnau'r drws ar ôl i Daf ei ddilyn. Aeth yn ôl at y cwad a chodi bag oddi arno.

'Ti awydd paned, Dafydd? Mae rhai o'r meincie wedi cyrraedd.'

Nodiodd Daf ei ben i gytuno, a dilyn John i ochr ogleddol y marcî.

'Mae'r lle'n edrych yn glên iawn, John.'

'Rhy sych o lawer.'

Penliniodd John ar y glaswellt a thynnu darn o fetel hirsgwar o'i fag, a'i osod o'i flaen. Wedyn rhoddodd beth oedd yn edrych i Daf fel simnai ddur ar ei ben, a thanio matsien oddi tano. Mewn chydig funudau daeth sŵn chwiban i ddangos bod y dŵr yn wal y simnai wedi berwi, a gwnaeth John bot o de.

'Teclyn defnyddiol,' sylwodd Daf.

'Anrheg i mi, ar fy mhen-blwydd, gan Belle. Lodes glên tu hwnt, a dwi'n hynod o falch dy fod ti wedi'i chyflwyno hi i Neuadd. Mae hi'n ased go iawn.'

'Ar hap oedd hynny, felly dwi ddim angen unrhyw ddiolch.'

'Ond mae hi wir wedi setlo efo ni, ti'n gwybod. Dwi 'di rhoi *planning* i mewn ar yr hen stablau lawr ym Maesgwastad, i Doris a finne, er mwyn rhoi chydig bach mwy o lonydd iddyn nhw. Ac mi fyddan nhw angen mwy o le flwyddyn nesa, gobeithio. Mae hi 'di rhoi ei bryd ar bedwar ond mae Siôn awydd un yn fwy.'

'Pob lwc iddyn nhw.'

'Ond mae hi wedi mynd dros ben llestri braidd efo'r trefniade, dwi'n meddwl. Mae hi'n dechrau siarad lol am y cŵn.'

'Ti'n sicr mai lol ydi'r busnes?' gofynnodd Daf.

'Wrth gwrs. Pwy fyse'n mynd i mewn i'r cut ac wedyn yn rhoi'r cŵn yn syth yn ôl? Mae'n nonsens.' Chwythodd John i'w gwpan de, cyn gofyn, 'Be ti'n feddwl o rieni Belle?'

'Y snob neu'r slebog?'

Chwarddodd John. 'Mae hi'n iawn, os ydi hi'n gweld y pres yn cael ei wario... ac fel ti'n gwybod, dwi erioed wedi cael trafferth gwario, os oes rhaid. Ond dwi'm yn ei hoffi fo, o gwbl. Hunanfrolio am ei fusnes pwt a dime, a...'

'A be, John?'

'Wel, ti'n gwybod sut un ydi Netta. Wastad yn gwisgo sgyrt fer a thop isel? Dwi wedi'i weld o – Pashley, tad Belle – yn syllu arni fel... fel petai o'n edrych dros rwbeth roedd o awydd ei brynu. Dwi'm yn poeni am Netta, achos mae hi'n gallu gofalu amdani ei hunan, ac mi fyse Doris yn ddigon sydyn i achub ei cham hi, gan ei bod hi'n gystal mam, ond mae gan ferch yn ei harddege hwyr hawl i wisgo beth bynnag mae hi isie'i wisgo, heb ddenu sylw'r ffasiwn greadur.'

'Cytuno'n llwyr.'

Roedd hon yn bregeth hir i ddyn oedd yn treulio cymaint o'i amser mewn tawelwch, felly syllodd John yn fud dros yr olygfa odidog am funud neu ddau, heb ddweud gair. Wedyn, trodd at Daf.

'Dwi'n meddwl y bydd rhaid cadw pobol Dolanog i mewn hefyd nos Wener,' dywedodd, mewn llais sgwrsiol. 'Dwi wedi gyrru mapiau i'r Chief Constable a'r Squadron Leader fyny yn RAF Fali – a ges i syniad neithiwr. Ti'n gwybod pwy ydi'r Uchel Siryf tro 'ma?'

'Sgen i ddim syniad, ond John, dwi'm yn meddwl...'

'Roberts y Dolydd. Ochr Churchstoke. 'Den ni wedi gwneud dipyn efo'n gilydd dros y blynyddoedd, efo'r Undeb a ballu. Be wyt ti'n wybod am rôl yr Uchel Siryf?'

'Bron ddim, ond...'

'Ha, dim yn aml iawn dwi'n cael cyfle i roi gwers hanes i ti, Dafydd! Rôl yr Uchel Siryf ydi cynrychioli'r Brenin yma yn Sir

Drefaldwyn, a hybu heddwch yn ein cymunede ni. Felly, dwi wedi gofyn i Roberts gydlynu'r gweithrediade nos Wener, ar y cyd efo'r heddlu, yr Awyrlu a hyd yn oed y Fyddin, os oes rhaid.'

'Y Fyddin? John, fydd neb yn y Fyddin yn rhoi rhech am y direidi sy'n mynd ymlaen o gwmpas Neuadd y noson cyn y briodas.'

'Ond mae ganddyn nhw i gyd ddyletswydde, i gadw'r heddwch. Mae'r heddlu yn cymryd hyn o ddifri, dyna be ddwedodd y Dirprwy Brif Gwnstabl wrtha i heddiw bore.'

'John, wnest ti ddim ffonio'r Pencadlys?'

'Do. Roedd y ddynes yn glên ofnadwy.'

'Sut wnest ti lwyddo i siarad efo hi?'

'Lwc oedd o...' mwmialodd.

Roedd Daf yn ddigon cyfarwydd â threfn y Pencadlys i fod yn amheus iawn o hynny.

'Dwi'n mawr obeithio na wnest ti ddefnyddio fy enw i er mwyn cael mynediad at y Dirprwy?'

'Na, na... wnes i ddim...'

Gan fod John yn ddyn gonest i'r carn, doedd o ddim wedi datblygu'r sgiliau hanfodol i raffu celwyddau.

'Dydi hynny ddim yn dderbyniol, John, dim o gwbl.'

'Roedd hi'n ffan mawr ohonat ti. "Gad bob dim i Daf, mae o'n swyddog rhagorol" – dyna be ddwedodd hi.'

'John, dwi ddim yn gallu gorfodi pobol i aros yn eu tai, heb sôn am greu No Fly Zone.'

'Gen i gymaint o ffydd ynot ti, Daf, wir.' Oedodd John i feddwl, ac ategu, 'Ti'n gwybod be, Dafydd, dwi'n iste fan hyn ac yn sylwi pa mor ffodus dwi 'di bod, i dreulio fy mywyd cyfan mewn lle mor hardd. Dwi ddim isie gweld y byd, achos dwi'n digwydd bod yn byw yn y lle gore oll.'

Tawelodd eto, ac ystyriodd Daf brofiadau Doris yn rhyfel cartref Sierra Leone. Efallai fod caru dynes o dramor wedi gwneud John yn fwy plwyfol, yn hytrach nag ehangu ei orwelion.

‘Es i i Norwy ryw dro, efo’r Clwb Ffermwyr Ifanc. Lle clên, er bod pob dyffryn weles i yn rhy serth i fy chwaeth i.’ Llyncodd John weddill ei de a rhoi’r gwpan yn ôl yn ei fag. ‘Sut mae pethe’n mynd yng Nghwm Elain efo ti, Dafydd?’

‘Alla i ddim trafod yr achos. Sori, John.’

‘Ro’n i’n meddwl am y daith i Norwy. Taith Sir y Clwb oedd hi, ac roedd dwsin ohonon ni i fod i fynd ond tynnodd Alun Eithnog yn ôl ar y funud olaf, ar ôl talu pob ceiniog.’

‘Pryd oedd hynny?’

‘Wel, roedd Siôn newydd gael ei eni. Roedd y peth wedi cael ei aildrefnu ddwywaith, ac o’n i wedi mynd dros ced ac wedi priodi yn y cyfamser, a chael babi, ond mynnodd Gae ’mod i’n mynd, yn hytrach na cholli’r pres. Ond eto,’ ategodd efo gwên fach drist, ‘falle’i bod hi wedi dechre diflasu arna i mor gynnar â hynny. Roedd pawb wedi synnu bod Al yn tynnu’n ôl, ond wedyn glywes i am y drafferth efo’i chwaer o.’

‘Pa drafferth oedd hynny?’

‘Rhedodd ei chwaer i ffwrdd efo rhyw Jac Sais, ar ôl priodas glec, a ddaeth hi’n ôl efo’r un fech yn ei breichie, yn gleisie i gyd. Busnes drwg.’

‘Pa fath o bobol ydyn nhw?’

‘Wel, mae o wedi cael ei gadw’n iawn, efo cyn lleied o fuddsoddiad, felly dydi’r syniad o uno efo Bronwylfa ddim yn un ffôl o gwbl.’

‘John, wnes i ofyn am y bobol a ti ’di ymateb drwy sôn am y fferm.’

‘Ydw i wir?’

‘Wyt.’

‘Wel, dwi’n ddyn sy’n hoffi bod ar fy nhir fy hun, ond dydi Al Hughes bron byth yn gadael Cwm Elain. A hithe... mae hi’n meddwl cymaint o’i merch, mi fyse’n gwneud unrhyw beth iddi. Dwi’n cofio Fal yn dweud pa mor gas oedd Heather pan oedd Carys ni’n ennill bob tro ar y canu.’

Cofiodd Daf lun y felltith, a wnaeth o ddim ateb. Cododd i

ffarwelio â John, gan ysgwyd ei law a rhyfeddu, eto fyth, at y cyfeillgarwch annisgwyl rhwng dau ddyn oedd yn rhannu'r fath hanes, ac a oedd o natur mor wahanol.

'John, plis ceisia fod yn gall ynglŷn â nos Wener. Dim ond cadw golwg ar yr wtra sydd angen.'

Roedd Daf wedi anghofio fod Gaenor wedi mynd i Macclesfield efo Belle i nôl rhywbeth sidan nad oedden nhw'n fodlon manylu yn ei gylch. Roedd Mali wedi mynd i gysgu dros nos efo ffrind ym Mhontrobert, felly aeth Daf i roi dŵr yng nghafn Tinciwinci cyn mynd i mewn i'r tŷ. Roedd y lle yn dawel, ond yn amlwg doedd Rhodri ddim yn bell achos roedd ei ffôn ar y bwrdd. Pingiodd hwnnw, ac er nad oedd Daf wedi bwriadu edrych ar y neges, ciledrychodd yn reddfol ar y sgrin. Logo ap oedd o, un gwyrdd efo dwy linell wen a chylch, wedi'u gosod i edrych fel mynydd, a'r gair Relay. Yn ogystal, roedd neges:

'Congratulations, Rhodri, you have completed 30 days.'

Wnaeth Daf ddim meddwl ddwywaith am y peth, gan gymryd mai rhyw her yn y gampfa oedd hi. Daeth Rhodri i mewn yn ei ddillad ymarfer, oedd fel petai'n cadarnhau tyb Daf, ond pan welodd y llanc y neges, cochodd.

'Paid â twtsio fy ffôn,' mwmialodd, gan ffromi ar ei dad.

'Wnes i ddim.'

'Ocê, wel paid â busnesa, beth bynnag.'

'Dwi byth yn gwneud.'

Stelciodd Rhodri drwy'r drws heb ddweud gair. O ganlyniad i ymddygiad od ei fab, ac yn groes i'w addewid, gwglodd Daf yr ap Relay. Agorodd ei lygaid led y pen wrth weld y canlyniad. Byddai'n rhaid iddo godi'r pwnc efo Rhodri rywsut, ac eisteddodd yn yr ardd i ystyried sut i wneud hynny.

Yn sydyn, cofiodd Daf ei fod o wedi gadael yr orsaf heb wneud yn siŵr bod Roger wedi cadw at ei air. Ffoniodd Toscano, a chlywodd synau cegin brysur yn y cefndir.

'Sori, bòs, dwi'n helpu teulu Bianca yn y bwyty heno. Maen nhw'n brin o staff.'

'Tu ôl i'r llenni, dwi'n mawr obeithio – mi fyse'n edrych yn go flêr tase heddwas angen swydd fach i gael pres poced.'

'Golchi llestri ydw i. Dwi'n rhy lletchwith ar gyfer Front of House. Be sy?'

'Ddaeth 'na ddyn i mewn efo gliniadur a ffôn ben bore?'

'Do. Torpwth nerfus, cyfeiriad rwle yn y Gogledd?'

'Ie, dyna fo.'

''Den ni i gyd yn gwybod pam ti'n gofyn am ffôn a gliniadur rhywun, ond oes 'na reswm ei fod o wedi dod â nhw i ni yn hytrach nag i'w orsaf heddlu leol?'

'Oes, mae 'na reswm ond dwi'm yn fodlon dweud nes i mi wirio be sy ganddo fo arnyn nhw, iawn?'

'Ocê,' ymatebodd Toscano. Yn y cefndir, clywodd Daf lais uchel ond ysgafn.

'Sbrigati, tesoro!'

'Rhaid i mi fynd, bòs.'

Gwenodd Daf wrth feddwl am fywyd Toscano a sut roedd yn bosib i Gymro Cymraeg fyw mewn swigen Eidalaidd yng nghanol y Drenewydd. Roedd y wên yn dal ar ei wyneb pan gyrhaeddodd Glo, â photel o gwrw ym mhob llaw.

'Bicies i lawr i'r Spar i brynu'r rhain i ddiolch i ti am y croeso.'

'Pleser cael dy gwmni, lodes. Newydd fod fyny yn Neuadd, ac mae'r lle yn... anhygoel.'

'Debyg i laniadau D-Day, o be dwi 'di weld.'

'Ti'n hoffi hanes, Glo?'

'Ydw, er 'mod i wedi dysgu gormod am yr Ail Ryfel Byd, rhwng ffilmie a fy nhad.'

'Oeddet ti a dy dad yn agos?'

Syllodd Glo i'w lygaid am gyfnod hir. 'Dwi'n mynd i siarad yn blwmp ac yn blaen efo ti, achos ti'n siŵr o fod yn clywed pethe go debyg yn dy waith bob dydd. Os na alli di ymdopi efo'r peth, allwn ni smalio fod y sgwrs 'ma erioed wedi digwydd?'

'Mae hynny'n dibynnu. Os ti'n datgelu materion mae'n rhaid i mi ymchwilio...'

'O, mi fydda i, dim dowt, ond mae'r troseddwr wedi mynd,' torrodd Glo ar ei draws. 'Nid cartre oedd gen i, ti'n gweld, ond math o buteindy cartrefol. Ond ar ôl i Mam farw, doedd fy nhad ddim yn cael beth roedd o'n arfer ei gael. Ro'n i wedi tyfu erbyn hynny, felly roedd o'n mynnu 'mod i'n cysgu yn lle Mam, yn ei wely o. Wedyn, gafodd o flas arna i. Dechreuodd o dynnu llunie ohona i a'u rhoi nhw ar y we, ac mi ddaeth hynny'n ffynhonnell braf o bres iddo fo. A dyna oedd ei gamgymeriad, achos mi ddysges i'r grefft o blesio dynion ar-lein, felly ro'n i'n gallu gweld ffordd o ddianc. Roedd o wastad yn cadw cannoedd o bunne mewn bocs sgidie o dan y gwely, felly, un dydd Llun yn yr hydref, tra oedd o'n gwerthu ei ŵyn tew yn y Trallwng, mi gerddes i lawr i Llan i ddal y bws i Mach, efo bag o ddillad a digon o'i bres i mi allu dechre bywyd newydd. Weles i gerdyn yn ffenest y caffi amgen yn hysbysebu stafell ar rent mewn tŷ bach tu ôl i'r Tabernacl efo pobol nad oedden nhw'n gofyn gormod o gwestiyne. O'n i'n nerfus, rhag ofn iddo fo ddod i chwilio amdana i, felly am yr wythnos gyntaf, mi guddies i yn fy llofft, yn bwyta'r stwff brynes i yn y Co-op pan gyrhaeddes i. Ar y dydd Iau, weles i bennawd ar wefan y *County Times*: 'Tragic Death of Local Farmer'. Yn ôl yr erthygl, doedd Gerwyn Jones ddim wedi bod yr un fath ar ôl marwolaeth ei wraig – ac roedd hynny'n wir, achos roedd o'n rhy brysur yn treisio'i ferch ei hun, a gwerthu llunie anweddus o'r broses, i fynd i unrhyw yrfa chwist leol. Roedd hynny'n beth mawr yn Llanbrynmair.'

Gosododd Daf ei botel ar lawr a rhoi ei law ar ei fraich Glo am eiliad. Disgwyliodd y byddai'n gwingo, ond cafodd wên oeraidd ganddi.

'Ti 'di clywed pethe tebyg yn go aml, dwi'n tybio?'

'Cwpwl o weithie. Dim yn aml. Os wyt ti'n teimlo fel dweud mwy, dwi'n un da am wrando.'

'Ocê. Wedyn, ro'n i'n rhydd. Ges i sawl shifft yn y siop jips, ac mi wnes i ddechre hysbysebu 'mod i'n gwneud gwaith gwnïo ac ati, ond roedd fy llofft yn y tŷ yn anghyfforddus, ac yn swnllyd. Hefyd, roedd angen i mi ddysgu sut i yrru a phrynu car, felly penderfynais greu proffil ar OnlyFans. Ti'n gwybod be ydi OF, yn dwyt?'

'Wrth gwrs.'

'Dwi ddim yn mynd i geisio cyfiawnhau'r penderfyniad hwnnw, ond dyna wnes i. Dwi ddim yn falch o'r peth, ond dwi ddim yn teimlo'n euog chwaith. Roedd miloedd o lunie o 'nghorff noeth i ar y we yn barod, felly mi benderfynes i gario mlaen efo'r gêm roedd Dad wedi 'ngorfodi fi i'w dysgu.'

'Gwranda, lodes, mae gen ti hawl i dynnu'r holl ddelweddau i lawr o dan y ddeddf newydd, Diogelwch Ar-lein. 'Den ni'n gallu dy helpu di.'

'Be, tithe a Gaenor?'

'Nage, nage, yr heddlu. Mae gan y llwyfannau digidol ddyletswydd i dynnu'r delweddau i lawr.'

'Wel, dwi'm yn...' Roedd ei gwefusau'n sych, a'i llais wedi diflannu i nunlle. 'Mae fy mywyd wedi newid dipyn ers y gwanwyn. Dwi bron yn gwneud digon o bres i gadw fy hun o'r busnes gwnïo erbyn hyn. Mae hynny'n golygu 'mod i'n gallu dewis y pyntyrs, fel petai, a chadw'r rhai trist yn hytrach na'r rhai budr.'

'Mae hyn yn swnio'n bositif.'

'Hefyd, Rhodri a finne... mae hynny wedi gwneud gwahaniaeth mawr, a dweud y gwir.'

'Ym mha ffordd?'

'Wnes i ddim dysgu'r pethe iawn am berthnase pan o'n i'n ifanc.'

'Goelia i, lodes.'

'O'n i'm yn disgwyl cwrdd â rhywun hyfryd, ac isie bod efo nhw o hyd.'

'Dech chi i weld yn llesol iawn i'ch gilydd.'

'Ond dydi o ddim isie caru *cam-girl*, a dwi ddim isie caru *coomer* chwaith. Felly 'den ni wedi gwneud addewid i'n gilydd. Dwi'n cau Peaches i lawr, sef enw fy nghymeriad ar OF, a dydi Rhodri byth yn mynd i wylio porn eto.'

'A. Dyna pam...'

'Be?'

'Wel, ar ddamwain, mi weles yr ap Relay ar ei ffôn o.'

'Dydi o ddim wir angen Relay, dwi'm yn meddwl. Doedd o ddim yn dibynnu ar y stwff o gwbl. Mae o'n gwneud y cynllun i ddangos ei ymroddiad i mi, a dwi'n hynod o ddiolchgar iddo am hynny.'

'Chwarae teg, dech chi'ch dau wedi delio efo hyn mewn modd aeddfed iawn.'

'Wn i ddim am hynny. 'Den ni'n stryglo weithie, ond 'den ni'n go onest efo'n gilydd.'

'A be ydi'r amserlen i ti gau'r cyfrif OnlyFans, dwêd?'

'Dyna un o'r rhesymau pam dwi angen picio'n ôl i Mach cyn y briodas. Gen i laptop dwi ond yn ei ddefnyddio ar gyfer OF, a dwi'n mynd i gau'r cyfrif, dileu bob dim a gwerthu'r gliniadur.'

'Wyt ti wedi dweud hyn wrth dy ffans?'

'Dim ffiars o beryg. Giang o byrfyrts yden nhw – dwi am ddiflannu a dyna ni.'

'Ti byth yn gweld eu hwynebau nhw?'

'Byth.'

'Felly, ar ôl i ti gau'r cyfrif does dim modd iddyn nhw ddarganfod dull arall o gysylltu efo ti?'

'Na. Dwi'n saff rhagddyn nhw.'

'Does 'na ddim ffordd neis o ddweud hyn wrthat ti, ond mi wnaeth tad Belle, oedd yma neithiwr, dy adnabod di o OnlyFans. Sori.'

Disgynnodd wyneb Glo, a rhoddodd ei llaw dros ei llygaid am eiliad.

'Mae hyn yn lletchwith. Be mae o'n bwriadu'i wneud? Fy ngwahardd i o'r briodas?'

'Dwi un cam o'i flaen o. Mae ei liniadur a'i ffôn o gen i. Dwi ddim wedi cael cyfle i edrych arnyn nhw eto, ond fetia i fod 'na rwbeth go doji arnyn nhw. Dwi'm yn bwriadu eu rhoi nhw'n ôl iddo fo tan ar ôl y briodas, felly dwi'n sicr y bydd o'n bihafio yn ystod y parti.'

'Ti 'di trafod hyn efo Rhods?'

'Naddo.'

'Mi ga i air efo Rhods.' Anadlodd Glo yn ddwfn, fel petai'r sgwrs wedi rhoi rhyddhad iddi. Wedyn, yn ara deg, dechreuodd chwerthin. 'Dwi'n siŵr ei fod o'n chwysu,' piffiodd, 'a tithe'n heddwas a phopeth.' Oedodd, cyn gofyn mewn llais ysgafn, 'Does gen *ti* ddim diddordeb yn OnlyFans, dwi'n cymryd?'

'Na, na'r *Bake Off* chwaith.'

'Y *Bake Off*?'

'Mae 'na bethe, megis caru a bwyta cacenne, dwi'n mwynhau eu gwneud, yn ofnadwy, ond does gen i ddim diddordeb mewn gwylio rhywun arall yn gwneud y pethe hynny.'

Erbyn hyn roedd y ddau yn eu dyblau'n chwerthin, a phan ddaeth Rhodri'n ôl o'r gampfa, ymunodd yn y miri heb ddeall yn iawn pam.

Pan oedd Glo yn sythu ei ffrog ar ôl y chwerthin, gwelodd Daf edefyn ar ei llawes: un sidan, lliw arian, yn debyg iawn i'r un roedd Belle wedi'i weld ar ffwr ei chi...

22

Y bore wedyn, ar ôl ymuno â'i deulu am frecwast, piciodd Daf i fyny i Neuadd i weld Belle.

Bwydo'i chŵn oedd hi pan gyrhaeddodd Daf yr hyn roedd John yn ei ddisgrifio fel buarth yr helm. Yno, ger yr hen sgubor lle'r oedd hen daid Siôn yn arfer cadw'i droliau di-ri, roedd Belle yn cadw'i chŵn, mewn adeilad dienaid o flociau concrit oedd wedi cael ei godi'n arbennig ar eu cyfer nhw. Nid anifeiliaid anwes oedden nhw ond rhan bwysig o fusnes Belle, gan eu bod nhw wedi'u hyfforddi i helpu'r gwasanaethau argyfwng. Erbyn hyn, roedd y tri chi ffyddlon a helpodd Belle i greu ei busnes wedi ymddeol ac roedd ganddyn nhw le bach ar wahân i'r lleill, eu trwynau llwyd yn pwyso ar wifrau'r drws mor chwilfrydig ag erioed. Fel dyn oedd wastad yn dweud ei fod o'n rhy brysur i gadw ci, roedd Daf wrth ei fodd â chŵn Belle, ac roedden nhw wastad yn ei gyfarch yntau fel petaen nhw'n teimlo'r un fath amdano fo. Fel arfer byddai Belle yn mynd â nhw am dro mewn dau grŵp – y rhai hŷn ben bore a'r lleill, os oedden nhw wedi bod yn gweithio ai peidio, fin nos – ac roedd Siôn wedi codi goleuadau o gwmpas y coetgae lle roedden nhw'n arfer rhedeg yn rhydd, gan ei bod yn aml yn dywyll erbyn iddyn nhw ddychwelyd o ryw safle trosedd neu'i gilydd. Wrth i Daf gerdded draw, roedd Belle yn datglymu tenynnau'r ci hynaf ac yn siarad efo fo.

'Dyna ti, DJ, gei di orffwys rŵan.' Ciledrychodd y ci arni fel petai'n cytuno.

Gan fod ei ffocws ar y cŵn, wnaeth Belle ddim gweld Daf nes iddi gau'r bollt ar y drws, a phan drodd hi ato, gwelodd Daf fod mwgwd o glai trwchus dros ei hwyneb.

'Mae'r Omega 3 wedi gwneud byd o wahaniaeth i'r hen DJ, Daf,' dywedodd, heb ei gyfarch. 'Mae o newydd redeg o gwmpas y coetgae fel y boi rŵan. Gen i beth yn sbâr, os ti awydd – ti ddim mor gyflym ag yr oeddet ti.'

'Digon gwir. Sut hwyl heddiw, lodes?'

'Gweddol. Mae 'na gêm yn does, lle mae rhywun yn ceisio waldio twrch daear...'

'Whack-A-Mole, ti'n feddwl?'

'Ia. Dyna sut mae petha ar hyn o bryd. Y munud mae un broblem yn cael ei sortio mae 'na un arall yn codi. Ond mae'r ferch mae Rhods wedi'i bachu wedi bod yn wych – taswn i wedi dod i'w nabod hi'n gynt, mi fyswn i wedi gofyn iddi fod yn forwyn briodas i mi.'

'A be am y busnes efo'r cŵn?'

'Neithiwr, ar ôl i mi eu rhoi nhw'n ôl yn y cwt, mi nes i daenu chydig o flawd dros y trothwy, i weld oedd rhywun o gwmpas. Doedd dim olion i'w gweld ynddo fo heddiw, ond dwi'n bwriadu gwneud yr un peth cyn gadael Neuadd yn nes ymlaen. Wedyn, os oes olion traed, mi fydd raid i ti ddarganfod rhai pwy ydyn nhw.'

'Mi wna i fy ngorau glas, ond...'

'Ond dim byd, Daf. Dim ond unwaith yn fy mywyd dwi'n bwriadu priodi, a dim ond un giang o gŵn sy gen i. Rŵan, rhaid i mi gael fy mrecwast a golchi'r stwff 'ma i ffwrdd – does gen i ddim eiliad rydd nes y bydda i'n cyrraedd yr eglwys ddydd Sadwrn.'

Gwasgarodd chydig o flawd o'r bag yn ei phoced dros y concrit tu allan i'r cwt, wedyn rhedodd i fyny at y tŷ fel petai'n cystadlu yn y Gemau Olympaidd. Syllodd Daf ar ei hôl, a gwenu.

Ei dasg gyntaf ar ôl cyrraedd yr orsaf yn y Trallwng oedd ceisio mynd i mewn i ffôn Rose. Gan wisgo maneg blastig, cododd y ffôn a thynnu'r cortyn gwefru ohono. Pwysodd y botwm ar yr ochr, a goleuodd y sgrin yn syth. Doedd Daf erioed wedi bod mor falch o weld y gair 'Samsung'. Nesaf, ar ôl cip o'r logo Android, newidiodd y llun ar y sgrin i ddelwedd o Astarte, a'r geiriau 'Swipe to Open'.

Doedd dim cyfrinair na rhif Pin, a'r peth cyntaf sylwodd Daf arno oedd cyn lleied o aps oedd gan Rose ar ei ffôn – dim ond y rhai oedd eisoes wedi'u llwytho ar y ddyfais, calendr i ddangos cyfnodau'r lleuad, a TikTok oedd ar y flaensgrin. Pwysodd y botwm 'ffôn' er mwyn gweld rhestr o'r galwadau roedd Rose wedi'u gwneud a'u derbyn. Rhyfeddodd Daf nad oedd y mwyafrif o'r rhifau wedi'u cynnwys yn rhestr gysylltiadau Rose, felly doedd dim enwau gyferbyn â'r rhifau. Roedd un rhif wedi ei ffonio ddwsin o weithiau, a rhif roedd Rose wedi'i alw bedair gwaith yn ystod ei diwrnod olaf. Sylwodd Daf ar un peth arall: pwy bynnag oedd yn ffonio Rose, roedden nhw wedi dal i geisio cael gafael arni tan ar ôl hanner nos.

Erbyn hyn roedd yr orsaf yn dechrau prysuro, a tra oedd Daf yn ceisio penderfynu pwy fyddai'n cael y dasg o ymchwilio i'r rhifau, daeth Toscano i mewn â golwg flinedig arno.

'Cyn i mi anghofio, bòs,' meddai, 'mae'r dyn adawodd ei ffôn a'i liniadur ddoe wedi gadael ei gyfrineiriau hefyd: rhestr o ryw ddwsin. Mae rhai cyffredinol ar gyfer y dyfeisiau, a rhai ar gyfer safleoedd a gwefannau penodol.' Crychodd Toscano ei drwyn. 'Y math o bethe fyse rhywun yn eu disgwyl: Pornhub, OnlyFans a phethe fel'na.'

'Diolch. Ty'd â'r cwbwl i mi, os gweli di'n dda. A'r eiliad y daw Sheila i mewn, gawn ni gwrdd i weld yn union lle yden ni, ie?'

'Dwi yma'n barod,' galwodd Sheila o'r gornel roedden nhw'n ei galw'n gegin, er mai dim ond sinc a thegell oedd yno. 'Paned efo'r sgwrs?'

Bum munud yn ddiweddarach roedden nhw o gwmpas desg Daf, a darn mawr o bapur o'u blaenau. Plygodd Toscano dros y papur â thri pìn ffelt yn ei law.

'Y peth cyntaf i'w gofio,' dechreuodd Daf, 'ydi na wyddon ni eto gafodd Rose ei lladd neu beidio.'

'Fyse hi wedi gallu cerdded draw dros y rhyd ac i mewn i'r sied ar ôl cael ei gollwng gan y bws mini, a hynny mewn sodlau uchel?' gofynnodd Sheila'n amheus.

Sgwennodd Toscano enw Rose, a sawl marc cwestiwn. Ciledrychodd Sheila ar Daf, a chodi un ael.

'Dwi isie codi pwynt ynglŷn â'r camerâu diogelwch,' meddai. 'Mae Tom a finne wedi ystyried codi sied ieir sawl tro.'

'Achos dech chi ddim yn ddigon cyfoethog fel mae hi?' gofynnodd Daf, ond anwybyddodd Sheila y sylw.

'Ac un o'r pethe sy'n ein rhoi ni off ydi'r mesurau diogelwch.'

'Pam? Does neb isie dwyn ieir, debyg?' ymatebodd Toscano, oedd wastad mewn dyfroedd dyfnion pan oedd materion amaethyddol yn codi.

'Na, ond mae o'n ddiwydiant dadleuol. Mae'r bobol sy'n protestio ynglŷn â hawliau anifeiliaid yn gallu bod yn reit eithafol, ac maen nhw'n gwrthwynebu unedau mawr. Felly, os dech chi'n codi sied, rhaid cael system i'w diogelu hi – camerâu ac ati, llawer mwy nag sy angen ar fferm arferol. Mae angen amddiffyn y safle rhag ymosodiad sy wedi cael ei gynllunio'n ofalus, felly rhaid i ni ddysgu pa fath o system sy ganddyn nhw ym Mronwylfa, a pha fath o *output* – llunie, recordiade ac yn y blaen.'

Tynnodd Toscano lun camera ac iâr ger enw Rose.

'Ffonia di Owain, Sheila, gan eich bod chi'n gystal ffrindie erbyn hyn, i holi am y system ddiogelu yn y sied. Toscano, dwi isie i ti ffeindio pwy biau'r rhifau 'ma. Rho nhw i mewn yn y system, ond falle y byse jyst eu ffonio nhw yn haws. Yn benodol, dwi isie gwybod pwy wnaeth geisio ffonio Rose dro ar ôl tro nos Wener, a phwy wnaeth hi eu ffonio yn ystod y dydd, ocê? Unrhyw beth gan y SOCOs o Bencoed eto?'

'Na,' atebodd Toscano, gan dynnu llun o gylch mawr yng nghornel y papur efo'r llythrennau 'SOCO' ynddo.

'Dwi'n mynd i daclo'r patholegydd fy hun. Heb achos marwolaeth, 'den ni'n dawnsio o gwmpas yn yr achos 'ma,' datganodd Daf, gan geisio, yn aflwyddiannus, cuddio'i rwystredigaethau rhag y tîm.

'A rhaid i ni fynd o gwmpas tafarndai y Valley Run,' ychwanegodd Sheila, 'er mwyn cael syniad sut hwyl oedd ar Rose nos Wener, a sut oedd ei chyd-deithwyr.'

'Oes rhywun wedi siarad efo gyrrwr y bws eto? 'Den ni angen creu llinell amser o'r noson gyfan. Sut gyrhaeddodd hi'r Cain? Efo pwy oedd hi'n siarad? Be oedd hi'n ei yfed, a faint?'

'A pha mor barod oedd hi i brynu rownd? Rhaid i ni beidio anghofio materion ariannol Rose chwaith,' ychwanegodd Toscano.

'Pwynt dilys. Sôn am arian, rhaid i mi baratoi achos i'r ynadon i gadw'r arian oedd o dan garreg yr aelwyd ym Mhencoed, gan ein bod ni angen Gorchymyn Cadw.'

Yn y seibiant ddaeth wedyn, anadlodd Sheila'n ddwfn.

'Mae dipyn o waith i'w wneud, bòs,' meddai 'yn enwedig a ninnau ddim yn siŵr wnaeth rhywun ladd Rose ai peidio.'

'Dwi'n mynd i gael rhywfaint o wybodaeth gan y patholegydd heddiw, hyd yn oed os oes raid i mi fynd draw i'r RSH a gwasgu'r manylion ohoni.'

Tra oedd Daf yn siarad roedd Toscano wedi rholio'i ddarn mawr o bapur, rhoi band lastig amdano a'i osod ar dop y cwpwrdd ffeilio.

'Alli di ychwanegu unrhyw beth at hwn, unrhyw bryd, bòs,' eglurodd. 'Tithe hefyd, Sheila.' Ac ar ôl gwneud y cynnig hael hwnnw, brysiodd allan o swyddfa Daf.

'Ddylet ti ddim bod wedi'i anfon o ar y cwrs Cyfathrebu 'na,' meddai Sheila'n dawel.

Cafodd Daf gyfle i ystyried sgiliau cyfathrebu Toscano eto, chwarter awr yn ddiweddarach. Tra oedd Sheila'n ceisio casglu gwybodaeth am daith y bws mini, daeth cnoc ar y drws a cherddodd dyn ifanc i mewn: dyn byr, main, efo barf frown enfawr. Ceisiodd Daf ddyfalu beth oedd drymaf, y barf neu'r dyn y tu ôl iddo.

'Seimon Phillips,' cyhoeddodd y dyn mewn llais undonog. ''Wy wedi dod i ddatgloi ffôn?'

'O, ddrwg gen i, Mr Phillips, mae camddealltwriaeth wedi bod. Doedd y ffôn ddim wedi'i gloi. Yr hyn wnes i ofyn amdano ddoe oedd argaeledd rhywun petai angen gwneud hynny.'

Ffroenodd Phillips, gan wneud i'r blew chwythu dros ei wyneb.

'Nid dyna'r neges ges i. Fe yrres i'r hollol ffordd o Aberteifi i fod yma.'

'Sori, ond...'

'Mae galw mawr am fy sgilie i, ac fe godes i am bedwar o'r gloch y bore 'ma i ddod i helpu ag achos pwysig...'

Yn sydyn, cofiodd Daf am y sgwrs gafodd o efo Glo y diwrnod cynt.

'Stedda di lawr, Mr Phillips. A' i i nôl paned i ti, achos mae gen i achos arall ar dy gyfer di... un difyr, gobeithio, ac mae o bendant yn un pwysig. Faint o waith ti wedi'i wneud yn gysylltiedig â'r Ddeddf Diogelu Ar-lein newydd?'

'Dim, hyd yn hyn.'

'Felly, mi allwn ni ddefnyddio dy sgiliau arbennig. 'Den ni'n cefnogi dynes ifanc gafodd ei cham-drin, o dan oed a phan oedd hi dros un ar bymtheg, ac mae lluniau o'r gamdriniaeth honno ar y we.'

Eisteddodd Phillips yn sydyn, a thorchi llewys ei grys.

'Gawn ni ddechre ar unwaith felly?' gofynnodd, ei lygaid gwyrdd yn pefrio.

'Enw'r ferch ydi Gloria Jones.'

Ystyriodd Daf roi gliniadur a ffôn Roger i Phillips, ond roedd o'n teimlo dyletswydd i gael cip arnyn nhw ei hun cyn gwneud hynny, felly wnaeth o ddim sôn amdanyn nhw.

Daeth Toscano i mewn efo paned i Phillips a newyddion i Daf.

'Os wyt ti isie dal gyrrwr y bws mini, bòs, well i ti fynd rŵan – mae o'n mynd i'r maes awyr toc.'

'Ocê. Mr Phillips, does dim rhaid i ti weithio o'r fan hyn,

wrth gwrs, felly mi wnaiff DC Toscano dy helpu di i ddod o hyd i wybodaeth sylfaenol am Gloria a'i thad, Gerwyn Jones o Lanbrynmair.'

Cynigiodd Sheila fynd efo fo, er mwyn iddi hi allu mynd o gwmpas y tafarndai tra oedd Daf yn siarad â gyrrwr y bws mini. Hi yrrodd hefyd, er mwyn i Daf gael ffonio'r patholegydd. Rhoddodd y sgwrs drwy'r seinydd, er mwyn i Sheila gael clywed.

'Dr Mallon?'

'Aha, galwad ffôn gan yr organydd yn hytrach na'r mwncïod.'

''Den ni i gyd wedi bod yn brysur.'

'Dwinne ddim wedi bod yn torheulo ar y traeth, chwaith.'

'O'n i ddim yn awgrymu unrhyw beth...'

'Beth bynnag. Dwi'n mynd i siomi di, dwi'n tybio, Arolygydd Dafis.'

'Pam hynny?'

'Achos marwolaeth Rose Minton. Ti'n gobeithio am ganlyniad tebyg i gêm Cluedo: "Mrs White yn y gegin efo'r bibell blwm", ond alla i ddim dy helpu di, yn anffodus.'

'Dwi'n deall ei fod o'n achos heriol, ond...'

'Heriol? Paid â meiddio awgrymu bod yr achos yn heriol i mi, Arolygydd Dafis, jyst oherwydd dy fod ti'n ddyn canol oed gwyn a finne'n ferch ifanc. Mae pob achos yn heriol yn ei ffordd ei hun, a'r hyn sy'n fy atal i rhag gwneud datganiad taclus ydi'r ffaith fod Rose Minton wedi marw o ganlyniad i gael ei gwenwyno. 'Den ni angen gwneud profion pellach, ond dwi'n amau carbon diocsid.'

'Dwi'n gweld.'

'Ond sut, does gen i ddim cliw.'

'Oes amser penodol ar gyfer y farwolaeth?'

'Pa mor oer oedd hi pan ddarganfuwyd y corff?'

'Wel... oer, dwi'n tybio.'

'Wnaeth neb feddwl am gofnodi'r tymheredd?'

'Wel, wnes i ddim, ond falle...'

Chwarddodd y patholegydd. 'Roedd fy nain wastad yn dweud bod pobol aneffeithiol gystal iws â sgidie llaeth. Dwi jyst yn crybwyll hynny gan 'mod i'n clywed bod gen ti gryn dipyn o ddiddordeb mewn materion ieithyddol. A rŵan, dwi'n disgwyl adroddiad y labordy am gynnwys ei stumog, felly rhaid i mi fynd. Gyda llaw, roedd hi wedi meddwi'n rhacs, i ddefnyddio term gwyddonol. Roedd y prawf BACS yn dangos 0.2%.'

'Ond nid yr alcohol wnaeth ei lladd hi?'

'Na, doedd dim digon o alcohol yn ei chorff i hynny. Dwi'n bwriadu ail-wneud y prawf CDT/MCV i wneud yn hollol sicr, ond dwi bron yn bendant nad oedd hi'n goryfed yn rheolaidd. Ac, er mawr syndod i mi, doedd dim tystiolaeth o gyffuriau o gwbl. Gwranda, dwi'n mynd rŵan. Bydd nodyn i ti drwy e-bost yn nes ymlaen felly paid â fy mwydro fi eto, iawn? Dwi'n mynd i jecio lefelau potasiwm yn y llygad sy'n dal yn ei soced, i helpu efo pennu amser ei marwolaeth, ond hefyd, gofynna di i bawb oes rhywun yn gwybod yn union pa mor oer oedd hi.'

'Wrth gwrs. Diolch yn fawr iawn.'

'Paid â gwastraffu dy anadl yn ceisio llyfu tin chwaith. Mae pawb yn yr ysbyty 'ma'n dy ganmol di ond ro'n i wedi diflasu'n llwyr arnat ti y tro cynta i mi weld dy wyneb. Ac er gwybodaeth, dwyt ti ddim mor olygus â hynny, chwaith.'

Diffoddodd Dr Mallon yr alwad heb air o ffarwél.

'Carbon diocsid? Sut hynny?' gofynnodd Sheila.

'Anodd dweud, lodes. 'Den ni'n dal i ddod ar draws mwy o gwestiynau nag o atebion.'

Parciodd Sheila yng nghanol Llanfyllin a cherddodd Daf i lawr y lôn wrth Afon Cain i gyrion y dre. Ffermdy hynafol oedd wedi colli pob smic o'i gymeriad oedd cartref gyrrwr y bws mini, ac yn y buarth safai tri cherbyd – un bws efo dwsin o seddi ynddo, yr ail i gario hyd at ddeunaw, a char â saith sedd. Roedd dyn yn ei dridegau yn defnyddio sugnwr llwch heb gortyn i lanhau un o'r bysys.

‘Hei, Gwyn, Daf Dafis.’ Estynnodd Daf ei law i’r dyn ei hysgwyd.

‘Glyn ydw i, brawd Gwyn. Fi oedd yn gyrru nos Wener.’

‘Ti’n gwneud dipyn o hynny?’

‘Symud pobol wedi meddwi o gwmpas y sir? Ydw. Yn ystod yr haf, ’sen i’n dweud ein bod ni’n gwneud cwpwl bob penwythnos.’

‘O’n i’m yn meddwl bod cymaint â hynny o briodasau yn lleol.’

‘O, na, nid partïon plu ydi’r cwbwl. Mae pobol yn dathlu priodase, penblwyddi, cynhebrwng Wncwl Jim... beth bynnag y rheswm, maen nhw i gyd yn bihafio mor wirion â’i gilydd.’

‘Hyd yn oed y merched?’

‘Yn enwedig y merched. Fel anifeiliaid weithie. Beth bynnag, rhaid i mi adael am Heathrow toc, felly os oes gen ti gwestiyne am nos Wener, rŵan ydi’r amser, ie?’

‘Ocê. Be am i ti ddechre o’r dechre.’

‘Fel arfer, mae pobol yn trefnu parti plu neu stag fisoedd ymlaen llaw. Ond efo nhw, dim ond pythefnos cyn y noson y ffoniodd merch Eithnog. Drwy lwc, ro’n i ar gael.’

‘Ydi hi’n gwsmer rheolaidd?’

‘Na. Ers iddi hi gael y peth ar ei llygaid, ’den ni wedi mynd â hi i’r stesion yn Gobowen gwpwl o weithie, ond dyna ni.’

‘Ti’n ei nabod hi?’

‘Roedd hi’n iau na fi yn yr ysgol, felly, dim rîli.’

‘Be am y merched eraill ar y bws?’

‘Nabod nhw i gyd, un ffordd neu’r llall.’

‘Wyt ti’n nabod y ddynes yma?’ Dangosodd Daf lun o Rose iddo.

‘Wel, ie, ran ei gweld. Does ganddi hi ddim enw da, felly dwi’n cadw draw.’

‘O?’

‘Dwi’m yn rhoi rhech am y lol sbŵci ’na, ond ers chydig rŵan mae hi’n butain, ac yn targedu dynion sengl o gefndir traddodiadol. Mae'r hen lancie 'na, lot ohonyn nhw, yn go swil... wel, dwi'n meddwl ei bod hi'n eu hecsbloetio nhw, dweud y gwir.'

'Wyt ti'n gallu rhoi enwau rhai o'r hen lancie i mi?'

'No wê. Dyn tacsi ydw i felly dwi byth yn dweud gair.'

'Ocê, yn ôl at nos Wener, felly. Dechre yn y Cain wnaethon nhw?'

'Ie, ond mi gwrddais i â nhw yn yr Old New Inn, achos wnaethon nhw gerdded i fanna. Wedyn fyny i Lanrhaeadr, Pen-y-bont, wedyn i Langynog, wedyn Stumble, King's Head Meifod, ac yn ôl i'r Cain.'

'A sut oedden nhw?'

'Fel mae partïon plu, yn swnllyd ac yn sili, ond pan oedden nhw ar y bws, pan oedden nhw'n clebran efo'i gilydd, ges i'r teimlad nad oedden nhw'n nabod ei gilydd yn iawn – doedd rhai ddim yn nabod ei gilydd o gwbl. Hefyd, doedd neb wedi cyffroi. Wel, bron neb.'

'Pwy oedd wedi cyffroi? Rhiain?'

'Na, roedd hi'n fflatiach na neb. Y ddynes yn y llun – hi oedd yn cael amser da. Wnaeth hi yfed dipyn.'

'Est ti i mewn i'r tafarndai efo nhw o gwbl?'

'Bicies i mewn i'r Cain am goffi pan ddaethon nhw'n ôl.'

'A sut oedden nhw'n bihafio?'

'Roedd hi, yr hipi, yn ceisio fflyrtio efo cwpwl o hen ddynion yn y bar cefn, yn gofyn iddyn nhw brynu coctels iddi, ond roedden nhw'n rhy gall.'

'Heblaw am y ffaith ei bod hi wedi meddwi, oedd hi'n edrych yn sâl o gwbl?'

'Na. Roedd hi braidd yn rhy sionc.'

'Cwestiwn penodol am y daith rŵan – pa mor dwym oedd y bws?'

'Ddim o gwbl. Roedd y ffenestri i gyd ar agor.'

'Ble wnest ti eu gollwng nhw?'

'Es i â nhw i gyd adre, heblaw amdani hi. Dwi'n gwrthod

mynd i fyny'r wtra 'na i'r coed, no wê. Wnes i egluro hynny pan gytunes i i wneud y gig, a ddwedodd y briodferch fod hynny'n iawn, ond ar y noson, ar ôl mynd â Rhiain yn ôl i Eithnog, dechreuodd hithe, yr hipi, gwyno a dweud bod yn rhaid i mi ei gyrru hi adre. Es i cyn belled â gwaelod yr wtra, a dim pellach. Roedd hi'n creu ffwdan, ac yn y diwedd mi oedd y merched eraill yn reit flin efo hi, achos roedden nhw isie mynd adre. Mi gynigies i roi lifft yn ôl i Eithnog iddi, ond doedd hynny ddim yn ddigon da. Yn y pen draw, mi wnaeth y merched ei lluchio hi allan, mi wasges inne'r *central locking* a gyrru i ffwrdd.'

'Wyt ti'n gwneud hynny'n aml?'

'Bron byth, ond dwi'n gwrthod dinistrio fy mysys drwy straffaglu i fyny i ganol nunlle. O'n i'n meddwl y byse tro bach yng ngole'r lleuad yn gwneud byd o les iddi.'

'A faint o'r gloch yn union oedd hynny?'

'Chwarter i ddau. Wnaethon nhw hongian o gwmpas yn y Cain tan wedi un.'

'Welest ti rywun arall o gwbl?'

'Neb.'

'Ti a'r merched oedd y rhai olaf i'w gweld hi'n fyw.'

'Dim ots gen i am hynny. Fydd dim colled ar ei hôl hi. Dwi'n meddwl bod y rhan fwya o bobol Llanfyllin yn teimlo'r un fath. Roedd hi fel sbwriel mewn ffos, yn achosi probleme i bawb.'

23

Cynigiodd dyn y tacsis lifft i Daf yn ôl i ganol y dref, ond gwrthododd, er gwaetha'r gwres. Roedd o'n anfodlon teithio, hyd yn oed am bum munud, yng nghar rhywun oedd yn disgrifio pobol fel sbwriel mewn ffos.

Roedd Sheila yn aros amdano yn y maes parcio, ac roedd hi wedi prynu loli Solero iddo.

'Sut oedd y tafarndai?' gofynnodd, ar ôl diolch iddi a dechrau agor y papur.

'Dim byd newydd, bòs, ond roedd boi'r Cain yn dweud bod Rose wedi meddwi braidd.'

'Mae hynny'n cyd-fynd efo adroddiad y patholegydd. Yn ôl dyn y tacsi, roedd hi'n mynnu lifft i fyny i Bencoed, ond gwrthododd fynd â hi. Chwarter i ddau oedd hynny, a wyddon ni ddim o'i hanes hi wedyn nes i Lissa ddarganfod ei chorff fore Sadwrn.'

'Sôn am Lissa, mae Owain yn bwriadu cwrdd â ni fan hyn mewn deng munud, ar ôl bod yn y feddygfa.'

'Pam mae o'n mynd i'r feddygfa?'

'Nôl presgripsiwn i'w fam. Dwi wedi gofyn, a HRT ydi o.'

'Os ydi hi fel hyn ar HRT, sut fyse hi hebddo fo?' gofynnodd Daf, gan gymryd brathiad meddylgar o'i Solero.

'A 'den ni wedi derbyn y Gorchymyn Cadw ar gyfer yr arian ym Mhencoed, ond ddwedodd Gill Griffith, oedd ar y Fainc yn y Trallwng, ei bod hi'n disgwyl dy weld ti yno tro nesa, os ti'n gofyn am rwbeth.'

'Faint o bres oedd 'na i gyd?'

'Bron i saith deg mil. Dwi wedi siarad efo Susie o'r SOCOs ac mae hi'n dweud bod ganddyn nhw system newydd i sganio bob papur yn unigol a llwytho'r rhifau'n syth i'r PNC.'

Daeth Owain i'r golwg o gyfeiriad y feddygfa â bag papur yn ei law. Heb wahoddiad, agorodd ddrws cefn y car a neidio i mewn.

'Dwi ddim isie i neb fy ngweld i'n siarad efo chi,' esboniodd. 'Rhag ofn i Mam ofyn gormod o gwestiyne.'

'Ocê,' atebodd Daf, gan droi yn ei sedd fel y gallai weld wyneb Owain.

'Mi ddwedodd Misus Francis eich bod chi angen gwybod am ein system ddiogelwch. Wel, y newyddion da ydi bod ganddon ni lwyth o gamerâu, goleuadau efo *motion sensors* a hyd yn oed larwm efo *sensors* o dan y llawr ger trothwy pob mynedfa i'r sied.'

'Aha!' ebychodd Daf. 'Sut allwn ni gael gafael ar y data?'

'Wel,' mwmialodd Owain o dan ei wynt, 'dyna'r newyddion drwg. Mae sawl un o'r camerâu yn dangos carafán Lis, a dwi'n gwybod bod Mam yn edrych ar y llunie'n go aml, felly cyn mynd i lawr i'w gweld hi, piciais i mewn i'r swyddfa i roi'r *manual override* ymlaen i'w diffodd nhw. Dwi'n gwneud hyn bob tro dwi'n mynd i weld Lissa ger y sied.'

Chwarddodd Daf yn eironig.

'Am anlwc! Rhyfedd bod rhwbeth *mor* amheus wedi digwydd ar yr *union* noson pan oeddet ti, Romeo, wedi troi pob dim i ffwrdd.'

Cochodd Owain. 'Plis, paid â dweud wrth Mam, na Dad chwaith. Achos beth bynnag mae o'n wybod ben bore, mae hi'n ei wybod o erbyn amser cinio. Mae hi'n dweud weithie na tydw i ddim yn haeddu cyfrifoldeb... Dydyn nhw bron byth yn mynd i swyddfa'r sied felly does 'na ddim llawer o siawns iddyn nhw ddod i wybod heblaw dy fod ti'n dweud wrthyn nhw.'

'Paid poeni,' atebodd Sheila. 'Os nad ydi'r lluniau'n bodoli, dydyn nhw ddim yn bodoli.'

'Diolch.' Oedodd Owain. 'Mae Rhi yn poeni am Alun.'

'Sut felly?'

'Sori os ydi hyn yn swnio'n hollol hurt, ond mae Rhi yn dweud ei fod o wedi lladd un o'r cŵn fore ddoe. Wedi'i chrogi hi.'

'Mae rhai pobol hen ffasiwn yn gwneud hynny, còg,' esboniodd Daf, 'er mwyn arbed ffi y fet.' Synnodd Daf fod angen iddo esbonio hynny i ddyn fferm.

'Wrth gwrs, ond roedd Jess yn ast iach a chlên, ddim yn dair blwydd oed. Roedd Al a finne wedi trafod ei bridio hi, ond mi grogodd Alun hi, a'i chladdu o dan y sietin ger y nant.'

'Welson ni o yno ddoe, yn palu.'

'Felly dim rhyw bwl o rwbeth sydyn oedd o,' myfyriodd Owain.

'Ydi o'n tueddu i gael pyliau sydyn, còg?'

'Pwy a ŵyr? Un tawel ydi o.'

'Disgrifia fo i ni.'

Crafodd Owain ei drwyn yn ara deg a chrychu'i dalcen wrth feddwl.

'Dwi ddim yn gwybod, rîli. Mae o... wastad wedi bod yno, fel Bryn Pencoed neu'r nant. Does gen i ddim syniad sut fath o ddyn ydi o, yn union fel sgen i ddim syniad pa fath o nant ydi'r nant, os ydi hynny'n gwneud synnwyr.'

'Mae hynna'n iawn, Owain,' meddai Daf, gan feddwl sut allai Lissa garu'r ffasiwn benbwl. 'Ydi dy dad o gwmpas heddiw?'

'Ydi, yn gwneud y gwaith papur.'

'Ocê. Wnawn ni alw heibio i'w weld o.'

'Iawn, ond paid â disgwyl i mi ddweud wrtho fo. Dwi'm isie dim byd i'w wneud efo'r busnes 'ma, sori.'

'Còg, mae corff wedi cael ei ddarganfod yn dy sied di. Nid busnesa yden ni, dim ond ceisio darganfod sut ddigwyddodd hyn.'

'Ie, ond dwi ddim isie i Mam ddod i wybod 'mod i wedi cwrdd â chi fel hyn. Mae o'n... wel, dydi o ddim yn dwyllodrus, ond nid felly fyse hi'n gweld y peth, a...'

Roedd Daf yn ysu i ddweud wrth y dyn ifanc am beidio bod yn ffasiwn gachgi.

'Jyst rho rif ffôn dy dad i ni, hei?'

'Does gen Dad ddim ffôn, dim ond ffôn y tŷ.'

'Iawn. Sarjant Francis, ffonia di i ddweud ein bod ni ar ein ffordd.'

Sleifiodd Owain allan o'r car a sgrialu draw i'r Spar fel chwilen ofnus wrth i Sheila wneud yr alwad ffôn. Gwgodd hi wrth orffen yr alwad.

'Lona atebodd ac roedd hi'n go anfodlon, ond mi ddwedes i nad oedd ganddi ddewis, felly well i ni fynd yn sydyn.'

'Oes ganddi hi rwbeth i'w guddio, ti'n meddwl?'

'Na, jyst *control freak* ydi hi.'

'Dwi'n dechre meddwl bod angen gwarant ar gyfer Eithnog, petai ond i weld be yn union sydd yn y twll ger y nant.'

'Cytuno'n llwyr. Roedd rhwbeth o'i le ddoe, a dim ond rŵan dwi'n deall be oedd o. Ddwedodd Alun Hughes wrthon ni mai claddu ast fu farw dros y penwythnos oedd o. Os felly, pam na wnaeth o ei chladdu hi cyn ddoe? Pam ddewisodd o safle claddu mor agos i'r nant, lle mae'r stoc yn yfed? Pam wnaeth o ddefnyddio rhaw yn hytrach na digar? Bendant bod ganddo un, neu hyd yn oed declyn i'w folltio i flaen y tractor. Ond, yn bwysicach na dim arall, petai anifail wedi bod yn gorwedd yn farw am ddeuddydd heb ei gladdu yn y gwres 'ma, fyse'r corff yn drewi. Ro'n i'n siarad efo fo drwy ffenest agored, yn go agos i'r Land Rover, ond wnes i ddim gwynto dim.'

'Pwyntiau dilys, i gyd. Dwi'n meddwl bod yn well i ni aros nes bod y warant chwilio ganddon ni cyn siarad efo Alun Hughes. Ac yn y cyfamser, gawn ni air efo George Gethin.'

Doedd Daf erioed wedi sylwi bod modd dyfrio basgedi o flodau mewn ffordd ymosodol, ond dyna'n union beth roedd Lona'n ei wneud.

'Plis paid â hongian o gwmpas yn y gegin,' brathodd. 'Mae George yn y swyddfa.'

Pwyntiodd ben y bibell ddŵr at ddrws rownd cornel y tŷ, ac

agorodd George y drws hwnnw'n sydyn, fel petai wedi bod yn aros amdanyn nhw.

'Roedd Lons yn mynnu bod efo ni, ond ro'n i'n meddwl y byse'n well iddi beidio,' dywedodd, mewn llais addfwyn. 'Mae hi mor flin am y briodas.'

'Gawn ni drafod hyn y tu mewn, os gweli di'n dda, George?'

'Wrth gwrs. Tydi'r lle ddim yn hynod o smart, ond gawn ni lonydd yma.'

Ynganodd y gair 'llonydd' efo tinc o hiraeth oedd yn egluro'n berffaith pa mor brin oedd llonydd ym Mronwylfa. Ac er nad oedd hi'n stafell smart, roedd swyddfa George yn braf, efo ffenest fawr oedd yn galluogi'r heulwen i dywallt dros y dodrefn fel cwstard dros sleisen o darten fale. Nid desg oedd ganddo ond hen fwrdd cegin, yr arwyneb wedi'i guddio bron i gyd o dan bentyrrau taclus o bapurau, pob un efo label Post-It ar ei ben. Ar y wal y tu ôl i'r bwrdd roedd rhes o dri chwpwrdd ffeilio, pob drôr wedi'i labelu. Ond beth synnodd Daf yn fwy na dim oedd y lluniau, i gyd wedi'u fframio: sgetsys o gestyll, marchog ar gefn ceffyl, neuadd fawr efo bwrdd crwn yn ei chanol, a marchog mewn arfwisg yn brwydro yn erbyn sarff enfawr. Yng nghornel pob un o'r lluniau roedd dwy lythyren: GG.

'Ti wnaeth y rhain i gyd?' gofynnodd Daf.

'Ie, yn yr ysgol. Mae Lons yn dweud ei bod hi'n hen bryd gwneud coelcerth efo nhw i gyd, ond eto...'

'Gest ti dy ysbrydoli gan yr hen chwedlau, do?'

'Do. Ro'n i awydd galw'r còg yn Arthur ond ddwedodd Lons ei fod o'n enw rhyfedd.' Ochneidiodd George, ac eistedd i lawr yn y gadair swyddfa fawr wrth y bwrdd.

Setlodd Daf a Sheila gyferbyn iddo yn y cadeiriau oedd wedi'u gosod ar eu cyfer.

'Ti'n gwybod pam ryden ni yma,' mentrodd Daf. 'Corff Rose Minton, yn y sied.'

'Ro'n i'n tybio o'r dechre mai hi oedd hi.'

'Pam hynny?'

'Wn i ddim yn union, ond petai raid i mi enwi'r person mwya tebygol i gael ei ladd yma yng Nghwm Elain, Rose fyse honno.'

'O?'

'Wel, doedd hi ddim yn plygu ar gyfer neb na dim,' eglurodd.

'Oedd gan Rose elynion?'

'Dim syniad. Roedd Al Eithnog yn flin pan oedd hi'n arwain y grŵp o fewnfudwyr oedd yn protestio yn erbyn ein sied newydd. Ond ddaeth o dros y peth ar ôl i ni gael ein caniatâd cynllunio.'

'Ti'n dweud "ein sied", fel petaet ti'n un o'r perchnogion.'

'Dyna oedd y cynllun – uno'r cyfan. 'Den ni ddim wastad wedi gyrru mlaen yn dda – prynodd fy hen daid Bronwylfa gan y stad, ac roedd o awydd cael Eithnog hefyd. Fferm fech dlawd oedd hi, ac roedd fy hen daid yn cynnig pris da, ond roedd rheolau ynglŷn â hawliau tenantiaid ac ati. Ar ôl hynny, fesul dipyn, mi brynodd Hughes gae fan hyn a deg erw o goedwig fan draw nes roedd ganddyn nhw le go deidi. Mi fyse'r sied wedi cau hen friwie.'

Wrth sôn am hanes ei deulu, a phan oedd yn trafod y lluniau, roedd llygaid George Gethin yn pefrio a'i wyneb yn llawn bywyd. Roedd golwg Hanoferaidd ar ei fochau llawn, fel y math o gartwnau roedd pobol yn eu creu i sarhau Siôr III, delwedd oedd yn cyd-fynd â'i enw. Gallai Daf ddychmygu wìg wen ar ei ben.

'Felly, roeddet ti'n cefnogi'r briodas?' gofynnodd Sheila.

Oedodd George am dipyn, gan syllu ar gledr ei law dde fel petai o erioed wedi'i gweld o'r blaen.

'O safbwynt busnes,' meddai, o'r diwedd. 'Ond, ac mi fyse Ows yn flin iawn tase fo'n gwybod 'mod i'n dweud hyn, mae Rhi yn dipyn o lond llaw iddo fo. Dydi hi ddim yn ei hiawn bwyll, heb sôn am ei llygaid, druan. Mae Ows yn meddwl y bydd bob dim yn iawn, ac mae o'n fodlon gofalu amdani hi, ond sut fyse rhywun mor fregus â hithe'n ymdopi efo cael babis?

Wnaeth Lona, hyd yn oed, ddiodde ar ôl cael Ows, sobor.'

'Wel, mae hynny'n her i lawer o famau newydd,' meddai Daf. 'Y felan...'

'Na, dim iselder oedd o. Postpartum psychosis. Dyna pam na chawson ni fwy o blant.'

'Ddrwg gen i glywed.'

'O leia mae pobol yn gallu trafod y peth yn agored y dyddie yma. Ond mae Heather ac Alun wedi stryglo efo Rhi dros y blynyddoedd, ac roedd hi wastad yn anfodlon cael help. Dwi ddim yn sicr y gall Owain ymdopi efo cystal her.'

'Ai salwch meddwl ydi problem Rhiain, neu'r ffaith ei bod hi wedi cael ei sbwylio'n rhacs?' Roedd min ar gwestiwn Sheila.

'Dwi'm yn sicr. Dwi ddim yn feddyg. Dim ond poeni ydw i y gallai bywyd efo hi fod yn anodd.'

'Ydi Owain yn cytuno?'

Gwenodd George. 'Falle fod Ows wedi treulio gormod o'i amser yn chwarae efo'i gastell Playmobil a'i farchogion plastig. Nid tywysog ar gefn ceffyl gwyn ydi fy mab, ond mae'r syniad o achub lodes dlos yn apelio at ddynion.'

'Ble oeddet ti nos Wener?' gofynnodd Daf.

'Fan hyn. Aeth Lona draw i'r Cain a ddaeth hi adre efo Chinese. Roedd Ows wedi mynd allan – i chwarae castiau cyn priodas Elen Sian, o'n i'n tybio.'

'Be oeddet ti'n wneud?'

'Fawr ddim. Gwylio'r teledu.'

'Glywest ti neu welest ti unrhyw beth anarferol?'

'Na.'

'Glywest ti Owain yn dod adre?'

'Dwi'n cysgu'n drwm. Bosib na ddaeth o adre tan doriad gwawr... siŵr dy fod ti 'di bod efo giang yn creu helynt cyn priodas, Dafydd. Pawb yn dod â slabyn o gwrw, wedyn wrth beintio buarth neu ryw nonsens tebyg, mae rhywun yn tynnu potel o fodca o nunlle, a'r peth nesa ti dros y limit ac yn cysgu mewn rhyw gilfan neu ar soffa rhywun.'

'Wnes i erioed ymuno efo'r direidi yn bersonol, ond dwi'n deall y drefn.'

'Un drwg oedd dy ŵr, Misus Francis. Mi oedd o'n gallu codi grid gwartheg mewn chwinciad.'

Newidiodd Daf y pwnc yn swta – doedd o ddim angen cael ei atgoffa o John a'i bryderon di-ri.

'Awn ni'n ôl at Rose Minton am eiliad, George, wedyn gei di lonydd. Oedd rhywun penodol yn ei chasáu hi?'

'Wel, Lissa, dwi'n tybio, oherwydd ei bod hi mor agos at Rhi. Mae hi'n hoff iawn o Ows, Lissa.'

'A be wyt ti'n feddwl am hynny?'

'Os ydi o'n cael chydig o hwyl cyn clymu ei hun i lawr, chwarae teg iddo fo.'

'Fyset ti'n drist petai'r briodas yn cael ei chanslo?'

'Fysen i'n hynod falch, er gwaetha'r pres. Mi dalen i ddeg gwaith yn fwy i'w achub o.' Oedodd. 'Còg clên ydi o, wyddost ti. Pan oedd o'n fach, tra oedd ei fam yn sâl, roedden ni mor agos. Wnes i ffrâm ar y cwad, i'w gario fo o gwmpas i bobman efo fi. Wedyn ddaeth Lona'n ôl, ond roedd y tabledi gafodd hi yn... yn ei chau hi i mewn, rywsut. Yn ei chadw hi'n wastad, ond yn rhy wastad. Doedd hi ddim yn gwybod sut i'w garu fo'n iawn, felly y cwbwl roedd hi'n wneud oedd ei fwydo fo. O feddwl lle oedden ni yn y misoedd ar ôl i Ows gael ei eni, 'den ni ddim yn rhy ddrwg o gwbl. A chwarae teg, tydi Lons ddim wedi ceisio lladd rhywun ers blynyddoedd maith.'

24

'Rhyfedd,' sylwodd Daf, wrth i'r car ddringo rhiw Pentrebeirdd ar y ffordd yn ôl i orsaf yr heddlu, 'dwi erioed wedi cwrdd â George heb Lona o'r blaen, er 'mod i'n eu nabod nhw ers blynyddoedd.'

'Dyn clên iawn,' atebodd Sheila. 'Ond os nad ydi Lona'n ei drystio fo, fysen i ddim yn ei beio hi, chwaith.'

'Pam hynny?'

'Mae ganddo sglein bach tawel yn ei lygaid. Dwi'm yn dweud ei fod o'n hwrdd, ond mae 'na rwbeth reit gynnes amdano fo.'

'Ti'n ffansïo pob ffermwr cyfoethog, Sheila. Ydi o fel *kin*k i ti?'

'Wel, petai rhywun yn gofyn i mi sut dwi'n disgrifio fy hun, fyse'n rhaid i mi gyfadde 'mod i'n amaethrywiol... heblaw am John Neuadd.'

Allai Toscano ddim rhwystro'i hun: bownsiodd drwy ddrws yr orsaf i gyfarch Daf a Sheila cyn i injan y car ddiffodd.

'Dyfalwch pwy oedd yn ffonio Rose dro ar ôl tro nos Wener!' ebychodd, yn dawnsio o un droed i'r llall.

'Vladimir Putin,' atebodd Daf, gan ddifaru ei goegni'n syth.

'Rhywun sy eisoes yn gysylltiedig â'r ymchwiliad?' dyfalodd Sheila, gan wgu ar Daf.

'Ie! Alun Hughes, Eithnog.'

'Wel, mae hyn yn ddiddorol. Da iawn ti, còg,' meddai Daf.

'Doedd dim angen llawer o waith ditectif – dim ond ffonio a gofyn am enw'r person atebodd,' brathodd Toscano. 'Does dim angen bod yn sarcastig.'

'Mae hyn yn gam mawr ymlaen. Bendant, mae'r ateb i'r achos yn Eithnog, felly rhaid i ni fynd am Warant Chwilio.'

'Wwwff!' ebychodd Toscano. 'Doedd yr Ynadon ddim yn hapus efo'r Gorchymyn Cadw, heb sôn am Warant Chwilio.'

'Fydd dim problem efo'r warant,' cysurodd Sheila. 'Alla i ddelio efo nhw.'

'Dwi'n meddwl bod ganddon ni hen ddigon i gael un, yn enwedig wrth ystyried galwadau ffôn Alun. Ond 'den ni angen i'r warant gynnwys yr eiddo i gyd: y ffermdy, y porfeydd, y topie, y ffriddoedd, y goedwig, tŷ Pencoed, bob dim.'

'Er ein bod ni wedi mynd drwy Bencoed yn barod,' nodiodd Sheila. 'Well i ni beidio dweud hynny wrthyn nhw.'

'Cer di i ddechre tynnu cais at ei gilydd, Sheila. Toscano, awn ni drwy'r rhifau yn ffôn Rose. Hefyd, oes copi o'r adroddiad am Bencoed gan y SOCOs yn handi? A pheth arall i'w ofyn i'r SOCOs: be oedd tymheredd y corff?'

'Alla i ffonio Ninan a gofyn wnaeth o gofnodi hynny wrth wneud y ROLE,' cynigiodd Toscano. 'Ar ôl i mi jecio'r rhifau 'ma, wrth gwrs.'

Camodd Sheila tuag at y drws, wedyn oedodd.

'Bòs, wyt ti'n teimlo'n iawn?'

'Tsiampion. Pam?'

'Achos mae hi'n chwarter wedi dau a ti ddim wedi gofyn i mi yrru rhywun draw i Tesco am Meal Deal i ti.'

'O, cer i grafu. Ond os wyt ti'n digwydd bod yn mynd ag unrhyw waith papur i'r llys, picia heibio'r Bocs Brechdanau ar dy ffordd yn ôl.' Trodd at Toscano. 'Rŵan 'te, ble mae'r rhifau 'ma?'

Ar ei dydd Gwener olaf, roedd Rose wedi derbyn dim llai nag ugain o alwadau gan Alun Hughes, ond doedd hynny ddim yn batrwm anarferol.

'Dwi ddim wedi gweld y cyfan,' eglurodd Toscano, 'ond mae pobol Vodafone wedi helpu dipyn. Fo oedd yn ei galw hi'n fwya cyson, o fis Mai y llynedd tan nos Wener. Weithie, 'den ni'n sôn am hanner cant o alwadau mewn cyfnod o bedair awr ar hugain – roedd o'n ffonio ddydd a nos.'

'Mae hynny'n swnio fel stelcio i mi.'

'Ac i finne, bòs.'

'Eto, wnaeth hi erioed gwyno i ni, dwi'n cymryd?'

'Dwi wedi edrych, a naddo, wnaeth hi ddim,' cadarnhaodd Toscano.

'Petai dynes yn derbyn cymaint â hyn o alwadau gan ddyn, fyset ti'n meddwl y byse'r peth yn peri gofid iddi. A wnaeth hi ddim hyd yn oed blocio ei rif...'

'Cofia, mae o'n landlord iddi. Ac mi oedd rhent Pencoed yn gymharol isel, yn enwedig pan ti'n ystyried ei bod hi'n cael trefnu ei digwyddiadau yn y goedwig.'

'A dyna rwbeth arall dwi ddim yn ei ddeall,' meddai Daf. 'Mi oedden nhw'n cwyno bod Rose yn tresmasu yn y goedwig ond wnaethon nhw ddim byd am y peth.'

'Wel, dwi'n sicr fod Rhiain wedi codi'i llais yn ddigon aml i'w chefnogi.'

'Ie, ond mae 'na fwy na hynny. Rheswm arall i ddyn ffonio dynes mor aml ydi bod perthynas agos rhyngddyn nhw.'

'Ond anaml roedd hi'n ateb ei alwadau.'

'Ti'n iawn.' Gan nad oedd ateb yn cynnig ei hun, newidiodd Daf y pwnc. 'Glywest ti am achos y farwolaeth?'

'Do, ond sut allwn ni symud ymlaen, bòs? Os wnaeth Rose farw o wenwyn carbon diocsid, does dim sicrwydd ei bod hi wedi cael ei lladd yn fwriadol. Allai hi fod wedi crwydro i'r sied, wedi meddwi'n rhacs, a chael ei mygu gan y nwy yno?'

'Dwi ddim yn meddwl. I ddechre, mae 'na dipyn o ffordd o waelod wtra Pencoed i sied ieir Bronwylfa i rywun sobor, heb sôn am i rywun meddw. A phetai hi wedi marw yn y sied, siawns y byse'r nwy'n effeithio ar yr ieir hefyd?'

'Mae hynny'n wir, bòs. Does dim ffynhonnell nwy yno chwaith.'

'Ydy'r SOCOs wedi edrych yn fanwl yn yr ardal lle gwnaeth y bws ei gollwng hi?'

'Dwi ddim yn sicr, ond eto, tasen nhw'n troi i fyny yno heb warant, fyse Hughes yn siŵr o ddweud wrthyn nhw am hel eu paciau.'

'Trueni nad oes modd i'r pencadlys roi digon o adnoddau i ni i gadw Eithnog dan oruchwyliaeth. Rhaid i ni jyst mynd drwy'r holl stwff sy ganddon ni felly. Ti 'di dechre chwilio am fwy o wybodaeth am Rhiain, heb yr i dot, còg?'

'Do, ac o dan syrnâm ei thad hefyd. O, ac mae gen i syniad arall. Wnaeth y SOCOs chwilio tu allan i'r sied ieir?'

'Wna i edrych ar yr adroddiad, ond cofia, mae pob dim mor galed â bricsen yno. Mae mwy o siawns iddyn nhw ddarganfod olion traed neu deiars ger y nant. Ti isie i mi ofyn oes gan Susie rywun yn rhydd i jecio?'

'Plis. A gofynna am darddiad yr arian tra wyt ti wrthi.'

Ar ôl i Toscano adael, penderfynodd Daf ofyn i Sheila siarad ag Owain i drefnu mynediad i'r ardal ger y nant. Tra oedd hi'n gwneud hynny, cododd Daf y rhestr o alwadau o ffôn Rose. Roedd Toscano wedi llwyddo i roi enw gyferbyn â'r rhan fwyaf ohonyn nhw, ond roedd dau ar ôl: rhif o ardal Amwythig, a rhif ffôn rhyngwladol. Y rhif un oedd y cod y wlad, felly roedd Rose wedi ffonio rhywun yn America. 786 oedd y tri rhif nesaf – chwiliad sydyn, a darganfu Daf mai cod ardal Miami, Florida, oedd hwnnw. Nesaf, gwiriodd y gwahaniaeth amser. Pum awr. Er nad oedd o'n gwybod ai rhif preifat neu rif busnes oedd o, penderfynodd beidio â cheisio ffonio tan ar ôl naw o'r gloch y bore yn Florida.

Agorodd ddrws yr Ystafell Ymgynnull fawr i weld hanner dwsin o bennau wedi'u plygu o flaen sawl sgrin, ffurflenni a rhestrau hir o ddata. Aeth at Sheila ac edrych dros ei hysgwydd.

'Be ti'n feddwl o'r disgrifiad "Suspicious, potentially violent death" bòs?' meddai, heb edrych i fyny.

'Swnio'n iawn i mi.'

'A'r rheswm pam ein bod ni'n gofyn am fynediad i dir Eithnog yn benodol ydi'r ffaith mai yno y cafodd hi ei gweld yn fyw am y tro olaf, a hefyd, ei chysylltiad agos efo'r teulu?'

'Sbot on. Cyfeiria at y cannoedd o alwadau ffôn wnaeth Alun Hughes iddi dros y misoedd diwetha.'

'Mi wna i. Llofnoda di fan hyn, os gweli di'n dda.'

'Awn ni efo'n gilydd, ie?'

'O'n i'n meddwl dy fod ti'n rhy brysur i ddod.'

'Dwi *yn* rhy brysur, ond petaen nhw'n gwrthod y cais, neu'n gofyn am fwy o wybodaeth, mi fyse hynny'n creu mwy o drafferth ac oedi.'

Cerddodd y ddau ochr yn ochr i fyny i'r llys.

'Dwi *yn* deall, gyda llaw,' meddai Sheila toc. 'Ti'n ceisio sortio hyn i gyd cyn y penwythnos, rhag ofn i'r achos dorri ar draws Priodas y Flwyddyn.'

'Dydi hynny ddim gant y cant yn wir. Falle na fydd bob dim wedi'i ddatrys erbyn diwedd pnawn dydd Gwener, ond priodas neu beidio, ti'n gwybod pa mor bwysig ydi cadw trefn.'

'Pa fath o drefn fydd ar noson y drygioni, hei?'

'Dwi'n mynd i geisio dwyn perswâd ar y giang ifanc, drwy Rhodri, na allwn ni ganiatáu fandaliaeth, traddodiad neu beidio. Ac mae John yn mynd yn benwan am y busnes.'

'Ble mae Siôn yn cysgu y noson cynt? Nid adre, dwi'n mawr obeithio.'

'Mae dy lais yn awgrymu dy fod ti'n meddwl bod hyn yn dipyn o hwyl. Dydi o ddim. Mae cymaint o bobol wedi treulio amser, ac wedi gwario pres, i ofalu bod Belle, yn enwedig, yn cael diwrnod perffaith. 'Den ni ddim isie i ryw weilch chwalu bob dim am ddeng munud o hwyl twp.'

'Gad i mi wybod ymlaen llaw y tro nesa ti'n pregethu, bòs, i mi gael cadw draw.'

Erbyn hyn roedden nhw wedi cyrraedd drws y llys – yn ffodus, roedd hi'n ymddangos yn ddiwrnod tawel.

'Mrs Griffith is waiting for you in court,' esboniodd y dyn y tu ôl i'r ddesg. 'We've had two listings adjourned.'

'Siŵr bod yr hen Gilly Gill yn falch o gael cwrdd â ni yn y llys yn hytrach na'r swyddfa,' sibrydodd Sheila. 'Beth oedd teitl yr hen ffilm 'na? *The Ego Has Landed.*'

'Ie,' ategodd Daf, 'mae chwith ar ôl yr hen Lady Beatrice.'

Dynes dal oedd yn chwysu mewn siaced ffurfiol oedd yn aros amdanyn nhw yn y llys, yn eistedd lle'r oedd y clerc wastad yn gweithio. Doedd dim lle addas i Daf a Sheila eistedd, felly roedd yn rhaid iddyn nhw sefyll o flaen y bwrdd fel plant drwg yn cwrdd â'r brifathrawes.

'Wel, beth yn union sy ganddon ni fan hyn, Arolygydd Dafis?'

'Dynes iach wedi marw mewn amgylchiadau amheus.'

'Oes achos marwolaeth?'

'Dim byd cadarn. Ond mae'r patholegydd wedi cadarnhau, er ei bod hi wedi meddwi, nad alcohol wnaeth ei lladd hi.'

'A'r cysylltiad efo teulu Eithnog?'

'Roedd hi'n denant iddyn nhw, yn ffrind agos i'r ferch, a 'den ni wedi gweld patrwm o stelcio hefyd. A does dim esboniad am yr holl bres o dan y llawr yng nghartre'r dioddefwr eto.'

'Cyffuriau?'

'Dim tystiolaeth o gyffuriau o gwbl.'

'Achos os dwi'n rhoi'r golau gwyrdd i ti a dy dîm redeg yn rhemp dros Eithnog, ac yn dysgu wedyn mai gorddos damweiniol oedd yn gyfrifol am ei phresenoldeb yn y sied, fydda i ddim yn hapus dy fod ti wedi fy mherswadio i lofnodi'r warant. Fyddai hynny ddim yn edrych yn dda i mi.'

'Mae pawb yn gyfarwydd iawn â dyfnder eich gwybodaeth, a'ch gofal am ein hardal ni, ac ryden ni i gyd yn ddiolchgar iawn am hynny,' datganodd Sheila. 'Felly, bydd pobol yn disgwyl i chi gymryd pob cam posib i'n cadw ni i gyd yn saff.'

'Mmm,' atebodd yr ynad, gan godi'i phìn ysgrifennu. 'Dyma hi'r warant.'

Roedd yn amlwg fod ganddi gymaint mwy i'w ddweud ond llwyddodd i beidio ynganu'r geiriau, a rhuthrodd Daf a Sheila allan o'r llys cyn iddi newid ei meddwl.

'Reit,' meddai Daf ar ôl iddyn nhw gerdded allan o'r adeilad, 'y dasg nesa ydi trefnu amserlen fory. Ond cyn i mi ddechrau ar hynny, mae gen i alwad ffôn i'w gwneud.'

Yn ôl yn ei swyddfa cododd ei ffôn, ond yn hytrach na chysylltu â'r rhif yn Miami, ffoniodd Gaenor.

'Helô cariad. Ti'n cael diwrnod braf? Popeth yn dawel ar y Ffrynt Taramasalata?'

'Ydw, ac ydi, ond mae creisis y macarons yn gwaethygu. Mae Doris a Belle wedi gwrthod dau fath gwahanol yn barod heddiw, ac mae'n edrych yn debyg y bydd yn rhaid i ffrind iddi bicio draw i Calais i nôl rhai iawn.'

'Mae hynny'n wallgo.'

'Bendant.'

Weithiau roedd Gaenor a Daf yn chwerthin yn uchel wrth siarad – nid oherwydd unrhyw jôc arbennig, ond oherwydd eu bod nhw'n hapus. Ar ôl i'r alwad ddod i ben roedd Daf yn dal i chwerthin... nes iddo dynnu Cynllun Mawr Toscano allan. Ar ôl agor y rholyn papur allan dros y ddesg, tynnodd lun o'r arian yn ei guddfan – mewn arddull llawer blerach nag un Toscano – ac ychwanegu sawl marc cwestiwn. Wedyn, darluniodd goedwig, bws, a dynes fel petai wedi'i gwneud o fatsis. Ger y goedwig ychwanegodd ddau dŷ, gan synnu pa mor debyg oedd ei lun o Eithnog i wyneb sur, wyneb oedd yn edrych fel petai'n fwgwd rhag y byd.

Gan droi oddi wrth y papur, cododd y ffôn a deialu'r rhif tramor. Ar ôl saib hir, daeth llais clir.

'Jean Ponce de Leon Wellness Centre, you're through to reception. What department, please?'

'Good morning. I'm a senior British policeman investigating a serious crime, and the victim called this number in the week before her death.'

Gwichiodd y ferch Americanaidd, ac ateb, yn gyflym, 'I guess you need to talk to management then, sir.'

Ni wnaeth 'management' gynnig llawer iddo chwaith. Roedd Daf yn agos i'w bygwth nhw ag ymweliad gan yr heddlu lleol o dan dermau'r cytundeb MLAT, ond penderfynodd y byddai'n well iddo gysylltu â'r pencadlys cyn cymryd y cam hwnnw.

'So, you have no knowledge of a person called Rose Minton?'

'None whatsoever, sir.'

'Then why did she ring this number?'

'I have no idea.'

'Do you have many overseas patients at your facility?'

'Miami is a pretty cosmopolitan place, sir, and JP de L is a sector leader.'

'Could you check if you have any patients who are citizens of Zimbabwe?'

Ar ôl peth oedi, cafodd Daf yr ateb roedd o wedi'i ddisgwyl.

'No, sir.'

Gofynnodd iddi gymryd ei gyfeiriad e-bost, a gyrru neges petai'n darganfod unrhyw gofnod yn eu systemau o rywun o'r enw Rose Minton.

Ar ôl rhoi'r ffôn i lawr, chwiliodd ar y we am wefan Canolfan Iechyd Jean Ponce de Leon. I rywun oedd wedi arfer ag ysbytai blinedig y Gwasanaeth Iechyd Gwladol, roedd y cyfleusterau yno'n syfrdanol, bron yn ormodol. Roedd bron i fil o gleifion yn cael eu trin yn y ganolfan, oedd ar lan y môr efo lawntiau digon gwyrdd i ddallu rhywun ac adeiladau tebyg i olygfeydd o ffilm sci-fi. Wrth ddarllen ymhellach dysgodd Daf fod y lle'n brolio arbenigedd mewn maes roedden nhw'n ei ddisgrifio fel 'meddyginiaeth folecwlar', ac yn benodol, creu triniaethau unigryw i gleifion canser. Allai'r triniaethau ddim bod yn fwy gwahanol i'r poteli bach llawn dŵr a pherlysiau roedd Rose yn eu gwerthu ar ei stondin ym marchnad Llanfyllin. Pos arall heb ddatrysiad, felly.

Pan agorodd Toscano ddrws y swyddfa, ar ôl cnocio ond heb aros am ateb, roedd o wrth ei fodd yn gweld ei gynllun ar agor ar y bwrdd. Ond er bod y pleser mor amlwg ar ei wyneb, wnaeth o ddim cyfeirio at y papur.

'Rhian Ann Billings,' meddai, gan geisio cadw'r cyffro o'i lais. 'Ym Mehefin 2023 mi gafodd hi ei harestio, yn Llundain.'

'Arestio? Am be?'

'Am geisio herwgipio plentyn dwyflwydd oed ym mharc Gerddi Chiswick.'

25

Safodd Daf yn stond, yn ceisio prosesu'r wybodaeth. Doedd o ddim wedi ystyried bod Rhiain yn droseddwr. Merch anaeddfed, wedi'i sbwylio ac yn niwrotig, ie, ond niwsans i bobol eraill yn hytrach na bygythiad. Doedd dim byd yn ei hanes cyn hyn i amau ei bod hi'n berygl i blant.

'Ydi'r manylion gen ti, còg?' gofynnodd, a rhoddodd Toscano ffeil iddo.

'Hefyd, bòs,' meddai Nev, ''den ni wedi clywed yn ôl am y pres o dan y llawr. Fel roeddet ti'n tybio, mae'r rhan fwya'n lân, ond mae 'na bum cant wedi'u categorïo fel arian wedi'i ddwyn. Ti am i mi ofyn am hanes yr achos?'

'Syniad da. Rhwbeth lleol?'

'Na, ochre Llundain. Canolfan arddio yn rhywle o'r enw Tring.'

'Am ryw reswm, mae enw'r lle 'na'n canu cloch. Tring. Tring. Be dwi wedi'i glywed am Tring, dwêd?' myfyriodd Daf.

'Sôn am ganu cloch, ti'n swnio fel cloch beic dy hunan, bòs,' sylwodd Sheila. 'Dwi 'di llogi *mini-digger* i fynd i Eithnog fory – dwi'm yn meddwl bod ganddon ni amser i'w wastraffu yn palu efo rhaw.'

'Rhaid bod yn hynod ofalus wrth dyllu efo *mini-digger* i chwilio am dystiolaeth, lodes.'

'Wrth gwrs. Dwi wedi trafod efo Susie – mae cwpwl o'r SOCOs wedi defnyddio pethe tebyg o'r blaen. Maen nhw'n crybwyll picio draw i'r nant ar ochr Bronwylfa fory hefyd.'

'Sut mae'r trefniadau ar gyfer gweithredu'r warant fory yn dod mlaen, Sheila?'

'Iawn. Yn unig beth 'den ni heb ei wneud ydi rhybuddio'r teulu.'

'Gwell peidio. Er bod hynny'n dangos cwrteisi, dwi'n meddwl bod siawns go gryf i Alun Hughes, neu aelod arall o'r teulu, geisio dinistrio tystiolaeth bwysig. Pawb yn cyrraedd ar yr un pryd: buarth Eithnog am naw o'r gloch y bore fory, iawn?

'Fydd digon ohonon ni i wneud y job yn iawn?' gofynnodd Nev. ''Den ni'n chwilio'r fferm gyfan, yn ôl y warant.'

'Roedd yn rhaid cynnwys pob un posibilrwydd yn y gwaith papur, rhag ofn i rwbeth hollol annisgwyl droi i fyny, ond mewn gwirionedd, y tŷ, y buarth, yr ardal o gwmpas gwaelod wtra Pencoed a'r twll balodd Hughes ger y nant – dyna ydi'r flaenoriaeth. A bydd raid i ni orffen y gwaith yn reit sydyn achos mae hi'n ddydd Iau fory, ac mae gen i ymarfer ar gyfer priodas am chwech o'r gloch.' Edrychodd Daf ar yr wynebau blinedig a dryslyd o'i flaen. 'Mi wn i fod dipyn o waith o'n blaenau ni, a dwi'n gwybod hefyd pa mor anodd ydi gweithio yn y gwres 'ma, felly dwi'n awgrymu bod pawb yn mynd adre rŵan. Sheila, rhanna'r cod what3words ar gyfer Eithnog. Mi fyddwch chi i gyd angen bocs brechdanau, sgidiau addas i weithio ar dir anwastad, eli haul, hetiau a digonedd o ddŵr, ocê?'

'Yden ni angen nodyn caniatâd er mwyn mynd ar y trip?' gofynnodd Sheila'n goeglyd.

'Bendant, a dim mwy na phumpunt o bres poced i'w wario yn y Spar ar ein ffordd adre.'

Chwarddodd pawb, ac er nad oedd hi eto'n bump o'r gloch, dechreuodd pawb gau eu gliniaduron a'u ffeiliau.

Aeth Sheila ar ôl Daf i'w swyddfa.

''Den ni ddim wedi bod yn hollol onest ar y warant, bòs,' datganodd, yn ffurfiol. 'Gofynnodd yr Ynad am achos marwolaeth a wnest ti smalio nad yden ni'n gwybod eto.'

'O'n i ddim isie i'r hen het neidio i'r casgliad ein bod ni'n gorliwio'r sefyllfa. Ydi, mae'n wir fod Rose wedi marw o rwbeth sy'n lladd nifer o bobol yn hollol ddamweiniol, ond mae amgylchiadau'r farwolaeth yn awgrymu cymaint mwy na hynny.'

'Dwi'n deall, ond pan dwi'n gyrru'r manylion what3words iddyn nhw, dwi hefyd yn mynd i'w hatgoffa nhw pa mor bwysig ydi cyfrinachedd. Mae Heather yn mynd i fod yn sobor o flin pan gyrhaeddwn ni, a phetai'n galw cyfreithiwr i mewn mi all fynd yn gawlach go iawn – mi fyse 'na sail i rwygo'r warant i fyny am ein bod wedi ymestyn y gwir, fel petai.'

'Ond sut allen nhw ddod i wybod hynny? Dydi'r patholegydd ddim yn siarad efo *ni* yn aml iawn, heb sôn am ddatgelu gwybodaeth gyfrinachol i deulu Eithnog.'

Ochneidiodd Sheila. 'Ti'n gallu bod yn or-optimistaidd, sobor,' meddai, cyn troi i adael. 'Ti am i mi ffonio'r Spar a'u rhybuddio nhw i ordro mwy o Soleros?'

Cyrhaeddodd Daf adre fel roedd rhieni'r feithrinfa i gyd yn casglu eu plant, felly roedd yn rhaid iddo aros am sawl munud am gyfle i droi ei gar i mewn i fuarth Hengwrt. Tra oedd o'n aros, stopiodd un dyn nad oedd Daf yn ei nabod wrth ffenest agored ei gar.

'Just wanted to say, Mr Davies, what a great service this is. Frida and Ilona are having a splendid time in the Summer Club. Also,' ategodd mewn llais is, 'we're very, very supportive of allowing them to see women of colour in positions of authority, just so useful.'

Yn ffodus, doedd dim rhaid i Daf lunio ymateb achos symudodd y ciw ymlaen a llwyddodd i droi i mewn drwy'r giât. Aeth yn syth i'r ardd er mwyn bachu'r fainc o dan y coed rhosod, â ffeil droseddol Rhi Eithnog o dan ei fraich.

Yn y pen draw, stori drist yn hytrach nag un anfad oedd un Rhi. Ar yr olwg gyntaf, digwyddiad hollol randym oedd o: dynes ifanc yn ceisio codi plentyn oddi ar siglen a rhedeg i ffwrdd efo fo yn ei breichiau. Ond wedyn, fel petalau blodyn, agorodd yr wybodaeth gefndirol o'i flaen. Y peth cyntaf a nododd y swyddog a'i harestiodd hi oedd y ffaith ei bod hi hefyd yn torri Gorchymyn Rhwystro: doedd hi ddim i fod o fewn hanner milltir i dŷ penodol yn Chiswick, nac unrhyw aelod o'r teulu oedd yn byw yno. Dyn o'r enw Tris Green oedd perchennog y tŷ, a phan chwiliodd Daf am ei enw ar ei ffôn, dysgodd mai cynhyrchydd sioeau cerdd oedd o, yn ei bumdegau cynnar. O dan ei enw hefyd roedd erthygl o adran Showbiz y *Daily Mail*, efo'r pennawd 'Stalker wannabe snatches producer's son from swing.'

Doedd yr erthygl ddim yn enwi Rhiain – am resymau cyfreithiol, yn ôl y testun – ond yn amlwg, disgrifiad o'r un digwyddiad oedd o. 'Breaking an existing injunction to leave Green and his family alone, the crazed chorus girl stole the child in revenge for not having been cast in his revival of *Oklahoma!*, which opens at the Palace Theatre in London's West End in six weeks time.'

Roedd canlyniad arall ar y rhestr yn cyfeirio Daf at fforwm Reddit o'r enw 'Me Too, the Ones that Got Away.' Yno, roedd sawl dynes yn cwyno am Tris Green, yn flin am y ffaith nad oedd o wedi cael ei gyhuddo o unrhyw drosedd rywiol. Efallai nad oedd y *casting couch* wedi diflannu'n llwyr wedi'r holl ymgyrchu, ystyriodd.

Roedd y naratif yn awgrymu bod Green wedi cymryd mantais o'r ferch ac wedyn wedi ei siomi, a'i bod hi wedi penderfynu talu'r pwyth yn ôl. Doedd Daf ddim yn cymeradwyo dial mewn unrhyw gyd-destun, ond gallai ddeall safbwynt Rhi: ar ôl cael ei cham-drin, roedd hi'n gweld y troseddwr yn mwynhau bywyd moethus efo'i deulu. Roedd ei phenderfyniad gwirion i gael triniaeth ar ei llygaid yn ffitio'r naratif hefyd – gweithred eithafol gan ddynes ar ben ei thennyn.

Caeodd y ffeil a syllodd am rai munudau dros yr ardd, dros y coetgae, i lawr i gysgodion y goedwig. Roedd y cyferbyniad rhwng yr olygfa heddychlon a chynnwys y ffeil yn syfrdanol, ond cyn iddo gael cyfle i ddechrau cymharu ei fywyd dedwydd cefn gwlad â helyntion Rhiain, daeth Rhodri i'r golwg, yn cario dau wydraid o ddŵr. Rhoddodd un i Daf.

'Diolch, còg.'

'Iawn i mi eistedd am dipyn?'

'Wrth gwrs.'

'Dwi jyst isie dweud diolch am... pa mor dda ti wedi bod efo Glo. Gafodd hi alwad ffôn heddiw gan foi o'r enw Seimon Phillips.'

'Falch o glywed.'

'Mae hi'n berson gwahanol iawn erbyn hyn.'

'A chafodd hi ddim dewis yn y lle cynta, cofia.'

'Ie.'

Syllodd Rhodri i mewn i'w wydr fel petai neges yn ei waelod.

''Den ni i gyd yn gwylio'r *shit* 'na, Dad,' meddai mewn llais bychan. 'Ti'n dechre yn yr ysgol... nosweithiau efo'r giang yn aros dros nos, rhywun yn dangos rhwbeth, wedyn ti'n chwilio am rwbeth i'w ddangos, er mwyn cystadlu. Gêm ydi o i ddechre, a phawb yn chwilfrydig. O'n i ddim yn gaeth i'r peth, ond dwi mor falch 'mod i wedi ffeindio'r ap Relay 'na. Wnes i fynd arno i ddechre er mwyn tawelu pryderon Glo, ond dwi wedi dysgu cymaint.'

'Be felly?'

'Fyse rhywun yn meddwl bod eistedd o flaen sgrin i wylio pethe poeth yn hwyl, ond nid felly oedd o i mi. O'n i'n gwneud pan o'n i'n flinedig, yn ofidus, yn flin. Roedd y porn fel blanced gysur, neu sugno dy fawd, a dwi ddim angen hynny ddim mwy.'

'Chwarae teg, còg. Roedd o'n symlach yn fy amser i – roedd yn rhaid i ni brynu cylchgrawn, a tasen ni'n prynu un yn siop bapur Llanfair, fyse pawb yn gwybod am y peth!'

'Pan dwi'n cael plant, fydden nhw ddim yn cael ffôns. No we.'

'Wnes i ddim rhag-weld y probleme.'

'Na, dwi ddim yn dy feio di o gwbl. Ond rŵan, dwi'n methu

gweld unrhyw fantais i gogie Blwyddyn Pump fod yn gwylio pobol ddierth yn ffwcio.'

'Blwyddyn Pump?'

'Dyna pryd ges i fy ffôn cyntaf.'

Roedd Daf yn fud.

'Ar y trydydd diwrnod, ar ôl lawrlwytho sawl gêm, nes i ymuno â Pornhub.'

'Blydi hel. Ond be am y cyfyngiad oedran?'

'Mi glywes i'r bechgyn deg oed yn trafod hyn yn y clwb haf heddiw. Maen nhw i gyd yn defnyddio VPNs.'

'VPNs?'

'Virtual Private Networks. Maen nhw ar gael am ddim dros y we.'

'Dech chi, bobol ifanc, yn gwybod cymaint am bethe fel hyn.'

'Ond rhaid i bobol hŷn ddod i ddeall hefyd, er mwyn amddiffyn plant rhag gwneud dewisiadau gwael.'

'Blydi hel, còg, ti'n ddoeth.'

'Dylanwad Glo. Ers i ni ddechre canlyn yn y gwanwyn mae hi 'di bod mor llesol i mi. Mae hi wedi cael cymaint o drafferthion, ac wedi rhoi ei hun ar y llwybr iawn.'

'Ti'n swnio bron yn grefyddol.'

'Dim o gwbl, ond mi es i efo Glo i'r eglwys gwpwl o weithie, amser y Pasg. Dydi hi ddim yn mynd yn gyson, ond mae o'n ei helpu hi i deimlo'n agos at ei mam.'

'Ti 'di fy synnu fi, wir.'

'Dwi ddim ar fin ymuno â Chriw Duw, ond eto, mae'n neis cael eistedd mewn llonyddwch bob hyn a hyn, mewn cyd-destun gwahanol i fywyd bob dydd. Paid â dweud gair wrth Wncwl John, achos fydd o'n disgwyl i mi fynd i'r eglwys efo fo.' Oedodd Rhodri am eiliad. 'Beth bynnag, dwi hefyd isie ymddiheuro am gadw'n dawel am Glo a finne am amser mor hir. Roedden ni'n ceisio sortio rhwbeth... sortio sawl peth, dweud y gwir, yn breifat gynta.'

'Dwi'n deall.'

'Dyna'r broblem. Ti wastad yn deall, ond ddim wastad yn rhoi rhyddid i ni wneud ein camgymeriade ein hunain.'

'Sori, còg.'

'Paid bod yn sori, Dad. Ti'n dad grêt, ond yn rhy grêt weithie.'

Doedd yr ymwelydd nesa ddim mor ganmoliaethus.

'Gwranda, Daf,' datganodd Belle, heb ei gyfarch. 'Dim ond rŵan dwi'n dysgu am y traddodiad gwirion o wneud drygioni cyn priodas. Dwi'n hapus iddyn nhw sgwennu'n henwau ni ar y lôn, clymu rhuban i gau'r giât a ballu, ond dim byd mwy na hynny. Dwi wedi clywed am ymdrechion John ond dwi'm yn meddwl y gall o atal dim. Felly, mae'n rhaid i mi sortio petha. Gen i hen ffrind o'r Fyddin sy'n rhedeg cwmni diogelwch preifat, ac mae o'n gyrru tîm o chwech yma, i ddiogelu'r marcî a'r lonydd. O ran Neuadd, dwi wedi rhoi goleuadau o gwmpas y buarth, a dwi isio i ti roi neges i fastards bach y fro. Dwi'n mynd i gysgu efo twelf bôr yn fy ngwely, a dwi'n gwybod sut i'w ddefnyddio fo. Dwi ddim yn bwriadu lladd neb, ond mi fedra i lenwi eu darnau meddal nhw efo plwm.'

'Belle, dim ond chydig o hwyl ydi o.'

'Iawn. Dim ond hwyl fydd 'u saethu nhw hefyd. Lledaena'r gair, Daf: does neb yn mynd i roi blaen ei droed ar fuarth Neuadd nos Wener heb gael rhodd arbennig gan y Blushing Bride. Hefyd, welais i hwn heddiw.'

Dangosodd Belle lun i Daf o ôl traed clir yn y blawd y tu allan i gwt y cŵn.

'Tystiolaeth, Daf. Sortia fo, wnei di?'

Stelciodd o'r ardd, gan adael Daf yn syfrdan. Daeth ato'i hun wrth i'w ffôn bipian: roedd Belle wedi gyrru llun yr olion traed iddo. Astudiodd y llun am hir cyn dod i gasgliad – casgliad wnaeth beri gofid go iawn iddo. Os oedd o'n gywir, sut allai o dawelu meddyliau Belle heb achosi corwynt o drafferth yn rhywle arall?

26

'Cofia di fwyta heddiw,' meddai Gaenor, wrth lenwi bocs plastig efo salad pasta. 'Dwi'n gwybod sut un wyt ti. Cadw hwn yn yr oergell os alli di – mae 'na 'nduja ynddo fo. Rhaid i ti osgoi salmonela tan ar ôl dydd Sadwrn. Dim ond tri diwrnod i fynd.'

'Alla i ddim mynd i gartref rhywun i chwilio am dystiolaeth o drosedd ddifrifol, a gofyn am gael rhoi rhwbeth yn eu ffrij nhw,' mwmialodd Daf wrth gydio yn y bocs.

Ar ôl dod allan o giât Hengwrt roedd yn rhaid i Daf droi yn syth i mewn i gilfan i osgoi lorri Wynnstay enfawr oedd yn dod i lawr y rhiw. Roedd y glaswellt yn y gilfan yn wyrddach na gweddill y tirlun sych gan ei fod o dan y lawnt tu ôl i'r feithrinfa – cartref y pwll padlo ac ardal y Super Soakers. O ganlyniad roedd chydig o fwd yno, a sylwodd Daf ar ôl teiar nad oedd yno'r diwrnod cynt. Yn ofalus, ymestynnodd ei fraich drwy ffenest y car er mwyn tynnu llun o'r patrwm, rhag ofn.

Cyrhaeddodd Lanfyllin yn gynnar... yn rhy gynnar. Penderfynodd aros ger top yr wtra, ond cyn hynny piciodd i mewn i'r Spar.

Wrth iddo roi'r Solero ar y cownter, gwenodd y ferch siriol wrth y til arno.

'Yr *usual*, felly?'

Gwenodd Daf yn ôl arni. Ar y ffordd allan o'r siop gwelodd Nala, yn gwthio'i bygi ar draws y ffordd i gyfeiriad y siop. Wnaeth hi ddim edrych i'r chwith nac i'r dde cyn croesi, ac wrth iddi nesáu sylwodd Daf ei bod yn gwisgo clustffonau.

'Bore da, Nala. Fethest ti'r wers yn egluro sut i groesi'r

ffordd?' Defnyddiodd lais ysgafn, fel petai'n jocian, i guddio'i anfodlonrwydd.

'Pam na wnei di ffwcio off a gadael llonydd i ni, hei?'

'Achos dwi isie dy helpu di, lodes, tithe a Teilo bach.'

Roedd Teilo'n gorwedd yn y bygi â golwg flinedig a thrist arno.

'Ddaeth rhyw ffycar draw i 'nysgu fi sut i chwarae efo fo. Gen i ddigon ar fy mhlât heb i ryw ast ddod i 'nghartre fi a rhoi ei chôt o dan ei phen ôl cyn eistedd lawr.'

'A be sy gen ti ar dy blât, dwêd?'

'Wel... dim byd, a dyna'r blydi broblem. O'n i i fod i ddechre gweithio efo Rose yn llawn amser yn yr hydref, wedyn creu partneriaeth efo hi. Roedden ni i fod i fynd i Bencoed i fyw, Teils a finne, ond rŵan mae Rose wedi mynd, ac mae fy nyfodol i wedi mynd efo hi.'

'Gei di gyfleoedd eraill. Mae gan golegau feithrinfeydd, ti'n gwybod, felly yr unig beth ti angen wneud ydi dod o hyd i gwrs...'

'Dwi'm isie mynd ar gwrs. Jyst byw, dyna'r cwbwl.'

'Mae tad Teilo'n fodlon helpu, dwi'n gwybod hynny, ac mae o'n go gefnog.'

'Falle, ond efo fo, mae 'na wastad *catch*. Dwi wedi cael hen ddigon ar hynny. Beth bynnag, mae dy loli di'n toddi.'

Ar hynny gwthiodd Nala heibio iddo. Sylwodd Daf nad oedd hi wedi golchi'i gwallt yn ddiweddar, a bod y babi'n drewi, ond doedd ganddo ddim amser i wneud dim am y peth. Dychwelodd i'r wtra ger y Dolydd, ac roedd o'n llyfu'r tropyn olaf o sudd mango oddi ar ffon y Solero pan gyrhaeddodd Susie a'i thîm mewn Land Rover. Wedyn daeth Sheila, mewn confoi efo dyn yn gyrru fflatbed yn cario'r digar bach. Cychwynnodd pawb i lawr yr wtra, ac ar ôl milltir, ymunodd dau gerbyd arall: Toscano efo Nev, a phedwar PCSO. O ganlyniad, roedden nhw'n llenwi buarth Eithnog.

Rhedodd Heather allan drwy'r drws ffrynt.

'Be yn y byd ydi hyn?' gwaeddodd. 'Pam fod y syrcas yma ar ein buarth ni?'

'Mae ganddon ni Warant Chwilio, Heather. Mae ganddon ni resymau penodol i gysylltu Eithnog efo marwolaeth amheus Rose Minton, felly, os nad oes ganddoch chi fel teulu rwbeth i'w guddio, does dim rheswm i bryderu. Mi fydd pawb yn ofalus iawn o'ch eiddo chi, ond 'den ni angen dechre arni cyn gynted â phosib.'

Tra oedd Daf yn siarad â Heather, herciodd Alun Hughes o gysgod y beudy. Roedd golwg wael arno, fel petai heb gysgu ers dyddiau.

'Ble mae eich protocols bioddiogelwch, os gwelwch yn dda?' grymialodd.

'Pa brotocols bioddiogelwch?' gofynnodd Daf.

'Mae'r Undeb yn dweud wrthon ni, wastad, am beidio â gadael neb ar ein ffermydd heb gael gwybod pa gamau bioddiogelwch maen nhw'n gymryd a be ydi lefelau eu siwrans nhw. Dweda di, Daf Dafis, fod un o'r bois yma'n dod â'r dicáu efo fo, ar sodle'i sgidie. Faint o iawndal fydda i'n gael gan Heddlu Dyfed Powys petawn i'n colli'r gwartheg dwi wedi'u bridio fan hyn yn ofalus dros hanner canrif?'

'Gall rhywun yn y pencadlys ddweud wrthat ti, yn bendant, Mr Hughes.'

'A ble mae'r pencadlys, dwêd? Dwi ddim yn rhoi caniatâd i neb i roi eu traed ar fy nhir i nes i hyn gael ei sortio.' Martsiodd Alun draw at gerbyd Sheila. 'Ac mae *hi*, dwi'n gwybod, wedi bod ar fferm arall yn y pedair awr ar hugain ddwetha,' cyhuddodd, gan godi bys budr ati'n fygythiol.

'Ocê, ocê,' meddai Daf. 'Dyma dwi'n ei awgrymu. Does dim stoc ar y buarth na tu mewn i'r tŷ, a dyna lle 'den ni'n mynd i ddechre. Sheila, picia di draw i'r orsaf i nôl copïau o'r protocols, a tra ti yn y Trallwng, picia draw i'r Wynnstay i brynu dau fàth traed a photel fawr o hylif diheintio. Toscano, dwi isie i ti aros efo Mr Hughes drwy'r adeg, iawn?'

'What about me?' gofynnodd dyn y digar.

'You're going to have to wait until Sergeant Francis gets back with the protocols. Unless, Mr Hughes, you would consider...'

'Dwi'm yn sidro dim. Ac o ble ddaeth y clown yma, beth bynnag, efo'i degan Lego?'

Gwelodd Daf sgrifen ar ddrws cab y fflatbed.

'Cegidfa, dwi'n meddwl.'

'Dim siawns, felly. Mae fanno mor agos i'r ffin mae o fel Wuhan o ran haint.'

'Mr Hughes says thanks for offering, but he will wait for the protocols.'

Roedd Susie yn dal yn y Landi, a golwg go ddrwgdybus ar ei hwyneb.

'Susie, y flaenoriaeth i dy dîm di ydi gwaelod wtra Pencoed, draw fan'cw. 'Den ni'n gwybod bod Rose wedi dringo dros y llidiart yno, ond 'den ni angen darganfod be ddigwyddodd cyn ac ar ôl hynny. Reit 'te, pawb yn hapus?'

Brasgamodd Daf i fyny i'r tŷ, heibio Heather.

'Mi wna i aros yn y stafell haul,' galwodd dros ei ysgwydd ar y tîm, 'felly dyna lle fydda i os oes unrhyw gwestiynau. Bydd neges efo manylion Wi-Fi y tŷ yn cyrraedd toc.' Trodd at Heather. 'Ty'd i'r stafell haul efo fi rŵan, Heather. A dwi angen cyfrinair y Wi-Fi, os gweli di'n dda.'

Roedd yr elyrch napcyn i gyd yn dal yn eu lle, er mawr syndod i Daf. Tynnodd gadair wiail tuag at y ffenest ffrynt, lle gallai weld y rhan fwyaf o'r tîm yn dechrau ar eu gwaith.

'Heather, eistedda di fan hyn,' meddai, gan gyfeirio at stôl fach yn y ffenest. Cymerodd ddarn o bapur o'i bysedd. 'Neville,' galwodd, 'dyma i ti'r cod i'r Wi-Fi – rhanna fo efo pawb.' Camodd Nev i mewn i dderbyn y papur. 'Cer i'r gegin i wneud hynny, còg. Dwi angen siarad efo Mrs Billings. Cau'r drws ar dy ôl.'

Roedd Heather yn dal ar ei thraed, yn syllu trwy'r ffenest.

Penderfynodd Daf y byddai'n rhaid iddo ddangos iddi pwy oedd yn rheoli'r sefyllfa.

'Dwi wedi gofyn i ti eistedd i lawr, Heather, a dwi ddim yn bwriadu gofyn ddwywaith.'

'Be 'di hyn, bygythiad?'

'Dim o gwbl, ond dwi'n meddwl ei bod yn bwysig i mi fod yn hollol onest efo ti. Dwi 'di dawnsio o gwmpas y teulu 'ma, yn ceisio bod yn gwrtais, a dech chi wedi gweld cwrteisi fel gwendid. Eto, jyst i fod yn glir, mae'r warant sy gen i yn caniatáu i mi fartsio'r Gatrawd Gymreig a Siencyn yr afr drwy ddolydd dy frawd, ond dwi ddim isie creu trafferthion diangen. Ond os wyt ti'n dewis peidio cydweithio efo fi, neu roi cymysgedd o ffantasi a chelwyddau noeth i mi yn hytrach na'r gwir, dwi'n bwriadu dy gyhuddo di o gefnogi llofruddiaeth. Mi fydda i'n gwrthod mechnïaeth, a dwi wedi gwneud yn siŵr bod lle i ti heno yng ngharchar Drake Hall. Ti isie'r cod post, i dy frawd gael dod â Rhian i dy weld di?'

'Rhiain,' hisiodd Heather.

'Wel, tydi hi dim wastad yn defnyddio'r "i dot" ychwanegol, nac'di? A'i chyfenw wedyn... tydi Rhiain Hughes erioed wedi creu trafferth i neb, ond Rhian Billings, ar y llaw arall...'

Eisteddodd Heather i lawr yn drwm ar y stôl.

'Ers Covid, mae hi... yr hen gi du, y felan...'

'Gawn ni drafod Rhian, neu Rhiain, yn nes ymlaen. Ddechreuwn ni efo cwestiwn digon hawdd: pam nad wyt ti wedi bod yn agored efo fi ers i'r ymchwiliad ddechre?'

''Den ni'n bobol dawel, bobol breifat.'

'Pobol dawel, breifat, sy'n caniatáu seremonïau yn eich coedwig efo merched dierth yn crwydro o gwmpas yn noeth lymun?'

'Rhan o fusnes Rose oedd hynny. Doedd 'na ddim elfen rywiol i'r pethe.'

'Mae gen i dyst sy'n dweud yn wahanol. Gen i dyst arall sy'n dweud mai putain oedd Rose, ac ar ôl gweld un o'r stafelloedd ym Mhencoed, dwi'n tueddu i gredu hynny. O dan y Ddeddf Troseddau Rhywiol 1956, mae'n drosedd i berchennog ganiatáu i dŷ maen nhw'n ei rentu allan gael ei ddefnyddio fel puteindy.'

'Doedd Rose ddim yn butain. Roedd hi'n hipi, oedd, ac yn gwneud pethe sbŵci yn y goedwig, ond dim byd fel'na.'

Dangosodd Daf un o'r lluniau roedd o wedi'i dynnu ym Mhencoed iddi.

'Be ti'n feddwl oedd yn mynd mlaen mewn stafell fel hon, Heather? Dosbarth nos i ddysgu crefftau lledr?'

Cochodd Heather, a throi ei phen i ffwrdd.

'Mae... mae hynna'n *nasty*,' mwmialodd.

'Ydi, *nasty* iawn, ond mi wnest ti droi llygad ddall i'r holl fusnes.'

'Do'n i ddim yn gwybod llawer am yr hyn roedd hi'n wneud. Roedd Rose yn... yn wahanol iawn i ni. Roedd hi'n talu'r rhent yn brydlon a, heblaw am y cyfnod byr pan oedd hi'n creu helynt ynglŷn â'r sied newydd, chawson ni ddim trafferth efo hi.'

'Eto, roedd dy ferch a hithe'n agos iawn.'

'Roedd hi'n amyneddgar iawn efo Rhi. Pan ddaeth hi'n ôl, roedd hi'n sâl iawn am sbel.'

'Yn ôl o Dwrci?'

'Na, o Lundain...'

'Dwi wedi gweld adroddiad Gwasanaeth Erlyn y Goron amdani. Roedd hi'n rhy fregus i bledio mewn llys barn.'

Gostyngodd Heather ei phen a syllodd ar y llawr fel petai hi erioed wedi gweld rhywbeth mor ddifyr.

'Mae pob rhiant yn gwybod bod ein plant ni'n byw trwy gyfnodau anodd, Heather, ond pam wnest ti adael iddi fynd yn ôl i Lundain a hithe'n methu gofalu amdani'i hun?'

'Mae hi'n gallu bod mor styfnig. Hefyd, roedd hi'n oedolyn.'

'Be am bres?'

'Mae ganddi hi'r pres gawson ni fel iawndal ar ôl marwolaeth ei thad.'

'Dyna i ti beth arall. O be dwi'n ddeall, bu Craig farw mewn damwain ar safle adeiladu, ond dwyt ti byth yn siarad yn onest am y peth. Pam? Oherwydd dy fod ti'n byw mewn byd ffantasi, neu oherwydd dy fod ti'n ceisio amddiffyn rhywun?'

Ochneidiodd Heather. 'O'n i ddim isie i Rhi wybod pa mor... ddiflas a chyffredin oedd perthynas ei rhieni. Doedd 'na ddim byd sbesial rhyngddon ni. Bachgen comon oedd o, sobor.'

'Ac eto, mi wnest ti...'

'Dwi'n gwybod be wnes i. A be ddylen i fod wedi'i wneud. Cywilydd arna i.'

'Pam hynny?'

'Achos ddylen i fod wedi gadael pan ddechreuodd o siarad yn gas efo fi. Cyn i bethe waethygu.'

'Ond petaet ti wedi'i adael o'n gynt, fydde Rhi ddim yn bodoli.'

'Ti'n dechre'i galw hi'n 'Rhi' rŵan, fel maen nhw dros y nant yn wneud.'

Doedd Daf ddim yn siŵr ai sarhad oedd hynny, achos er bod ei hwyneb yn galed roedd tinc meddal yn ei llais.

'Wyt ti'n ceisio amddiffyn Rhi?'

Nodiodd Heather ei phen.

'Ac wyt ti'n amddiffyn rhywun arall?'

Ni symudodd Heather, nac ateb.

'Yn ôl adroddiad post-mortem Craig, roedd tystiolaeth i awgrymu ei fod o wedi cael curfa go galed cyn ei ddamwain.'

'Dwi'm yn gwybod dim am hynny.'

'Ddest ti'n ôl yma efo Rhi yn fabi, ac roedd yn amlwg i bawb i ti ddiodde trais yn dy gartref.'

Nodiodd ei phen eto.

'Dyna pam roedd yn rhaid iddo adael yr awyrlu? Achos ei fod o'n dy guro di a bod pawb yn gwybod busnes bawb yno, ie? Ond wnaeth pethe ddim gwella, felly wnest ti redeg i ffwrdd. Oeddet ti'n gwybod bod Alun wedi talu am daith i Norwy?'

'Be?'

'Roedd o ar fin mynd dramor efo'r Ffermwyr Ifanc.'

'Wnaeth o ddim dweud gair am hynny.'

'A wnest ti ddim gofyn? Achos roedd dy broblemau di'n llenwi dy ben. Aeth Alun draw i roi curfa go iawn i Craig. GBH ydi hynny.'

'Doedd gen i ddim syniad. Yn unig beth pwysig i mi oedd cadw Rhi a finne'n saff. Wedyn bu farw, a gawson ni dipyn o bres – digon i mi fynd 50-50 efo Alun am y conserfatori.'

'Wnest ti alaru o gwbl?'

'Camgymeriad oedd Craig. Ac roedd bywyd yn mynd yn ei flaen.'

'A wnest ti wastad freuddwydio y byse Rhi yn perfformio.'

'Na, ei breuddwyd hi oedd hynny, hithe ac Al. Fo sydd wedi'i sbwylio hi. Glywest ti am Eira?'

'Eira?'

'Asyn gwyn. Aeth Alun draw i Norfolk i'w nôl hi – rhwbeth sbesial i lodes sbesial, dyna oedd o wastad yn ddweud. Un peth ar ôl y llall, pethe sbesial, ond hynod.'

'I fynd yn ôl at hanes dy ŵr...'

'A pham yn union mae hynny'n berthnasol i farwolaeth Rose Minton?'

'Achos bu Rose farw mewn amgylchiadau amheus iawn, a dwi'n meddwl bod o leia dau o bobol yn byw yn y tŷ yma all fod yn dreisgar.'

'Nid lodes dreisgar ydi Rhiain, ond un sâl.'

'Fy swydd i ydi rhwystro pobol rhag brifo pobol eraill, beth bynnag ydi'r sefyllfa.'

'Fyse Rhiain byth yn brifo Rose. Roedd hi'n caru Rose.'

'Ym mha ffordd?'

'Ydi'r sgwrs yma'n gyfrinachol?'

'Ydi a na. 'Sen i byth yn ailadrodd dy fusnes di dros beint yn y Goat yn Llanfair, ond os wyt ti'n rhannu gwybodaeth sy'n berthnasol i'r ymchwiliad, neu unrhyw drosedd arall, bydd yn rhaid i mi gofnodi'r peth.'

'Ocê.' Syllodd drwy'r ffenest fel petai wedi colli diddordeb yn y sgwrs.

'Heather, dwi wedi clywed gan bobol eraill fod elfen gorfforol i'r berthynas rhwng Rose a Rhi. Ydi hyn yn gywir?'

'Tydi fy merch i ddim... o gwbl.'

'Eto, roedd hi'n caru Rose, wir yn ei charu?'

'Oedd. Ond yr ochr gorfforol... roedd hi'n cysgu efo Owain dros y nant. Ddechreuodd hynny yn ystod Covid. Wn i ddim be oedd hi'n wneud yn Llundain, ond fan hyn roedd hi efo Owain, fel roedd pethe i fod.'

'Oedd rhamant rhyngddyn nhw?'

'Oedd. Wastad. Roedd hi'n dweud, yn lodes fach, ei bod hi'n mynd i briodi Ows a magu deg o blant yn y goedwig.'

'Ffantasi plant oedd hynny. Be ddigwyddodd yn eu harddegau?'

'Roedd Rhiain wastad mor brysur, wedyn Covid, ac mi wnaeth Ows ddechre galw. Roedd Alun a finne'n falch iawn.'

'Ond aeth hi'n ôl i Lundain wedyn?'

'Do.'

'Ac yno, mi wnaeth hi ymosod ar blentyn?'

'Dim ymosod. Cipio.'

'Pam?'

'Achos... wnaeth y dyn, tad y plentyn, ddim rhoi chwarae teg iddi hi. Wnaeth o ei gadael hi lawr.'

'Mae'n swnio fel dy fod ti'n cyfiawnhau be wnaeth hi.'

'Na, dim o gwbl. Ond, mae'n fyd hynod, y llwyfan. Mae pobol mor neis i dy wyneb di ond yn barod i roi cyllell yn dy gefn. O, ti'n gwybod hynny yn barod, efo dy ferch.'

'Dyden ni ddim yn trafod fy merch i, efo pob parch, Heather.'

'Ond siŵr ei bod hi wedi gorfod... fflyrtio efo dynion i gael sylw yn y byd yna.'

'Dwi wedi bod yn amyneddgar iawn efo ti hyd yn hyn, ond os wyt ti'n cyfeirio at fy merch i eto yn y sgwrs 'ma, mi wna i dy arestio di a gawn ni siarad eto yng ngorsaf yr heddlu. Iawn?' Roedd y llun melltith greodd Rose o Carys yn llenwi ei ben.

'Dwi isie ateb strêt i gwestiwn strêt: oedd Rhi a Rose yn caru'i gilydd yn gorfforol?'

'Mae'n anodd dweud. Ers talwm, roedd pobol yn... cadw at ffiniau. Ond y dyddie yma mae bywydau pobol yn fwy fel bwffe, efo dipyn bach o hyn a dipyn bach o'r llall.'

'Wyt ti'n dweud felly bod Rhiain yn ddeurywiol?'

'Digon posib, ond roedd ei pherthynas efo Rose yn unigryw.'

'Eto, roedd hi'n fodlon priodi Owain? Be oedd Rose yn feddwl o hynny?'

'Doedd Rose ddim yn bwriadu byw efo Rhiain am weddill ei bywyd, i ofalu amdani.'

'Ac roedd Owain yn fodlon gwneud hynny?'

Gwenodd Heather, a gwelodd Daf gynhesrwydd go iawn yn ei llygaid.

'Er ei fod o'n ymddangos yn hunanol ac yn ddiog, un cariadus ydi Ows go iawn. Mae o'n fodlon bod efo Rhiain, hyd yn oed os aiff hi'n ddall.'

'A be oedd Owain yn feddwl o Rose?'

'Wel, debyg iawn i'r gweddill ohonon ni, dweud y gwir. Ddim yn ffan mawr, ond yn gweld ei bod hi'n llesol i Rhiain.'

'Ydi'r "ni" hwnnw'n cynnwys dy frawd, Heather?'

'Debyg iawn.'

'Sut yn union oedd pethe rhwng dy frawd a Rose?'

'Fel ddwedes i, roedden ni i gyd yn flin amser y brotest, ond heblaw am hynny, roedden ni'n eitha balch ei bod hi'n treulio cymaint o amser efo Rhiain.'

'Ac yn fodlon byw mewn tŷ sy ddim yn cydymffurfio â'r rheolau ar gyfer tai rhent?'

'Wn i ddim am hynny. Alun sy'n delio efo'r busnes yna i gyd i ni.'

'Ti'n dweud "ni" yn go aml, Heather.'

''Den ni'n deulu agos. Gwneud bob dim efo'n gilydd.'

Gan gynnwys lladd? meddyliodd Daf. Gwenodd, a bwrw mlaen.

'Gyda llaw, ble mae Rhiain heddiw bore?'

'Dydi hi ddim yn codi tan yn hwyr, fel arfer.'

'Fydd yr holl stŵr wedi'i dihuno hi bellach, bendant.'

'Ddwedes i ddim ei bod hi'n cysgu.'

'Fydd raid i'r tîm chwilio drwy ei llofft,' esboniodd Daf, gan geisio casglu darnau olaf ei amynedd.

'A' i i'w rhybuddio hi, felly.'

''Den ni ddim wedi gorffen eto. Ble oeddet ti rhwng hanner nos a thri o'r gloch fore dydd Sadwrn?'

'Yn fy ngwely, yn cysgu.'

'Wnest ti ddim aros ar dy draed nes i Rhi ddod adre, o ystyried bod ei golwg hi'n wael a'i bod hi, mwy na thebyg, wedi meddwi?'

'Na.'

Unwaith eto, sylwodd Daf pa mor anfamol oedd natur Heather.

'Taset ti'n gorfod disgrifio dy fywyd, Heather, pa eiriau fyset ti'n eu defnyddio?'

'Wel... iawn, dwi'n tybio. Mi wnes i gamgymeriad mawr, wrth gwrs, ond dwi'n cael byw yma, yng Nghwm Elain, am weddill fy mywyd. Fel mae'r gân yn dweud, 'den ni "Yma o Hyd".'

'Diolch, Heather. Dos di i nôl Rhi – yr eiliad y daw Sarjant Francis yn ôl, mi fyddwn ni angen siarad efo hi.'

'Eto?' gofynnodd Heather yn ddiamynedd.

'Ie, eto,' cadarnhaodd Daf, gan weithio'n galed i reoli ei dymer. 'Achos dech chi i gyd wedi bod yn cuddio'r gwir, ac wedi "anghofio" dweud pethe wrthon ni y tro cynta.'

Heb ymateb, sgrialodd Heather i ffwrdd gan adael Daf yn syllu i lawr ar y buarth, yn ysu i weld Sheila'n cyrraedd yn ôl. Agorodd ei ffôn a gweld bod grŵp WhatsApp newydd wedi cael ei greu gan aelod o'r tîm – Nev, mwy na thebyg – dan yr enw 'Eithnog'. Jyst cyn iddo yrru neges i ofyn i rywun ymuno â fo yn y stafell haul ymhen hanner awr, gwelodd neges gan Susie.

'CIO to Pencoed Lane area ASAP.'

27

Ar ôl gadael neges ar y grŵp i ddweud ei fod o ar ei ffordd, carlamodd Daf i lawr i'w gar a gyrru draw i gyrion y goedwig. Roedd Susie wedi parcio'n dwt o dan dderwen fawr, ac roedd tâp swyddogol o gwmpas ardal y chwilio. Gwelodd Daf fod tri swyddog yn gweithio'n drefnus, ond roedd dadl yn digwydd ger y llidiart. Roedd Toscano – oedd wedi ufuddhau i orchymyn Daf, fel arfer – wrth sodlau Alun Hughes tra oedd hwnnw'n dadlau efo Susie. Safai Hughes wrth y llidiart er mwyn atal y swyddogion fforensig rhag ei agor a mynd at yr ardal lle'r oedd y sied newydd yn cael ei chodi.

'Mae'n rhaid i'r tîm gael mynd i mewn i'r safle, Mr Hughes,' meddai Susie, yn rhesymol fel arfer.

'Chewch chi ddim. Dydi'r lle 'ma ddim yn saff.'

''Den ni wedi gweithio mewn llefydd llawer mwy peryglus na hyn.'

'Dwi'm yn meddwl bod hynny'n wir, lodes. Sbia di o dy gwmpas. Peirianne mawr, ffosydd, pentyrre o gerrig mân ansefydlog... mae'r lle 'ma'n *death trap*, wir i ti.'

'A, dyma fo Daf,' ebychodd Susie, ei rhyddhad yn amlwg. 'Arolygydd Dafis, alli di esbonio amodau'r warant i Mr Hughes?'

'Dwi'n meddwl bod Mr Hughes yn deall yn iawn,' atebodd Daf, gan syllu ar Alun. Yn amlwg, roedd Hughes wedi bod yno, neu yn rhywle arall llychlyd, ers tro gan fod ei groen brown wedi'i orchuddio â llwch, a'i lygaid gwyrdd yn disgleirio'n annaturiol dan gysgod ei gap. Llifai diferion o chwys i lawr ei fochau, gan adael eu hôl yn y baw.

'Mae hwn yn safle gwaith,' grymialodd.

‘’Den ni’n deall hyn yn iawn, ond yma hefyd y gwelwyd Rose Minton yn fyw am y tro olaf. Faint o waith sydd wedi’i wneud yn fan hyn yr wythnos yma?’

‘Fawr ddim.’

‘Pam hynny?’

‘Trafferth efo’r contractwyr.’

‘Wel, mae hynny’n rhyfedd, achos dwi ’di dysgu bod gen ti enw andros o dda efo contractwyr. Pobol yn ciwio am y fraint o weithio yn Eithnog.’

Gwthiodd Hughes ei gap yn ôl am eiliad a rhwbio’i dalcen chwyslyd â chledr ei law. Caeodd ei lygaid, ac nid oherwydd yr haul.

‘Dwi erioed wedi gwneud prosiect mor fawr â hwn o’r blaen. Bois gwahanol ydi rhai o’r contractwyr, ac maen nhw’n meddwl y gallan nhw chwarae gemau efo fi. Yn y cytundeb, wnaethon nhw sôn am gerrig o safon ar gyfer y ffwtins, ond be gawson ni? Rwtsh o *roadstone*. Roedden nhw wedi dechre’i osod o i lawr, ond pan sylwes i be oedden nhw’n wneud, mi ddwedes i wrthyn nhw am gadw draw nes i mi orffen clirio’r mès roedden nhw wedi’i greu. Cyrhaeddodd y cerrig iawn ben bore, jyst cyn i chi a’ch clowns gyrraedd.’

Chwifiodd Hughes ei fraich i gyfeiriad dau fryn o gerrig, oedd yn edrych yn debyg iawn i’w gilydd i lygaid Daf. Ger yr ail un safai tractor cymharol fychan, efo bwced ar ei flaen – dyfalodd Daf ei fod o’n gysylltiedig â’r broses o ‘glirio’r mès’, beth bynnag oedd hynny’n ei olygu.

‘Gwranda, Mr Hughes, ti’n deall y drefn. ’Den ni’n ymchwilio i farwolaeth Rose Minton, a nes i ni ddarganfod yn union be ddigwyddodd iddi, gam wrth gam, rhwng hanner awr wedi un ac wyth o’r gloch fore Sadwrn, allwn ni ddim gadael llonydd i chi. Ac i wneud hynny mae’n rhaid i ni edrych yn fanwl ar yr ardal lle gafodd hi ei gweld yn fyw am y tro olaf.’

‘Pwy welodd hi yma?’

‘Dwi ddim yn cael dweud.’

'Rose Minton, Rose Minton, dech chi'n *obsessed* efo'r ddynes 'na.'

''Den ni'n *obsessed*, fel ti'n dweud, efo'i hanes hi fore Sadwrn, o yfed coctels yn y Cain i lanio'n gelain yn sied ieir Bronwylfa.'

'Cryn dipyn o ffwdan ar gyfer un ohonyn *nhw*, os wyt ti'n gofyn i mi. Heb sôn am wastraffu pres y cyhoedd.'

'Allwn ni ddim jyst gadael corff mewn sied heb esboniad, Mr Hughes. A be wyt ti'n feddwl, 'un ohonyn nhw', dwêd?'

'Gofynna di i dy frawd yng nghyfraith, John Neuadd, os wyt ti isie gwybod pwy ydyn *nhw*. Y bobol sy'n symud i'r ardal am fywyd newydd ond yr eiliad maen nhw'n cyrraedd, maen nhw'n dechre cwyno amdanon ni, y bobol sy 'di bod yma ers oes yr arth a'r blaidd. "Paid â rhoi tail ar dy dir", "Paid â gyrru dy dractor ar lonydd cul", "Paid â chwifio ffon bolythen i annog dy wartheg i groesi'r ffordd". Mi glywes i sôn yn ddiweddar am foi gafodd ei gyfweld gan yr RSPCA am regi o flaen ei ddefaid, ar ôl cwyn gan un o'r bastards. Mae'n amhosib gweithio efo defaid am fwy na hanner awr heb regi – maen nhw'n mynd ar nerfau rhywun, sobor.'

Doedd Daf ddim gant y cant yn sicr pwy oedd yn mynd ar nerfau Hughes fwya, defaid neu bobol ddŵad. Yn ystod yr araith hir hon roedd y ffermwr wedi tynnu tipyn go lew o lwch rhwng ei wefusau tenau, felly dechreuodd besychu, fel cyw brân yn crawcian.

'Mae gen i botel o ddŵr yn y car,' cynigiodd Daf, 'er, mae hi'n go dwym erbyn hyn.' Ceisiodd beidio meddwl am yr 'nduja seimllyd.

Am eiliad, roedd popeth yn dawel. Wedyn, gwnaeth Toscano gynnig.

'Be am i ti gael sgwrs a phaned efo Arolygydd Dafis, Mr Hughes, tra dwi'n edrych o gwmpas y buarth.'

'Ac mae'n rhaid i mi ddweud wrthat ti,' ategodd Daf, 'y bydd yn rhaid i mi dy arestio di am rwystro aelod o'r heddlu rhag gwneud ei ddyletswydd os na chaiff y Swyddogion Fforensig fynediad i'r safle.'

Gwnaeth Hughes sŵn rhyfedd, fel hen ŵydd yn clirio'i chorn gwddw, ond camodd yn ôl oddi wrth y llidiart.

'Gei di lifft fyny i'r tŷ efo fi,' cynigiodd Daf, a heb air arall, trodd Alun Hughes i'w ddilyn at ei gar.

Roedd Hughes yn dal i besychu yr holl ffordd i'r tŷ. Yn hytrach na mynd at y drws ffrynt neu'r drysau patio, aeth at ddrws bach ger cornel yr adeilad – yn gyferbyniad llwyr i'r ystafelloedd eraill roedd Daf wedi'u gweld yn Eithnog, roedd y swyddfa oedd yn cuddio y tu ôl i'r drws yn flêr. Roedd pentyrrau o bapurau ar bob arwyneb a'r silff ffenest ddofn bron â diflannu o dan lwyth o ffeiliau. Roedd stof nwy o'r wythdegau yng nghanol y llawr, ac er y gallai Daf ddweud nad oedd hi wedi cael ei thanio ers tro, roedd hi'n dal yn drewi, gan heintio'r gofod ag arogl trwm, metelaidd. Un ffenest oedd yno: y cyrtens yn hongian yn gam a llwyth o bapur, oedd wedi melynu dros y blynyddoedd, wedi'i wthio i mewn i'r ffrâm er mwyn cadw'r gwynt allan. Ger y ffenest roedd sinc fechan rad, yn llwch i gyd heblaw lle'r oedd dŵr yn diferu o'r unig dap. Ar y bwrdd sychu, safai'r math o degell trydan nad oedd Daf wedi'i weld ers ei lasoed.

Ffurfiodd Alun Hughes gwpan â'i ddwylo o dan y tap ac yfed, heb boeni pa mor fudr oedd ei fysedd. Sylwodd fod Daf yn edrych i gyfeiriad y tegell a lledodd gwên fawr ar draws ei wyneb.

'Un da 'di'r tegell 'ma. Thales i 'run geiniog amdano fo... yr hen Green Shield Stamps, ti'n cofio? Ges i o pan es i fyny i Lysfasi, a dyma fo rŵan, yn dal i danio bob tro.'

Ar ôl rhoi'r tegell annwyl i ferwi, rinsiodd ddau fŵg mewn dŵr oer – un efo logo Wynnstay arno a'r llall yn hysbysebu Dectomax. Doedd Daf byth yn gwrthod paned fel arfer, ond roedd o'n ysu i wneud hynny wrth wylio'r paratoadau.

'Gwell na sawl gwraig, fysen i'n dweud, yr hen degell,' meddai Hughes dros ei ysgwydd. 'Faint o'r rheiny sy'n tanio bob tro ar ôl deng mlynedd ar hugain, dwêd?' Ochneidiodd Daf yn fewnol. 'O, mi anghofies i, ti 'di datrys y broblem honno, yn dwyt? Bachu gwraig John Neuadd, dy wraig di wedi setlo efo

Jonas, a John... wel, dech chi'n bobol sbeislyd draw yn Neuadd, dim dowt.'

Plygodd Alun Hughes i dynnu jwg plastig enfawr o'r oergell rydlyd. Roedd lliw y llaeth ynddo'n hufennog, ond doedd o ddim yn drwchus.

'Ti'm yn meindio tropyn o gynllaeth yn dy de nagwyt, Mistar Dafis?' gofynnodd, gan dywallt yr hylif cyn aros am ateb. Wrth iddo roi'r jwg yn ôl yn yr oergell, sylwodd Daf fod y llaeth yn frith o goch o dan yr wyneb. 'Nes i gadw peth i Rhi. Mae hi'n ferch fregus, ac wedi cael andros o sioc... angen dipyn o *boost*, ac roedd bag y fuwch yn sobor o llawn, hyd yn oed ar ôl i'r llo bech gael llond ei fol.'

'Mae'n iawn,' atebodd Daf, ond dechreuodd ddifaru wrth flasu'r te. Roedd tinc metelaidd iddo, ond wyddai Daf ddim ai'r gwaed yn y llaeth, cyflwr yr oergell ynteu oed y tegell oedd ar fai. Chwiliodd am rywle i eistedd a chwifiodd Hughes ei law i gyfeiriad cadair swyddfa wrth y ddesg, oedd wedi colli un o'i holwynion. Yn ei lle roedd sgwaryn o bren wedi'i glymu i'r goes efo darn o blastig.

'Dwi ddim isie dwyn dy gadair di,' protestiodd Daf wrth geisio peidio â meddwl beth yn union oedd wedi achosi'r staeniau ar glustog y gadair.

'Mae'n iawn. Mi wna i ori fan hyn.' Gwthiodd Hughes lwyth o bapur oddi ar fwrdd bach i'r llawr, a phwyso yn ei erbyn. 'Be dwi angen fan hyn ydi stof goed fech,' meddai'n sgwrsiol. 'Dim rŵan, wrth reswm, ond yng nghanol gaea pan dwi bron â starfio. Mae'r hen Super Ser yn peri pen tost i bawb.'

'Mi fydde stof goed yn addas i losgi rhai o'r hen bapure 'ma hefyd,' ategodd Daf.

Gwgodd Hughes. 'Records y fferm ydi'r rhain i gyd. Mae pob un dudalen yn bwysig.'

Doedd gweddïo ddim yn dod yn naturiol i ddyn digrefydd fel Daf, ond roedd o'n agos iawn at ofyn am help Duw ar gyfer cyfrifydd Hughes.

'Digon teg. Diolch am y baned, reit braf ar ôl yr holl lwch. A does dim rhaid i ti boeni am y safle: mae'r tîm yn brofiadol iawn a wnân nhw ddim styrbio dim byd os nad oes rhaid.'

'Gwyddonwyr yden nhw?'

'I ryw raddau, ond heddweision yn fwy na dim.'

'Ac mae hi'n *secretary* iddyn nhw, y lodes oedd yn dadle wrth y llidiart?'

'Na, mae hi'n...'

'*Secretary* i ti? Fysen i wrth fy modd yn cael *secretary* fy hun ryw ddiwrnod.'

'Mi fyse 'na dipyn iddi'i wneud yma. Ond na, Susie sy'n arwain y tîm.'

'Hithe? Y lodes? Bòs yr holl ddynion?'

'Swyddog medrus tu hwnt.'

'Wel, wel. Pwy fyse'n meddwl?'

Unrhyw un sydd ddim wedi bod yn byw mewn ogof am hanner canrif, meddyliodd Daf, gan ystyried bod Cwm Elain yn ogof, o fath.

'Mae'r byd yn newid o hyd, Mr Hughes. Hyd yn oed eich cynlluniau chi. Roeddech chi'n codi'r sied ar y cyd efo Bronwylfa fel gwaddol i Rhiain, ond rŵan, tydyn nhw ddim yn mynd i briodi.'

Chwarddodd Hughes, gan boeri llond ei geg o de dros ryw ffurflen ar gornel y ddesg.

'Ym mha ganrif wyt ti'n byw, Mistar Dafis? Dydi pobol ddim yn rhoi pres efo merched y dyddie yma.'

'Ond Rhian ydi aeres fferm Eithnog?'

'Wel... ie, a na. Does gen i ddim plant fy hun eto, ond mae 'na ddigon o fwledi yn dal i fod yn yr hen wn, fel petai.'

Ond doedd dim cyfle i'w tanio nhw, meddyliodd Daf.

'Wyt ti'n bwriadu priodi, felly?'

'Wel, does gen i ddim cynllunie penodol, wyddost ti. Cadw fy opsiyne'n agored, fel petai.'

'Wyt ti... neu oeddet ti... yn canlyn?'

'Am gwestiwn digywilydd! Does dim cysylltiad o gwbl rhwng fy mywyd i a be ddigwyddodd i Rose Minton.'

'Ond eto, roeddet ti'n ei ffonio hi.'

'Wrth gwrs. Ein tenant ni oedd hi, ac er nad oedd hi'n denant delfrydol, o bell ffordd, roedd yn rhaid i ni gadw mewn cysylltiad.'

'Mr Hughes, mae 'na fyd o wahaniaeth rhwng cadw mewn cysylltiad a ffonio rhywun bymtheg o weithie mewn dwyawr.'

'Be?'

''Den ni wedi dod o hyd i ffôn Rose – roedd hi wedi'i golli o yn nhoiledau merched y Stumble.'

'Y Stumble?'

'Ym Mwlch y Cibau.'

'Y Cross Keys, ti'n feddwl?'

'Y Stumble Inn ydi o ers degawdau. Ond dim bwys, dyna lle roedd ei ffôn hi. Wyt ti'n fodlon bod yn onest efo fi, neu oes well gen ti siarad yng ngorsaf yr heddlu?'

'Ti'n sôn am... fy arestio fi?'

'Ti, dy chwaer a'i merch. Mi fysen i'n arestio dy gŵn defaid di hefyd, tasen i'n cael hanner siawns.'

'Am be?'

'Llofruddio Rose Minton.'

'Ond roedd Rhi fech yn gymaint o ffrind iddi hi...'

'Sut alla i gredu unrhyw beth amdanoch chi tra dech chi i gyd yn dweud dim byd ond celwydde?'

'Pobol dawel yden ni, Mistar Dafis. Wastad wedi bod. Tan ddaeth *hi* yma, roedd trefn ar bob dim.'

'Trefn? Bu bron i dy nith ddallu'i hun wrth geisio plesio pobol fawr byd y theatr!'

'Mae hi wedi cael bywyd anodd. Gollodd hi ei thad, mewn damwain ar safle adeiladu. Ers hynny, dwi 'di ceisio bod fel tad iddi, rhag iddi golli allan.'

'Ond gyda phob parch, dy nith di ydi hi, nid dy ferch.'

Heb rybudd, caeodd Hughes ei fysedd i greu dwrn mawr a

glaniodd ergyd galed ar ên Daf. Hughes oedd y cryfaf o'r ddau ond, yn anffodus iddo fo, roedd ei holl brofiad o baffio wedi'i seilio ar hen ffilmiau John Wayne tra oedd Daf wedi goroesi sawl sgarmes. Chafodd Daf ddim trafferth osgoi'r ergyd nesaf: roedd Hughes yn symud ei freichiau fel esgyll melin wynt. Gwthiodd Daf y ffermwr yn ei frest a chwympodd Hughes i'r llawr, i ganol ei holl bapurau. Cyn iddo gael cyfle i symud, rhoddodd Daf efyn llaw ar ei arddwrn chwith.

'Doedd hynna ddim yn beth call iawn i'w wneud,' meddai Daf. 'Coda ar dy draed – fydd raid i ni orffen y sgwrs yn y Trallwng rŵan.'

'Ond mae gen i waith i'w wneud. Rhaid i mi odro am chwech.'

'Os oeddet ti angen cadw at dy amserlen arferol, doedd dyrnu heddwas ddim yn beth call i'w wneud. Ac ar ôl dy weld di'n paffio, dwi'n synnu i ti lwyddo i roi'r ffasiwn gurfa i Craig Billings. Oedd o'n werth colli dy daith i Norwy?'

Yn ara deg, cododd Hughes ar ei draed. Roedd sawl deigryn budr yn powlio i lawr ei fochau.

'Dwi 'di gwneud llanast o bethe, ond does dim rhaid i ti fynd ar ôl y merched. Dydyn nhw ddim yn gwybod dim am y busnes.'

'Pa fusnes?'

'Y busnes efo hithe, Rose Minton. Hi a'i holl lol. Ddaeth hi yma a siglo bob dim.'

Roedd y ffermwr yn sefyll yn llonydd, yn syllu drwy'r ffenest fudr, yn anwybyddu'r ffaith fod un o'i arddyrnau mewn gefyn. Daliodd Daf yr ochr arall i'r gefyn llaw wrth dywys Hughes drwy'r drws.

'Ga i bicio draw i ddweud hwyl fawr wrth y leidis, Mr Dafis?'

'Well i ni fynd yn syth i'r orsaf. Gei di eu ffonio nhw ar y ffordd.'

Roedd Toscano'n sefyll y tu allan i'r swyddfa, ac yn ei law, daliai strap clicied. Ar un pen i'r strap roedd bachyn mawr pres. Agorodd Toscano ei geg i ddweud rhywbeth, ond cyn iddo yngan gair, trodd Hughes mewn hanner cylch a gafael yn y strap efo'i law rydd, a'i godi uwch ei ben. Collodd Daf ei falans, a gollyngodd ochr arall y gefyn llaw. Camodd Hughes yn ôl a hyrddio'r bachyn i gyfeiriad wyneb Toscano. Cafodd Daf ei synnu â'r hyn ddigwyddodd nesaf. Plygodd Toscano'n sydyn er mwyn gadael i'r bachyn trwm hwylio dros ei ben, a thra oedd o yn ei ddyblau, rhoddodd ei ben i lawr a rhuthro at Alun Hughes fel hwrdd. Roedd yr ergyd yn ddigon i lorio Hughes. Baglodd yn ei ôl, a bachodd Daf ei fraich a'i phlygu y tu ôl i'w gefn.

'Ti wastad yn mwydro am dy gaiac, ond dwi ddim wedi clywed gair am dy sgiliau rygbi, còg!'

'Doedd Mam ddim yn hoffi i mi chwarae. Roedd hi'n dweud bod yr holl oferôls hufen iâ gwyn yn rhoi digon o straen ar y peiriant golchi, heb ddechre taclo cit mwdlyd.'

Â'i freichiau y tu ôl i'w gefn, baglodd Hughes ar hyd y buarth rhwng Toscano a Daf. Cyrhaeddodd Sheila jyst mewn pryd i weld yr olygfa hynod.

'Wel, Mr Hughes,' meddai, gan wenu'n siriol, 'mae'n amlwg bod gen ti brobleme pwysicach na bioddiogelwch erbyn hyn.'

28

‘Ti ’di colli cryn dipyn o gyffro, lodes,’ sylwodd Daf. ‘Protocols yn iawn?’

‘Wedi’u trefnu.’

Gyrrodd Daf neges at y grŵp WhatsApp yn gofyn i bawb ymgynnull ar y buarth, ond cyn i bawb gyrraedd, rhedodd Rhiain i lawr at ei hewythr â dagrau’n powlio i lawr ei bochau.

‘Plis paid â mynd â fo, Mr Dafis!’ gwaeddodd. ‘Dim ei fai o oedd o. Fy mai fi oedd bob dim.’

‘I ddechre, lodes, mae o wedi fy nyrnu fi a cheisio lladd DC Toscano yn ystod y deng munud diwetha, felly does ganddon ni ddim dewis.’

‘Paid poeni, cariad,’ meddai Hughes. ‘Rhaid i ti fod yn lodes ddewr rŵan. Mae ’na dipyn o gynllaeth i ti yn y ffrij fech yn y swyddfa – gwna’n siŵr dy fod ti’n gorffen bob tropyn.’

Ceisiodd Rhiain luchio’i hun arno, ond cafodd ei dal yn ôl gan Toscano.

‘’Den ni wedi cael mwy na digon o ddrama am un diwrnod, Miss Hughes. Cer di’n ôl i’r tŷ, os gweli di’n dda.’

Edrychodd Daf o’i gwmpas ar y tîm.

‘Gareth,’ meddai wrth y PCSO, ‘cer efo DC Toscano i’r orsaf ac arhosa yno efo Mr Hughes.’ Trodd at Toscano. ‘Padraig, dwi dy angen di’n ôl yma’n syth bìn, iawn còg? A fydd raid i ni ofyn i’r Drenewydd yrru rhywun draw i fod yn Swyddog Gwarchodaeth yn y Ddalfa.’

Nodiodd Toscano, a chamodd Gareth i gymryd braich Hughes yn lle Daf. Cerddodd y ddau swyddog a’r carcharor at gar Toscano.

‘Pawb yn ôl i’w waith, heblaw Sheila – dwi am i ti ddangos

i'n ffrind ni efo'r digar lle'r oedd Hughes yn palu. Susie, dwi isie i ti ac un arall fynd i lawr yno hefyd. Pan fydd pawb wedi dechre ar y gwaith, dwi am i ti, Sheila, ddod yn ôl i'r stafell haul. Rhiain – pan fydd Sarjant Francis yn ôl, 'den ni angen sgwrs efo ti. Felly, yn y cyfamser, chwytha dy drwyn, golcha dy wyneb ac yfa di wydred mawr o ddŵr. Dyden ni ddim yn chwarae gemau fan hyn ac mi fydda i angen atebion go iawn i 'nghwestiynau, dim lol a sterics.'

Plygodd Rhiain ei phen a cherdded i'r tŷ gan lusgo'i thraed fel plentyn pwdlyd. Am gyfuniad anffodus, meddyliodd Daf: dynes ifanc ddeniadol oedd ddim wedi aeddfedu o gwbl; corff rhywun mewn oed yn cuddio ysbryd plentyn.

'Dwi'n mynd i'r stafell haul, felly os oes 'na rwbeth dech chi'n meddwl dwi angen cael golwg arno, dewch â fo draw.'

Wrth gerdded heibio'i gar, estynnodd Daf y bocs salad pasta o'r twll menig. Roedd sawl dafn tew o ddŵr y tu mewn i'r caead, fel petai'r bwyd wedi chwysu, ond roedd Daf yn rhy llwglyd i falio. Ond bron yn syth ar ôl iddo gyrraedd y stafell haul, daeth cnoc ar y drws: Nev, efo sawl ffeil las tywyll yn ei freichiau.

'Iawn i mi symud y pethe 'ma, bòs?' gofynnodd, gan edrych yn syn ar yr elyrch.

'Â chroeso, ond paid â'u chwalu nhw, os alli di beidio.'

Roedd llun creadur melyn ar gloriau'r ffeiliau glas, oedd â phen fel draig a phig fel aderyn. Gwenodd Daf wrth ei adnabod.

'Ti'n rhy ifanc i gofio'r hen Griffin, debyg, Nev? O fanc y Midland? Mae gen i gas pensiliau tebyg acw.'

'Ydw, sori. Manylion cyfrif banc Rhiain ydi'r rhain, ers pan oedd hi'n fabi.'

'Dipyn yma i'w ddadansoddi, felly.'

'Oes, ond mae cwpwl o bethe'n sefyll allan. Mi wnaeth hi ddechre efo swm sylweddol o bres, jyst dros saith deg mil.'

'Yr iawndal ar ôl marwolaeth ei thad fyse dipyn go lew ohono fo, debyg.'

'Ond mae hwnnw i gyd wedi mynd erbyn hyn. Roedd ei

chostau byw yn Llundain yn sylweddol, ond roedd hi'n derbyn lwfans gan y fferm fyse'n ddigon i dalu'r rheiny – rhwng mil a hanner a dwy fil bob mis ers iddi droi'n ddeunaw oed.'

'Hael iawn.'

'Stopiodd hynny dros Covid tra oedd hi'n byw adre, ond pan aeth hi'n ôl i Lundain, dechreuodd gael dwy fil y mis unwaith eto.'

'A rŵan?'

'Wel, ddechreuodd pethe newid ar ôl iddi ddychwelyd adre am yr eildro. I ddechre, roedd taliad mawr i glinig yn Nhwrci, dros wyth mil o bunne, wedyn sawl ffi i arbenigwyr yn Llundain, Birmingham, a hyd yn oed Detroit. Hefyd, jyst cyn y busnes efo'i llygaid, roedd taliad i seiciatrydd yn Llundain: mil a hanner am adroddiad.'

'Wel, roedd hynny'n werth bob ceiniog, achos yn sgil y dystiolaeth honno, chafodd hi mo'i herlyn am drosedd ddifrifol.'

'Ond erbyn hyn mae hi'n byw adre efo dim costau o gwbl, ac mae gweddill yr arian i gyd wedi mynd. Ar ôl trosglwyddo pres i'r cwmni tacsi am y bws mini nos Wener, roedd jyst o dan wyth deg o bunne ar ôl yn ei chyfrif.'

'Dim ond un cyfrif sydd ganddi?'

'Roedd 'na gyfrif cadw hefyd, ond cafodd hwnnw ei wagio sbel yn ôl.'

'I ble aeth y pres, ers y trafferthion efo'i llygaid?'

'Dyna be sy'n ddiddorol. Mae o bron i gyd wedi mynd allan fel arian parod, wedi'i dynnu allan efo cerdyn, y rhan fwyaf yn Swyddfa Bost Llanfyllin neu fel *cashback* yn y garej yn Llansanffraid. Mi wnaeth hi dynnu arian allan gwpwl o weithie o'r peiriant arian parod yn Tesco. Byth yn llai na hanner cant, yn aml hyd at y limit ar y system.'

'I be oedd hi angen yr holl arian parod?'

'Mae'r dystiolaeth ariannol yn awgrymu cyffuriau i mi, bòs. Ac o'r olwg sydd arni heddiw, mae'n amlwg nad ydi hi yn ei hiawn bwyll, o bell ffordd.'

'O ble gest ti'r ffeiliau?'

'Bocs o dan ei gwely.'

'Diolch yn fawr, còg. Diddorol tu hwnt – ac amserol, achos dwi ar fin siarad efo hi. Cadwa di rhain fan hyn, cer i nôl rhwbeth i'w fwyta, wedyn yn ôl i dy waith, os gweli di'n dda.'

Roedd y dystiolaeth yn glir, ac yn cyd-fynd â datganiad Nev. Ciciodd Daf ei hun. Pam na wnaeth o drefnu profion gwaed i Rhiain? Wrth edrych yn ôl ar ei hymddygiad dros yr wythnos – digwyddiadau fel yr un yn y fynwent – oedd esboniad cemegol syml am y cyfan? Efallai, o dan holl haenau Rhiain Eithnog, nad oedd dim byd mwy cymhleth na dibyniaeth. Er, ym mhrofiad Daf, roedd hynny'n dod â'i gymhlethdod ei hun.

Cyn i Daf gael cyfle i agor ei focs bwyd daeth Laura, un o'r PCSOs, i mewn – lodes fywiog yn ei thridegau oedd yn llwyddo i jyglo'i gwaith a'i dyletswyddau fel mam sengl i dri o blant ifanc. Er ei bod yn un o'r ychydig rai di-Gymraeg yn y tîm, roedd hi'n dipyn o ffefryn gan Daf. Yn ei dwylo, mewn bag tystiolaeth mawr, roedd drôr fechan bren.

'I found something in Mrs Hughes' room, boss,' datganodd. 'Those serviette swans are a bit mental, aren't they?'

'They are a bit. What did you find?'

'In the little cupboard by her bed, there was a locked drawer. I asked her for the key. She didn't want to hand it over but I said we'd break the lock if we had to. She had the key on a string in her pocket, fixed on a safety pin.'

'Something she really didn't want to lose, then?'

'Yes, and I think it's easy to see why.'

Tynnodd Daf fenig plastig o'i boced ac agor y bag. Yn ofalus, gosododd y drôr ger y ffeiliau glas.

Y peth cyntaf y sylwodd arni oedd potel las, siâp seren.

'That's *Angel*, by Thierry Mugler,' eglurodd Laura. 'Some of my friends were mad for it but it was a bit too biscuity for me.'

Efo'r botel roedd eitemau go gyffredin, ond rhai nad oedd Daf wedi disgwyl eu gweld wrth ochr gwely Heather Billings, er nad oedd o'n sicr pam: pecyn o Durex a dau diwb, un bron yn wag, o jeli iro.

'Dark horse, hey?' sylwodd Laura.

Ar waelod y drôr, yn cuddio'r pren, roedd darn bach o ddefnydd efo tyllau sgwâr ynddo, efo pwythau croes yn batrwm drosto. Yn amlwg, gwaith plentyn oedd o.

'Hell's bells, boss, that's a bit of binca! I didn't know it still existed.'

'This isn't new – it's probably been here for decades.'

O dan y brodwaith roedd amlen hirsgwar. Arni roedd dwy lythyren: HH. Bu'r amlen yn binc ar un adeg, dyfalodd Daf, ond bellach roedd hi'n rhyw felyngoch golau. Ynddi roedd cerdyn Sant Ffolant heb ei lofnodi, ond gyferbyn â'r pennill sentimental roedd sgetsh mewn pensil, yn dangos merch o'r Canol Oesoedd yn gwisgo gŵn hir a chylch fel coron syml ar ei phen. Doedd yr wyneb ddim yn bortread perffaith, ond roedd o'n ddigon clir.

'That's her when she was young, isn't it?' gofynnodd y PCSO.

'Looks like it to me, Laura.'

'And she's hidden it in her booty drawer? Does that mean she's still shagging the man who sent the card?'

'All we know for certain is that she's seeing someone, and she kept the card.'

'You've got no romance in you at all, boss. Just think, what if she's loved him since they were kids?'

'That could be the case, but in the meantime, thanks for this. Great work. Let's see if you can find anything else which could be relevant. And make sure you get a bite of dinner.'

'Won't do me any harm to miss a meal every now and again, boss.'

Wrth i Laura gyrraedd y drws, galwodd draw arni,

'Good work, lodes. Keep thinking about making the move, won't you?'

'I will. I'm doing Welsh on Duolingo.'

'Fair play. We don't talk about parsnips that much in real life, mind.'

Pan oedd o ar ei ben ei hun efo cynnwys y drôr, tynnodd Daf y cerdyn o'i amlen eto. Roedd y sgetsh yn debyg iawn i'r lluniau welodd o ar waliau stydi Bronwylfa, felly roedd yn debygol iawn mai gwaith George Gethin oedd o. Ond doedd o ddim yn fodlon neidio i'r un un casgliad â Laura. Roedd yn amlwg bod Heather yn cael perthynas rywiol efo rhywun, a hefyd yn cofio'n gynnes am rywun a yrrodd gerdyn iddi flynyddoedd yn ôl, ond doedd dim prawf mai'r un dyn oedd y ddau. Allai Daf ddim dychmygu George Gethin yn caru ar y slei – byddai hynny'n gofyn am egni, chwant a chyfrwystra, fel roedd o'n gwybod o brofiad personol. No wê.

Eisteddodd i lawr yn y ffenest ac agor y bocs bwyd, gan geisio atal yr holl dŵr oedd ar y caead rhag diferu ar ei ginio. Gan nad oedd ganddo fforc, agorodd ei Leatherman a dewisodd, o'r holl arfau, yr efel i godi darnau o basta i'w geg. Roedd o'n seimllyd, ond roedd oriau maith ers iddo gael brecwast.

Agorodd y drws a safodd Sheila yno.

'Beth bynnag sy'n achosi'r drewdod 'na, dwi ddim yn fodlon rhannu stafell efo fo. Os mai ti sy'n pydru, cer i A&E rŵan, ond os mai dy ginio di ydi o, tafla fo ar unwaith. Mae o'n arogli fel arf biolegol.'

'Alla i bigo'r 'nduja ohono fo. Dwi'n clemio.'

'Gen i fisgedi gei di. Plis, tafla fo rhag ofn i ti gachu dy hun yn y briodas.'

Yn anfodlon, aeth draw i'r gegin i roi'r bwyd yn y bin. Yno, roedd Heather yn eistedd wrth y bwrdd, ei hwyneb yn welw.

'Fy mhethe personol i oedd yn y drôr 'na. Dim o fusnes neb arall,' poerodd.

'Oherwydd dy anfodlonrwydd i siarad yn onest cyn hyn, mae bob dim sy'n digwydd yma yn berthnasol i'r achos. Pwy ydi dy gariad di?'

‘Does gen i ddim cariad. Arestia fi os leci di, fel wnest ti i Al druan.’

‘Er gwybodaeth, mi wnaeth dy frawd ymosod arna i ac ar DC Toscano.’

‘*Er gwybodaeth*, wna i byth drafod fy mhethe personol efo ti. Byth.’

Heb air arall, brasgamodd Daf at y drws a dychwelyd i’r stafell haul cyn dweud rhywbeth annoeth.

Roedd Sheila’n sefyll wrth y bwrdd, yn edrych ar y dystiolaeth newydd.

‘Llun gan George ydi o,’ datganodd.

‘’Den ni ddim yn gwybod hynny i sicrwydd. Falle fod rhyw ffasiwn yn Ysgol Llanfyllin ryw dro, a bod pawb yn tynnu llunie tebyg.’

‘Ac mae o’n gwneud dipyn iddi hi rŵan.’

‘Ty’d ’laen, lodes. Mae o’n rhy ddiog i gael affêr.’

‘Dydi o ddim hanner mor ddiog â’i fab, ac roedd hwnnw’n cynllunio’i *harem*.’

‘Hefyd, mae Lona’n codi ofn arno. Fyse fo’n mentro’i thwyllo hi?’

‘Gawn ni weld. Yn y cyfamser, y ferch.’

‘Wnaethon ni ddim ystyried ei bod hi’n gaeth i gyffuriau.’

‘Pwy “ni”? Dwi wedi’i gweld hi ac wedi ystyried popeth. Dydi hi ddim yn gaeth i ddim byd, heblaw sylw.’

‘Wel, be arall mae hi wedi’i wneud efo’i holl bres?’

‘Wyt ti’n diodde o ryw haint, bòs? Mae Rhiain wedi tynnu ei holl bres o’i chyfrif banc. Roedd gan Rose filoedd o dan y llawr.’

‘Wrth gwrs. Ond pam?’

‘Wel, dyna mae’n rhaid i ni ei ofyn iddi.’

Erbyn i Rhiain gyrraedd y stafell haul, roedd Sheila wedi rhoi dwy gadair ger un Daf yn y ffenest.

‘Ga i fynd i weld Wncwl Alun yn nes ymlaen?’

‘Tra mae rhywun yn cael ei gadw mewn cell yng ngorsaf yr

heddlu, does ganddon ni ddim cyfleusterau i dderbyn ymwelwyr,' atebodd Sheila.

'Ond falle gei di bicio i mewn am bum munud os 'den ni'n gorffen fan hyn yn ddigon cynnar,' ychwanegodd Daf. Er bod y gêm 'heddwas cas, heddwas clên' yn hen ac yn ystrydebol, roedd hi wastad yn effeithiol. Syllodd Rhiain i wyneb Daf, yn chwilio am ffrind.

'Sori 'mod i wedi bihafio...' Edrychodd Rhiain i lawr ar ei dwylo yn hytrach na gorffen y frawddeg.

'Be am i ti ddweud wrthon ni be ddigwyddodd yn Llundain cyn i ti ddod adre, lodes,' gofynnodd Daf yn dyner.

'O'n i ddim mewn lle da. Aeth popeth o'i le ar unwaith. Wnaeth Tris addo pethe mawr i mi. Roedden ni... mewn perthynas, ond...'

'Oeddech chi'n mynd allan efo'ch gilydd yn gyhoeddus, felly?' gofynnodd Sheila â mymryn o fin yn ei llais.

'Wel, allen ni ddim, oherwydd ei sefyllfa, ond...'

'Dwi'n credu mai "side piece" ydi'r term Americanaidd. Wnest ti gamarwain dy hun?'

'Roedd o'n dweud ei fod o'n gorfod aros efo'i wraig – ei drydedd wraig o oedd hi – er mwyn ei ddelwedd yn unig,' eglurodd Rhiain mewn llais tawel. 'Beth bynnag, pan sylweddoles i mai ffansi'n unig oeddwn i, mi syrthiodd fy mywyd yn ddarnau. Allwn i ddim meddwl am ddyfodol hebddo. Er mwyn cael ei weld o, hyd yn oed o bell, mi ddechreues i fynd i Chiswick... wedyn aeth o i'r llys i 'nghadw fi draw. Wedyn mi weles i hi un diwrnod, yn y parc, ar ei ffôn, yn anwybyddu'r bachgen bach oedd yn ei ddagrau ar y siglen. Allwn i ddim meddwl yn glir, ond roedd hi'n chwerthin efo rhywun, ac o'n i'n gwybod nad Tris oedd ar y ffôn achos roedd hi'n siarad ei hiaith ei hun, felly mi benderfynes i ei gipio fo, y bachgen bach, er mwyn dangos y gallwn i fod yn fam well iddo na hi. Roedd hi'n dal ar ei ffôn, ond roedd 'na ddynes arall efo nhw, a rhedodd honno ar fy ôl i.'

‘Dwi’n deall nad oeddet ti’n ddigon da i wynebu achos llys?’ gofynnodd Daf.

‘Na.’

‘Ond, ti ’di gwella ers hynny?’

‘Bendant.’

‘Er gwaetha’r hyn ddigwyddodd yn y fynwent?’

‘Rhaid i ti ddeall: Rose wnaeth fy ngwella i.’

‘Dyna pam y gwnest ti wagio dy gyfrif banc a rhoi’r cyfan iddi hi?’ gofynnodd Sheila, yn swta.

‘Roedd Rose mewn... trafferthion, ac nid ei bai hi oedd hynny.’

‘Pa fath o drafferthion?’ holodd Daf.

‘Dyletswydd nad oedd hi’n gallu ei osgoi. Roedd hi angen trosglwyddo llwyth o arian i rywle tramor, heb i neb ddod i wybod o ble roedd o wedi dod.’

‘Pam hynny?’

‘Wn i ddim.’

‘Ond eto, wnest ti roi pob ceiniog iddi?’

Nodiodd Rhiain ei phen. ‘Ond dim ond tan ar ôl y briodas fydda i heb arian. Bydd pres yn dod i mi’n rheolaidd o’r cwmni newydd wedyn, Cwm Elain Farms.’

‘Oeddet ti’n gwybod bod ganddi hi filoedd o bunne o dan y llawr ym Mhencoed?’ gofynnodd Sheila.

‘O’n i’n gwybod bod ganddi guddfan yn rhywle ond wnes i ddim gofyn ble.’

‘Er bod cymaint o’r pres wedi dod gen ti?’

‘Fel ddwedes i, hi wnaeth fy achub i. Fyse’r holl bres yn y byd ddim yn gallu talu’r ddyled honno’n ôl.’

‘Geirie braf pan mae rhywun arall yn talu dy filiau di i gyd,’ brathodd Sheila. ‘A sôn am dy Wncwl Alun, ers faint oedd o wedi bod yn stelcio Rose?’

‘Doedd o ddim.’

‘Mae hanes ei alwadau ffôn yn dweud stori wahanol.’

‘Ocê... roedd o’n ei hoffi hi. Roedd cymaint o bobol yn ei hoffi hi.’

‘Pan ti’n disgrifio pobol yn ei hoffi hi, Rhi, wyt ti’n sôn am atyniad rhywiol?’ Roedd yn rhaid i Daf ofyn y cwestiwn.

‘Wrth gwrs. Fel ddwedes i, roedd ganddi’r egni unigryw ’ma.’

‘Oeddet ti’n ei ffansïo hi?’ Roedd Sheila yn hollol ddi-flewyn-ar-dafod. ‘A dy wncwl yn ei ffansïo hi hefyd? Cadw pethe yn y teulu... Pwnc braf i’w drafod dros ginio dydd Sul.’

‘Plis, dwêd wrthi hi, Mr Dafis. Therapi oedd Rose yn ei gynnig, nid cariad.’

‘Welest ti ei llofft gefn fyny ym Mhencoed? Nid cariad oedd yn digwydd yn y fan honno.’

‘Erioed wedi gweld y lle. Ond roedd ei sefyllfa ariannol yn ei gorfodi hi i wneud bob math o bethe ychwanegol.’

‘Gan gynnwys cymryd Nala fel prentis?’

Chwarddodd Rhiain.

‘Does ’run diwrnod o waith yn y *stoner* fech yna! Nid hi oedd Rose isie, ond buddsoddiad gan ei *baby-father*, y ficer doji sy’n graig o arian. Fo ydi’r unig ddyn dan haul sy’n ddigon twp i ddisgyn am ferch o’r enw Nel wnaeth ddewis enw newydd wrth wylio’r ffilm *Lion King* ar ôl sesh ar yr *homegrown*, ac sy’n credu bod Satan yn rhedeg ar ei hôl hi.’

‘Pan wnest ti ffarwelio â Rose yn orie mân fore Sadwrn, oeddech chi’n ffrindie?’

‘Oedden. Pam?’

‘Roedd hi wedi cael dy bres di i gyd, ac eto roeddech chi’n dal yn ffrindie?’

‘Dweda wrthi am beidio bod mor gas, Mr Dafis. Roedden ni’n ffrindie go iawn.’

‘Debyg ei bod hi wedi dechre meithrin ffynhonnell arall o arian: Bronwylfa,’ sylwodd Sheila. ‘Debyg y byse Rose wedi symud ymlaen i bluo’r Gethins fel y gwnaeth hi bluo’r teulu Hughes.’

‘Nid fel’na oedd hi!’

‘Sut yn union oedd hi, felly?’ gofynnodd Sheila. ‘Os nad oedd gen ti reswm da i roi arian i Rose, mae’n amlwg ei bod hi’n dy ecsbloetio di. Falle mai dyna ddigwyddodd ar ôl y parti plu – wnest ti sylweddoli ei bod hi wedi dy wneud di'n gyff gwawd, wnest ti ddigio, a welodd neb Rose yn fyw wedyn.'

'Na, dim o gwbl,' ebychodd Rhiain, gan neidio ar ei thraed. 'Dwi ar goll hebddi. A tasen i'n gwybod pam fod arni angen y pres, mi fysen i'n dweud wrthoch chi.'

'Ocê, lodes, stedda di'n ôl i lawr am eiliad.' Siaradodd Daf mewn llais addfwyn ond cododd yntau ar ei draed hefyd rhag ofn iddi benderfynu rhedeg i ffwrdd. ''Den ni bron â gorffen.'

'Does gen i ddim byd arall i'w ddweud.'

'Be ydi enw cariad dy fam, Rhi?' gofynnodd Daf.

'Does ganddi hi ddim cariad. Erioed wedi cael un.'

'Ocê. O ble ddaeth y pres oedd yn dy gyfrif banc ers pan oeddet ti'n blentyn bach?'

'Gan fy nhad.'

'Ond sut?'

'Wel, roedd o'n teimlo'n euog ar ôl gadael Mam, yn ôl y sôn, wedyn rhoddodd o bres i ni.'

'Mi oedd o'n ddyn cyfoethog felly?'

'Oedd, dwi'n tybio.'

'Dim ein busnes ni ydi hyn, lodes, ond gofynna di am yr hanes i gyd gan dy fam.'

Cododd Sheila, ac agor y drws allanol. Roedd un o'r SOCOs yn rhedeg nerth ei draed dros y cae.

'Hen bryd i ni fynd, bòs.'

Crwydrodd Rhiain i mewn i'r tŷ, a rhuthrodd Daf a Sheila allan drwy'r drysau gwydr. Mewn dau funud roedden nhw a'r SOCOs yn gyrru dros y cae tuag at y nant.

Wrth y llidiart, o dan frigau'r coed, roedd twll wedi ei ailagor. Ar y glaswellt ger y pridd ddaeth o'r twll gorweddai rhywbeth tebyg i gi bach, ond heb lawer o flew, ac efo smotiau mawr gwyn drosto.

'Dyna pam nad oedd y ci yn drewi, Sheila,' sylwodd Daf. 'Calch poeth.'

'Hefyd, mae Owain yn amau stori Hughes ynglŷn â phryd y bu'r ast farw, a sut.'

'Tybed oedd o isie tynnu sylw oddi wrth rwbeth arall roedd o angen ei gladdu?'

Camodd Daf ymlaen, o gwmpas corff y ci, at ochr y twll.

'Mae o braidd yn fach, am gi defaid,' sylwodd Sheila.

'Mae calch poeth yn gwneud bob dim yn llai,' galwodd Daf dros ei ysgwydd, cyn troi ei sylw at y twll. Roedd o'n ddyfnach o lawer nag yr oedd Daf wedi'i ddisgwyl, a sylwodd fod Susie yn penlinio yn ei waelod, yn gwisgo menig du. Yn ara deg, roedd hi'n symud pridd ar ddarn mawr o ffilm lapio silwair. Yr ochr arall i'r twll roedd un arall o'r SOCOs yn tynnu lluniau efo lens hir, tra oedd dyn y digar yn ymlacio yn ei gab, yn dangos dim diddordeb yn y broses o gwbl.

'Bron yna, Daf!' galwodd Susie. 'Gwna'n siŵr fod 'na le addas i mi osod hwn i lawr.'

Gwyliodd Daf un o'r SOCOs yn tynnu darn mawr o bolythen o gefn y Land Rover a'i daenu ar y glaswellt. Cyn i Daf ddweud rhywbeth am ddiffyg glendid y peth, aeth y swyddog yn ôl i'r Land Rover i nôl pecyn wedi'i selio mewn papur, fel eitem o offer meddygol. Rhwygodd y swyddog y papur, a thynnu ohono ddarn o blastig mawr, un llawer teneuach na'r darn cyntaf. Gosododd hwn yn ofalus dros y llall ar y glaswellt. Yn amlwg, roedden nhw wedi gwneud hyn sawl tro o'r blaen. Lai na hanner munud yn ddiweddarach, dringodd Susie o'r twll yn gafael yn y darn plastig du o waelod y twll fel sach. Rhoddodd y sach ar yr ail haen o blastig, a'i agor allan. Doedd dim ynddo ond lludw... a bwcwl trwm. Ar ôl tynnu sawl llun ohono, cododd Susie y bwcwl a'i gynnig i Daf ar gledr ei maneg. Hyd yn oed drwy'r llwch roedd yn amlwg mai un pres oedd o, mewn siâp sarff yn cnoi ei gynffon.

'Ydi hwn o ddiddordeb, Arolygydd Dafis?' gofynnodd, efo gwên fawr.

29

'Bob hyn a hyn,' rhyfeddodd Daf, yn wên o glust i glust, 'dech chi wir yn ennill eich cyflog.'

'Mae'n edrych yn debyg i ludw defnydd sydd wedi'i losgi,' eglurodd Susie. 'Rhaid i ni wneud y profion, wrth gwrs, ond dwi wedi gweld digon o bethe tebyg i wneud dyfaliad reit agos ati.'

'Defnydd-iol iawn!' meddai Daf, â golwg ddisgwylgar ar ei wyneb.

'Bòs,' meddai Sheila, efo ochenaid, 'ers i Mali droi'n dair oed, dydi hi, heb sôn am neb arall, ddim yn ffeindio dy jôcs di'n ddoniol.'

'Os nad wyt ti'n rhy brysur yn ymarfer ar gyfer Gŵyl Gomedi Mach, Dafydd, cer di rownd i safle adeiladu'r sied,' ychwanegodd Susie, 'mae 'na rwbeth difyr yno.' Rhoddodd y bwcwl yn ôl yn ofalus ar y gynfas blastig a chamu'n nes at y twll. 'Gawn ni weld oes rhwbeth arall i'w ddarganfod yma.' Eisteddodd i lawr ar ochr y twll a llithro i mewn yn hollol ddiffwdan.

Wrth gerdded at ei gar, aeth Daf i weld dyn y digar, oedd yn eistedd yn ei gaban yn bwyta grawnwin ac yn chwarae Sudoku ar ei ffôn.

'They won't be closing this up today, so you may as well head home.'

'Fair enough.'

'I couldn't help noticing that you didn't take any interest in what they found?'

'I'm not really interested in that kind of thing. I like my Formula 1.'

'Can you find your own way back to Llanfyllin?' gofynnodd Sheila.

'I'll try,' atebodd, heb dynnu ei sylw oddi ar ei ffôn.

'Wel, bòs, rŵan 'den ni'n symud ymlaen.'

'Hughes ydi'r gyfrinach. Falle wnaiff o bethe'n hawdd i ni drwy gyffesu.'

'Paid dal dy wynt. Gawn ni weld be sydd ar safle'r sied.'

Yno roedd dau swyddog: un wrth y llidiart a'r llall ger un o'r pentyrrau o gerrig.

'Prynhawn da, Mr Davies. How was the tywydd on the night dan sylw?'

'Da iawn efo dy Gymraeg, Finlay. Roedd cawod drom. Wel, storm, a dweud y gwir.'

'Ac roedd y misper yn gwisgo high heels?'

'Oedd. A dydi hi ddim ar goll.'

'Dyma ni.'

Yn y pridd ger canol y llidiart roedd dau dwll bach, dwfn. Erbyn hyn roedd y pridd wedi caledu, ond roedd siâp y sodlau i'w weld yn glir, fel dwy lythyren 'D', efo'r ochrau syth yn llai na thri chwarter modfedd.

'Petai rhywun wedi dringo dros y llidiart a neidio i lawr, yn gwisgo sgidiau efo sodlau uchel...' meddai Sheila.

'...We're going to be taking the evidence out of this place in a berfa, Arolygydd Davies!'

Nid oedd y swyddog arall mor ffyddiog â Finlay. Esboniodd i Daf a Sheila beth roedd o wedi'i ddarganfod.

'Darn o flodyn sidan coch oedd o, ond mae'r pentwr yma o gerrig wedi cael ei symud gan Mr Hughes, efo'i dractor. Felly does ganddon ni ddim clem ble oedd y cerrig cyn iddyn nhw gael eu symud.'

'Mi alla i ofyn iddo.'

'Fyse'n braf dod o hyd i rwbeth mwy sylweddol.'

'Twt lol. Ti 'di ffeindio nodwydd mewn tas wair. Gen i jobyn bach arall i ti, os wyt ti'n fodlon?'

'Wrth gwrs.'

'Chwilia am Land Rover Alun Hughes a thynna lun o'r patrwm ar ei deiars, os gweli di'n dda.'

'Dim probs.'

'Y broblem ydi,' sylwodd Sheila, wrth ddringo o gar Daf unwaith eto, 'ein bod ni'n hel digon o wybodaeth am y pethe 'den ni'n sicr amdanyn nhw, ond dim byd am y stwff nad oes ganddon ni glem amdanyn nhw.'

'Sef?'

'Y pres, yn fwy na dim.'

'Dydi'r pres ddim mor bwysig â hynny.'

Oedodd Sheila, a syllodd ar Daf fel petai wedi sylwi arno am y tro cyntaf.

'Dydi'r pres ddim yn bwysig i ti, lembo, ond mae o'n bwysig iawn i bobol eraill. Ac er ei bod ni'n nesáu at allu darganfod yn union be ddigwyddodd i Rose ar ôl iddi adael y bws, does ganddon ni ddim clem am y ffortiwn oedd o dan ei llawr hi.'

'Unwaith y byddwn ni wedi dal pwy bynnag sy'n gyfrifol am farwolaeth Rose, allwn ni gymryd ein gwynt a sortio'r pres wedyn. Falle nad oedd o'n ddim byd mwy anfad nag osgoi trethi.'

Tra oedden nhw'n trafod, canodd ffôn Daf: Toscano.

'Iawn i mi aros fan hyn, bòs? Dwi'n ceisio delio efo Mr Hughes – mae'n edrych yn debyg bod raid i ni ei gadw dros nos achos diffyg lle. A doedd 'run CDO ar gael yn y Drenewydd i'w warchod o.'

'Wrth gwrs.'

'Hefyd, dwi isie dweud hanes y bachyn wrthat ti, bòs.'

Ciledrychodd Daf ar gornel sgrin ei ffôn: hanner awr wedi tri. Cofiodd am yr ymarfer ar gyfer y briodas.

'Wela i di toc, còg: dwi bron â gorffen yn y fan hyn.'

Cododd Sheila ei hael. 'Wir?' gofynnodd ar ôl i'r alwad ddarfod.

'Ddwedes i ddim bod y gwaith i gyd wedi dod i ben, ond...'

'Daf,' chwarddodd, 'dwi'n cytuno. Ti 'di colli dy ginio, does neb arall i'w gyfweld, ti 'di goroesi am dros ddeg awr heb Solero...'

'Dydi hynna ddim cweit yn wir. Ges i un i frecwast... ond hefyd, rhaid i mi fod yn Llanfair erbyn chwech.'

'Dwi ddim ar frys: cer di, ac os ddigwyddith rhwbeth, mi wna i ffonio. Ti'n meddwl ei bod hi'n werth cael cip ar liniaduron y teulu?'

'Does gen Alun 'run. Dwi'm yn meddwl y gallwn ni gyfiawnhau'r holl waith papur tasen ni'n mynd â nhw i lawr i'r orsaf. Cymera di olwg sydyn os oes gen ti eiliad, Sheila.'

Penderfynodd Daf fynd i ffarwelio â Rhiain a Heather, ond cyn iddo gyrraedd y tŷ, rhuodd cwad Owain i'r buarth, yn llawer cyflymach nag oedd yn saff. Agorodd y drws ffrynt a rhedodd Rhiain i'w gyfarch, gan anwybyddu Daf. Disgynnodd Owain oddi ar y cwad a sefyll, ei freichiau ar led, i ddisgwyl iddi ei gyrraedd. Taflodd Rhiain ei hun arno a rhoi cusan nwydus iddo. Synnodd Daf o weld bod eu dwylo'n crwydro o dan ddillad ei gilydd.

'Maen nhw wedi mynd ag Wncwl Al!' ebychodd Rhiain ar ôl i'r gusan ddod i ben.

Datglymodd Owain ei hun oddi wrthi'n anfodlon, a throi at Daf.

'Be sy, Mistar Dafis?' gofynnodd. 'Does gen ti ddim rheswm i wneud dim byd i Mistar Hughes.'

'Does neb yn cael ymosod ar heddwas heb gosb, còg. Mae siawns y gall Rhi fynd i'w weld yn nes ymlaen, os alli di roi lifft iddi?'

'Wrth gwrs. Gawn ni fynd dros y nant, os 'den ni'n osgoi'r helynt?'

'Dim eto.'

Estynnodd Owain ei law i boced ei boilars.

'Gen i becyn o Tangfastics fan hyn, Rhi, ti isie rhai?'

Rhannodd Daf olwg efo Sheila. 'Rhi,' meddai, 'rhaid i mi fynd yn ôl i'r Trallwng rŵan. Mi ffonia i os alla i drefnu i ti weld dy wncwl.'

'Ocê,' atebodd y ferch, ei cheg yn llawn Tangfastics. 'Ond bydd raid i Ows odro gynta.'

Roedd Toscano yn eistedd yn yr Ystafell Ymgynnull, ei ffôn yn ei law a rhestr ar ddarn o bapur o'i flaen.

'Fully understand. No worries.'

Cododd ei ben wrth weld Daf, a rhoddodd y ffôn i lawr.

'Mae siawns bod gan Stoke Heath le i Alun Hughes, ond chawn ni ddim gwybod tan ddiwedd y dydd.'

'Siom nad oes lle iddo yng Nghymru. Dwi'm yn ffyddiog iawn am safon ei Saesneg.'

'Dwi'n poeni mwy am gategori'r carchar. Mi fyse'n well gen i petai o'n mynd yn syth i fyny i Fanceinion.'

'Siawns am asesiad iddo?'

'Dim heddiw. Mae'n edrych yn debyg y bydd raid iddo aros dros nos.'

'Mae 'na fanteision i hynny. Mi alla i gael sgwrs go iawn efo fo ben bore.'

'Ond be am y Swyddog Gwarchodaeth?'

'Os nad oes neb ar gael yn allanol, bydd raid i ni blygu'r rheol fymryn. Bydd raid i un ohonon ni wneud, er gwaetha'n cysylltiad ni efo'r achos,' meddai Daf, yn anfodlon.

'Ocê. Dria i eto – rhaid i ni gael sarjant yma drwy'r nos. Mi arhosa i'n hwyr, beth bynnag.'

'Chwarae teg i ti, còg.'

'Reit, ro' i ganiad i Ben-y-bont ar Ogwr eto.'

Yn ei swyddfa, cofiodd Daf yn sydyn ei fod, mewn cwpwl o oriau, yn gweld teulu Belle i gyd, felly tynnodd liniadur Roger o'r drôr lle'r oedd o wedi bod dan glo. Gan ddefnyddio'r cyfrineiriau roedd Toscano wedi'u sgwennu ar nodyn Post It, dechreuodd ar y dasg o fewngofnodi i'r gwefannau afiach. PornHub oedd y cyntaf, a gwelodd hanes chwilio a godidd gyfog arno. Roedd ymadroddion megis 'Barely Legal' a 'She loves her Daddy Sooo Much' yn dangos diddordebau darpar dad yng nghyfraith Siôn yn ddigon clir. Roedd ei hanes ar OnlyFans dipyn yn fwy fanila, ond yn dangos yr un diddordeb, sef merched ifanc. Caeodd y clawr, ac wedyn ei lygaid am eiliad, wrth geisio penderfynu beth i'w wneud nesaf. Roedd o wedi gobeithio darganfod nad oedd Roger yn edrych ar ddim byd gwaeth na'r hen ffilmiau *Carry On*, ac y byddai sgwrs gadarn yn ddigon, ond byddai'n rhaid iddo fynd â hyn ymhellach. Agorodd ei liniadur ei hun a gyrru e-bost at Seimon Phillips, i'w rybuddio y byddai pecyn ar ei ffordd iddo – gliniadur a ffôn – oedd angen ei sylw. Ar un llaw roedd o'n difaru peidio trosglwyddo'r stwff i Phillips tra oedd o yn y Trallwng, ond ar y llaw arall, byddai hynny wedi codi'r posibilrwydd y byddai Roger yn cael ei arestio cyn y briodas, a fyddai hynny ddim yn deg ar Belle a Siôn. Byddai'n rhaid iddo geisio osgoi Roger dros y dyddiau nesaf, ystyriodd Daf, a meddwl am y cyfiawnder oedd i ddod. Gan deimlo'r dicter a'r rhwystredigaeth yn byrlymu ynddo, curodd ei ddwrn ar y ddesg. Wrth wneud hynny, tarodd ffeil i'r llawr. Plygodd i'w chodi: ynddi roedd y canlyniadau oddi ar Gyfrifiadur Cenedlaethol yr Heddlu ynglŷn â rhifau cyfresol yr arian papur roedd o wedi'u darganfod o dan lawr Rose Minton. Darllenodd un rhes ar y daenlen, oedd yn cynnwys enw Canolfan Arddio Tring. Daeth o hyd i rif ffôn y lle, a heb ddeall pam, yn union, heblaw am y ffaith ei fod o'n ceisio peidio meddwl am Roger Pashley, penderfynodd ei ffonio.

Cafodd ateb nad oedd yn gwneud synnwyr. Un nos Wener, y drydedd wythnos ym mis Mai, diflannodd pum cant o bunnau o sêff y ganolfan arddio. Gwnaeth y rheolwr gŵyn i'r heddlu'n syth, ond erbyn iddyn nhw alw, yn hwyr y prynhawn Llun canlynol, roedd y pres yn ôl yn ei le. Gofynnodd Daf oedden nhw wedi gwirio bod rhifau cyfresol y papurau ddaeth yn ôl yr un fath â'r rhai ddiflannodd, ond wnaethon nhw ddim.

'Honestly, I was very embarrassed about it,' eglurodd y rheolwr. 'It looked like I'd made a mistake, but I'm pretty sure I didn't.'

'Could a member of staff have taken the money?'

'No. The only two people with access to the safe were myself and the auditor, who was supervising a big stocktake for us at the time, and auditors are beyond suspicion.'

'Just for the purpose of elimination, may I take his name?'

'*Her* name. Elspeth Campion.'

Wrth iddo ffarwelio â'r rheolwr, roedd Daf yn gwybod yn union pam roedd yr enw Tring yn canu cloch. Peth arall i'w wneud yn y bore.

Y penderfyniad nesaf oedd picio i weld Hughes neu beidio. Gan fod ei amser mor brin, roedd o ofn dechrau sgwrs roedd o'n methu ei gorffen, ond eto, allai o ddim caniatáu i Rhiain ymweld â'i hewythr cyn iddo fo siarad efo Hughes yn gyntaf. Esboniodd hynny i Toscano.

'Paid mynd i mewn ar ben dy hun, bòs. Dwi'n meddwl ei fod o'n gallach nag y mae o isie i ni feddwl ei fod o.'

'Ocê. Ydi Gareth yn dal o gwmpas?'

'Ydi. A chyn i mi anghofio, wnes i ddod o hyd i fachyn yn y beudy, lle'r oedd o'n hogi pethe. Heblaw'r llafnau oedd newydd gael eu hogi, roedd bob dim dan haen o lwch... heblaw'r bachyn pres, oedd yn sgleinio fel tase fo newydd gael ei lanhau. A phan welodd Hughes y bachyn yn fy llaw i mi wnaeth o ymateb yn hynod, yn do?'

'Cytuno.'

Felly, â Gareth wrth ei sodlau, agorodd Daf ddrws y gell. Roedd Hughes yn eistedd ar ochr y gwely, yn syllu ar y llawr.

'Ydw i'n cael mynd adre rŵan?' gofynnodd, heb godi'i ben.

'Yn anffodus, na, ac mae'n edrych yn debyg y bydd raid i ti aros yn y fan hyn dros nos. Ddaw DC Toscano â bwyd i ti.'

'Pam mae o wedi dwyn fy ngwregys i? A lasys fy mŵts?'

Roedd Daf yn anfodlon dweud bod Toscano yn dilyn y

rheolau er mwyn dileu'r posibilrwydd o hunanladdiad, rhag ofn iddo roi'r syniad ym mhen Hughes.

'Yn anffodus, dyna'r rheol. Fel ar y fferm, mae 'na brotocols.'

Er mawr syndod i Daf, chwarddodd Hughes.

'Y blydi protocols 'ma! Mi sortiodd hi nhw yn go handi, gwraig Glantanat.'

'Swyddog da ydi hi.'

'Ydi o'n wir fod Glantanat wedi cwrdd â hi pan oedd o'n dyst yn rhyw achos? Achos os ydi hynny'n wir, mae 'na obaith i mi hefyd.'

'Mae 'na obaith i bawb, wastad,' atebodd Daf, yn falch o weld y carcharor mewn hwyliau da. 'Mae Rhiain yn daer i ddod i dy weld di. Fyset ti'n hapus iddi hi ddod?'

'Wrth gwrs, ond... ddim yn y lle yma.'

'Fydd un o'r ystafelloedd cyfweld yn siwtio?'

'Iawn, felly.'

'Dwi'n mynd rŵan, Mr Hughes, ond bydd raid i ni gael sgwrs go iawn yn y bore.'

'Ti 'di'r bòs.'

'A jyst i ti gael gwybod, mae Owain wedi addo godro.'

'Gobeithio wneith o job dda, y diogyn iddo fo.'

'Wedyn mae o'n dod â Rhi lawr yma.'

'Iawn.'

Ar eu ffordd yn ôl i fyny'r coridor byr at y dderbynfa, gofynnodd Gareth,

'Oes tâl os dwi'n gweithio dros fy oriau heno, bòs?'

'Debyg iawn, ond mae DC Toscano yn meddwl bod y shifft yn iawn.'

'Dwi'n gwybod pwy sy ar y rota heno, a gyda phob parch, mi fyse'r boi yn y gell yn eu lladd nhw efo un ergyd. Be am i mi aros nes mae o'n ôl yn saff yn ei gell, ar ôl i'r ferch ddod i'w weld o, ie?'

'Call iawn. Diolch.'

Cyrhaeddodd Daf Hengwrt yng nghanol ffrae fawr.

'Dwi'm yn symud, no wê. Mae Glo a finne'n cyfri fel dau reswm pam na all Siôn ddwyn fy llofft i,' mynnodd Rhodri.

'Ond mae Belle yn aros yn Neuadd. O Neuadd mae hi'n priodi, ac mae'n anlwcus gweld yr un ti'n ei briodi cyn y briodas,' mynnodd Gaenor.

'Be am stafell Carys?' cynigiodd Daf. 'Mae hi'n treulio'r noson cyn y briodas fyny yn Neuadd efo gweddill y morwynion priodas.'

'Ie, ond llofft Carys ydi'r unig le all Garmon gysgu,' atgoffodd Gaenor o.

Pan gynlluniwyd Hengwrt, roedd Carys wedi bod yn canlyn Garmon yn ddigon hir i'w anabledd fod yn ffactor yn y cynllun, ac roedd eu pensaer hefyd wedi awgrymu y byddai mynediad addas i gadair olwyn yn plesio'r awdurdodau cynllunio.

'Be am y feithrinfa, Rhods?' awgrymodd Daf. 'Allwn ni symud *futon* draw iddo fo.'

'Be os ydi'r cogie sy'n chwarae drygau yn dod o hyd iddo fo yno?'

'Wel, alli di ddweud yr un peth am y tŷ yma.'

'Ond dydi'r tŷ yma ddim yn llawn paent, swnd, Play-doh a Super-Soakers.'

'All Rhodri fynd draw i Mach am y noson,' cynigiodd Gaenor.

'Na, dwi'n methu,' mwmialodd Rhodri, gan gochi.

'Pam?'

'Achos... gen i bethe i'w gwneud nos fory.'

'Pa fath o bethe?' gofynnodd Daf yn amheus. 'Dwi 'di gofyn i ti ledaenu'r gair: beth bynnag ydi traddodiad yr ardal, fel heddwas, alla i ddim troi llygad ddall i helynt sy'n digwydd o flaen fy nhrwyn. Heb sôn am Belle.'

'Mae hi'n ffonio pawb, does dim rhaid i ti boeni. Does neb am fynd dros ben llestri, na thorri'r gyfraith chwaith.'

'Fel mae pethe'n sefyll ar hyn o bryd, bydd Siôn druan yn cysgu yn ei gar yn rhywle,' datganodd Gaenor. 'Ac mi fydd o'n gyrru'n ddigon pell i sbwylio'r holl gynllunie.'

‘Be am i mi gysgu efo chi, Mami?’ awgrymodd Mali. ‘Gaiff Siôn fenthyg fy llofft i os ydi o’n gaddo peidio cyffwrdd fy stwff i. Ac os ydi Dadi’n chwyrnu gormod, mi all o gysgu ar y soffa.’

Felly, teithiodd pawb i lawr i’r eglwys ar gyfer yr ymarfer yn hapus. Roedd Rhodri’n mynnu gyrru’r BM, a Mali’n mynnu teithio efo fo, ond penderfynodd Daf gerdded i lawr, law yn law efo Gaenor.

‘Mae’r achos bron â dod i ben,’ meddai Daf, ‘ond roedd yn rhaid i mi anfon gliniadur a ffôn Roger am archwiliad pellach gynne.’

‘Ydi o’n gwybod?’

‘Mae o’n gwybod nad ydw i wedi mynd â nhw’n ôl iddo, felly mi fydd popeth yn iawn tan mae’r briodas drosodd.’

Gwasgodd Gaenor ei law.

O dan do llidiart yr eglwys, roedd y Parchedig Julian yn edrych yn smart ond yn nerfus.

‘Dwi’n mawr obeithio na fydd unrhyw beth lletchwith yn digwydd dros y penwythnos, Arolygydd Dafis.’

‘Fydd bob dim yn iawn.’

‘Mae Cheryl wedi gofyn i mi ystyried camu i lawr o’m rôl am dipyn, ond gyda phob parch, dydi hi ddim yn deall pwysigrwydd yr iaith Gymraeg.’

‘Paid poeni dim.’

Gan ei fod yn sefyll wrth y drws agored, Daf oedd y person cyntaf i weld Carys yn carlamu i fyny’r llwybr i’r eglwys. Yn ei ffrog fer heb lewys, roedd digon o’i chorff i’w weld i fodloni Daf ei bod yn iach, yn gryf ac yn llawn hwyl. Cofleidiodd hi am eiliad, cyn egluro lle yn y gwasanaeth roedden nhw.

‘Hyfryd dy weld di, lodes,’ sibrydodd.

‘Mae pawb isie fy nabod i rŵan ’mod i bron yn enwog,’ atebodd hithau, gan chwerthin.

‘Un peth ydi bod yn hwyr,’ taranodd Belle, ‘ond mae bod yn hwyr ac yn swnllyd yn beth hollol wahanol. Cau hi!’

Ddwyawr yn ddiweddarach roedd yr ymarfer drosodd, a synnwyd pawb pan ebychodd Belle,

'Roedd bob dim yn berffaith!'

Ond doedd Doris, ar y llaw arall, ddim yn hapus.

'Mae gen i gant a mil o macarons sy ddim yn ddigon da. Bocsys ohonyn nhw. Yden nhw'n llosgi?'

'Mae'n lwc ddrwg llosgi bwyd,' atebodd John, 'a rhaid bod yn reit ofalus o hynny ar adeg priodas.'

'Alla i gael gwared ohonyn nhw,' cynigiodd Rhodri. 'Os alli di ddod â nhw i lawr i'r feithrinfa, allwn ni eu defnyddio nhw i wneud crefftau.'

'Diolch yn fawr, còg. Gwna'n siŵr nad oes neb yn eu bwyta nhw rhag ofn i Neuadd ennill enw am facarons di-safon.'

Stryglodd Daf i beidio chwerthin yn uchel. Roedd Doris yn bartner mor berffaith i John – roedd hi'n poeni mwy na fo, bron, am enw da Neuadd.

'Doedd y canu ddim yn hollol ddi-fai,' barnodd Falmai, 'gan fod y baritons mor wan. A bod yn onest, ro'n i'n disgwyl mwy gan Mr Pashley, ar ôl iddo frolio cymaint am ei hanes mewn corau meibion.' Roedd rhieni Belle wedi diflannu erbyn hynny.

Wrth gau drysau'r eglwys y tu ôl iddyn nhw, cipglywodd y Parchedig Julian dipyn o'r sgwrs.

'Os oes diffyg baritons, alla i helpu?' cynigiodd. Llanwodd ei ysgyfaint a chanu pennill cyntaf 'Wele'n sefyll...' mewn llais rhyfeddol o gryf.

'Hei, mae'n edrych yn debyg 'mod i wedi colli fy *solo*,' meddai Carys. 'Croeso i ti gymryd fy rhan i!'

'Na, na, na,' camodd Falmai i mewn, yn colli'r jôc fel arfer. 'Dim ond efo'r canu ar y cyd 'den ni angen help.'

'Jyst cana nerth esgyrn dy ben, ficer,' meddai Daf, efo gwên.

Tra oedd o'n helpu Gaenor i osod y bwrdd ar gyfer swper, dangosodd Daf y llun roedd Belle wedi'i yrru iddo o'r ôl traed ar drothwy cwt y cŵn.

'Pwy bynnag oedd yn potsian efo cŵn Belle, traed bychan iawn sy ganddyn nhw,' sylwodd. 'Mali, ti'n meddwl?'

'Na, mae ei thraed hi'n llai na hynna. Dynes efo traed bychan, 'sen i'n dweud.'

'Rhaid i mi wneud rwbeth am y busnes, rhag ofn i Belle fy lladd i cyn y briodas.'

Canodd ei ffôn ar ôl iddo gymryd un gegaid o lasagne. Toscano.

'Siawns i ti roi lifft adre i mi, bòs?'

'Pam? Car wedi torri i lawr?'

'Na, dwi yn yr ysbyty – yn Minor Injuries.'

'Be ddigwyddodd?'

'Mi daflodd Hughes baned o de poeth i 'ngwyneb i.'

Cafodd Daf yr hanes i gyd gan Toscano ar y daith i'r Drenewydd. Roedd o'n gwisgo cadachau dros ei wyneb i gyd, ond wnaeth o ddim cwyno.

'Mae fy llygaid yn iawn, ond maen nhw wedi rhoi cymaint o Flamozene dros fy amrannau, mae'n fwy cyfforddus i'w cadw nhw ar gau.' Roedd ei lais, drwy'r twll yn y cadachau, yn aneglur ond ddim yn wan.

'Dwi mor sori bod hyn wedi digwydd i ti. A dwi mewn panics llwyr ynglŷn ag ymateb Bianca – fydd hi'n fy nghrogi fi, dim dowt.'

'Na, mae hi'n iawn. Wel, mi fydd hi'n iawn pan fydd hi'n gweld 'mod i'n iawn, os ti'n deall.'

'Deall yn iawn. Be yn union ddigwyddodd?'

'Ddaeth y peth o nunlle. Piciodd Rhiain draw, a'r còg efo hi. Setlais nhw yn Ystafell Gyfweld Dau, ac es i efo Gareth i nôl Hughes. Laura wnaeth baned iddyn nhw. Roedd Hughes yn cwyno, yn enwedig i Gareth, 'mod i wedi mynd â'i wregys o. Aethon ni i gyd i Ystafell Gyfweld Dau a neidiodd y ferch ar ei thraed i'w gofleidio fo, ond gwelodd Hughes y baned roedd Laura newydd ei rhoi ar y bwrdd, a lluchiodd y cyfan i 'ngwyneb i. Chwarae teg i Laura, aeth hi'n syth i nôl llond bwced o ddŵr oer a gwthio 'mhen iddo fo tra oedd Gareth yn gafael yn Hughes. Ac mi helpodd y còg, gan symud yn rhyfeddol o gyflym.'

'Fy mai i oedd o. Ddylen i ddim bod wedi dy adael di efo fo, ac yn bendant, roedd y syniad o adael i Rhi ddod i'w weld o yn wirion.'

'Dim o gwbl, bòs. Ro'n i'n credu y byse sgwrs efo'i nith yn ei dawelu, nid ei wylltio. A phetai 'na le iddo fo yn y carchar yn Wrecsam, fyse'r peth ddim wedi digwydd.'

'Digon teg. Dwi wedi dysgu 'ngwers. Ar ôl mynd â ti adre dwi'n mynd i'r orsaf, a dwi ddim am adael nes y bydd Hughes yn mynd hefyd.'

30

Pan agorodd ddrws cyntedd yr orsaf, doedd Daf ddim yn disgwyl gweld Sheila.

'Ti ddim i fod ar shifft.'

'Na tithe, chwaith, bòs. Ond dyna ni.'

'Mae Toscano i'w weld yn ocê.'

'Falch o glywed. Paned a Lemon Puff? Mae'n mynd i fod yn noson hir.'

Yn ei swyddfa, roedd Daf yn chwilio ar y we er mwyn dysgu mwy am effaith sgaldio pan ddaeth Sheila i mewn yn cario hambwrdd.

'Ti 'di cael swper?' gofynnodd.

'Na.... wel, un gegaid. Wna i ofyn i Gae bicio i lawr efo crys glân i mi, a gall hi ddod â darn o lasagne i mi i'w roi yn y microdon.'

'Sut oedd yr ymarfer ar gyfer y briodas?'

'Iawn. Rhy dda, a dweud y gwir. Mae John yn ofergoelus, ac mi oedd o'n mynd o gwmpas yn dweud "ymarfer cryf, seremoni wan". Mae Fal yn poeni am safon y baritons.'

'O diar. Gyda llaw, os ydi Mali isie dod draw i aros efo ni pan fydd y gweddill ohonoch chi yn y parti nos, mae croeso mawr iddi.'

'Diolch yn fawr am y cynnig, ond dydi hi ddim isie colli eiliad o'r diwrnod mawr.'

'Dwi'n deall hynny, ond dweda di ei bod hi'n hanner awr wedi deg, Mals yn marw ar ei thraed a tithe a Gae dal isie aros yn y parti, rhoi ring a ddo' i i'w nôl hi.' Oedodd. 'Dweud y gwir, mae Tom yn meddwl y byd ohoni. Mae o'n meddwl ei bod yn bwysig iawn iddi – yn ei eiriau o – gael blas ar Glantanat, yn y gobaith y bydd hi'n anghofio bod Tomi dipyn yn iau na hi.'

'Mae'n ddigon drwg meddwl am gynlluniau priodasol Cwm Elain, heb sôn am drefniadau Tom ar gyfer fy merch wyth oed i.'

Cododd Daf ei gwpan de at ei geg, ond cyn yfed daeth wyneb Toscano i flaen ei feddwl.

'Petai be ddigwyddodd i Padraig wedi digwydd i Siôn chwe wythnos cyn y briodas, mi fyse Belle yn gandryll, oherwydd y lluniau.'

'Falle fod Bianca'n gandryll hefyd. Ond, bòs, allwn ni ddim troi'r cloc yn ôl, felly yfa dy de a gawn ni gynllunio be i'w wneud nesa.'

Daeth cnoc ar y drws, a chamodd Gareth i mewn yn dal allweddi car yn ei law.

'Dwi'n mynd rŵan, bòs – mae Lee o'r Drenewydd ar ei ffordd, ac efo John, Laura a Mark yma, fydd bob dim yn iawn tan y bore.'

'Does dim angen Lee rŵan: dwi'n aros dros nos.'

'Fyse hyn ddim wedi digwydd petai'r system yn gweithio. Gorsaf heddlu yden ni, wedi'r cyfan, nid carchar.'

Roedd Daf yn falch nad oedd Gareth yn ddigon profiadol i wybod y dylai rhywun o'r tu allan i'r achos fod yn gweithio fel Swyddog Gwarchodaeth.

'Mae 'na bwysau ar bob rhan o'r system ar hyn o bryd, yn anffodus.'

'Dwi'n gwybod. Gyda llaw, mae *o* isie siarad efo ti. Ti isie i mi aros?'

'Na. Diolch i ti, Gareth, ond ti 'di gwneud dy siâr a mwy heddiw.'

'Mae ganddo fo bwynt,' meddai Sheila ar ôl iddo fynd.

'Ond nid y system wnaeth ganiatáu ymweliad Rhi – fy mai i oedd hynny. Well i mi fynd i weld Hughes rŵan. Ffonia di Lee a dweud ein bod ni'n iawn hebddo dros nos.'

'Dydi hynny ddim yn syniad da. Mae Lee yn gymwys i fod yn Custody Detention Officer swyddogol gan nad ydi o'n rhan o'n tîm ni. Ac os wyt ti'n bwriadu siarad efo Hughes, fyddi di angen cefnogaeth wrth law.'

'Ocê.'

'Dwi'n gwybod nad wyt ti'n hoffi Lee, ond does ganddon ni ddim llawer o ddewis. 'Den ni chwaith ddim yn gwybod ydi o ar gael drwy'r nos, ac os dydi o ddim, rhaid i ti aros. Paid â gwneud merthyr o dy hunan.'

'Dwi ddim, ond dwi *yn* gwybod lle mae'r cyfrifoldeb, am be ddigwyddodd i'r còg.'

'A finne. Efo Hughes, a neb arall, bòs.'

Hanner awr yn ddiweddarach, edrychodd Daf drwy'r ffenest yn nrws y gell i weld Hughes yn gorwedd ar ei gefn, yn syllu ar y nenfwd. Trodd yr allwedd yn y clo mawr, a gwthio'r drws trwm.

'Dwi 'di clywed dy fod ti isie siarad efo fi,' meddai Daf.

'Ydw.'

'Os awn ni i'r Ystafell Gyfweld, rhaid i ni gael rhywun efo ni, ar ôl yr hyn wnest ti gynne. Neu, os wyt ti'n fodlon, allwn ni gael sgwrs breifat fan hyn?'

'Dwi ddim isie gweld neb ond tithe. Efo dy hanes... ti'n deall pethe.'

Am yr ail dro mewn wythnos, ystyriodd Daf sut roedd ei hanes carwriaethol o'i hun yn cael ei weld gan ddynion eraill fel rhyw fath o ganiatâd iddyn nhw drafod eu materion personol eu hunain – pethe na fydden nhw'n meddwl am eu rhannu efo teulu a ffrindie.

'Felly, ga i eistedd ar y gwely?'

'Gwely ti'n ei alw o? Silff, yn nes at y marc.'

Cododd Hughes yn anystwyth, a thra oedd o'n sefyll, bachodd Daf le ar dop y gwely. Eisteddodd ar ongl, ei benelin o flaen botwm coch y larwm. Setlodd Hughes ar y pen arall. Drwy'r ffenest hirsgwar gyferbyn, yn anweladwy o'r tu mewn i'r gell, roedd Sheila a Lee yn gwylio.

'Sori am y boi tramor,' mwmialodd.

‘Beth bynnag ydi dy sefyllfa, Mr Hughes, mae angen trin pobol efo parch.’

‘Dwi’n gwybod. Ond pam mae o wedi dwyn fy ngwregys i?’

‘Tydi o ddim. ’Den ni’n cadw pob eiddo’n saff, dan glo, a phan fyddi di’n gadael, gei di bopeth yn ôl.’

Oedodd Hughes am ennyd. ‘Hefyd, dwi’m yn hoffi bod rhywun fel fo, dieithryn, yn siarad ein hiaith ni.’

‘Mae DC Toscano wedi cael ei fagu yn y Drenewydd, ac wedi byw yno gydol ei oes. Cymro i’r carn.’

‘O. Drenewydd. Mae hynny’n gwneud sens.’

‘Wnest ti ofyn am sgwrs efo fi, Mr Hughes, a dwi bron yn sicr nad teulu DC Toscano oedd y pwnc oedd gen ti mewn golwg.’

‘Na. Pan weles i’r holl bobol yn cyrraedd acw heddiw bore, o’n i’n gwybod... wel, o’n i’n gwybod nad oedd modd osgoi’r gwir. Dwi ’di bod yn meddwl a meddwl. Mae Rhi yn dweud ei bod yn bosib siarad efo rhywun a theimlo’n well wedyn. Ydi hyn yn wir, Dafis?’

‘Bendant.’

‘Gyda llaw, dwi’n gwybod ’mod i mewn gwaun o drafferth, fel petai. Wnes i geisio cuddio, ceisio bod yn glyfar, ond dwi erioed wedi llwyddo i fod yn glyfar. “Wncwl Sili-Bili” oedd Rhi yn fy ngalw fi weithie. Dyna beth arall wnes i – sbwylio’r fisit. Wnest ti ganiatáu hynny pan nad oedd rhaid i ti, a wnes i achosi mwy o drafferthion i ti.’

‘Mae o’n rhan o’m swydd i.’

‘Ond dydi cael te poeth dros ei ben ddim yn rhan o swydd y boi tramor. Mae pethe’n digwydd yn rhy gwic, dyna’r drafferth, a does gen i ddim amser i feddwl.’

‘Wel, mae ganddon ni dipyn o amser rŵan, felly jyst dechre’r stori lle bynnag ti isie.’

Ochneidiodd Hughes sawl gwaith, fel dyn ar fin neidio i ddŵr dwfn, cyn dechrau siarad.

‘Dwi wedi trio, Mistar Dafis, trio fy ngorau glas i fod yn fab da i Dad a Mami, a gofalu am fy chwaer, Heather... nes iddi redeg ar ôl y Sais gwirion 'na. A phan ddaeth hi'n ôl efo babi a'i chorff yn gleisie i gyd, mi games i mewn, i fod fel tad i'r un fech. Golles i sawl siawns, paid â sôn, ond wnaethon ni greu teulu go iawn i Rhi, Heather a finne. Gafodd hi fagwraeth gystal â neb arall.'

'Gawn ni ddechre efo hanes dy frawd yng nghyfraith?' gofynnodd Daf, oedd wedi sylwi bod Hughes wedi'i alw fo'n "Mistar Dafis".

'Dyn di-raen oedd o. Ddyle fo ddim bod wedi edrych ar Heather, hyd yn oed, heb sôn am gyffwrdd ynddi. Wnaeth hi gadw'i gyfrinach o, chwarae teg iddi hi, a wnaeth hi erioed gwyno i mi am sut roedd o'n bihafio. Wedyn... wel, mwy na thebyg dy fod ti 'di clywed y sïon.'

'Dwi byth yn gwrando ar glecs. Pa sïon?'

'Does dim modd neis o ddweud hyn. Ond roedd rhai yn sôn bod gŵr Heather... fod y peth... y frech boeth arno, a'i fod o wedi'i roi o i Heather, wedyn drwyddi hi i Rhi.'

'Y frech boeth... Siffilis ti'n feddwl? Oedd hynny'n wir?'

'Dim o gwbl, ond yn ddiweddar, ers i Rhi wneud y camgymeriad efo'i llygaid, maen nhw'n cofio, ac yn trafod o hyd. Mae plant sy'n cael eu geni efo'r salwch yne, maen nhw'n ddall reit aml. Ac wrth gwrs, roedd effaith y peth ar Heather yn erchyll.'

'Pam hynny?'

'Pan ddaeth hi adre roedd hi'n ifanc, yn ddel, ac wedi dangos i'r byd ei bod hi'n ffrwythlon, ond ble oedd y cogie? Yn cadw draw, rhag ofn iddyn nhw gael dos.'

'Oes gan Heather gariad y dyddie yma?'

'Nagoes, paid bod yn wirion.'

Yn amlwg, meddyliodd Daf, roedd cyfrinachau'n cael eu cadw yn Eithnog rhwng y teulu, yn ogystal â'r rhai roedden nhw'n eu cadw rhag y byd.

'Pan welest ti be wnaeth Craig i dy chwaer, sut oeddet ti'n teimlo?'

'Blin.'

'Digon blin i golli dy daith i Norwy er mwyn cymryd y cyfle i roi crasfa iddo?'

'Sut ti'n gwybod hynny?'

'Dyna fy ngwaith i, Mr Hughes: rhoi darnau pos at ei gilydd fel jig-so.'

'Does neb yn gwybod hynny.'

'Roedd digon o dystiolaeth yn y gwrandawiad ar ôl marwolaeth Craig.'

'Ti'n coelio bod patrymau'n digwydd, Mistar Dafis? Ym mywyd rhywun, dwi'n feddwl?'

'All pethe edrych yn debyg.'

'Achos fore Sadwrn, yn reit gynnar... wel, nos Wener oedd hi, ond ar ôl hanner nos... glywes i ryw stŵr, ger safle'r sied. Roedd hi'n noson mor dwym wnes i gadw ffenest y llofft ar agor, hyd yn oed yn ystod y storm. Doedd dim awel o gwbl, dim byd. Dim tylluan yn y goedwig. Mor dawel â... bedd.' Cuddiodd Alun Hughes ei wyneb efo'i ddwylo am dros funud. 'Roedd hi mor wahanol, wyddost ti, ac roedd hi'n siarad... Wel, roedd hi'n trafod y math o bethe na all dyn hyd yn oed eu trafod efo'i wraig, fel petaen nhw'n bethe bob dydd, dibwys.'

'Ti'n sôn am Rose.'

'Ydw. Hithe. Dwi ddim am ddweud ei henw.'

'Pam hynny?'

'Achos... achos doedd hi ddim yn haeddu enw. Doedd hi ddim yn haeddu parch. Doedd hi ddim yn haeddu dim.' Wedyn ategodd, mewn llais ysgafnach, 'Rŵan dwi'n cofio,' meddai. 'Roedd dy dad yn cadw'r siop yn Llanfair, yn doedd?'

'Oedd, oedd.'

'A dwi'n cofio dy fam. Doedden ni ddim mynd i'ch siop chi yn aml iawn achos roedd siop y Bwlch yn nes, ond roedd hi'n siop glên iawn. Dwi'n cofio mynd yno i brynu poteli o Lucozade i Mami – stwff drud y dyddie hynny, a'r poteli wedi'u lapio mewn rhyw bapur melyn rhyfedd oedd yn gwneud sŵn hynod pan oeddet ti'n eu dadlapio nhw.'

'Dwi'n cofio'r poteli 'na.'

'Roedd yn rhaid i Dad dalu efo siec, a derbyniodd dy fam y siec heb feddwl ddwywaith, er nad oedden ni'n gwsmeriaid cyson. Parch, ti'n gweld.' Oedodd Hughes eto. 'Roedd Dad yn rhoi dipyn o ffydd yn yr hen Lucozade, ond druan o Mami, roedd hi angen mwy na Lucozade. Yn ei gwely dwi'n ei chofio hi wastad, ac ro'n i'n mynd lan staer i'w gweld hi'n syth ar ôl dod o'r ysgol bob dydd, er mwyn dweud fy newyddion wrthi. Ac ro'n i'n mynd â Heather fech efo fi, iddi hi gael chwarae yn llofft Mami am awr. A tra oedden ni yno, roedd Dad, y bastard budr...' Anadlodd Hughes yn ddwfn. 'Mi es i lawr un tro i nôl gwydraid o laeth i Mami. Agorais ddrws y gegin a gweld Cadi, y ferch oedd yn gofalu am Heather yn ystod y dydd, wedi plygu dros y bwrdd, ei sgert i fyny rownd ei chanol, a Dad y tu ôl iddi, ei gopis ar agor. Roedden nhw'n gwneud syne erchyll, fel anifeiliaid. Es i'n ôl at Mami, gan ddweud wrthi nad oedd llaeth ar ôl. Bu Mami farw yn go fuan wedyn, a phenderfynodd Dad yrru Heather i feithrinfa. Welson ni mo Cadi yn Eithnog ar ôl i Mami fynd.'

O brofiad, gwyddai Daf yn bendant fod mwy i ddod, fel llif afon.

'Roedd *hi*'n yn galw'r profiad hwnnw yn *primal trauma*, beth bynnag mae hynny'n ei olygu.'

'Ti'n siarad am Rose eto, Alun?'

'Pwy arall fyse'n trafod y ffasiwn bethe? Ddwedodd hi fod fy natur wedi cael ei stumio oherwydd be weles i yn y gegin y pnawn hwnnw. Ond roedd hi'n hollol anghywir. Wnaeth o ddim ffeithio arna i, heblaw 'mod i wedi addo i mi fy hun na fysen i byth yn dwpsyn cocwyllt fel fy nhad. Doedd Dad ddim yn ddyn drwg ac roedd o wir yn caru Mami, ond roedd yr ysfa yn ormod iddo fo. Ddwedodd o wrtha i ryw dro, pan oedd o'n reit wan ar ôl ei bedwaredd strôc, "Well i ti beidio dechre, còg, achos ar ôl i ti ddechre, mae'n anodd stopio, a gall dyn fynd yn benwan yn chwilio am y peth." Ac roedd o'n iawn. Fase'n well gen i o lawer tasen i ddim wedi dechre'r busnes o gwbl.'

'Ond mi wnest ti?'

'Therapi, dyna oedd hi'n galw'r peth. Ac anfonodd hi fil ata i wedyn. Ac anghofiodd am y rhent am dipyn, wedyn ddechreuodd hi efo'r lol protestio yn erbyn y sied, a daeth ei gwylie rhent i ben yn go sydyn. Ond... y peth... gymerodd o lai na hanner awr ac roedd bob dim mor hyfryd: y gwely mawr hen ffasiwn, y blode ar y silff ffenest, rỳg croen dafad ar lawr. Ro'n i'n meddwl... wel, roedden ni wedi bod yn trafod pethe ers dipyn, ac i ryw radde, ro'n i'n gwybod nad cyfeillgarwch go iawn oedd o, ond eto roedd hi'n gwrando. Ond roedd hi wastad yn gofyn am rwbeth, fel hawl i fynd i'r goedwig achos ei bod hi'n bwriadu cynnal sesiyne efo'i chleientiaid y tu allan yn yr awyr agored...'

'Wrth sôn am "gleientiaid", ti'n sôn am ddynion, Mr Hughes?'

'Na, na. O, na, ti ddim yn meddwl mai putain oedd hi?'

'Wel, petawn i'n treulio amser yn y gwely efo rhyw lodes ac yn gyrru anfoneb wedyn...'

'Na, therapydd oedd hi. Therapi oedd y peth, ond wnes i feddwl ein bod ni'n... wel, yn caru. Therapi oedd o a dim byd mwy. Modd i mi sortio fy hun. Ond, doeddwn i ddim angen cael fy sortio. Roedd hi'n meddwl... ddwedodd hi sawl gwaith nad ydi'n bosib i rywun fyw yn hapus heb... heb secs. Ond ro'n i'n iawn. Roedd Heather a Rhi'n gwmpeini braf i mi – yn sialens weithie, dim dowt, ond eto roedden nhw'n rhoi rheswm i mi wneud pethe fel cryfhau'r busnes, ennill digon iddyn nhw gael bywyde go foethus. O'n i ddim yn cael cyfle i wneud... y peth, heb gymryd mantais o ryw ferch neu'i gilydd, a do'n i ddim yn fodlon gwneud hynny. Fel ddwedes i, dwi'n dal i ystyried priodi ryw ddydd. Ond wnes i gamgymeriad mawr drwy feddwl ei bod hi wedi cymryd ata i, isie cael perthynas efo fi.'

'Ac nid felly oedd pethe?'

'Ddim o gwbl. Roedd hi'n reit gas efo fi, chwerthin ar fy mhen, gofyn sut allwn i feddwl y galle rhywun fel hithe, dynes oedd wedi teithio dros y byd, dynes llawn addysg ac efo bywyd mor ddifyr, ffansïo rhywun fel fi. Mae hi wedi... wedi... wel, dwi'm yn gwybod pa eirie i'w defnyddio, achos mae'n swnio mor ddigywilydd, ond ddwedodd hi ei bod hi wedi trafod efo Rhi pa un, Rhi neu Heather, roedd gen i ddiddordeb ynddi. Na, alla i ddim ynganu'r geirie. Does dim byd od am ddyn sy'n gofalu am ei deulu, dim byd od o gwbl.'

'Faith o weithie aeth Rose a tithe lan staer efo'ch gilydd?'

'Dim ond unwaith. Gwasanaeth Chwalu'r Argae oedd o, yn ôl yr infois. Ar ei gwefan hi, mae'n dweud bod y gwasanaeth hwnnw'n gallu bod yn fuddiol i ddynion neu ferched sy heb gael "cyfathrebiad corfforol" ers amser maith, os o gwbl.'

'Dwi'n gweld.'

'Fel'na roedd hi'n meddwl amdani'i hun, wyddost ti, fel gwrach sy'n gallu datrys probleme pawb efo'i swyn.'

'Ond eto, roeddet ti'n ei ffonio hi o hyd?'

'Oeddwn.'

'Gan gynnwys dydd Gwener?'

'Ddwedodd Rhi bod boi'r tacsi wedi dweud nad oedd o'n fodlon mynd i fyny'r wtra i Bencoed, felly o'n i'n bwriadu cynnig lifft iddi hi.'

'Er dy fod ti'n gwybod pa mor hwyr roedden nhw'n debygol o fod?'

'Dwi byth yn cysgu tan mae Rhi adre'n saff, beth bynnag.'

'Pan oeddet ti'n ifanc, ac yn mynd i ryw ddawns neu rwbeth, os oedd còg yn cynnig lifft adre i lodes, be oedd hynny'n olygu?'

'Peth hollol wahanol oedd hynny.'

'Neu falle nad oedd o'n wahanol o gwbl. Ta waeth, wnaeth hi ddim ateb dy alwadau di?'

'Na, ond mi glywes i leisie, a sŵn injan y bws, wedyn – a hyn wnaeth beri gofid i mi – sŵn injan car. Pwy oedd yno? Mi wisges i a rhuthro draw i waelod wtra Pencoed.'

'Gyrru neu gerdded?'

'Yn y Landi.'

'Felly roeddet ti'n dal awydd mynd â hi adre?'

'Wel, os oedd hi 'di meddwi, a...'

'Welest ti Rhi o gwbl?'

'Glywes i hi'n dod i mewn, ond aeth hi'n syth i'w gwely.'

'Ocê. Wnest ti gyrraedd gwaelod yr wtra. Be wedyn?'

'Dim byd. Dim sŵn, dim arwydd, dim. Eto, roedd rhwbeth yn yr awyr, ro'n i'n ei wynto fo. Roedd hi wastad yn gwynto fel y goedwig, fel mwsog, felly o'n i ddim yn sicr ai ei phersawr hi neu wynt y goedwig oedd o, achos ar ôl storm o law yn yr haf mae 'na wynt cryf ar y planhigion weithie. Es i fyny'r wtra i chwilio amdani, a dwi'n difaru hynny fwy na...'

Ni chollodd yr un deigryn, ond dechreuodd ei ysgwyddau llydan grynu yn union fel petai'n llefain.

'Dydi mellten byth yn taro'r un lle ddwywaith, medden nhw,' meddai ar ôl dros funud. 'Ond dyna be ddigwyddodd.'

'Be ti'n feddwl?'

'Sori, dwi'n gwneud cawlach o'r hanes i gyd. Rhaid i mi fynd yn ôl i ddydd Iau, pan gyrhaeddodd y deliferi o gerrig – y cerrig anghywir. Ti'n gwybod y gwahaniaeth rhwng gwahanol deips o gerrig?'

'Rhywfaint,' atebodd Daf, yn ddiolchgar am yr wybodaeth gafodd o gan Toscano.

'Os ti'n defnyddio hen gerrig ffordd i wneud ffwtins a ballu, mae 'na beryg bod carreg galch yn gymysg efo'r cerrig eraill, ac os ydi honno'n cymysgu efo dŵr, mae'n gallu creu nwy peryg.'

'Fel ddigwyddodd i Craig Billings?'

'Yn gwmws. Ddes i adre dydd Iau, wythnos yn ôl rŵan, ar ôl straffaglu'r holl ffordd i Gaer am ffitin ar gyfer y siwt ddiawledig sy'n gwneud i mi edrych fel gorila, chwedl hithe, a dim ond bryd hynny, ar ôl amser busnes, y gweles i be oedd wedi cael ei ddelifro. Ceisio 'nhwyllo fi oedden nhw, gwneud i mi dalu am gerrig safonol a derbyn rwtsh. Ddwedes i wrthyn nhw am fynd â'r stwff yn ôl. Ond wedyn dydd Gwener o'n i draw yn y mart yn Dol, yn chwilio am stôrs achos, yn ara deg, i'w siwtio nhw lot dros y nant, 'den ni'n newid o laeth i bîff, achos mae'r còg yn rhy ddiog i odro. Beth bynnag, pan bicies i draw i'r safle, doedd neb yn gweithio yno ond roedden nhw wedi dechre rhoi'r cerrig sâl yng ngwaelod y ffosydd. Doedd y rhai sy'n gweithio ar y safle ddim wedi siarad efo'r rhai yn y swyddfa. O'n i'n flin, sobor, a wnes i adael sawl neges ar eu peiriant ateb nhw, ond wedyn nes i sylweddoli na alle neb wneud dim tan ar ôl y penwythnos. Roedd hynny'n iawn, achos roedd y tywydd yn sych a doedd dim rheswm i neb fynd i'r safle.'

'Ond mi aeth Rose yno, ar ôl y storm.'

'Do. Roedd hi'n dywyll, wrth gwrs. Dwi'n cymryd mai baglu wnaeth hi, neu falle iddi lithro. Beth bynnag, pan ddes i'n ôl o wtra Pencoed, heb weld dim, mi benderfynes i jecio'r safle, ar ôl y glaw. Roedd goleuade'r Landi mlaen, ac yng ngwaelod un o'r ffosydd mi weles i hi, yn gorwedd ar ei chefn fel un o'r leidis ti'n eu gweld weithie ar dop beddrode ger hen eglwysi. O'n i'm yn gallu gweld oedd hi'n anadlu neu beidio, ond o'n i'n gwybod bod rhaid i mi wneud rwbeth, a hynny'n sydyn. Ar y llaw arall, os oedd y nwy o'r cerrig wedi'i lladd hi, roedd 'na siawns iddo fy lladd i hefyd, tasen i'n neidio i lawr ati hi. Am eiliad, o'n i'n eitha hoffi'r syniad o orwedd i lawr efo hi unwaith eto, a mynd, ond wedyn mi gofies i am Heather a Rhi, a'r holl waith oedd angen ei wneud dros y penwythnos. Felly es i lawr i'r beudy i nôl *ratchet strap* efo bachyn arno. Roedd hi'n gwisgo gwregys efo andros o fwcwl mawr siâp cylch arno fo, ac ar ôl sawl tro, mi lwyddes i gael y bachyn drwy'r cylch, a chlymu pen arall y strap i *hitch* y Landi. Nes i yrru mlaen wedyn, ond o'n i ddim yn medru gweld be oedd... be oedd yn digwydd iddi hi tu cefn i mi. Es i'n ôl at fin y ffos ac mi oedd hi'n hongian, roedd hi mor llac, ac o'n i'n gwybod ei bod hi wedi marw. Roedd ei phen yn curo'r ochr, a disgynnodd un o'r blode sili roedd hi'n eu gwisgo yn ei gwallt. Wnes i feddwl falle byse angen winsh, ond yn sydyn dyna hi, wrth fy nhraed ar fin y ffos. Roedd angen i mi ei symud hi'n bellach oddi wrth y ffos, achos wyddwn i ddim oedd y nwy yn gallu codi. Hefyd, o'n i ddim yn gwybod fyse ei dillad gwlyb hi yn cario'r nwy ata i, felly mi dynnes i ei dillad hi a symud ei chorff i mewn i'r goedwig.'

'I'r goedwig? Pam na wnest ti fynd â hi i'r tŷ? Heb sôn am ffonio ambiwlans?'

'O'n i'n poeni, wrth feddwl am faint o iawndal roedd yn rhaid i'r cwmni dalu ar ôl i Craig gael ei ladd. Hefyd, mae 'na le bech clên jyst wrth y troad i Bencoed, fel gwely mwsog. Roedd hi'n edrych mor... mor fodlon yno, fel y dylse hi fod yno am byth. Wnes i jecio'i phŷls hi – mi oedd hi wedi marw.'

Er ei bod yn amlwg fod Hughes yn aros i Daf ymateb i'r hyn roedd o newydd ei rannu, arhosodd yn hollol dawel. Llusgodd sawl munud heibio ond gweithiodd tacteg Daf: bwriodd Hughes ymlaen.

'Panig llwyr wedyn. Pwy oedd yn mynd i goelio'r ffasiwn hanes? O wybod nad oedd ganddi unrhyw deulu, penderfynes gael gwared o'i chorff. Doedd ei llosgi hi ddim yn bosib – mi fyse siawns i'r holl goedwig fynd fyny. O'n i'n methu meddwl am wneud unrhyw beth efo'i chorff hi, ei dorri fyny neu rwbeth tebyg, a tasen i'n torri bedd iddi hi, fyse'n rhaid iddo fod yn un dwfn, rhag ofn llwynogod. Feddylies i am eiliad ei bod yn siom nad oedden ni'n cadw moch, wedyn mi gofies i faint mae pobol yn cwyno am y Burford Browns, dweud eu bod nhw'n ieir treisgar. Godes i hi ar fy ysgwydd. Mi oedd hi'n go ysgafn, ond dipyn yn rhy drwm i'w chario'r holl ffordd i'r sied, felly neidies i ar y cwad, gan lywio efo un llaw a dal ei choese efo'r llaw arall. Parcio ar ochr arall y sied i'r garafán wedyn, rhag ofn. Doedd y larwm ddim ymlaen. Roedd hi ar fy ysgwydd pan es i i mewn i'r sied, a wnes i ddim styrbio gormod ar yr ieir achos roedd y rhan fwya ohonyn nhw'n cysgu. Wnes i ei gosod hi ar y llwch llif a mynd adre cyn gynted â phosib.'

'I fod yn hollol glir, felly,' meddai Daf, 'ddest ti o hyd i gorff

Rose Minton yn y ffos, tynnu ei dillad, ei chludo hi i'r goedwig ac wedyn dros y nant, a'i gadael hi yn y sied ieir?'

'Do.'

'Be oeddet ti'n feddwl fyse'n digwydd wedyn?'

'Wel, o'n i'n disgwyl i'r Burfords ei bwyta hi. Fel arall, sioc i'r ferch rad sy'n gweithio yno. Alla i fynd i gysgu rŵan?'

'Cei â chroeso, ond fyddwn ni angen sgwrs eto ben bore.'

31

Yn aros am Daf yn y coridor roedd Lee, y sarjant o'r Drenewydd.

'Bloody well done, Davies. We used that instant transcript thing and Sheila helped as well. Couple of times I was fair jumping, wanting you to ask more, but Sheila said "let him cook", and cook you did.'

'To be honest, còg, we had that much forensic, it was just a matter of reeling him in.'

'And I hear he's got a nasty side to him? Goes with the territory, I suppose, giving a body to the hens, throwing tea over the Ice-Cream DC, all part of the same mindset, I suppose?'

Doedd Daf ddim yn siŵr faint o eiriau gwag yn acen fflat Lee roedd o'n mynd i allu eu diodde.

'Thanks for hanging on whilst I got that done. Mr Hughes has proved a bit tricky.'

'You do know I only came over to hold the fort while Sheila took DC Cornetto to hospital, don't you? I heard you need a CDO, but it won't be me. I'm off duty now, and if I'm not in by ten, the missus does things that make being pecked to bits by chickens look like a right laugh.'

Yn falch o weld cefn Lee yn diflannu drwy'r drysau dwbl, aeth Daf i'r Stafell Ddyletswydd lle'r oedd Sheila ar y ffôn. Tra oedd hi'n siarad, syllodd Daf drwy'r ffenest hirsgwar ar Hughes, oedd yn edrych yn anghyfforddus wrth geisio cyrlio i fyny i gysgu ar y gwely cul. Ar ôl clywed hanes plentyndod Alun a Heather o golled ac esgeulustod roedd yn anodd peidio teimlo rhyw fymryn o empathi tuag atyn nhw, ond pharodd y teimlad hwnnw ddim yn hir ar ôl iddo glywed yr hyn oedd gan Sheila i'w ddweud.

'Dy ffrind Imogen, y patholegydd, oedd honna. Wn i ddim wyt ti'n cofio, ond mi wnaeth y SOCOs chydig o waith yn y sied ddydd Sadwrn. Wnaethon nhw ofyn am olion bysedd, maint traed ac, os yn bosib, DNA pawb oedd wedi bod yn y sied ieir yn ystod yr wythnos cynt?'

'Ydw, dwi'n cofio.'

'Es i ar ôl y rheiny. Wel, yn ôl Lissa, mi oedd Alun Hughes ac Owain wedi bod yno yn ystod yr wythnos, yn trafod gwahanol systemau stacio bocsys wyau, felly mi gymerwyd samplau gan y tri. O ganlyniad i hynny, mae'r patholegydd wedi gallu cadarnhau fod DNA Alun Hughes y tu mewn i gorff Rose.'

'Tu mewn? Felly mi...?'

'Bendant. Ar y nos Wener neu'r bore Sadwrn, gafodd Rose ac Alun secs. Ond, yn anffodus, doedd y profion ddim yn gallu dweud ai cyn neu ar ôl iddi farw oedd hynny.'

Erbyn hyn, roedd Alun Hughes wedi rhoi'r fatres denau las ar y llawr o dan y gwely, ac roedd o'n gorwedd fel pelen arni gydag un penelin wedi'i godi mewn ystum amddiffynnol. Gallai Daf daeru ei fod o'n sugno'i fawd.

'Oes asesiad iechyd meddwl wedi'i drefnu iddo fo yn y carchar?' gofynnodd.

'Oes. Dwi'm yn meddwl y bydden nhw'n hapus i'w dderbyn o heb un.'

'Wrth feddwl am yr amserlen, mi welodd y ficer Rose yn dringo drosodd i'r safle, felly mae'n rhaid bod Hughes wedi dod ar ei thraws hi ar ôl hynny.'

'Allwn ni gredu stori Hughes? Be os wnaeth o ei threisio hi a'i lluchio hi i'r ffos wedyn, yn ymwybodol o effaith y carbon diocsid fyse'n dod o'r cerrig?'

'Does dim byd yn sicr. Ond mae'n rhaid i mi ddweud, dwi'n coelio'i stori o tan y pwynt iddo dynnu ei dillad hi, a dwi bron yn barod i goelio mai poeni am effaith y nwy gwenwynig oedd o pan wnaeth o hynny. Wedyn, ddwedodd o ei bod hi'n noeth yn ei freichiau, a phan soniodd o am ei phersawr, ac am y gwely mwsog, ges i ryw deimlad ych-a-fi, hyd yn oed cyn i ni glywed am y DNA.'

'Felly, er mai damwain oedd marwolaeth Rose, mae o'n euog o rwbeth mawr.'

'Adran 70, Deddf Troseddau Rhywiol 2003.'

'Roedd o'n amau, ar un adeg, oedd hi wedi marw neu beidio. Ydi hynny'n arwyddocaol?'

'Na, mae'r gyfraith yn cwmpasu rhywun sy'n gweithredu os ydi'r person wedi marw neu beidio. Duwcs, Sheila, dwi'n methu coelio ein bod ni'n cael y ffasiwn sgwrs.'

'Be am i ti geisio bwyta dy swper? Ddaeth Gae â lasagne i ti tra oeddet ti yn y gell efo Hughes.'

'Ocê. Ond cer di adre rŵan – mi fydd 'na dipyn i'w wneud bore fory, yn cynnwys datrys busnes y pres.'

Yn ôl y cofnodion, roedd Hughes wedi bwyta pysgod a sglodion hanner awr cyn ei ymosodiad ar Toscano, ac roedd Daf yn falch o ddarllen hynny achos doedd o ddim am gynnig peth o'i lasagne iddo. Teimlai'n unig iawn wrth roi'r bocs plastig yn y meicrodon a gwenodd ar y nodyn roedd Sheila wedi'i sticio arno: 'Cadwa'r meicrodon yn hollol lân, a does neb yn ei alw fo'n popty ping.' Cododd y bocs, a fforc o'r drôr, a chiliodd i'w swyddfa i lowcio'i swper ac i feddwl.

Ar ôl bwyta, cydiodd yng nghynllun Toscano ac agor y papur mawr dros ei ddesg. Roedd rhywbeth eitha arswydus am y lluniau bach, y geiriau a'r marciau cwestiwn arno. Cyn yr ymosodiad, roedd Toscano wedi ychwanegu cwpwl o nodiadau:

'Data gan Ninan a'r Path. Tymheredd 26°C @ 11.40yb, felly bu farw Rose o gwmpas 2yb.'

'Neges gan Owain: cadarnhau?'

'Mr Jehu isie trafod yr achos – meddwl am werthiant y masgiau. Wnaeth hi werthu rhywbeth arall?'

Er ei bod hi wedi pasio deg o'r gloch y nos, edrychodd Daf ar ei negeseuon e-bost. Roedd tri gan y patholegydd, yn cadarnhau cynnwys y galwadau ffôn, ac un gan ei brif gyswllt yn y Gwasanaethau Plant, yn dweud eu bod nhw'n ystyried dechrau achos Amddiffyn Plant am nad oedd y llwybr cymorth cynnar yn ddigon i sicrhau lles Teilo, mab Nala, ac yn gofyn oedd Daf ar gael i fynychu cyfarfod MARF yr wythnos ganlynol. Ond daeth y neges e-bost fwyaf diddorol o Miami, gan y Ponce de Leon Wellness Centre Communications Team.

Gwenodd Daf wrth ddarllen y neges. Roedd yr eirfa yn or-gwrtais, ac roedd yn edrych yn debyg bod aelod dibrofiad o staff wedi camddeall cais Daf, neu heb roi ymateb cyflawn.

Fel rhan o bartneriaeth rhwng y Llywodraeth yn Washington DC a Llywodraethwr Florida, Ron di Santis, roedd ysbyty Ponce de Leon wedi ymuno â chynllun i ddarparu gwasanaethau o safon i'r ffoaduriaid a gyrhaeddodd yr Unol Daleithiau o Dde Affrica yn ystod y flwyddyn flaenorol. Un claf o Dde Affrica oedd yno ar hyn o bryd, ond nid oherwydd bod Ponce de Leon wedi gwrthod neb, yn hytrach, oherwydd natur unigryw eu gwasanaethau. Pwysleisiai'r neges fod yr ysbyty'n rhoi pob cymorth posib i gefnogi'r cynllun, a'u bod yn parhau i roi triniaeth gynhwysfawr i'r claf hwnnw, dyn yn ei wythdegau, oedd yn torri tir newydd.

Er nad oedd gan Daf dystiolaeth i gysylltu'r claf efo Rose, atebodd y neges i ofyn am enw a chyflwr y claf, a holi, os mai ffoadur oedd o, pwy oedd yn talu ei filiau meddygol.

Wrth iddo bwyso'r botwm i yrru'r neges, canodd ei ffôn. Rhif anghyfarwydd ddaeth i fyny ar y sgrin.

'Dafydd?' Roger Pashley.

'Noswaith dda. Aeth bob dim yn iawn heno.'

'Yr ymarfer? O, do, grêt. Bob dim yn *all set*. Jyst isio gofyn, ydi'n bosib i mi gael fy laptop yn ôl?'

'Yn anffodus, roedd digon arno fo i fod angen barn arbenigwr yn y maes.'

'Ond wnes i ddim edrych ar stwff sy'n torri'r gyfraith.'

'Sut wyt ti'n gwybod hynny? Mae dy hanes chwilio yn awgrymu dy fod ti'n hoffi gwylio pethe eithafol.'

'Eto, dwi ddim wedi torri'r gyfraith.'

'Sut wyt ti'n gallu bod mor sicr? Ti'n chwilio am ferched ifanc, yn gobeithio gweld rhai sy'n un ar bymtheg oed ond yn edrych yn iau, ond falle mai dim ond pymtheg ydi rhai ohonyn nhw... iau, hyd yn oed. Does gen ti ddim ffordd o fod yn sicr. Ti ddim yn eu nabod nhw.'

'Ocê, ocê, ella 'mod i wedi bod yn... wel, ma' un peth yn arwain at y llall, tydi? Dwi ddim isio i hyn ddinistrio fy mywyd i.'

'Mae'r merched dan oed yn dweud pethe tebyg, yn eu dagrau ar ôl i rywun eu gorfodi nhw i ffilmio pethe erchyll i dy ddiddanu di.'

'Paid â phregethu. Mae pawb yn eu gwylio nhw.'

'Dydi hynny ddim yn wir. A'r broblem sy gen i efo dy achos di, Roger...'

'Achos? Mae gen i achos?'

'Wel, wrth reswm. Ond tase 'na ddim achos, fyset ti'n dal i wylio?'

Tawelwch.

'Ti ddim wedi dysgu dy wers.'

'Do! Ges i sioc, a...'

'Sut alla i fod yn siŵr na fyddi di'n mynd yn syth yn ôl ar-lein, i chwilio am ferched iau byth yn gwneud pethe gwaeth?'

'Rho gyfle i mi, Dafydd, 'dan ni bron yn deulu.'

Y gair 'teulu' roddodd syniad i Daf.

'Ocê. Os wnei di lawrlwytho ap o'r enw Relay, a chymryd y broses yma o ddifri, mi wna i geisio dy helpu di.'

'Be ydi hwnnw?'

'Cymuned ar-lein. Cwrs ar y we i rai sy'n gaeth i born. Rho'r ap ar dy ffôn ac mi wela i di ddydd Sadwrn. Nos da, Roger.'

Llanwodd Daf ei ysgyfaint ac, yn ara deg, gollyngodd ei anadl, gan deimlo'i fod o wedi cyflawni rhywbeth.

Canodd ei ffôn eto, ac unwaith eto, rhif dieithr.

'Noswaith dda, Daf. Ti ddim yn cysgu, gobeithio?'

'Dim o gwbl, Elaine. Dal yn y gwaith.'

'Oeddet ti'n swnio... Ti'm yn meindio i mi alw mor hwyr, wyt ti?'

'Dim o gwbl. Fel dwi'n dweud, dwi'n dal i weithio.'

'Ocê. Wel, paid â meddwl 'mod i'n mynd i ddechre gwneud arferiad o dy ffonio di yn hwyr y nos, ond es i allan am jinsen heno efo'r giang Pilates, ac mi oedd un ohonyn nhw, sy'n byw yn Chirbury, yn sôn am broblem roedd ei merch, Melissa – sy'n trefnu priodase – yn ei chael: priodas lle'r oedd un fam yn dweud bod y briodas wedi cael ei gohirio, a'r fam arall yn dweud bod y cyfan wedi'i ganslo.'

'Aha!'

'Ac mae'r un sy'n dweud mai dim ond gohirio maen nhw yn gwneud niwsans llwyr ohoni'i hun, yn hongian o gwmpas swyddfa Melissa. Wel, yn ôl ei mam, ddaeth y ddynes i mewn heddiw yn mynnu cael help efo'i chais siwrans, ond ddwedodd Melissa wrthi fod y cytundeb yn glir – tydi newid meddwl ddim yn cael ei gyfro gan y polisi. Ddaeth golwg go anfad dros wyneb y ddynes, nes i Melissa ddechre amau oedd hi yn ei hiawn bwyll.'

'Gwaith ditectif da, lodes,' meddai Daf.

'Wel, pan ddwedodd fy ffrind mai ar ddolydd ger y nant yng Nghwm Elain oedd y briodas, nes i wneud pwynt o wrando.' Ochneidiodd Elaine fymryn yn rhy uchel i fod yn naturiol. 'Fyse'n braf cael gwaith efo ystyr a phwrpas iddo.'

'Dydi heddlua ddim yn fêl i gyd. Gan amlaf 'den ni'n rhedeg ar ôl pobol hynod, yn ceisio clirio'u llanast nhw.'

Roedd Elaine yn dawel am eiliad. 'Well i mi sticio at y Pilates, felly,' meddai, ac er ei siom, roedd ei llais yn ysgafn ac yn ifanc. 'Beth bynnag, wela i di nos Sadwrn.'

'Ti'n dod i'r parti nos?'

'Mae pawb yn dod i'r parti nos.'

Ar ôl ffarwelio ag Elaine, ychwanegodd Daf enw Melissa i

gynllun Toscano, a chwpwl o luniau gwael. Wedyn, penderfynodd wirio rhywbeth. Roedd o wedi cadw cofnod o gyfrineiriau Roger cyn eu rhoi nhw yn y pecyn i fynd i Phillips, a defnyddiodd nhw i fewngofnodi i wefan OnlyFans. Gwglodd yr enw 'Peaches'. Dim byd. 'Dirty Little Girl'. Dim byd. 'Dirty Little Girl Peaches': gwelodd y neges 'This account has closed and all images deleted'. Tynnodd botel o Jamesons o ddrôr ei ddesg a thywallt joch bach i'r mẁg gafodd o yn y Secret Santa y flwyddyn cynt. Cododd y mẁg i gyfeiriad y sgrin a dweud, yn uchel, 'Da lodes.'

Caeodd ffenest OnlyFans gan obeithio na fyddai o byth angen ei hagor eto. Fflachiodd hysbysiad bach yng nghornel y sgrin i nodi ei fod o wedi derbyn neges e-bost newydd. Rhag ofn mai rhywbeth gan y patholegydd oedd o, agorodd y system, a synnodd o weld ateb gan y Ponce de Leon Wellness Centre – roedd o wedi anghofio am y gwahaniaeth amser. Matthew Hopkins oedd enw'r claf o Dde Affrica, roedd o'n 83 oed ac yn derbyn triniaeth am High Tumour Mutational Burden oedd yn defnyddio *immune checkpoint inhibitors*, ac roedd y prognosis yn dda. Roedd y ffioedd wedi cael eu talu'n brydlon gan unigolyn dienw tan yn ddiweddar, ond roedd yr anfoneb ddiwethaf o $94,000 heb ei thalu. Chwiliodd Daf am yr enw ar y we – daeth ar draws tudalennau lu o hanes Matthew Hopkins, dyn o'r ail ganrif ar bymtheg oedd yn ddrwgenwog am erlid gwrachod yn ystod y Rhyfel Cartref. Dechreuodd chwiliad newydd am Matthew Hopkins, South Africa. Allai o ddim credu wyneb pwy ddaeth i'r golwg: yr wyneb mwyaf adnabyddus yn y byd, ac yn bendant yr un mwyaf oren. Roedd y llun ar wefan Newyddion y BBC, ac o dan y ddelwedd o Trump yn ysgwyd llaw gyda dyn ifanc tal roedd pennawd yn egluro bod Arlywydd yr Unol Daleithiau'n croesawu 'ffoaduriaid' o Dde Affrica. Aelod hynaf y grŵp oedd hen ddyn byr, ei groen fel lledr brown. Doedd dim golwg iach iawn arno. Chwiliodd drwy'r cofnodion eraill – roedd rhai o'r erthyglau yn enwi aelodau'r grŵp deithiodd i

America o dan gynllun mympwyol yr Arlywydd, oedd yn disgrifio ffermwyr gwyn o Dde Affrica fel 'ffoaduriaid'.

Aeth ati i ddysgu faint oedd $94,000, swm yr anfoneb ysbyty na chafodd ei thalu, mewn punnoedd, a darganfod bod y cyfanswm yn agos i £70,000.

32

Llwyddodd Daf i aros yn effro drwy'r nos gyda chymorth dipyn o goffi du. Roedd o angen gwneud un alwad ffôn cyn oriau gwaith: i'r ddynes oedd yn sgrechian yn y coed uwchben Pencoed ddydd Sadwrn. Cafodd yr wybodaeth roedd o wedi gobeithio amdani.

Cyfrifydd oedd Elspeth, yn byw yn Tring, a jyst cyn iddi fynychu ei chwrs olaf efo Rose, roedd hi wedi cael neges i ddweud mai dim ond arian parod fyddai Rose yn ei dderbyn o hynny allan. Gan nad oedd gŵr Elspeth, neu 'y ddynes sgrechian' fel roedd Daf wedi bod yn ei galw, yn cymeradwyo'r fath wariant, roedd hynny'n achosi problem iddi. Yn y gorffennol roedd Elspeth wedi talu am y cyrsiau ar ei cherdyn credyd gwaith, a thalu'r arian yn ôl fesul dipyn, ond doedd y cerdyn hwnnw ddim yn caniatáu iddi godi arian parod. Roedd ganddi bres wrth gefn mewn cyfrif llog uchel ond doedd hi ddim yn medru cael gafael ar hwnnw heb roi notis i'r gymdeithas adeiladu, a fyddai'r arian ddim yn cyrraedd tan y dydd Llun ar ôl y cwrs. Ar y pryd, roedd hi yng nghanol awdit yn y ganolfan arddio leol, ac un o'i thasgau ar y dydd Gwener cyn y cwrs oedd cyfri'r arian parod yn y sêff. Roedd y rheolwr wedi mynd adre – ac anaml y byddai'n agor y sêff beth bynnag – felly penderfynodd gymryd menthyg pum can punt o fanno. Talodd am ei chwrs, oedd hyd yn oed yn fwy buddiol iddi na'r disgwyl, a ben bore ar y dydd Llun canlynol rhedodd i swyddfa'r Gymdeithas Adeiladu i nôl y pum cant er mwyn ei roi'n ôl yn y sêff. Clywodd yn ddiweddarach fod y rheolwr wedi agor y sêff ar y pnawn Sadwrn, a riportio bod yr arian ar goll. Gan nad oedd yr heddlu wedi cyrraedd yno tan bedwar o'r gloch ar y dydd

Llun, roedd yr arian yno i gyd erbyn hynny, ac anghofiwyd am yr achos.

Roedd hi'n stori hir i esbonio sut roedd y papurau ugain wedi cyrraedd tŷ Rose, ond roedd Daf yn hynod siomedig bod dynes broffesiynol wedi gwneud peth mor anghyfrifol dim ond er mwyn treulio noson yng nghoedwig Pencoed. Cofiodd sut roedd pobol wedi disgrifio'r effaith lesol roedd Rose wedi'i gael arnyn nhw – mae'n rhaid ei bod yn ddynes garismatig iawn, ystyriodd. Byddai wedi hoffi ei chyfarfod.

Wrth iddo gamu drwy ddrws ei swyddfa i holi faint o'r gloch roedden nhw'n disgwyl y criw o Garchar y Berwyn i nôl Hughes, daeth aroglau hyfryd coffi da a croissants ffres i'w gyfarfod. Yn ogystal, roedd Toscano yn sefyll yn y cyntedd efo Sheila – roedd tair agen wedi'u hagor yn y cadachau oedd am ei ben: dwy ar gyfer ei lygaid a'r llall ar gyfer ei geg. Yn ogystal, roedd rhywun wedi darlunio amrannau hir ar y cadachau gwyn, gan wneud iddo edrych fel cartŵn.

'Paid dweud gair, bòs. O'n i'n lwcus i osgoi cael minlliw.'

'Ddylet ti ddim bod yn y gwaith.'

'Roedd yn rhaid i mi ddianc rhag Bianca yn fy nwrdio fi drwy'r dydd, fel mae hi wedi'i wneud drwy'r nos. A dwi i fod i bicio draw i *minor injuries* tua hanner dydd. Felly, ar ôl i ti fwyta dy croissant, be nesa?'

Er ei flinder llethol a'r cur pen y tu ôl i'w lygaid, roedd yn rhaid i Daf chwerthin.

'Siawns i ni ddatrys y pethe bach yn go sydyn. Wedyn, ar ôl i Hughes fynd, mi alla i fynd adre am hoe fach cyn y noson hwyr yn amddiffyn Siôn rhag y drygionwyr, fydd yn siŵr o gynnwys fy mab fy hun.'

'Ie, ynglŷn â hynny, bòs,' meddai Sheila, 'mae rhyw foi o'r TA wedi gyrru neges yn cynnig beth roedd o'n ei alw'n *tactical support where necessary* i ni heno.

'TA?'

'Territorial Army. Roedd o wedi cael adroddiad bod

peryg o aflonyddwch sifil yn ardal Llanfair Caereinion heno.'

Ochneidiodd Daf. Penderfynodd adael y cwbwl yn nwylo medrus Sheila.

'Gei di gysylltu efo'r T blydi A ac esbonio bod aelod o'r cyhoedd wedi gorymateb, tra dwi'n ceisio siarad sens efo'r dyn ei hun.'

Yn wahanol i Daf, roedd John mewn hwyliau da.

'Druan ohonat ti,' meddai'n siriol. 'Roedd Belle yn dweud dy fod ti wedi gorfod aros dros nos yng ngorsaf yr heddlu, a dy fod ti wedi cael cryn dipyn o drafferth efo Alun Eithnog. Ti'n gwybod be mae'r Beibl yn ddweud: "Gwell yw priodi nag ymlosgi". Digon gwir.'

'Sôn am briodi, John, paid â bod yn wirion am y drygioni heno. 'Den ni wedi cael gwybod gan y Territorial Army eu bod nhw ar *stand-by*. Wnest ti alw'r fyddin i helpu i atal hanner dwsin o gogie lleol rhag sgwennu pethe ar y ffordd?'

'Ond dech chi'r heddlu mor fyr o ran staffio. Roedd yn rhaid i ti wneud shifft nos, Dafydd...'

'Mae hynny'n fater hollol wahanol. Fyddwn ni'n iawn, ocê?'

'Dwi'm yn poeni cweit cymaint ers i ffrindie Belle o'r Lluoedd gyrraedd: maen nhw'n gwybod eu busnes, wir.'

'Mi fydda inne o gwmpas hefyd, felly yn enw rheswm, John, paid â galw am gymorth heb fod angen, ie? Mae NATO braidd yn brysur mewn gwledydd eraill ar hyn o bryd.'

'Paid bod yn sili, Dafydd, fysen i byth yn cysylltu â NATO ynglŷn â phriodas teulu.'

Allai Daf ddim ffurfio ateb cwrtais felly ddwedodd o 'run gair. Ar ôl saib, ychwanegodd John:

'Wedi dweud hynny, be ydi enw'r ferch, yr actores Americanaidd, sy'n byw ger Rhaeadr yn rhywle? Rob Berllan wedi gwneud dipyn o gontractio iddi? Yn ôl y sôn, mae hi'n ffrindie mawr efo Melania, felly alle hi gael gair efo The Donald, a...'

'John, cymer dy wynt. Dim ond priodas yn Sir Drefaldwyn ydi hi: does dim rhaid tynnu Arlywydd America i'r sefyllfa.'

‘Ond, Daf, os aiff rwbeth o’i le, fydd rhaid i ni i gyd fyw efo Belle wedyn.’

Ystyriodd Daf hynny am eiliad. Petai o’n gorfod dewis rhwng wynebu Belle pan oedd hi’n flin neu’r 101st Airborne Division, mi fyse fo’n cymryd ei siawns efo bois yr Airborne.

‘Mae bob dim dan reolaeth, iawn, John? A chofia di, os ydi Belle yn codi ofn arnon ni, mi fydd hi’n codi llawer mwy o ofn ar y drygionwyr.’

‘Hmm.’

Ar ôl bwyta’i frecwast, penderfynodd Daf fynd â thamaid o dost i Alun Hughes, tra oedd y tîm yn cadw golwg. Roedd ei noson ar lawr y gell yn amlwg wedi bod yn anghyfforddus – roedd o’n symud fel dyn yn ei wythdegau.

‘Fydd y criw yma i dy nôl di toc, Mr Hughes, ond gen i gwestiwn neu ddau i’w gofyn cyn hynny.’

‘Be sydd ar y tost, dwêd? Dim ond menyn dwi’n cael ei fwyta.’

‘Rhyw fath o *spread* dwi’n meddwl.’

Gosododd Daf y plât ar lawr a chiciodd Hughes o i ffwrdd efo’i fŵts di-gareiau.

‘Ar ôl ein sgwrs ddoe, gen i gwpwl o bethe i’w gofyn, os ydi hynny’n iawn? Dwi’n awyddus i ti gael cyfle i ddweud y cwbwl wrtha i, achos pwy a ŵyr pryd gei di siarad efo rhywun yn y Gymraeg eto.’

Rhochiodd Hughes.

‘I fynd yn ôl at yr hyn ddigwyddodd ar safle adeiladu’r sied newydd. Dwi ddim cweit yn siŵr sut wnest ti godi Rose, ond fedri di gofio sut roedd hi’n edrych, yn gorwedd yno?’

‘Sut?’

‘Oedd hi’n edrych yn heddychlon, neu fel petai hi wedi diodde, neu wedi dychryn?’

‘Roedd hi’n gwenu... ac roedd yn amlwg, i rywun sy’n ei nabod hi, ei bod hi wedi cael tropyn.’

'Oedd hi wedi chwydu?'

'Na, dim byd fel'na. Roedd ei chroen dipyn bach yn fwy coch nag arfer. Effaith y diodydd, o'n i'n cymryd.'

'Neu'r nwy. Pam dynnest ti ei dillad hi?'

'I sicrhau 'mod i'n gallu ei symud hi heb beryglu fy hun.'

'Paid â gwastraffu'r amser prin sy ganddon ni. Mi wyt ti, o bawb, yn gwybod sut mae'r nwy yma'n bihafio achos dyna pam na wnest ti neidio i lawr i'r ffos i'w chodi. Ti'n gwybod yn iawn mai mewn llefydd cyfyng mae'r broblem, nid mewn safle agored.'

Crafodd Hughes ei ên. 'Dwi ddim wedi eillio. Does gen i ddim rasel,' mwmialodd.

'Dwi'n gofyn y cwestiwn eto: pam wnest ti benderfynu dadwisgo Rose?'

'Achos... achos mi oedd hi wedi gwlychu ei hun, dros gefn ei sgert ac i fyny cefn ei blows hefyd. Roedd o'n amharchus ei gadael hi yn y dillad gwlyb.'

'Ac wedyn?'

'Wedyn, mi sychais rywfaint arni efo blanced sy gen i yng nghefn y Landi, ar gyfer y cŵn, ond wedyn roedd hi'n edrych yn... yn tsiêp yn ei dillad isa, felly mi dynnes i nhw hefyd.'

'Wyt ti'n gallu dweud wrtha i be oedd yn mynd drwy dy ben di cyn lluchio'r te ar DC Toscano ddoe?'

'Weithie, dydi'r broses o feddwl yn fy mhen i – y darn sy'n trin y dyfodol – ddim yn tanio'n ddigon cyflym.'

'A wnaeth o ddim tanio'n ddigon cyflym pan wnest ti benderfynu caru efo Rose ar ôl ei rhoi hi ar y mwsog chwaith?'

'Roedd hi mor dlws, ac mor ddymunol, a ddyle hi fod yn ddiolchgar ar ôl i mi ei chodi hi o'r ffos.'

'Roedd hi hefyd wedi marw.'

'Roedd hi'n dal yn gynnes. Mi feddylies i, be os oedd hi mewn trwmgwsg? Mi alle'r caru sbarduno rwbeth ynddi hi, a'i deffro.' Oedodd am ennyd. 'Ond sut oeddech chi'n gwybod am hynny? Cyfrinach oedd hynny, rhwng Rose a finne.'

'Rhai da am rannu cyfrinache ydi'r meirw. Roedd olion yn ei chorff, ac roedden nhw'n cyd-fynd â'r sampl roddest ti i Sarjant Francis ddechre'r wythnos.'

'Ie, gwraig Glantanat. O'n i ddim yn ei nabod hi,' meddai Alun Hughes, fel petai o ddim wedi clywed y ffaith ddamniol.

'Wnest ti losgi dillad Rose, lapio'r lludw, a bwcwl mawr pres ei gwregys, mewn lap silwair, a'i gladdu?'

'Ti 'di dysgu cymaint.'

'Ddwedest ti fod gast wedi marw ond laddest ti hi jyst cyn hynny, yn do?'

'Druan.'

'I geisio gwneud dy gelwydd yn wir?'

'Ar ôl i mi ddweud rwbeth, rhaid i'r peth fod yn wir.'

'A wnest ti roi corff yr ast mewn calch poeth, i'w gwneud yn anodd dweud pryd farwodd hi?'

Nodiodd Hughes ei ben. Gan nad oedd ganddo ddim byd arall penodol i'w ofyn, safodd Daf a chamu at y drws.

'Hei, ti'm yn codi dy beth marjarîn?'

'Dwi'n anfodlon plygu er mwyn i ti gael fy nyrnu fi pan dwi'n troi fy nghefn.'

'Dim dyn fel'na ydw i.'

'Eto, wnest ti 'nghuro i a DC Toscano, a'i sgaldio fo, a ti newydd ddisgrifio treisio corff marw fel petai Sleeping Beauty yn cael sws gan Prince Charming. Dwi'n gwybod nad wyt ti'n iach, a dwi'n gobeithio y cei di driniaeth, ond mae'n rhaid i ti ddeall fod canlyniadau i'r hyn ti'n dewis ei wneud.'

Agorodd drws y gell a daeth dau ddyn i mewn, un tal a siriol, ac un bychan gwyliadwrus.

'Rŵan 'ta, washi,' meddai'r un tal, 'ti'n dod am dro efo ni.'

'Dwi angen brecwast a chyfle i eillio,' atebodd Hughes yn swta.

'Gwranda'r cocyn, dim dreifars bysys Caelloi ydan ni. I'r carchar ti'n mynd, dim i Bytlins.'

A dyna oedd yr olwg olaf gafodd Daf o Alun Hughes,

Eithnog, yn cerdded yn fud ac yn drwm rhwng y dynion. Diwrnod o waith fel pob diwrnod arall oedd o i'r swyddogion, ond roedd yn newid enfawr i'r ffermwr.

Yn anffodus, wrth i'r fan fawr adael y maes parcio, gyrrodd pic-yp coch i mewn. O ganlyniad, roedd Owain Bronwylfa wedi cynhyrfu'n lân erbyn iddo gyrraedd cyntedd gorsaf yr heddlu.

'Oedd Alun dros y nant yn y fan 'na?' gofynnodd. Wedyn, sylwodd ar Toscano. 'Sut wyt ti heddiw? Slaying the lashes.'

'Dwi'n iawn. O'n i ddim yn disgwyl i ti ddod i mewn – mi fyse galwad ffôn wedi bod yn ddigon.'

'Ie, ond dydi Bronwylfa ddim y lle mwya *relaxing* heddiw. Mae Mam wedi mynd yn hollol *mental* ar ôl mynd i weld y trefnydd priodase ddoe. Melissa... 'sen i'n falch iawn o gael y ffasiwn Mel ar fy mysedd, fel petai.' Gwenodd Owain yn slebogaidd. 'Beth bynnag, ddwedodd Melissa yr Hottie wrthi nad oes ceiniog i'w chael yn ôl gan y siwrans, felly mae Mam yn mynd yn *psycho* go iawn. Roedd hi'n stelcio o gwmpas drwy'r nos neithiwr.'

'Ble mae dy dad yn hyn i gyd?'

'Cuddio yn rhywle. Go aml, mae o'n cuddio yn y goedwig nes i'r storm basio.'

'Beth bynnag, ddwedest ti rwbeth wrth DC Toscano neithiwr am ryw lun?' gofynnodd Sheila. 'Dyna pam ti yma?'

'Ie.'

'Ty'd i fy swyddfa fi,' cynigiodd Daf, a'r eiliad y caeodd y drws, dechreuodd Owain ar ei hanes.

'Ar ôl holl ddigwyddiade ddoe, ydech chi'n dal i chwilio am stwff am Rose?'

'Bendant, còg.'

'Wel, mae hyn yn hynod. Mi oedd Rose o gwmpas ardal Llanfyllin am flynyddoedd, ymhell cyn iddi ddod i Bencoed. Ond ryw dair blynedd yn ôl – ar ôl Covid, tra oedd Rhi i ffwrdd yn Llundain, o'n i'n potsian yn y blanhigfa pan weles i Rose yn cerdded ar ochr arall y nant efo hen foi, yn ei wythdege cynnar, falle, ond roedd o'n edrych yn go gryf a sionc. Doedd dim dowt mai ei thad hi oedd o. Ar ôl i mi godi llaw arnyn nhw a dweud helô, mi wahoddes i nhw dros y sarn a gawson ni sgwrs reit ddifyr. Ffermwr oedd o, yn rhywle roedden nhw'n ei alw'n Zim, yn Affrica. Mi ofynnes i oedd gan Rose frawd i gymryd y fferm ond mi esboniodd o rwbeth am lywodraeth newydd yn ceisio cael gwared o'r ffermwyr. 'Den ni i gyd yn dweud hynny weithie, Mistar Dafis, felly wnes i ddim gwrando llawer. Beth bynnag, ges i sioc chydig yn ôl pan weles i lun o dad Rose ar y newyddion, yn ysgwyd llaw efo Donald Trump.'

'Yng nghanol ffermwyr o Dde Affrica?' gofynnodd Daf.

'Sut wnest ti ddyfalu hynny, Mistar Dafis? Ti'n siarp, sobor.'

'Dwi wedi bod yn gweithio o ben arall y pos, a rŵan 'den ni bron yna.'

'Ond dim un o Dde Affrica oedd tad Rose,' mwmialodd Toscano, drwy ei gadachau. 'Un o Zimbabwe oedd o.'

'Dwi wedi darllen chydig am yr hanes,' meddai Daf. 'A dyma dwi'n tybio ddigwyddodd. Roedd yn rhaid i dad Rose adael Zimbabwe oherwydd y rheolau newydd ynglŷn â phwy oedd yn gallu bod yn berchen ar ffermydd. Aeth o i Dde Affrica, a phan glywodd o fod Trump yn croesawu 'ffoaduriaid' gwyn o Dde Affrica, penderfynodd gymryd y cynnig. Mi fyse fo angen dogfennau i brofi ei fod o'n cael ei orthrymu, ond dwi'n siŵr ei bod yn bosib creu pethe felly. Dwi'n ame mai jôc gan Rose oedd dewis yr enw Matthew Hopkins iddo fo – enw dyn oedd yn erlid gwrachod ganrifoedd yn ôl. Ar hyn o bryd, mae 'na ddyn o'r enw Matthew Hopkins yn cael triniaeth gostus iawn mewn ysbyty yn Miami, Florida, a dwi'n mynd i wneud un alwad ffôn i gadarnhau mai tad Rose ydi hwnnw.'

'I Jehu CashHelp?' gofynnodd Sheila. 'Siarades i efo fo tra oeddet ti'n sgwrsio efo Alun Hughes. Mae o wedi cadarnhau ei fod yn trosglwyddo pres dramor ar ran Rose, i dalu biliau am driniaeth canser mewn ysbyty efo enw rhyfedd. Roedd o'n cael arian parod ganddi hi bob tro.'

'Ponce de Leon oedd yr ysbyty?'

'Ie – sut wyt ti'n gwybod hynny?'

'Dwi wedi bod yn siarad efo nhw dros nos. Dau beth 'den ni angen rŵan: llun o'r Matthew Hopkins sydd yn y clinig, a manylion y taliadau gan Jehu. Fetia i eu bod nhw'n cyd-fynd â'r anfonebau am y driniaeth.'

'Pam na wnaeth o aros yn Ne Affrica?' gofynnodd Owain yn ddryslyd. 'Mae gen i gwpwl o ffrindie sy 'di bod yno ac maen nhw'n canmol y lle i'r cymyle.'

'Os nad oedd tad Rose yn hapus yn Zimbabwe ar ôl i'r llywodraeth newydd yno ddod i rym, doedd o ddim yn debygol o fod yn hoff iawn o'r sefyllfa yn Ne Affrica chwaith. Fyse America o dan Trump yn ei siwtio fo'n lot gwell.'

'Dwi'm yn deall pethe fel'na,' cyfaddefodd Owain. 'Gyda llaw, Guy oedd ei enw fo. Guy Minton. Rhaid i mi fynd rŵan – mae Mam isie i mi bicio heibio Morris Marshall i ofyn all rhywun ddod allan i roi pris ar y tŷ.'

'Be? Ar gyfer benthyciad?'

'Mae hi'n sôn am werthu'r tŷ, ac mi fyse hithe a Dad yn symud i'r byngalo. Ga i fyw efo Lissa yn y garafán, medde hi. "Dyna ddymuniad dy galon, Owain Gethin", medde hi. Dwi erioed wedi'i gweld hi mor gas.'

'Pob lwc, còg, ac os alla i helpu unrhyw dro...'

Ysgydwodd law y dyn ifanc, a llwyddo i guddio'r ffaith ei fod o'n dylyfu gên. Yr eiliad y caeodd y drws ar ôl Owain, dwedodd Sheila, yn bendant,

'Cer yn syth adre i gysgu, neu fyddi di'n dda i ddim heno.'

'Wnei di siarad efo'r CPS ynglŷn ag Alun Hughes, a...'

'Bòs, bòs, ti 'di bod ar dy draed drwy'r nos fel dewin Interpol, yn datrys achosion ar dri chyfandir. Chawn ni ddim adroddiad ar ôl yr asesiad iechyd meddwl tan ganol wythnos nesa, felly cer adre.'

33

Pan ddeffrodd, roedd Daf yn gwybod yn syth ei fod o wedi cysgu drwy'r larwm roedd o wedi'i osod i ganu am bedwar y pnawn, neu ei fod heb ganu. Estynnodd am ei ffôn, ond roedd o wedi diflannu. Yn ei le roedd nodyn gan Gaenor: 'Wedi dwyn dy ffôn – roeddet ti angen cwsg go iawn.'

Baglodd i lawr y staer, ac ar y cloc yn y gegin, gwelodd ei bod bron yn chwech o'r gloch. Roedd y gegin yn dawel ond roedd swper ar y bwrdd, a nodyn mawr yn llawysgrifen Mali:

'Pawb i helpu ei hun. Dadi, plis cer i jecio ar Tinc.'

Ar y bwrdd, rhwng y salad gellyg a stilton a'r quiche, roedd ffôn Daf, wedi'i wefru'n llawn. Ffoniodd Gaenor yn syth, ond chafodd o ddim ateb. Roedd tair neges ganddi.

'Mae Mals, Carys, Glo a finne wedi mynd i Neuadd: Netta wedi llogi Sawna Symudol a Sba Symudol. Dim syniad pryd fyddwn ni adre.'

'Mae Siôn yn dod i Hengwrt ar ôl ei sawna. Mae 'na ddigonedd o fwyd i bawb.'

'Sori am y ffôn ond roeddet ti angen seibiant cyn heno. John yn gofyn i ti ddod i fyny i Neuadd nes ymlaen.'

Roedd yn rhaid i Daf gyfaddef ei fod o'n falch o'r cyfnod tawel, llesol rhwng yr achos a bwrlwm y briodas. Bwytaodd yn araf, yn mwynhau'r mudandod. Aeth i weld Tinciwinci, a phan oedd hi'n hollol hapus, setlodd Daf ar y fainc o dan y rhosod a thynnu'i ffôn o'i boced. Y peth cyntaf welodd o oedd dolen gan Sheila i erthygl yn y *Guardian* o dan y pennawd 'Dual citizens, a black and white case?'.

I ddechrau, doedd Daf ddim yn gweld bod y darn yn

berthnasol, oherwydd y prif ffocws oedd achos Shamima Begum, y Briodferch ISIS a gollodd ei dinasyddiaeth Brydeinig. Ond roedd yr awdur yn awyddus i gymharu achos Begum ag achos arall – hen ffermwr o Zimbabwe oedd wedi saethu bachgen yn ystod digwyddiad roedd y ffermwr yn ei ddisgrifio fel 'ymosodiad arfog'. Yn ôl yr awdur, roedd gan Guy Minton ddinasyddiaeth Zimbabwe, felly doedd dim rheswm o gwbl i Brydain groesawu dyn nad oedd wedi byw yn y wlad erioed. Roedd y frawddeg olaf yn esbonio cymaint:

'It might be that the government of Zimbabwe, a nation which recently abolished the death penalty, would be glad to avoid the contentious public trial of an old white man who shot a young black boy, but Guy Minton should not be given treatment any different to that meted out to Shamima Begum. The eyes of the world will ask how fairly this dual citizenship rule will be deployed, and if Guy Minton is welcomed, all honest people should protest this disgrace.'

Erbyn iddo orffen darllen, roedd ei ffôn wedi tincial sawl gwaith. Daeth y neges gyntaf gan Toscano: 'Ti wastad wedi dweud bod gen i groen trwchus, bòs! Yr ysbyty yn hapus iawn. Gobeithio bydd bob dim yn berffaith fory.'

Roedd neges hefyd gan Laura, y PCSO, yn pasio neges o'r carchar gan Alun Hughes i Owain Gethin. 'Cadw lygad barcud ar 652, achos mae un o'i phedreiniau wedi chwyddo braidd. Hefyd, bydd yn ofalus iawn efo unrhyw fath o dân, achos mae'r lle cyfan yn sych fel carthen.'

Gyrrodd Daf neges i Rhodri: 'Paid bod yn goc oen heno, plis.'

Ffoniodd Chrissie Berllan.

'Unrhyw ypdet am gynllunie heno, Chrissie?'

Roedd ei chwerthiniad yn adfywiol, fel arfer. 'Ti'n nabod fi'n well na hynna, Daf Dafis. Dwi byth yn cario clecs.'

'Ydi Rob o gwmpas?'

'Wrth gwrs dydi o ddim.'

'Be maen nhw'n mynd i'w wneud?'

'Dydyn nhw ddim yn rhannu cyfrinache efo hen leidi fel fi.'

'Ydi Rob wedi mynd ag unrhyw beth efo fo... arfau, neu beirianwaith?'

'Wrth gwrs.'

'Pa fath o bethe? Dwi'm isie sbwylio hwyl neb, ond rhaid cadw rhyw fath o drefn. Mi fyse John yn amddiffyn Neuadd efo arfau niwclear tase fo'n gallu cael gafael ar rai, ac mae Belle yn gandryll cyn i unrhyw beth ddigwydd.'

'Aeth o o'ma dros awr yn ôl efo morthwyl, llwyth o glud, chwe bocs enfawr ddaeth yma o Amazon ganol yr wythnos, pedwar tarpolin a thrawfforch.'

'Be sydd yn y bocsys?'

'Dim syniad. Gad lonydd iddyn nhw – does ganddyn nhw dim llif gadwyn na Jac Codi Baw. Fel ddwedodd yr hen Dr Pepper, "what's the worst that can happen?"'

'Mae tarpolin a glud yn swnio'n anfad iawn i mi, ond i be yn y byd maen nhw isie trawfforch?'

Anwybyddodd Chrissie y cwestiwn. 'Ddylet ti dynnu dy ddillad a neidio i'r sawna 'na, i chwysu'r holl ofidie o dy gorff.'

Camgymeriad oedd ffonio Chrissie: roedd y manylion yn gwaethygu'r pryder. Crwydrodd yn ôl i'r gegin i weld bod Siôn wedi cyrraedd, yn sgleinio fel petai rhywun wedi rhoi farnais arno. Efo fo roedd Garmon, cariad Carys. Roedd yn braf eu gweld nhw, ac yn brafiach byth cael sgwrs dawel efo nhw. Eisteddodd y tri wrth y bwrdd, yn mwynhau'r llonydd, y cwmni a'r cwrw – y stwff dialcohol i Daf – wrth feddwl am y noson i ddod.

'Be am Cherubino, hei, còg?'

'Dwi mor prowd, Daf, ac mae hi wir yn haeddu'r rhan,' atebodd Garmon.

'Sut mae hyn yn effeithio ar y cynllunie?' gofynnodd Siôn.

Cododd Garmon ei ysgwyddau. 'Fwriodd hi mlaen efo'r profion gwaed, ond fedrwn ni ddim dechra nes i'r tymor orffen, felly mae siawns i Belle a chditha ennill y ras.'

'Mi fydden nhw'n tyfu i fyny efo'i gilydd beth bynnag.'

'Eto,' ychwanegodd Garmon, 'ar ôl be ddeudodd Carys am Rhodri a'i gariad newydd, mi allan nhw wibio heibio i ni i gyd.'

'Am be dech chi'n sôn, cogie?' gofynnodd Daf, wedi drysu'n lân.

'Ti'n barod i fod yn daid, Daf?' heriodd Siôn, ei wyneb golygus yn disgleirio â hapusrwydd. 'Achos dyna be sy'n digwydd bore fory. Mae'r gwn cychwyn yn cael ei danio.'

''Dan ni'n mynd i aros am chydig, oherwydd y busnes Cherubino, ond 'dan ninna o ddifri hefyd. Aeth Cars i mewn jecio'i lefelau haearn a ballu.'

'A statws rwbela, paid ag anghofio hynny,' ategodd Siôn.

'Ddwedodd dy dad rwbeth, Siôn. Blydi hel, cogie, dwi mor falch.'

''Dan ni ddim wedi llwyddo eto, Daf,' rhybuddiodd Garmon. 'Paid ag ecseitio gormod!'

'A cofia, fyddwn ni'n galw arnat ti a Mam i warchod yn ddi-stop,' ychwanegodd Siôn.

Roedd calon Daf yn curo mor galed, roedd yn teimlo fel petai ar fin neidio allan o'i frest. Anghofiodd am y lol efo Rhodri, a drygioni'r briodas – roedd dyfodol llawn cariad o'u blaenau nhw i gyd.

Awr yn ddiweddarach roedd Daf yn sefyll wrth ochr John ger y marcî.

'Reit braf fyny fan hyn, yn tydi? Ti 'di clywed hanes y macarons? A'r blodau trilliw ar ddeg?'

'Dwi wedi dilyn pob troad yn yr hanesion i gyd.'

'Ti 'di cael go yn y sawna? O'n i'm yn meddwl y byse fo'n fy siwtio fi, ond es i mewn efo Doris ac roedd o'n *relaxing* iawn.'

'Fetia i fod tithe a Doris wedi *ymlacio* yn y sawna!'

'Dim byd tebyg,' mwmialodd John, wedi cochi ond hefyd yn falch. 'Be ti 'di glywed am y nonsens heno?'

'Dim byd anfad. O be dwi wedi'i ddysgu, mae pethe'n fwy tebygol o fod yn llawn comedi na dinistr.'

'Mae gan Rob Berllan fynediad i rai o dractors mwya'r sir, efo'i swydd o. Petai...'

'Dwi ddim yn disgwyl dim byd anfad, wir i ti.'

'Ti 'di cwrdd â Leo?' gofynnodd John, gan dywys Daf i gyfeiriad dyn tal oedd yn edrych dros y tirlun efo telesgop bychan. 'Leo, this is my brother-in-law, Dafydd Dafis, the senior policeman in the area. Leo is in charge of our security deployment.'

'Not the easiest terrain to hold down,' atebodd y dyn diogelwch wrth wasgu llaw Daf nes roedd o'n poeni am ei fysedd. 'Lucky we've got a couple of old Balkan hands with us. Right up their street.'

'Glad to hear it.'

'Rhaid i ni wneud cylch o gwmpas y safle. Ty'd, Dafydd.'

'Pobol oedd yn ymladd yn Rhyfel Cartref Iwgoslafia? Ty'd 'laen, John,' meddai Daf pan oedden nhw allan o glyw Leo.

'Syniad Belle.'

Efo'i gilydd, cerddodd y dynion o gwmpas. Roedd dipyn o waith yn dal i gael ei wneud – roedd dyn ifanc efo gordd yn codi polyn i ddal arwydd mawr oedd yn dweud 'Mr & Mrs Jones'. Roedd ffens drwchus, uchel ger y marcî, ac edrychodd Daf mewn rhyfeddod arni.

'I atal y sain,' esboniodd John. 'Pethe swnllyd ydi jennis. Sobor.'

'Dwi erioed wedi gweld cymaint o bynting.'

'Na finne. Mae Siôn yn meddwl bod 'na dros ddeng milltir dros y safle i gyd.'

Wrth iddyn nhw droi'r gornel i weld yr olygfa odidog o'u blaenau, chwibanodd Daf.

'Mae hyn yn curo popeth, John.'

'Yn tydi o? Ac ar noson mor braf. Fydd hi'n tywyllu cyn hir, a bore fory, fyddwn ni'n dweud wrth ddau o bobol ifanc sbesial faint 'den ni'n eu gwerthfawrogi nhw.'

'A John, jyst er gwybodaeth, dwi wedi clywed am hanes priodas Fraithwen ers talwm. Wnest ti dorri planhigfa gyfan er mwyn rhoi'r boncyffion i gyd dros yr wtra. Ti beintiodd Landi Ffosydd yn binc. Ti wnaeth ddwyn grid gwartheg Rhydyrabad. Ti...'

'Ocê, ocê, ond mae o'n wahanol y tro yma. Mae Belle a Siôn yn wahanol.'

'Ond paid â barnu pobol am wneud yn union be wnest ti yn dy lasoed, hei?'

Dechreuodd Daf guro John yn frawdol ar ei gefn, ond oedodd yn sydyn.

'Rhosa di am eiliad, John. I ba gyfeiriad 'den ni'n wynebu fan hyn?'

'I'r gogledd. Gwynt yn brathu fan hyn yn y gaea, dwi'n dweud wrthat ti.'

'Ond mae'r cymyle... maen nhw'n goch draw fan'cw.'

'Ochr arall mae'r machlud.'

'Ydi'r binocs gen ti, John?'

'Byth hebddyn nhw.'

Drwy'r lensys, chwiliodd Daf am ffynhonnell y golau hynod. Roedd y tir yn cuddio sawl pant a chwm bach, felly doedd hi ddim yn dasg hawdd.

'Ti'n gallu gweld rhwbeth?' gofynnodd, gan roi'r binocwlars yn ôl i John.

Yn sydyn, llyfodd tafod melyngoch i fyny o'r gwyrddni.

'Mae Eithnog ar dân!'

34

Roedd y galwadau ffôn wedi dechrau dod cyn iddo gyrraedd buarth Neuadd. Sheila oedd y gyntaf.

'Newydd glywed gan y Frigâd Dân. Eithnog.'

'Wela i di yno. Gofyn i Owain a George ddod draw i helpu efo'r stoc.'

'Mi wna i.'

'Mae cwpwl o fois tân Llanfair yn brysur efo'r drygioni – dwi wir yn gobeithio eu bod nhw wedi mynd â'u *pagers* efo nhw.'

'Neu maen nhw wedi bwcio'r noson i ffwrdd,' awgrymodd Sheila.

'Be mae'r bois tân yn ddweud?'

'Maen nhw wedi datgan Major Incident. Maen nhw'n sôn am alw'r Chinooks o RAF Fali.'

'Blydi hel. Oes rhywun wedi ffonio'r tŷ?'

'Dim ateb yno, na draw ym Mronwylfa.'

'Oes cynllun i wacáu wyth mil o ieir?'

'Mi wna i ymholiadau.'

Gyrrodd Daf mor gyflym â phosib, gan geisio ateb galwadau ar system y car wrth fynd. Ar ôl iddo droi i'r lonydd cul, roedd blas dychrynllyd yn yr awyr a lifai drwy'r ffenest agored, ac roedd sŵn sawl seiren i'w clywed, yn bell ac agos. Pan gyrhaeddodd gopa'r rhiw, lle'r oedd modd gweld Cwm Elain i gyd, roedd yr olygfa o'i flaen yn hynod. O'r hyn y gallai ei weld drwy'r mwg, roedd ochr Bronwylfa yn dal yn wyrdd. Efo'r binocwlars roedd o wedi cael eu benthyg gan John, gallai weld Lissa yn gyrru gwartheg Eithnog draw i ddolydd diogel. Ger y sied ieir safai ugain o lorris, ei llwyfannau dadlwytho i lawr, yn barod i dderbyn y stoc. Ond ar ochr Eithnog, welai Daf ddim byd ond mwg a fflamau. Caeodd ffenestri'r car a gyrrodd ymlaen, ond cafodd ei stopio ar ôl dau funud gan Mart, aelod ffyddlon o griw Brigâd Dân Llanfair Caereinion.

'Sori Daf, chaiff neb fynd yn bellach na hyn heb beiriant anadlu.'

'Ond dwi 'di bod yn gweithio ar achos efo'r bobol yma. Mae 'na ddynes ifanc ddall yno.'

'Ryw ddeng munud yn ôl mi ffrwydrodd y tanc olew. Allwn ni ddim gwneud dim byd am y tŷ, na'r buarth. Ceisio rheoli be sy'n mynd ymlaen efo'r goedwig 'den ni.'

'Ffwcio'r goedwig. Mae dwy ddynes yno.'

'Daf, does dim byd alli di wneud yr ochr yma. Mi fyset ti ar dân cyn hyd yn oed gweld y tŷ. Dwi erioed wedi gweld unrhyw beth tebyg. Cer draw i ochr arall y nant i geisio helpu'r bobol ifanc efo'r anifeiliaid.'

Dechreuodd Daf gysylltu ag aelodau ei dîm i rannu cyngor Mart. Hyd yn oed wrth yrru oddi wrth y tân, roedd o'n bresenoldeb cryf oherwydd y cymylau gwaedlyd a welai drwy ei ddrych ôl, y gwres dwfn yn ei ffroenau, ac arogl y mwg. Erbyn hyn roedd yr haul wedi diflannu, a'r mwg yn cuddio'r sêr. O'r rhiw uwchben Bronwylfa, dechreuodd Daf ddeall pam roedd Mart wedi'i droi yn ôl. Roedd fel petai llen sidan goch wedi'i hymestyn dros y cwm. Ar y dolydd safai tair injan dân, yn llenwi'u tanciau â dyfroedd prin y nant. Aeth Daf i lawr i'r sied.

Roedd dyn tal, cyfarwydd, wrthi'n trefnu pethau yno: Tom Francis. Roedd ei ffôn wrth ei glust wrth iddo siarad efo'i wraig.

'Gwna'n siŵr fod sied Tanybryn wedi'i diheintio, wnei di, cariad? Dwi'n gwybod ei bod hi'n wag achos tydyn nhw ddim yn disgwyl y cywion newydd tan ddydd Mercher. Paid â gofyn, jyst dweud wrthyn nhw. Ganddon ni ddigon o le i gant o ddefaid Eithnog. Gofyn all Pantypentre odro shifft arall fory, ond yn y bore.' Cododd Tom law ar Daf, ac ar ôl gorffen ei alwad, galwodd draw ar Owain. 'Ben bore, ty'd draw acw ac mi wnawn ni gofnod symud, o ryw siort.' Canodd ei ffôn eto. 'I've asked you to ring me because you're going to come up to Cwm Elain now and transport some sheep to my place... No, I am not asking for a favour, but if you want me to, I can remind you that your business is entirely dependent on the goodwill of the Welshpool Smithfield, where I am a Director... You can do better than that. An hour.'

Camodd Owain draw at Daf.

'Am *shit show*, Mr Dafis. Rhaid i mi fynd. Dwi'n symud y defaid fyny, yn bellach o'r gwres. Gyda llaw, wnei di ddweud wrth y dynion tân fod ganddon ni dancie dŵr mawr o dan y sied, a bod croeso iddyn nhw...'

Tawelodd Owain pan lenwodd y cwm â sŵn hofrennydd mawr efo dau rotor. Yn hongian oddi tano roedd pwced enfawr, maint bws. Croesodd yr hofrennydd y cwm mewn eiliadau a gollwng y dŵr dros waelod y goedwig, ger y llidiart oedd yn arwain i safle adeiladu'r sied. Roedd sŵn hisian uchel, ac yng nghanol y mwg gwelodd Daf gymylau gwelw o ager. Wedyn cododd yr hofrennydd a hedfan mewn cylch mawr uwchben y mwg, gan atgoffa Daf o'r eryrod yn ffilmiau *Lord of the Rings*.

Daeth y sŵn eto, a chwiliodd pawb yr awyr am yr ail hofrennydd. Roedd rhywbeth goruwchnaturiol amdanyn nhw, yn hedfan i mewn fel angylion llafurus, ac roedd y bobol ger y sied wedi'u swyno.

Doedd y tân ddim yn edrych fel petai'n lledaenu i fyny i'r gwyddallt, ond roedd y gwres yn dal yn llethol. Agorodd Lissa y drws mawr oedd ar ochr Eithnog o'r sied, ond yn hytrach na rhyddhau'r ieir i'r llannerch, symudodd nhw fesul grŵp, efo help rhai o'r bobol gyfagos, i gyfeiriad y lorris oedd yn drewi o arogl diheintydd. Tra oedd rhai o'r lorris yn llenwi â ieir, roedd pobol yn gosod gwellt ar lawr rhai eraill, a chyn hir, dechreuodd rhai ohonynt adael y fferm.

'Maen nhw wedi diheintio yn Nhanybryn ac mae 'na dîm yno i helpu i'w dadlwytho nhw,' meddai Tom wrth un o'r gyrwyr. 'Dwi'm yn meddwl ein bod ni angen i ti wneud taith arall efo'r ieir, ond os oes gen ti amser i lanhau'r tryc a dod yn ôl yn go sydyn, mae ganddon ni'r gwartheg a'r defaid angen eu sortio.'

'Tom,' meddai Daf, wrth wylio'r lorris yn dringo'r rhiw, 'mae hyn yn wyrthiol.'

'Dipyn o drefn, cymdogion da a chwpwl o bobol i ddweud be 'di be, a 'den ni'n sownd.' Roedd ei ddannedd, oedd ddim fel arfer yn edrych yn wyn, yn sgleinio yn ei wyneb budr.

Ar ôl llwytho'r ieir olaf, brysiodd Lissa draw at Daf. Roedd ei hwyneb hithau hefyd yn ddu, ond drwy'r baw gwelodd Daf fod ganddi glais ar ei gwefus.

'Ti 'di brifo, lodes.'

'Dim byd mawr. Y Misus roddodd glatsh i mi.' Wedyn, ychwanegodd mewn llais tawel, 'hi wnaeth.'

'Be?'

'O'n i bron â gorffen godro draw yn Eithnog. Ows oedd yn golchi a finne'n gollwng, a pan o'n i ar fy ffordd yn ôl mi weles i hi, Lona, yn agor drws stafell haul Eithnog o'r tu mewn. Roedd hi'n plygu i lawr, a'r peth nesa weles i oedd y fflame, a hithe'n rhedeg i ffwrdd nerth ei thraed. Mi waeddes i, a rhedeg i mewn i'r parlwr godro i nôl Owain. Aethon ni i fyny at y tŷ, a ffeindio bod y drysau i gyd wedi'u cloi, o'r tu mewn. Llwyddodd Owain i dorri ffenest y parlwr ond erbyn hynny roedd y carped a'r dodrefn ar dân.'

'Ble oedd Rhiain a Heather?'

'Wedi mynd i'r gwely, mwy na thebyg. Maen nhw'n cadw orie cynnar yno.'

'Mae hynny'n gynnar iawn, lodes...'

'Roedden ni'n hwyr yn godro, rhwng popeth. Roedd hi ar ôl naw. Ac roedden nhw wastad yn rhy flinedig i helpu ar y buarth.'

'Os oedd y drysau i gyd wedi'u cloi, sut aeth Lona i mewn? Heb sôn am ddod allan?'

'Doedden nhw ddim yn arfer cloi drws y stafell haul. Dwi'n meddwl ei bod hi wedi sleifio i mewn tra oedden ni yn y parlwr godro, a gosod y tân rhwng y merched a'r unig ddrws oedd ar agor.'

'Ble mae George?'

'Dim syniad. Doedd o ddim adre ym Mronwylfa.'

'A be am Lona?'

'Tua pedwar, roedd hi'n dweud ei bod hi'n mynd i gael diod efo hen ffrindie fyny yn y Lakes. Felly roedd yn sioc ei gweld hi'n dod allan o dŷ Eithnog gynne. Ar ôl gweld y tân, roedd Ows a finne'n trio sortio pethe felly weles i ddim ble aeth hi wedyn.'

Wnaeth Daf ddim holi mwy gan fod sŵn y Chinooks uwch eu pennau'n fyddarol. Cymerodd y cyfle i yrru neges i Mart o'r criw tân i adael iddo wybod am y gronfa ddŵr oddi tan sied ieir Bronwylfa, ac ar ôl i'r hofrenyddion basio, bwriodd ymlaen efo Lissa.

'Ond yn hytrach na mynd i fyny i'r Lakes, ddaeth Lona draw i Eithnog?'

'Edrych yn debyg,' cytunodd y ferch. 'Mae hi wedi bod yn ffyrnig ers ddoe, ar ôl iddi siarad efo'r bobol siwrans. Dynnodd hi holl luniau George oddi ar waliau'r swyddfa, er mwyn ceisio gwneud i'r lle yn edrych yn fwy normal, medde hi, cyn i'r asiant ddod i roi pris ar y lle.' Oedodd Lissa am eiliad. 'Dwi erioed wedi'i gweld hi fel hyn o'r blaen. Mae Ows a George wedi, medde Ows, ond dwi ddim.'

'A does gen ti ddim syniad ble mae hi rŵan?'

'Na.'

'Na George chwaith?'

'Mae o'n mynd weithie i hen guddfan yn y goedwig, pan mae o isie llonydd.'

'Ble yn union mae'r guddfan 'ma?'

'Ti'n mynd i fyny wtra Pencoed, a phan ti'n cyrraedd y tro pedol, ti'n mynd yn syth ymlaen yn lle dilyn yr wtra.'

Erbyn hyn, roedd mwy o stêm nag o fwg ar ochr arall y nant. Yn ofalus, bron yn betrusgar, symudodd dwy injan dân dros y nant, a dan arweinyddiaeth Lissa, dechreuodd y swyddogion tân lenwi'u tanciau. Yn y gwyll, roedd gwawr goch yn dal i amgylchynu tŷ Eithnog.

'Bòs,' gofynnodd Sheila, oedd newydd gyrraedd, 'be ddiawl wyt ti'n wneud fan hyn rŵan? Mae Tom yn trefnu'r stoc, y bois tân yn delio efo'r tân, a fi sy'n rheoli Tom. Cer adre.'

'Ond...' mentrodd Daf, ac ailadrodd y stori gafodd o gan Lissa.

Rhwbiodd Sheila ei thalcen â chledr ei llaw. 'Mi wna i yrru rhywun i'r guddfan rhag ofn,' meddai, 'ond, yn anffodus, dwi bron yn sicr 'mod i'n gwybod ble oedd George.'

'A finne,' cytunodd Daf. 'Roedd ei wraig o wedi mynd allan am y noson, Alun dan glo, a Rhiain yn ei gwely'n gynnar. Yng ngwely Heather oedd George.'

'Debyg iawn.'

'Rhaid i mi gael gair efo'r còg, wedyn mi wna i bicio adre.'

Ar fuarth Bronwylfa, roedd Owain yn cloi cefn lorri stoc.

'Mae Tom Francis wedi bod yn anhygoel,' meddai. 'Hwn ydi'r llwyth olaf o ddefaid sydd angen mynd. A' i â'r gweddill i'r topie.'

'Noson heriol iawn. Cer i nôl Lissa a cer i'r gwely – mi fydd llwyth o waith i'w wneud bore fory.'

Tawelodd Owain, wrth syllu ar y golau coch ar gefn y lorri.

'Hi wnaeth, Mistar Dafis. Mam. Mae hi 'di bod yn bygwth ac yn bygwth, yn beio Rhi am bob dim. Trefniant sim-sam oedd o wedi'r cyfan – y briodas – ac roedd marwolaeth Rose yn ddigon i'w chwalu.'

'Oes gen ti syniad ble all dy dad fod?'

'Llofft Heather dros y nant, dwi'n tybio. Os felly, mae o wedi mynd efo nhw.' Yn ara deg, trodd i edrych drosodd at Eithnog. ''Den ni wedi gwneud ewyllysie, Rhi a finne, rhag ofn i rwbeth ddigwydd i un ohonon ni. Felly, gan fod Al yn y carchar, fi sy'n rheoli'r cwbwl lot. A be ydi'r etifeddiaeth? Cwm llawn mwg a lludw.'

Er gwaetha'r mwg yn ei ysgyfaint a'r haen o lwch oedd drosto, roedd yn rhaid i Daf gadw ei addewid i John Neuadd drwy fynd o gwmpas tafarndai Llanfair Caereinion i chwilio am unrhyw dystiolaeth o ddrygioni. Erbyn iddo gyrraedd roedd yr Afr wedi cau, a doedd neb yn y Llew Coch wedi gweld unrhyw beth anarferol chwaith. Roedd hi'n dawel yn y Llew Du hefyd, ond roedd dyn main yn ei saithdegau cynnar yn eistedd ar stôl uchel wrth y bar, yn syllu ar botel o lager dialcohol fel petai ar fin llefain. Roedd o wedi'i wisgo'n rhyfeddol o ffurfiol, o ystyried y lleoliad, mewn siaced hir ddu a chrys gwyn â ffrils mawr o gwmpas ei wddw, ac roedd cleddyf mawr yn pwyso ar y bar wrth ei ochr. Roedd ei wyneb yn gyfarwydd, ond serch hynny, allai Daf ddim meddwl pwy oedd o.

'Noson braf am beint tawel,' meddai Daf wrtho gyda gwên.

'Na, Arolygydd Dafis,' atebodd y dyn, mewn llais oer, 'tydi hi ddim. Mi fyse'n llawer gwell gen i fod adre nag yma, yn gwneud dy waith di.'

'Sut hynny?'

'Achos ar ôl i ti fynd i Gwm Elain, galwodd John Neuadd arna i. Roedd o'n poeni na fyddai neb yn y dre 'ma i gydlynu'r ymateb i unrhyw drafferthion yn ymwneud â phriodas ei fab. Ro'n i'n digwydd bod yn rhoi araith ar ôl swper mewn digwyddiad go ffurfiol yn Nhrefaldwyn a ges i fy herwgipio oddi yno, bron, gan John, oedd yn mynnu mai fy nghyfrifoldeb i, fel Uchel Siryf, ydi cadw heddwch dros y sir gyfan. Roedd hi'n haws cytuno na thynnu'n groes, o nabod John.'

Roedd yn rhaid i Daf lyncu chwerthiniad cyn siarad.

'Wel, diolch yn fawr am eich cymorth, syr. Does dim rhaid i chi aros – mi gadwa i lygad barcud ar y dre rŵan.'

Wrth droi i mewn i fuarth Hengwrt, gwelodd Daf yr olygfa fwyaf abswrd ac annwyl erioed. O flaen y tŷ safai chwech o ddynion ifanc yn gwisgo siwtiau dinosor enfawr, lliwgar, pob un dros ddeg troedfedd o dop eu pennau mawr hyll i'w traed trymion.

Roedd ffenest llofft Mali ar agor, ac yn sefyll ynddi roedd Siôn, yn chwerthin yn uchel. Ar ôl iddo ddiffodd injan ei gar, sylweddolodd Daf pam roedden nhw angen y drawfforch – roedd y dinosoriaid i gyd yn canu plygain, er mai mis Awst oedd hi. Roedd goleuadau cynnes y tŷ yn goleuo'r olygfa, a chwarddodd Daf wrth wylio breichiau bach rwber y creaduriaid yn chwifio'n ddibwrpas wrth iddyn nhw ganu. Wrth weld Daf, galwodd un neu ddau 'Noswaith dda, Mr Dafis!' cyn dychwelyd at 'Ar Gyfer Heddiw'r Bore'. Roedd y cyfuniad o'r siwtiau mawr oedd, mwy na thebyg, wedi dod o Tsieina, a'r alawon traddodiadol Cymreig yn hynod, ond eto'n hyfryd o addas fel teyrnged i Siôn ar drothwy ei briodas.

Neidiodd Daf i'r gawod yn syth, rhag ofn i oglau'r mwg ddychryn Mali, ond pan gyrhaeddodd ei lofft, dim ond Gaenor oedd yno.

'Ble mae Mals?'

'Mi wnaeth hi ymddwyn mor aeddfed tra oedden ni i gyd yn y sawna, mae Belle wedi'i gwahodd hi i'r *pre's* – heb alcohol, wrth gwrs. Mi oedd hi mor falch o gael ymuno efo'r morwynion mawr.'

'Welest ti'r dinosoriaid?'

'Erioed wedi gweld dim byd mor ciwt. Ydyn nhw'n dal yna?'

'Newydd ddechrau 'Clychau Bethlehem'. Hyn fydd y cyfan, ti'n meddwl?'

'Beryg ddim. Maen nhw wedi cael benthyg fforclifft gan Mair, ac mae Glo yn y mics yn rhywle.'

'Wel, alla i ddim ymdopi efo unrhyw beth arall cyffrous heno.'

'Ti'n siŵr?'

Y bore wedyn, roedd y bobol ifanc wrth eu boddau yn gweld bod y dinosoriaid wedi mynd yn feiral ar TikTok, Insta a YouTube. Ar y lôn, y tu allan i'r tŷ, roedd rhywun efo gwir dalent artistig wedi defnyddio chwistrell defaid i greu llun o faneg baffio. O dan y faneg roedd tri gair, mewn llythrennau enfawr: 'Siôn. Neuadd. Punching.' I Daf – er na ddylai neb, wrth gwrs, beintio graffiti ar eiddo'r Cyngor – roedd rhywbeth mor braf am y peth... yr hwyl o wneud drygioni traddodiadol heb sbwylio pethau.

'Ble mae Glo?' gofynnodd i Gaenor yn y gegin.

'Cysgu. Mi gafodd hi noson hwyr.'

'Doedd hi ddim yn un o'r dinosoriaid?'

'Na!'

Daeth cnoc ar y drws, a cherddodd pedwar o ddynion ifanc i mewn, pob un yn cario potel wahanol.

'Avengers Assemble yn Hengwrt!' gwaeddodd Aaron Rhosmorog, y gwas priodas. 'Sori, Gaenor, ond nid dy gartre di ydi hwn heddiw, ond Pencadlys Parti'r Priodfab! Ac mae gen i botel o Absinthe.'

'Cogie,' rhybuddiodd Daf, 'os dech chi'n dechre ar yr Absinthe rŵan, toc wedi wyth...'

'Na, peidiwch poeni, Mistar Dafis, 'den ni ddim yn yfed tan ar ôl brecwast,' galwodd un o'r lleill.

'Ffrei gynta, wedyn crempog, neu'r ffordd arall rownd, cogie?' gofynnodd Gaenor, efo winc.

'Faint o bobol ti'n ddisgwyl?' gofynnodd Daf tra oedd hi'n dechrau ffrio llond padell o facwn triog, hoff facwn Siôn. 'Ti fel taset ti'n porthi'r pum mil.'

'Rwbeth tebyg.'

'A ti wrth dy fodd yng nghanol yr holl ddynion ifanc, yn yfed ac yn fflyrtio efo ti?'

'Ydw.'

'Mi a' i o dy ffordd di, felly.'

'Na – ti angen aros fan hyn er mwyn rhoi dŵr yn eu diodydd nhw.'

'Wel, tra maen nhw'n bwyta, 'te, mi bicia i draw i Eithnog, jyst i weld sut mae pethe yno. Dwi'n addo bod adre cyn un ar ddeg.'

'Dim probs,' meddai Gaenor, cyn troi at y criw bechgyn. 'Rŵan 'te, dim ond bechgyn da sy'n cael trydydd rashyr...'

Roedd tamprwydd a mwg yn yr aer o gwmpas Cwm Elain, yn gymysg ag arogl tail ieir. Roedd arwyneb y ffordd at Eithnog wedi toddi mewn sawl lle, ac wrth iddo yrru'n araf at y tŷ cafodd gyfle i weld sut roedd y lle wedi newid.

Roedd oddeutu deg ar hugain o ddynion tân ger y tŷ, a mwy yn y goedwig, ac o gwmpas gweddillion y ffermdy roedd tâp argyfwng glas a gwyn, i amlinellu safle'r drosedd. Yno hefyd, yn edrych braidd yn anghyfforddus mewn bŵts trwm a gwasgod hi-vis, roedd Nev.

'Mae'r SOCOs ar eu ffordd, bòs. Ac mae dy ffrind Dr Mansel yn dod draw i wneud y ROLE.'

'Oes unrhyw un wedi bod yn y tŷ?'

'Dim eto. Mae'r bechgyn tân wedi gyrru drôns bach i mewn i geisio darganfod ydi hi'n saff i ni fynd yno.'

'Wir?'

'Ac maen nhw wedi darganfod olion dynol.'

'Faint?'

'Un mewn un llofft, dau yn y llall.'

Caeodd Daf ei lygaid am eiliad, gan feddwl am y llun bach yn y cerdyn Sant Folant. Tybed ai hwnnw oedd yr unig beth ar ôl o George Gethin?

'Falch o'ch gweld chi, Arolygydd Dafis,' meddai dyn oedd yn cerdded i fyny'r grisiau o'r buarth. ''Den ni wedi dod o hyd i rwbeth ddylech chi ei weld.' Estynnodd y dyn ei law at Daf. 'Swyddog Tân Dean Morgan.'

Ar ôl ysgwyd llaw Morgan, dilynodd Daf y swyddog o'r buarth, draw i'r safle adeiladu, wedyn i fyny wtra Pencoed. O dan y ceinciau roedd yr awyr yn drwm, a blas mwg wedi cael ei ddal o dan y deiliach. Yn ymwybodol o'r amser, difarodd Daf ei benderfyniad i adael ei gar ar y buarth – erbyn hyn roedd o bron yn sicr ble roedden nhw'n mynd, ac roedd o'n iawn. Wrth y tro pedol mi wnaethon nhw adael yr wtra a dechrau dringo dros dir anwastad. Doedd y tân ddim wedi cyrraedd mor uchel â hynny, ond hyd yn oed ar ôl deuddeg awr, roedd yn anodd anadlu yno. Efo'i dortsh, dangosodd Morgan fynedfa fach rhwng dau foncyff. Roedd rhywun, flynyddoedd maith yn ôl, wedi plethu ceinciau i greu cuddfan, ond bellach roedd mwsog wedi'i orchuddio nes roedd hi'n anodd gweld y siâp gwreiddiol.

'Ddaethon ni o hyd i'r fan hyn efo *heat seeker*,' eglurodd Morgan. 'Ein gobaith, wrth gwrs, oedd dod o hyd iddi'n fyw, ond mae hi wedi marw.'

Gwthiodd Daf i mewn, a gwelodd le tywyll, cyfforddus, efo carped ar y llawr a bag ffa bychan o ddefnydd meddal. Ar y bag roedd Lona, wedi cyrlio i fyny fel pathew. Roedd y guddfan yn drewi o fwg.

'Tydi hi ddim wedi llosgi,' sylwodd Daf.

'Mwy na thebyg mai'r mwg laddodd hi, fel sy'n digwydd yn y rhan fwyaf o achosion pan mae rhywun yn marw yn ystod tân. Dech chi'n ei nabod hi?'

'Ydw.' Wrth symud yn nes at Lona, gwelodd Daf fod marciau tywyll ar ei hwyneb, ond roedd golwg heddychlon arni, er nad oedd hi, o bosib, yn haeddu heddwch. Ar ochr y bag ffa, sgleiniai rhywbeth yng ngolau'r dortsh. Ar ôl gwisgo maneg, cododd Daf dun gwag oedd wedi cynnwys jin a thonig. O dan y tun roedd rhywbeth llawer mwy anfad: pecyn gwag o dabledi. Craffodd Daf ar yr enw: Zyprexa.

'Meddyginiaeth gwrth-seicotig,' eglurodd, 'ac mae dyddiad yr wythnos yma ar y bocs. Tydi pobol ddim wastad yn marw ar ôl gorddos o'r stwff, ond mae'n bosib.'

'Ond wnaeth y mwg ddim helpu chwaith,' ychwanegodd y dyn tân, yn anfodlon gollwng ei theori.

Bagiodd Daf allan o'r guddfan yn ofalus. Yn bell drwy'r coed, gwelodd fflach o felyn: yr ambiwlans.

'Paid â symud Mrs Gethin nes y bydd ein Swyddogion Lleoliad Trosedd wedi'i gweld hi, os gweli di'n dda.'

Roedd y daith yn ôl i Eithnog yn un brudd, a dysgodd Daf, ar ôl clywed esboniad Morgan o'r digwyddiadau, pa mor ffodus oedden nhw. Petai chwa o wynt wedi symud y gwreichion yn ehangach, byddai'r tân wedi lledu yn llawer pellach.

'Roedden ni'n lwcus efo'r dŵr o'r sied ieir hefyd, a dyna pam fod pob man braidd yn ddrewllyd heddiw.'

Bu dadl eitha swta rhwng Morgan a'r dyn ambiwlans wrth y ffermdy. Doedd Morgan ddim yn meddwl fod y tŷ yn ddigon saff i unrhyw un fynd i mewn iddo, ac roedd y dyn ambiwlans yn cwyno am ei daith ofer. Cysylltodd Nev â Dr Mansel i ohirio ei ymweliad yntau, felly cafodd Daf ei hun yn sefyll yn unig, yn syllu ar weddillion Eithnog. Roedd ffenestri a drysau plastig y stafell haul wedi toddi'n ddim yn y gwres.

'Roedd o'n fwriadol,' barnodd Morgan.

'Dwinne'n meddwl hynny hefyd.'

'Roedd y dryse wedi'u cloi ond, o be dwi'n weld o luniau'r drôn, ddigwyddodd y peth mor gyflym fel na fysen nhw wedi gallu hyd yn oed ystyried dianc. Dwi'n aros am yr adroddiad strwythurol cyn caniatáu mynediad i neb, rhag ofn. Mae hen dai fel hyn yn gryf, ond rhaid cymryd gofal.'

'Wrth gwrs. Dydi hynny ddim yn effeithio ar y corff yn y goedwig, wrth gwrs, felly mi yrra i bawb hanfodol i'r fan honno.'

Cyrhaeddodd Susie a Dr Mansel ar yr un pryd, ac roedd Daf yn fodlon eu gadael i wneud eu gwaith, a chofnodi cyfrinachau nad oedden nhw'n gyfrinachau mwyach.

Roedd parti'r priodfab wedi penderfynu diddanu Siôn efo gêm swnllyd o Buckaroo, a phan gyrhaeddodd Daf roedd o'n falch o weld bod mwy o grempogau nag o Absinthe wedi cyrraedd eu boliau. Roedd Gaenor yn eu llofft yn gwisgo, ac agorodd Daf y drws fel roedd hi'n fflicio'i gwallt dros goler ei siaced sidan.

'O, Gaenor Morris, does 'na ddim geiriau.'

'Am unwaith, mae Daf Dafis yn fud! Cer i'r gawod yn go sydyn. Mi wna i gadw llygad arnyn nhw am ddeng munud, ond wedyn mae'n rhaid i mi fynd i Neuadd i wneud Mals yn barod.'

Felly, neidiodd Daf o'r gawod i'r llofft i'r Buckaroo heb gael cyfle i boeni am ddim. Roedd ei grys a'i wasgod yn ffitio'n berffaith, ac wrth iddyn nhw i gyd sefyll o flaen y tŷ i gael tynnu'u lluniau, roedd Daf yn falch iawn. Cynyddodd ei falchder pan ddaeth Gaenor yn ôl, ac wrth iddyn nhw gerdded i lawr Ffordd Mount efo'i gilydd, roedden nhw'n creu delwedd gafodd ei disgrifio fel *Reservoir Dogs* yn cwrdd â Julia Roberts yn *Notting Hill*. Roedd llwyth o bobol wedi troi allan i'w gweld, yn ffrindiau, yn bobol fusneslyd ac yn ffrindiau busneslyd.

Safodd Gaenor yn stond wrth y giât i'r fynwent. Roedd y to bychan uwchben y giât wedi'i orchuddio â mosaig lliwgar wedi'i greu o macarons, yn cynnwys y llythrennau S a B. Yn ogystal, roedd rhesi o'r macarons diffygiol yn addurno'r llwybr at ddrws yr eglwys. Ond dim ond rhagflas oedd yr addurniadau hyn: dros ddrws yr eglwys roedd patrymau cymhleth, lliwgar, a'r geiriau 'Cariad pur sydd fel y dur'.

'Mae hyn,' datganodd Gaenor, wrth dynnu lluniau, 'yn syfrdanol.'

'Gwaith Glo,' atebodd Rhodri. 'Ond fy syniad i oedd o.'

Gwthiodd Daf y drws yn ofalus, a wnaeth 'run macaron symud o'i lle. Yn oerni'r eglwys roedd arogl annisgwyl. Edrychodd o'i gwmpas a gwelodd goets fach gyfarwydd. Ynddi, yn cysgu'n braf, roedd Teilo. Wrth ochr ei dedi, roedd amlen ag enw arni: 'Y Parchedig Julian Moore Williams.'

'Unrhyw un wedi gweld y ficer?' gofynnodd Daf, ond i fod yn deg, roedd dros dri chwarter awr tan y seremoni. Cododd yr amlen.

'Paid agor llythyr rhywun arall,' dwrdiodd Gaenor.

'Mae hyn yn argyfwng.'

Roedd Nala wedi sgwennu nodyn byr.

'Dwi ddim yn gallu bod yn fam dda. Does gen i ddim digon o amynedd. Mi wyt ti'n rhy naïf, a dwi ddim yn gwybod alli di fod yn dad da, ond mae gan Teilo fwy o siawns efo ti nag efo fi.

Dwi'n mynd i chwilio am rwbeth gwell na'r diflastod sydd wedi fy ngyrru fi i greu chwedlau am Satan. Nala.'

'Plentyn siawns y ficer ydi hwn,' esboniodd Daf i Gaenor, 'sy'n digwydd bod braidd yn ddrewllyd. Dwi ddim yn disgwyl i ti ddelio efo fo a tithe yn dy ddillad smart, ond wnei di fynd â fo am dro tra dwi'n sortio rhwbeth?'

Gwenodd Gaenor, a phlygu i fwytho boch fach gron Teilo. Roedd o'n rhy ifanc i wenu ond gwelodd Daf rywbeth tebyg i gysur yn ei lygaid wrth iddo syllu i wyneb caredig Gaenor.

'Hei, Sheila!' Roedd Daf wedi cerdded oddi wrth yr eglwys i'w ffonio rhag ofn i'r rhai oedd wedi ymgynnull wrth y giât ei glywed. 'Ti draw yn Eithnog?'

'Na. Nev sy'n rheoli'r safle. Dwi'n ceisio cael yr arogl mwg o chinos Tom – maen nhw wedi golchi'n dda, ond dal yn drewi.'

'Ti'n rhydd i warchod?'

'Wel, ydw, ond...'

'Ty'd i'r eglwys gynted ag y galli di. Ac os ydi hen sêt car Tomi gen ti, ty'd â hi efo ti.'

'Gad i mi ddyfalu... babi Nala?'

'Ie, Teilo. Ti'n iawn i'w gadw fo nes i'w dad orffen cymryd y gwasanaeth priodas?'

'Wrth gwrs. Mae ei fam o wedi hel ei phac, dwi'n cymryd?'

'Da iawn, lodes. Idiom a threiglad cywir.'

Hanner awr yn ddiweddarach, trosglwyddodd Gaenor y babi i Sheila. Roedd Daf yn falch fod Teilo wedi cychwyn ar ei daith draw i Lantanat cyn i'r Parchedig Julian gyrraedd, yn edrych braidd yn hunangyfiawn yn ei wisg draddodiadol.

'Syniad Mr Jones,' cyfaddefodd wrth Daf, wrth lyfnhau'r defnydd. 'Mae o'n ddyn sy'n rhoi cryn dipyn o bwyslais ar draddodiad.'

'Dwi wedi dysgu hynny fy hun dros y blynyddoedd. Rŵan, ac mae'n ddrwg gen i godi'r peth cyn y gwasanaeth, ond rhaid i ti weld hwn.'

Llanwodd llygaid y ficer wrth iddo ddarllen geiriau Nala,

ond wnaeth o ddim colli deigryn. Sniffiodd yn uchel wrth blygu'r darn papur a'i guddio ym mhlygion ei urddwisg.

'Ble maen nhw rŵan?' gofynnodd, mewn llais isel ond pendant.

'Does gen i ddim syniad ble mae Nala, ond mae Sarjant Francis wedi mynd â'r còg adre. Mi all hi ddod â fo atat ti i Lanrhaeadr yn nes ymlaen, os ydi hynny'n help.'

'Help garw. Diolch yn fawr.'

Camodd y ficer heibio Daf i mewn i'r eglwys heb ddweud gair arall. Gallai Teilo newid bywyd ei dad, ystyriodd – roedd dyn dymunol a chyfoethog efo babi annwyl yn siŵr o fod yn darged amlwg i leidis y fro.

Yr un nesaf i gyrraedd yn annisgwyl oedd Gruff Tanyrallt, oedd yn tywys Tinciwinci drwy'r giât gyferbyn â'r Afr. Roedd Tinc wedi cael ei pharatoi'n ofalus, ei chôt yn disgleirio fel hiff o eira, a chyfrwy a phenffrwyn gwyn amdani. Roedd rhes o emau ar hyd ei thalcen.

'Does gen i ddim amser i esbonio, Daf,' meddai Gruff. 'Mae'r leidis wedi bod yn cynllwynio ers misoedd.'

'Pa leidis, dwêd?'

'Margaret, Fliss, Gaenor a Mali Haf.'

'Ond...'

'Sori, does gen i ddim amser am "ond". Mae'r amserlen yn go dynn.'

Diflannodd Gruff a'r ferlen rownd cornel yr eglwys, a dilynodd Daf nhw. O'r un cyfeiriad daeth sŵn metelaidd, fel petai rhywun yn symud caets haearn. Tra oedd Tinciwinci yn sefyll yn y cysgod ger drws y neuadd, gwelodd Daf ddau ddyn ifanc yn symud gwrthrych mawr rhyngddyn nhw. Roedd cefn y dyn oedd yn dringo'r grisiau concrit wysg ei gefn yn gyfarwydd: Rob Berllan. Efo fo, yn llafurio i gadw ei falans, roedd Jamie Evans, helsmon ifanc i'r Gymdeithas Difa Pla. Rhyngddyn nhw roedd caets mawr efo pedwar ci ynddo: cŵn Belle.

'Be sy'n digwydd?' gofynnodd Daf.

'Jyst gad i ni symud y cŵn gynta, Mistar Dafis,' meddai Jamie wrth duchan.

Ar ôl gosod y caets ar y cerrig mân ger y ffynnon, camodd y ddau ddyn ifanc at Daf.

'Rŵan 'te, cogie,' dechreuodd Daf, ond torrodd Rob ar ei draws.

'Llwyth arall, Mr Dafis. Fydd Glo yn esbonio.'

Ar y gair, cerddodd Glo i fyny'r grisiau, yn cario rêl ddillad fach. Pan welodd Daf beth oedd ar y rêl, chwarddodd yn uchel. Ar res o hangyrs bach roedd pedair côt frethyn a dwy ffrog sidan, yn union fel gwisg y gweision a'r morwynion priodas, ond eu bod nhw wedi'u teilwra i ffitio cŵn.

'Rŵan dwi'n dallt – ti sy wedi bod yn herwgipio'r cŵn?'

'Roedd yn rhaid i mi eu mesur nhw. A heddiw bore, tra oedd Belle yn gwisgo, gawson ni gyfle i'w nôl nhw. Be ti'n feddwl o'r crafangau?'

Roedd y ddwy ast yn gwisgo farnais ewinedd i gyd-fynd â'r ffrogiau.

'Dech chi'n anhygoel, y cwbwl ohonoch chi.'

Oedodd Daf rhwng drws yr eglwys a chornel yr adeilad er mwyn sicrhau na fyddai neb yn crwydro draw a darganfod y syrpréis. Roedd y gwesteion yn dechrau cyrraedd, ond roedd digon o griw ffrindiau Siôn y tu mewn i'w tywys nhw i'w seddi. Cyrhaeddodd Amanda a Roger: hi mewn het fel olwyn trol ac yntau'n gwisgo pìn ddiemwnt ar ei dei. Synnodd Daf pan gamodd Roger draw am sgwrs.

'Syfrdanol. Hyfryd dros ben,' meddai.

'Gloria sy wedi gwneud y cwbwl,' meddai Daf yn bendant. 'Ti dal yn meddwl mai jyst darn o gnawd ar gyfer pleser pobol eraill ydi hi?'

'Na.'

'Dangos dy ffôn i mi,' gorchmynnodd Daf, a phan roddodd Roger y teclyn iddo â llaw grynedig gallai weld y logo Relay arno.

'Cer di i mewn, a bihafia, Roger.'

Oedodd Daf am dipyn cyn mynd i mewn i'r eglwys – doedd ganddo ddim bwriad o gerdded i mewn efo Roger fel petaen nhw'n ffrindiau. Pan oedd yr eglwys bron yn llawn, ymunodd â Gaenor yn yr ail res o feinciau.

'Symuda i fyny,' meddai Gaenor, gan roi cledr ei llaw ar y fainc. 'Mae angen i ni gadw lle ar y pen i Mali.'

'Fydd hi ddim yn eistedd efo gweddill y morwynion?'

'Does dim digon o le. A beth bynnag...'

'Mae hi'n picio allan yn ystod y gwasanaeth i wneud rwbeth efo Tinc?'

'Yn union,' meddai Gaenor, gyda gwên.

Llanwyd yr eglwys â cherddoriaeth hyfryd, ac edrychodd Daf yn syn.

'Nid organ yr eglwys ydi honna, no wê!' sibrydodd yng nghlust Gaenor.

Sibrydodd hithau'n ôl, 'Mae Fal yn eistedd wrth yr organ ond mae hi wedi recordio'r gerddoriaeth ymlaen llaw ar organ Abaty Amwythig.'

Agorodd Daf ei geg i ofyn pam, os oedd hi wedi recordio'r gerddoriaeth, nad oedd Falmai yn eistedd efo'i phartner a'u mab, ond chafodd o ddim cyfle achos gwasgodd Gaenor ei law yn dynn wrth droi ei phen i wylio Siôn yn cerdded i mewn i'r eglwys.

'Mae o bron mor olygus â'i fam,' sibrydodd yn ei chlust, ac mi oedd o. Ond sylwodd Daf, efo'i lygaid proffesiynol, ar y cryndod yn nwylo mawr y priodfab.

Efallai fod Belle wedi disgwyl y byddai Siôn yn nerfus, felly wnaeth hi ddim ei orfodi i aros yn hir wrth yr allor amdani. Lai na deng munud yn ddiweddarach, camodd Belle i lawr yr ystlys, ar ei phen ei hun.

'Mae hi'n casáu'r syniad o gael ei throsglwyddo o un dyn i'r llall,' eglurodd Gaenor. 'Ac mi ddwedodd hi hefyd, petai'n rhaid iddi gael dyn wrth ei hochr, ti fyse hi wedi'i ddewis.'

Roedd hi'n briodferch dlos ac urddasol, a phan welodd Siôn

hi, gwelwodd ei wyneb a dechreuodd ei lygaid ddisgleirio. Roedd y ficer yn ddigon sensitif i roi munud fach iddyn nhw setlo cyn dechrau'r gwasanaeth efo croeso syml a gwahoddiad i ganu'r emyn cyntaf. Arhosodd y morwynion i gyd ar eu traed tan ddiwedd yr emyn, a phan setlodd Mali Haf wrth ochr ei thad, tynnodd ei hesgidiau. O ganlyniad, pan sleifiodd i lawr yr ystlys ac at y drws yn ystod y darlleniad o'r Beibl, gwnaeth hynny'n gyflym ac yn hollol dawel. Ar ôl yr addunedau, gofynnodd y Parch. Julian am y modrwyau. Yn sydyn, daeth sŵn utgorn o gefn yr eglwys. Trodd pawb i weld Mali Haf yn dod i mewn ar gefn Tinciwinci, yn dal clustog melfed gwyn yn ei dwylo. Y tu ôl iddi, yn tywys cŵn Belle yn eu gwisgoedd ysblennydd, roedd Rhodri, yn dal y chwe thennyn heb drafferth. Ebychodd Belle yn gegagored, a syllu ar wyneb Siôn fel rhywun mewn oriel yn edmygu'r llun harddaf yn y byd.

Yng nghanol y stŵr, sibrydodd Gaenor yng nghlust Daf.

'Dwi'm yn disgwyl unrhyw beth tebyg i hyn ar gyfer ein priodas ni, cofia.'

'Felly rhaid i mi ganslo'r camelod gwyn, yr hofrennydd a bob dim?'

'Rhaid. Yr unig beth dwi angen ar gyfer fy mhriodas i ydi'r cyfle i addo bod efo'n gilydd am byth bythoedd.'

Cododd Daf ei llaw at ei wyneb a chusanu ei chledr.

'Byth bythoedd,' sibrydodd i'w chroen cynnes.

gan yr un awdur:

Steddfod ym Meifod, anffawd Morwyn y Fro, trafferthion teuluol a digon o waith i'r Arolygydd Daf Dafis a Heddlu Dyfed Powys ...

"Dyma chwip o nofel garlamus, fyrlymus, gan un sydd â dawn dweud stori ddifyr ac sy'n nabod yr ardal a'i chymeriadau yn iawn."
– Geraint Løvgreen

"Hiwmor deifiol, clyfar a dychymyg cwbl rhemp!"
– Bethan Gwanas

Gwasg Carreg Gwalch, £8

Mae corff Heulwen Breeze-Evans, ymgeisydd yn Etholiadau'r Cynulliad, yn cael ei ddarganfod yn ei swyddfa yn y Trallwng. Un o bileri'r gymdeithas, efallai, ond mae'r Arolygydd Daf Dafis yn ei chael hi'n anodd canfod rhywun heb gymhelliad i'w lladd ...

"Mae hiwmor Myfanwy Alexander yn allweddol i'r mwynhad a geir wrth ddarllen."
– Cerian Arianrhod, Gwales.com

Gwasg Carreg Gwalch, £9

Mae academydd blaenllaw yn cael ei lofruddio mewn gwasanaeth Plygain, ac mae'r achos yn gyrru'r Arolygydd Daf Dafis i ddyfroedd dyfnion iawn!

"Dyma chwip o nofel ysgafn, ddifyr i'w darllen os ydych am ymlacio ar noson aeafol o flaen y tân."
– Mared Llywelyn, Gwales.com

Gwasg Carreg Gwalch, £9

Ydi ISIS wedi cyrraedd cefn gwlad Cymru? A fydd Daf yn gallu treulio diwrnod yng nghwmni PC Toscano, aelod newydd, ifanc ei dîm, heb golli'i dymer?

"Mae popeth yn y nofel hon – hiwmor, dirgelwch, gwrthdaro, cymeriadau gwallgof bost, a throeon trwstan annisgwyl."
– Mared Llywelyn, Gwales.com

Gwasg Carreg Gwalch, £9

Darganfyddir bys dyn mewn bocs o selsig yn Neuadd Fwyd y Sioe Fawr, ac mae'n rhaid i'r Arolygydd Daf Davies ymchwilio i hanes cymhleth rhai o bobol y ceffylau.

"Dychymyg a hiwmor Myfanwy a bwrlwm y Sioe Fawr – gall unrhyw beth ddigwydd!"– David Oliver

Gwasg Carreg Gwalch, £9.50

Mae Cath yn wraig fferm brysur, yn fam i dri o blant, ac yn ceisio'i gorau i jyglo bywyd bod dydd. Un diwrnod daw ei gŵr adref a datgan ei fod yn ei gadael i fynd i fyw at amgylcheddwraig, ac mae'n rhaid i Cath ddelio â'r canlyniadau.

Nofel ddoniol a chrafog.

"Mae'r hiwmor yn bownsio oddi ar y tudalennau." – Dewi Prysor

Gwasg Carreg Gwalch, £9.99

CEFNOGWCH EICH SIOP LYFRAU LEOL

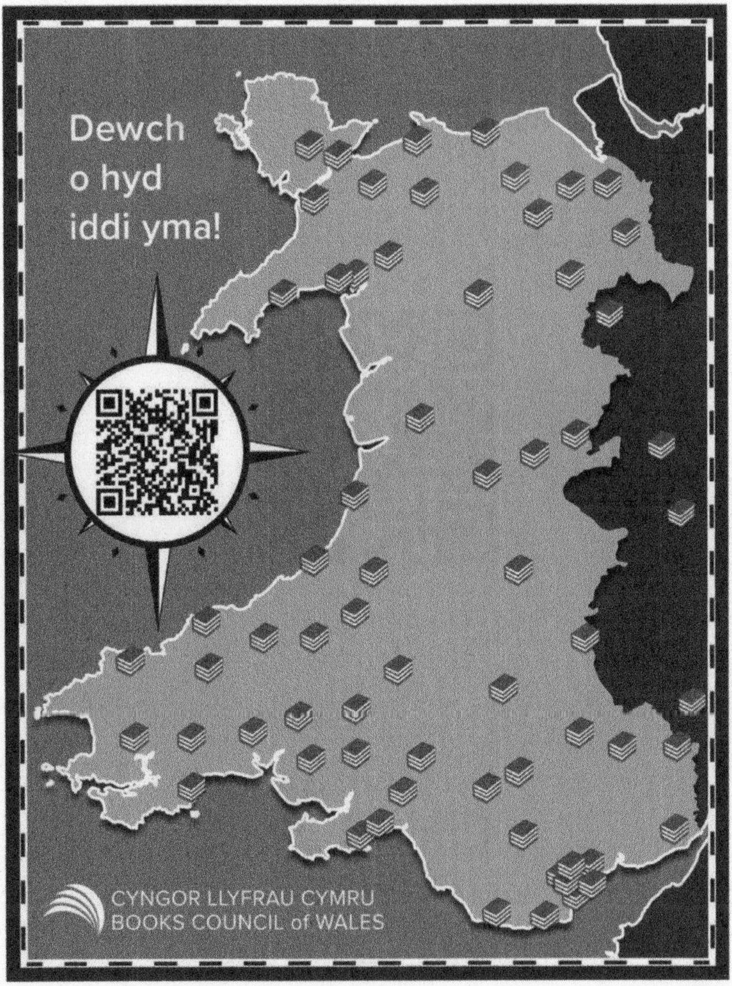